*Für meine Mutter, die mich
immer bedingungslos geliebt und
unterstützt hat*

KAT MARTIN

Hungrige Herzen

ROMAN

Aus dem Amerikanischen
von Uschi Gnade

GOLDMANN VERLAG

Die Originalausgabe erschien unter dem Titel »Lover's Gold«
bei Diamond Books, New York

Umwelthinweis:
Alle bedruckten Materialien dieses Taschenbuches
sind chlorfrei und umweltschonend.
Das Papier enthält Recyclinganteile.

Der Goldmann Verlag
ist ein Unternehmen der Verlagsgruppe Bertelsmann

Umschlaggestaltung: Design Team München
Umschlagillustration: Schlück/Daeni, Garbsen
Satz: Uhl + Massopust, Aalen
Druck: Elsnerdruck, Berlin
Verlagsnummer: 42409
Lektorat: Erna Tom/AK
Herstellung: Heidrun Nawrot
Made in Germany
ISBN 3-442-42409-7

3 5 7 9 10 8 6 4 2

GOLDMANN

Buch

Ein Blick in diese unverschämt blauen Augen genügt, und die junge Elaina McAllister weiß, daß der arrogante Revolverheld Ren Daniels wohl kaum eine Chance haben wird, je ihr Herz zu erobern. Und sie wehrt sich mit aller Kraft gegen ihre Gefühle, als sie plötzlich merkt, wie sehr sie sich heimlich nach ihm sehnt. Ren, der es zunächst darauf anlegt, ebenso schamlos wie herablassend mit Elaina zu flirten, weiß, daß er längst ihren süßen Reizen erlegen ist. Doch Elainas Vater hat seine Tochter noch auf dem Sterbebett gegen ihren Willen Chuck Dawson, dem grausamen und skrupellosen Sohn seines Geschäftspartners, versprochen. Und auch Ren hat eingewilligt, eine reiche Erbin zu heiraten, um seine Familie vor dem Ruin zu bewahren. Elaina beschließt zu fliehen, vor ihrer erzwungenen Heirat mit Chuck und vor ihrer brennenden Liebe zu Ren . . .

Autorin

Kat Martin studierte an der University of California Geschichte und Anthropologie. »Ich war schon immer fasziniert von der Vergangenheit, von romantischen Liebesgeschichten und Schauspielern wie John Wayne, Clark Gable und Errol Flynn.« Kat Martin lebt mit ihrem Mann Larry, ebenfalls einem Schriftsteller, in Bakersfield, Kalifornien.

Von Kat Martin bereits im Goldmann Verlag erschienen:

Kreolisches Feuer. Roman (42054)
Der Pirat und die Wildkatze. Roman (42210)
Heißer Atem. Roman (42224)

1

15. April 1878
Keyserville, Pennsylvania

Sie erwachte von dem ohrenbetäubenden Dröhnen und dem darauffolgenden Echo der Explosion.

Mit einem Herzen, das wie ein verängstigter Schmetterling flatterte, setzte sie sich auf ihrem schmalen Eisenbett kerzengerade auf, und ihr Verstand kämpfte gegen Bilder von splitternden Holzbalken, wogenden Schwaden dichten schwarzen Staubs und das entsetzliche Poltern des Berges an, das die Erde erschütterte, als die Mine einstürzte.

Elaina McAllister holte mehrfach tief Atem, um sich zu beruhigen und sah sich in ihrer vertrauten Umgebung um: das Zimmer mit der hohen Decke, der angeschlagene Waschkrug aus blauem Porzellan, das verschrammte Eichenholz des Waschtischs neben ihrem Bett, das vergilbte Bild ihres Vaters. Nur ein Traum. Das Ende eines verschwommenen Alptraums, der sie seit ihrer Kindheit verfolgte.

Sie fuhr sich mit den schmalen Fingern durch das dunkle Haar, das sich an ihren Schläfen lockte, und strich sich die Strähnen, die noch feucht waren, von den Wangen zurück. Der Traum, jetzt nur noch eine schemenhafte Erinnerung, verblaßte vollständig, als laut an ihre Tür geklopft wurde und ein kühler Luftstrom hereinwehte, nachdem die Tür geöffnet worden war.

»Tut mir leid, Laina, Schätzchen.« Ada Lowery, deren Röcke rauschten, machte sich geräuschvoll im Zimmer zu schaffen. »Das Restaurant füllt sich heute morgen schnell, und Lizzy Millers Bruder sagt, daß sie heute morgen krank ist. Ich bin nicht sicher, ob ich ihm glaube, aber du wirst früh nach unten kommen müssen.« Die grauhaarige Frau reichte Elaina einen Morgenmantel aus dünner Baumwolle, der wenig Schutz gegen die Frische des kalten Morgens bot. Zielstrebig lief Ada auf winzigen breiten Füßen zum Fenster, öffnete die fadenscheinigen Vorhänge, stieß zwei geriffelte Glasscheiben auf und eilte wieder durch das Zimmer zur Tür.

»Ich mache mich jetzt besser wieder an die süßen Brötchen und das Mus, Schätzchen. Wir sehen uns dann unten.« Ada mit ihren rosigen Wangen zog lächelnd die Tür hinter sich zu.

Als Elaina ihre langen, schlanken Beine auf den Boden schwang, spürte sie eine Woge der Zuneigung für die dralle kleine Frau in sich aufsteigen. Sie war robust. Ja, robust und unermüdlich. Und eine sehr, sehr gute Freundin.

Da gestern ihr neunzehnter Geburtstag gewesen war, fühlte sich Elaina heute ein wenig anders, etwas mehr für sich selbst verantwortlich. Selbst die zusätzliche Arbeit konnte ihrer Stimmung keinen Dämpfer verpassen. Sie beschloß, ihr gelbes Batistkleid zu tragen, denn es entsprach ihrer fröhlichen Stimmung. Das Kleid war vorn ein wenig zu tief ausgeschnitten, aber Ada, die Hoteldirektorin, fand, das tiefe Dekolleté sei gut für das Geschäft.

»Was kann es schon schaden, diesen armen unglücklichen Grubenarbeitern den Tag ein wenig zu versüßen?« sagte sie des öfteren mit einem breiten Lächeln und tätschelte Elaina die Wange. Elaina hatte diese Vorstellung nie wirklich gefallen. Wenn es nach ihr gegangen wäre, hätte sie etwas Züchtigeres getragen, während sie den Männern die Mahlzeiten servierte.

Nachdem sie sich eilig frisch gemacht und einen letzten Blick in den Spiegel geworfen hatte, um ihr Aussehen zu überprüfen, lief sie die zwei Treppen zum Speiseraum hinunter, und wieder einmal fiel ihr auf, daß die Blumentapete sich von den Wänden des alten Hotels löste und daß die Decken mit dunklen Flecken übersät waren. Etliche Fensterscheiben hatten Sprünge, und der Herd verräucherte die ganze Küche. Manchmal hatte Elaina das Gefühl, als riefe das alte Haus ihr etwas zu, als schrie es um Hilfe und wandte sich dabei an sie. Wenn auf die einstmals schimmernden Böden Wasser aus den verrosteten Leitungen tropfte, malte Elaina sich aus, die Tropfen seien Tränen.

Elaina seufzte. Als das Hotel Keyserville noch ihrem Vater gehört hatte, hatte es sich sehen lassen können. Es bekümmerte sie, es jetzt derart verfallen zu sehen.

Als sie sich der Gaststube näherte, hörte sie das Echo von Stimmen und schnupperte den Duft frischgebackener Brötchen.

»Nett von dir, daß du dich so beeilt hast, Schätzchen.« Ada stieß die Tür auf und schwang dabei einen Holzlöffel, von dem Pfannkuchenteig auf die frischgeputzten Böden zu tropfen drohte. »Wenn wir denen nicht bald etwas zu essen vorsetzen, werden sie mit den Fäusten auf die Tische trommeln.« Ada grinste, strich sich mit dem Handrücken ein paar graue Haarsträhnen aus dem Gesicht, die sich aus ihrer Frisur gelöst hatten, und verschwand wieder in der Küche.

Da Elaina die Ungeduld der Männer schon gewohnt war, band sie sich eine Schürze über ihr Kleid und begab sich schnell an die Arbeit. Der einst so elegante Speisesaal war jetzt nur noch praktisch und benutzbar. An der Decke hingen noch verzierte Messingkerzenhalter, doch einige der Milchglasscheiben waren zerbrochen, und das Licht im Raum war dadurch ein wenig zu grell. Frische weiße Tischdecken zeugten von der Sauberkeit des Saals, und Elainas Beitrag zu der schmucklosen Umgebung, eine einzige rote oder rosafarbene Rose von den Sträuchern nah am Hotel, zierte jeden der rohgezimmerten Tische.

»Morgen, Miss Elaina.« Josh Colson setzte sich auf einen wackligen hochlehnigen Stuhl, während sein neunjähriger Sohn Johnny neben ihn kletterte.

»Guten Morgen, Josh. Guten Morgen, Johnny.« Elaina

lächelte auf den kleinen rothaarigen Jungen herab, und er sah schüchtern zur Seite. Nachdem sie die Bestellungen aufgenommen hatte, brachte sie Josh einen Becher dampfenden Kaffee und Johnny einen Becher Kakao. Sie mochte die Familie Colson. Die Männer erinnerten sie an rotschöpfige Bären, und die Frauen waren höflich und freundlich.

»Heute morgen schon was erreicht, Josh?« fragte sie. »Ich habe gehört, Sie hatten ein Treffen mit Ben Taylor.« Taylor war Vorarbeiter in der Blue Mountain Mine.

»Nein. Dieselbe alte Geschichte. Wir kriegen nur Ausreden zu hören, und alles wird hinausgezögert.« Josh ballte eine Hand zur Faust.

»Tut mir leid, Josh, ich hatte wirklich gehofft, dieses Mal . . .«

»Die haben uns in der Hand, und das wissen sie genau. Wir müssen arbeiten, um unsere Familien zu ernähren. Entweder die Bergwerksbesitzer nehmen uns aus, diese Schwindler, oder wir verhungern. Da hat man wohl kaum eine Wahl, oder?«

Elaina schluckte schwer. Warum fühlte sie sich immer so schuldig? In der Hoffnung, sie könnte ihn zum Lächeln bringen, tätschelte sie dem kleinen Johnny die Hand.

»Hier wird noch Butter gebraucht, Miss«, mischte sich ein stämmiger Bergarbeiter ein. Elaina kam seinem Wunsch nach, bediente mehrere andere Gäste, schenkte Kaffee ein, räumte die Tische ab und unterhielt sich mit Josh.

»Selbst das wäre noch nicht das Schlimmste«, sagte Josh gerade, »wenn die Schichten kürzer und die Stollen sicherer wären. Sicherheit. Das ist das Allerwichtigste.«

»Vielleicht wird sich ja etwas ändern, Josh.« Er sah sie an mit einem Blick, der besagte, die Chancen stünden etwa so wie die eines Schneeballs in der Hölle, und dann aß er seine Eier auf.

Die meisten Gäste hatten schon gegessen und waren längst gegangen, als Elaina die letzten beiden halbvollen

Teller mit Wurst und Pfannkuchen von einem Tisch am Fenster räumte. Jetzt hatte sie frei bis zum Mittagessen, eine knappe Stunde, und sie freute sich schon darauf, einen Moment lang ihre Ruhe zu haben.

Sie hatte noch nicht einmal die halbe Strecke zur Küche zurückgelegt, als das Läuten der Glocke über der Tür ihre Aufmerksamkeit auf einen großen dunkelhaarigen Mann lenkte, der in der Tür stand. Er blieb direkt im Eingang stehen, und seine blaßblauen Augen suchten jeden Winkel ab, während seine Kleidung und die selbstbewußte Ausstrahlung ihn gegen die Bergarbeiter absetzte, die ansonsten im Hotel verkehrten. Als er seinen breitkrempigen schwarzen Filzhut an einen Haken neben der Tür hängte, sah Elaina Silber auf dem Hutband schimmern.

Sie hielt die Teller noch in der Hand, als sie ihre Schritte verlangsamte und der dunkle Fremde eine Saite in ihr anklingen ließ, die tief in ihr verborgen war. Das konnte doch gewiß nicht sein, dachte sie, doch ihr Herz hämmerte, und ihre Augen bemühten sich rasend, noch einen Blick auf das unwiderstehliche Gesicht des Mannes zu werfen. Nachdem er einen Tisch in der Ecke entdeckt hatte, ihr jedoch keine Beachtung schenkte, machte Elaina ein paar weitere unsichere Schritte.

Als er sich in ihre Richtung wandte, war sie sicher, daß ihr Herz stehenbleiben würde. Einen schwindelerregenden Moment lang wankten die Teller bedrohlich auf den Handflächen ihrer zitternden Hände. Dann fielen sie klirrend zu Boden. Porzellanscherben, fettige Wurststücke und Pfannkuchenklumpen schlitterten über die Kieferndielen.

Elaina mißachtete das wirre Durcheinander von Scherben und Essensresten vor ihren Füßen und die erstaunten Blicke der letzten Gäste, die noch übrig waren, und stürzte sich mit wehenden Röcken so schnell, wie ihre langen Beine sie nur irgend trugen, in die Arme des erstaunten dunkelhaarigen Mannes.

»Ren!« hauchte sie, als sie ihn an sich drückte und ihre Arme fest um seinen Nacken schlang. Sie preßte ihn glühend an sich, denn sie fürchtete, er könnte verblassen, genau wie ihre Träume.

»Moment mal, Miss«, warnte er sie, doch sie hörte nur seine heisere Stimme.

»Ich habe gebetet, du würdest eines Tages zurückkommen«, sagte sie. »Ich wußte einfach, daß du kommen würdest. Ist Tommy bei dir?« Sie warf einen Blick auf die Tür und sah dann verlegen auf den Scherbenhaufen. »Ich war ja so erstaunt, dich hier zu sehen . . .« Sie küßte ihn auf seine braungebrannte Wange und sah lächelnd zu ihm auf. »Wie lange kannst du bleiben? Wann bist du hier angekommen?«

Er lächelte schief. »Wenn ich allmählich auch noch so sehr wünschte, es verhielte sich anders, dann fürchte ich doch, daß Sie mich mit jemandem verwechseln.« Sachte zog er ihre Arme von seinem Hals und schob sie ein Stück von sich.

»Erkennst du mich denn nicht mehr?« fragte sie enttäuscht.

»Es tut mir leid, Sie zu enttäuschen, Miss, aber ich bin nicht . . . wie hieß er schnell noch mal?«

»Ren«, sagte sie und versuchte, in seinem Gesicht zu lesen. »Aber Sie müssen Ren sein. Sie sehen genauso aus wie er . . . glaube ich jedenfalls.«

»So, Sie glauben es?« Seine hellen Augen funkelten schelmisch. »Wie lange ist es her, seit Sie diesen Kerl gesehen haben?«

»Etwa neun Jahre.« Sie wußte genau, wie lange es her war. Es war am ersten Oktober gewesen, vor knapp neun Jahren. Diesen Tag würde sie niemals vergessen. Aber der Junge, den sie nur kurz gekannt hatte, hatte tatsächlich nichts mit diesem Mann zu tun. Sie beäugte den Fremden, und langsam kamen ihr die ersten Zweifel.

Er grinste breit, und das strahlende Weiß, das aufblitzte,

setzte sich gegen seine braungebrannte Haut ab. »Und Sie glauben, nach all der Zeit würden Sie diesen Mann noch erkennen? In neun Jahren kann sich ein Mann gewaltig verändern.«

Elainas Augen folgten dem Blick des Mannes, und sie stellte fest, daß seine Augen auf der Wölbung ihres Busens über dem tiefausgeschnittenen Kleid lagen. Sie schluckte schwer und spürte, wie die Wärme in ihrem Herzen sich schnell in ihre Wangen ausbreitete.

»Sie erlauben sich doch keinen Scherz mit mir, oder? Ich meine ... du bist wirklich nicht Ren?«

»Tut mir leid. Nein. Ich bin nicht Ren. Aber den Kuß weiß ich zu schätzen.« Er fuhr sich mit einer langfingrigen Hand über die Wange, und sie errötete noch tiefer.

»Ich komme mir so dumm vor«, sagte sie, als einer der Küchenjungen mit einem Schrubber und einem Eimer kam, um aufzuwischen, was sie fallen gelassen hatte. Dankbar lächelte sie den Jungen an und kam sich dümmer denn je vor. Neun Jahre waren tatsächlich eine lange Zeit. Und außerdem war Ren inzwischen wahrscheinlich verheiratet und hatte schon eine ganze Horde Kinder. Ihn wiederzusehen war nichts weiter als ein alberner Schulmädchentraum.

Als sie ihre Aufmerksamkeit dem Fremden wieder zuwandte, stellte sie fest, daß er nachsichtig lächelte, als sei sie ein Kind, und Elaina brauste auf. »Also, wenn Sie nicht Ren Daniels sind, wer sind Sie dann?«

Er lächelte strahlend. »Ich heiße Dan Morgan. Freut mich, Ihre Bekanntschaft zu machen, Miss ...«

»McAllister. Elaina McAllister. Morgan, sagten Sie?«

»Richtig.«

»Dan Morgan?« wiederholte sie. Dieser Name kam ihr irgendwie bekannt vor, wenn sie sich auch nicht daran erinnern konnte, woher sie ihn kannte.

Plötzlich wußte sie es. »Sie sind Black Dan!« Das war der Name, den die Zeitungen ihm gegeben hatten, um die so typische dramatische Wirkung zu erzielen. »Sie sind der Revolverheld, den Dolph Redmond eingestellt hat.«

»Zu Ihren Diensten, Miss McAllister.« Er neigte den Kopf zu einer spöttischen Verbeugung, doch seine Augen waren plötzlich undurchdringlich geworden und in die Ferne abgeschweift.

Ausgerechnet ihn mußte sie mit Ren verwechseln! Sie trat zurück und sah ihn sich lange und nüchtern an. Er war so groß wie Ren – nein, er war noch größer. Seine Schultern waren breit, entschieden breiter als Rens Schultern, und sie konnte sich nicht erinnern, daß Rens Taille jemals so schmal gewesen wäre. Der Revolverheld hatte zwar Rens dunkles Haar, doch es ergraute bereits an den Schläfen und war nicht ganz so unbändig, wie sie es in Erinnerung hatte.

Und seine Augen waren anders. Die Augen des Fremden waren blau, so blau, wie Rens Augen gewesen waren, aber ihnen fehlte dieses Funkeln und diese Lebendigkeit. Diese Augen besaßen die Farbe des Himmels an einem heißen Tag. Hellblau – und hart. Und an den Augenwinkeln waren kleine Fältchen, obwohl sie nicht glaubte, daß der Mann schon dreißig Jahre alt war. Eine lange Narbe begann hinter seinem Ohr und verlief über den Hals, um dann unter seinem Kragen zu verschwinden, und das ließ ihn gefährlich wirken, was sie schließlich vollends davon überzeugte, daß dieser Mann nicht Ren war. Das hier war der Revolverheld Dan Morgan. Ein Mann, der auf Wunsch des Bergwerkbesitzers hergekommen war – der dafür bezahlt wurde, daß er die Grubenarbeiter davon abhielt, in den Streik zu treten. Ein Mann von der Sorte, wie sie Elaina McAllister zuwider war.

»Hätten Sie vielleicht Lust, eine Tasse Kaffee mit mir zu trinken?« fragte er.

Elaina biß sich auf die Lippe, weil es sie Anstrengung kostete, die schneidende Bemerkung zu verschlucken, die ihr auf der Zunge lag. Es half nichts. »Um gar keinen Preis. Ich weiß, warum Sie hergekommen sind, und ich halte Sie für ... für einen widerlichen Kerl.« Als sie kehrtmachte, um zu gehen, hielt Morgan sie am Arm fest und zog sie zurück.

»Mir ist es egal, was Sie von mir persönlich halten, Miss McAllister, solange Sie sich aus meinen Angelegenheiten heraushalten.« Morgan beobachtete, wie die Farbe aus dem geröteten Gesicht des Mädchens wich. Es war ihm verhaßt, ihr Angst einjagen zu müssen, aber es blieb ihm nichts anderes übrig. »Erledigen Sie einfach Ihre Arbeit, und ich erledige die meine. Und wie wäre es jetzt mit einem Kaffee?« Als er ihren Arm losließ, reckte sie trotzig das Kinn in die Luft, und vor seinen Augen zog eine Erinnerung an dieselbe Form von herausforderndem Trotz vor neun Jahren vorbei. Er nahm an einem der Tische Platz und betrachtete ihre Gestalt von hinten, als sie mit steifen Schritten zur Küche stolzierte.

Er hatte nicht damit gerechnet, sie zu sehen. Er war nicht sicher gewesen, ob sie überhaupt noch hier in der Stadt lebte. Mit Gewißheit hatte er jedoch nicht damit gerechnet, daß sie ihn nach all den Jahren noch erkennen würde.

Er lächelte in sich hinein. Sie hatte sich wirklich zu einem hübschen kleinen Dingelchen entwickelt und war nicht mehr so schlaksig und spindeldürr wie das Kind, das er in Erinnerung hatte. Er rechnete sich aus, daß sie etwa neunzehn sein mußte, und dann fragte er sich, ob sie wohl geheiratet hatte. Die Vorstellung erschien ihm seltsam. Selbst wenn sie sich vom Kind zur Frau entwickelt hatte – mit sanften Rundungen und einem verlockenden Busen –, fiel es ihm doch schwer, in ihr mehr als ein kleines Mädchen zu sehen. Ihre Augen waren immer noch goldbraun, nur wirkten sie jetzt größer und sanfter.

Morgan spürte, wie eine Woge von Schuldbewußtsein über ihn hereinbrach. Mein Gott, wie abscheulich er sich vorkam, sie zu belügen. Diesem kleinen Mädchen hatte er sein Leben zu verdanken! Es erschien ihm nicht richtig, sie jetzt hinters Licht zu führen, aus welchen Gründen auch immer. Aber je weniger sie wußte, desto besser war es für sie beide. Er dachte wieder daran, wie er sie das letzte Mal gesehen hatte, vor fast neun Jahren. Die Erinnerung brannte wie ein glühendes Eisen. Kleine Lainey, so hatte er sie genannt. Als die ›kleine Lainey‹ hatte er sie in jener Nacht in der Mine vor sich gesehen. In jener Nacht, die er niemals vergessen würde.

Elaina stellte den Kaffeebecher etwas zu brüsk vor Morgan ab, und etliche Tropfen Kaffee schwappten über. Sie machte sich nicht die Mühe, sie aufzuwischen. Zum Teufel mit ihm und seinen Drohungen! Kein Wunder, daß Dolph Redmond ihn eingestellt hatte. Er war ein Mann von genau der Sorte, die Redmond und Dawson bewunderten, von der Sorte, die sich aufspielte und andere mit groben Worten einschüchterte.

Sie half dem Küchenjungen beim Aufwischen dessen, was sie fallen gelassen hatte, und dann holte sie sich von einem Stapel neben der Tür die Morgenzeitung, den *Sentinel*. Da sie fest entschlossen war, sich zwischendurch eine Pause zu gönnen, schenkte sie sich jetzt eine Tasse Kaffee ein, setzte sich, schlug die Zeitung auf und überflog die Überschriften. Doch so sehr sie sich auch anstrengte, ihr Verstand weigerte sich, die gedruckten Worte zu entziffern. Sie stellte sich zwar lesend, aber ihr Blick schweifte wiederholt zu der imposanten Gestalt am anderen Ende des Raumes.

Er war genauso gekleidet, wie sie es sich vorgestellt hätte: ein weißes Hemd, das am Kragen offenstand, eine schwarze Weste aus weichem Leder, enganliegende Hosen aus Büffelleder, die in blitzblanken schwarzen Lederstiefeln verschwanden. Eine Pistole mit Horngriff steckte bedrohlich in dem Lederhalfter, das er sich um den Oberschenkel geschnürt hatte.

Als die Glocke über der Tür das Eintreten eines anderen Gastes ankündigte, zogen sich Morgans dunkle geschwungene Augenbrauen zusammen. Sein kantiges Kinn bewegte sich kaum wahrnehmbar, als er die Kiefer aufeinanderbiß, weil der Mann, der eingetreten war, ihn von einem Tisch an der Tür aus kritisch betrachtete. Ausgeprägte Wangenknochen warfen Schatten auf sein Gesicht, als er seinen Kaffee nippte.

Dieser Revolverheld sah wirklich gut aus, fand Elaina – wenn ihm auch seine Skrupellosigkeit anzusehen war – und, von dieser Ausnahme abgesehen, sah er Ren tatsächlich sehr, sehr ähnlich.

Reynold Lee Daniels. Der bestaussehende Junge im Carbon County. Jedes Mädchen in der ganzen Schule war in ihn verliebt gewesen, und jeder einzelne Vater hatte seine Tochter vor Rens keineswegs ehrenwerten Absichten gewarnt. Im Alter von zehn Jahren hatte sie ihn aus der Ferne beobachtet. Sie war nicht immun gegen seinen Charme gewesen, aber da sie jünger war als die übrigen, hatte er sie gänzlich ignoriert. Bis zu der Nacht, in der sie ihn im Kohlenbergwerk ausgegraben hatte – der Nacht, die sie nicht vergessen konnte.

An jenem Oktoberabend im Jahr 1869 war es kalt gewesen. Sie hatte sich das Kleid zerrissen, als sie auf Bäume geklettert war, und daher hatte ihre Mutter sie früh zu Bett geschickt. Doch Stimmen unten im Wohnzimmer hatten ihre Neugier geweckt. Sie hatte die zornigen Worte sogar durch die Wände ihres Zimmers vernehmen können.

»Es ist an der Zeit, daß du den Mund hältst, McAllister, und zuhörst«, sagte eine tiefe Stimme. »Du hast in Bergwerksangelegenheiten nicht mehr das Sagen, seit du dir Geld von uns geliehen hast. Und jetzt sagen Dolph und ich, daß wir den Stollen in der Dämmerung sprengen, und uns interessiert es nicht die Bohne, ob dir das paßt oder nicht!«

Da sie unbedingt sehen wollte, wer gesprochen hatte, schlich sie sich auf Zehenspitzen zum oberen Treppenabsatz. Unten im Wohnzimmer stritten Dolph Redmond und Henry Dawson erbittert mit ihrem Vater.

»Bitte, Henry, hör auf mich«, sagte ihr Vater gerade.

»Diese beiden Jungen im Bergwerk sind noch am Leben. Du weißt es, und ich weiß es auch. Wir haben sie klopfen hören, als wir im Querschlag waren. Und etliche andere haben sie auch gehört. Mein Gewissen verbietet es mir, einen Mord zu begehen!«

Im Carbon County wußten alle von dem Einsatz in der Blue Moutain Mine. Henry Dawson sagte, ein Einschluß von Grubengas sei explodiert. Das war vor vier Tagen gewesen. Seitdem waren fünfzig Bergarbeiter geborgen worden, darunter zehn schwerverletzte und acht tote, und zwei waren noch im Bergwerk eingeschlossen – der acht Jahre alte Tommy Daniels, Elainas bester Freund, und sein älterer Bruder Ren, der gerade achtzehn geworden war.

Elaina preßte ihr Gesicht zwischen die geschnitzten Pfosten des Mahagonigeländers, und ihr dicker dunkler Zopf kitzelte sie auf der Wange, als er ihr über die Schulter fiel.

»Wie könnt ihr es verantworten, zwei unschuldige Knaben zu töten, und das nur um ein paar Dollar willen?« fragte ihr Vater mit bleichem Gesicht. Er rang die Hände, lief vor dem Kamin auf und ab und hinterließ Schlammspuren auf dem dicken Perserteppich.

»Es geht hier nicht nur um ein paar Dollar, und das weißt du selbst«, sagte Dawson, der auf seiner dicken Zigarre kaute. »Es könnte Tage, vielleicht sogar Wochen kosten, die Kinder dort rauszuholen. Sie haben auf der ersten Sohle gearbeitet und nicht auf der fünften wie die anderen, und deshalb sind sie nicht so tief unten, aber weiter drin.«

»Was hatten sie dort zu suchen?« fragte ihr Vater.

»Sie waren in den Ritzen«, sagte Dawson.

Sie wußte, was das hieß. Man zwängte sich kriechend in Spalten, die für eine Sprengung mit Dynamit zu riskant und für einen erwachsenen Mann zu eng waren, und dort gruben sie die Kohle mit den Händen aus den schmalen Ritzen. Das war die schrecklichste Arbeit in der ganzen Mine.

»Wir haben einen kleinen Jungen gebraucht, und daher

haben wir den Kleinen geschickt. Und der ältere Junge ist ein Störenfried, und deshalb haben wir ihn mitgeschickt. Wir hatten gehofft, damit brächten wir ihn dazu, seinen Job aufzugeben.« Dawsons normalerweise schon rötliches Gesicht war dunkelrot angelaufen. »Die Wahrscheinlichkeit spricht ohnehin dafür, daß sie tot sind, ehe wir sie finden. Wir können es uns nicht leisten, noch mehr Geld zu verlieren.« Er schlug mit der Hand auf den Kaminsims, und Elaina zuckte zusammen, als sei ein Schuß abgefeuert worden.

»Und wie wollt ihr den anderen den Tod der beiden Jungen erklären?« drängte ihr Vater.

»Die meisten Leute werden davon ausgehen, daß sie inzwischen tot sind«, antwortete Dawson. »Nur Ned Marlow und Jack Dorsey haben das Klopfen gehört. Eine kleine Lohnaufbesserung, und sie werden den Mund halten. Bei den Whiskeymengen, die die in sich reinschütten, wird ihnen ohnehin niemand glauben.« Dawson hatte seine kurzen Beine leicht gespreizt, als er sich entschieden vor ihrem Vater aufbaute und finster zu ihm aufsah. »Die Bergarbeiter sind zu sehr auf ihre Arbeit angewiesen, um sich mit uns anzulegen. Und außerdem haben diese Daniels hier in der Gegend keine Verwandten mehr.«

Dolph Redmond meldete sich erstmals auch zu Wort. »Du hättest in New York bleiben sollen, McAllister. Wir hätten dieses zusätzliche Kapital gebrauchen können, das du dort hättest auftreiben können. Statt dessen bist du beim ersten Anzeichen von Schwierigkeiten angerannt gekommen.« Er nahm eine andere Haltung auf dem Samtsofa ein und stellte jetzt die dünnen Beine nebeneinander.

»Mir persönlich«, fuhr er fort, »würde es nicht das geringste ausmachen, wenn diese beiden Störenfriede von der Bildfläche verschwänden. Dieser ältere Junge verbringt die Hälfte seiner Arbeitszeit damit, die anderen Bergleute davon zu überzeugen, daß die Arbeitsbedingungen in der

Mine nicht mehr sicher sind, und der jüngere schlägt sich auf seine Seite.«

»Nun, offensichtlich sind die Arbeitsbedingungen wirklich miserabel!«

»Das ist jetzt nicht mehr deine Angelegenheit«, warnte Redmond ihn leise.

Ihr Vater ignorierte Redmonds Warnung. »Wenn ich mich recht erinnere, ist der Vater des Jungen vor vier oder fünf Jahren in der Middleton Mine bei einem vergleichbaren Unglück umgekommen, als ihr beide dort für die Verwaltung zuständig wart.«

»Ja, Ed Daniels war auch ein Unruhestifter. Hat immer für die Rechte der Bergarbeiter gekämpft – höheren Lohn, kürzere Schichten und so weiter. Da sieht man doch, was er davon gehabt hat, oder nicht?« Dawson zog sich die dicke Zigarre aus dem Mund und spuckte in den Messingnapf unter der Wanduhr.

»Wie schnell nach der Senkung des Bodens habt ihr dort gesprengt?«

Redmond lächelte, und seine Lippen sahen aus wie eine schmale rote Wunde.

Dawson ballte eine Hand zur Faust, ließ sie aber an seiner Seite herunterhängen.

Die Kirschholzuhr von Großpapa McAllister tickte laut, sonst war kein Geräusch im Raum zu vernehmen.

»Warum habt ihr den Mann nicht gefeuert?« fragte ihr Vater schließlich.

»Das solltest du inzwischen wissen. Diese Grubenarbeiter halten zusammen. Wenn einer gefeuert wird, sorgt das für böses Blut. Es ist besser, dem Mann das Leben so schwerzumachen, daß er von sich aus geht. Ed Daniels war nicht klug genug, um zu wissen, wann man am besten aufgibt.« Dawson trat näher, sein Brustkorb hob und senkte sich.

»Bitte, meine Herren.« Dolph Redmond trat zwischen die beiden Männer. »Es besteht keine Notwendigkeit, die Vergangenheit aufzurühren. Solche Dinge geschehen nun einmal. Das gehört eben dazu, wenn man Geschäfte macht.«

»Dann wäre das also geklärt«, entschied Dawson. »Zeit ist Geld, und wir haben schon genug verloren. Im frühen Morgengrauen zünden wir das Loch an. Wenn die Mistkerle vorher noch rauskommen, dann sei es eben so.«

»Damit will ich nichts zu tun haben.« Ihr Vater ließ sich mit einem eingefallenen und bleichen Gesicht auf das Sofa sinken. »Das ist kaltblütiger Mord.«

»Bleib ganz ruhig, McAllister. Niemand ermordet hier irgend jemanden, und ich will nichts mehr von diesem Gerede hören. Denk an dich selbst – und an deine Familie.« Redmond strich sich eine Falte aus dem makellosen blauen Anzug, und dann bedeutete er Dawson mitzukommen, und beide Männer gingen zur Tür.

Elaina erinnerte sich noch an Dolph Redmonds letzte Worte: »Ein Bergmann lebt eben gefährlich. Und außerdem bleiben noch ein paar Stunden bis zum Morgengrauen.«

Sie war in Tränen aufgelöst in ihr Zimmer zurückgerannt und hatte geweint, bis sie sich ganz betäubt gefühlt hatte. Stunden später war ihr dann etwas eingefallen, was ihre Freunde vielleicht retten würde . . .

Ein zweites Bimmeln der Glocke über der Tür riß Elaina aus ihren Erinnerungen an vergangene Zeiten heraus. Als sie aufstand und zu den beiden Neuankömmlingen eilte, warf sie wieder einen Blick auf den Revolverhelden, und sie stand mehr denn je auf der Seite der Bergleute. Vielleicht war es an der Zeit, daß sie mehr tat, als ihnen nur ihre Sympathie entgegenzubringen. Mehr, als sich nur zu wünschen, die Arbeitsbedingungen könnten sich verbessern lassen.

Vielleicht war es tatsächlich höchste Zeit.

2

Über den Rand seines dampfenden Kaffeebechers beobachtete Morgan die Männer, deretwegen er hergekommen war, als sie den Raum betraten und direkt auf seinen Tisch zukamen.

»Mr. Morgan?« Dolph Redmond hielt ihm eine bleiche Hand hin. Mit seinem schwarzen Haar, das aus einer zu hohen Stirn mit Pomade zurückgebürstet war, und mit den Ohren, die zu dicht am Gesicht anlagen, erinnerte Dolph Redmond ihn an eine Klapperschlange – eine, die nicht den Anstand besaß, zur Vorwarnung Geräusche von sich zu geben.

»Ich bin Morgan.« Er klappte sein schlaksiges Gestell auseinander und ließ sich auf einen Händedruck ein, während sein kalter Blick die drei Männer brüsk abschätzte.

»Ich bin Adolph Redmond. Meine Freunde nennen mich Dolph.«

»Mr. Redmond«, erwiderte Morgan betont.

»Das ist mein Partner Henry Dawson, und das ist sein Sohn Chuck.«

Morgan drückte den beiden anderen Männern die Hand. Redmond war größer und teurer gekleidet als die anderen, und Morgan rechnete sich aus, daß er wahrscheinlich der Drahtzieher der Operation war. Dawson sah ein wenig nach einem früheren Raufbold aus, der es gewohnt war, mit bloßen Fäusten zu kämpfen. Er war klein und stämmig, und seine blaugeäderte Knollennase wies darauf hin, daß er ein Mann war, der gern dem Whiskey zusprach. Der Sohn hatte die kräftigen Arme und Schultern seines Vaters, doch er war auf einer Augenhöhe mit Morgan, der mindestens zwölf Zentimeter größer war als Henry.

»Es freut uns sehr, daß Sie unsere Einladung angenommen haben, Mr. Morgan«, sagte Redmond.

»Das wird sich erst noch herausstellen, Mr. Redmond.« Morgan zog einen Mundwinkel zu einem kühlen Lächeln hoch. Er machte sich nicht die geringsten Sorgen, daß die Männer sich möglicherweise noch an ihn erinnerten. In dieser Gegend wurde er seit fast neun Jahren als tot angesehen. Er hätte darauf gewettet, daß auf dem Friedhof ein Grabstein mit seinem Namen stand. Selbst wenn die Leichen der Opfer nicht geborgen wurden, stellte die Mountain Mining Company nach einem Grubenunglück einen Grabstein auf, der die symbolische Grabstätte bezeichnete.

»Lassen Sie uns ins Büro gehen, damit wir ungestörter miteinander reden können«, sagte Redmond und wies mit einem schmalen Finger, der in einem sorgsam manikürten Nagel endete, auf die Tür. »Chuck, sag Elaina, daß sie uns Kaffee bringen soll.«

Die Männer begaben sich in das Büro des Hotels. Redmond nahm hinter einem Schreibtisch aus geschnitztem Eichenholz Platz, und Morgan setzte sich ihm gegenüber, ebenso wie Dawson und sein Sohn. Der Raum war ziemlich schlicht ausgestattet: ein Schreibtisch, Stühle, eine Messinglampe auf dem Schreibtisch und eine verschnörkelte Stehlampe mit einem Lampenschirm mit roten Fransen. Eine Wand säumten verblichene Bilder des Hotels, wie es früher einmal ausgesehen hatte, und dazwischen hingen Skizzen, bei denen es sich um Pläne für einen Anbau zu handeln schien. Auch sie waren vergilbt und ausgebleicht. Lowell McAllister hatte anscheinend hochtrabende Pläne für das Hotel Keyserville gehabt.

Während er darauf wartete, daß die Männer es sich gemütlich machten, taxierte Morgan sie noch einmal. An den jüngeren Dawson erinnerte er sich noch gut. Chuck Dawson, der zwei Jahre älter als Morgan war, war egozentrisch, unaufrichtig und verschlagen gewesen. Mehr als einmal war er dabei ertappt worden, daß er die Bergarbeiter beim Kartenspiel betrogen hatte, und bei fehlenden Löhnen war er in mehreren Fällen verdächtigt worden. Als er Betsy Pierson hinter das Schulhaus gezerrt hatte, hatte ihn nur das Geld seines Vaters vor der Strafe bewahrt.

Es machte den Anschein, als hätte Chuck Dawson sich kaum verändert. Er war größer und breitschultriger, aber im Gegensatz zu dem älteren Dawson, dem der rötliche Teint, das runde Gesicht und der kahlwerdende Kopf fast einen Anschein von Fröhlichkeit gaben, war das Gesicht des jüngeren Mannes schmal und bleich geblieben. Mit seiner aristokratischen Nase, dem rotblonden Haar und dem üppigen Mund hätte er wahrscheinlich als gutaussehend gegolten, wenn auch auf eine glatte Art, doch Morgan fand, daß der Mann einem Schakal zu ähnlich sah.

»Nun, Morgan«, begann Redmond. »Kommen wir auf das Geschäftliche zu sprechen. Wir haben Sie hergebeten, damit Sie uns bei einem kleinen Problem behilflich sind. Wie Ihnen wahrscheinlich auf den Straßen schon aufgefallen ist, ist der Kohlenbergbau unsere Haupteinnahmequelle. Dawson und mir gehören das Hotel und die Gemischtwarenhandlung und sonst noch ein paar kleine Geschäfte, aber das eigentliche Geld steckt im Bergbau. Wir haben in der letzten Zeit ein paar harte Jahre durchgemacht, aber die Zeiten ändern sich. Der Markt für Kohle wird einen Aufschwung erleben, und wir haben die Absicht, im rechten Moment vorbereitet zu sein.«

Tausend Fragen schossen Morgan durch den Kopf, angefangen damit, was aus der Familie McAllister und ihren Anteilen an der Blue Mountain Mine geworden war.

Vor zehn Jahren hatten er und sein Bruder nach dem Einsturz in der Middleton Mine und dem Tod ihres Vaters die Arbeit in der Blue Mountain Mine aufgenommen. Zu jener Zeit war die Mine, aber auch das Hotel und die Gemischtwarenhandlung im Besitz von Lowell McAllister gewesen. Im darauffolgenden Jahr hatte McAllister Redmond und Dawson als Partner hinzugenommen, aber er hatte immer noch die Mehrheit der Anteile an der Mine und auch an seinen sonstigen Geschäften auf sich vereinigt.

Morgan musterte die drei Männer wachsam. »Reden Sie weiter«, war alles, was er sagte. Er ließ seine langbeinige Gestalt etwas tiefer in den unbequemen braunen Ledersessel sinken.

»Tja, ein paar von den Bergleuten machen wieder Schwierigkeiten und hetzen die anderen auf. Dazu kommt es immer wieder einmal, aber diesmal könnte es eventuell ein wenig zuviel werden.« Redmond bot ihm eine dünne Zigarre an. Morgan lehnte ab, aber Redmond steckte sich selbst eine an.

»Die verfluchten Grubenarbeiter wissen nicht, wann sie es gut haben«, warf der ältere Dawson ein. »Sie haben es verdammt viel leichter als früher. Wenigstens haben sie heute den Sonntag frei. Manche von ihren Papis haben sieben Tage in der Woche gearbeitet.«

Morgan zuckte zusammen. Sieben Zehnstundentage in der Woche unter unsicheren Arbeitsbedingungen in der Middleton Mine und das Grubenunglück, bei dem sein Vater umgekommen war, waren eine Folge der mangelnden Sicherheitsvorkehrungen gewesen. Er hatte all das nicht vergessen. In der Blue Moutain Mine hatten bessere Bedingungen geherrscht – zumindest so lange, bis McAllister Dawson und Redmond beteiligt hatte.

Morgan fuhr sich mit einer Hand durch das dunkle wellige Haar und zwang den Haß aus seinen himmelblauen Augen. »Und was genau schlagen die Herren vor? Wie sollte ich Ihrer Meinung nach mit Ihrem kleinen Problem umgehen?«

Henry Dawson ergriff das Wort, ehe Redmond etwas sagen konnte. »Die Bergleute haben für morgen früh ein Treffen angesetzt. Lassen dafür die Arbeit liegen. Uns kostet das Zeit und Geld. Das machen wir nicht mit. Wir wollen, daß mit so was ein für allemal Schluß ist. Wir wollen, daß Sie zu diesem kleinen Treffen gehen und diesen großen Schießprügel mitnehmen. Sorgen Sie nur dafür, daß allen klar ist, mit wem es der zu tun bekommt, der Ärger macht – mit Ihnen und mit dieser Knarre an Ihrer Hüfte.«

»Wenn sie sich davon nicht entmutigen lassen«, fügte Redmond noch hinzu, »dann können wir vielleicht einen kleinen Zwischenfall inszenieren, um klarzustellen, wie ernst es uns ist.«

Morgan biß die Zähne zusammen. Er hatte recht gehabt. In Keyserville hatte sich in den letzten neun Jahren nicht das Geringste geändert. Wenn überhaupt, dann hatte sich die Lage noch verschlechtert. »Wieviel ist Ihnen diese Demonstration, daß Sie es ernst meinen, wert?«

Chuck Dawson meldete sich zum ersten Mal zu Wort. »Wieviel sind Sie Ihrer Meinung nach wert, Revolverheld?« Seine dunklen Augen verengten sich, als er sich auf seinem Stuhl vorbeugte.

Morgan verriet keine Gefühlsregung. »Ich erwarte das Doppelte von dem, was Sie in dem Brief angeboten haben. Die Hälfte jetzt, die andere Hälfte, wenn der Job erledigt ist. Ihr kleines Problem scheint urplötzlich viel größer geworden zu sein.«

Dawson schürzte die Lippen und zog seine rotblonden Augenbrauen zusammen; dann lehnte er sich entspannt auf seinem Stuhl zurück. »Ich kann Ihnen nur raten, Ihren Preis wert zu sein, Revolverheld.«

»Mein Name ist Morgan«, rief er dem Mann kühl ins Gedächtnis zurück. »Dan oder Mister.«

Der Laut, mit dem sich die Tür öffnete, unterbrach den Wortwechsel. Elaina McAllister betrat den Raum mit einem Tablett, das mit Tassen und einer Kaffeekanne beladen war. Ihr strahlender Gesichtsausdruck, den Morgan vorher an ihr gesehen hatte, war verschwunden und von etwas abgelöst worden, was er als eine Maske von argwöhnischer Zurückhaltung interpretierte.

Chuck Dawson stand von seinem Stuhl auf, um ihr beim Abstellen des Tabletts behilflich zu sein, und seine Hand blieb auf eine Art, die Besitzerstolz ausdrückte, auf ihrem Arm liegen. Morgan war nicht ganz sicher, doch er glaubte, sie zusammenzucken zu sehen. Sie behielt Dawson mißtrauisch im Auge, und ihr Ausdruck jagte Morgan einen Schauer über den Rücken. Wo war das draufgängerische kleine Mädchen geblieben, das sich mutig in die Tiefen einer stillgelegten Mine vorgewagt hatte, um seine Freunde zu retten? Wo war die temperamentvolle Frau geblieben, die er gesehen hatte? Jetzt stand in ihren sanftmütigen bernsteinfarbenen Augen nur Wachsamkeit und Resignation, wie in den Augen eines Tieres, das man in einen Käfig gesperrt hat.

»Mr. Morgan«, sagte Chuck Dawson gerade, »darf ich Ihnen meine Verlobte vorstellen, Miss McAllister.«

Morgan war froh darüber, daß er saß. Der Atem schien ihm derart in der Kehle steckenzubleiben, daß er sich zwingen mußte, ihn auszustoßen. Es kostete ihn seine gesamte Kraft, mit ruhiger Stimme zu sprechen, als er sich einen Ruck gab, aufstand und ihr zur Begrüßung zunickte. »Es freut mich sehr, Ihre Bekanntschaft zu machen, Miss McAllister.«

Was für eine grandiose Frechheit, dachte Elaina, die die Spannung in den straffen Flächen des Gesichts dieses Revolverhelden sehen konnte. Er glaubt, ich fürchte mich vor ihm! Bloß weil er sich den Lebensunterhalt damit verdient, Leute umzubringen, heißt das noch lange nicht, daß er jedem Angst einjagen kann. Einen Moment lang wogte die Aufmüpfigkeit in ihr auf, und sie reckte das Kinn in die Luft. Dann sah sie in die grüblerischen dunklen Augen ihres Verlobten, und derselbe Ekel, der sie in diesen letzten Jahren beständig gequält hatte, führte wieder einmal dazu, daß sich ihr Magen zu einer harten Kugel zusammenzog. Als sie spürte, wie Chucks Finger geistesabwesend über ihren Arm glitten, zuckte sie zusammen und verdrängte dann sorgsam das Gefühl, so wie sie es sich mühsam beigebracht hatte.

Als sie einen Blick auf Morgan warf, bemerkte sie die 45er an seiner Hüfte und konzentrierte sich ganz darauf, daß sie und dieser Mann einander gerade vorgestellt wurden. »Das Vergnügen ist bestimmt ganz auf meiner Seite, Mr. Morgan«, erwiderte sie sarkastisch, und ihr Blick war frostig, als sie forschend in seine hellblauen Augen sah. Dann spürte sie Chuck Dawsons feuchte Handfläche auf ihrer Taille und wünschte sich plötzlich nichts anderes mehr, als den Raum zu verlassen.

»Danke für den Kaffee, meine Liebe«, sagte Dawson herablassend. »Ich habe heute nachmittag eine Besprechung in der Mine. Vielleicht sehen wir uns dann heute abend.«

Elaina nickte, warf einen Blick auf Morgan und floh aus dem Zimmer.

Morgan setzte sich wieder. Ihm war der Ausdruck der Erleichterung nicht entgangen, der über das Gesicht des Mädchens gehuscht war, als sie die Tür hinter sich geschlossen hatte. Er stand in der Schuld dieses Mädchens. Er verdankte ihr sein Leben. Er würde herausfinden, was zum Teufel in Keyserville vorging, und wenn es das letzte war, was er in seinem ganzen Leben tat.

Elaina war froh über die klappernden Töpfe, das klirrende Besteck und den hämmernden Lärm in der Hotelküche, als sie einen Löffel zur Hand nahm und einen Rindfleischeintopf umrührte, der auf einer der hinteren Flammen des großen schwarzen Ofens köchelte. Solange sie beschäftigt war, fand sie nicht die Zeit zum Nachdenken, wenngleich es ihr auch schwerfiel, ihre Gedanken nicht in ihre trostlose Zukunft als Mrs. Chuck Dawson abschweifen zu lassen.

»Laina, Schätzchen, wer ist der Mann?« Ada Lowery wies auf das Büro. Da sie in einer kleinen Wohnung hinter der Küche lebte, entging Ada nur wenig von dem, was im Hotel vorging.

»Das ist Black Dan persönlich«, sagte Elaina und legte den Deckel wieder auf den Topf. Dann nahm sie ihren Platz neben Ada ein und fing an, eine Zwiebel zu schälen.

»Allmächtiger Herrgott, der sieht nach einem harten Brokken aus. Ich wette, daß der ganz schön grob werden kann. Trotzdem sähe er gar nicht mal schlecht aus, wenn er nicht ganz so finster dreinschauen würde.« Ada nahm ebenfalls eine Zwiebel in die Hand und machte sich an die Arbeit.

Es war warm in der dampfenden Küche; ein Topf mit Rinderbrühe für Saucen und Suppen kochte neben dem Rindfleischgericht. Die Fenster waren beschlagen, und die Feuchtigkeit bewirkte, daß sich winzige dunkelbraune Ringellöckchen um Elainas Gesicht bildeten. Geistesabwesend schob sie sie sich hinter das Ohr.

»Er sieht Ren Daniels ein bißchen ähnlich«, sagte sie zu Ada.

»Wem?« Adas Augen fingen an, von den beißenden Säften der Zwiebel zu brennen.

»Ach, nur ein Junge, den ich früher einmal gekannt habe. Ich habe schon von ihm gesprochen. Der, für den ich als kleines Mädchen so geschwärmt habe. Du erinnerst dich gewiß. Wahrscheinlich habe ich dich damit verrückt gemacht, daß ich ständig von ihm geredet habe, als ich hier eingezogen bin. Sein kleiner Bruder Tommy war mein bester Freund.« Sie und Tommy hatten immer dann miteinander gespielt, wenn sie den endlosen gesellschaftlichen Verpflichtungen ihrer Mutter – Teegesellschaften, musikalische Darbietungen, Kirchenämter – und ihren zahllosen Stunden Privatunterricht – Klavier, Gesang, Ballett, Französisch – hatte entkommen können. Durch einen der leerstehenden Stollen auf der anderen Seite der Mine, in der sie und Tommy früher gespielt hatten, war es ihr in jener Nacht gelungen, die Jungen in der Mine zu finden.

Sie fragte sich zum tausendsten Mal in den letzten neun Jahren, wo die beiden Jungen jetzt wohl waren. Was war aus Tommy geworden? War er zu einem so gutaussehenden Jungen wie sein älterer Bruder herangewachsen? Sie war Ren nur ein paarmal begegnet, wenn er Tommy von der Schule abgeholt hatte. Ren hatte darauf bestanden, daß Tommy den Unterricht besuchte, während er Überstunden im Bergwerk machte, um sie beide zu ernähren. Ren hatte sich um Tommy gekümmert, nachdem ihre Eltern gestorben waren, und Tommy bewunderte ihn über alles.

Elaina schälte eine Zwiebel fertig und griff nach der nächsten. Auch ihre Augen begannen jetzt zu tränen. Die Frauen sahen einander an und lachten gutgelaunt.

»Nur gut, daß die Männer uns so nicht sehen können«, scherzte Elaina. »Sie dächten sicher, wir weinen.«

Ada Lowery wurde ernst. »Bist du ganz sicher, daß du dir nicht die Augen aus dem Kopf heulen wirst, wenn du bei dieser Hochzeit mitmachst, die Chuck Dawson geplant hat? Lange wird er sich nicht mehr hinhalten lassen.«

Elaina seufzte. Ada hatte recht. Chuck bedrängte sie seit mehr als zwei Jahren. In der letzten Zeit hatte er sich als unerbittlich erwiesen. In drei Wochen würden sie ihre Verlobung offiziell bekanntgeben, und Chuck hatte sie bereits wissen lassen, daß sie sich nicht auf eine lange Verlobungszeit einstellen konnte.

»Mir bleibt nichts anderes übrig«, sagte Elaina zu ihrer Verteidigung.

Ada schüttelte den Kopf. »Im Leben hat man immer die Wahl, Schätzchen, und das ist die wichtigste Entscheidung, die du je treffen wirst.«

»Wir haben das doch alles schon beredet, Ada. Henry Dawson ist der letzte Mann auf Erden, in dessen Schuld ich stehen möchte.«

Ada murrte, sagte aber nichts mehr. Elaina griff nach der nächsten Zwiebel.

Als ihr Vater gestorben war, hatte er hohe Schulden hinterlassen, die meisten bei Redmond und Dawson. Die Männer hatten das Haus der McAllisters als Teilzahlung akzeptiert, aber Dawson hatte darauf beharrt, daß Elaina und ihre Mutter in dem schönen alten viktorianischen Haus bleiben sollten, obwohl sie es von Rechts wegen hätten verkaufen müssen, um weitere Schulden abzubezahlen. Er wollte sämtliche Schulden übernehmen, die sie bei Dolph Redmond hatte.

Elaina konnte die Worte ihrer Mutter auf dem Totenbett immer noch hören: »Du mußt die Dinge in Ordnung bringen, ihm das Geld irgendwie zurückzahlen, den Namen der Familie reinwaschen.« Elaina hatte die Worte so oft gehört, daß sie ihr heute noch in den Ohren nachhallten.

»Es gibt Schulden, die sich nicht zurückzahlen lassen«, warf Ada ein, und Elaina fragte sich, und das nicht zum ersten Mal, ob das Gedankenlesen zu den zahlreichen Begabungen der drallen kleinen Frau gehörte.

»Und außerdem sorgt der alte Dawson nicht gerade besonders gut für dich. Du verdienst dir deinen Unterhalt, genau wie ich.«

»Das ändert nichts. Ich stehe in seiner Schuld, und ich habe die Absicht, ihm alle Schulden zurückzuzahlen, für Mama *und* für mich.«

Ada schüttelte den Kopf. »Ich wünschte nur, ich könnte etwas sagen, damit du es dir anders überlegst.«

»Nichts wird mich von meinem Entschluß abbringen, Ada. Ich will ihm nicht zu Dank verpflichtet sein. Und außerdem kann ich vielleicht irgendwie erreichen, daß sich die Bedingungen im Bergwerk verbessern.« Insgeheim hoffte sie, sie würde nach ihrer Eheschließung mit Chuck in der Lage sein, Einfluß auf die Arbeitsbedingungen in der Mine zu nehmen. Es war eine riskante Angelegenheit, aber sie wollte diese Chance nicht ungenutzt lassen.

Ada schüttelte nur noch den Kopf. »Dein verflixter Stolz wird noch dein Untergang sein, Schätzchen.«

Elaina schenkte ihr keine weitere Beachtung und stürzte sich mit neuem Schwung auf die nächste Zwiebel. Sie stand in Henry Dawsons Schuld, und wenn sie auch keine Liebe zu Chuck verspürte, dann würde sie doch ihre Verpflichtungen gegenüber Henry in der einzig möglichen Form einlösen –

indem sie seinen Sohn heiratete, denn sie wußte, daß dies sein Wunsch war. Elaina griff nach einem Geschirrtuch und tupfte sich die Augen ab, und plötzlich war sie froh über die Zwiebeltränen, die ein paar eigene verbargen.

Dan Morgan packte die wenigen Kleidungsstücke aus, die er auf seine Reise in den Osten mitgenommen hatte, dann zog er sein Hemd aus und setzte sich auf die Bettkante, um seine Füße von den Stiefeln zu befreien.

Die Gedanken an die schöne Frau, die er heute gesehen hatte, ließen Bilder von dem mutigen kleinen Mädchen lebendig werden, das ihm vor neun Jahren das Leben gerettet hatte. Jetzt war sie eine wunderschöne Frau, aber nicht schöner, als sie ihm an jenem Tag im Bergwerk erschienen war.

»Du hast uns das Leben gerettet, Lainey«, hatte er zu ihr gesagt. »Wir werden dich nie vergessen.« Und auch nicht die Männer, die das getan haben, fügte er im stillen hinzu. Sein schwarzes Haar war von Schmutz und Kohlenstaub verkrustet, und er konnte an nichts anderes denken – nur daran, wie er es den Bergwerksbesitzern heimzahlen konnte.

»Was werden wir jetzt tun?« hatte Lainey gefragt und sich den Kohlenstaub aus dem Rock geklopft, während sie vom Boden aufstand.

»*Wir* werden gar nichts tun. Tommy und ich werden von hier fortgehen.«

Lainey wirkte bestürzt.

»Für uns wäre es jetzt zu gefährlich hierzubleiben«, erklärte Ren. »Wir wissen zuviel. Wenn jemand die Wahrheit über das herausfände, was sich heute hier abgespielt hat, dann könnten Fragen zu dem Unglück in der Middleton Mine aufkommen. Redmond und Dawson können sich aber keine Fragen leisten. Und deshalb müssen Tommy und ich verschwinden.«

»Können wir denn nicht einfach zum Sheriff gehen?« fragte Lainey.

»Wer würde uns schon glauben? Und außerdem würden sie nur behaupten, ich wollte noch mehr Unruhe zwischen den Bergarbeitern und der Minenleitung stiften. Es könnte noch einmal zu einem sogenannten Unfall kommen.«

»Ich vermute, du hast recht«, räumte sie ein, »aber ich will trotzdem nicht, daß ihr fortgeht.« Sie lächelte kläglich und errötete dann, als er sie genauer ansah.

»Du darfst niemandem erzählen, daß du uns das Leben gerettet hast, Lainey. Laß sie glauben, wir seien tot.« Er war müde und schmutzig, durchnäßt, zerlumpt und blutig – und jetzt wußte er mit Sicherheit, daß sein Vater ermordet worden war.

Zum ersten Mal fielen Ren die blutigen Finger des Mädchens auf. »Mein Gott, Lainey.« Er küßte ihre blutigen Hände, während er neben ihr kniete und mit einer Hand ihr Kinn anhob. »Du bist das tapferste kleine Mädchen, das mir je begegnet ist. Vielleicht können Tommy und ich das eines Tages wiedergutmachen. Ich weiß nicht, wie, aber vielleicht klappt es ja eines Tages doch.« Er hatte ihr einen Kuß auf die schmutzverschmierte Wange gedrückt und sie kurz umarmt. Sein Bruder hatte dasselbe getan.

»Mach's gut, Lainey«, sagte Tommy, als dicke Tränen über seine Wangen rollten und dort weiße Spuren hinterließen.

»Ihr werdet mir fehlen«, hatte sie geflüstert. Er konnte sich noch daran erinnern, wie verloren sie gewirkt hatte, als sie ihren zerrissenen schmutzigen Rock gerafft, die Lampe aufgehoben und den Heimweg eingeschlagen hatte.

Morgan lächelte und ließ seinen zweiten Stiefel auf den Boden fallen. Elaina war absolut nicht mehr die zerlumpte kleine Gestalt, die er in Erinnerung hatte, wenngleich ihre Lebensumstände rätselhaft blieben.

Aber das wird nicht lange so bleiben, dachte er und gelobte sich, sich gleich am kommenden Morgen auf die Suche nach Antworten zu machen. Morgan griff nach der schwarzen

Lederweste, die am Kopfende des Betts hing, und holte ein kleines Adreßbuch, einen Zeitungsausschnitt und mehrere Visitenkarten aus der Innentasche – die einzigen Papiere, die ihn hätten identifizieren können. Behutsam steckte er sie unter die Matratze. Seine Begegnung mit Elaina hatte ihm gezeigt, wie wichtig es war, vorsichtig zu sein, aber Morgan war unbesorgt. Vorsicht gehörte zu seinem Job.

Der neue Tag dämmerte klar, wenngleich ein rauher Frühlingswind jedem, der das Pech hatte, im Freien zu sein, mit kleinen Eissplittern zusetzte.

Auf der Straße unter ihrem Fenster wehte der Wind kleine Papierstückchen durch die Gegend und zerrte an den Rökken der Frauen, die vorbeikamen und die Köpfe zu leisen Gesprächen zusammengesteckt hatten. Ganz Keyserville hatte von dem Treffen der Bergleute in der Stadthalle gehört. Nach ihrer Begegnung mit Morgan hatte Elaina beschlossen, daß es an der Zeit war, ihre eigenen Gefühle zu zeigen. Es sah ihr nicht ähnlich, sich öffentlich zu äußern und ihre Meinung kundzutun, und schon gar nicht vor einem Saal voller Männer, doch genau das hatte sie vor. Sie hatte den Zeitpunkt sogar schon mit Ada abgesprochen, die insgeheim ebenfalls mit den Bergleuten sympathisierte.

Als Elaina das Fenster wegen der Kälte wieder zuzog, dachte sie an den dunkelhaarigen Fremden, der Ren so ähnlich sah. Black Dan war das Stadtgespräch gewesen, nachdem das Gerücht durchgesickert war, daß man ihn hergeholt hatte. Morgan war ein roher und grausamer Mann, und sie fragte sich, wie sie ihn je mit dem unbeschwerten, sorglosen Ren hatte verwechseln können.

Wenigstens hat er mich gezwungen, einen Standpunkt zu beziehen, dachte sie, als sie gegen einen neuerlichen Anfall von Nervosität ankämpfte. Sie entschied sich für ein warmes blaues Baumwollkleid mit einem Rüschenoberteil und einem schlichten Rock mit keilförmigen Einsätzen, von dem sie hoffte, es würde ihr dazu verhelfen, einen guten Eindruck zu machen. Elaina schloß die Schranktür, zog sich das Kleid mit zitternden Fingern über den Kopf, rückte die Spitzenmanschetten und den züchtigen Ausschnitt zurecht und benutzte dann die Haarbürste ihrer Mutter mit dem silbernen Griff, um sich zu frisieren. Sie bürstete ihr Haar seitlich nach oben und steckte es mit Kämmen auf, ließ es aber hinten offen bis fast auf ihre Taille fallen.

Nachdem sie sich noch einen Wollschal geschnappt hatte, kniff sie sich in die Wangen, schickte ein Stoßgebet zum Himmel und sprang die Stufen hinunter. Sie wußte, daß Redmond und Dawson wütend werden würden, aber es bestand immer noch die geringe Hoffnung, daß sie aus dem Haus gelangen konnte und sie nicht merken würden, wohin sie sich begab. Was auch geschah, über die Konsequenzen würde sie sich morgen Gedanken machen. Nur dieses eine Mal mußte sie den Männern im Gedanken an ihren Vater zu verstehen geben, auf welcher Seite sie stand.

3

Mit hocherhobenem Kopf schritt Elaina die beiden Treppen hinunter, durch die Doppeltüren aus Mahagoni ins Freie und über die Broad Street zur Stadthalle.

Obwohl Keyserville eine kleine Stadt war, säumten zweistöckige Ziegelbauten, Geschäfte mit pompösen Fassaden und Markisen die Straße. Sie konnte den Mietstall von J. P. Sidwell direkt vor sich sehen und bemerkte, daß vor der Gemischtwarenhandlung Walzheimer mehrere Frauen von Bergleuten in gedämpftem Tonfall miteinander flüsterten.

Als Elaina die Stadthalle erreichte, war die Sitzung schon seit mehr als einer Stunde im Gang. Ein guter Zeitpunkt also. Der Wind peitschte ihre Röcke, als sie einen Moment lang oben auf den Steinstufen stehenblieb, um noch einmal Mut zu fassen; dann hob sie die Schultern, warf den Kopf in den Nacken und öffnete die Tür.

Josh Colson, der den Schlichtungsausschuß leitete, stand am Rednerpult. Jeder Platz der Halle war besetzt, und an beiden Wänden standen Bergleute.

»Wir müssen zusammenhalten!« sagte Josh gerade. Er schlug mit der Faust auf das Rednerpult, und ein zustimmendes Murmeln lief durch den Saal. Als sich die Tür quietschend hinter Elaina schloß, blickte er auf, und die Pause, die er einlegte, lenkte die Aufmerksamkeit der Bergleute auf sie. Das Stimmengewirr im Saal senkte sich zu einem leisen Flüstern, als die Männer begriffen, daß eine Frau den Raum betreten hatte.

»Was hat die denn hier zu suchen?« fragte Jacob Vorhees.

»Ja«, griff ein anderer seinen Ausruf auf, »wer hat die denn eingeladen?«

Elainas Herz pochte. Es würde schwieriger werden, als sie gedacht hatte.

»Das ist das Mädchen von Chuck Dawson. Schafft sie hier raus!« verlangte ein stämmiger bärtiger Bergmann.

»Wahrscheinlich ist sie eine Spionin!« fiel einer der jüngeren Männer ein.

Elaina umklammerte die Falten ihres Baumwollkleides und hatte das Gefühl, gleich in Tränen auszubrechen. Warum war sie bloß hergekommen? Die Männer wollten nichts von dem hören, was sie zu sagen hatte. Sie würde sich lediglich lächerlich machen. Sie biß sich auf die Lippe und wandte sich schon ab, um zu gehen, als sie über den Lärm hinweg Josh Colsons Stimme vernahm.

»Einen Moment mal, Jungs, einen Moment mal. Ich kenne Miss McAllister, und viele von euch kennen sie auch. Sie wäre nicht ohne einen verflixt guten Grund hergekommen.« Die Männer wurden etwas ruhiger. »Ich stimme dafür, daß wir uns anhören, was sie zu sagen hat.«

»Recht hat er«, stimmten Mike O'Shannessy und einige der anderen ihm zu.

Es wurde still im Saal, als die Männer sich wieder setzten.

»Sie haben etwas zu sagen, Miss McAllister?« fragte Josh.

Elaina schluckte schwer. Sie holte tief Luft und lief durch den Gang ans vordere Ende des Saales. Als sie das Rednerpult erreicht hatte, lächelte Josh ihr aufmunternd zu. Ihr Herz pochte so heftig, daß es gegen ihre Rippen schlug, als sie sich zu den Männern umwandte. Das hier gehörte zu den schwierigsten Dingen, die sie je in ihrem Leben hatte tun müssen. Ihre Handflächen waren feucht, ihre Knie zitterten, und jede Farbe war aus ihren Wangen gewichen.

»Ich hatte nicht vor, Schwierigkeiten zu machen«, sagte sie zögernd. »Ich dachte mir nur ... ich meine ... einige von Ihnen haben meinen Vater gekannt.« Als sie das beifällige Murmeln der Männer hörte, kehrte ein Teil ihres Muts zurück. »Falls Sie für ihn gearbeitet haben, ehe er Redmond und Dawson als Partner ins Geschäft genommen hat, dann wissen Sie, daß die Arbeitsbedingungen nicht immer so schlecht waren, wie sie es jetzt sind. Mein Vater war um die Sicherheit der Bergleute besorgt. Er wußte, daß ein langer Arbeitstag die Unfallgefahr erhöht. Er hat die Gerätschaften gründlich warten lassen, und er hat nichts von Einsparungen gehalten, die Menschenleben kosten könnten.« Ehe sie weiterreden konnte, signalisierte das Tageslicht, das am hinteren Ende des Saals hereinfiel, das Öffnen der Tür. Der große Mann, der eintrat, zog sich den breitkrempigen schwarzen Hut etwas tiefer in die Stirn. Seine hellblauen Augen sahen sie fest an, und einen Moment lang konnte sie sich nicht mehr daran erinnern, was sie eigentlich hatte sagen wollen.

Warum war er hier erschienen? fragte sie sich. Hatte er die Absicht, das Treffen zu stören? Sie zwang sich, sich wieder auf die Worte zu konzentrieren, die sie hatte sagen wollen, und ihr Herz schlug unregelmäßig. Das Murren der Menge legte sich, als sie ihren Gedankengang wieder aufgriff.

»Ich bin heute hier erschienen, weil ich Sie wissen lassen möchte, daß ich das, was Sie durchzusetzen versuchen, das, was Sie erreichen wollen, für richtig halte. Für eine Tagesschicht steht Ihnen ein Tageslohn zu. Es ist Ihr Recht – nicht Ihre Pflicht –, auf sicheren Arbeitsbedingungen zu beharren.« Die Männer brachen in beifällige Zurufe aus. Elaina gab sich einen Ruck und fuhr fort, denn sie war entschlossen, dieses eine Mal klar und deutlich ihre Meinung zu äußern. »Mein Vater hat an diese Grundsätze geglaubt – und ich glaube ebenfalls daran!«

Sie warf einen Blick in das hintere Ende des Saals und sah, daß der große Mann lässig an der Wand lehnte und seine große 45er bedrohlich an der Hüfte hängen hatte. Seine gelassene Haltung versetzte sie in Wut. Wie konnte er es wagen herzukommen und diese Männer einzuschüchtern!

Sie reckte das Kinn in die Luft, beugte sich über das Rednerpult vor und sah den Männern einzeln forschend in die Augen. »Und wenn Sie für das kämpfen müssen, wovon Sie wissen, daß es richtig ist, dann sei es eben so!«

Jubelnder Beifall und Pfiffe hallten donnernd durch den Saal. Josh Colson grinste sie an und drückte ihren Arm. Sie hob ihre Röcke, und als sie sich durch den Gang wieder zur Tür bewegte, hörte sie den Applaus der Bergleute und zitterte wieder vor Nervosität. Dan Morgan, dessen Augen unergründlich waren, lächelte ihr spöttisch zu und legte die Finger zu einem angedeuteten Gruß an die Hutkrempe, als sie zur Tür hinausging.

Sie schloß sie fest hinter sich und sackte dann gegen die schweren Bretter. Endlich hatte sie es getan! Sie hatte endlich einen Standpunkt bezogen. Sie wußte, daß ihr Vater stolz auf sie gewesen wäre. Dann hallten die letzten Worte, die sie gesagt hatte, durch ihren Kopf: »Wenn Sie kämpfen müssen... dann sei es eben so!« Und schon verschwand ihr Gefühl, etwas erreicht zu haben, mit der eisigen Brise.

Mein Gott, was hatte sie bloß getan? Sie hatte doch nur

vorgehabt, ihnen ein wenig moralische Unterstützung angedeihen zu lassen, ihnen zu sagen, wie ihr Vater sich dazu gestellt hätte. Sie hatte keineswegs beabsichtigt, die Männer zu Gewalttaten anzuspornen. Das verstieß gegen alles, woran sie glaubte.

Elaina zog ihren Umhang enger um sich, und wieder dachte sie an ihre Worte und an die furchtbaren Bedingungen in der Blue Mountain Mine. In der Anthrazitregion verlor pro Tag ein Mann sein Leben in den Bergwerken. Vielleicht war Gewalt wirklich die einzige Möglichkeit, etwas zu ändern.

Mit gebeugten Schultern schlug sie den Rückweg zum Hotel ein und gestattete sich zum ersten Mal die Überlegung, was Henry Dawson und, was noch wichtiger war, Chuck Dawson unternehmen würden, wenn sie dahinterkamen. Bei dem Gedanken liefen ihr kalte Schauer über den Rücken.

Chuck war ein herrschsüchtiger Menschenschinder, noch unsachlicher als sein Vater. Der ältere Dawson, soviel hatte sie begriffen, handelte nur aus Eigennützigkeit heraus, aus dem Verlangen, den Reichtum und die Macht zu behalten, die er im Lauf der Jahre angehäuft hatte. Henry war freundlich zu ihr gewesen, räumte sie widerstrebend ein. Er sah in ihr die kleine Tochter, die er sich immer gewünscht und nie gehabt hatte.

Dem jüngeren Dawson bereitete es Vergnügen, anderen weh zu tun. Seine Grausamkeit war das, was sie am meisten daran störte, seine Frau zu werden. Sie hatte gesehen, wie er die Bergleute behandelte, sogar die Kinder, die in der Mine arbeiteten. Sie erinnerte sich noch daran, wie ein kleiner Dreikäsehoch, ein Junge, der als Handlanger die Türen bewachte, über die die Luftzufuhr zu den Schächten geregelt wurde, einmal auf seinem Posten eingeschlafen war. Chuck hatte den Siebenjährigen tief in das Bergwerk hineingeführt, dem Jungen die Lampe weggenommen und das Kind dann den ganzen Tag über und bis spät in den Abend hinein allein im Dunkeln gelassen. Als der Junge endlich ans Tageslicht gebracht worden war, war er so verängstigt gewesen, daß er kaum noch ein Wort herausbringen konnte.

Bei der Erinnerung an diesen Vorfall erschauerte Elaina und hoffte, sie könnte Chuck dazu bringen, sich zu ändern.

Dan Morgan hielt sich nur lange genug in der Stadthalle auf, um bemerkt zu werden und klar auszudrücken, welche Drohung seine Anwesenheit bedeutete. Er hatte eine Besprechung mit Dolph Redmond und den beiden Dawsons vereinbart. Sie würden zur Mine hinausfahren. Ihm war die Rolle verhaßt, die er spielte, aber er wußte, daß es die einzige Möglichkeit für ihn war, sich ein klares Bild davon zu machen, was in Keyserville vorging.

Vor der Stadthalle band er den schwarzen Wallach los, den er gemietet hatte, stieg auf und ritt zum Hotel. Er lächelte, als er an die Frau im Saal dachte. Sie war Dawsons Verlobte, und doch hatte sie Stellung gegen ihn bezogen. Morgan überraschte das nur wenig; selbst als Kind hatte sie schon für die Benachteiligten gekämpft. Und schon vor Jahren hatte er gelernt, daß es die Stillen waren, denen ein Mann sein Augenmerk schenken sollte. Bei ihnen loderte die gesamte Glut unter der Oberfläche, dort, wo sie zählte. Elaina hatte sich heute für die Männer eingesetzt, genauso, wie sie sich vor neun Jahren für ihn eingesetzt hatte.

Morgan trieb sein Pferd an und mißachtete die neugierigen Blicke der Menschen auf der Straße, während seine Gedanken bei Elaina verweilten. Was für eine wunderschöne Frau doch aus ihr geworden war – mit einer schmalen geraden Nase und rubinroten Lippen, die ein Mann beim Betrachten nahezu schmecken konnte, und einer blütenzarten Haut. Sie war etwas größer als die meisten Frauen, die er kannte, aber nicht zu groß. Und diese Figur konnte man nicht übersehen. Hochangesetzte runde Brüste, eine zierliche Taille – er konnte sich ihre langen schlanken Beine und die sanft gewölbten Hüften mühelos vorstellen. Und dann dieses Haar: lang und dicht und zobelfarben. Jedesmal, wenn sie sich bewegte, funkelten rotbraune Glanzlichter. Es war verdammt gut, daß er so gut wie verheiratet war. Das letzte auf Erden, was er sich gewünscht hätte, wäre gewesen, die Frau zu verführen, die ihm das Leben gerettet hatte!

»Wie ist Ihr kleiner Auftritt heute morgen verlaufen, Morgan?« Chuck Dawson erwartete ihn auf der Veranda vor dem Hotel, als Morgan angeritten kam.

»Genauso, wie Sie es geplant hatten«, antwortete Morgan, »aber diese Jungs machen nicht den Eindruck, als würden sie sich so leicht von ihrem Vorhaben abbringen lassen.« Dawson ballte eine Hand zur Faust, und Morgan spürte, wie ihn ein Schauer überlief, als er sich die Hände dieses Mannes auf Elainas hochangesetzten vollen Brüsten vorstellte.

»Dann werden wir eben etwas mehr Überzeugungskraft einsetzen müssen.« Dawson stieg auf sein Pferd. »Wir treffen meinen Vater und Dolph Redmond draußen im Bergwerk.«

Morgan nickte, und die beiden Männer ritten aus der Stadt, als sich der Versammlungssaal gerade zu leeren begann. Die verdrossenen Gesichtsausdrücke der Bergleute besagten deutlich, was bei dem Treffen herausgekommen war.

»Du solltest aufpassen, was hinter deinem Rücken passiert, Revolverheld!« drohte eine Stimme aus der brodelnden Menge, als Morgan vorbeiritt.

»Verzieh dich aus der Stadt, und laß anständige Leute in Ruhe!« rief eine andere Stimme aus.

Morgan wünschte, es gäbe eine andere Möglichkeit, mit der Situation umzugehen. Es war ihm verhaßt, sich gegen die Männer zu stellen, denen er helfen wollte. Wenn es eine andere Möglichkeit gegeben hätte ... aber es gab keine. Langfristig gesehen, war es so für alle Betroffenen das beste.

Schweigend ritten sie auf der Straße weiter und aus der

Stadt hinaus, wobei vertraute Anblicke – die schäbige alte Hütte eines Bergmanns, eine Brücke, unter der er früher gespielt hatte – Erinnerungen an seine Jugend wieder aufkommen ließen. Aber die Erinnerung, die er nicht vergessen konnte, war die an die Nacht, in der er Keyserville verlassen hatte: die Nacht des 1. Oktober 1869.

Er und Tommy hatten mehr als vier Tage im Dunkeln festgesessen. Die Kerze auf seinem Helm war bei der Sprengung ausgegangen, und Tommys Kerze hatte nur die ersten acht Stunden überstanden. Danach hatten sie in vollständiger Dunkelheit verharrt. Rens Overall und sein Hemd waren von dem Wasser, das von den Decken tropfte, komplett durchweicht gewesen. Seine Haut hatte sich vor Nässe abgelöst, da sie sich ständig an dem rauhen Material der Kleidungsstücke aufgescheuert hatte, und die Feuchtigkeit aus der Erde war ihm bis in die Knochen gedrungen: Seine Glieder waren steif und schmerzten, und die Wunden, die er sich durch stürzendes Gebälk zugezogen hatte, pochten unerträglich.

»Ren? Glaubst du, wir werden sterben?« Tommys kleines Stimmchen war wie ein Messer durch die Schwärze gedrungen.

»Sei nicht albern«, antwortete Ren, der sich sehnlichst wünschte, sein kleiner Bruder würde den Mut nicht aufgeben. »Klopf einfach weiter. Wenn du müde wirst, fange ich wieder damit an.«

»Ich friere schrecklich . . . und ich fürchte mich.« Tommy tastete im Dunkeln, bis er Rens Hand gefunden hatte.

Ren hielt sie fest. »Sie werden uns bald finden, Tommy. Ich bin ganz sicher. Du mußt einfach nur noch ein Weilchen länger tapfer sein.«

»Ich werde tapfer sein, Ren, das verspreche ich dir.«

Die Verzweiflung, die aus der Stimme seines Bruders herauszuhören war, brach ihm fast das Herz. »Ich weiß, wie schwer es ist, Tommy – Papa wäre stolz auf dich gewesen –, aber wir dürfen nicht aufgeben.«

»Ich werde nicht aufgeben, Ren.«

»Braver Junge. Und jetzt klopf einfach weiter – was war das?« Ren versteifte und strengte sich an, das Geräusch zu hören.

»Was?« Tommy lauschte jetzt auch.

»Das da!« Ren tastete sich blind durch die schmale Höhle zur gegenüberliegenden Wand vor.

Poch, poch, poch.

»Da ist es wieder. Und es ist ganz in der Nähe!« Ren erinnerte sich noch daran, was für einen Satz sein Herz gemacht hatte. »Klopf ein paarmal zurück«, hatte er Tommy angewiesen. »Und dann hilf mir beim Graben.«

Tommy hatte ein schnelles Staccato geklopft. Sogar im Dunkeln hatte Ren das Lächeln seines Bruders wahrgenommen.

Als die Männer um eine Straßenbiegung kamen, rückte Blue Mountain in Sicht und eine schnelle Erinnerung daran, daß Ren jetzt Dan Morgan war. Redmond und der ältere Dawson warteten beim Tor.

Das Bergwerk sah noch fast genauso aus, wie er es in Erinnerung hatte: ein großer Erdhügel, vernarbt und geschändet. Tiefe Löcher gruben sich in die Seiten des Berges, als sei er endlos mißbraucht worden, und rostende Förderwagen standen unbenutzt neben dem Hauptzugang. Schmalspurige Eisenschienen führten in den Hügel und warteten auf die schwere, rumpelnde Last der beladenen Kohlenwagen.

Es wirkte alles genauso abschreckend, wie er es in Erinnerung hatte, nur konnte er jetzt, als sie sich im Hauptschacht bewegten, deutlich sehen, daß das abstützende Gebälk ersetzt werden mußte und die Maschinen entschieden zu nachlässig gewartet wurden. Wieder zogen grausige Bilder aus der Vergangenheit vor Morgans Augen vorbei – tagelang in den feuchtkalten Tiefen des Bergwerks begraben, Tote und Sterbende, die in ihren Todesqualen unter den eingestürzten Balken schrien. Er hatte Schwierigkeiten, sich auf das Gespräch zu konzentrieren.

»Nun, was halten Sie davon?« wollte Henry Dawson wissen.

»Tut mir leid, aber ich fürchte, vom Bergbau verstehe ich nicht viel«, log Morgan. »Mir kommt das alles recht kalt und dunkel vor.«

Dawson lachte. »Das sagt ihr Neulinge alle. Wenn man in diesen Tunneln arbeiten will, muß man ein echter Schmutzfink sein!«

Morgan wußte, wie recht der Mann hatte. Er hatte vor neun Jahren mit dem Bergbau aufgehört, abgesehen von ein paar Geldinvestitionen, und er hatte es keinen Moment lang bereut.

Als sie etwas weiter in den Stollen vordrangen, konnte Morgan die feuchte Luft riechen, die aus dem Schacht kam. Alles war still, denn die Bergleute waren noch in der Stadt. Nur ein paar Maultiere schrien in ihrem dunklen Stall unter der Erde. Maultiere waren ein notwendiger Bestandteil des Glanzkohleabbaus. Sie zogen die schweren Kohlenwagen durch die Stollen und brachten die Kohle nach oben. Manche der Tiere sahen nie die Sonne.

Morgan hatte schon von Maultieren gehört, die verrückt wurden, als sie das Licht gesehen hatten, nachdem man sie jahrelang in den Stollen gehalten hatte. Sie wollten nicht ins Bergwerk zurückkehren, ganz gleich, wie lange und fest man sie schlug. Morgan verstand ihre Gefühle. Manchmal waren Maultiere klüger als Menschen.

Dann verließen die vier Männer das Bergwerk und machten sich auf den Weg zum Verwaltungsgebäude, um ihr Gespräch fortzusetzen. Redmond wollte die Vorfälle des Morgens in allen Einzelheiten erfahren. Morgan berichtete, wobei er sorgsam darauf achtete, Elainas glühende Ansprache mit keinem Wort zu erwähnen. Als Morgan sich Chuck

Dawsons fahlen Teint und seine dunklen, dumpf vor sich hin brütenden Augen betrachtete, fragte er sich, was der Mann Elaina antun würde, wenn er dahinterkam.

Die Besprechung zog sich noch mehr als eine Stunde hin, und jeder der Männer machte schaurige Vorschläge, wie Morgan das Problem mit den Bergleuten angehen sollte. Ein Streik wäre viel zu kostspielig gewesen. Einen Tag zu verlieren, war schon mehr, als sie eingeplant hatten. Und es kam überhaupt nicht in Frage, auf die Forderungen der Bergleute einzugehen. Weit billiger war es, Morgan seinen Lohn zu zahlen und alles beim alten zu belassen. Morgan versicherte den Männern, er würde jeden einzelnen Vorschlag in Betracht ziehen. Insgeheim wünschte er sich bei jedem neuen gräßlichen Vorschlag, der Teufel möge die drei holen.

Schließlich bestiegen alle vier Männer ihre Pferde und machten sich auf den Rückweg in die Stadt. Es war kein weiter Ritt, und die Landschaft war reizvoll: grüne bewaldete Hügel, tiefe Schluchten und sachte dahinplätschernde Bäche. Ihm fielen Momente aus seiner Jugend ein, die seine Aufmerksamkeit ablenkten. Hatte er nicht direkt hinter dieser Wegbiegung Prudence Mayfield geliebt, die Tochter des Bürgermeisters? Erinnerungen an üppige weiße Brüste und eine Spur zu breite Hüften zogen seine Mundwinkel zu einem Lächeln hoch.

Als er seine Aufmerksamkeit wieder der Gegenwart zuwandte, schaute er auf den Weg vor sich und sah, wie Metall in der Sonne funkelte und sich in einem kleinen Dickicht etwas bewegte. Jetzt war er auf der Hut und griff seinem Pferd in dem Moment in die Zügel, in dem eine Reihe von Schüssen ertönte und ein heftiger, brennender Schmerz durch seine Brust zuckte und der Aufprall der Kugel ihn fast vom Sattel warf. In dem Augenblick, in dem das schwarze Pferd mit einem Satz Deckung suchte, grub sich eine zweite Kugel in seinen Oberschenkel.

Morgan kämpfte darum, im Sattel zu bleiben, doch der

große Schmerz überflutete ihn und betäubte ihn mit der Wucht eines heftigen Schlags. Er umfaßte das Sattelhorn so fest, daß seine Finger schmerzten, während er sich gegen das lockende Dunkel wehrte. Dann kippte er nach vorn und stürzte vom Pferd.

»Verdammt noch mal!« Chuck Dawson stieg eilig ab und kauerte sich zwischen die Felsbrocken, und Redmond und Henry Dawson folgten seinem Beispiel. Es ertönten keine weiteren Schüsse, und von dem Mann, der sich zwischen den Bäumen verborgen hatte, war nichts mehr zu sehen, doch um ganz sicher zu sein, warteten sie noch ein paar Minuten, ehe sie den Schutz ihrer Deckung verließen.

»Inzwischen ist er längst über alle Berge«, sagte Henry Dawson. Die Männer erhoben sich vorsichtig, hielten noch einmal nach ihrem Angreifer Ausschau und näherten sich dann Dan Morgans zusammengesackter Gestalt.

»Hat ihn sich einer von euch angesehen?« fragte Redmond.

»Ich war vollauf mit dem Versuch beschäftigt, meine eigene Haut zu retten.« Henry Dawson sprach die Gedanken von allen dreien laut aus.

»Ist er noch am Leben?« Chuck deutete auf Morgan, und die Männer knieten sich neben den Verletzten. Redmond fühlte Morgans Puls.

»Er lebt noch. Wenigstens im Moment. Wir sollten ihn besser ins Hotel schaffen und Doc Willowford holen.«

Sattelleder quietschte, doch der große schwarze Wallach blieb stocksteif stehen, als die Männer den bewußtlosen Morgan auf das Pferd warfen. Alle drei stiegen auf und ritten schnell zur Stadt. Den schwarzen Wallach führten sie an den Zügeln mit. Chuck machte sich auf den Weg, um den Arzt zu holen, und die beiden älteren Männer trugen Morgan ins Hotel.

Elaina öffnete in dem Moment die Tür des Restaurants, in dem Redmond und Dawson eintraten. Beim Anblick des blutüberströmten Fremden, der sich noch vor wenigen Stunden in der Stadthalle über sie lustig gemacht hatte, erbleichte sie.

»Man hat auf ihn geschossen«, teilte Dolph Redmond ihr nahezu beiläufig mit.

Sein ruhiger Tonfall ließ sie aufbrausen. Floß anstelle von Blut Eiswasser durch die Adern dieses Mannes? Sie schloß die Tür hinter sich und lief neben dem Verletzten her.

In seiner Bewußtlosigkeit waren Morgans harte Gesichtszüge weicher geworden. Das dunkle Haar fiel ihm in die Stirn, und Elaina mußte wieder denken, wie sehr er Ren ähnlich sah. Wie gut er doch aussah, und wie verletzbar er wirkte! Plötzlich fühlte Elaina eine furchtbare Verantwortung für die Tragödie auf sich lasten. Sie hatte gefürchtet, ihre Ansprache würde die Bergleute zu Gewalttätigkeit anspornen. Konnte es sein, daß sie mitschuldig an dem war, was dem Mann zugestoßen war?

Chuck Dawson stieß die Eingangstür auf. »Doc Willowford ist unterwegs. Er ist gerade zu einer Entbindung gerufen worden.«

»Legt ihn in das Zimmer neben meinem«, sagte Elaina. Der zweite Stock war zwar nie fertiggestellt worden, doch an ihr Zimmer grenzte ein leeres Zimmer, und es gab noch ein weiteres weiter hinten.

Chuck wirkte skeptisch.

»Tut, was sie sagt«, ordnete Redmond an. »Vielleicht kann sie ihm helfen, und er wird uns doch noch etwas nutzen. Wenn er das überlebt, sollte er so wütend sein, daß er richtig gut ist.« Beide Dawsons lächelten.

»Manchmal bist du viel gescheiter, als du aussiehst, Dolf«, sagte Henry.

Chucks Gesichtsausdruck spiegelte tiefempfundene Zustimmung wider.

Elaina überholte die Männer auf der Treppe und eilte voraus, um das Zimmer bereitzumachen, und dann lief sie schnell in ihr eigenes Zimmer, um einen Krug Wasser und die anderen Dinge zu holen, die sie brauchte. Als sie zurückkam, fand sie den Fremden auf dem Bett vor, und der ältere Dawson zog dem Mann gerade die Stiefel aus.

»Warum überlassen Sie ihn mir nicht?« sagte sie. »Wenn ich Hilfe brauche, rufe ich Sie.« Sie hätte den Beistand zwar gebrauchen können, aber es machte sie nervös, auch nur in einem Raum mit den drei Männern zu sein.

Redmond nickte zustimmend und bedeutete den anderen, ihm zu folgen.

»Sie sollten Ada lieber sagen, daß sie sich jemand anderen sucht, der die nächste Zeit im Restaurant arbeitet, wenn Sie wollen, daß dieser Mann überlebt«, erklärte sie.

»Ich werde mich darum kümmern«, versicherte ihr Henry Dawson. »Bring du nur diesen Revolverhelden wieder auf die Beine.«

Die Männer verließen leise den Raum, und Elaina atmete auf. Sie sah sich den bleichen Mann an, der auf dem Bett lag, und begann, sich ein Bild von dem Ausmaß seiner Verletzungen zu machen. Sie war immer geschickt in der Krankenpflege gewesen. Das gehörte zu den Dingen, die ihr einfach lagen. Selbst Ada konnte einen kranken Hotelgast nicht so gut pflegen wie sie. Sie hatte dies von ihrer Großmutter geerbt. Elaina war der spindeldürren kleinen Frau bei jeder sich bietenden Gelegenheit nachgelaufen, und daher hatte Großmama McAllister Elaina ihr Heilbuch hinterlassen, als sie gestorben war. Im Lauf der Jahre war Elaina immer besser geworden, wenn man bedachte, daß sie keine wirkliche Ausbildung hatte. Die Menschen setzten Vertrauen in sie. Neben Doc Willowford war sie das Beste, was die kleine Stadt zu bieten hatte.

Elaina wusch sich die Hände in der Waschschüssel auf der Kommode und knöpfte dann das blutdurchtränkte Hemd des Mannes auf und zog es auseinander. Nachdem sie sich die Wunde genau angesehen hatte, wußte sie, daß die Kugel direkt unter der Schulter eingedrungen war. Es war schwer zu sagen, ob dabei ein Lungenflügel durchbohrt worden war oder nicht, aber sein Blut wies keine kleinen Schaumbläschen auf. Dennoch konnte sie, da er so flach atmete, nicht sicher sein.

Elaina schnitt das blutige Hemd des Revolverhelden mit ihrer Schere auf und konnte es schließlich von seiner Brust ziehen. Dann sah sie, daß der Mann auch eine Beinverletzung hatte. Kein Wunder, daß er so bleich war. Er mußte eine Menge Blut verloren haben.

Elaina trat in den Korridor. In einer großen Abstellkammer am Ende waren Bettzeug, Handtücher und saubere Laken untergebracht. Es war dunkel in der Kammer, und daher achtete sie sorgsam darauf, daß die Tür offenblieb. Allein schon der Gedanke, bei geschlossener Tür und ohne Licht in diesem Raum zu sein, jagte ihr Angst ein. Eilig holte sie ein Laken heraus und kehrte schnell zu dem Verwundeten zurück. Schon auf dem Weg zu ihm riß sie das Laken in Streifen, weil sie Verbandmaterial brauchte.

Die Behandlung der Brustverletzung würde einige Zeit in Anspruch nehmen, daher entschloß sie sich, sich zuerst um seine Beinwunde zu kümmern. Sie preßte einen Teil des frischen Lakens auf seine Schulter, um die Blutung so gut wie möglich zu stillen, bevor sie sich dem Bein zuwandte.

Einen Moment lang zögerte sie, und ihre Hand verharrte über den Knöpfen der enganliegenden schwarzen Hose des Revolverhelden in der Luft. Sie hatte schon oft verwundete Männer verarztet. Warum war es diesmal etwas anderes, diesen Mann zu entkleiden? Weil du von dem Körper geträumt hast, der in Rens Kleidern steckt. Sie zwang sich, diese alberne Vorstellung abzuschütteln, und machte sich an die Knöpfe, schnitt das blutdurchtränkte Leder zum Teil durch und zog dem Revolverhelden die Hose dann über die schmalen Hüften und die muskulösen Oberschenkel. Als sie ihm die blutige wollene Unterwäsche auszog, sprach sie ein Dankgebet dafür, daß der Mann bewußtlos war.

Auch wenn sie es noch so ungern zugab, hatte sie doch nie einen vollkommeneren Mann als diesen gesehen, der auf diesem Bett lag. Als er nackt vor ihr lag, sah sie, daß sein Körper schlank und fest war, mit einer schlanken Taille und schmalen Hüften. Sie bemühte sich, das dunkle Haar nicht anzusehen, das sich auf seiner breiten Brust kräuselte und sich dann in einer schmalen Linie über seinen flachen Bauch und zu seinen Geschlechtsorganen fortsetzte. Bis jetzt hatte sie nur einen anderen Mann vollständig nackt gesehen, einen verletzten Bergmann aus Middleton, deshalb war der Anblick dieses Mannes mehr als faszinierend.

Faszinierend! Was in Gottes Namen war bloß los mit ihr? Der Mann war so gut wie tot, und sie saß da und starrte seinen Körper an! Sie wischte noch mehr Blut weg, tastete die Beinverletzung ab und stellte fest, daß die Kugel seinen Oberschenkel durchbohrt hatte und auf der Rückseite wieder herausgekommen war. Die Beinwunde durfte eigentlich keine Probleme machen, solange sie sich nicht entzündete – und sie war sicher, daß es mit dem Kräuterverband ihrer Großmutter nicht dazu kommen würde.

Nachdem sie die Schußwunde gründlich gereinigt hatte, kramte sie in ihrem kleinen ledernen Medizinkoffer und fand ein wenig zerstoßene Maßliebchen, die nützlich waren, um die Blutung zu stillen. Sie sprenkelte etwas auf die Wunde und gab Erlenrinde dazu, um die Entzündung möglichst gering zu halten, drückte eine Kompresse auf die Wunde und verband das Bein.

»Kann ich irgend etwas tun, Laina, Liebchen?« Ada Lowery streckte den Kopf in dem Moment zur Tür herein, in dem Elaina gerade das blutige Verbandmaterial von der Wunde in der breiten Brust des Mannes zog.

»Danke, Ada. Aber es ist wirklich kein schöner Anblick.«

»Du weißt ja, daß ich nie gut im Verarzten war, aber ich tue alles, was du sagst.« Sie trat an das Bett des Mannes. »Allmächtiger Gott! Wenn der keine Schönheit ist! Einen Mann, der so gebaut ist, habe ich hier in der Gegend schon ewig nicht mehr gesehen.«

Elaina errötete. Zumindest empfand sie ihre erste Reaktion jetzt nicht mehr als ganz so ungerechtfertigt. »Ada, du bist einfach schrecklich«, schalt sie sie, ohne von ihrem Tun aufzublicken.

»Irgendwie erinnert er mich an meinen toten Mann – ich meine natürlich, an Jake zu seinen besten Zeiten. Klar, Jake war bald zehn Zentimeter kleiner als der da.« Ada grinste breit. »Aber nicht da, wo es drauf ankommt, das kannst du mir glauben.«

Elaina lachte laut und war froh über das Nachlassen der Anspannung. »Hier.« Sie packte die Hand der älteren Frau und zog sie an die richtige Stelle. »Ich werde jetzt nach der Kugel tasten. Ich glaube nicht, daß er aufwacht, aber du solltest für alle Fälle darauf vorbereitet sein, ihn rechtzeitig festzuhalten.«

Ada nickte.

Elaina wusch sich ein zweites Mal die Hände und legte sorgfältig die Kräuter bereit, die sie brauchen würde. Obwohl es kühl im Zimmer war, standen Schweißperlen auf ihrer Stirn. Mit unendlicher Geduld tastete Elaina die Wunde ab. Ada hielt den Oberkörper des Mannes, doch er rührte sich nicht. Die Kugel saß direkt unter dem Schlüsselbein, aber sie war leicht zu finden, und es war kein weiterer Schaden entstanden. Als sie die Bleikugel aus der Wunde zog und der Mann gleichmäßig weiteratmete, seufzte Elaina erleichtert auf. Sie säuberte die Wunde gründlich, streute die Kräuter darauf, brachte einen Verband an und lächelte voller Zufriedenheit auf ihr Werk hinunter. Wenn keine Komplikationen auftreten, würde der Mann überleben.

Dann drängten sich ihr Dolph Redmonds Worte auf: »Wenn er das überlebt, sollte er so wütend sein, daß er richtig gut ist.« Sie fragte sich um der Bergleute willen, ob sie richtig gehandelt hatte.

4

Sechs Stunden später schlug Dan Morgan die Augen auf und blinzelte mit schmerzverzerrtem Gesicht. Er versuchte, sich im Bett aufzusetzen, sank jedoch sogleich wieder bewußtlos zurück. Verschwommene Bilder von einer Frau mit rotbraunem Haar, die sich über ihn beugte, durchdrangen gelegentlich den Nebelschleier.

Morgan verfiel in einen unruhigen Schlaf und erwachte irgendwann später, als er glaubte, einen Mann in einem dunkelgrauen Anzug neben seinem Bett zu sehen. Wieder trieb er in die Bewußtlosigkeit ab.

Was ihn spät am folgenden Morgen schließlich weckte, war die sanfte Wärme der Sonnenstrahlen auf dem krausen Haar auf seiner Brust. Er schlug langsam die Augen auf und gestattete ihnen, sich an den Sonnenschein zu gewöhnen, der in das Zimmer fiel. Als er das Geräusch von Schritten dicht an seinem Bett hörte, blinzelte er mehrmals und bemühte sich, die verschwommenen Bilder klar zu erkennen. Dann tauchte die sanfte Wölbung zweier voller Brüste über einem tiefen Ausschnitt vor seinen Augen auf, als ein dunkelhaariges Mädchen sich über ihn beugte. Einen Moment lang glaubte er zu träumen. Dann zogen sich zum ersten Mal seit zwei Tagen seine Mundwinkel zu einem halbherzigen Lächeln hoch. Er hob eine zitternde Hand und legte sie sachte auf eine volle, üppige Brust.

Ein entrüsteter Aufschrei gab ihm die Gewißheit, daß er nicht träumte. Er lachte leise in sich hinein, als seine Hand wieder neben seinen Körper auf das Bett fiel.

»Nun, Mr. Morgan, wie ich sehe, haben Sie es überlebt«, lautete die sarkastische Bemerkung der Frau mit dem schimmernden Haar.

Er ließ die Worte auf sich wirken. Morgan. Sie hatte ihn Morgan genannt. Der Name bedeutete gar nichts für ihn, löste kein Gefühl des Wiedererkennens aus. Er strengte sich an, sich zu erinnern, doch ihm fiel nichts ein. Nicht das Geringste.

»Morgan«, wiederholte er und sprach den Namen laut aus, obwohl seine Stimme belegt und pelzig klang. »Sie haben mich Morgan genannt.« Immer noch nichts. Er lächelte jetzt nicht mehr. Statt dessen ließ er seinen Blick durch das Zimmer schweifen und bemerkte die abblätternde Tapete an den Wänden und die Flecken an der Decke. Eine schlichte hölzerne Kommode mit einem ovalen Spiegel darüber lag voll mit Handtüchern und Verbandszeug. Ansonsten war das Zimmer leer und makellos sauber.

»So heißen Sie doch, oder etwa nicht?« gab die Frau zurück, die immer noch beleidigt schien wegen seines schlechten Benehmens.

Einen Moment lang blieb er still liegen. »Ich weiß es nicht ... ich kann mich anscheinend nicht erinnern. Wo bin ich?«

Der Zorn der Frau legte sich. Sie trat näher an sein Bett. »Sie sind im Hotel Keyserville«, teilte sie ihm mit und legte eine Hand sachte auf seine Stirn. »Kein Anzeichen weist darauf hin, daß Sie Fieber haben. Sind Sie sicher, daß Sie sich an nichts erinnern?«

Er rang mit sich und gab sich die allergrößte Mühe, sich seine Vergangenheit ins Gedächtnis zu rufen. Schließlich fuhr er sich mit der Zunge über die trockenen Lippen, seufzte und ließ sich wieder auf das Kissen sinken. Sein Magen zog sich vor Verzweiflung zusammen. »An überhaupt nichts.«

»Doc Willowford war gestern am späten Abend hier. Er hat gesagt, Sie hätten sich den Kopf ganz gemein angeschlagen, als Sie vom Pferd gefallen sind. Ich vermute, es war schlimmer, als er glaubte. Ich werde ihn holen, damit er Sie sich noch einmal ansieht.«

»Ich heiße Morgan, sagen Sie?«

»Ja, Dan Morgan. Sie sind in Keyserville, Pennsylvania.

Gestern morgen ist auf Sie geschossen worden. Dolph Redmond und Henry Dawson haben Sie hierhergebracht. Ich bin Elaina McAllister.« Elaina lächelte ironisch über diese plötzliche Wendung des Schicksals. Sie hatte sich Sorgen gemacht, der Revolverheld könnte wütend auf die Bergleute sein, weil auf ihn geschossen worden war. Und jetzt konnte sich Black Dan an gar nichts erinnern. Wenigstens würde den Männern eine Gnadenfrist bleiben, ehe Morgan die Strafe über sie verhängte, die er sich ersonnen hatte.

»Wie fühlen Sie sich?«

»Reichlich wacklig. Sie haben mich verarztet?«

»Ich war die einzige, die zur Verfügung stand.«

»Danke.«

»Sie sollten sich jetzt lieber ausruhen. Versuchen Sie nicht, sich anzustrengen.« Sie lächelte auf ihn herab und spürte, wie der Anblick ihr einen kleinen Stich versetzte. Wie konnte ein so harter Mann bloß so hilflos wirken? Bei dieser Vorstellung schüttelte sie den Kopf. Dan Morgan hatte nichts Hilfloses an sich, oder zumindest würde er nichts Hilfloses mehr an sich haben, sowie er wieder auf den Beinen war.

Elaina sah sich die Verbände auf Morgans Brust an, als die Zimmertür plötzlich weit aufgerissen wurde. Sie spürte, wie der gewohnte Schauer sie überlief, als Chuck Dawson mit zusammengekniffenen Augen, die vor Wut loderten, und mit einem verkniffenen und roten Gesicht eintrat. Statt seiner üblichen steifen Begrüßung biß er einfach nur die Zähne zusammen und starrte sie an.

Der Revolverheld beäugte die beiden, sagte aber nichts. Sie wußte, daß er wenig Kraft hatte, und je weniger er sich anstrengte, desto besser war es für ihn. Ihr Blick wandte sich wieder ihrem Zukünftigen zu.

»Hallo, Chuck«, grüßte sie und bemühte sich, mit ruhiger Stimme zu sprechen. Diesen Ausdruck hatte sie bisher noch nie in seinen Augen gesehen. Mit glasklarer Gewißheit begriff sie, daß er von ihrer Rede in der Stadthalle gehört hatte, und ein eisiger Schauer lief ihr über den Rücken.

»Ist etwas passiert, Chuck?« fragte sie und bemühte sich, gelassen zu wirken.

»Du weißt verdammt gut, daß etwas passiert ist!« Er kam unheilverkündend auf sie zu. »Du bist gestern zu diesem verdammten Treffen der Bergleute gegangen, stimmt's?«

Sie antwortete nicht.

»Du hast diesen Bergleuten gesagt, daß du ihrer Meinung bist.« Seine Augen sahen aus wie schwarze Abgründe der Wut. »Nach allem, was mein Vater und ich für dich getan haben, hast du ihnen gesagt, daß sie im Recht sind und wir im Unrecht!« Seine Stimme war schrill. Seine Hände ballten sich zu Fäusten und öffneten sich wieder, während er sich anstrengte, die Selbstbeherrschung wiederzufinden.

Elaina zuckte bei jedem einzelnen seiner Worte ein wenig zusammen.

»Ich dulde das nicht, Elaina. Du wirst meine Frau werden, und ich lasse nicht zu, daß du mich vor dieser ganzen verdammten Stadt zum Gespött machst!« Er trat noch einen Schritt näher, und sein Gesicht war wutverzerrt, als er ausholte und ihr mit der Handfläche eine Ohrfeige versetzte.

Elaina umklammerte die Kante der Kommode und spürte, wie plötzlich Tränen strömten und sie salziges Blut schmeckte. Sie schluckte schwer und wandte den Blick ab, während sie sich das Blut vom Mundwinkel wischte. Was hatte sie denn erwartet? Sie hatte genau das getan, was er gesagt hatte. Womit sie jedoch nicht gerechnet hatte, war Dan Morgans Versuch, sich von seinem Krankenbett zu erheben.

»Lassen Sie das Mädchen in Ruhe«, warnte er und rang mühsam darum, auf die Füße zu kommen. »Rühren Sie sie nicht noch einmal an!« Bei jeder Bewegung wankte er, und sein Gesicht war angespannt und bleich, doch seine Augen loderten.

Elaina eilte an die Seite des Verwundeten. »Bitte, Mr. Morgan, es ist schon in Ordnung. Ihre Wunden werden wieder aufplatzen.« Sie zwang den Revolverhelden, sich wieder hinzulegen. »Und außerdem habe ich es ... es wahrscheinlich verdient.« Sie schaute ihm tief in die himmelblauen Augen, als sie ihm stumm für seinen Versuch dankte, ihr zu Hilfe zu kommen.

Morgan, falls er so hieß, versuchte verzweifelt, sein Vorgehen zu verstehen. Da er einen unbändigen Drang spürte, das Mädchen zu beschützen, hatte er sich nicht zurückhalten können. Wenn es ihm möglich gewesen wäre aufzustehen, hätte er den Mann dafür, was er ihr angetan hatte, bewußtlos geschlagen, und doch besaß er nicht die geringste Erinnerung daran, wer sie überhaupt war. Die Anstrengung verursachte ihm große Schmerzen, und daher schloß er die Augen und ließ sich wieder auf die dünne Matratze zurücksinken.

Er war so müde, daß es ihm schwerfiel, sich zu konzentrieren, doch kleine Gesprächsfetzen führten ihn zu dem Glauben, daß die Frau zumindest teilweise für seine Verletzungen mitverantwortlich war. Warum verspürte er dann ein so übermächtiges Verlangen, sie zu beschützen? Sie benahm sich, als hätten sie einander erst vor kurzem kennengelernt, wahrscheinlich erst vor ein oder zwei Tagen. Warum sollte er also derart besorgt um sie sein? Warum hätte er sein Leben für sie riskieren sollen? Er war immer noch etwas entnervt, als er dieses Gefühl abschüttelte.

Ihm gefiel, wie sie aussah, soviel stand fest. Sie war groß, aber nicht zu groß, und anmutig gebaut, und wenn sie auch schlank war, hatte sie doch einen üppigen Busen und runde Hüften. In dem Augenblick beschloß er, falls das Mädchen schuld an seinen Verletzungen war – und er beabsichtigte, das herauszufinden –, dann würde er ihr das auf die Art heimzahlen, die seines Wissens die beste war, nämlich, indem er dafür sorgte, daß sie flach auf dem Rücken seinen Bedürfnissen entgegenkam. Der Gedanke belustigte und verstörte ihn zugleich. Er spürte, wie sich seine Mundwinkel hochzogen. Diese Herausforderung sollte für eine interessante Genesungszeit sorgen.

Seine Gedanken drehten sich um zukünftige Freuden, als er in einen unruhigen Schlaf versank und sich dabei fragte, wie seine Vergangenheit wohl ausgesehen haben mochte.

Ehe er das Zimmer verließ, setzte Chuck Dawson seine Schimpfkanonade fort und schob Elaina unverblümt die Schuld an Morgans Verletzungen zu, und Elaina wurde das Gefühl nicht los, daß er wahrscheinlich recht hatte. Das löste in ihr nur eine noch größere Entschlossenheit aus, dafür zu sorgen, daß der Revolverheld wieder gesund wurde. Sie schenkte Dawsons Beschimpfungen wenig Beachtung, denn sie empfand sie als einen geringen Preis dafür, daß ihr das Privileg vergönnt gewesen war, die Gefühle und Meinungen offen auszusprechen, die sie in all diesen Jahren unterdrückt hatte. Sie schloß innerlich mit der häßlichen Szene ab und sah noch einmal nach ihrem Patienten, und sobald Chuck gegangen war, machte sie sich auf den Weg, um Doc Willowford zu holen.

Morgan war wach, als sie und der Arzt zurückkehrten, und der Arzt nahm eine zweite gründliche Untersuchung der Kopfverletzung vor.

»Sieht ganz so aus, als hätten Sie sich eine ziemlich schlimme Gehirnerschütterung zugezogen, Mister. Die Beule auf Ihrem Hinterkopf ist so groß wie ein Hühnerei.« Er sah durch eine Brille, die an einer langen goldenen Kette hing. »Sie sagen also, daß Sie sich nicht an das Geringste erinnern können?«

»An überhaupt nichts, Doc. Im Schlaf habe ich ein paar interessante Bilder vor mir gesehen, die auf den Tag zu passen scheinen, an dem auf mich geschossen worden ist, aber das ist auch schon alles.«

»Ein kleiner Gedächtnisverlust ist unter diesen Umständen nicht ungewöhnlich«, sagte der Arzt. »Das passiert manchmal, wenn der Kopf einen Schlag abkriegt. Aber es macht mir nicht den Eindruck, als würden Sie einen bleibenden Schaden davontragen.« Er rieb sich das schwabbelige Kinn. »Ich kann mich natürlich irren, aber ich glaube es nicht.«

Der Arzt zog das Stethoskop von seinem kurzen Hals und stopfte es wieder in seinen Arztkoffer. »Elaina, weißt du irgend etwas über die Verhältnisse, aus denen dieser Mann stammt? Weißt du irgend etwas, was seinem Gedächtnis auf die Sprünge helfen könnte?«

»Nein, aber ich weiß, daß Chuck mehr über ihn weiß. Er und Dolph haben eine Menge Zeitungsausschnitte gesammelt, ehe sie sich entschlossen haben, ihn zu engagieren. Ich habe einige davon gelesen. Ich bin sicher, daß sie noch irgendwo rumliegen. Ich werde sie für ihn zusammentragen.«

»Das ist eine gute Idee. Das sollte uns eine große Hilfe sein.« Er wandte sich dem Mann zu, der im Bett lag. »Sie bleiben einfach still liegen und ruhen sich aus. Elaina ist so gut wie eine Ärztin. Lesen Sie diese Artikel, und sehen Sie, ob sie Ihrem Gedächtnis nicht doch nachhelfen. Wenn das nicht klappt, wird die Zeit Ihnen wahrscheinlich weiterhelfen.«

»Wie lange kann das dauern, Doc?« Morgans blaue Augen waren vor Sorge verschleiert.

»Von einem Tag bis zu ein paar Wochen. Manchmal finden die Leute die Erinnerung nie mehr wieder, aber wie ich schon sagte, ich glaube nicht, daß das bei Ihnen der Fall sein wird.« Er klappte seinen schwarzen Arztkoffer zu und ließ die Brille fallen, die am Ende der Kette baumelte. »Ruhen Sie sich einfach nur aus.«

Elaina verbrachte die nächsten Stunden damit, alle Informationen zusammenzutragen, die sich über den Revolverhelden ausfindig machen ließen. Chuck hatte eine Akte über Dan Morgan angelegt, und die hiesige Zeitung hatte etliche Geschichten über seine Eskapaden veröffentlicht. Elaina las sie alle sorgsam durch. In manchen Geschichten wurde der Mann als eine Art Robin Hood des Westens dargestellt; andere bezeichneten ihn als kaltblütigen Killer. Elaina wußte nicht, was sie glauben sollte, doch sie hoffte um der Bergleute willen, daß das erstere zutraf.

Als sie die Zeitungsartikel zu Morgan brachte, las er sie sorgfältig durch und sog jedes einzelne Wort gierig in sich auf. Elaina gewann den Eindruck, daß Morgan, nachdem er die Artikel gelesen hatte, ebenfalls ein zwiespältiges Gefühl hatte, was seine eigene Natur anging. Sie ließ ihn für etliche Stunden mit den Unterlagen allein und kam dann wieder, um nach ihm zu sehen.

»Nun, Mr. Morgan, was halten Sie von sich selbst? Erinnern Sie sich an irgendeinen der geschilderten Vorfälle?« Sie sah, wie sich Unsicherheit über seinem straffen Gesicht ausbreitete.

»Nein, Miss McAllister, ich habe keine Erinnerung daran.« Er lächelte sie kläglich an. »Im Moment kennen Sie mich anscheinend besser, als ich mich selbst kenne. Was meinen Sie dazu?«

Elaina zog sich einen Stuhl an das Bett und überlegte. »Sie drücken sich gut aus, daher müssen Sie halbwegs gebildet sein. Ich weiß, daß Sie den Bergleuten bei dem Treffen in der Stadthalle gedroht haben, aber ich weiß auch, daß Sie versucht haben, mir zu helfen, als Chuck . . .« Sie wandte den Blick ab, denn sie war nicht mehr bereit, ihn anzusehen. Eine üble Vorahnung durchfuhr sie, als sie sich an den Zorn in Chuck Dawsons dumpf vor sich hin brütenden Augen erinnerte.

»Ja«, stimmte er ihr zu, »ich habe versucht zu helfen. Das hat Ihnen allerdings nicht gerade viel genutzt, wenn ich mich recht erinnere.« Ein Muskel an seinem Kiefer zuckte, während seine Augen ausdrückten, daß er sich nur zu gut daran erinnerte, was Chuck Dawson getan hatte, und daß er einem Mann, der eine Frau schlug, nicht gerade wohlgesonnen war.

Er lächelte wieder, diesmal kläglich. »Ich nehme an, wenn ich ein Revolverheld bin, dann ein galanter.«

Elaina lächelte ebenfalls. Wenn er so lächelte, erinnerte er sie sogar sehr an Ren. Irgendwie störte sie das. Es fiel ihr schwer, in Gegenwart eines derart aufregenden Mannes einen klaren Kopf zu behalten, und erst recht, wenn es ein Mann war, der all ihre jungmädchenhaften Phantasien wieder weckte. Jedesmal, wenn sie ihn ansah, stellte sie fest, daß das dunkle Haar, das sich auf seiner Brust kräuselte, sie faszinierte, aber auch die Art, wie seine Muskeln sich bei jeder Bewegung unter der Haut abzeichneten. Als sie die Hand ausstreckte, um sein Bettzeug hochzuziehen, in dem Bemühen, ihren beunruhigenden Gedanken ein Ende zu setzen, berührte ihre Hand seine Haut, und eine Hitzewelle breitete sich in ihr aus.

Sie riß die Hand zurück, als hätte sie sich verbrannt, doch dann kam sie sich ein wenig albern vor, als sie sein Grinsen bemerkte.

»Was ist los, Miss McAllister? Glauben Sie, manche dieser Artikel könnten wahr sein? Vielleicht bin ich so etwas wie ein Killer, und Sie sind ganz allein mit mir.«

Irgendwie bewirkte die Art, in der er versuchte, sie zu überzeugen – sowie auch sich selbst –, daß sie anfing, an die Robin-Hood-Geschichten zu glauben. »Vergessen Sie nicht, Mr. Morgan, daß Sie verletzt sind. Ich glaube nicht, daß ich im Moment etwas von Ihnen zu befürchten habe.«

Er hob den Arm, nahm ihre Hand und führte sie sachte an seine Lippen. »Seien Sie sich nicht zu sicher.«

Elaina entriß ihm ihre Hand und wandte sich ab, um das Zimmer zu verlassen, aber schon vorher lief ihr eine Gänsehaut über den ganzen Arm. Dieser verfluchte Kerl! Der Teufel sollte ihn holen! Warum mußte er Ren bloß so ähnlich sehen?

Die kommenden vier Tage verliefen ereignislos. Morgans Gesundheitszustand besserte sich von Tag zu Tag, und er konnte sich bereits durch sein Zimmer und den Gang im oberen Stockwerk bewegen. Die Zeitungsartikel hatte er nahezu auswendig gelernt, und er mußte zugeben, daß einige der Geschichten allmählich ziemlich klare Eindrücke von seiner Vergangenheit vermittelten.

Er hatte sich jedes seiner Kleidungsstücke und seine Waffen genau angesehen. In seiner Brieftasche fand er eine Menge Geld, mehr als genug, um, falls es nötig war, die nächsten Monate damit zu überstehen, und einen Umschlag voller Banknoten, von dem er annahm, es handelte sich dabei um die Anzahlung von Redmond und Dawson für seine Dienste. Die beiden Männer versicherten ihm, daß sein Zimmer und seine Verpflegung bezahlt wurden, in dem Punkt brauchte er sich folglich keine Sorgen zu machen.

Seine Hauptaufgabe bestand so, wie er es sah, darin, wieder gesund zu werden – und vielleicht sogar darin, mit der Frau mit dem zobelfarbenen Haar abzurechnen. Sowohl Dolph Redmond als auch Henry Dawson hatten ihm die Geschichte von der Schießerei und den Vorfällen erzählt, die dazu geführt hatten. Morgan war zu der Überzeugung gelangt, daß die Einmischung der Frau zumindest mitverantwortlich dafür war, was anschließend vorgefallen war, und das paßte ihm gut in den Kram. Er fühlte sich mehr und mehr von ihr angezogen; jeder Vorwand, den er finden konnte, um vor sich selbst zu rechtfertigen, daß er sie verführen wollte, war ihm willkommen. Er fragte sich, ob sein sexuelles Verlangen wohl schon immer so maßlos gewesen war, und schmunzelte. Es gab eben Dinge im Leben eines Mannes, die selbst ein Gedächtnisverlust nicht ändern konnte. Wenn es um Frauen ging, war er ganz offensichtlich ein kerngesunder Mann.

»Mr. Morgan?« Elainas melodische Stimme riß ihn aus seinem Tagtraum. »Sind Sie wach?«

Er sah grinsend zu ihr auf und nahm die Wölbung ihrer hochangesetzten Brüste unter ihrem hellgrünen Kleid wahr. »Sie brauchen mich wieder, damit ich Ihre Ehre verteidige?« neckte er sie.

»Nein, ich habe mir nur gerade gedacht, es sei an der Zeit, daß Sie dieses Zimmer verlassen und ein wenig frische Luft schnappen. Ich mache mich gerade auf den Weg zu den Colsons. Sie wohnen außerhalb, in der Nähe der Bergarbeitersiedlung, etwa eine Stunde Fahrt von hier. Falls Sie sich einer solchen Ausfahrt gewachsen fühlen, können Sie gerne mitfahren, der Wagen steht angespannt vor dem Haus.«

Er sah, wie ihre goldenen Augen ihn nicht ohne eine Spur von Argwohn musterten. »Sind Sie sicher, daß Sie sich mit mir allein hinauswagen können?«

Sie reckte das Kinn in die Luft. »Ich habe es Ihnen doch schon gesagt: Bis Ihre Schulter verheilt ist, habe ich nichts von Ihnen zu befürchten – und Sie täten gut daran, sich das zu merken.«

Morgan lachte leise vor sich hin. Ihr Temperament bereitete ihm Vergnügen. Er hoffte nur, sie würde sich als ebenso temperamentvoll erweisen, wenn sie erst flach auf dem Rükken unter ihm lag. Seine Schulter und sein Bein verheilten schnell, und die Vorstellung, sie in sein Bett zu holen, entwickelte sich rasch zur Besessenheit. Er wußte, daß Chuck Dawson um sie angehalten hatte, aber sie empfand offensichtlich nichts für den Mann mit dem fahlen Gesicht. Morgan hatte nicht das Gefühl, Dawson etwas schuldig zu sein, und leiden konnte er ihn schon gar nicht, und das Mädchen begehrte er von Tag zu Tag mehr. Er war Dan Morgan, ein Revolverheld, ein Mann, der oft Risiken einging, und mit dieser Frau zu schlafen, war ein Risiko, das sich durchaus lohnte.

»Es wäre mir ein Vergnügen, Sie auf Ihrem Ausflug zu

begleiten, Miss McAllister«, sagte er nicht ohne einen Anflug von Spott, und er sah, wie verärgert sie war. Dann stöhnte er leise, als er sich aufsetzte, und sie erbarmte sich seiner.

»Können Sie sich allein anziehen? Oder brauchen Sie vielleicht meine . . .« Sie wurde knallrot, wenn er auch mit Sicherheit wußte, daß sie sich bemühte, nicht zu erröten, und dann wandte sie den Blick ab.

Morgan nutzte die Gelegenheit.

»Ich werde mein Bestes tun, aber es könnte sein, daß ich ein bißchen Hilfe brauche.«

Das Mädchen kehrte ihm den Rücken zu, als er sich die Hose anzog und dabei absichtlich stolperte, als er sie sich über die Hüften zog.

Sie schnappte entsetzt nach Luft und eilte an seine Seite. »Kommen Sie schon, lassen Sie sich helfen. Sie müssen vorsichtig sein.«

Er schlang einen Arm um ihren Hals und knöpfte seine Hose mit einer Hand zu. Sie half ihm dabei, sich in sein Hemd zu winden, und dabei streifte eine ihrer weichen Brüste seine Handfläche. Die Berührung war elektrisierend. Morgan spürte, wie Schweißperlen auf seiner Stirn ausbrachen und sein Geschlecht blitzschnell hart wurde.

Er schmunzelte, als das Mädchen an ihm heruntersah und merkte, was passierte, und sich ihr Gesicht wieder dunkelrot verfärbte. Ihr war deutlich anzumerken, daß sie inzwischen Zweifel daran hatte, ob es eine gute Idee gewesen war, mit ihm allein auszufahren, doch sie schien entschlossen zu sein, ihr Vorhaben durchzuführen.

Morgan zog sich fertig an und stieg in seine Stiefel. Es kostete ihn große Anstrengung, aber er war entschlossen, so schnell wie möglich wieder auf die Beine zu kommen. Außerdem steigerte sich, als er sich wieder daran erinnerte, wie sich ihre weiche Brust angefühlt hatte, nicht nur seine Vorfreude, sondern auch sein Verlangen, und der Gedanke, mit ihr allein zu sein, lockte ihn.

Doc Willowford hatte Morgan eine Krücke dagelassen, und Elaina brachte sie dem Verletzten ans Bett. Es tat ihr jetzt schon leid, daß sie die Ausfahrt vorgeschlagen hatte, aber nun war es zu spät, die Einladung zurückzuziehen. Außerdem brauchte der Mann dringend frische Luft und mußte ins Freie.

Sie half ihm, die beiden Treppen zum Foyer zu bewältigen und dann durch die Mahagonitüren das Hotel zu verlassen. Elaina konnte ihm ansehen, daß die Anstrengung ihn erschöpfte. Sein Gesicht sah blaß aus, und winzige Schweißperlen sprenkelten seine Stirn. Wieder bereute sie ihre Impulsivität. Aber wenn er während der einstündigen Fahrt still sitzenblieb, sollte ihm das neue Kraft verleihen, und insgesamt würde die Anstrengung ihm dann doch guttun.

Elaina ignorierte die Blicke der Passanten, den räudigen Hund, der bellte und an Morgans Stiefeln knabberte, und den flachshaarigen Burschen, der sie aus einer Seitengasse finster ansah und seine Steinschleuder auf Morgan anlegte. Sie gestattete es Morgan, sich auf ihre Schulter zu stützen, als sie ihm half, in den Wagen zu steigen.

Als sie auf den Kutschbock stieg, sah sie den Mann an ihrer Seite kurz an. Unter seinem breitkrempigen Hut beobachteten seine hellen Augen sie durchdringend, und sie spürte, wie ihr Herzschlag sich beschleunigte. Zum dritten Mal seit der Mittagszeit stieg Röte in ihre Wangen auf. Bis sie Morgan begegnet war, war Elaina nur selten dem weiblichen Hang zum Erröten erlegen. Sechs Jahre lang hatte sie den Bergleuten ihre Mahlzeiten serviert, und sie war ihre gierigen Blicke gewohnt. Was hatte dieser Mann bloß an sich? Warum löste sein Blick ein anderes Gefühl aus? Irgendwie fühlte sie sich älter. Weiblicher.

Die braune Stute zog den vierrädrigen Einspänner flott aus der Stadt. Mit Dan Morgan an ihrer Seite begab sich Elaina in die bergige Landschaft Pennsylvanias. Anfangs war Morgan ruhig und in sich gekehrt und sammelte wieder Kräfte. Sie fuhren über eine überdachte Brücke, und Stachelschwanzsegler flogen aus ihren Nestern unter den Traufen auf. Die Vögel glitten tief über das Wasser des Bachs und schnappten sich die winzigsten Insekten. Dann wich die Dunkelheit der Brücke einer hellgrünen Wiese, und Lorbeerrosen bildeten eine dichte Hecke neben dem Weg. Elaina war ganz in die Schönheit der Landschaft und den Duft der wildwachsenden Blumen versunken, als Morgan eine Hand auf ihr Knie legte.

»Wagen Sie es nicht . . .«, setzte sie an, doch er hielt sich einen Finger auf die Lippen, um sie zum Verstummen zu bringen. Als er ihr bedeutete, den Wagen anzuhalten, zog sie an den Zügeln und brachte die Stute zum Stehen. Morgan deutete auf eine Stelle hinter einem Hartriegeldickicht, wo auf der Wiese ein Dutzend Meter neben der Straße ein Reh mit gespitzten braunen Ohren wachsam dastand.

»Wie schön es ist«, flüsterte Elaina.

»Sehen Sie das Kitz?«

»Wo?«

»Gleich links neben der Mutter. Es liegt auf dem Pfeilkraut.«

Ihr Blick glitt über die Wiese. »Ich kann es immer noch nicht sehen.«

Er steckte sich zwei Finger in den Mund und stieß einen schrillen Pfiff aus.

Sowohl Elaina als auch das Kitz zuckten zur gleichen Zeit vor Schreck zusammen. »Da ist es!« Aufgeregt wies sie in die Richtung und starrte dem Reh und dem Kitz nach. Dann drehte sie sich um und lächelte Morgan an, den sie jetzt in einem anderen Licht sah. »Es mag ja sein, daß Sie das Gedächtnis verloren haben, aber Ihren Augen fehlt nichts.« Sie schnalzte ein paarmal mit der Zunge, und die Stute setzte sich wieder in Bewegung.

Sie fuhren behaglich schweigend weiter. Als Elaina die halbe Strecke zu den Colsons zurückgelegt hatte, hatte Morgan begonnen, leichthin mit ihr zu plaudern.

»Sie haben mir noch nicht gesagt, warum Sie die . . . Colsons – so heißen sie doch? – aufsuchen wollen.«

»Ja, so heißen sie. Der kleine Johnny Colson hat Fieber, und Doc Willowford ist drüben in Hazleton und hilft Dr. Montgomery dabei, eine größere Katastrophe zu bewältigen.«

»Vielleicht hat man jemand anderen gefunden, auf den man schießen kann«, sagte er halb im Scherz und halb im Ernst.

Sie spürte, wie ihr Schuldbewußtsein ihr einen Stich versetzte. »Es gibt hier in der ganzen Gegend niemanden, der so unbeliebt ist wie Sie . . . es sei denn Redmond und Dawson. Es war keine Schießerei. Ich glaube, es ging um Grubengas. Diesmal war es nur eine kleinere Explosion. Zwei Männer sind getötet und ein paar weitere verletzt worden. Irgendwie kommt mir das einfach nicht richtig vor, wie diese armen Bergleute behandelt werden. Ständig kommt jemand in diesen verdammten Bergwerken um.« Sie errötete, weil sie das Schimpfwort benutzt hatte. Sie brauchte nur über die Probleme in den Bergwerken zu reden, und schon geriet sie in Wut.

»Entschuldigen Sie. Ich wollte mich nicht derart ereifern.« Sie wandte den Blick ab und richtete die Augen auf den Straßenrand, bis sie spürte, wie seine Hand ihr Gesicht sachte zu sich drehte.

»Ich mag es, wenn eine Frau Temperament hat. Ihnen sind andere Leute nicht gleichgültig. Das ist doch schön. Entschuldigen Sie sich nie dafür, daß Sie mit anderen mitfühlen.« Sie spürte seine Finger warm und kräftig auf ihrer Wange. Er sah sie mit einem Ausdruck an, den man als Bewunderung hätte auslegen können, mit festem Blick, und sie spürte, wie die Glut ihrer Wangen sich auch in ihrem Körper ausbreitete.

Der Kutschbock war schmal. Sie konnte sich bemühen, so sehr sie wollte, und doch war sie gezwungen, so dazusitzen, daß ihre Beine fest an seine gepreßt waren und sie die harten Muskelstränge seiner Oberschenkel spürte. Die Hitze, die von den Stellen ausging, an denen ihre Beine einander berührten, strahlte bis in ihre intimsten und weiblichsten Körperteile. Kein Mann hatte je eine derartige Wirkung auf sie gehabt.

Elaina schluckte schwer und bemühte sich, ihre aufgewühlten Empfindungen im Zaum zu halten. »Das ist eine seltsame Bemerkung«, sagte sie, denn sie mußte dringend eine gewisse Distanz zwischen sich und ihm herstellen, »wenn sie aus dem Mund eines Mannes kommt, der sich seinen Lebensunterhalt damit verdient, Menschen zu töten.« Als Morgan eine steife Haltung einnahm, wünschte sie, sie hätte die Worte zurücknehmen können. Oder hatte sie sich den stechenden Schmerz nur eingebildet, den sie in seinen Augen gesehen hatte?

Das Mädchen hatte recht, dachte er. Weshalb sollte es einen Revolverhelden interessieren, was anderen Leuten zustieß? Nach Angaben der Zeitungen verdingte er sich bei dem, der ihm das meiste bot. Ein Revolverheld hätte sich nicht die Bohne dafür interessiert, was gut und böse, falsch und richtig war, sondern nur dafür, wer am meisten zahlte. Warum also hatte das überschwengliche Mitgefühl des Mädchens mit den Bergleuten ihn so tief gerührt? Und warum kam ihm dieses Kohleabbaugebiet so bekannt vor? Als sie zwischen bewaldeten Hügeln fuhren und gewundene Bäche überquerten, hatte er das seltsame Gefühl, früher schon einmal hier gewesen zu sein.

Laut Redmond und Dawson war er ein einziges Mal in Blue Mountain gewesen; vielleicht kam es daher, aber irgendwie glaubte er nicht daran. Er war fast sicher, was am Ende eines Weges lag oder welche Stadt gleich hinter dem nächsten Hügel lag.

»Sie haben recht«, sagte er und preßte die Kiefer aufeinander. »Warum sollte sich ein Revolverheld für irgend jemanden außer sich selbst interessieren?« Er streckte die Hand aus, griff dem Pferd in die Zügel und brachte den Einspänner zum Stehen. Er bemerkte den bestürzten Gesichtsausdruck des Mädchens, als er ihr Kinn mit einem Finger hochzog, um ihre Lippen zu erobern.

Als er die Arme um sie schlang, um sie eng an sich zu ziehen, preßten sich ihre schmalen Hände gegen seine Brust. Einen Moment lang wehrte sie sich, doch ihre Brüste, die sich schnell hoben und senkten, und ihre aufgestellten Brustwarzen, die sich gegen den Stoff ihres Kleides drückten, verrieten mehr als kühles Interesse. Er spürte die vertraute Spannung in seinen Lenden, und seine Entschlossenheit wuchs. Warum eigentlich nicht? Er wollte diese Frau, und auf die eine oder andere Art würde er sie bekommen.

Elainas Erstaunen verwandelte sich in Wut. Wie konnte er es wagen! Sie bemühte sich erneut, sich von ihm loszureißen, und sie hörte seinen heiseren Schmerzenslaut, als sie ihm auf die Schulter schlug, doch er ließ sie nicht los. Statt dessen hielt er ihr die Hände auf dem Rücken fest und näherte sich ihr jetzt behutsamer. Seine Lippen fühlten sich warm und fest an, als sie an ihrem Mundwinkel und an ihren Lippen knabberten. Langsam ebbte ihre Wut ab und wurde von einer trägen Glut ersetzt, die sie nicht recht verstehen konnte.

Er gebrauchte seine Zunge, benutzte sie zart und tastend, suchte und fand sanft den Zugang zu ihrem Mund und kostete die Innenseite ihrer Lippen. Sie konnte spüren, wie sich sein Körper fest und kräftig an sie drängte. Seine Hände glitten über ihren Rücken zu ihren geschwungenen Hüften, die er eng an sich preßte. Jetzt wärmte sie nicht mehr das Feuer der Entrüstung, sondern sie spürte, wie eine andere Glut ihr Blut erhitzte und ihren Widerstand schmelzen ließ. Lieber Gott, wollte er denn niemals aufhören, sie zu küssen?

Morgan ließ ihre Handgelenke los, und ihre Arme glitten hilflos um seinen Hals, und ihre Finger wanden sich in das dunkle Haar, das sich über seinem Kragen lockte. Als er sie enger an sich zog, fühlten sich die zarten Strähnen seidig zwischen ihren Fingern an, und plötzlich wurde ihr klar, daß sie nicht wollte, daß dieser Kuß endete.

»Bitte«, flüsterte sie und fragte sich, ob sie damit meinte, er solle aufhören – oder weitermachen. Seine Lippen glitten über ihren Hals und suchten die Stelle hinter ihrem Ohr. Als er zart an ihrem Ohrläppchen knabberte, brachte er sie damit fast um den Verstand. Dann kehrte sein Mund mit geübter Geduld zu dem ihren zurück, und einen Moment lang versetzte seine Selbstbeherrschung sie in Wut. Ihr Körper reagierte auf jede seiner Bewegungen, und sie war atemlos und matt und fühlte sich von Kopf bis Fuß zittrig und heiß.

Ihr einziger Trost war, daß sie irgendwie spürte, daß sie ihn ebenso sehr aus der Fassung brachte wie er sie. Es ist schließlich nur ein Kuß, sagte sie sich und gab sich den köstlichen Empfindungen ganz und gar hin.

Langsam ließ Morgan sie los. Dann nahm er die Zügel in die Hand, schnalzte mit der Zunge und fuhr den Einspänner vom Weg und auf ein Wäldchen aus hohen Hickorystöcken und Ulmen zu. Elaina richtete sich auf ihrem Sitz auf, und ihre zitternden Finger schoben eine Haarsträhne, die sich gelöst hatte, hinter ihr Ohr. Dann fuhr ihre Hand flatternd an ihre Kehle. Wenn er sich die Freiheit herausnahm, sie zu küssen, dann war das eine Sache. Aber das, was er jetzt beabsichtigte, war etwas vollständig anderes!

»Wagen Sie es nicht!« fuhr sie ihn entrüstet an. »Ich weiß, daß ich Sie hätte hindern müssen, aber ich ... also, ich habe noch nie so etwas ...« Sie bemühte sich, dabei nicht auf seine Hose zu starren. »Ich meine, ich wollte nur sehen, was für ein Gefühl das ist.« Sie riß ihm die Zügel aus der Hand und sah, wie er finster auf sie herunterschaute und die Muskeln in seinem Kiefer sich anspannten, als er um Selbstbeherrschung rang.

»Du wolltest sehen, was für ein Gefühl das ist?« wiederholte er. Er wirkte ungläubig.

Einen Moment lang glaubte sie, er würde ihr die Zügel wieder entreißen und seinen Plan weiterverfolgen. Dann holte er tief und ruckhaft Atem und schüttelte den Kopf.

»Also, jetzt wissen wir beide jedenfalls eins mit Sicherheit über mich, Miss McAllister. Ich muß zumindest ansatzweise verrückt sein, wenn ich mich jetzt von Ihnen zurückhalten lasse. Jeder andere Mann hätte Sie dafür, wie Sie sich benommen haben, aus diesem Wagen und ins Gebüsch gezerrt.«

Elaina errötete glühend und war sich der Wahrheit seiner Worte schmerzlich bewußt.

Sein Blick wurde ernst, und seine Augen erteilten ihr eine Warnung. »Probieren Sie das bei keinem anderen Mann aus, solange Sie nicht bereit sind, die Folgen zu tragen.«

Elaina biß sich auf die Unterlippe, die immer noch ganz wund war von seinem Kuß. Der Revolverheld hatte recht! Was war bloß in sie gefahren, daß sie so reagiert hatte? Schließlich war er auch nur ein Mann, der sich nicht vom Rest der Männer unterschied; er war genauso wie Chuck Dawson. Dieser Gedanke ernüchterte sie. Sie schloß die Augen und schluckte schwer. Wenn das wahr war, warum reagierte sie dann auf Chucks Küsse nicht so, wie sie auf Dan Morgans Küsse reagierte? Leider kannte sie die Antwort. Sie empfand nichts für ihren zukünftigen Ehemann, aber Morgan zog sie an, wie noch nie ein Mann sie angezogen hatte. Ohne einen Seitenblick auf ihn zu werfen, schnalzte sie mit der Zunge, um das Pferd zum Trab zu bewegen, und ihr Gesicht glühte immer noch, als sie den Wagen wieder zur Straße lenkte und den Weg zu den Colsons einschlug.

Morgan lehnte sich schlichtweg auf dem Sitz zurück, zog sich den breitkrempigen Hut über die Augen und schien vor sich hin zu dösen. Seine Gleichgültigkeit versetzte sie in Wut. Obwohl sie den Kuß genossen hatte, bereute sie ihr Handeln. Morgan war kein Mann von der Sorte, die man ermutigen mußte. Seine Arroganz und seine Selbstsicherheit ärgerten sie, und er war gefährlich und berechnend. Nur der Himmel wußte, was hätte passieren können, wenn er seinen Vorteil genutzt hätte. Und in weniger als zwei Wochen würde sie offiziell mit Chuck verlobt sein. Bei dem Gedanken wurde ihr fast übel.

In Gedanken ließ sie das Geschehene noch einmal an sich vorüberziehen. Ihr Körper spürte immer noch die träge Glut, die sein Kuß in ihr wachgerufen hatte. Sie wünschte, sie hätte ihre achtlose Bemerkung, er sei ein Killer, zurückziehen können. In Morgans Augen hatte sie eine Sanftmut gesehen, die jetzt verschwunden war. Sie wußte, daß er ihre Anwesenheit an seiner Seite ebenso stark wahrnahm wie sie die seine, und sie hatte den Eindruck, daß er ihr Unbehagen sogar auskostete. Erleichtert sank sie zusammen, als sie um die letzte Straßenbiegung fuhren und der blaue Himmel einem grauen wich. Aus grünbewaldeten Bergen wurden kahle, vernarbte Hügel, und die Grubenanlage kam in Sicht.

Es war ein trostloser Landstrich mit einer Zeche im Mittelpunkt, einer Anlage zur Kohleaufbereitung und den dazugehörigen Metallbauten. Mehrere Reihenhäuser, in denen jeweils mindestens vier Bergmannsfamilien untergebracht waren, standen an einem Ende des Städtchens. Durchhängende Wäscheleinen, auf denen schwere blaue Arbeitsanzüge und grobe Hemden hingen, waren hinter den Häusern gespannt, und kleine Kinder spielten unter den baumelnden Kleidungsstücken Fangen. Bahngleise zum Kohlentransport teilten die Stadt in zwei Hälften.

Elaina fuhr direkt zu den Colsons – sie wohnten in einem Holzhaus, das im Vergleich zu den häßlichen zweistöckigen Reihenhäusern der Bergleute und ihrer Familien, die weniger gut dran waren, fast wohnlich wirkte. Sie konnte Männer sehen, die am Eingang der Blue Mountain Mine arbeiteten, und ihre grauen schmutzverschmierten Gesichter spiegelten die ganze Gegend wider. Wie üblich waren die Unruhen nur kurzlebig gewesen, da hungrige Kinder und beunruhigte Mütter ihren Männern zuredeten, die Arbeit wiederaufzunehmen.

Und die Schüsse, die auf Morgan abgegeben worden waren, hatten alle aufgerüttelt und weitere Feindseligkeiten zumindest hinausgezögert. Da Morgan ein Revolverheld war, mußte es sich bei seinem Angreifer nicht zwangsläufig um einen Bergmann handeln, aber es sprach viel dafür, daß der Attentäter ein Bekannter war. Da sie nicht wollten, daß einer der Ihren zu Schaden kam, waren die Männer bereit, ihren Groll über die Mißstände am Arbeitsplatz hintanzustellen – zumindest für eine Weile.

5

»Sie sollten lieber im Wagen sitzen bleiben. Ich gehe rein und sage ihnen, daß wir hier sind.« In Wirklichkeit wollte Elaina nichts riskieren. Es hätte gut sein können, daß Dan Morgan nicht gerade freundlich willkommen geheißen wurde.

Als sie leichtfüßig vom Wagen sprang und auf das kleine Holzhaus zulief, wedelte Johnny Colsons scheckiger Welpe mit dem Schwanz und japste zur Begrüßung.

Mary Colson machte ihr die Tür auf und klopfte sich Mehl von der Schürze. Sie roch nach frischgebackenem Brot. »Vielen Dank, daß Sie gekommen sind, Miss Elaina. Ich weiß, wie viel Sie zu tun haben und . . . wer ist denn das?« Marys Blick fiel auf den Mann im Wagen. »Der Mann sieht blaß aus. Fehlt ihm etwas?« Sie wischte sich die rauhen roten Hände an der Schürze ab und schaute eindringlich zu dem Wagen herüber.

»Am besten sage ich es Ihnen gleich. Das ist Dan Morgan.« Elaina suchte nach Verständnis in den Augen der Frau, sah jedoch, daß ihr die Erkenntnis dämmerte. Alle im Carbon County wußten von Black Dan. »Er wurde ziemlich schlimm getroffen«, fuhr Elaina fort. »Ich dachte mir, er bräuchte etwas frische Luft, und daher . . .« Sie ließ den Satz unbeendet in der Luft hängen und wartete Mary Colsons Reaktion ab.

»Ich halte nichts von Heckenschützen, die aus dem Hinterhalt schießen. Der Mann, der auf Black Dan geschossen hat, ist nicht mein Freund.« Mary warf noch einen Blick auf Morgan. »Solange der Mann sich benimmt, ist er mir hier willkommen. Sie bringen ihn am besten rein. Er sieht echt krank aus.«

Elaina lächelte dankbar. Das war es, was sie an den Bergarbeiterfamilien mochte. Es waren brave, hart arbeitende Leute. Marys Familie war aus Cornwall gekommen. Viele der anderen waren Deutsche, einige waren Iren, und etliche kamen aus den Bergwerken in Tennessee.

»Danke, Mary. Er scheint wirklich nicht so übel zu sein, wie es heißt. Ich werde ihn holen.« Sie hob ihre Röcke und eilte zu dem wartenden Mann.

»Sie sind der Meinung, daß die mich nicht fertigmachen wollen?« scherzte Morgan.

Elaina schenkte ihm keine weitere Beachtung. »Kommen Sie schon. Ich helfe Ihnen beim Absteigen. Sie können sich im Haus ein wenig ausruhen.« Geschickt half sie ihm aus dem Wagen und reichte ihm dann seine Krücke. Er lächelte sie an, und das Lächeln ließ seine ohnehin schon hellen Augen noch heller werden.

»Es ist ziemlich praktisch, Sie in der Nähe zu haben«, sagte er. Diesmal funkelten seine Augen schelmisch. Es war klar, daß seine Erinnerung noch bei dem Kuß verweilte, und Elaina kämpfte dagegen an, schon wieder zu erröten. Sie griff hinter sich, suchte unter dem Sitz und packte ihre kleine Medizintasche, die neben der 45er gestanden hatte, auf dessen Mitnahme Morgan beharrt hatte.

Als sie auf das Haus zugingen, fielen Elaina die liebevoll gepflegten Blumenbeete auf, in denen die blühenden Osterglocken einen krassen Gegensatz zu der kargen Umgebung bildeten. Morgan klemmte sich die Krücke unter den unverletzten Arm und belastete nur sein gesundes Bein mit seinem Gewicht.

Sowie sie im Haus waren, brachte Mary Colson Morgan eine Tasse heißen Kaffee. Sie grinste breit, als er den ersten Schluck trank und sie die Grimasse sah, die er vor ihr zu verbergen versuchte. »Die meisten von euch Städtern mögen den Geschmack von Zichorien nicht gerade gern, aber damit kann man ein bißchen Kaffee ganz gewaltig strecken.«

»Der Kaffee ist gut, Mrs. Colson. Ich danke Ihnen. Ich glaube, ich habe schon mehr als genug Zichorienwurzeln im Wald ausgegraben, wenn ich mich auch nicht daran erinnern kann, wo das gewesen sein könnte.«

Elaina vermutete, daß kaum ein Ort ausgeschlossen war. Achselzuckend machte sie sich auf den Weg, um nach dem kleinen Johnny zu sehen. Das Gesicht des Jungen war fleckig und seine Haut heiß und feucht, aber er erkannte sie und lächelte strahlend. Es war schwer zu sagen, wo seine Sommersprossen aufhörten und die Pusteln anfingen.

»Wie fühlst du dich?« fragte sie.

»Mir ist furchtbar heiß, und irgendwie fühle ich mich schwindlig oder so was.«

Elaina zog die Bettdecke zurück und sah sich die schmale Brust des Jungen an. Die Haut des Jungen wirkte wächsern, und sein Hals war ein wenig gerötet.

»Mary, hat er sich in der letzten Zeit irgendwie schlimm verkühlt gehabt? Es sieht nach einer ganz simplen fieberhaften Erkrankung aus. Nichts Gefährliches, nein, das glaube ich nicht, aber es ist immer das Beste, nichts zu riskieren.« Sie senkte die Augen und fing an, in ihrem Medizinkoffer herumzukramen.

»Tja, er ist in den Mühlenteich gefallen. Auf einem Stein ausgerutscht oder irgend so eine blödsinnige Geschichte. Sie wissen ja, wie Jungs sind.« Sie bemühte sich, ihren Sohn streng anzusehen, aber es war ihr leicht anzumerken, wie sehr sie den rotschöpfigen Jungen liebte. »Naß bis auf die Haut ist er heimgekommen, aber wirklich. Ich kann mir denken, daß das schuld dran sein könnte.«

»Das ist nur zu wahrscheinlich.« Elaina reichte Mary Colson ein kleines Glasfläschchen. »Das hier ist Birkenöl. Es ist gut, um das Fieber zu senken. Die richtige Dosis ist ein Teelöffel auf eine Tasse kochendes Wasser. Sorgen Sie nur dafür, daß er gut zugedeckt ist und es warm hat. Außerdem braucht er viel Ruhe. Ich schaue in ein paar Tagen noch einmal vorbei. Wenn es ihm dann nicht bessergeht, soll Doc Willowford ihn sich anschauen.« Elaina schrieb die Dosierung und die Anwendungshinweise auf und reichte sie Mary Colson.

Mary schien erleichtert. »Wir können es uns nicht leisten, Docs Honorare zu zahlen. Eigentlich können wir es uns schon nicht leisten, daß unser Johnny ein paar Tage nicht arbeitet, aber das wichtigste ist, daß er wieder gesund wird. Wir danken Ihnen wirklich sehr dafür, daß Sie den weiten Weg zu uns gemacht haben.«

»Bin ich nächste Woche wieder gesund, Miss McAllister?« Johnnys Augen glänzten vor Aufregung. »Pa sagt, wenn ich schnell wieder gesund werde, geht er mit mir in den Zirkus. Es kommt einer nach Hazleton. Sind Sie schon mal im Zirkus gewesen?«

Elaina lächelte und erinnerte sich wieder daran, wie sie ihre Mutter einmal gebeten hatte, sie in den Zirkus gehen zu lassen, doch ihre Mutter hatte gesagt, im Zirkus sei es schmutzig und deshalb nicht der richtige Platz für eine junge Dame mit ihrer Erziehung.

»Nein, ich fürchte, ich war nie im Zirkus«, erklärte Elaina dem Jungen. »Aber ich habe alles darüber gelesen, und ich wollte schon immer einmal hingehen. Nimm du deine Medizin so, wie deine Mama sagt, und ich wette, daß du in ein paar Tagen wieder gesund bist.« Sie ließ die Finger durch sein seidiges Haar gleiten, und Johnny sah lächelnd zu ihr auf.

»Danke, daß Sie gekommen sind«, sagte er. »Ich habe mir schreckliche Sorgen gemacht, ich könnte den Zirkus verpassen.«

»Es war mir ein Vergnügen.« Sie wandte sich wieder an Mary. »Wie wäre es jetzt mit einer Tasse von Ihrem Kaffee?«

Dan Morgan beobachtete, wie die beiden Frauen sich von dem Bett des kleinen Jungen entfernten und an das Tischchen in der Ecke traten, die als Küche diente. Er lehnte sich auf einem Schaukelstuhl zurück, da der Junge auf dem kleinen Sofa lag. Es schien im Haus nur noch ein Zimmer außer dem Wohn- und Kochbereich zu geben, und er nahm an, daß das das Schlafzimmer war. Die Frauen setzten sich an einen handgeschnitzten Holztisch, auf dem eine bestickte weiße Tischdecke lag, die wahrscheinlich nur anläßlich von Elainas Besuch ausgebreitet worden war.

Morgan hatte es Spaß gemacht, dem Mädchen zuzusehen, als sie sich mit dem Kind befaßte. Sie konnte gut mit Menschen umgehen; sie fühlte wirklich mit ihnen, und das merkten die anderen. Er nahm an, daß die meisten ihrer Heilerfolge wahrscheinlich ebenso sehr auf ihr Anteilnahme wie auf die Kräuter ihrer Großmama zurückgingen.

Er fragte sich, ob er irgendwo eine Frau oder vielleicht sogar ein eigenes Kind hatte. Er glaubte es nicht, aber immer wieder stiegen verschwommene Bilder von einem anderen rothaarigen Jungen in ihm auf, aber es gelang ihm nicht herauszufinden, um wen es sich handelte. Weiterhin löste alles, was er sah, ein Gefühl von Vertrautheit aus; seit sie in die Grubenarbeitersiedlung gefahren waren, hatte sich dieses Gefühl sogar noch verstärkt.

Er beobachtete Elaina, ohne daß sie es bemerkte. Von dort aus, wo er saß, konnte er sehen, wie ihr dunkles Haar in der Sonne schimmerte, die durch das offene Küchenfenster fiel. Sie war tatsächlich eine wahre Schönheit. Mary Colson brachte sie über den neuesten Klatsch aufs laufende, und wenn sie über irgendeine unglaubliche Geschichte lachte, zeigten sich funkelnde Zähne zwischen rubinroten Lippen, die an einen Schmollmund erinnerten.

Er erinnerte sich wieder an ihren heißen Kuß. Dieser Kuß war ihm nähergegangen, als er erwartet hatte. Es war ihm schwergefallen, seinen Drang zu beherrschen, ihr Kleid abzustreifen und ihre üppigen Brüste zu umfassen. Aber er war noch nicht bei vollen Kräften, und er wollte ihr keine Angst einjagen. Er sah sie wieder lachen und beobachtete, wie sie sich geistesabwesend eine Locke um einen langen, schmalen Finger wickelte. Das pochende Blut in seinen Lenden erinnerte ihn wieder daran, was er mit dem Mädchen vorhatte. Er wollte sie in seinem Bett haben, aber er wünschte sich, daß sie ihm bereitwillig dorthin folgte.

Am Donnerstag saß Morgan auf dem hochlehnigen Stuhl in seinem Hotelzimmer, er hatte die Füße auf die Kommode gelegt und ließ seine Blicke den Menschen folgen, die beim Einkaufen waren und sich unten auf der Straße tummelten. Nach ihrer Rückkehr von der Grubenarbeitersiedlung hatte Elaina ihn gewissenhaft gepflegt, aber sorgsam darauf geachtet, Distanz zu ihm zu wahren.

Chuck und Henry Dawson hatten ihn aufgesucht, und Dolph Redmond war erschienen, um seinem glühenden Wunsch Ausdruck zu verleihen, Morgan bald wieder auf den Beinen zu sehen. Den Bergarbeitern, die an Morgans Verletzung schuld waren, mußte noch ein Denkzettel verpaßt werden, sagte Dolph. Morgan vermutete, daß dies der Grund war, warum Chuck Dawson es Elaina erlaubte, soviel Zeit in seiner Gesellschaft zuzubringen. Die drei Männer hofften darauf, daß er soweit genesen würde, um sich endlich an demjenigen zu rächen, der auf ihn geschossen hatte. Der Tod des Bergmanns würde künftige Unruhen mit Sicherheit verhindern.

Morgan hatte die Absicht, ihrem Wunsch nachzukommen, wenn auch nicht ganz in der Form, mit der die Männer rechneten. Seine Überzeugung, daß Elaina eine Rolle gespielt und seine Verletzungen mitverschuldet hatte, wurde immer größer, und damit beruhigte er sein Gewissen. Seine Besessenheit, mit dem Mädchen zu schlafen, war inzwischen schon fast greifbar.

Morgan war klar, daß Chuck Dawsons einziges Interesse an Elaina McAllister fleischlicher Natur war – ebenso wie sein Interesse an ihr. Eine Heirat mit dem Mädchen, so vermutete Morgan, schien Dawson der einzige Weg zu sein, seine geilen Gelüste zu befriedigen. Wenn es Morgan auch noch so sehr danach verlangte, das Mädchen in sein Bett zu kriegen, dann wußte er doch, daß eine Heirat nicht in Frage kam. Es gab noch viel zuviel, was er über sich selbst nicht wußte. Und außerdem gab es im Leben eines Revolverhelden keinen Platz für eine Frau, von einer Ehefrau ganz zu schweigen.

Am Freitag streckte Elaina den Kopf in sein Zimmer und verkündete, daß sie die Absicht hatte, wieder in die Grubenarbeitersiedlung zu fahren, um nach Johnny Colson zu sehen; sie stellte ihm frei, sie wieder zu begleiten – falls er versprach, sich zu benehmen.

Morgan war diese Gelegenheit äußerst willkommen.

Wie sich herausstellte, ging es Johnny Colson schon viel besser, und Mrs. Colson dankte Elaina damit, daß sie für sie und Morgan einen Picknickkorb packte, damit sie auf dem Rückweg zur Stadt eine Pause einlegen und in Ruhe etwas essen konnten. Für sein Vorhaben schien sich somit eine blendende Gelegenheit zu bieten.

»Habe ich auch nur die geringste Chance, Sie zu einer Rast zu überreden, damit wir dieses Picknick genießen können?« Er hob das rotkarierte Tuch über dem geflochtenen Weidenkorb an und schnupperte an dem Essen. »Es riecht einfach köstlich. Ich weiß nicht, wie es Ihnen geht, aber ich bin wirklich ausgehungert.« Er öffnete die obersten Knöpfe seines Hemdes und krempelte die Ärmel auf und seufzte tief. Die Sonne fühlte sich warm an auf seiner Haut.

»Ich bin nicht sicher, ob das eine gute Idee ist, Mr. Morgan.«

»Bitte, ich heiße Dan – oder zumindest haben Sie mir das gesagt.«

Der Einspänner holperte über den Weg durch die ländliche Gegend, und das Schwanken war nahezu hypnotisch. Purpurne Lupinen, leuchtend gelber Senf und winzige weiße Anemonen wiegten sich in der sanften Aprilbrise.

Elaina lächelte. »Ich bin nicht sicher, daß es eine gute Idee ist, Rast zu machen, *Dan.*«

»Sie sind nicht sicher. Das heißt, Sie sind auch nicht sicher, ob es wirklich eine schlechte Idee ist. Sie fürchten sich doch nach wie vor nicht vor mir, oder doch?«

»Ich und mich fürchten! Warum um alles ... *gefürchtet* habe ich mich noch nie vor Ihnen, Mr. Morgan.« Elaina versteifte sich und trieb das Pferd an.

»Dan«, erinnerte er sie noch einmal.

Wider Willen lächelte sie. »Dan ... also gut. Ich schätze, es könnte nichts schaden, ein kleines Weilchen anzuhalten. Kurz vor uns liegt ein hübsches Plätzchen. Als kleines Mädchen war ich oft dort. Ich bin seit Jahren nicht mehr dort gewesen. Das könnte doch Spaß machen.«

»Nach dieser Kurve?« fragte er und wies auf eine Lücke zwischen den Hartriegelsträuchern.

»Ja, sicher. Woher wissen Sie das?« Sie beäugte ihn argwöhnisch.

»Ich habe nur beim Raten Glück gehabt«, log er. In Wirklichkeit hatte er keine Ahnung, woher er es wußte. Es war einfach so.

Der Einspänner holperte über den Lehmweg, bis Elaina auf einen schmalen Pfad abbog, der dicht mit Geißblatt überwachsen war. Winzige Bienen schwirrten zwischen den weißen Blüten umher, deren süßer Duft die Luft erfüllte. Sie wußte, daß sie sich nicht allein mit einem Mann an einen derart abgeschiedenen Platz hätte begeben dürfen, aber ihr Leben war in den letzten Jahren so ereignislos verlaufen, und er hatte eine deutliche Herausforderung geäußert. Außerdem war sie Morgan schon vorher gewachsen gewesen. Diesmal würde es sich auch nicht anders verhalten. Es konnte sogar sein, daß sie sich wieder von ihm küssen lassen würde. Schließlich war sie noch nicht *offiziell* verlobt.

Morgans Wunden schienen problemlos zu verheilen. Er konnte inzwischen ohne Hilfe vom Wagen steigen, wenn er sich dabei auch sein weißes Hemd zerriß. Durch das klaffende Loch waren angespannte Muskeln über Rippen zu sehen, die gar nicht damenhafte Gedanken in Elaina heraufbeschworen.

Sie breitete die Decke an einem kleinen Bach aus und dachte wieder an all die Male, die sie diesen Ort als Kind aufgesucht hatte. Sie und Tommy Daniels hatten die Stelle gemeinsam entdeckt, und sie hatten sie nur Ren gezeigt und sie ansonsten ganz geheimgehalten.

»Dort drüben ist eine Höhle.« Sie kniete sich auf die Decke und wies durch die Bäume. »An den Wänden sind indianische Inschriften.«

»Prima. Die sehen wir uns an.« Er reichte ihr eine Hand.

»Nein!« antwortete sie allzu schnell. »Ich meine . . . soviel Zeit haben wir nicht.« Sie wandte den Blick ab. »Und außerdem mag ich keine dunklen Orte.«

Er sah sie seltsam an und zuckte dann die Achseln. »Wie Sie meinen.« Er ließ sich auf der Decke nieder, streckte die langen Beine aus und machte es sich bequem.

»Dann haben Sie sich also ohne Wissen Ihrer Mutter hergeschlichen«, neckte er sie, und Elaina war froh darüber, daß er die Höhle gleich wieder vergessen hatte. »Für ein kleines Mädchen haben Sie sich ganz schön weit von zu Hause entfernt, stimmt's?«

Elaina sah ihn finster an. »Ihr Männer. Wieso dürfen Buben Abenteuer erleben, Mädchen aber nicht?« Sie nahm seinen schwarzen Hut, den er auf einen Zipfel der Decke gelegt hatte, und warf ihn mit gespieltem Zorn nach ihm.

Morgan lächelte kläglich, fing den Hut mühelos und legte ihn wieder hin. »So ein kleiner Hitzkopf. Ich mag es, wenn Frauen Feuer haben.« Seine blauen Augen funkelten schelmisch, als er gleichzeitig etwas näher zu ihr rückte.

Sie machten sich über das Essen her und griffen herzhaft zu, leckten sich das Hühnerfett von den Fingern wie Kinder und aßen zum Nachtisch Apfelkuchen.

»Das war einfach köstlich.« Morgan wischte die Hände an der kunstvoll bestickten Serviette ab, die Mary mitgeliefert hatte. »Mary Colson ist eine recht gute Köchin.« Wieder rückte er näher.

»Ja, das kann man wohl sagen«, stimmte Elaina ihm zu. Zum ersten Mal merkte sie, wie nah er ihr gekommen war.

»Und was ist mit Ihnen?«

»Ich bin eine bessere Köchin als die meisten anderen«, sagte sie offen und fühlte sich allmählich mehr als nur ein wenig unwohl in seiner Nähe. Durch sein offenes Hemd sah sie das schwarze Haar, das sich auf seiner glatten dunklen Haut kräuselte, und ihr Herz begann heftig zu schlagen.

»Darauf würde ich wetten.« Morgan fuhr mit einem Finger ihr Kinn nach, und sie erschauerte ein wenig. Es fiel ihr außerordentlich schwer, kühl zu bleiben neben dem Mann mit den faszinierenden himmelblauen Augen.

»Ich schätze, ich mache mir viel aus gutem Essen und aus gutem Wein«, sagte er und setzte seine trägen Erkundungen fort.

Und wahrscheinlich auch aus schlechten Frauen, fügte Elaina in Gedanken hinzu. »Ich bin der festen Überzeugung, Mr. Morgan – Dan –, daß Sie, als was Sie sich auch sonst noch erweisen mögen, ein Mann mit gutem Geschmack sind.«

»Und Sie sind eine wunderschöne Frau.«

Seine Hand spielte geistesabwesend mit ihrem Arm, und erneut lief ein Schauer über ihre Haut. Sie zwang sich, ihre Aufmerksamkeit einem Eichhörnchen mit buschigem Schwanz zuzuwenden, das sein Mißfallen über die Störenfriede mit Gemecker ausdrückte und dann hinter dem dicken Stamm eines Hickorybaums verschwand.

»Erzählen Sie mir, warum Sie einen Mann wie Dawson heiraten wollen«, bat Morgan leise.

Da sie in seinem Gesicht etwas sah, was echte Sorge zu sein schien, fühlte sich Elaina gezwungen, seine Frage zu beantworten. »Ich stehe in seiner Schuld. Meine Familie und ich stehen in seiner Schuld. Mein Vater war früher der Besitzer der Blue Mountain Mine. Es kam zu etlichen Unglücken, zu Bränden und unvorhergesehenen Katastrophen. Das Bergwerk hat immer mehr finanziellen Verlust gemacht, und deshalb hat mein Vater Redmond und Dawson als Partner dazugenommen. Mit der Zeit hat er ihnen die Verwaltung ganz allein überlassen. Die Arbeitsbedingungen wurden immer schlechter, mehrere Menschen sind ums Leben gekommen, und mein Vater hat sich dafür verantwortlich gefühlt. Er hat angefangen, viel zu trinken, und die Schulden sind immer weiter gestiegen. Als er den Druck nicht mehr ertragen konnte, hat er sich umgebracht.« Elaina spürte einen Kloß in ihrer Kehle. »Meine Mutter ist nicht lange nach ihm gestorben.«

Sie wußte nicht, daß sie weinte, bis Morgan die Hand ausstreckte und ihr mit einer Fingerspitze sachte eine Träne aus den Wimpern wischte.

»Das müssen furchtbare Zeiten für Sie gewesen sein.«

»Ja, allerdings. Ich konnte nirgends hingehen. Ich hatte keine Verwandten.« Sie schlug die Augen nieder. »Henry Dawson hat mich aufgenommen. Er hat mir geholfen, als niemand sonst für mich sorgen wollte. Und jetzt ist es an der Zeit, daß ich ihn dafür entschädige. Er möchte, daß ich seinen Sohn heirate, und genau das beabsichtige ich zu tun.«

Morgan verspürte das ganz seltsame Bedürfnis, sie zu trösten. Er brauchte seine ganze Selbstbeherrschung, um sie nicht in seine Arme zu ziehen und ihr die Tränen von den Wangen zu küssen. Wieder verspürte er den heftigen Drang, sie um jeden Preis zu beschützen. Dieser Gedanke verblüffte und verwirrte ihn. Er war ein Revolverheld. Er konnte es sich nicht leisten, solchen Gefühlen nachzugeben.

»Vielleicht brauchen Sie ihn gar nicht zu heiraten«, sagte er und war unsicher, warum er das gesagt hatte. Er legte eine Hand unter ihr Kinn und drückte einen sanften Kuß auf ihre Lippen. Sie wehrte ihn nicht ab, und ihre zärtliche Reaktion führte dazu, daß er vor Verlangen steif wurde. Er küßte sie erneut und spürte, wie sie dahinschmolz und die Lippen teilte, um seine Zunge aufzunehmen. Er schmeckte die Süße von Äpfeln und roch ihren Lavendelduft, und als er ihren kurvenreichen Körper an sich spürte, schoß das Blut noch heftiger in seine Lenden.

Es ist ja nur ein Kuß, sagte sie sich, wie sie es sich schon einmal gesagt hatte. Ich habe nur diese eine Gelegenheit, um zu erfahren, was mir der Kuß eines Mannes gibt, den ich begehre, ehe mein Leben für alle Zeiten einem Mann gehört, den ich kaum ertragen kann. Sie kostete die Berührung von Morgans warmen Lippen genüßlich aus und gab sich der Erregung, die in ihr aufkeimte, bereitwillig hin.

Schauer überliefen sie von Kopf bis Fuß. Seine Lippen waren fest und voll und unnachgiebig, und seine Zunge war heiß und feucht und erkundete jetzt das Innere ihres Mundes. Sie schlang die Finger in sein dichtes Haar und ließ die Arme um seinen Nacken gleiten. Er knabberte an ihrem Ohr und bewegte seine Lippen dann zu ihren Schultern weiter. Sie konnte spüren, wie sich ihre Brustwarzen aufstellten und sich gegen den weichen Stoff ihres Kleides preßten. Sie fühlte eine Glut und eine Trägheit, und gleichzeitig war sie angespannt und fröstelte. Das war mehr, als sie gewollt hatte.

Morgan küßte sie lang und tief, wobei seine Hand über ihren Rücken auf die Wölbung ihrer Hüfte und dann wieder nach oben zu ihren Brüsten glitt. Sie konnte sogar durch den Stoff die Wärme seiner großen Handfläche spüren. Sie wußte, daß sie ihm hätte Einhalt gebieten sollen. Sie mußte ihm Einhalt gebieten, unbedingt. Sie spürte, wie ein Knopf auf ihrem Rücken aufsprang, und dennoch konnte sie sich nicht losreißen. Er küßte sie leidenschaftlich und unermüdlich und setzte seine Hände, seine Zunge und seinen Mund ein. Wie durch Zauberhand sprangen auch die restlichen Knöpfe ihres Kleides auf.

Jetzt. Jetzt aber. Jetzt mußte sie etwas gegen ihn unternehmen! Sie spürte die kalte Brise auf der Haut und wußte, daß ihr Kleid ganz aufgeknöpft war. Sie spürte, wie die Träger ihres Unterkleides herabglitten und ihre Brüste sich vor seinen Blicken entblößten. Einen Moment lang hielt er inne, um sie anzusehen, seine Hände legten sich auf ihre Brüste, und seine hellen Augen waren dunkler als je zuvor. Sie hatte diesen Ausdruck schon in Chuck Dawsons Augen gesehen, doch bei ihm hatte sie sich davor geekelt. Jetzt aber war sie erregt. Kraftlos stieß sie ihre Hände gegen Morgans breite Brust und stöhnte, denn er hatte sie ganz in seiner Macht. Lieber Gott, bitte, laß ihn aufhören.

Er küßte sie wieder, und dabei drückte er sie sachte, aber entschieden auf die Decke. Sie konnte seine kräftigen Halsmuskeln unter ihren Händen spüren, die Muskelstränge seiner Oberschenkel auf ihren Beinen und seine harte Männlichkeit an ihrem Leib. Als seine Lippen ihre Brustwarzen berührten, wußte sie, daß es kein Zurück mehr gab. Elaina stöhnte leise. Ihr Verlangen war grenzenlos und durch nichts mehr zu bremsen. Sie hatte mit dem Feuer gespielt und verloren. Jetzt entfachte Morgan die Flammen mit jeder seiner Bewegungen nur noch mehr. Er küßte beide Brüste, ließ seine Zunge um die Spitzen gleiten, umfaßte sie dann mit seinen Lippen und sog zart daran. Sie hörte sein heiseres erwartungsvolles Stöhnen, als er ihr das Kleid über die Schenkel schob, und sie fühlte sich zu schwach und machtlos, um ihm Einhalt zu gebieten.

Plötzlich spannte sich sein Körper an, und sein keuchender Atem setzte aus, als er ein Geräusch hörte und die Luft anhielt. Elaina spitzte die Ohren, hörte aber nur ihren eigenen keuchenden Atem und das Pochen ihres Herzens gegen ihre Rippen. Morgan wälzte sich von ihr und sah sich um, suchte die bewaldeten Hügel nach der Quelle der Geräusche ab. Nachdem er ihr mit leicht zittrigen Händen dabei geholfen hatte, sich aufzusetzen, zog er ihr das Unterkleid wieder über ihre Brüste, bedeckte sie unwillig mit ihrem Mieder und schloß die Knöpfe. Benommen beobachtete sie, wie er seine eigenen Kleider zurechtrückte und in den nahen Büschen Deckung suchte, nachdem er ihr sachte über die Wangen gestrichen hatte.

Elaina fühlte sich betäubt und verwirrt und von der Heftigkeit ihrer Gefühle überwältigt. Sie versuchte, ihre Kleider glattzustreichen, doch ihre Finger zitterten so heftig, daß sie nur wenig Erfolg hatte. Wie hatte sie das zulassen können? Sie hatte doch nur vorgehabt, ihn zu küssen, hatte sich nur einen winzigen Vorgeschmack der Leidenschaft gewünscht, ehe sie sich mit der lebenslänglichen Pflichterfüllung abfand. Sie hatte keine Ahnung gehabt, was ein Mann wie Morgan bewirken konnte. Die Macht, die er über sie hatte, diese Macht war grenzenlos! Sie zitterte bei dem Gedanken, wie nahe sie der Verworfenheit gekommen war.

Bis zu Morgans Eintreffen hatte sie die meiste Zeit damit zugebracht, im Hotel zu arbeiten, anderen zu helfen und zu überlegen, wie sie den Namen ihrer Familie wieder reinwaschen konnte. Vor zwei Jahren hatte sie in Henry Dawsons Vorschlag eingewilligt. Von dem Zeitpunkt an war sie Chuck Dawsons Mädchen gewesen. Sie war nie mit den Gefühlen in Berührung gekommen, die andere Mädchen in ihrem Alter durchlebten. Sie hatte keine Zeit dafür gehabt.

Sie beobachtete, wie Morgan mit zwei kleinen Jungen am anderen Ufer des Baches auf der Lichtung redete, und stumm dankte sie für seine Intuition und Vorsicht. Er hatte etwas verhindert, was schrecklich peinlich für sie hätte werden können. So, wie die Dinge jetzt standen, brachte es sie lediglich in Verlegenheit, dem großen Mann wieder gegenüberzutreten. Sie hob die Augen zum Himmel und sprach ein stummes Dankgebet, weil Gott sie vor einer Dummheit bewahrt hatte, und dann bat sie ihn, ihr Mut zu verleihen, um dem gutaussehenden Fremden jetzt noch ins Gesicht zu sehen.

Ihr Gebet wurde erhört, als Morgan lässig angeschlendert kam, während sie noch zerzaust und nach wie vor ein wenig zittrig auf der Decke saß. Er fuhr ihr mit einer Hand durch das wellige dunkle Haar, und seine blauen Augen glitten prüfend über sie hinweg.

Elaina fühlte sich durch das, was sie getan hatte, maßlos gedemütigt, und sie wußte nicht, ob sie eine Entschuldigung von ihm verlangen oder ihn um Verzeihung bitten sollte. Statt dessen holte sie tief Atem, sah ihm fest ins Gesicht und wünschte sich mit aller Willenskraft, er möge sie verstehen. »Ich weiß nicht, was ich sagen soll.« Sie schluckte schwer. »So etwas habe ich noch nie getan. Anfangs erschien es mir noch ganz unschuldig . . .« Ihre Stimme verstummte, und sie wandte den Blick ab.

Morgan sah auf das Mädchen hinunter, das auf der Decke saß, und er seufzte enttäuscht und erleichtert zugleich. Er hatte seine Fassung immer noch nicht wiedergefunden, als er ihr auf die Füße half. Gott sei Dank, daß er die Jungen entdeckt hatte, ehe sie ihn entdeckt hatten. Sonst hätte man schon morgen mittag in ganz Carbon County über ihn und die kleine McAllister geredet. Er hatte nicht vorgehabt, sie zu drängen – oder jedenfalls noch nicht. Aber sie war ihm so unschuldig erschienen – und so willig –, daß er sich nicht hatte beherrschen können.

»Ich habe Ihnen doch schon einmal gesagt, Miss McAllister, was passieren wird, wenn Sie das noch einmal probieren. Ich werde mich nicht für mein Handeln entschuldigen, aber ich werde Sie auch nicht für Ihr Vergehen zur Verantwortung ziehen.«

Elaina wußte nicht, ob sie wütend auf ihn sein oder ihm für seine Offenheit dankbar sein sollte. Als sie daran dachte, was vorgefallen war, überzog eine tiefe Röte ihr Gesicht. Er hatte sie gesehen, wie noch kein Mann sie gesehen, sie berührt, wie noch kein Mann sie berührt hatte. Das konnte nicht recht sein, und doch erschien es ihr auch nicht falsch.

Auf dem Rückweg zur Stadt nahm Elaina all ihren Mut zusammen, aber ihre Neugier überwog ihre Einsicht, und sie handelte wider besseres Wissen. »Ich weiß, daß ich das nicht fragen sollte. Ich meine, es gehört sich nicht, daß eine Dame einen Herrn so etwas fragt, aber . . .«

»Bisher, Miss McAllister, haben Sie noch nichts getan, was sich für eine Dame wirklich gehört, aber das hat Sie bislang an nichts gehindert. Los, fragen Sie.« Er wirkte ein wenig mürrisch, und sie fragte sich, ob er böse auf sie war. Er hatte die Zügel in die Hand genommen, und sie bewunderte das Geschick, mit dem er der Stute mit denselben starken Händen, die auch sie berührt hatten, seinen Willen aufzwang. Bei dem Gedanken an seine Hände auf ihrem Körper errötete sie wieder. Es schien, als glühten ihre Wangen seit Morgans Ankunft in der Stadt ununterbrochen.

»Was ist, Miss McAllister? Ich warte.«

»Ich finde, es ist an der Zeit, daß Sie mich Elaina nennen.« Das entlockte ihm ein Grinsen und ein Kopfschütteln. Elaina bemerkte erneut, wie gut er aussah, wenn er fröhlich war.

»Was wollten Sie mich fragen, Elaina?«

Sie zog die Schultern zurück. »Das, was heute hier draußen vorgefallen ist . . . ist das immer so spannend? Ich meine, so ist mir nie zumute, wenn Chuck mich küßt.« Vielleicht bestand doch noch Hoffnung für sie und Chuck Dawson.

Vielleicht hatte sie ihn einfach noch nicht weit genug gehen lassen. Aber irgendwie glaubte sie nicht daran.

Morgan ließ sich lange Zeit mit seiner Antwort. »Nun ... Elaina, manchmal, bei ganz bestimmten Menschen, ist es einfach so. Ich kann es nicht genau erklären, aber ich bedanke mich für das Kompliment. Anscheinend haben Sie und Ihr Zukünftiger bisher sehr wenig erlebt.«

Das Gespräch nahm eine entschieden peinliche Wendung, aber Elaina hielt durch. »Ich habe nie viel für Chuck empfunden. Ich habe ihn nie ermutigt, und ich glaube, er hat sich immer Sorgen wegen seines Vaters gemacht. Henry wäre wütend, wenn Chuck sich vor der Eheschließung Freiheiten herausnähme.«

»Und warum haben Sie mich ermutigt und ihn nicht?« fragte er.

Jetzt war Elaina an der Reihe, erst einmal gründlich nachzudenken. »Nur dieses eine Mal«, sagte sie schließlich zu ihm, »wollte ich spüren, wie es ist, Leidenschaft zu erleben. Außerdem hatte ich nicht die Absicht, mehr zu tun, als Sie zu küssen, Mr. ... Dan, aber irgendwie war ich machtlos.« Sie sah ihm fest ins Gesicht. »So also verführt ein Mann eine Frau, stimmt's?«

Morgan schüttelte ungläubig den Kopf. Allmächtiger, worauf hatte er sich da bloß eingelassen? Dennoch bewunderte er ihre Aufrichtigkeit. Es war selten, daß eine Frau den Mut besaß, das Leben in all seiner Fülle auszuschöpfen. Er begehrte sie deshalb um so mehr.

»Ja, Elaina, genauso verführt ein Mann eine Frau. Wenn diese beiden Jungs nicht just in dem Moment vorbeigekommen wären, bräuchten Sie keine dieser Fragen zu stellen. Dann wüßten Sie die Antwort selbst.«

Elaina errötete von Kopf bis Fuß und saß für den Rest der Heimfahrt stumm an seiner Seite. Ein Blauhäher flog von einer Platane am Wegesrand und schimpfte lauthals vor Entrüstung über die Störung, und als die Stute scheute, wurde

Elaina gegen Morgans muskulöse Schulter geworfen. Instinktiv legte er den Arm um sie, um sie festzuhalten. Er hielt sie etwas länger als nötig fest, bevor er sie wieder losließ.

Es gab immer noch Fragen, die sie gern gestellt, Dinge, die sie gern gewußt hätte, aber ihr war klar, daß sie all das bei Chuck Dawson und nicht bei Dan Morgan lernen würde. Diese Vorstellung betrübte sie maßlos.

6

Es war an der Zeit, Morgans Wunden wieder zu verbinden.

Elaina schob es so lange vor sich her, wie es nur irgend ging. In ihrer glühenden Verlegenheit mied sie ihn und ging ihm nach Möglichkeit aus dem Weg, doch sie wußte, daß sie ihm früher oder später gegenübertreten mußte.

Sachlich und kühl klopfte sie an seine Tür, öffnete sie auf seine Aufforderung hin und stolzierte forsch in sein Zimmer. Helle Augen musterten sie spöttisch und belustigt von oben bis unten. Sie konnte spüren, wie sich die Röte in ihre Wangen schlich, und sie schalt sich dafür, daß sie machtlos dagegen war. Sie wünschte, sie hätte Doc Willowford rufen können, doch das hätte den Argwohn des Arztes wecken können – und vielleicht auch Chucks Argwohn.

»Ich bin gekommen, um nach Ihren Wunden zu sehen«, sagte sie mit ruhiger Stimme zu ihm und sah ihm trotz ihres flatternden Herzens unverzagt in die Augen. Sie blieb mit hocherhobenem Kopf stehen, als er von seinem Stuhl am Fenster aufstand.

»Ich habe mich schon gefragt, ob Sie mich einfach hier oben liegen lassen und sich gar nicht mehr um mich kümmern.«

»Mr. Morgan, ich hatte nicht die Absicht, Sie im Stich zu

lassen. Ich bin sicher, daß Ihre Wunden bestens verheilen. Bisher waren meine Dienste durchaus entbehrlich.«

Seine Stimme, die so spöttisch wie seine Augen waren, neckte sie erbarmungslos. »Wie können Sie so sicher sein? Sie haben mir gefehlt. Ich hatte mich daran gewöhnt, Sie um mich zu haben.«

Sie lächelte, denn seine Worte freuten sie, obwohl sie bemüht war, sich nicht von seinem Charme einwickeln zu lassen. »Setzen Sie sich auf die Bettkante, und lassen Sie mich nachsehen.«

Er kam ihren Anweisungen nach und zog auch gleich sein Hemd aus. Elaina zwang sich, den Blick von seinem krausen schwarzen Brusthaar loszureißen und auf die Stelle zu sehen, an der sich direkt unter seinem Schlüsselbein die gezackte Narbe in der braungebrannten Haut zeigte. Mit zarten Fingern tastete sie die Wunde und den kräftigen Muskelstrang ab. »Sie verheilt wunderbar«, sagte sie und hoffte nur, er würde nicht merken, wie sehr ihre Hand zitterte. »Sie müssen einen ausgezeichneten Arzt gehabt haben.«

»Soviel steht für mich fest«, stimmte er ihr etwas zu bereitwillig zu.

Sie ignorierte die sachte Liebkosung in seiner Stimme. »Und jetzt lassen Sie mich Ihr Bein ansehen.«

»Darauf freue ich mich schon die ganze Zeit.«

Wieder einmal raubte ihr Erröten ihr die Fassung. »Sie sind ein ganz elender Lump, Dan Morgan!«

Mit einem breiten Grinsen fing er an, sich die Hose aufzuknöpfen. »Sind Sie ganz sicher, daß Sie sich dem gewachsen fühlen? Man kann ja nie wissen, was einem mit einem gedungenen Killer wie mir passieren kann – und schon gar nicht, wenn er erst einmal die Hose auszieht.«

Sie biß die Zähne zusammen und drehte sich um. »Ich warte, bis Sie die Hose ausgezogen und sich wieder zugedeckt haben.« Sie hörte das Rascheln von Stoff und das Klirren seiner breiten Gürtelschnalle, als sie auf den Boden fiel, und plötzlich wünschte sie, sie hätte doch Doc Willowford kommen lassen.

»Jetzt können Sie sich umdrehen«, sagte er zu ihr.

Morgan lag im Bett, hatte sich die Zudecke bis zur Taille hochgezogen; nur ein langes sehniges Bein und eine breite muskulöse Brust war zu sehen.

»O Gott«, flüsterte sie, ohne sich darüber klarzuwerden, wie das klingen mußte.

Er lachte leise in sich hinein. »Sie sind ein Juwel, Miss McAllister, ein absolutes Juwel.«

Ohne sein Gelächter zu beachten, untersuchte sie so teilnahmslos wie möglich sein Bein, stellte fest, daß es besser verheilte als erwartet, und wandte sich dann zum Gehen.

»Falls Sie mir einen Moment Zeit lassen, damit ich mich anziehen kann, würde ich Ihnen gern etwas geben.«

Sie blieb in der Tür stehen und achtete darauf, ihm den Rücken zuzukehren. Als sie das Geräusch hörte, mit dem seine Hose über seine festen, muskulösen Beine glitt, grub sie die Hände in die Falten ihres Rockes. Er legte ihr die Hand auf die Schulter, um sie zu sich umzudrehen.

»Was haben Sie für mich?« fragte sie. Sie schluckte schwer und bemühte sich, die hellen Augen zu ignorieren, die sie musterten.

»Das hier.« Er hielt mit einer langfingrigen Hand zwei kleine steife Stückchen Papier hoch.

»Was ist das?«

Er drückte ihr die kleinen Quadrate in die Hand. »Zwei Eintrittskarten für den Zirkus. Sie sagten doch, Sie seien noch nie im Zirkus gewesen, erinnern Sie sich nicht?«

»Für den Zirkus!« Sie hielt die Eintrittskarten ins Licht und lachte. »Ich wollte schon immer einmal in den Zirkus. Mama hat gesagt, dort sei es zu schmutzig. Und Papa hat sich nie gegen Mama gestellt. Einmal habe ich mich aus dem Haus geschlichen, um in den Zirkus zu gehen, aber Mama hat mich erwischt und mich in mein Zimmer eingesperrt.« Sie lachte wieder mit melodischer Stimme und drückte die Eintrittskarten an die Brust, als seien sie das kostbarste Geschenk, das sie je bekommen hatte.

»Ich dachte mir, daß ich Sie vielleicht in den Zirkus begleiten könnte.« Morgan hatte sie noch nie so froh gesehen, nie derart glücklich, und der Anblick entwaffnete ihn gänzlich. Sie sah aus wie ein kleines Mädchen mit ihren großen funkelnden Augen, die vor Freude engelsgleich wirkten. Plötzlich fiel sein großangelegter Plan, sie für sich allein zu haben und die Verführung, die er bei ihrem letzten gemeinsamen Ausflug begonnen hatte, zu beenden, in sich zusammen, und es blieb lediglich der Wunsch, eine junge Dame in den Zirkus auszuführen.

»Sie könnten darin meinen Versuch sehen, etwas wiedergutzumachen.«

So schnell, wie er gekommen war, schwand ihr freudiger Gesichtsausdruck wieder, und sie gab ihm die Eintrittskarten zurück und ließ die Hände seitlich heruntersinken. »Das ist sehr freundlich von Ihnen, Dan, aber ...«

»Aber nach unserem letzten Ausflug trauen Sie mir nicht mehr.«

Sie seufzte resigniert. »Ich vermute, so könnte man es sagen – aber vielleicht traue ich mir selbst nicht mehr.«

Ihre Freimütigkeit überraschte ihn. Ihr zobelfarbenes Haar glitzerte in den Strahlen der Morgensonne, und ihre Wangen waren vor freudiger Aufregung noch rosig getönt. Als er sie ansah, war er plötzlich bereit, jeden Preis dafür zu zahlen, daß sie seine Einladung annahm.

»Ich verspreche Ihnen etwas. Wenn Sie sich von mir in den Zirkus einladen lassen, werde ich dafür sorgen, daß keiner von uns beiden etwas tut, was wir hinterher bereuen könnten.«

Sie musterte ihn argwöhnisch.

»Habe ich Sie je belogen?« Er unterließ es, ihre Wange zu berühren, obwohl er sich danach verzehrte. Sie wirkte so nervös wie ein Füllen, und er wußte, daß jede plötzliche Bewegung sie hätte verschrecken können.

»Ich weiß es nicht. Was meinen Sie?«

Er lächelte schief. »Nicht daß ich wüßte, aber andererseits erinnere ich mich nicht mehr an alles, was ich gesagt habe.«

Seine ehrliche Antwort überraschte sie. Himmel, wie schrecklich gern sie in den Zirkus gegangen wäre. Und Morgan hatte sie nie wirklich zu etwas gezwungen. Sich selbst konnte sie doch gewiß trauen, wenn schon nicht ihm. Sie würde einfach dafür sorgen, daß sie keinen Moment lang allein waren.

»Chuck würde wütend werden, wenn er dahinterkäme.«

»Dann werden wir es ihm eben nicht sagen. Hazleton ist weit genug weg, und dort kennt man keinen von uns beiden. Ich gebe Ihnen Geld, damit Sie sich eine Kutsche mieten können, und dann können Sie mich am Stadtrand einsteigen lassen. Wir kommen vor Anbruch der Dunkelheit zurück.«

Sie fuhr sich mit der Zunge über die Lippen und drehte die Falten ihres Rocks zwischen den Fingern.

Er hielt die Eintrittskarten hoch. »Es gibt dort Tiger und Elefanten. Haben Sie je einen Elefanten gesehen, Elaina?«

»Sie geben mir Ihr Wort, daß Sie nichts versuchen werden?«

»Mein Ehrenwort.«

»Haben Revolverhelden Ehrgefühl?«

»Der hier ja.«

Sie lachte und riß ihm die Eintrittskarten aus den Fingern. »Dann, Dan Morgan, nehme ich Ihr äußerst liebenswürdiges Angebot an.« Sie hielt die Eintrittskarten hoch und wirbelte herum, und ihre Beschwingtheit war ansteckend.

»Ich verspreche Ihnen, daß es Ihnen nicht leid tun wird.« Seine Stimme klang heiser.

Die Worte ernüchterten Elaina. »Ich hoffe, Sie behalten recht, Dan Morgan. Ich hoffe es wirklich.«

Am Stadtrand stieg Morgan in die Mietskutsche. Als er sich neben sie schwang und ihr die Zügel sanft aus der Hand nahm, strich Elaina ihren rosafarbenen Baumwollrock glatt, um ihm mehr Platz an ihrer Seite zu machen. Es war ein wunderschöner Tag, sonnig und warm und mit einer sanften Brise, die die Strähnen ihres dichten Haares in ihrem Nacken tanzen ließ.

Morgan sah in seinem frischgestärkten weißen Hemd über der enganliegenden schwarzen Hose auf verwegene Art gut aus. Sein schwarzer Hut bedeckte den größten Teil seines dunklen Haares, doch der Wind spielte in ein paar Strähnen über seinem Kragen. Sein Lächeln wirkte so echt, daß es Elaina gelang, die Gedanken an den letzten Tag, den sie gemeinsam verbracht hatten, zu verbannen.

Die Zügel klatschten gegen den Rumpf des Pferdes, und die Stute fiel in einen leichten Trab. Morgans Augen, in denen etwas Verspieltes zu stehen schien, funkelten schelmisch. »Wenn ich Ihr Lächeln sehe«, neckte er sie, »dann glaube ich, jemand hat Sie viel zu lange vernachlässigt. Ich habe nicht den Eindruck, daß Dawson Sie wirklich zu würdigen weiß.«

»Ich fürchte, für solche Dinge hat keiner von uns beiden genug Zeit.« Als sie Chucks Namen hörte, zog sie die Stirn leicht in Falten, aber nur einen Moment lang. Heute würde sie in den Zirkus gehen. Nichts konnte ihre überschwengliche Freude dämpfen.

»Das ist ein Jammer. Eine schöne Frau wie Sie hat es verdient, viele schöne Tage zu erleben.«

Sie lächelte verschmitzt. »Auf den heutigen freue ich mich jedenfalls ganz besonders.«

Morgan kutschierte den ganzen Weg nach Hazleton in einem forschen Tempo. Er fragte sich jedoch immer wieder, warum er Elaina McAllister in den Zirkus einlud. Vielleicht zum Dank dafür, daß sie seine Wunden verarztet hatte? Schließlich wäre er wahrscheinlich tot, wenn sie nicht gewesen wäre. Außerdem würde ihn dieser Ausflug einen Schritt näher an sein Ziel bringen, sie in sein Bett zu bekommen. Heute war jedenfalls, aus welchem Grund auch immer, ein wunderschöner Tag, und das Mädchen an seiner Seite war wunderschön. Auch er hatte sich ab und zu einmal einen schönen Tag verdient.

Als der Wagen um eine Wegbiegung fuhr und das große Zelt in Sicht kam, schnappte Elaina hörbar nach Luft. Das riesige Zelt war beeindruckend: Flaggen wehten an allen vier Pflöcken, und unzählige Menschen liefen über das Gelände vor dem Zelt. Sie konnte die Musik der Dampfpfeifenorgel hören, eine drollige Melodie, die ihr von einer Flußfahrt her bekannt war, die sie einmal auf einem Dampfschiff unternommen hatte. Sie paßte wunderbar zu ihrer unbeschwerten Stimmung. Morgan half ihr beim Absteigen und achtete darauf, daß ihr hübsches rosafarbenes Kleid sich nicht in den hölzernen Radspeichen verfing. Auch er war fröhlich und unbeschwert.

Als sie durch das knöchelhohe Gras zum Eingang liefen, tanzten buntgekleidete Clowns mit weißgeschminkten Gesichtern um sie herum. Elaina schnupperte den würzigen Geruch von frischgemähtem Heu und erdigem Sägemehl. Jedesmal, wenn ihr Blick auf etwas Neues fiel, lief ihr ein freudiger Schauer über den Rücken.

»Da ist ein Elefant!« keuchte sie und umklammerte Morgans Arm, als er sie durch die Menge führte. Dabei zeigte sie auf ein großes graues Tier mit zwei Schwänzen. »Aber was auf Erden ist das?« Eine riesige Kuh, größer als ein ausgewachsener Mann und mit zwei Höckern auf dem Rücken, tappte auf großen mehrzehigen Füßen herum.

Morgan lachte herzlich und war von seiner hübschen Begleiterin absolut hingerissen. »Sie haben wahrhaft ein behütetes Leben geführt, meine Hübsche.« Er drückte ihre Hand und war von ihrer Naivität bezaubert. »Sie können einem Verwundeten eine Kugel aus dem Leib operieren, aber Sie haben noch nie einen Elefanten oder ein Dromedar gesehen.«

»Das ist ein Kamel?«

»Warten Sie nur, bis Sie ein Einhorn sehen.«

»Jetzt machen Sie sich aber lustig über mich«, sagte sie, als sie durch den Eingang in das hohe Zelt spazierten.

Er grinste breit. »Ja, aber nur, weil es soviel Spaß macht, Sie zu necken.«

Sie nahmen ihre Plätze ein – ganz vorn in der Arena, genau in der Mitte der ersten Reihe. Morgan konnte die Aufregung des Mädchens wahrnehmen, ihre Neugier und ihre riesengroße Freude, dort zu sein, und er bereute seine Entscheidung, sie herzubringen, nicht ein einziges Mal, obwohl er versprochen hatte, sich am Riemen zu reißen – ein Versprechen, das auf der langen Heimfahrt noch auf eine harte Probe gestellt werden würde.

Er bestand darauf, daß sie einen kandierten Apfel probierte, und der süße Zimtgeschmack schien ihr zu munden, als sie mit der Zunge über die harte, glatte Oberfläche fuhr. Der Anblick beschwor köstliche Erinnerungen herauf, die er zu unterdrücken bemüht gewesen war.

Sie aß Popcorn, verfütterte Erdnüsse an einen Affen, der hoch oben auf der Schulter eines Clowns saß, und nahm sogar ein kleines handgeschnitztes Zirkuspferdchen von ihm an, als er darauf bestand, es ihr zur Erinnerung an diesen Tag zu schenken.

»Ich werde es verstecken müssen«, sagte sie zu ihm. »Wenn Chuck es sähe, würde er wahrscheinlich noch wütender als meine Mutter.«

Morgan lachte. »Ich fürchte, wenn er versuchen würde, Sie in seinem Zimmer einzuschließen, käme ich in Versuchung, ihn zu erschießen.« Der Gedanke war gar nicht allzu abwegig, und dieser Umstand störte Morgan mehr, als er sich eingestehen wollte.

Elaina kämpfte gegen ein Erröten an. »Erzählen Sie mir

bloß nicht, daß Sie eifersüchtig sind, Mr. Morgan.« Sie erlebte ihn heute von einer anderen Seite, als einen sorglosen Mann, der nicht auf der Hut war. Er wirkte nett, freundlich, besorgt und rücksichtsvoll. Sie war sicher, daß das nicht gespielt war. Heute erinnerte er sie an Ren oder zumindest daran, wie sie sich Ren immer vorgestellt hatte. In Wirklichkeit hatte sie ihn aber eigentlich nicht gut genug gekannt, um sicher zu sein. Sie beschloß, Ren Daniels als eine Art Phantasie zu betrachten, und zum ersten Mal machte ihr das nicht mehr wirklich etwas aus. Dan Morgan war jetzt der Mann, der durch ihre Träume spukte.

Eine unglaubliche Darbietung folgte auf die andere, und jede einzelne war umwerfender als die vorangegangene. Es gab einen Löwenbändiger mit langem blondem Haar, das ihm bis auf die Taille fiel, mit massiven schwarzen Lederbändern, mit Metallnieten an den Hüften und Handgelenken und einer sechs Meter langen Rindlederpeitsche in der Hand. Der Mann sah ebenso wild aus wie die Tiere, die er bändigte. Auch die Nummer der Luftakrobaten hatte es ihr angetan, sie hielt vom ersten bis zum letzten Moment die Luft an, denn sie wagte nicht zu atmen. Morgan versicherte ihr immer wieder, daß die Männer und Frauen jahrelange Übung darin hatten, über das dünne Seil zu laufen und am Trapez zu baumeln, doch seine Worte boten ihr wenig Trost. Erst als die keineswegs sehr züchtig bekleideten Akrobaten in ihren paillettenbestickten Kostümen wieder sicher auf dem Boden standen, konnte sie einen Seufzer der Erleichterung ausstoßen und ihren todesmutigen Kunststücken lautstark applaudieren.

Im Lauf des Nachmittags hielt Morgan immer wieder ihre Hand, sie fand die zarte Berührung beruhigend. Das schien dem wunderbaren Tag noch genau diesen Hauch von Vergnügen hinzuzufügen, den er verlangte.

Als die Vorstellung zu Ende ging, fühlte sich Elaina fast so erschöpft wie die Darbietenden. Sie war durch einen Käfig voller wilder Tiere gelaufen, hatte an einem Trapez gehangen und war von den gewaltigen Zehen eines Elefantenfußes fast zerquetscht worden, hatte auf einem wunderschönen ungesattelten Apfelschimmel gestanden, während er durch die Manege trabte, und hatte sich einem Kanonenfeuer ausgesetzt. Im übrigen war es schlichtweg ein sonniger, glücklicher Frühlingstag gewesen.

»Du wirkst herrlich erschöpft«, sagte Morgan zu ihr, als er ihr beim Einsteigen in die Kutsche half.

»Es hat mir unglaublich viel Spaß gemacht. An diesen Tag werde ich mich immer erinnern, ganz gleich, wie alt ich werde.«

»Und ich werde niemals die hübsche junge Dame vergessen, die ich zum allerersten Mal in ihrem Leben in den Zirkus geführt habe.« Ihre Blicke trafen sich. Dann fügte er hinzu, als müsse er den Bann brechen: »Und auch nicht deinen Gesichtsausdruck, als dieser Clown dich mit Konfetti beworfen hat. Du warst sicher, er würde dich klatschnaß machen.«

Sie versetzte ihm einen Rippenstoß, und er murrte und zog sie spielerisch an sich. Plötzlich vergaß er sein Versprechen, beugte den Kopf vor und küßte sie auf den Mund. Ihre Lippen fühlten sich warm und nachgiebig unter seinem Mund an. Er spürte, wie sie sich teilten, und er kostete die Süße ihres Atems. Als seine Zunge zwischen ihre Zähne glitt, fuhren sie gleichzeitig auseinander.

»Du hast es versprochen!« rief sie aus und riß sich los.

Er konnte spüren, daß ihr Puls ebenso schnell raste wie seiner, und seufzte resigniert. »Vermutlich habe ich es dir versprochen, aber irgendwie hätte ich nicht gedacht, daß ein kleines Küßchen unter so viel Menschen dich in Gefahr bringt.«

Sie schaute sich um, sah all die Menschen, die ebenso wie sie und er den Zirkus verließen, und verdrehte die goldenen Augen zum Himmel. »Es tut mir leid. Ich nehme an, ich bin von all der Aufregung ein wenig aufgekratzt. Ich wollte keine Szene machen.«

»Und ich wollte dich eigentlich nicht küssen.« Er grinste und schnalzte der Stute zu, die lostrabte. »Dir zu widerstehen, ist noch schwerer, als ich dachte.« Sie fuhren hinter anderen Wagen her, die das Gelände verließen, auf die staubige Straße. »Ich entschuldige mich dafür, daß ich mich vergessen habe, obwohl es nur für einen Augenblick war.« Er hoffte nur, seine Augen verrieten den Umstand nicht, daß es ihm nicht im entferntesten leid tat. Er wünschte nur, er hätte ihren süßen Mund noch länger schmecken können.

Sie schien ihm zu verzeihen, denn sie legte ihren Kopf an seine Schulter. Der warme Tag und all die Aufregung begannen, ihren Tribut zu fordern. Das sachte Schaukeln des Einspänners und das Klappern der Pferdehufe auf der staubigen Straße lullten sie ein, und bald döste sie vor sich hin.

Morgan schaute in ihr vertrauensvolles Gesicht, als sie friedlich mit dem Kopf an seiner Schulter schlief. Er legte beschützend einen Arm um sie und hoffte, sie würde nicht vor ihrer Rückkehr in die Stadt erwachen. Heute hätte er sie nicht verführen können, selbst dann nicht, wenn sich ihm eine Gelegenheit dazu geboten hätte. Nicht jetzt, wo sie ihm so vollständig vertraute, nicht nach den Stunden, die sie miteinander verbracht hatten. Als sie an ihn geschmiegt dasaß und ihr schimmerndes Haar sich auf seiner Brust ausbreitete, weckte sie Gefühle in ihm, von denen er nicht gewußt hatte, daß sie in ihm schlummerten.

Wieder beschäftigte und verfolgte ihn seine Vergangenheit. War er immer so mit Frauen umgegangen, die er begehrte? Das konnte er sich kaum vorstellen. Diese hier schien anders zu sein, irgendwie etwas Besonderes. Ein nagender Verdacht, daß er sie zu einer anderen Zeit gekannt hatte, setzte ihm zu, doch diese Möglichkeit paßte nicht zu der Vergangenheit, an die er sich allmählich wieder bruchstückhaft erinnern konnte.

Alles war ein verworrenes Geflecht, doch er hoffte inständig, es schon bald zu entwirren.

»Es ist an der Zeit, wach zu werden, meine Hübsche. Wir sind gleich in der Stadt. Ich glaube, du solltest den Wagen besser allein zurückbringen. Weit ist es nicht mehr.«

Elaina kam zu sich, gähnte und lächelte. »Ich war nicht gerade sehr unterhaltsam, stimmt's?«

»Ich hätte mir keine schönere Gesellschaft wünschen können«, versicherte er ihr galant. Er fuhr an den Straßenrand und hielt den Wagen an.

Elaina musterte ihn mit einem Anflug von Melancholie, denn sie war traurig, daß dieser schöne Tag endete. »Es hat mir riesengroßen Spaß gemacht, Dan.«

»Mir auch.« Er berührte ihre Wange mit einer braungebrannten Hand. »Meinst du, mit einem Kuß zum Abschied würde ich mein Versprechen brechen?«

Sie wußte, daß sie ja sagen sollte. Daß jeder Körperkontakt mit dem gutaussehenden Revolverhelden in die Katastrophe führen konnte, aber es war ein so vollkommener Tag gewesen, daß sie es ihm einfach nicht abschlagen konnte. Sie schüttelte den Kopf und hörte sein tiefes, kehliges Stöhnen, als seine Lippen ihren Mund berührten. Sie fühlten sich warm, fest und zart zugleich an, und mit ihrer Berührung neckten und erregten sie sie. Als seine Hände sich auf ihr Gesicht legten, vertiefte sich der Kuß, und sie hörte sich vor Verlangen leise wimmern. Seine Zunge erforschte das Innere ihres Mundes, und warme Schauer durchzuckten sie. Der Kuß, der keineswegs mehr sanft war, drohte, ihre Selbstbeherrschung zu zerstören. Mit zitternden Händen stemmte sie sich gegen seine Brust und hoffte, er würde aufhören, obwohl sie insgeheim wünschte, er würde nie mehr aufhören.

Er überraschte sie damit, daß er sich von ihr löste.

»Siehst du«, sagte er in einem heiseren Flüsterton. »Sogar

ein Revolverheld kann ehrenwert sein. Deine Tugend bleibt unbescholten, mein Versprechen ungebrochen.«

Unbewußt preßte sie sich die Finger auf die Lippen, die von seinem Kuß gerötet waren, da sie versuchte, das wunderbare Prickeln noch einmal einzufangen, das er ausgelöst hatte.

»Sehe ich dich im Hotel?« fragte er und sprang leichtfüßig vom Sitz des Wagens auf den Boden.

»Heute abend nicht.« Sie rang darum, ihre Stimme wiederzufinden. »Ich muß Mrs. Lowery helfen, und ich glaube ... daß Chuck vorbeischauen wird.« Sie brachte den Namen kaum heraus.

»Dann verabschieden wir uns jetzt bis zum nächsten Mal.«

Sie nickte benommen und wünschte, er bräuchte nicht zu gehen. Dann trieb sie die Stute zum Trab und schlug den staubigen Weg nach Hause ein. Da sie nicht umhin konnte, noch einen Blick über die Schulter zu werfen, sah sie, wie er sich mit langbeinigen Schritten entfernte.

Als sie durch den spätnachmittäglichen Sonnenschein weiterfuhr, machte sich ein ungewohntes Gefühl der Leere in ihr breit.

»Also gut, Mr. Redmond, dann wird unsere Gesellschaft sich darauf einrichten, sämtliche ausstehenden Anteile an der Blue Mountain Mine innerhalb von neunzig Tagen zu erwerben.« Philip Gilmore von der Glanzkohlebergbau- und Kohlezechengesellschaft wandte sich an Dolph Redmond, der Henry und Chuck Dawson am späten Nachmittag im Büro der Blue Mountain Mine gegenübersaß. Gilmore, ein gepflegter junger Mann in einem gutgeschnittenen marineblauen Anzug, sah von seinen Papieren auf, setzte die Brille ab und wandte sich an Chuck und Henry. »Findet das Ihre Billigung, meine Herren?«

»Ich finde, das klingt gut«, stimmte Henry Dawson zu. Er stand von seinem Stuhl auf und klopfte dem jungen Mann auf den Rücken. »Ihr Burschen tätigt eine lohnende Investition. Die Zeiten sind für den Kohlebergbau hart gewesen, aber dieses Jahr beginnt ein Aufschwung, der euch Jungs reich machen könnte. Wenn meine müden alten Knochen nicht wären, würde ich mich schließlich nie von der Blue Montain Mine trennen!«

»Ich schließe mich dem von ganzem Herzen an, Mr. Gilmore«, fügte Dolph Redmond hinzu und stand von dem Stuhl hinter seinem wuchtigen Mahagonischreibtisch auf. »Leider nehmen meine sonstigen Interessen immer mehr Zeit in Anspruch, aber eine so lohnende Kapitalanlage verkaufe ich trotzdem nur sehr ungern.« Redmond wand sich hinter dem Schreibtisch heraus und streckte eine schmale Hand aus. Chuck Dawson erhob sich von seinem Stuhl, und sein Vater folgte seinem Beispiel. Der junge Mann drückte erst Redmond und dann Chuck und Henry die Hand.

Chuck begleitete den jüngeren Mann an die Tür. »Dann erwarten wir Sie also mit dem Geld am zehnten Juli hier im Büro«, bestätigte Chuck noch einmal.

»Richtig, Mr. Dawson. Und wir erwarten dafür zum selben Zeitpunkt die Übergabe der Anteile. Innerhalb der folgenden dreißig Tage werden wir die Leitung ganz übernehmen.«

»Verstanden«, sagte Chuck. Er brachte Gilmore noch zu seinem Einspänner und sah ihm dann von der Veranda aus nach, als der Mann dem Braunen die Peitsche gab und zum Abschied winkte. Gilmore fuhr zurück nach Keyserville, denn von dort aus würde der Zug durchs Lehigh Valley ihn nach Scranton bringen.

Dawson schloß die Tür, lehnte sich lässig an den Türpfosten und gestattete sich ein zufriedenes Lächeln. »Endlich sind wir dieses verdammte elende Kohlengeschäft los«, sagte er und verlieh damit auch den Gefühlen der anderen Ausdruck.

Sein Vater grinste breit. »Ja, und der Preis, den sie uns zahlen, macht den Handel noch reizvoller. Was sagst du, Dolph? Jetzt hat sich die ganze Drecksarbeit doch noch gelohnt, was?«

Redmond lächelte dünn. »Man sollte den Morgen nicht vor dem Abend loben, Männer. Chuck, sorg du jetzt bloß dafür, daß du die kleine McAllister vor den Altar schleifst. Ich bin sicher, es erübrigt sich, euch daran zu erinnern, daß sie immer noch fünfzig Prozent der Anteile am Bergwerk in der Hand hat, obwohl sie es nicht weiß. Wenn du erst einmal ihr Mann bist, Chuck, dann gehören die Anteile dir. Anschließend können wir alle etwas ruhiger schlafen.«

Chuck schaute finster drein. »Wir hätten diese Eheschließung längst erzwingen sollen, als sie noch jünger und gefügiger war. Wenn irgend etwas schiefgeht«, sagte er und sah seinen Vater verdrossen an, »dann kannst du dir das zuschreiben.«

»Es hat keine Notwendigkeit bestanden, das Mädchen vorher schon zu zwingen«, verteidigte sich Henry Dawson. »Du hattest deine Freundinnen, die dir das Bett gewärmt haben. Die Kleine hat ein Weilchen gebraucht, um sich an die Vorstellung einer Heirat zu gewöhnen, das ist alles. Sie hat eingewilligt. Sie wird ihr Wort halten. Wenn diese McAllisters eine Eigenschaft besitzen, dann ist es Stolz.«

»Ich kann nur hoffen, daß du recht hast«, sagte Chuck.

»Mach dir keine Sorgen«, beschwichtigte ihn Redmond. »Es wird zu einer Heirat kommen – so oder so.« Er trat wieder hinter seinen Schreibtisch, zog die unterste Schublade heraus und stellte drei Kristallgläser und eine edle Karaffe mit Cognac auf den Tisch. Chuck und sein Vater kehrten zu ihren burgunderfarbenen Sesseln zurück. Es war kein großes Büro, aber Chuck konnte Redmonds ausgezeichneten Geschmack in jeder Kleinigkeit erkennen. Neben dem Schreibtisch und den Sesseln gab es ein schmales Sofa, und auf dem Boden lag ein großer Perserteppich, der eine blutrünstige

Szene aus der Zeit der Kreuzzüge zeigte. Eine orientalische Vase schmückte einen geschnitzten Beistelltisch aus Rosenholz.

»Auf diesen Glücksfall sollten wir uns dringend einen Drink genehmigen«, sagte Redmond. Er schenkte in jedes der Gläser zwei Fingerbreit von der bernsteinfarbenen Flüssigkeit und reichte sie herum. »Und auf Chucks bevorstehende Heirat.« Die Gläser trafen klirrend aufeinander, und alle drei Männer lächelten.

7

Dan Morgan sah durch das offene Fenster auf die belebten Straßen unter seinem Zimmer. Seine Schulter war nahezu verheilt. Es war an der Zeit, daß er die Männer fand, die auf ihn geschossen hatten.

Morgan schnallte sich den schwarzen Revolvergurt um die Hüfte und befestigte das Lederhalfter an seinem Schenkel. Instinktiv griff seine Hand nach dem Kolben, und wie immer glitt ihm die Waffe geschmeidig in die Hand. Dann überprüfte er, ob sie geladen war, er spürte das beruhigende Metall kalt auf seiner Haut, ließ den Hahn zurückgleiten und steckte die Waffe wieder in das Halfter.

Er schnappte sich den breitkrempigen Hut von dem eisernen Kopfteil seines Betts, zog die Tür auf, stieg die beiden Treppen zum Parterre hinunter und schritt forsch durch das Foyer.

»Dan?« Elainas sanfte Stimme drang aus dem Aufenthaltsraum. Sie stützte sich auf ihren Besen. Ihr Haar war mit einem Tuch zurückgebunden, das zu ihrem blauen Baumwollkleid paßte. Sie schaute ihn mit fragendem Gesichtsausdruck an. »Du gehst doch nicht etwa wieder raus?«

Er betrat den Aufenthaltsraum, um sie zu beruhigen, aber

er war entschlossen, sich an seine Aufgabe zu machen. »Ich bin auf dem Weg zum Büro des Sheriffs. Ich will sehen, ob er auf neue Anhaltspunkte gestoßen ist. Ich habe dir doch gesagt, daß ich herausfinden werde, wer auf mich geschossen hat, ob mit dem Gesetz oder ohne das Gesetz.«

»Das ist zu gefährlich, Dan. Du läufst als lebende Zielscheibe herum. Niemand hat von den Ausflügen gewußt, die wir unternommen haben und die uns aus der Stadt geführt haben. Das hier ist etwas anderes. Wer auch auf dich geschossen haben mag, er hat dich schon einmal beinah umgebracht; diesmal könnte es ihm gelingen.« Sie bedachte ihn mit einem trotzigen Blick. »Wenn du wieder auf dich schießen läßt, will ich verdammt sein, wenn ich noch einmal Zeit damit vergeude, dich wieder zusammenzuflicken!«

Morgan grinste und strich ihr mit einem Finger über die Wange. »Du bist schön, wenn du wütend bist, aber du irrst dich, wenn du glaubst, jemand könnte auf mich schießen. Diesmal bin ich vorbereitet. Falls hier irgend jemanden eine Kugel trifft, dann wird es der andere sein.«

»Wie kommst du auf den Gedanken, daß er dir nachlaufen wird?«

»Oh, er wird Jagd auf mich machen, das steht fest. Wer andere von hinten anschießt, hat es nicht gern, wenn sein Werk unvollendet bleibt.«

Elaina packte ihn am Arm und spürte, wie seine Muskeln sich instinktiv unter ihrer Berührung anspannten. Obwohl er sich bemühte zu lächeln, wirkten seine Züge hart und verkrampft. Jede Spur von dem gutaussehenden sorglosen Mann war verschwunden, der sie in den Zirkus mitgenommen hatte. Das hier war der Revolverheld Black Dan, ein Mann, den sie kaum kannte. Sie spürte, wie die Sorge sie übermannte und ließ seinen Arm los. »Es gibt ein Gesetz, das das Tragen von Feuerwaffen in der Stadt verbietet«, sagte sie, da sie entschlossen war, so gelassen wie er zu wirken.

»Es gibt auch ein Gesetz, das es verbietet, auf Menschen zu

schießen, aber das scheint euren Sheriff nicht zu beeindrukken.«

»Ich komme mit dir«, wagte Elaina zu sagen. Sie lehnte den Besen an die Wand.

»Das kommt überhaupt nicht in Frage. Es ist gefährlich, sich im Moment auch nur in meiner Nähe aufzuhalten. Du bleibst hier.«

»Aber, Dan, ich...«

»Wir sehen uns dann heute nachmittag.« Er führte die Finger zu einer Abschiedsgeste an die Hutkrempe und verließ den Raum. Sogar aus der Entfernung konnte sie seine grimmigen Gesichtszüge ahnen und die Entschlossenheit in seinem Gang, als er die Glastür aufstieß.

Elaina zögerte nur einen Moment lang, ehe sie sich die Schürze abband, sich das Tuch vom Kopf zog und in die Küche eilte.

»Ich bin in ein paar Minuten wieder da«, rief sie Ada zu. »Ich muß eine kurze Besorgung machen.«

Ada lächelte, nickte und fuhr dann wieder fort mit der Lektion im Brotbacken, die sie dem neuen Küchenmädchen gerade erteilte.

Elaina vergeudete keine Zeit. Sie trat auf den Bürgersteig hinaus und machte sich auf den Weg zum Büro des Sheriffs. Bisher war in Hinblick auf die Schießerei wenig unternommen worden, und Elaina war sicher, daß Redmond und Dawson die Vertreter des Gesetzes darin unterstützt haben mußten, dem Vorfall keine weitere Beachtung zu schenken. Die Partner wollten, daß der Revolverheld die Dinge selbst in die Hand nahm. Das Wissen, daß Morgan bewaffnet und nur auf der Suche nach einer Zielscheibe war, würde die Bergleute in Schach halten.

Elaina hielt sich die Hand gegen den grellen Sonnenschein über die Augen, überquerte zielstrebig die Straße und wich dabei einem beladenen Heuwagen aus. Es war ein warmer Tag, aber eine kühle Maibrise ließ ihren Rocksaum wehen.

Die Hügel um die Stadt herum waren grün, und die wenigen Wattewölkchen am Himmel trugen nur noch zur Schönheit eines Tages bei, der besonders prächtig hätte sein sollen.

Normalerweise genoß Elaina jede Minute, die sie im Freien verbrachte, aber heute nahm sie ihre Umgebung kaum wahr. Als sie auf den Bürgersteig vor dem Büro des Sheriffs trat, hörte sie drinnen Stimmen.

»Nein, Mr. Morgan, um Ihre Frage zu beantworten, wir haben keinen schlüssigen Beweis, nur Indizien, aber aus sicherer Quelle wissen wir, daß Josh Colson der Mann ist, der auf Sie geschossen hat.«

»Indizien?« fragte Morgan. »Und wie stichhaltig sind sie?«

»Nun, wir wissen, daß Colson der Anführer des Schlichtungsausschusses der Bergleute ist. Er hatte ein Motiv. Er war an dem Tag, an dem Sie da waren, beim Treffen in der Stadthalle, und er hat für den Zeitpunkt, zu dem die Schüsse auf Sie abgegeben worden sind, kein Alibi. Dazu kommt noch, daß ein paar Bergleute sagen, sie hätten gehört, wie er sich hinterher damit gebrüstet hat.«

Elaina stieß die schwere Holztür auf, denn sie stand kurz davor, die Selbstbeherrschung zu verlieren. »Das ist eine verdammte Lüge, Frank Stratton, und das weißt du selbst! Josh Colson hat in seinem ganzen Leben noch niemandem etwas getan. Dir wäre nichts lieber, als daß Morgan Josh erschießt. Das würde deinen Freund Dolph doch glücklich machen, oder nicht?«

Sie wirbelte zu Morgan herum. »Du glaubst ihm doch nicht etwa, oder? Du hast Josh selbst gesehen. Findest du, daß er wie ein Killer aussieht?«

»Sei ganz ruhig, Elaina. Ich werde niemanden erschießen – nicht, wenn mir nicht viel schlüssigere Beweise als die vorliegen, die der Sheriff hier vorzubringen hat.« Er wandte seine Aufmerksamkeit Stratton zu, der die Augenbrauen ruckartig hochgezogen hatte, als Morgan Elaina mit ihrem Vornamen angeredet hatte.

»Ich werde mich wieder bei Ihnen erkundigen, Sheriff«, sagte Morgan. »Vielleicht gelingt es Ihnen ja noch, auf etwas zu stoßen, was handfester ist als der Klatsch, den man in der Stadt hört.« Er zog den Hut, packte Elaina am Arm und führte sie mit einem dünnen, gepreßten Lächeln nicht allzu sanft aus dem Büro. Dann schloß er die Tür hinter sich.

»Ich dachte, ich hätte dir gesagt, daß du im Hotel bleiben sollst.« Bei seinen Worten, die durch zusammengebissene Zähne herauskamen, zuckte sie innerlich zusammen.

»Es steht dir nicht zu, mir irgend etwas zu befehlen, Mr. Morgan. Ich will wissen, was genau du jetzt mit Josh Colson vorhast.«

Er zerrte sie mit einer Hand, die ihren Oberarm gepackt hielt, unbeirrt auf dem Bürgersteig weiter. »Ich habe es dir doch schon gesagt, Miss McAllister. Ich habe nicht die Absicht, Josh Colson etwas anzutun, solange mir der Sheriff keine Beweise liefert. Ich glaube genauso wenig wie du, daß Josh Colson auf mich geschossen hat.«

Sie blieb abrupt stehen. »Das glaubst du nicht?«

»Nein, ganz bestimmt nicht. Würdest du jetzt bitte wieder ins Hotel gehen und dort bleiben?«

Sie sah lächelnd zu ihm auf und spürte eine Woge der Erleichterung über sich hereinbrechen. Sie hatte angefangen, sich zu sorgen, sie könnte sich in dem Revolverhelden getäuscht haben. Gerade wollte sie ihm sagen, daß sie seinem Wunsch nur zu gern nachkommen würde, aber der Kugelhagel, der eine Glasscheibe dicht neben ihr und einen Krug eingelegte Gurken in Walzheimers Gemischtwarenhandlung zersplittern ließ, verhinderte es.

»Runter mit dir!« Morgan zog sie auf die hölzernen Planken hinter ein paar Fässer, die vor dem Laden standen. Frauen kreischten und brachten sich eilig in den Geschäften in Sicherheit. Elaina hörte das Geräusch, mit dem hinter ihr Fensterläden von Kugeln durchschlagen wurden, und sie bereute ihre Dummheit, sich nicht an Morgans Anweisungen gehalten zu haben.

»Verdammt noch mal!« fluchte er leise. »Genau deshalb wollte ich, daß du dich im Hotel in Sicherheit bringst und dort bleibst.« Er sah sich um. »Jetzt mußt du hierbleiben. Wenn du versuchst, dich von der Stelle zu rühren, könnte es sein, daß er auf dich schießt. Es sieht so aus, als seien die Schüsse vom Dach der Bank gekommen. Ich werde mich von hinten anschleichen.«

»Bitte, Dan. Können wir das nicht einfach dem Sheriff überlassen?«

Er machte sich gar nicht erst die Mühe, ihr eine Antwort zu geben. »Versprich mir, daß du hierbleibst.« Als sie nicht schnell genug antwortete, schüttelte er sie, und seine Augen bohrten sich in sie. »Versprich es mir!«

Sie konnte nur nicken. »Ich verspreche es dir.« Er wollte aufstehen, aber sie packte seinen Hemdsärmel und zog ihn wieder nach unten. »Versprich mir, daß du vorsichtig sein wirst.«

Sein harter Ausdruck wurde freundlicher. »Ich verspreche es dir.« Er strich ihr über die Wange. »Und jetzt bleib hier. Ich komme wieder, wenn alles vorbei ist.«

Morgan schwang sich hinter dem Faß heraus und duckte sich unter einem Kugelhagel durch, der ihm auf seinem Spurt zu einem Wassertrog zwischen zwei Häusern folgte. Ein weiterer lauter Knall, und Wasser spritzte aus dem Trog. Er sah sich nach Elaina um und stellte zu seiner Erleichterung fest, daß sie hinter dem Faß in Sicherheit war. Dann setzte er zu einem zweiten Spurt in gebeugter Haltung an, und der Hall der Schüsse folgte ihm. Als er loslief, splitterte von den Gebäuden neben ihm das Holz. Sowie er außer Sicht war, eilte er hinter den Häusern weiter und achtete sorgsam darauf, sich dicht an den Mauern zu halten.

Als er das Ende des Häuserblocks erreicht hatte, holte er tief Luft und rannte über die offene Straße. Zu seinem Erstaunen überquerte er die Straße, ohne auch nur einen einzigen Schuß zu vernehmen. Er hatte gehofft, der Schütze würde seinen Standort auf dem Dach der Bank beibehalten. Jetzt befürchtete er, daß der Mann bereits einen anderen Standort bezogen hatte.

Morgan preßte sich flach gegen den Mietstall und hörte nur das Wiehern eines einsamen Pferdes, als er über die Straße zum Büro des Sheriffs schaute. Ganz so, wie er es erwartet hatte, blieb der Sheriff im Haus und war nur auf seine eigene Sicherheit bedacht. Die Straßen hatten sich geleert. Etliche Pferde standen angebunden vor den Geschäften, doch die meisten waren von ihren besorgten Besitzern fortgeführt und in Sicherheit gebracht worden.

Morgan hielt seine 45er in der Hand, richtete den Lauf nach oben und stützte sein Handgelenk mit der anderen Hand ab, als er an der Hintertreppe der Bank vorbeilief. Er erklomm die Stufen des Gebäudes nebenan, steckte seine Waffe in das Halfter und schwang sich auf das Dach. Als er oben angekommen war, kauerte er sich hin und kroch vorsichtig an den Rand des Hauses, um einen ungehinderten Blick auf das Dach der Bank zu haben. Kein Mensch. Er holte tief Luft, dann schlich er zurück. Wie er gefürchtet hatte, hatte der Mann seinen Standort verlassen. Jetzt würde es gefährlicher denn je sein, ihn zu finden.

Sowie er wieder unten angelangt war, lief er durch die Gasse zwischen den Häusern und hielt seinen Colt wieder in der Hand. Als er sich der Straße näherte, durchschnitt eine krächzende Männerstimme die Stille.

»Morgan! Ich hab was von Ihnen. Wenn Sie sie weiterhin atmen sehen wollen, kommen Sie besser da raus.«

Morgan setzte seinen breitkrempigen Hut ab und lugte um die Ecke. Zum ersten Mal hatte er das Gefühl, die Beherrschung zu verlieren. Der Schütze hatte Elaina mit dem Rükken an seine Brust gepreßt, und mit dem Arm hielt er ihre Taille gleich unter ihren vollen Brüsten umschlungen. Ihr

Atem ging schwer, und daher bewegten sich ihre Brüste an dem Arm des Mannes, und Morgan spürte, wie sich ihm die Brust zuschnürte.

»Lassen Sie sie laufen! Was Sie auch wollen – das ist eine Angelegenheit zwischen uns beiden. Lassen Sie sie laufen, und ich komme aus meiner Deckung.«

»Davon kann gar nicht die Rede sein, Morgan. Darauf habe ich viel zu lange gewartet. Sie kommen jetzt sofort raus, oder das Mädchen kriegt was ab.«

Morgan konnte sehen, wie Metall in der Sonne funkelte, als der Mann seine Waffe an Elainas Schläfe preßte. Ihm wurde flau im Magen, und er spürte, wie ihm übel zu werden drohte.

»Tu es nicht, Dan!« Elainas sonst so weiche Stimme klang schnarrend, als sie sich im Arm des Schützen wand, um Luft zu bekommen. »Er wird dich bestimmt umbringen.«

»Wer sind Sie?« fragte Morgan, der Zeit gewinnen wollte.

»Lars Kirby. Billy Kirbys älterer Bruder. Sie erinnern sich doch noch an Billy, oder nicht? Der Junge, den Sie wie einen Köter auf der Straße abgeknallt haben!«

Während der Mann sprach, veränderte Morgan seinen Standort und schlich sich um das Gebäude herum an eine Stelle, die der Gemischtwarenhandlung so nahe war, wie er es nur irgend wagte.

»Tut mir leid«, sagte Morgan. Es verblüffte den stämmigen Mann, daß seine Stimme jetzt von einer nähergelegenen Stelle ertönte, doch er rührte sich nicht vom Fleck. »Ihre erste Kugel hat mich das Gedächtnis gekostet. Sie werden mir erklären müssen, wer Ihr Bruder war, wenn Sie wollen, daß ich es weiß.«

»Sie sind ein Lügner, Morgan!«

»Bitte«, sagte Elaina flehentlich. »Er sagt die Wahrheit.«

Der breitgebaute Mann hielt sie fester, und sie bekam so gut wie keine Luft mehr.

»Sie scheinen ihn ja gut zu kennen, Kleines. Wissen Sie

auch, daß er ein Mörder ist? Mein Bruder war erst neunzehn Jahre alt. Morgan hat ihn abgeknallt und keinen weiteren Gedanken an ihn verschwendet.«

Elaina konnte den säuerlichen Atem des untersetzten Mannes riechen. Sein braunes Haar, das der Wind zerzaust hatte, war lang und ungekämmt. Er trug eine derbe Drillichhose und ein rotkariertes Hemd, die Kleidung eines Arbeiters, und doch hatte sie ihn noch nie gesehen, und er redete auch nicht wie ein Bergmann. Sie konnte ihre Gefühle zwar nicht rational begründen oder rechtfertigen, aber sie glaubte dem Mann kein Wort von dem, was er über Morgan gesagt hatte.

»Ich habe das Reden satt«, sagte Kirby. »Kommen Sie jetzt raus, oder ich töte das Mädchen.«

Die Waffe wurde fester gegen ihre Schläfe gepreßt, und Elaina spürte, wie der Schweiß in einem kleinen Rinnsal zwischen ihren Brüsten strömte.

»Sie bedeutet mir nichts«, antwortete Morgan, und die Worte schnitten sich in sie wie ein Messer. »Mir ist ganz egal, ob Sie sie töten oder nicht. Also können Sie sie ebenso gut laufenlassen.«

Elaina spürte eine Woge von Übelkeit in sich aufsteigen, die mehr Morgans Worten als der festen Umklammerung des kräftigen Mannes entsprang.

»Sie lügen, Morgan. Sie bedeutet Ihnen viel, das weiß ich genau. Ich habe es in Ihren Augen gesehen, als Sie mit ihr über die Straße gelaufen sind.«

Elaina nahm eine aufrechtere Haltung ein, denn Kirbys Worte gaben ihr wieder ein wenig Mut. Machte sich Morgan wirklich etwas aus ihr? Hatte er sie auf eine ganz besondere Weise angesehen, die ihr selbst nicht aufgefallen war? Sie hatte keine Zeit, an diesen Fragen herumzugrübeln.

Morgan kam aus seiner Deckung heraus und hielt seine Schußwaffe auf Lars Kirby gerichtet. Mit langsamen entschlossenen Schritten näherte er sich der Stelle, an der der

Schütze Elaina festhielt. Kirbys Name beschwor keine Erinnerung in ihm herauf, aber die Vorstellung, er könnte den Bruder des Mannes getötet haben, brachte ihn in seinen Vorsätzen ins Wanken. Hätte er sich doch bloß erinnern können.

»Das reicht jetzt, Morgan.«

Morgan war längst in Schußweite, aber jeder Schuß, den er abgab, hätte tödlich für Elaina sein können. Drei Tage lang hatte er mit seinem Colt geübt. Er wußte, daß er weit besser als jeder Durchschnittsbürger traf, doch seine Schulterverletzung hatte ihren Tribut gefordert. Er konnte nicht mit Gewißheit sagen, wie sehr sie seine Zielsicherheit beeinträchtigte.

»Vielleicht erinnern Sie sich nicht mehr an Billy«, sagte der Mann jetzt, »aber dieses Mädchen hier kennen Sie. Und sie bedeutet Ihnen viel mehr, als Sie sich eingestehen wollen. Und daher will ich, daß Sie, ehe ich Sie töte, genau wissen, was ich vorhabe. Ich werde mich in jeder Form, die ich kenne, mit ihr vernügen. Und dann werde ich sie so nehmen, wie man die hübschen Knaben nimmt. Haben Sie kapiert, Morgan?«

Morgan verlor schlagartig die Selbstbeherrschung. Falls er vorher Zweifel gehabt hatte, dann waren sie jetzt wie ausgelöscht. Er handelte, ohne zu überlegen, als er seinen Colt zog, den Hahn spannte, zielte und im selben Augenblick einen Schuß abgab, dessen Echo gleichzeitig mit Elainas schrillem Schrei ertönte.

Die Kugel erwischte den Mann exakt zwischen den Augen.

Sein schwerer untersetzter Körper brach auf Elaina zusammen, und das Blut sickerte auf ihren Rock, als Morgan an ihre Seite rannte.

Ungeachtet der Folgen schlang Elaina Morgan die Arme um den Hals und ließ sich von ihm in die Arme ziehen, während Tränen ihren Blick verschleierten. Sie vernahm nur vage den Klang von Stimmen, das Schlagen von Türen und

Fenstern, die geöffnet wurden, und die Geräusche rennender Füße, als die Bewohner der Stadt sich um sie scharten.

»Gott sei Dank, daß dir nichts passiert ist«, flüsterte sie mit den Lippen an Morgans Wange. Er schien sie nicht zu hören. Statt etwas zu erwidern, reichte er sie behutsam in die ausgestreckten Arme ihres Zukünftigen weiter.

»Was zum Teufel geht hier vor, Elaina?« fauchte Chuck. Er sah von Elainas tränenüberströmtem Gesicht und ihrem blutverschmierten Rock zu dem Toten, der auf dem Boden lag, und dann schaute er Morgan an, der seine Waffe in das Halfter gesteckt und sich zurückgezogen hatte.

»Mir fehlt nichts, Chuck. Du kannst mich jetzt ruhig wieder hinstellen«, sagte Elaina zu ihm, und dabei wußte sie, daß sie mit Freuden in Morgans Armen geblieben wäre. Chuck kam ihrem Wunsch nach und stützte sie, als sie auf wackligen Beinen dastand, und dabei musterte er sie unsicher.

Elaina schniefte und hielt weitere Tränen zurück, da sie entschlossen war, jetzt stark zu sein. »Übrigens, Chuck.« Sie sah Chuck in das grüblerische, argwöhnische Gesicht. »Wo hast du eigentlich die ganze Zeit gesteckt?«

»Ich ... ich bin gerade erst gekommen. Ich schätze, ich habe das meiste verpaßt. Aber jetzt zählt nur noch, daß dir nichts passiert ist. Ich muß daran denken, mich bei Morgan mit einer kleinen Lohnerhöhung zu bedanken.«

»Ist das alles, woran du denken kannst, Chuck? An Geld?«

»Natürlich nicht, meine Liebe. Ich bin nur froh, daß dir nichts zugestoßen ist.«

Elaina seufzte tief, um sich wieder zu beruhigen, und ihre Blicke suchten nach Morgan. Als sie nur noch seine breiten Schultern sah, die sich dem Büro des Sheriffs näherten, fühlte sie sich benommen und verwirrt. Der Anblick des Bluts auf ihrem Rock verursachte ihr Übelkeit, daher ließ sie sich von Chuck zum Hotel zurückbringen.

»Nun, Sheriff Stratton, es sieht so aus, als könnten Sie Ihre Nachforschungen einstellen – das heißt, falls Sie je welche angestellt haben.« Morgan schloß die Bürotür etwas zu kraftvoll, und der dumpfe Knall hallte von den Wänden des kleinen Raums wider.

Frank Stratton lächelte scheinheilig. Er stellte seine Kaffeetasse auf den Schreibtisch und nahm im selben Atemzug die Füße vom Tisch. »Sagen Sie nur. Ich werde mich der Leiche annehmen, Morgan. Die Stadt wird sogar die Begräbniskosten tragen, damit kein böses Blut aufkommt.« Er kratzte sich den graumelierten Haarkranz um seine Glatze herum. »Ist Miss McAllister wohlauf?«

»Es fehlt ihr nichts, wenn sie das auch nicht gerade Ihnen zu verdanken hat. Aber eins will ich doch noch, Sheriff.«

»Ach? Und was könnte das wohl sein?«

»Ich will, daß Sie alle Informationen über die Brüder Kirby auftreiben, die aufzutreiben sind. Lars und Billy. Vor allem will ich wissen, wie Billy Kirby gestorben ist.« Morgan ließ seine Knöchel spielen, um sie zu lockern. »Meinen Sie, das kriegen Sie hin?«

»Ich kann Ihnen jetzt gleich etwas über die Kirbys erzählen«, sagte Stratton, der hinter seinem Schreibtisch hervorkam, um in einem Stapel von Papieren zu kramen. »Lars Kirby wird in drei Staaten wegen Mordes gesucht. Auf ihn ist eine beträchtliche Belohnung ausgesetzt.« Stratton reichte ihm den Steckbrief. »Ich werde dafür sorgen, daß Sie sie bekommen. Sein Bruder ist vor drei Jahren in Kansas gestorben. Sie haben ihn getötet, Morgan, aber ich vermute, Sie erinnern sich nicht mehr daran, oder? Soweit ich weiß, war es ein fairer Kampf. Billy hat versucht, sich einen Namen zu machen. Er hat Sie herausgefordert und die Waffe gezogen. Sie haben ihn in Notwehr getötet.«

Morgan stieß einen tiefen Seufzer der Erleichterung aus. »Wie kommt es, daß Sie über all das so gut Bescheid wissen, Stratton?«

»Ich habe für Dolph und Henry ein paar Nachforschungen angestellt, ehe die beiden Sie engagiert haben. Sie wollten sicher sein, daß sie für ihr Geld etwas Anständiges bekommen.« Wieder ein scheinheiliges Lächeln. »Bisher haben Sie mehr Ärger gemacht als sonst was, aber vom heutigen Tag an sollten diese Bergleute eingeschüchtert und brav sein. Meiner Meinung nach werden sie sich benehmen, solange Sie hier in der Gegend sind.«

Morgan biß die Zähne zusammen, denn er konnte weder den Sheriff noch seinen selbstzufriedenen Tonfall leiden. »Danke, Stratton, für all Ihre . . . Mühe.«

»Gern geschehen, Morgan. Kommen Sie jederzeit wieder auf mich zu.«

Morgan ging und war sich durchaus bewußt, daß eine Last von seinem Gewissen genommen worden war, und gleichzeitig fühlte er sich wesentlich sicherer, als er durch die Broad Street zu seinem Zimmer zurücklief. Dabei kehrten seine Gedanken zu Elaina zurück, und er überlegte sich, wie tapfer sie gewesen war, wie sehr sie sich um seine Sicherheit gesorgt hatte, und das, obwohl ihr eigenes Leben in Gefahr war. Er hoffte nur, ihr sei keinen Moment lang klar gewesen, wie nah sie dem Tod gekommen war. Diese Vorstellung brannte in seinen Eingeweiden wie ein Glas miserabler Whiskey.

Morgan überquerte die Straße und staunte über die Intensität seiner Gefühle. Wenn er sich auch nur sehr begrenzt erinnern konnte, dann doch mit jedem Tag ein bißchen mehr. Er war sicher, daß er niemals diese Angst empfunden hatte, die an seinen Eingeweiden zerrte und sein Herz fast stehenbleiben ließ, wie sie ihn befallen hatte, als er Elaina McAllister mit einer geladenen Waffe an der Schläfe gesehen hatte. Er verfluchte sich dafür, daß er sich so viel aus dem Mädchen machte. Wenn er mit ihr geschlafen hätte, wie er es ursprünglich vorgehabt hatte, dann hätte er bestimmt nichts von alledem empfunden. So erging es eben einem Mann, sagte er sich, wenn er das Denken nicht mehr seinem Kopf überließ.

Als er sich den Glastüren des Hotels näherte, faßte er wieder einmal den Vorsatz, das Mädchen in sein Bett zu holen und die ganze Geschichte hinter sich zu bringen. Er mußte unbedingt wieder er selber werden, statt wie ein liebestoller Dummkopf durch die Gegend zu laufen.

8

»Morgen ist also dann der große Tag.« Ada Lowery schnitt das Thema an, vor dem Elaina graute.

»Ich weiß, Ada.« Sie sah die dralle grauhaarige Frau am anderen Ende der Küche an, die gepökeltes Schweinefleisch, das auf dem Hackklotz lag, geschickt in dünne Scheiben schnitt. Sie hatte Ada vor sieben Jahren kennengelernt. Henry Dawson hatte Elaina nach dem Tod ihrer Mutter in das Hotel umgesiedelt, damit Ada für sie sorgen konnte, doch sie war eher eine Freundin als eine zweite Mutter. Ada hatte Elaina dabei geholfen, den Verlust ihrer Familie zu überwinden, und sie hatte ihr gezeigt, wie sie sich ihre Unterkunft und Verpflegung verdienen konnte, und außerdem hatte sie ihr beigebracht, sich auf niemand anderen als auf sich selbst zu verlassen.

»Hast du es dir immer noch nicht anders überlegt?« fragte Ada, während sie den Deckel von einem Topf mit kochenden Bohnen hob. Eine dampfende, duftende Schwade stieg in die Luft auf, als sie das Pökelfleisch hinzugab.

»Du weißt ganz genau, daß ich es mir nicht anders überlegt habe«, antwortete Elaina. Sie hatte sich zwar ihre Unterkunft und ihre Verpflegung verdient, aber Henry Dawson hatte Elainas Schulgeld bezahlt, ihre Kleidung und alles andere ebenfalls. Elaina hatte von Anfang an darauf bestanden, daß

Henry genau darüber Buch führte, was sie ihm schuldete, und Henry war ihrem Wunsch nachgekommen. Vor etwas mehr als zwei Jahren hatte er ihr gesagt, wieviel sie ihm schuldig war, und die Summe war ihr unglaublich erschienen. Dann hatte er ihr mitgeteilt, was er wirklich dafür haben wollte – ihr Versprechen, seinen Sohn zu heiraten.

»Ich habe mein Wort gegeben, und ich habe die Absicht, es zu halten«, sagte sie, als sie sich an einen großen Kieferntisch setzten. Für das Verlobungsfest morgen abend würden sie Dutzende von winzigen Häppchen brauchen. Mit dem Geschick von Frauen, die mit Küchenarbeit nur allzu vertraut sind, begannen sie, das Brot, das sie gebacken hatten, aufzuschneiden. »Und außerdem ist es jetzt zu spät, selbst wenn ich einen Rückzieher machen wollte.«

»Du wirkst allerdings ziemlich gereizt in letzter Zeit.« Ada lächelte sie vielsagend an. »Das kann doch nicht an diesem Morgan liegen, oder etwa doch? Ich habe gesehen, wie er dich beobachtet – und wie du ihn anschaust. Ich könnte auch nicht behaupten, daß ich dir das vorwerfen könnte. Der Mann sieht wirklich zu gut aus.«

Elaina zuckte zusammen. War sie derart leicht zu durchschauen? Sie hatte sich bemüht, sich von Morgan fernzuhalten, und sie war entschlossen gewesen, ihm nicht zu gestatten, sich noch mehr Zuneigung zu erschleichen, als sie ihm ohnehin schon entgegenbrachte, doch ihre Gedanken verweilten weiterhin bei ihm, und ihre ungehorsamen Augen beobachteten ihn bei jeder sich bietenden Gelegenheit.

Er hatte an dem Tag nach der Schießerei nach ihr gesehen, war rücksichtsvoll und nett gewesen und hatte sich dafür entschuldigt, daß sie in die Geschichte hineingezogen worden war, doch Chuck war dagewesen, und daher war das Gespräch förmlich und zurückhaltend verlaufen. Was wahrscheinlich nur gut war.

»Das spielt so oder so keine Rolle«, erwiderte Elaina. »Jetzt ist es zu spät. Und überhaupt, warum sollte ich mich mit einem Mann wie Morgan einlassen?« Sie achtete darauf, den Blick abgewandt zu halten, als sie nervös das Mieder ihres tiefausgeschnittenen roséfarbenen Musselinkleids glattstrich.

»Ach, ich weiß nicht. Mir scheint er gar kein so übler Kerl zu sein. Reich mir mal das andere Messer von da drüben.« Ada beugte sich über den Tisch, nahm Elaina das Messer aus der Hand und lehnte sich wieder zurück. »Der Mann ist immer richtig höflich gewesen und einem zur Hand gegangen. Ich habe nie erlebt, daß er sich schlecht benimmt.« Sie blickte von ihrem Schneidewerkzeug auf, und ihre Augen funkelten schelmisch. »Wenn ich zwanzig Jahre jünger wäre, könnte ich mich bei dem glatt vergessen.«

Elaina sah die ältere Frau an und schüttelte ungläubig den Kopf. »Manchmal, Ada, versetzt du mich wirklich in Erstaunen.«

Die Frauen arbeiteten den ganzen Tag hart an den Vorbereitungen für das Verlobungsfest am folgenden Abend. Am Spätnachmittag wurde das übrige Küchenpersonal wieder erwartet, das nach seiner Rückkehr mit den Vorbereitungen für das Abendessen im Hotel beginnen würde. Elaina und Ada hatten die Vorarbeiten für das Fest weitgehend erledigt, und da andere Damen aus der Stadt mit Sicherheit Eßbares mitbringen würden, konnten sie die Gäste gewiß reichlich verköstigen.

Chuck hatte versprochen, am Morgen zwei Jungen aus dem Bergwerk rüberzuschicken, damit sie dabei helfen, das Restaurant mit Girlanden auszuschmücken, sie sollten auch Stühle und Tische umstellen, und daher blieb eigentlich nicht mehr viel zu tun. Elaina seufzte, als sie die letzte Platte zudeckte. Sie war froh, mit den Vorbereitungen fertig zu sein. Jetzt wollte sie sich Zeit für sich selbst nehmen.

»Ich denke, ich werde jetzt mal aus dem Haus gehen und nach meinem Garten sehen«, sagte sie, als sie ihre Schürze an einen Haken neben der Tür hängte. Ada nickte und wandte sich wieder ihrer Arbeit zu. Mit leichtfüßigen Schritten schlüpfte Elaina zur Küchentür hinaus, schloß sie hinter sich zu und machte sich in der spätnachmittäglichen Sonne auf den Weg zu ihrem winzigen Garten.

Es hatte Elaina schon immer Freude bereitet, in der kräftigen dunklen Erde herumzugraben und zu beobachten, wie sie mit ihren Händen neues Leben aufkeimen lassen konnte. Ganz besonders großen Spaß machte es ihr, die Kräuter anzupflanzen, die sie zum Heilen brauchte. Mit scharfem Blick nahm sie die wenigen kleinen Unkrauthalme wahr, die sich in diesen allerletzten Tagen zwischen den Pflanzen breitgemacht hatten.

Da sie froh über eine Gelegenheit war, die wärmenden Strahlen der Sonne genießen zu können, raffte sie ihre Röcke und machte sich auf den Weg zu dem Geräteschuppen am hinteren Ende des Gartens. Sie konnte es kaum erwarten, den warmen dunklen Boden mit ihren Händen zu fühlen.

»Mrs. Lowery?«

Ada blickte von ihrer Arbeit auf und musterte den großen, schlanken Mann, der neben der Küchentür stand. Die dunklen Ringe um seine Augen waren verschwunden, und seine Wangen hatten eine gesunde Farbe angenommen, doch sein Blick war argwöhnisch und versonnen geblieben. Er mußte im Lauf seines Lebens schon viel Schlimmes gesehen haben – darauf hätte sie gewettet. Aber das ging schließlich vielen Männern so. Irgendwie konnte sie einfach nicht glauben, daß er der üble Kerl war, als den die Leute ihn hinstellten. Jeder in ganz Keyserville hatte von der Schießerei gehört und davon, wie er Elaina gerettet hatte. Natürlich hätte es ebenso leicht passieren können, daß sie seinetwegen umgebracht worden wäre.

»Ach, Sie, Mr. Morgan. Heute sehen Sie ja wirklich gut aus. Was kann ich für Sie tun?« Sie fragte sich, wie er sich wohl die schmale Narbe am Hals zugezogen hatte, und als hätte er ihre Gedanken gelesen, hob er eine braungebrannte Hand und betastete die Narbe geistesabwesend mit den Fingern.

»Ich suche Elaina . . . Miss McAllister. Haben Sie sie gesehen? Ich wollte mich bei ihr dafür bedanken, daß sie mein Hemd geflickt hat.«

Sie erinnerte sich daran, wie Elaina das weiße Hemd geflickt hatte, das bei dem Ausflug zu den Colsons zerrissen war und von dem Morgan behauptete, es sei sein Lieblingshemd. Sie hatte ihre Sache aber auch wirklich gut gemacht.

»Als ich sie das letzte Mal gesehen habe, war sie auf dem Weg in ihren Garten. Sie könnten dort nach ihr sehen.« Ada grinste, ehe sie sich ihrer Arbeit wieder zuwandte, denn sie durchschaute seine Worte als einen bloßen Vorwand.

Morgan verließ die Küche, lief durch den Gang und trat in den letzten Sonnenschein hinaus. Der Nachmittag neigte sich seinem Ende zu, aber es war immer noch halbwegs warm und sonnig.

Er begann mit dem Garten und suchte das Gelände ab, konnte Elaina aber nicht finden. Sie war ihm ausgewichen, das wußte er selbst, aber das konnte er ihr nicht wirklich vorwerfen. Zwischen ihnen gab es Schwingungen, die selbst Chuck Dawson nicht entgehen konnten. Und morgen fand das Verlobungsfest statt. Aus Gründen, die Morgan nicht gänzlich verstehen konnte, schnitt sich diese Vorstellung wie eine Klinge in sein Herz.

Allmählich fing er an, sich Sorgen zu machen und sich zu fragen, ob er sie im Hotel irgendwie verfehlt haben könnte. Er hatte gerade den Rückweg zum Haus eingeschlagen, als ihm eine Idee kam und er statt dessen noch einmal zum Garten zurückkehrte. Ein kleiner Geräteschuppen stand einsam an einer Ecke des Grundstücks. Es gab keine Fenster, nur eine Tür, die fest verschlossen schien. Zierliche Fußabdrücke auf der weichen Erde führten zu dieser Tür.

Als er näher kam, bemerkte er, daß ein Brett vor die Tür

gefallen war und sich zwischen zwei Tonnen festgeklemmt hatte und somit den Zugang gänzlich versperrte.

Er klopfte an die Tür. »Elaina?«

Nachdem er das Brett hinter den Tonnen herausgezogen hatte, hob er den hölzernen Riegel an und öffnete die Tür. Elaina McAllister kauerte auf dem kalten Lehmboden und hatte die Knie bis ans Kinn hochgezogen und die Arme schützend darumgeschlungen. Mit der linken Hand hielt sie einen Pflanzenheber so fest umklammert, daß ihre Knöchel weiß hervortraten. Sie wippte auf den Fußballen und starrte mit ausdruckslosen Augen vor sich hin.

»Elaina?« rief Morgan ihr leise zu, als er sich neben sie kniete.

Sie antwortete nicht, reagierte in keiner Form.

»Ich bin es, Dan«, flüsterte er und bog ihre Finger auseinander, um ihr das Gartengerät abzunehmen. »Hast du dich verletzt?« Furcht nagte an ihm. Was konnte bloß passiert sein, daß sie derart unansprechbar war? So vollkommen hilflos?

Elaina hatte sich in eine eigene Welt zurückgezogen, eine finstere Welt, in der es von Grubenratten wimmelte und Fäulnis herrschte. Aus dieser Welt gab es kein Entkommen, und kein Weg führte aus dem Dunkel heraus. Ihr Körper fühlte sich feucht und klamm an und schmerzte vor Kälte. Sie konnte sich nicht rühren, konnte sich kaum zu dem nächsten schmerzhaften und abgehackten Atemzug zwingen. Die Zeit war nicht von Bedeutung; es gab keine Zeit in dieser dunklen Hölle, in der sie sich befand. Tiefer und tiefer sank sie, wurde von ihrer allesverzehrenden Furcht vor der Schwärze verschlungen, die sie mit eisigen Krallen wie ein unsichtbares Raubtier festhielt.

Sie war im Bergwerk und suchte nach Ren und Tommy. Sie konnte spüren, wie die Kälte durch ihre Kleider drang, sogar in ihre Schuhe vordrang. Die Kerosinlampe, die sie mitgenommen hatte, warf ihren Schein kaum ein paar Schritte weit in den Gang, durch den sie sich bewegte. Es schien, als liefe sie auf einer winzigen Insel aus Licht in einem enormen Meer aus Schwärze. Die Tunnelwände nahmen furchteinflößende Gestalt an, wie groteske Wespen in einem Alptraum. Sie hatte sich in ihrem ganzen Leben noch nicht so allein gefühlt. Mit kleinen wackligen Schritten bewegte sie sich weiter in die Tiefen des Berges hinein.

Beängstigende Laute, unirdische Laute ließen sie innehalten. Mit zitternden Fingern hielt sie die Lampe dicht neben ihre Füße, weil sie versuchte zu ergründen, woher diese raschelnden Laute kamen, die sie gehört hatte, und dabei fürchtete sie sich entsetzlich vor dem Anblick, der sich ihr bieten würde. Dann hörte sie es wieder in den Felsen zu ihrer Linken, und ihr Herz schlug rasend, und der pulsierende Rhythmus hallte so laut wie ihre eigenen Schritte auf dem felsigen Boden des Tunnels in ihren Ohren wider. Sie wollte vor der Dunkelheit und dem Grauen davonlaufen, doch sie konnte nicht. Ihre wackligen Beine weigerten sich, ihrem Befehl zu gehorchen.

Weitere Geräusche hallten durch die Stille hinter ihr. Ihre Handflächen waren naß, ihre Lippen dagegen kalt und trokken. Sie war kaum noch in der Lage, ihre zitternden Gliedmaßen zu beherrschen, als sie sich langsam, ganz langsam, vorwärts bewegte. Bitte, lieber Gott, bitte, hilf mir. Plötzlich zog eine Bewegung in der Dunkelheit ihre Aufmerksamkeit auf sich. Diesmal war es ein huschender Laut, und dann berührte etwas Schweres ihren Fuß. Grubenratten!

Sie schrie hysterisch, und der Laut hallte dämonisch von den Wänden des schmalen Tunnels wider, woraufhin sie die Lampe fallen ließ. Voller Entsetzen rannte sie der Sicherheit des Stolleneingangs entgegen, doch nur um ein noch größeres Grauen zu erfahren, als sie aus dem Lichtkreis floh. Sie atmete jetzt wieder schwer und preßte die Hände an die Wand, um sich zu stützen. Die Tränen, die sie zurückgehalten hatte, flossen jetzt ungehindert und ließen ihre Kleider feucht werden. Sie hatte ja solche Angst. Sie konnte die Galle schon bei dem bloßen Gedanken, noch eine Minute länger im Bergwerk zu bleiben, in ihrer Kehle schmecken. Sie kämpfte gegen ihre Ängste an, als seien sie ein siegreicher Dämon, und sie stemmte sich gegen die Wand, um ihre zitternden Arme und Beine zu stützen. Sie durfte Ren und Tommy nicht sterben lassen. Sie würde es ein letztes Mal versuchen.

Eine Stimme, ein momentanes Wiedererkennen, drang in die Tiefen der Dunkelheit vor. Ren? Wo bist du, Ren? Ihr Blick fiel auf den Sonnenschein, der durch die offene Tür des Schuppens fiel, und sie fing an, zu wimmern und unkontrolliert zu zittern.

Dan Morgan mißachtete den Schmerz in seiner Schulter und hob das Mädchen hoch, um es aus dem Schuppen zu tragen. Als seine langen Schritte sie beide zu einem grasbewachsenen kleinen Hügel führte, schluchzte sie leise an seiner Brust. Was in Gottes Namen war ihr zugestoßen? Langsam ließ er sie auf den Boden gleiten und sank dann neben sie und zog sie beschützend an sich.

»Erzähl mir, was passiert ist, Lainey«, flüsterte er. Es quälte ihn, sie anzusehen, derartiges Leid auf ihrem Gesicht zu erblicken. Sie blinzelte, als der Name zu ihr vordrang, und ihr Zittern ließ nach, doch ihre Arme schlangen sich um seinen Hals, und sie klammerte sich an ihn, als sei er ihre einzige Rettung. Während sie um ihre Selbstbeherrschung rang, hielt er sie noch einen Moment lang in den Armen, streichelte ihr dunkles Haar und flüsterte ihr beschwichtigende Worte zu. »Es ist alles in Ordnung, Elaina. Ich bin es, Dan. Halt dich ruhig an mir fest. Es wird alles wieder gut werden.« Als sie den Kopf hob und ihm in die Augen sah, rollten ihr dicke Tränen über die Wangen.

Er strich sie mit seinen Fingern fort und bot ihr sein Taschentuch an. »Kannst du mir jetzt erzählen, was passiert ist?«

Sie schüttelte den Kopf.

»Bitte, Elaina, du mußt es mir erzählen.«

Sie schniefte, tupfte sich die Augen ab und wollte ihn nicht ansehen.

»Bitte«, sagte er einschmeichelnd.

»Es ist mir ja so peinlich.« Eine weitere Träne kullerte über ihre Wange.

»Würdest du jetzt bitte aufhören zu weinen und mir erzählen, was zum Teufel passiert ist!« fuhr er sie etwas barscher als beabsichtigt an.

»Das ist es doch gerade. Es ist nichts passiert. Ich bin in den Geräteschuppen gegangen, um einen Pflanzenheber zu holen, und der Wind hat die Tür hinter mir zugeschlagen. Dann ist das Brett heruntergefallen, und ich ... ich bin nicht mehr rausgekommen.« Sie schluckte schwer und wandte den Blick ab. »Es geht um das Eingeschlossensein ... im Dunkeln.

Als ich ein kleines Mädchen war, ist es in der Blue Mountain Mine zu einem Einsturz gekommen. Meine Freunde waren dort eingeschlossen. Ich bin auf eine Lösung gekommen, wie man sie rausholen kann – mir ist etwas eingefallen, was ich wußte, was aber alle anderen offensichtlich vergessen hatten –, aber ich konnte meinen Vater nicht finden, und meine Mutter wollte nichts davon hören. Mitten in der Nacht habe ich mich dann aus dem Haus geschlichen und bin allein in das Bergwerk gegangen. Ich vermute, das ist der Auslöser meines ... Problems.«

»Ich würde gern mehr darüber hören, wenn du es mir erzählen würdest.« Aus irgendwelchen seltsamen Gründen ließ die Geschichte des Mädchens in seinem Erinnerungsvermögen eine Saite anklingen. Er hatte nicht die leiseste Ahnung, weshalb.

Elaina holte tief Luft, um ruhiger zu werden, und dann berichtete sie ihm von den Ereignissen, die zu dem Einsturz im Bergwerk geführt hatten. Da Morgan für Redmond und Dawson arbeitete, erwähnte sie nicht, welche Rolle sie bei dieser Tragödie gespielt hatten.

»Mein Plan war ganz einfach«, berichtete sie ihm und schniefte wieder. »Die Jungen waren in der ersten Sohle eingeschlossen. Das hieß, daß sie nicht tief unter der Erde waren, aber weit hinten im Stollen. Der kleinere Junge und ich hatten in einem unbenutzten Tunnel auf der gegenüberliegenden Seite des Berges eine Festung gebaut. Ich vermute, der Zugang war so alt, daß sich niemand mehr daran erinnerte, doch die Jungen sagten, durch diese alten Schächte könnten sie fast jeden Stollen in der Mine erreichen.

Meinen Eltern hat früher das große viktorianische Haus am Rand der Bergmannssiedlung gehört, in dem Henry Dawson jetzt lebt. Von dort war es nicht weit zum Bergwerk. Bei Tageslicht konnte ich den Haupteingang von meinem Schlafzimmer im ersten Stock aus sehen. Ich bin etwa um Mitternacht aus dem Fenster gestiegen und am Spalier heruntergeklettert. Ich erinnere mich noch daran, daß ich im Vorbeikommen Arbeitstrupps gesehen habe, die im Hauptschacht tätig waren, und sie haben versucht, genug Trümmer zu entfernen, um die Jungen zu erreichen, aber ich hatte furchtbare Angst, niemand würde auf mich hören oder sie würden mich, was noch schlimmer gewesen wäre, wieder nach Hause schicken. Daher habe ich mich auf den Weg zur Rückseite gemacht und bin durch die Festung eingestiegen. Dort hatte ich mich schon oft eingeschlichen, aber ich war nie weit in das Bergwerk hineingelaufen, nicht vor dieser Nacht.

Als ich in den Tunnel kam, ist mir vor Angst ganz schlecht geworden, aber schließlich habe ich die Stelle gefunden, an der sich der Boden abgesenkt hat, und ich habe die Jungen klopfen hören. Zum Glück war die Schicht aus Trümmern und Erde an der Stelle gar nicht so dick, aber das wußten die Jungen natürlich nicht. Sie haben gegraben. Ich habe gegraben. Kurz vor der Dämmerung hatten wir den Durchbruch geschafft.« Sie tupfte sich wieder die Tränen aus dem Gesicht.

»Nachdem wir uns in Sicherheit gebracht hatten, schien alles in Ordnung. Erst später« – ihre Stimme senkte sich zu einem Flüstern – »nachdem mein Vater sich im Keller erschossen hat, haben meine Alpträume über die Ratten und die Dunkelheit angefangen. Einmal habe ich mich im Hotel aus Versehen in einer Wäschekammer eingesperrt. Ada hat mich in derselben Verfassung vorgefunden, in der du heute auf mich gestoßen bist.«

Morgan atmete langsam aus. Er kannte die Geschichte tatsächlich, zumindest den Teil über den abgesenkten Boden. Und aus irgendwelchen ihm unbekannten Gründen fühlte er sich schuld an Elainas Verfassung. Er biß die Zähne zusammen und wünschte, er könnte es verstehen.

»Weiß Dawson etwas von deinen Ängsten?« fragte er, denn plötzlich bereitete es ihm Sorgen, wie sehr Dawson sie in der Hand hatte, wenn er Elainas Schwäche entdeckte.

»Nur Ada ... und jetzt du.«

»Tust du mir einen Gefallen?« fragte er und bemühte sich dabei, einen unbeschwerten Tonfall anzuschlagen.

»Ja?«

»Belaß es dabei. Und mach dir keine Sorgen. Dein Geheimnis ist bei mir sicher.« Er strich ihr mit dem Handrücken über die Wange.

»Ich komme mir so furchtbar feige vor.«

»Sei nicht albern. Du hast deinen Freunden das Leben gerettet, und ich habe dich bei dem Treffen in der Stadthalle beobachtet. Es muß dich viel Mut gekostet haben, diese Ansprache zu halten. Und denk daran, wie tapfer du warst, als Lars Kirby dir seine Waffe an die Schläfe gehalten hat.« Sie erbleichte, und er bereute, den Vorfall angesprochen zu haben. »Das hier ist etwas ganz anderes. Viele Leute haben Ängste, die sie nicht verstehen können. Bei manchen Leuten sind es Schlangen oder Spinnen. Bei dir ist es eben die Angst davor, im Dunkeln eingesperrt zu sein. Das ist doch nichts, weshalb man sich schämen müßte.«

»Du erinnerst dich an die Versammlung der Bergleute?« fragte sie plötzlich mit weitaufgerissenen Augen.

Er lächelte. »Ja, ich denke schon.«

Sie sah lächelnd zu ihm auf. »Das freut mich für dich.« Die Sonne, die jetzt in der einbrechenden Abenddämmerung rotgolden war, verlieh ihrem dichten dunklen Haar denselben rötlichen Schimmer und tauchte ihre Züge in ein warmes Licht. Sie sieht so verletzbar aus, dachte er. Schön, ja. Sehr weiblich, ja. Aber vor allem so unglaublich verletzbar. Als er seine Hand von ihrer schmalen Taille auf das dichte Haar gleiten ließ, das ihr wellig über den Rücken fiel, verspürte er den Drang, sie zu beschützen, und im nächsten Moment folgte eine Woge von Begehren.

Er nahm ihr Kinn in seine Hand, schmiegte seinen Mund sanft an ihren und gab ihr einen zarten Kuß. Ihre Lippen waren weich und voll, und ihr warmer Atem schmeckte nach salzigen Tränen. Als seine Zunge den Weg in ihren Mund gefunden hatte, schlang sie die Arme um seinen Hals, und sein Körper war von Kopf bis Fuß voller Verlangen. Mit einem leisen Stöhnen zwang er sich dazu, sich von ihr zu lösen. Das Hotel war zu nah, gerade für einen Mann von seiner leichtsinnigen Natur.

Elaina ließ sich von Morgan beim Aufstehen helfen und strich sich die Erde und das Gras aus ihrem roséfarbenen Musselinkleid. Sein Kuß war zart gewesen und hatte eine Zärtlichkeit verhießen, die sie einem harten Mann wie ihm immer noch nur mit Mühe glauben konnte. Sie war froh, daß er sich von ihr gelöst hatte, denn sie selbst hätte die Berührung nicht beendet. Erinnerungen an den gemeinsamen Tag im Zirkus und an sein unbeschwertes spöttisches Lächeln drängten sich ihr auf.

Dann kamen die verbotenen Erinnerungen – daran, wie sich sein muskulöser Körper anfühlte, seine geschickten Hände, sein Mund, der ihre Brüste liebkoste. Plötzlich wünschte sie sich meilenweit fort, aber immer noch von seinen starken Armen umschlungen. Er mochte zwar ein harter Mann sein, aber er hatte ein gutes und liebevolles Herz. Das konnte sie spüren. Sie bedauerte mehr denn je ihre Verlobung mit Chuck Dawson, die ab morgen offiziell sein würde. Wenn nicht die Schuld gewesen wäre, in der sie stand, und wenn sie nicht außerdem dem Namen McAllister sein Ansehen hätte zurückgeben müssen, hätten sich alle zum Teufel scheren können, und sie hätte herausgefunden, was es bedeutete, eine Frau zu sein.

Als Morgan ihr seinen Arm anbot, hing sie sich bei ihm ein und ließ sich von ihm zum Hotel zurückführen.

Nach dem Abendessen lehnte sich Morgan auf seinem eisernen Bettgestell zurück, zog die Füße an, verschränkte die Hände hinter dem Kopf und dachte über die Ereignisse des Nachmittags nach. Verschwommene Bilder aus seiner Vergangenheit, zusammenhanglose, bruchstückhafte Gedanken hatten den ganzen Abend über ein Chaos in seinem Kopf angerichtet. Wie Glühwürmchen tanzten und leuchteten sie direkt außerhalb seiner Reichweite. Seine zärtliche Reaktion auf das Mädchen heute nachmittag schien ganz und gar untypisch. Er hätte sie verführen sollen, alles tun sollen, was notwendig war, um sie in sein Bett zu kriegen. Und doch hatten ihn dieselben tiefen Beschützertriebe gepackt, die er bei ihr schon vorher verspürt hatte.

Elaina begehrte ihn, das wußte er mit Sicherheit. Es würde noch Wochen dauern, bis sie mit Dawson verheiratet war, und er war sicher, daß sich irgendwann im Lauf der Zeit die Gelegenheit bieten würde, auf die er aus war. Warum also verspürte er solche Gewissensbisse? Er war ein Revolverheld, ein bezahlter Killer, den man verpflichten konnte. Sein Gedächtnis hatte die Wahrheit der Zeitungsberichte bestätigt und auch, daß er in der Stadthalle anwesend war. Und er konnte vage Erinnerungen an andere Frauen heraufbeschwören, an andere leidenschaftliche Nächte – ohne Reue, ohne Gewissensbisse. Warum also nicht bei dieser Frau? Und außerdem hätte er ihr damit wahrscheinlich doch nur einen Gefallen getan. Sie fühlte sich bestimmt nicht zu Dawson hingezogen, und jede Frau verdiente es, wenigstens einmal in ihrem Leben eine leidenschaftliche Liebe erleben zu dürfen.

Er schlug seine Füße, die in Stiefeln steckten, über der Bettdecke übereinander. Sollte sich sein Gewissen doch zum Teufel scheren! Er hatte jetzt viel zu lange den Gentleman gespielt. Er würde das Mädchen bei der ersten sich bietenden Gelegenheit in sein Bett holen. Er wollte sie, und sie wollte ihn. Das war alles, was zählte.

Als er ein Klopfen an der Tür hörte, zog er seine 45er aus dem Halfter, das neben dem Bett über der Stuhllehne hing. Er hielt die Waffe hinter sich und öffnete die Tür einen Spalt weit. Ein kleiner, blasser, flachshaariger Junge sah aus großen Augen zu ihm auf.

»Ein Telegramm für einen Mr. Dan Morgan. Bin ich da richtig?«

Morgan steckte die Waffe in das Halfter. »Ja, der bin ich.« Er nahm den Umschlag entgegen, gab dem Jungen ein Trinkgeld und bekam dafür ein zahnloses Grinsen. Dann schloß er die Tür und faltete das dünne elfenbeinfarbene Papier auseinander: »Dan, habe seit drei Wochen nichts von dir gehört. Mache mir langsam Sorgen. Gib bitte Bescheid, ob alles in Ordnung ist. Dein Bruder Tommy.«

Dann hatte er also einen Bruder, der Tommy hieß. Der Name rief Erinnerungen an denselben rothaarigen Jungen wach, dessen Bild er schon öfter vor seinen Augen gesehen hatte. Kein Sohn, sondern ein Bruder. Jetzt konnte er den Jungen deutlich als Mann oder zumindest als großen Jungen vor sich sehen – groß und schlank mit sommersprossigem Gesicht und einer roten Mähne, die vom Wind zerzaust war. Wieder ein Anhaltspunkt mehr, was seine Identität anging, die jetzt geschwind zurückkehrte. Das Telegramm war in

Kalifornien aufgegeben worden. In einer Stadt, die Napa hieß. Das Wort weckte Erinnerungen an ein reizvolles Tal, das sich zwischen sanfte fruchtbare Hügel schmiegte.

Er grübelte und traf schließlich eine Entscheidung, die ihm seit einigen Tagen im Kopf herumging: Er würde seine Anstellung bei Redmond und Dawson aufgeben, zumindest so lange, bis seine Erinnerung wieder ganz zurückgekehrt war. Seine Gefühle und dazu jetzt noch dieses Telegramm hatten ihm genug Anhaltspunkte gegeben, um mit der Suche zu beginnen.

Er zog sich ein Hemd über, verließ sein Zimmer und machte sich auf den Weg zum Telegrafenamt. Übermorgen würde er nach Kalifornien aufbrechen. In weniger als zwei Wochen konnte er in San Francisco sein. Er würde seinen Bruder telegrafisch bitten, ihn dort zu treffen. Sein Bruder konnte die Lücken in seiner Erinnerung füllen. Anschließend würde er entscheiden, welchen Weg er einschlagen würde. Vielleicht würde er nach Keyserville zurückkommen und das Mädchen holen. Die Chancen standen gut, daß sie mit ihm kommen würde, wenn er sie genügend drängte.

Aus Gründen, die er sich einzugestehen weigerte, tröstete ihn dieser Gedanke.

9

Wie üblich hatte Adas großer Zeh recht – ein Unwetter braute sich zusammen.

Dunkle Wolken mit flachen grauen Rändern wälzten sich heran und ballten sich am Himmel zu dicken Säulen, während der Donner in der Ferne grollte. Das konnte sich zu einem beträchtlichen Sturm auswachsen, aber wenn sie Glück hatten, würde er vielleicht noch einen Tag lang auf sich warten lassen, vermutete Elaina.

Wie Chuck Dawson versprochen hatte, kamen zwei Burschen aus dem Bergwerk, um bunte Papiergirlanden aufzuhängen und ein großes glitzerndes Schild an einer Wand zu befestigen, auf dem stand: »Herzlichen Glückwunsch, Elaina und Chuck«. Spitzentischdecken wurden auf langen Holztischen ausgebreitet, und gestärkte Servietten wurden kunstvoll gefaltet und peinlich genau arrangiert. Die winzigen Häppchen, die köstlichen Kuchen, die Nüsse und die schmackhaften Süßigkeiten wurden bereitgestellt, und die Punschschale wurde mit einem köstlichen Limonadengetränk gefüllt. Eine andere Bowle stand auf einem anderen Tisch am Ende des Raumes für die Männer bereit. Elaina konnte den kräftigen Geruch von Fleisch und Gewürzen schnuppern, als sie ein letztes Mal alles überprüfte und den Raum im zweiten Stock verließ.

Sie badete ausgiebig und genoß den Luxus des Lavendeldufts in ihrer Wanne. Dann kämmte sie sich das lange dunkle Haar auf eine Seite, auf der es sich sodann in langen schimmernden Ringellöckchen kräuselte, und schnürte es mit einem lavendelfarbenen Band zusammen, das im Ton zu ihrem Kleid paßte. Ada schaute gerade lange genug herein, um die Bänder ihres Korsetts so fest zu schnüren, daß sie kaum noch Luft bekam, aber ihre Taille konnte man jetzt mit zwei Händen umfassen. Vielleicht, so dachte sie, war das die Unbequemlichkeit ja wert. Sie stieg in ihre Unterröcke und band das weiche Material an ihrer Taille zu, bevor sie sich behutsam das Kleid über den Kopf zog, um ihre Frisur nicht in Unordnung zu bringen.

Die neueste Mode schmeichelte der weiblichen Figur ganz entschieden, fand sie, als sie einen Blick in den Spiegel warf. Das lavendelfarbene Seidenkleid betonte ihre Hüften und fiel von dort aus fließend auf den Boden. Ein Überrock in einem noch zarteren Fliederton war vorn lose über ihren Rock drapiert und lief im Rücken in dichten Falten aus. Es war ein hinreißendes Kleid. Henry Dawson hatte es ihr als

Verlobungsgeschenk aus dem fernen New York mitgebracht, und wenn es ihr auch verhaßt war, ihm noch mehr schuldig zu sein, dann hätte sie das Geschenk doch kaum ablehnen können.

Als sie die Finger über den zarten Stoff gleiten ließ, fühlte sie sich außerordentlich weiblich. Heute abend würde sie das gewagte Dekolleté nur zu gern tragen. Sie konnte es nicht erwarten, die Wirkung dieses Kleides auf Dan Morgan zu sehen. Dieser Gedanke löste jedoch augenblicklich Schuldgefühle aus. Zum Teufel mit ihrer unbändigen Phantasie! Sie hätte an ihren Verlobten denken sollen und daran, wie stolz er auf sie sein würde. Sie wußte, daß er sich jedem Mann im Saal gegenüber damit brüsten würde, sie endlich zur Seinen gemacht zu haben. Und viele der Frauen würden sie um ihre Position beneiden. Die Familie Dawson besaß große Reichtümer und übte beträchtliche Macht aus, und die meisten Frauen fanden Chuck attraktiv. Sie wünschte sich zum hundertsten Mal, er könnte die Gefühle in ihr wachrufen, die Morgan in ihr aufkommen ließ.

Dieser Gedanke bestärkte sie in ihrem Entschluß.

Sie würde es lernen, sich etwas aus ihm zu machen, und sie würde erreichen, daß er sich etwas aus ihr machte. Sie wußte, daß er sie begehrte; seine Augen blickten sie immerzu verlangend an. Wenn ihre Ehe leidenschaftlich begann, und sei es auch nur von seiner Seite, dann konnte sie vielleicht darauf aufbauen, um doch ein glückliches Leben zusammen zu führen. Sie hoffte es inbrünstig. Heute abend, gelobte sie sich, würde sie sich erstmals bemühen, wirklich Chuck Dawsons Mädchen zu sein. Nichts, was Morgan sagen oder tun konnte, würde auch nur irgendeine Gefühlsregung bei ihr auslösen. Sie würde jede Empfindung, die sie ihm einst vielleicht entgegengebracht hatte, für alle Zeiten verbannen. Schließlich war er nichts weiter als ein gedungener Mörder. Sie sollte doch wirklich in der Lage sein, den Reizen eines solchen Mannes zu widerstehen!

Elaina tupfte sich einen letzten Spritzer Lilienparfum hinter das Ohr, als sie das Klopfen an ihrer Türe hörte. Sie spürte, wie ein ungutes Gefühl sie beschlich, als sie die Tür aufmachte, doch als sie den zufriedenen Ausdruck auf Chucks Gesicht sah, nachdem er sie gemustert hatte, zwang sie sich, dieses Gefühl nicht ernst zu nehmen. Sie mußte zugeben, daß er in seinem marineblauen Frack, der passenden Hose und dem gestärkten weißen Hemd gut aussah. Sein sonst so fahler Teint hatte von der Arbeit in der Frühlingssonne, die inzwischen an Kraft gewann, einen rötlichen Ton angenommen, der ihn männlicher als gewöhnlich erscheinen ließ. Der Frack betonte seine kräftigen Schultern, und sie mußte den Kopf in den Nacken legen, um ihm in die dunklen Augen sehen zu können. Ein triumphierender Blick schien sich in ihren grüblerischen Tiefen widerzuspiegeln, und sie spürte, wie ihr Unbehagen sich wieder rührte.

»Du siehst ganz reizend aus, meine Liebe«, sagte Chuck.

»Danke, Chuck.« Sie nahm seinen dargebotenen Arm, und gemeinsam traten sie auf den Gang hinaus. Mit langen, anmutigen Schritten stiegen sie die beiden Treppen zu den unteren Räumen hinunter.

Auf dem unteren Treppenabsatz blieb Chuck stehen. »Für dich, meine Liebe.« Er reichte ihr ein winziges kleines Samtschächtelchen, und seine Finger waren kühl, als sie ihre Haut streiften. Sie klappte den Deckel auf. Auf einem Kissen aus elfenbeinfarbenem Samt funkelte ein einziger riesiger Diamant, der von blutroten Rubinen umgeben war. Der Ring war schön, aber protzig. Als Chuck ihn ihr ansteckte, wirkte ihre schmale Hand noch kleiner.

»Danke, Chuck. Er ist wirklich schön.« Sie küßte ihn auf die Wange, und er führte sie in das Restaurant. Der Saal war mit Gästen gefüllt. Jeder, so schien es, der im Umkreis von vielen Meilen Ansehen genoß, war erschienen. Sie lächelte den Menschen, die sie kannte, freundlich zu, und viele von ihnen waren Freunde ihres Vaters gewesen. Chuck stellte sie den übrigen vor. Henry Dawson schloß sich ihnen an, lächelte strahlend und klopfte seinem Sohn auf den Rücken.

»Es ist aber auch Zeit, daß ihr beide zusammenkommt. Ich hatte schon angefangen, mir Sorgen zu machen.« Dawson bedachte Elaina mit einem Lächeln, das deutlich ausdrückte, wie hoch sie in seiner Schuld stand. Sie war immer noch nicht sicher, warum er so auf diese Eheschließung versessen war oder warum Chuck so entschlossen war, sich den Wünschen seines Vaters zu fügen, doch das war deren Sache. Sie hatte ihre eigenen Gründe dafür, in diese Eheschließung einzuwilligen, und sie war entschlossen, ihr Wort zu halten.

»Darf ich dir eine Erfrischung anbieten?« Chuck lächelte affektiert.

»Ja, sicher, das wäre sehr nett.« Sie sah ihm nach, als er sich zu dem Tisch mit der Bowle für die Herren am hinteren Ende des Saales begab, und dann nutzte sie seine Abwesenheit, um sich die restlichen Gäste anzusehen. Sie suchte Morgan, doch er war nirgends zu sehen. Sie spürte eine Woge der Erleichterung, doch dann tiefe Enttäuschung und dann Wut auf sich selbst. Sie seufzte. Wenigstens gehörte Morgan zu den Problemen, mit denen sie sich heute abend nicht auseinanderzusetzen brauchte.

»Nun, meine Tochter«, sagte Henry Dawson, der sein Gespräch mit Samuel Smythe, einem Bergwerksbesitzer aus Hazleton, beendet hatte. »Wir Dawsons werden stolz darauf sein, dich zu unserer Familie zu zählen.«

»Danke, Henry.« Sie konnte sich nicht dazu durchringen, ihn Vater zu nennen. Sie plauderten noch ein wenig miteinander, und er stellte sie etlichen bedeutenden Industriellen aus Wilkes-Barre vor, die gerade eingetroffen waren. Die Kapelle begann in dem Moment zu spielen, in dem Chuck ihr den Punsch brachte. Da sie vor lauter Nervosität sehr durstig war, trank sie einen großen Schluck, würgte und spuckte fast den Mann neben sich an. Tränen traten in ihre Augen, und sie hustete mehrfach hinter vorgehaltener Hand.

Chuck klopfte ihr auf den Rücken. »Ist alles in Ordnung mit dir, meine Liebe?«

»Chuck, das ist ja . . . der Punsch für die Herren!«

Er brachte sie zum Verstummen. »Ich sage es niemandem, wenn du den Mund hältst. Komm schon, trink das Glas leer. Es wird dir Spaß machen.« Er lächelte und preßte ihr den Becher fest an die Lippen.

Elaina kochte innerlich. Sie hatte nichts gegen das Trinken. Ein gelegentliches Glas Sherry nahm sie so gern zu sich wie jeder andere auch, aber es war etwas ganz anderes, gegen ihren Willen gedrängt zu werden. Nachdem sie so getan hatte, als hätte sie einen Schluck getrunken, stellte sie den Becher auf den Tisch und tat so, als stieße sie ihn versehentlich um.

»Jetzt sieh dir nur an, was du getan hast!« murrte Chuck. Er wies mit dem Finger auf einen Angestellten, der gerade in der Nähe war. »Sie da. Wischen Sie das auf!«

»Warum tanzen wir nicht?« lenkte Elaina geschickt ab. Chuck sah sie finster an, führte sie aber auf die Tanzfläche. Er weigerte sich, sie anzusehen, und Elaina lächelte in sich hinein. Ein winziger Sieg, aber dennoch ein Sieg.

Chuck war ein guter Tänzer. Sie konnte sich mühelos von ihm führen lassen, und allmählich wurde sie ein wenig lockerer. Und er schien seine freundliche Stimmung wiederzuerlangen und lächelte jetzt nachsichtig. Andere Paare machten ihnen Platz, als sie zu den Klängen von »An der schönen blauen Donau« einen Walzer tanzten. Chuck hielt sie so fest, daß sie seine verschwitzte Handfläche durch den dünnen Stoff ihres lavendelfarbenen Seidenkleides spüren konnte. Sie richtete ihre Aufmerksamkeit auf die anderen Tänzer, die um sie herum ihre Kreise drehten und zum Rhythmus des Walzers umherwirbelten und sich wiegten. Als die Musik endete, übergab Chuck sie an einen der vielen Männer, die Schlange standen, um an diesem ganz besonderen Abend mit ihr zu tanzen.

Während ein Tanz nach dem anderen endete und immer wieder ein neuer begann, verlor der Abend an Klarheit. Chuck tanzte wieder mit ihr, und dann wirbelte ein großer Mann aus Scranton – oder war es Allentown? – mit kastanienbraunem Haar sie immer einen Takt vor der Musik über die Tanzfläche. Als der Tanz endete und ein anderer Mann seinen Platz vor ihr einnahm, kam sie sich vor wie eine verwelkte Rose. Seine Hand fühlte sich warm und sicher an, als er ihre nahm und sie im Takt führte.

Himmelblaue Augen fielen auf ihr Gesicht, und die Mattigkeit fiel von ihr ab. Sie folgte seinen Schritten atemlos und war von seinem zarten und doch eindringlichen Blick hypnotisiert. Das Herz schlug ihr bis zum Hals. Sie wußte, daß sie etwas hätte sagen sollen, doch sie traute ihrer Stimme nicht. Statt dessen wirbelte sie in den Armen des großen gutaussehenden Mannes stumm über die Tanzfläche.

Während sie sich von ihm führen ließ, entspannte sie sich, und ihre Füße trugen sie unbeirrbar, glitten über den Boden, paßten sich seinen langbeinigen Schritten mühelos an. Sie dachte daran, wie er an jenem Tag auf dem Land der Stute seinen Willen aufgedrängt hatte, und gegen ihren Willen erinnerte sie sich wieder daran, wie sich diese Hände auf ihren entblößten Brüsten angefühlt hatten. Als sie um Selbstbeherrschung rang, spürte sie, wie eine glühende Röte in ihre Wangen aufstieg. Als Morgan mit einem Blick, der weit mehr als eine unverbindliche Wärme ausdrückte, auf sie herablächelte, fragte sie sich, ob er sich ebenfalls daran erinnerte.

»Sie sehen heute abend ganz reizend aus, Miss McAllister.« Als beantwortete er ihre unausgesprochene Frage, glitt sein Blick auf die Wölbung ihrer Brüste.

»Danke, Mr. Morgan«, erwiderte sie entsprechend förmlich und war dankbar dafür, daß ihre Stimme ruhig klang. Sie hörte die Klänge der Musik nicht mehr, nur noch das Pochen ihres Herzens. Wo waren die anderen? Waren sie auch noch auf der Tanzfläche?

»Ich habe dich von der Veranda aus beobachtet. Nicht eine einzige Frau kann sich mit dir messen.«

»Danke«, war alles, was sie herausbrachte. Er roch leicht nach dem Moschusduft, der noch im Revers seines makellosen schwarzen Fracks hing. So, wie er jetzt gekleidet war, war er ganz und gar Gentleman, aber im Gegensatz zu Chuck Dawson verriet sein scharfkantiges Gesicht etwas Hartes und Grausames, das von großem früherem Leiden sprach. In den winzigen Falten, die seine Stirn zerfurchten und seine Augenwinkel umgaben, lag Kraft. Kraft und Stärke und eine Männlichkeit, an der es den meisten Männern mangelte. Das faszinierte sie und zog sie zu ihm hin wie einen Fluß zu einem tosenden Meer. Sie geriet aus dem Takt, und er blieb stehen.

»Du wirst müde. Möchtest du gern frische Luft schnappen?«

Es geziemte sich nicht, mit ihm ins Freie zu gehen, und sie wußte es. »Ja, vielleicht einen Moment lang.« Er geleitete sie durch die hohen Glastüren, die auf die breite Veranda hinter dem Hotel führten.

Draußen wurde die Hitze im Saal von einer durchdringenden Kälte abgelöst, und der Himmel hatte sich noch mehr zugezogen. Dichte Wolken wälzten sich bedrohlich und unheilvoll näher heran. Ein Blitz, der meilenweit entfernt war, zog ihre Aufmerksamkeit auf sich. Das Krachen, das folgte, kam aus der Ferne, doch das Gewitter bewegte sich in ihre Richtung. Das hieß, daß viele der Gäste früh aufbrechen würden, und plötzlich war Elaina dankbar dafür.

»Dann hältst du also an deinen Vorsätzen fest.« Morgan sprach das Thema an, vor dem ihr am meisten graute.

»Ja«, flüsterte sie und fühlte sich von dem zärtlichen Blick in seinen Augen angezogen. Wie konnte er ihr bloß so nahegehen? Warum stieg es ihr derart zu Kopf, auch nur in seiner Nähe zu sein? Sie mußte wieder ins Haus gehen, Chuck suchen und sich um jeden Preis von diesem Mann fernhalten.

»Du liebst ihn nicht.«

»Nein. Ich liebe ihn nicht.« Wie konnte sie das bloß sagen und auch noch zu einem Fremden? Dann dachte sie an die Zeit, die sie zusammen verbracht hatten, an seine Hände auf ihrem Körper, und sie war froh über das schlechte Licht auf der Veranda.

»Aber du bist ihm etwas schuldig.« Morgan ließ einen Finger über ihr Kinn gleiten, und plötzlich spürte sie, wie ihre Knie weich wurden.

»Ich stehe in der Schuld seiner Familie. Das ist dasselbe.«

Die Tür ging auf. Sie hörte ein paar Takte Musik, als ein heller Lichtstrahl auf die Veranda fiel.

»Da bist du ja. Ich habe dich gesucht.« Chuck Dawsons mürrische Stimme schallte aus der Tür. Ein Blick genügte. »Wie ich sehe, bist du in den fähigen Händen des berüchtigten Mr. Morgan.«

»Miss McAllister hat sich ein wenig benommen gefühlt«, erklärte Morgan, als Dawson näher kam.

»Ja«, bestätigte Elaina. »Ich habe dich nirgends gesehen, und daher habe ich Mr. Morgan gebeten, mich an die frische Luft zu begleiten.«

»Dann darf ich meinen Dank dafür, daß Sie meine Verlobte errettet haben, ein zweites Mal aussprechen.« Dawson brachte die Worte mit einem Anflug von Sarkasmus heraus und zog Elaina reichlich unsanft an seine Seite. »Und wenn Sie uns jetzt entschuldigen würden, aber wir müssen uns auch noch um andere Gäste kümmern.« Mit einer feuchten Hand auf ihrer Taille führte er sie wieder in das Hotelrestaurant und dort in ein stilles Eckchen.

»Zwing mich nicht, dich noch einmal zu suchen«, warnte er sie und beugte sich dabei zu ihr vor. »Halte dich von Morgan fern. Hast du mich verstanden?«

Elaina nickte. Der Ausdruck in seinen Augen war wieder finster geworden. Er duldete keine Einwände. »Ja«, flüsterte sie.

Er lächelte nichtssagend. »Sollen wir tanzen?«

Die letzten Gäste brachen auf, denn sie hatten es eilig, nach Hause zu kommen, ehe das Unwetter anbrach. Manche blieben im Hotel und wollten erst am anderen Tag aufbrechen, aber die meisten zogen es vor, in ihre eigenen Betten zurückzukehren. Elaina seufzte matt. Von den Hilfskräften abgesehen, die sie eingestellt hatten, waren sie und Chuck die letzten, die den Saal verließen. Er hatte den ganzen Abend über viel getrunken und ihr den Wunsch abgeschlagen, sich zurückzuziehen, solange noch nicht alle Gäste gegangen waren. Jetzt bestand er darauf, sie die beiden Treppen zu ihrem Zimmer hinaufzubegleiten. Elaina war zu müde, um Einwände dagegen zu erheben. Da sie nichts sehnlicher wünschte, als Chuck loszuwerden, sich auszuziehen und zu schlafen, stieg sie die Stufen hinauf und öffnete die Tür.

»Gute Nacht, Chuck«, sagte sie und schob die Lippen vor, um seinen Kuß zu empfangen. Sein Mund senkte sich äußerst unsanft auf ihren herab, und er zog sie fest an sich. Die Umarmung war frei von jeder Zärtlichkeit, ausschließlich besitzergreifend. Sie machte sich los, dankte ihm für den Abend und versuchte, sich in ihr Zimmer zurückzuziehen. Chuck versperrte ihr den Weg.

»Nicht heute nacht, Elaina. Ich habe lange genug gewartet.«

Ein eisiges Grauen in ihrer Magengrube ließ sie erstarren. »Wir sind noch nicht verheiratet, Chuck.«

»Ich habe deine Ausreden satt. Es ist an der Zeit, daß du begreifst, wem du gehörst.« Er stieß sie in das Zimmer, schloß die Tür und drehte dann den Schlüssel im Schloß um.

»Wem ich gehöre? Wem ich gehöre! Ich gehöre weder dir, noch irgend jemandem sonst. Verschwinde aus meinem Zimmer, Chuck, ehe ich schreie.«

Chuck lächelte mitleidig. »Mach schon. Wer wird dich denn hören? Die einzigen hier oben sind Morgan und der alte

Farley. Farley ist schwerhörig. Morgan ist unser Mann. Er ist kein Dummkopf. Er wird sich nicht in Familienangelegenheiten einmischen.«

Elaina schluckte schwer. Tausend Gedanken schossen ihr durch den Kopf. Sie konnte schreien. Vielleicht würde Morgan kommen – vielleicht aber auch nicht. Oder sie konnte sich Dawson hingeben. Das würde sie ohnehin bald tun müssen. Wenn sie ihm jetzt nachgab, konnte sie Morgan vielleicht vergessen und anfangen, Chuck als den Mann anzusehen, den sie heiraten würde.

Er kam auf sie zu.

Sie entschied sich innerhalb des Bruchteils einer Sekunde – es war den Versuch wert.

Morgan fühlte sich erschöpft. Der Abend war anstrengend gewesen, obwohl er nicht ganz verstehen konnte, warum. Allein schon, sich in Elaina McAllisters Nähe aufzuhalten und sie mit Dawson zu sehen, hatte ihn grenzenlos bestürzt. Er war in sein Zimmer gegangen, um sich der ganzen Geschichte zu entziehen, und er hatte versuchen wollen, sich auszuruhen, aber bisher war an Schlaf nicht zu denken. Er zog den Frack, die Weste und das Hemd aus und machte es sich in der Hose und den Stiefeln auf dem Bett bequem. Eine Zeitlang hatte er gelesen, und er fing gerade an, einzunicken, als Geräusche aus dem Nebenzimmer seine Aufmerksamkeit auf sich lenkten. Jahre der Vorsicht hatten ihn gelehrt, wachsam zu sein und auf Anzeichen für Ärger zu lauschen.

In ihrer Entschlossenheit, auf Chucks Annäherungen einzugehen, stählte sich Elaina. Ohne große Rücksicht auf ihre Gefühle zu nehmen, zerrte Chuck sie grob in seine Arme und bedeckte ihre Lippen mit einem nassen, klebrigen Kuß. Sie konnte den schalen Whiskey und den bitteren Geschmack von Zigarren spüren. Seine Handflächen legten sich auf ihre Brüste, die er durch den dünnen Seidenstoff ihres Kleids derb knetete. Elaina spürte, wie Galle in ihre Kehle aufstieg. Angeekelt wankte sie, und ein kleines Wimmern entrang sich ihr. Chuck hielt es irrtümlich für einen Ausdruck von Leidenschaft.

»Ich wußte doch, daß du es willst, du Schlampe«, nuschelte er in ihr Ohr. »Unter diesen schicken Petticoats seid ihr Frauen doch alle gleich.« Die Worte zerstörten ihren Entschluß. Voller Panik stemmte sie die Hände gegen seine Brust.

Chuck hielt sie fest.

»Und jetzt willst du also Spielchen spielen?« höhnte er. Mit einem wölfischen Grinsen stieß er säuerlichen Atem aus. »Ich wüßte nichts, was mir lieber wäre!«

Grob drückte er ihr die Hände auf den Rücken.

»Bitte, Chuck. Ich kann nicht«, flehte sie. »Laß mich los.«

Daraufhin faßte Chuck in den Ausschnitt ihres lavendelfarbenen Kleids, packte ihr Hemd und riß ihr das Kleid herunter. Elainas volle Brüste quollen über ihr Mieder, und ein Schluchzen kam über ihre Lippen. Verzweifelt befreite sie ihre Hände aus seiner Umklammerung und schlug wie wild auf seine Brust ein.

Chuck lachte dämonisch. »Und ich habe mir Sorgen gemacht, du könntest mir nicht temperamentvoll genug sein!« Er packte ihre Hände wieder, doch sie konnte sich losreißen.

Sie stellte die Füße fest auf den Boden, ballte ihre schmale Hand zur Faust und schlug Chuck fest ins Gesicht. Dann rannte sie zur Tür. Chuck fing sie ab. Sein Lächeln war gewichen. Blut sickerte aus einer langen dünnen Platzwunde auf seiner Wange, an der Stelle, an der ihr Verlobungsring mit dem Diamant seine Haut eingeritzt hatte.

»Das ist schon der zweite Fehler, den du heute abend machst. Der erste war der, Morgan schöne Augen zu machen.« Chuck packte mit einer Hand ihr Handgelenk und ohrfeigte sie mit der anderen Hand kräftig. Ein zweiter Hieb trieb ihr die Tränen in die Augen. Sie schmeckte salziges

Blut. Als sie Chucks aufgebrachten Gesichtsausdruck sah, fing sie an zu schreien.

Und schrie und schrie und schrie.

Morgan packte seinen Colt und war im nächsten Moment aufgesprungen, zur Tür hinausgestürzt und in den Gang gerannt. Er spannte den Hahn der 45er und richtete den Lauf nach oben, als er sich vorsichtig dem Zimmer neben dem seinen näherte. Elainas Tür war abgeschlossen, und die Schreie hatten aufgehört, aber er hob einen Fuß, trat die Tür auf. Die Tür schwang weit auf und schlug heftig an die Wand. Das Geräusch schweren Atems durchdrang die Stille.

»Verschwinden Sie, Morgan. Das geht Sie nichts an.«

Nur das Licht, das aus dem Korridor hereinströmte, fiel ins Zimmer, aber Morgan erkannte Dawsons schrille Stimme. Als seine Augen sich an die Dunkelheit gewöhnt hatten, durchschaute Morgan auf den ersten Blick, was hier gespielt wurde. Dawson hatte Elaina auf ihr schmales Bett geworfen und hielt sie dort mit seinem Körpergewicht fest. Ihr Kleid war bis zur Taille zerrissen, und ihr Rock, der hochgeschoben worden war, zeigte ihre langen schlanken Beine. Ihr rotbraunes Haar hatte sich gelöst, und feuchte Locken klebten auf ihrem Hals und ihren Brüsten. Dawsons Hand lag auf einer Brust, und er knetete sie in Morgans Gegenwart voller Besitzerstolz.

Als vor dem Fenster ein Blitz zuckte, sah Morgan eine häßliche blaue Beule, die sich neben Elainas Auge zu bilden begann, und Blut rann aus einem ihrer Mundwinkel. Tränen glitzerten auf ihren Wangen. In ihren Augen stand der Blick eines verängstigten Rehs.

Es kostete Morgan seine gesamte Willenskraft, seine rasende Wut zu beherrschen. »Lassen Sie sie los, Dawson. Noch ist sie nicht Ihre Frau.«

»Sie machen einen großen Fehler, Morgan. Sie arbeiten für uns, oder haben Sie das vergessen?«

Elaina zitterte und wehrte sich gegen Chucks erdrückendes Gewicht. Sie konnte spüren, wie seine dünnen Finger sich in die zarte Haut ihrer Schulter gruben. Seine andere Hand grabschte nach ihrer Brust, und sie fühlte sich grenzenlos gedemütigt.

»Stecken Sie die Waffe weg, Morgan«, befahl Chuck.

»Lassen Sie sie los«, warnte ihn Morgan, der etwas weiter nach links und aus dem hellen Licht heraustrat, das durch die Tür fiel.

»Ein tapferer Mann, das kann man wohl sagen. Solange Sie eine Waffe in der Hand halten.«

Dawsons Worte schienen Morgans Selbstbeherrschung auf die Probe zu stellen. Langsam legte er die 45er auf einen Stuhl.

»Also gut, Dawson. Jetzt können wir beide miteinander kämpfen.«

»Ich habe es satt, es Ihnen zu erklären«, sagte Dawson. »Sie gehört mir. Und ich mache mit ihr, was ich will.« Um seinen Worten Nachdruck zu verleihen, ließ er seine Hand über ihren Oberschenkel gleiten und zu ihrem Po.

Elaina wäre am liebsten im Erdboden versunken, und ein winziges Wimmern entrang sich ihr. Sie sah alles nur verschwommen, und die Dinge drehten sich vor ihren Augen, doch der kalte Blick in Morgans Augen entging ihr nicht. Dann war die Hölle los.

Morgan sprang mit einem Satz durch das Zimmer. Die Bewegung war so flink, daß Chucks Hände von ihr abließen. Elaina sog wohltuende Luft in sich ein, als Morgan Chuck von ihr riß.

Er schlug Chuck fest ins Gesicht, und die Muskeln seiner entblößten Brust zeigten deutlich, wieviel Kraft hinter dem Hieb steckte. Elaina unterdrückte einen Aufschrei, als Chuck auf den Boden prallte und den blauen Porzellankrug von dem Nachttisch warf, der bei dem Aufprall zersplitterte. Chuck packte eine scharfkantige Scherbe und schwenkte sie bedrohlich durch die Luft. Morgan trat das Glas aus seiner Hand, riß Chuck auf die Füße und schlug immer wieder auf ihn ein, doch der wankte nur und taumelte ein paar Schritte rückwärts.

Chuck fing sich schnell wieder, verpaßte Morgan einen kräftigen Schlag in die Magengrube und einen weiteren auf das Kinn. Morgan fiel nach hinten und landete auf seiner verletzten Schulter. Er stöhnte und biß die Zähne zusammen, ehe er wieder auf die Füße kam und langsam das Gleichgewicht wiederfand. Dann holte er mit der Rechten zu einem Haken aus, mit dem er Chuck am Kinn erwischte. Dann bombardierte er Dawson mit einem Schwall von Schlägen in den Bauch. Dawson krümmte sich, fiel über einen Stuhl, der zersplitterte, und krachte auf den scherbenbedeckten Boden. Blut spritzte an die Wand und sickerte aus seiner Nase, seine Lippe war geplatzt und geschwollen.

Als er sich auf die Füße zog, starrte er Elaina mordlustig an und wischte sich dann mit dem Handrücken das Blut aus dem Gesicht. Winzige Porzellansplitter hatten seine Arme und seinen Hals zerschnitten. Als er rückwärts auf die Tür zuging, wies er mit einem zittrigen Finger auf Morgan.

»Dafür werden Sie mir büßen, Morgan.« Seine Blicke gruben sich in Elaina. »Dafür werdet ihr mir beide noch büßen.« Seine Stimme klang spröde und brüchig.

Verschämt zupfte Elaina an ihrem zerrissenen Kleid und versuchte, ihren Körper vor Chucks widerlichen Blicken zu verbergen. Als er die Tür zuknallte, fing sie an, unbeherrscht zu zittern, vor lauter Erleichterung darüber, daß die Gefahr gebannt war. Nachdem sie tief eingeatmet hatte, wandte sie ihre Aufmerksamkeit dem Mann zu, der immer noch für jede Gefahr gewappnet mitten im Raum stand. Er atmete nach wie vor schwer und hatte die Hände zu Fäusten geballt.

Morgan fuhr sich mit den Fingern durch das wellige dunkle Haar und strich es sich aus dem Gesicht. Er nahm seine 45er an sich, griff hinter sich und steckte die Waffe in den Bund seiner Hose, doch sein Blick blieb unbeirrt auf Elaina gerichtet. Er setzte sich neben sie und strich ihr das Haar aus dem verquollenen Gesicht, in dem sich blaue Flekken bildeten.

»Ist alles in Ordnung mit dir?« fragte er zärtlich.

Sie schloß die Augen und lehnte sich an ihn, und dann hob sie die Arme, um sie um seinen Hals zu schlingen. Damit war es um ihn geschehen. Er hob sie hoch und trug sie mit großen Schritten aus dem Zimmer mit den schmerzlichen Erinnerungen.

Nachdem er mit einem Fuß die Tür zu seinem eigenen Zimmer aufgetreten hatte, ging er zum Bett, legte sie behutsam hin und kehrte dann um und schloß die Tür ab. Als er sich neben sie auf das Bett setzte, griff er in seinen Stiefel und zog ein Messer mit einer schmalen Klinge aus seinem Versteck. Sie riß die Augen weit auf. Ohne zu beachten, daß ihre Hand sich fester um sein Handgelenk klammerte, durchschnitt er die Schnüre ihres Korsetts. Mit einem Seufzer der Erleichterung atmete sie tief ein, während er die Überreste ihres zerrissenen Kleids wieder zurechtrückte. Es trug zwar wenig dazu bei, ihre Reize zu verbergen, doch sie bemühte sich dennoch, dankbar zu lächeln.

Er ließ sie einen Moment lang allein, um etwas Wasser aus einem Krug auf dem Waschtisch in die Waschschüssel zu gießen. Nachdem er den Zipfel eines Handtuchs in das Wasser getaucht hatte, wischte er ihr sachte das Blut ab, das aus ihrem Mundwinkel rann, dann legte er das feuchte Tuch auf die Schwellung neben ihrem Auge. Obwohl er sich bemühte, sachlich und nüchtern mit ihr umzugehen, zitterte seine Hand.

»Chuck hat gesagt, du würdest mir nicht helfen«, sagte sie und kämpfte darum, die Tränen zurückzuhalten. »Er hat gesagt, du seist zu klug, um dich einzumischen.« Sie sah die Beule auf seinem Kiefer, streckte die Hand danach aus und berührte ihn zärtlich. »Ich hätte wissen müssen, daß du kommst.«

»Mein Gott, Lainey.« Er zog sie an sich und hielt sie fest, schmiegte sein Gesicht in ihr dichtes Haar und preßte die Wange an ihre, bis ihr Zittern sich wieder legte. Als er sie auf Armeslänge von sich hielt, um sie anzusehen und Gott dafür zu danken, daß ihr nichts passiert war, schaute die Spitze einer rosigen Brustwarze aus dem zerrissenen Mieder ihres Kleids heraus.

Das war mehr, als er verkraften konnte.

Mit einem verzweifelten Stöhnen fuhr er mit seinen Fingern durch ihr Haar und bog ihren Kopf zurück. Unendlich zärtlich legten sich seine Lippen auf die ihren.

10

Elaina hätte geschworen, daß sie gar nicht mehr in der Lage war, etwas zu empfinden, nach allem, was sie durchgemacht hatte. Aber ihr Körper reagierte, sowie sie seinen Kuß spürte.

Erst küßte er sie ganz sachte, da er fürchtete, ihr weh zu tun. Aber sie fühlte keinen Schmerz, nur die glühende Freude darüber, von seinen starken Armen festgehalten zu werden. Als könnte er ihre Gedanken lesen, vertiefte er den Kuß, und sie öffnete den Mund. Seine Zunge schmeckte süß und warm, und ihr Tasten löste ein Prickeln aus, das sie überflutete, abebbte und sie wieder überflutete. Er zog sie noch näher an sich, küßte ihre Stirn, ihre Wangen, ihre Nase. Sein männlicher Moschusduft erregte sie. Seine Handflächen glitten über die nackte Haut auf ihrem Rücken, und sie stöhnte, als sie die Glut seiner Hände spürte. Warme Lippen berührten ihre Schulter und wanderten qualvoll zärtlich über ihre Haut zu der Wölbung ihrer Brust. Sie schlang die Finger in sein welliges dunkles Haar.

Sie hatte den Punkt überschritten, an dem man sich um Versprechen sorgt. Chuck hatte allzu deutlich klargestellt, daß es zwischen ihnen niemals etwas werden konnte. Dennoch hatte sie ihr Wort gegeben. Morgen. Morgen würde sie über Versprechen und Familienehre nachdenken. Heute nacht gehörte ihr Leben nur ihr allein. Ihre Leidenschaft und ihre Liebe zu vergeben, stand nur ihr allein zu. Sie würde sich die heutige Nacht einfach nehmen – und sie hoffte, daß Gott ihr morgen beistand.

Morgan hatte lediglich vorgehabt, sie zu trösten, lieb zu ihr zu sein, doch sein Verlangen, sein Begehren, war zu stark. Er hatte sich gelobt, sie zu nehmen, sie bei der ersten sich bietenden Gelegenheit zu verführen. Jetzt war die Chance gekommen, auf die er gewartet hatte, und doch ...

Mit einer zitternden Hand löste er sich aus ihrer zärtlichen Umarmung. »Ich werde mit dem Morgenzug abreisen. Ich habe ein Telegramm von meinem Bruder bekommen. Ich muß ihn finden.« Er forschte in ihren Augen. »Halte mich jetzt zurück«, flüsterte er mit rauher Stimme, »oder es ist zu spät.«

Sie legte zarte Finger auf seine Lippen, um ihn zum Verstummen zu bringen. »Wer weiß, was der morgige Tag bringt? Wenn heute nacht alles ist, was wir haben, dann laß es uns nicht vergeuden.«

Morgan stöhnte. Voller Verlangen und Lust nahm er ihre Lippen in Besitz. Das Feuer in seinen Lenden brannte lichterloh. Er zog die zerrissene lavendelfarbene Seide zwischen ihnen hervor, und ihre Brüste fühlten sich auf seiner behaarten Brust heiß an.

Ihr Mund war warm und weich.

Es blitzte, und darauf folgte ein krachender Donner.

Elaina spürte, wie Morgans Hand über ihre Haut glitt, um sich auf ihre Brust zu legen, aber im Gegensatz zu der Brutalität der Berührungen Dawsons entlockte ihr die Wärme seiner zarten Finger ein winziges lustvolles Stöhnen. Ihre Brustwarze stellte sich auf, und sie hörte, wie sein Atem schneller ging. Ihr eigener Atem ging stoßweise und keuchend, und sie verspürte ein Ziehen zwischen ihren Beinen. Eine Flut von tosenden Empfindungen, die der Macht des Unwetters draußen entsprach, riß sie mit sich, und sie spürte, wie ihr Herz wie verrückt schlug und unter seinen Berührungen wie ein verletztes Vögelchen flatterte. Seine Lippen lösten sich von ihrem Mund, um einen feurigen Pfad von ihrem Ohr über ihren Hals bis zu ihren Schultern zu beschreiben. Er verharrte und hob den Kopf, als läge er im Streit mit sich selbst, und dann begann er, ihr den Rest ihrer zerrissenen Kleider auszuziehen.

Zuerst das Kleid, dann das Korsett, dann ihre Petticoats und zuletzt ihr Höschen. Plötzlich schämte sie sich und wandte sich ab. Er legte eine Hand unter ihr Kinn und drehte ihr Gesicht zu sich um.

»Tu das nicht«, flüsterte er. »Du bist atemberaubend schön.« Er küßte sie lang und zärtlich, was wieder ein Ziehen zwischen ihren Beinen auslöste. Dann gab er sie frei, um Stiefel und Hose auszuziehen. Es blitzte, und sie konnte einen Blick auf seinen straffen männlichen Körper erhaschen. Als er sich wieder setzte, ließ sie eine Hand über seinen festen Bauch gleiten und war fasziniert von seiner strammen, festen Schönheit.

Das Unwetter draußen entsprach exakt ihren Gefühlen, und jetzt fing es dazu noch an zu schütten. Ehe er sich auf sie legte, konnte sie einen Moment lang das donnernde Prasseln des Regens auf dem Dach hören; dann machte sie das Hämmern ihres Herzens taub für alle anderen Geräusche. Sie spürte, wie sein Geschlecht sich an sie drängte und Einlaß suchte. Mit seinem Knie spreizte er ihre Schenkel etwas weiter und verharrte über ihr.

»Nur im ersten Moment wird es weh tun, meine Süße, und dann wirst du Wonnen erleben, wie du sie dir niemals erträumt hast.«

Sie versteifte sich und fürchtete sich zum ersten Mal. Er streichelte ihre Brüste, küßte beide Spitzen und ließ dann seine Hände leicht über ihr bebendes Fleisch zu dem dunklen Dreieck gleiten, das ihr Geschlecht verbarg. Als sein Finger hineinglitt, fand er sie feucht und bereit vor. Er liebkoste sie, bis sie sich wand und er wußte, daß sie nach mehr verlangte. Er küßte sie leidenschaftlich und heftig und stieß seine Zunge in ihren Mund, während sein Schaft die Pforte fand und in sie hineinglitt. Als er auf die letzte Hürde, den letzten Widerstand traf, stieß er sachte dagegen – einmal, zweimal. Dann tauchte er tief in sie ein. Schmerz breitete sich zwischen ihren Beinen aus. Sie wehrte sich, stieß ihre Hände gegen die harten Muskeln seiner Brust, und Tränen traten in ihre Augen, doch er hielt sie fest.

»Es ist alles in Ordnung, Lainey«, beschwichtigte er sie. »Vertrau mir.« Er küßte die Tränen unter ihren Lidern fort und hielt sich mühsam zurück, denn er wartete darauf, daß der Schmerz nachließ. Sie konnte das Begehren – und die liebevolle Sorge – in seinen Augen sehen und wurde ein wenig lockerer, denn ihr Vertrauen in ihn war wiederhergestellt.

Als er sich jetzt wieder bewegte, fühlte sie keinen Schmerz, nur ein pulsierendes, wärmendes Gefühl, das mit nichts, was sie je erlebt hatte, auch nur das Geringste zu tun hatte. Als er rhythmisch in sie hineinglitt und wieder herausglitt, spürte sie, wie ihre Erregung wuchs und wuchs. Er stieß schneller, tiefer, fester zu, und ihr Körper drängte sich jedem seiner Stöße entgegen. Ihre Hände glitten über seinen festen, strammen Körper und spürten, wie sich die harten Muskeln spannten und lockerten.

Sie schlang ihre schlanken Beine um die seinen, zog ihn enger an sich und wollte jeden Zentimeter von ihm in sich aufnehmen, wollte ihn in einer Form besitzen, in der sie ihn noch nie besessen hatte. Sie war in einem Meer von Gefühlen begraben. Es blitzte und donnerte, sie konnte die Raserei im

Freien nicht mehr von dem Sturm unterscheiden, der in ihrem Innern tobte.

Er streichelte ihre Brüste, flüsterte tausend Worte der Leidenschaft, während er wild in sie hineinstieß. Als sie schließlich meinte, die köstliche Folter keinen einzigen Moment länger ertragen zu können, wurde sie von einer endlosen Welle der Lust erfaßt. Lichter explodierten, blendeten sie und erfüllten sie mit einem solchen Verzücken, daß sie Morgans Namen laut hinausschrie. Die Lust verzehrte sie, sie zitterte und konnte nur noch einen Gedanken fassen: Morgan. Als sie sich den tosenden Wonnen hingab, hörte sie, wie Morgan sie rief. Dann fand er selbst die Erlösung.

In den Minuten, die folgten, verspürte sie ein Glücksgefühl, das mit nichts vergleichbar war, was sie je erlebt hatte. Eine Nähe, ein Einssein. Zum ersten Mal verstand sie Wölfe und Adler, Tiere, die sich fürs Leben zu Paaren zusammenschlossen. Sie kam sich vor, als hätte sie die andere Hälfte ihrer Seele gefunden. Aber wie konnte das sein? Er war ein Revolverheld. Ein Mann, der immer unterwegs war. Zweifel beschlichen sie. Zweifel und Fragen.

Morgen. Morgen. Sie würde sich morgen Gedanken über ihre Gefühle machen.

Er hielt sie in den Armen und zog sie an sich, schmiegte ihre Körper ganz dicht aneinander. Sein Atem wurde allmählich wieder gleichmäßiger, und sie glaubte, er schliefe. Sachte fuhr sie mit der Hand über die Muskeln an seiner Seite, über seine schmalen, muskulösen Hüften, und bewunderte seine straffe männliche Anmut. Wie konnte ein so harter Mann bloß so zart sein, so liebevoll?

Als sie daran dachte, daß er am kommenden Morgen abreisen würde, schnürte sich ihre Kehle zusammen. Sie wies den Gedanken weit von sich und verweilte statt dessen bei den zärtlichen Gefühlen, die er in ihr geweckt hatte. Gefühle, von denen sie geglaubt hatte, sie würde sie nie erfahren. Die wohltuende Umarmung eines Mannes, den sie begehrte, die zarte Berührung seiner Lippen. Sie schnappte nach Luft, als sie spürte, wie sein Geschlecht sich erneut regte.

Als sie sich zu dem großen Mann an ihrer Seite umdrehte, stellte sie fest, daß seine blauen Augen wieder dunkel glühten. Er ließ eine braungebrannte Hand in ihren Nacken gleiten und zog ihren Mund heran. Seine warmen Lippen trugen die Winde des Unwetters, das draußen wütete, samt ihren Zweifeln weit weg. Sie erwiderte seinen Kuß und gab sich seinen leidenschaftlichen Liebkosungen hin.

11

Fahles graues Licht, ein ratternder Milchwagen, Flaschen, die aneinanderklappern, wiehernde Pferde, Hufgeklapper auf Lehmstraßen.

Morgan schüttelte den Kopf, um ihn nach dem kurzen Schlaf wieder klar zu kriegen. Dann schlüpfte er unter der Bettdecke hervor. Der Boden fühlte sich unter seinen nackten Füßen kalt an. Elaina schlief noch. Der blaue Fleck neben ihrem Auge hatte sich noch dunkler verfärbt, und zum hundertsten Mal verfluchte er Chuck Dawson.

Nachdem er in Hose und Stiefel geschlüpft war, zog er ein sauberes weißes Hemd an und knöpfte es zu. Heute morgen glich sein Kopf einem Labyrinth verschwommener Bilder: köstliche Erinnerungen an die allerletzten Stunden, an die Frau mit dem rotbraunen Haar und dem warmen, sinnlichen Körper. Andere Bilder waren weniger klar: goldene Felder und sanfte Hügel, Gebäude mit vielen Menschen und Blick auf ein weites blaues Meer, eine steife Brise und Sonnentage. Und freudlosere Bilder: tiefe klamme Bergwerksschächte, Faustkämpfe, Waffen, Munition.

Alle diese Erinnerungen schienen nicht zusammenzupassen.

Noch nicht einmal der Name, der sich ihm jetzt deutlich einprägte: Daniels. Ren Daniels. Irgendwo empfand er ihn als richtig, im Gegensatz zu dem Namen, den er benutzte. Aber wenn er in Wirklichkeit Daniels hieß, warum nannte er sich Dan Morgan? Und wenn er schon dabei war, warum war er überhaupt in Keyserville? Die Antworten lagen in Kalifornien. Und er hatte die Absicht, diese Antworten noch vor Ablauf der nächsten Woche zu bekommen.

Er sah die Frau an, die noch in seinem Bett schlief. Ihr schimmerndes Haar fiel ihr weich um das Gesicht und auf die weißen Schultern. Die Spitze einer hellroten Brustwarze lugte unter der Decke hervor. Als er spürte, wie er steif wurde, lächelte er vor sich hin. Sie war wirklich eine beachtliche Frau, eine ganz beachtliche Frau.

Bei dieser Überlegung verspürte er plötzlich Gewissensbisse. Es schien, als fühlte er sich jedesmal wie ein Schurke, wenn er daran dachte, mit ihr zu schlafen – als hätte er ein ganz besonders schönes Geschenk bekommen, das in fröhliches buntes Geschenkpapier gewickelt und mit glitzernden Schleifen verschnürt war, und hätte es in tausend Stücke geschlagen. Er konnte dieses Gefühl nicht verstehen. Wenn er Dan Morgan war, dann war er ein bezahlter Killer. Ein Mann von der Sorte, die sich nahm, was sie wollte. Er war sicher, daß selbst Daniels, falls er so hieß, kein Mann von der Sorte war, die an Prinzipien festhielt, wenn es darum ging, mit einer Frau zu schlafen.

Das Gesicht einer zierlichen Blondine drängte sich ihm auf. Melissa. Ja, so hieß sie. War sie seine Ehefrau? Seine Freundin? War sie der Grund für sein Schuldbewußtsein? Irgendwie glaubte er nicht, es sei ihm bisher besonders wichtig gewesen, einer Frau treu zu sein.

Er trat an das Bett, um das Mädchen zu wecken, fand ihre goldenen Augen jedoch offen und stellte fest, daß sie ihn beobachtete. Er strich über die zarte Haut ihrer Wange. »Guten Morgen, meine Hübsche.«

Elaina lächelte und mochte den heiseren Klang seiner Stimme. Dann zuckte sie zusammen, weil ihre gespaltene und geschwollene Lippe schmerzte. Jeder Muskel tat ihr weh, und sie wußte, wie sie aussehen mußte. Sie berührte den blauen Fleck neben ihrem Auge. Er mußte violett verfärbt und häßlich sein. Ihre Lippen waren dick, und sie spürte ein dumpfes Pochen zwischen den Beinen. Aber Morgan schien ihr keineswegs vollkommenes Erscheinungsbild ganz gleichgültig. Auf seinen braungebrannten Zügen stand die Freude über die Wonnen der vergangenen Nacht. Seine Augen liebkosten sie zärtlich. Die Bewunderung in seinen Augen hob ihre Laune, und sie unternahm einen zweiten Versuch, ihn anzulächeln.

»Guten Morgen«, sagte sie.

Morgan küßte ihren Hals; dann berührten seine Lippen federleicht den blauen Fleck neben ihrem Auge.

»Wie fühlst du dich?« Die Sorge ließ seine harten Gesichtszüge weich werden.

»Ich habe mich schon besser gefühlt, aber ich glaube, ich werde es überleben.«

Er lächelte sie an und fuhr ihr mit einer Hand durch das Haar. »Du solltest jetzt besser in dein Zimmer gehen und dich anziehen. Wir haben ohnehin schon genug Ärger.« Er zwinkerte ihr zu, und die Richtung, die seine Gedanken eingeschlagen hatten, war deutlich in seinen Augen zu sehen.

Sie schaute sich um und erinnerte sich wieder. Jetzt riß sie ihm das Hemd aus der Hand, das er ihr hinhielt, und zog es eilig über. Das Hemd reichte ihr nur wenige Zentimeter über den Po.

»In diesem Hemd bietest du einen ganz reizenden Anblick, Lainey.« Er lächelte mit schelmischen blauen Augen. »Wenn du dich nicht vorsiehst, landest du wieder in meinem Bett, und ich werde mich noch einmal mit Dawson schlagen müssen.«

Sie lächelte, doch der Gedanke ernüchterte sie. Mit einem resignierten Seufzer nickte sie zustimmend. Sie warf einen Blick auf Morgan. Plötzlich kamen alle Zweifel, die sie in der Nacht zuvor beschlichen hatten, wieder hoch und drückten sie mit ihrer Last nieder. Morgan fuhr mit dem Frühzug ab. Als sie beobachtete, wie er die Schubladen ausleerte und seine Hemden zusammenfaltete, wußte sie, daß er seine Pläne nicht geändert hatte. Wenigstens war er aufrichtig gewesen. Er hatte ihr nichts versprochen – aber jetzt schien »nichts« ein hoher Preis zu sein.

Sie schluckte schwer. »Ich vermute, das ist dann wohl der Abschied.«

Er schaute vom Packen auf.

»Der Abschied? Du glaubst doch nicht etwa, daß ich dich bei Dawson zurücklasse? Pack soviel, wie du tragen kannst, und wir erwischen den Frühzug.«

Seine Worte ließen ihr Herz höher schlagen. Er wollte, daß sie mit ihm fortging. Er machte sich also doch etwas aus ihr.

»Ich kann dich nicht mitnehmen«, sagte er gerade, »oder wenigstens nicht die ganze Strecke. Aber ich werde dich so weit mitnehmen, daß Dawson dich nicht findet. Ich werde dir Geld geben. Du kannst eine andere Stellung suchen. Noch einmal von vorn anfangen.«

Sie hörte ihm kaum noch zu. Fortlaufen? Wohin? Wozu? Er würde sie in irgendeiner fremden Stadt allein lassen. In einer weit entlegenen Welt. Nein. Sie würde nicht fortlaufen. Keyserville war ihr Zuhause. Chuck war letzte Nacht schrecklich betrunken gewesen und hatte deshalb wohl kaum mitbekommen, wo sie den Rest der Nacht verbracht hatte. Es sprach alles dafür, daß er es niemals herausfinden würde. Ihr fiel wieder ein, wie er sich benommen hatte, und sie erschauerte. Er war von Sinnen gewesen, und vielleicht war sie auch ein wenig verrückt gewesen.

Sie sah den großen Mann, der sich den Colt an seinen

muskulösen Schenkel schnallte, fest an. »Ich gehe nicht fort.«

»Wir können es heute bis . . . was tust du nicht?« Morgans Stimme klang ungläubig.

»Ich habe gesagt, daß ich nicht fortgehe.«

Er packte ihren Arm und riß sie grob an sich, und seine blauen Augen waren nicht mehr liebevoll, sondern finster und wutentbrannt. »Hast du den Verstand verloren?« Er zog sie vor den Spiegel. »Schau dich doch an! Schau ganz genau hin. Nächstes Mal könnte Dawson dich umbringen.«

Elaina spürte das Brennen von Tränen. Sie sah noch schlimmer aus, als sie es sich vorgestellt hatte. »Das ist meine Angelegenheit, nicht deine.« Sie versuchte, sich aus seinem Griff zu befreien, doch er hielt sie unerbittlich fest. Sie konnte die Glut seiner Hand durch den dünnen Stoff des Hemdes spüren, und gegen ihren Willen stellten sich als Reaktion darauf ihre Brustwarzen auf. Ihr Gesicht wurde flammendrot, aber sie wandte sich nicht ab.

Die Hand, die sie festhielt, lockerte ihren Griff, und seine Augen glitten auf die beiden Wölbungen unter dem Hemd. Er holte hörbar Atem und bemühte sich, die Selbstbeherrschung nicht zu verlieren.

»Hör mir zu, Elaina, du kannst nicht hierbleiben. Früher oder später wird Dawson dir das gleiche noch einmal antun. Beim nächsten Mal bin ich nicht da, um ihn daran zu hindern. Und jetzt geh bitte, und pack deine Sachen. Der Zug läuft in weniger als einer Stunde hier ein.«

Elaina blickte zu ihm auf. Er war so männlich und so schön. Sie wollte sich jeden seiner Gesichtszüge ins Gedächtnis einprägen, den Blick in seinen hellen Augen so tief in ihr Herz eingravieren, daß sie ihn niemals vergessen konnte. Sie würde nicht mit ihm fortgehen. Sie würde sich nicht von ihm auf dem Rückweg in sein Leben, sein bisheriges Leben, wie auch immer das ausgesehen haben mochte, in irgendeiner fremden Stadt absetzen lassen. Wenn sie sich entschloß,

Keyserville zu verlassen, dann zu einem Zeitpunkt, den sie selbst bestimmte, und unter Bedingungen, die sie selbst festlegte.

Sie erinnerte sich an die gemeinsame Nacht, daran, wie sein Körper sich anfühlte, an die Zartheit seiner Berührungen. Der Gedanke, ihn nie wiederzusehen, brach ihr fast das Herz, aber sie schluckte schwer und kämpfte gegen die Tränen an, die sie zu verraten drohten. Sie fuhr mit den Fingerspitzen über die straffe braungebrannte Haut seiner Wangen und stellte sich auf die Zehenspitzen, um einen zarten Kuß auf seine warmen Lippen zu hauchen. Sie konnte spüren, wie sein Herz schneller schlug, und sie fühlte, daß er vor Verlangen hart wurde, als sein Körper sich an sie preßte.

Er löste sich von ihr. »Verdammt noch mal, Lainey! Dafür haben wir keine Zeit – oder wenigstens nicht im Moment. Hol deine Sachen. Ich treffe dich dann in zwanzig Minuten hinter dem Hotel.« Er drehte sie zur Tür um. »Und jetzt lauf los.« Er gab ihr einen Klaps auf den Hintern, der unter dem Hemd nackt war, und sie lächelte ihn über die Schulter an, als sie zur Tür hinauslief.

Sie blieb nur einen Moment lang stehen. »Auf Wiedersehen, Dan Morgan.«

»Beeil dich«, murmelte er hinter ihr her.

Als sie durch den Gang lief, fügte sie das wohlklingende Timbre seiner tiefen Stimme den vielen Erinnerungen hinzu, die sie in Ehren halten würde, und dann stieß sie leise die Tür zu ihrem Zimmer auf.

Morgan sah zum zehnten Mal auf seine Uhr. Wo konnte sie bloß stecken? Er hörte den Zug einlaufen, die Lokomotive stampfen, sah die kleinen schwarzen Rauchwölkchen, die die Luft verdunkelten. Viel länger konnte er nicht mehr warten. Er entschloß sich nachzusehen, ob sie noch in ihrem Zimmer war, und lief auf die Veranda hinter dem Hotel zu. Ehe er sie erreicht hatte, öffnete sich ein Fenster im zweiten Stock, und Elaina streckte den Kopf heraus.

»Verpaß deinen Zug nicht, Dan Morgan«, rief sie ihm zu.

»Verdammt!« Er verfluchte sie und alle verrückten Weiber diesseits und jenseits der Hölle. Er biß die Zähne zusammen und blickte zu ihr hoch. Goldene Sonnenstrahlen funkelten auf ihrem Haar, ihre rubinroten Lippen lächelten, doch in ihren Augen stand ein Anflug von Traurigkeit. Er wünschte, er hätte sie ein letztes Mal in seine Arme ziehen können.

»Du überlegst es dir nicht noch anders?«

Sie schüttelte den Kopf.

»Es könnte passieren, daß ich nicht zurückkomme.«

»Ich weiß.« Sie zog sich ein lavendelfarbenes Band aus dem Haar. Es trieb auf der lauen Brise, schwebte einen Moment lang still über ihm und flatterte dann vor seine Füße. Als er es aufhob, spürte er, wie sich der weiche Samt an seine Handfläche schmiegte. Er stieß sich den breitkrempigen schwarzen Hut auf den Hinterkopf, um sie noch einmal genau anzusehen. Selbst mit den blauen Flecken im Gesicht sah sie hübsch aus. Er konnte immer noch die Rötung ihrer verführerischen rubinroten Lippen sehen, die seine Küsse zurückgelassen hatten. Ihre Augen wirkten sehnsüchtig, als gäbe es noch etwas, was sie gern gesagt hätte, als hätte sie ihm gern noch etwas mehr von sich gegeben. Er glaubte, eine Träne funkeln zu sehen.

»Du solltest jetzt lieber gehen«, sagte sie. »Sonst verpaßt du deinen Zug.«

Er nickte und steckte sich das Band behutsam in die Tasche. Als er sich abwandte, um zu gehen, warf er noch einen letzten Blick über die Schulter zurück. Ihre Brust schnürte sich so eng zusammen, daß sie kaum noch Luft bekam.

»Paß gut auf dich auf«, rief er etwas zu mürrisch. Er zog sich den Hut wieder an den gewohnten Platz, tief in die Stirn.

»Vergiß mich nicht.« Ihre Stimme trieb melodisch auf der kühlen Morgenluft.

Er antwortete nichts darauf. Er wußte, daß er sie nie vergessen würde.

12

»Es könnte passieren, daß ich nicht *zurückkomme.*«

Die Worte hallten für den Rest des Tages und bis in den nächsten hinein durch Elainas Kopf.

Eine andere Frau hätten die Worte vielleicht betrübt, doch es lag in Elainas Natur, die Dinge von ihrer positiven Seite zu sehen. Er hätte schließlich auch sagen können: »Ich komme nicht zurück« oder: »Ich kann nicht zurückkommen.« Statt dessen hatte er gesagt: »Es könnte passieren, daß ich nicht zurückkomme.« Für Elaina hieß das, es könnte schließlich sein, daß er zurückkam.

Sie hatte sich entschlossen, mit Henry Dawson über ihre Verlobung mit Chuck zu reden. Wenn Henry den häßlichen blauen Fleck auf ihrem Gesicht sah, würde er Chuck doch sicher tadeln und sie von ihrem Versprechen entbinden. Sie würde eben eine andere Möglichkeit finden müssen, die Schulden ihrer Familie zurückzuzahlen.

Sowohl Chuck als auch Henry hatten sich dem Hotel seit der Verlobungsfeier auffallend ferngehalten. Sie war sicher, daß Chuck furchtbare Schuldgefühle haben mußte, weil er sich so benommen hatte. Henry ließ ihr, das glaubte sie sicher, nur Zeit, damit sie sich wieder beruhigen konnte, falls er von dem Zwischenfall wußte. Nun, früher oder später mußten sie ihr wieder unter die Augen treten, und wenn das der Fall war, würde sie ihnen mitteilen, daß es nicht zu einer Heirat kommen konnte.

Allein schon diesen Entschluß gefaßt zu haben, gab Elaina eine ganz neue Einstellung zum Leben. Sie summte am Morgen bei der Arbeit. Bis ihre blauen Flecke verschwunden waren, hatte Ada ihr erlaubt, in den oberen Stockwerken zu arbeiten und außerhalb des hektischen Getümmels im Hotelrestaurant kleine Putzarbeiten zu erledigen. Elaina hatte dankbar angenommen.

In einem ausgeblichenen Kattunkleid mit einem hellblauen Tuch auf dem Haar ging Elaina ihrer Arbeit nach. Sie fegte und putzte Morgans Zimmer, das jetzt leerstand, und dabei bemühte sie sich, sich nicht an die Wärme zu erinnern, die sie erst vor wenigen Nächten in seinen Armen verspürt hatte. Als sie die Laken von dem eisernen Bettgestell mit der abblätternden Farbe abzog, errötete sie angesichts des dunkelroten Flecks, der von ihrer verlorenen Tugend zeugte. Anstelle der Reue, die sie hätte verspüren sollen, fühlte sie nur Einsamkeit und das Verlangen, wieder in Morgans Armen zu liegen.

Sie wies den Gedanken von sich und kniete sich neben das Bett, um darunter zu putzen. Ein Klopfen an der Tür unterbrach sie dabei. Ada schaute hinein, und ein bestürzter Ausdruck stand auf ihrem gewöhnlich lächelnden Gesicht.

»Ich muß dir etwas zeigen«, sagte Ada. »Ich habe das Zimmer geputzt, in dem dein Freund Morgan in der Nacht geschlafen hat, ehe auf ihn geschossen worden ist. Als ich die Matratze hochgehoben habe, ist das hier durch den Lattenrost gefallen. Der Teufel soll mich holen, wenn ich mir einen Reim darauf machen kann, aber ich dachte mir, vielleicht fällt dir etwas dazu ein.« Sie reichte Elaina ein kleines ledernes Adreßbuch und ein paar Zettel.

Elaina stand auf, nahm die Papiere in die Hand, denn das winzige Buch mit dem Ledereinband weckte ihr Interesse. Ein ausgeblichener vergilbter Zeitungsausschnitt, der zusammengefaltet war und zwischen den Seiten des Buchs steckte, schaute am Rand heraus. Einige Visitenkarten, auf die in schwarzen Buchstaben der Name Reynold Lee Daniels und eine Adresse in San Francisco gedruckt war, gaben weitere Aufschlüsse.

Sie schluckte schwer. Was konnten Rens Visitenkarten in Morgans Zimmer zu suchen haben? Er konnte ihn doch gewiß nicht gekannt haben. Konnten sie etwa verwandt miteinander sein? Stiefbrüder? Oder Cousins? Schon während sie sich diese Fragen stellte, kannte ihr Herz die Antwort. Lieber Gott, bitte sag mir, daß er nicht gelogen hat. Mit einer zitternden Hand zog Elaina den Zeitungsartikel zwischen den Seiten des winzigen Büchleins heraus und begann zu lesen.

Als sie die Worte verstand, fuhr ihre Hand an ihre Kehle. Sie merkte nicht, daß sie weinte, bis eine Träne einen winzigen dunklen Fleck auf dem Papier bildete. Sie konnte spüren, wie ungleichmäßig ihr Herz schlug, als sie den Artikel ein zweites Mal überflog. Er trug das Datum vom 10. Februar 1878 und war im *Daily Alta California* erschienen, in San Francisco.

> Jacob Stanhope aus San Francisco hat die Verlobung seiner Tochter Melissa mit Reynold Lee Daniels aus selbiger Stadt angekündigt. Die Hochzeit soll am dreiundzwanzigsten Mai in der Saint Jude's Church stattfinden. Auf die Trauung wird ein Empfang in den Gärten des Stanhopeschen Anwesens auf dem Nob Hill folgen. Die gesamte gehobene Gesellschaft von San Francisco wird erwartet.

»Du solltest dich besser setzen, Schätzchen«, riet ihr Ada. »Du bist ziemlich blaß.«

Elaina konnte nur nicken. Der Kloß in ihrer Kehle drohte sie zu ersticken, als Ada sie zum Bett führte, damit sie sich setzte. Warum hatte sie bloß auf ihn gehört? Ihm geglaubt? Sie hatte vom allerersten Tag an gewußt, daß er Ren Daniels war, aber er hatte sie belogen, geleugnet, daß er sie auch nur kannte. Alles verschwamm vor ihren Augen, und wieder rannen Tränen über ihre Wangen. Die Hochzeit war für den 23. Mai angesetzt. Morgan – nein, Ren Daniels – würde gerade rechtzeitig in San Francisco eintreffen.

»Was hat das zu bedeuten?« fragte Ada, die sachte Elainas zitternde Hand nahm.

»O Ada, ich bin ja ein solcher Dummkopf.« Die Worte blieben ihr in der Kehle stecken, als sie die grauhaarige Frau ansah, die immer da war, wenn sie sie brauchte. »Er war doch nicht Dan Morgan. Er war Ren. Ren Daniels, der Junge – ich meine, der Mann –, von dem ich dir erzählt habe.«

»Na und, warum soll er denn nicht dieser Ren sein? Das macht ihn doch schließlich nicht weniger zum Mann, oder?« Ada hatte ihre Freundin selten in einem solchen Zustand gesehen, und als die schlaue alte Füchsin, die sie war, machte sie sich eine recht klare Vorstellung von den Gründen. Ein Blick auf den dunklen Fleck auf Morgans Laken, das achtlos auf einen Stapel auf dem Fußboden geworfen war, bestätigte ihren Verdacht.

»Hast du den Zeitungsausschnitt gelesen?« flüsterte Elaina.

Ada holte tief Atem. »Ja, ich habe ihn gelesen, Schätzchen, und ich glaube immer noch, daß Mr. Morgan – Mr. Daniels – ein anständiger Mann ist. Ich glaube nicht, daß er dich absichtlich getäuscht hat. Er wußte ebenso wenig wie du, wer er war.«

»An jenem ersten Tag hat er es noch gewußt, Ada. Er hat es gewußt, aber er hat mich belogen.« Elaina wandte den Blick ab, doch schon vorher hatte Ada das Leid in den goldenen Augen der Freundin gesehen.

»Man hat es nie leicht im Leben, Laina, Schätzchen. Manchmal sollen Dinge einfach nicht sein.«

»Würdest du mich jetzt bitte ein Weilchen allein lassen?« fragte Elaina leise.

»Natürlich, Schätzchen. Versuch, dich nicht verrückt zu machen. Das sind die wenigsten Männer wert.« Kopfschüttelnd zog Ada die Tür hinter sich zu.

Elaina las den Zeitungsausschnitt ein drittes Mal: »Die gesamte gehobene Gesellschaft von San Francisco wird erwartet.« O Gott, wie sehr sie sich zum Gespött gemacht hatte! Sie hatte gebetet, er möge sie nicht vergessen. Jetzt würde er sich ganz bestimmt an das Mädchen erinnern, das er im Carbon County zum Narren gehalten hatte. Sie umklammerte die Bettkante und bemühte sich, gleichmäßig zu atmen. Wenn er ihr bloß von Anfang an die Wahrheit gesagt hätte, dann wäre nichts von alledem passiert. Sie hätte ihm sagen können, wer er war, ihm dabei helfen können, sich wieder zu erinnern.

Aber hätte es etwas geändert, wenn sie gewußt hätte, daß er Ren war? Hätte es ihr etwas ausgemacht, daß er mit einer anderen verlobt war? Wenn sie sich an seine Küsse und Berührungen erinnerte, war sie nicht sicher.

Elaina preßte sich den Zeitungsausschnitt an die Brust und ließ sich auf das Bett sinken. Lieber Gott, wie hatte das bloß passieren können? Ihr heftiges Schluchzen erschütterte ihren ganzen Körper. Warum war er zurückgekommen? Warum hatte er in ihrem Leben wiederauftauchen müssen? Ihre Brust schnürte sich zusammen, und ihr Herz schmerzte, als hätte sich ein Messer hineingebohrt. Ihr fiel wieder ein, wie er sie verteidigt hatte, sie getröstet hatte, das Bedauern, das sie in seinen Augen gesehen hatte, als sie auseinandergegangen waren, die Traurigkeit, die sie in seiner Stimme gehört hatte. Wie konnte all das gelogen gewesen sein? Der Ren, den sie als Kind geliebt hatte, hätte sie niemals belogen.

Vielleicht war es genauso, wie Ada gesagt hatte. Manche Dinge sollten eben nicht sein.

»Es könnte passieren, daß ich nicht zurückkomme.«

Jetzt sah sie in seinen Abschiedsworten das, was wirklich gemeint gewesen war. Er konnte nicht zurückkommen, selbst dann nicht, wenn er wollte. In wenig mehr als zwei Wochen würde er mit Melissa Stanhope verheiratet sein, in eine der reichsten Familien von San Francisco eingeheiratet haben. Sie fragte sich, ob er je an sie denken würde, fragte sich, ob er sich auch nur an ihren Namen erinnern würde. Wie viele andere Frauen hatte es in seinem Leben gegeben? Wie viele würde es noch geben? Er würde Geld, Einfluß und

Ansehen besitzen. Die Frauen würden nach seiner Pfeife tanzen. Ren Daniels hatte es in den letzten neun Jahren weit gebracht.

Elaina ließ ihren Tränen freien Lauf, und sie schluchzte in das Kissen, bis sie schließlich einschlief, weil all das Weinen und die Geschehnisse der letzten Tage endlich ihren Tribut forderten. Mehrere Stunden schlief sie unruhig, bis sie wieder von Adas leisem Klopfen geweckt wurde.

Sie setzte sich auf dem alten eisernen Bettgestell auf, zog sich das Tuch vom Kopf, fuhr sich mit den Händen durch das zerzauste Haar, und als ihr der Zeitungsausschnitt einfiel, spürte sie wieder den schrecklichen Schmerz in ihrem Herzen.

Ohne ihre Aufforderung abzuwarten, kam Ada ins Zimmer gestürmt. »Ich habe dich schlafen lassen, solange ich es nur irgend gewagt habe«, sagte sie und tätschelte Elainas Wange.

Elaina seufzte resigniert und zog das Oberteil ihres Kleides zurecht. Sie wußte, daß sie ihre Putzarbeiten hätte erledigen sollen, doch sie hatte nicht den Wunsch, mehr zu tun, als sich in ihrem Elend zu vergraben.

»Die Wahrheit ist die«, fuhr Ada fort, »daß ich fürchte, ich muß dir noch etwas Unerfreuliches berichten, und daher bringen wir es am besten gleich hinter uns.«

»Mein Gott, Ada, was denn noch?« Elaina umklammerte die Falten ihres Rockes mit den Fingern und fragte sich, was noch schlimmer sein konnte als die Nachrichten, die sie bereits erhalten hatte.

»Überall dasselbe mit diesem verfluchten Männerpack«, murrte Ada. »Du wirst Keyserville verlassen müssen.«

»Verlassen? Aber warum, Ada? Wohin sollte ich schon gehen?«

»Henry Dawson denkt gar nicht daran, dich von deinem Heiratsversprechen zu entbinden. Ich habe ihn im Büro mit Chuck reden gehört, während du hier oben gearbeitet hast.

Er hat vor, den Geistlichen morgen herzuholen. Chuck muß ihm gesagt haben, was zwischen euch beiden passiert ist. Henry sagt, damit ist das Geschäft besiegelt. Er sagt, er hätte nicht zulassen dürfen, daß du Chuck so lange hinhältst, wenn man bedenkt, was ein Mann braucht und so.«

Elaina fühlte sich benommen. Sie schloß die Augen und ließ sich gegen das Kopfteil des alten Eisenbettes fallen. Wie konnte er bloß erwarten, daß sie nach allem, was Chuck ihr angetan hatte, noch zu ihrem Heiratsversprechen stand? Er konnte sie doch nicht zwingen, sich daran zu halten. Aber da sie wußte, welche Macht die Dawsons hatten und was für abwegige Dinge Chuck in Umlauf setzen konnte, war sie sich nicht mehr so sicher. Ada hatte recht. Sie würde die Stadt verlassen müssen.

Aber wohin sollte sie gehen? Was sollte sie tun? Wie üblich las Ada ihre Gedanken. Sie reichte Elaina einen kleinen Samtbeutel mit schweren Münzen darin.

»Ich habe eine Schwester, Isabelle Chesterfield, in San Francisco. Sie wird dich bei sich aufnehmen, bis du selbst etwas gefunden hast. Ich werde ihr ein Telegramm schicken, damit sie Bescheid weiß, daß du kommst. Sie ist eine liebe Frau. Du kannst ihr vertrauen.«

San Francisco. Allein schon bei dem Namen schnürte sich ihr Herz zusammen. Ren würde dort sein – mit seiner Frau. Das war ihr unerträglich.

»Ich kann nicht dort hingehen«, flüsterte sie. »Dort ist Ren.«

»Du hast keine andere Wahl, Schätzchen. Keiner von uns beiden hat anderswo Verwandte. Wenigstens bist du dort weit genug weg, und Dawson wird dich nicht finden. An dieser ganzen Heirat scheint mir doch einiges faul zu sein.«

Elaina nahm Adas Worte kaum zur Kenntnis. Sie würde Keyserville verlassen und genau das tun, was sie zu vermeiden versucht hatte. Aber was hatte sie schon zu verlieren? Und was würde hier aus ihr werden, wenn sie blieb? Eine

Heirat mit Chuck Dawson kam nicht in Frage. Ada hatte recht. Ihr blieb nichts anderes übrig.

Die ältere Frau half ihr auf die Beine. »Heute nachmittag geht ein Zug nach Westen. Den solltest du unbedingt nehmen, Schätzchen.«

Elaina wog den Beutel in der Hand. »Wie könnte ich das Geld von dir annehmen, Ada? Du hast jahrelang gearbeitet und es dir mühsam gespart.« Elaina erinnerte sich an die Schulden, die sie ohnehin schon hatte, und einen Moment lang glaubte sie, Chuck zu heiraten sei trotz allem die beste Lösung für alle Beteiligten.

»Du wirst es mir zurückzahlen, wenn du erst einmal im Westen bist. Dort gibt es zahllose Möglichkeiten. Ich bin hier zufrieden, und wer weiß? Vielleicht werde ich euch beide eines Tages sogar besuchen.«

Elaina hielt ihre Tränen zurück und umarmte die ältere Frau. »Du bist die beste Freundin, die ich je hatte.«

Ada drückte sie fest an sich. »Jetzt komm schon. Wir haben noch einen Haufen zu tun, wenn du heute nachmittag von hier fortkommen willst.«

Elaina zog Chucks protzigen Verlobungsring mit einer zitternden Hand von ihrem Ringfinger. »Ich hatte vor, ihn persönlich zurückzugeben; jetzt wirst du das für mich tun müssen. Ich will nicht noch mehr in der Schuld der Dawsons stehen, als es ohnehin schon der Fall ist.«

Ada nickte lediglich.

Die Räder summten ihr monotones und melodisches Lied, als der Zug unbeirrbar durch die Ebene ratterte. Der gleichmäßige Rhythmus lullte Ren Daniels ein und kehrte die letzten Spinnweben aus seinem Kopf. Der Wagen der ersten Klasse war nicht besonders voll, wenn auch der Wagen zweiter Klasse weiter hinten bis zum Bersten gefüllt war. Er hatte tagsüber auf den Plüschsamtsitzen des Salonwagens gedöst; nachts wurden die Sitze zu bequemen Betten ausgezogen.

Sieben Tage lang hatte er sich ganz zurückgezogen und sich mit aller Willenskraft bemüht, sich zu erinnern, und von Stunde zu Stunde war seine Vergangenheit klarer geworden. In den allerletzten Tagen hatte er sich von dem Wirrwarr von zusammenhanglosen Bruchstücken blenden lassen. Als er das Puzzle endlich zusammengesetzt hatte, wünschte er fast, er hätte es nicht getan.

Das enorme Ausmaß seiner Schuld überwältigte ihn. Er hatte Elaina McAllister, die Frau, die ihm das Leben gerettet hatte, allein in Keyserville zurückgelassen und sie dem Zorn exakt der Männer ausgesetzt, die zu vernichten er sich gelobt hatte. Und zu allem Überfluß hatte er sie auch noch verführt – sich ihre Zuneigung erschlichen, sie in sein Bett gelockt und ihr die Jungfräulichkeit geraubt. Ren war nie gewissenlos gewesen, doch diesmal war sein Ekel vor sich selbst nahezu unerträglich.

Er starrte zum Zugfenster hinaus. Eine karge Landschaft, die nur von Salbeisträuchern und einer gelegentlichen Yuccapalme oder einer Agave durchbrochen wurde, war alles, was er in den letzten zwölf Stunden gesehen hatte. Die Dampflokomotive ratterte an einer Indianerhütte vorbei, und zwei magere Kinder mit brauner Haut rannten lächelnd aus der Hütte, um der gewaltigen schwarzen Lokomotive zuzuwinken.

Erinnerungen an Elaina, an ihre gemeinsamen Tage in der Sonne, an ihre Haut unter seinen Händen schwirrten durch seinen Kopf. Er erinnerte sich an die gemeinsame Nacht, an den süßen Geschmack ihrer Lippen, an ihre straffen Brüste mit den süßen Knospen, die sich an ihn gepreßt hatten. Er rutschte auf seinem Sitz hin und her und bemühte sich, seine Gedanken in eine andere Richtung zu lenken.

Er verfluchte sich dafür, daß er sie immer noch begehrte. Er war verlobt und sollte demnächst heiraten, und Elaina war keine Frau von der Sorte, die sich mit einem verheirateten Mann eingelassen hätte. Eine neuerliche Woge von Schuldgefühlen erfaßte ihn, als er sich daran erinnerte, wie er Ränke geschmiedet hatte, um sie zu verführen. Ein wenig tröstete ihn das Wissen, daß Elaina ihn ebensosehr begehrt hatte wie er sie, doch das genügte nicht.

Er ließ sich tiefer in den Sitz sinken und döste unruhig, und Gedanken an seine Heirat mit Melissa Stanhope in weniger als zwei Wochen marterten ihn, und wieder verspürte er Gewissensbisse. Er hatte nicht nur Elaina betrogen, sondern auch die Frau, mit der er verlobt war.

Er mußte zugeben, daß Melissas Gefühle von geringerer Bedeutung zu sein schienen. Schließlich handelte es sich um eine Zweckehe, die Jacob Stanhope arrangiert hatte, »um frisches Blut in die Familie Stanhope zu bringen«. Treue gehörte nicht zu den Voraussetzungen dieser Ehe. Wenn er Melissas zierliche Gestalt vor sich sah, war Ren sicher, daß er ohnehin gezwungen sein würde, sich eine Mätresse zu halten, um seine Lust zu stillen.

Das wäre bei Elaina nicht der Fall gewesen. Sein Magen schnürte sich zusammen. Wären die Dinge doch nur anders gelaufen! Aber er mußte auch an Jacob Stanhope denken. Jacob war Ren vom Tag ihrer Begegnung vor mehr als fünf Jahren immer eine Art Vater gewesen.

Ren sah wieder aus dem Fenster. Die heruntergekommene Hütte eines Siedlers, die sonnenverdorrte Haut der Frau, die vor dem Haus Wäsche wusch, als der Zug vorbeifuhr – diese Anblicke ließen seine Gedanken schlagartig in die Vergangenheit zurückkehren. Ren war die Armut nicht fremd. Nachdem er vor neun Jahren Keyserville verlassen hatte, waren er und Tommy ziellos von einer Stadt in die andere gezogen. Es war eine Ganztagsbeschäftigung gewesen, genügend Abfälle zu finden, um davon satt zu werden. Es gab nur wenige Arbeitsplätze im Osten; alles deutete auf eine Wirtschaftskrise hin. Da Ren entschlossen war, den Bergwerken für immer den Rücken zu kehren, wandten er und Tommy sich nach Westen.

Ren erinnerte sich nur zu gut daran, wie es war, den Mietstall auszumisten, im Saloon den Boden zu kehren, Spucknäpfe auszuleeren – was eben alles nötig war, um genug Geld zu verdienen, damit er und Tommy etwas zu essen hatten. Sie waren seit sechs Monaten unterwegs gewesen, als er einen Job in Hays, in Kansas bekam. Er fegte in McClintock's Saloon den Fußboden. Das war der beste Job, den er bekommen hatte, seit sie Pennsylvania verlassen hatten.

»He, Kleiner! Du da mit dem Besen!« Wilkins, der neue Saloonbesitzer, hatte in dem Moment, in dem er zur Tür hereingekommen war, angefangen, Befehle zu erteilen wie ein Feldwebel. Pete Simmons, der Mann, der ihn eingestellt hatte, war ein anständiger Arbeitgeber gewesen, aber Wilkins war ein Menschenschinder und ein Dummkopf. Ren hatte in langen Schichten harte Arbeit in den Bergwerken von Carbon County geleistet, doch die anderen Bergleute hatten ihn respektiert. Hier standen die Dinge anders.

Ren konnte sich kaum zusammenreißen. »Ich heiße Daniels, Mr. Wilkins. Ren Daniels.«

»Ach? Und, wen interessiert das schon? Komm einfach her, und mach den Dreck weg!« Wilkins deutete mit einer fetten Hand auf den Fußboden.

Mit zusammengebissenen Zähnen hatte Ren getan, was man ihn geheißen hatte. Ein betrunkener Cowboy hatte die Schalen von hartgekochten Eiern auf den Boden geworfen. In dem Moment, in dem Ren sie alle weggekehrt hatte, wurde sein Blick durch einen lauten Schlag auf die Schwingtür des Saloons gelenkt. Die Sonne strömte hinter dem großen, gutgekleideten Mann herein, der soeben eintrat. Es wurde still in der Bar, und etwas, was fast an Ehrfurcht grenzte, senkte sich auf den Saloon herab. Als der Neuankömmling näher kam, konnte Ren einen kräftig gebauten Mann mit schulterlangem braunem Haar erkennen. Er trug einen kostspieligen schwarzen Anzug. Zwei Colts hingen mit dem Kolben nach vorn an seinen Hüften.

»Hallo, Mr. Hickok. Was darf ich Ihnen heute bringen?« Wilkins' Auftreten war affektiert, als er hinter den Tresen eilte, um Hickoks Wünschen nachzukommen.

»Einen Whiskey. Und bringen Sie mir auch gleich noch ein Glas Wasser, wenn Sie schon dabei sind. Draußen wird es jetzt schon warm.«

Wilkins konnte sich gar nicht schnell genug bewegen. Bei der Arbeit hörte Ren, wie zwei Männer in seiner Nähe miteinander flüsterten.

»Das ist Bill Hickok, der schneller zieht als jeder andere diesseits von Missouri. Der Mann ist ein geölter Blitz. Ich habe gehört, er hätte einen Revolver gezogen und auf den Mann vor ihm angelegt, während er über die Schulter auf einen Mann geschossen hat, der hinter ihm stand. Er hat sie beide getötet. Es gibt nicht viele Männer hier in der Gegend, die nicht den allergrößten Respekt vor ihm haben.«

Wild Bill Hickok. Ren hatte in weggeworfenen alten Zeitungen Geschichten über ihn gelesen. Besonders gut konnte er sich noch an einen Artikel erinnern, den Colonel George Nichols geschrieben hatte und der vor gut einem Jahr in *Harper's New Monthly Magazine* abgedruckt worden war.

»He, Hickok!« Ein stämmiger Mann, der ganz hinten in der Bar saß, stieß seinen Stuhl aus dem Weg. »Sind Sie so schnell, wie Sie behaupten?«

Der Klavierspieler beendete sein Spiel abrupt, und alle Leute wichen wortlos aus der Schußlinie.

Hickok wirkte gelassen. »Mein Freund, ich rate Ihnen, sich wieder hinzusetzen, falls Sie vorhaben, noch den Sonnenuntergang zu erleben.«

»Ich glaube, Sie sind ein Großmaul, Hickok.« Er zog seinen Frack zur Seite und legte eine Hand auf den Kolben seiner 44er Remington.

Hickok lächelte lediglich. Der stämmige Mann wollte die Waffe ziehen, doch sie kam niemals ganz aus dem Halfter heraus. Hickoks Hand war schneller, als das Auge sehen konnte. Er zog einen Revolver, spannte ihn und gab einen Schuß ab. Der Mann flog rückwärts gegen die Wand und rutschte auf den Boden, und eine Blutspur blieb dort an der Wand zurück, wo die Kugel wieder ausgetreten war. Blut spritzte aus seiner Brustwunde. Hickok steckte den Revolver in das Halfter, und beißender blauer Pulverdampf blieb in der Luft zurück. Er ignorierte den Toten, der auf dem Boden lag, trat wieder an den Tresen und trank gelassen seinen Whiskey.

»Manche Menschen lernen eben nie, wie man sich freundlich benimmt«, sagte er.

»He, Kleiner«, rief Wilkins Ren zu. »Schaff diesen Dreck hier raus.«

Mit Hilfe eines Gastes zerrte Ren die Leiche des Mannes in die Gasse hinter dem Saloon. In einer Stadt wie Hays sprachen sich solche Dinge schnell herum. Hickok hatte sich eine weitere Kerbe für seinen Lauf verdient. Der Bestattungsunternehmer war bereits herbeigeholt worden.

Als Ren wieder in den Saloon kam, hatte er zum ersten Mal in seinem ganzen Leben gewußt, wie er sich durchschlagen wollte. Eine Waffe konnte ihm den Respekt verschaffen, den er so dringend von seiner Umgebung haben wollte, und noch dazu konnte er sich damit gut ernähren.

Das Zischen des Dampfs und das Rattern des Metalls zogen seine Gedanken wieder in die Gegenwart. Der Zug bremste, weil eine Schafherde vor ihm die Schienen überquerte. Ein Schafhirte mit einem Schlapphut, den er sich tief ins Gesicht gezogen hatte, arbeitete gemeinsam mit zwei Collies daran, die Herde zusammenzuhalten.

Minuten später war der Zug an der Herde vorbeigefahren und ratterte wieder durch die öde Gegend. Ren schaute auf seine braungebrannten Hände: lange, schmale Finger, die dennoch nicht zart waren, ein fester und sicherer Griff. Kräftige Hände, brauchbare Hände. Schon als Junge war er geschickt mit den Händen gewesen.

Nachdem er Revolverheld geworden war, stellte das Geld kein Problem mehr dar. Er und Tommy waren in der Lage gewesen, auf großem Fuß zu leben: gutes Essen, gute Kleider, und für Ren kamen noch gute Frauen hinzu. Aber er war kein Dummkopf. Er konnte sehen, wohin Gewalttätigkeit führte. Er nahm zwar nur die Jobs an, an die er glaubte, und er half nur denjenigen, deren Interessen nicht gegen das Gesetz verstießen, doch er gelobte sich, genug Geld zu sparen, um Dan Morgan – die Identität, die er sich zugelegt hatte – bei der ersten Gelegenheit abzuwerfen.

Das gelang ihm sieben Jahre später mit Hilfe von Jacob Stanhope. Er wurde wieder Ren Daniels. Ein wohlhabender und angesehener Geschäftsmann. Dan Morgan war still und leise verschwunden – oder wenigstens glaubte Ren das –, bis er den Brief von Redmond und Dawson erhalten hatte, die Morgan in ihre Dienste nehmen wollten, um die Unruhen in der Blue Mountain Mine zu unterdrücken. Das war ein Zufall – und eine Gelegenheit –, und das hatte er sich nicht entgehen lassen können.

Als er jetzt auf dem Rückweg zu seinem ruhigen Leben in San Francisco war, wünschte er zum hundertsten Mal, er hätte den Zug nicht genommen.

»Sie ist verschwunden!« Chuck Dawson riß die schwere Holztür zum Büro der Blue Mountain Mining Company auf.

»Was soll das heißen, verschwunden? Wo steckt sie?« Dolph Redmond drehte sich auf seinem Stuhl in Chucks Richtung und war offensichtlich nicht gewillt, die beunruhigende Wendung der Ereignisse zu akzeptieren.

Henry folgte Chuck ins Büro, und die beiden Männer machten sich daran, Redmond alles zu erzählen, was sie über Elainas Verschwinden wußten.

»Wir werden sie zurückholen, Dolph. Mach dir keine Sorgen«, beschwichtigte ihn Henry Dawson, der sich über Redmonds Schreibtisch beugte.

»Das kann ich euch nur raten, Freunde. Das kann ich euch nur raten.«

Chuck hörte die Drohung aus Dolphs Worten heraus. Er schaute seinen Vater grüblerisch an. »Wenn du die Eheschließung vor zwei Jahren erzwungen hättest, wie ich es wollte, dann wäre das nie passiert!«

»Ja, und wenn du nicht versucht hättest, deinen Schwanz da reinzustecken, wo er nichts zu suchen hat, dann wäre das auch nicht passiert!«

»Meine Herren, meine Herren. Wir lösen das Problem nicht, indem wir miteinander streiten. Früher oder später werden wir dahinterkommen, wo sie steckt. Und sowie das der Fall ist, werden wir sie zurückholen.«

»Wie sollen wir sie dazu zwingen, Chuck zu heiraten?« wollte Henry wissen.

»Laß das ruhig meine Sorge sein. Findet ihr nur heraus, wo sie steckt.«

»Das werden wir herausfinden, soviel steht fest.« Chuck ballte die Hand zur Faust, als er an Morgans Einmischung dachte und sich fragte, ob das Mädchen fortgelaufen war, um sich irgendwo mit dem Revolverhelden zu treffen.

Er hoffte es. Morgan hatte das Geld, das sie ihm bezahlt hatten, zwar gemeinsam mit weiteren Scheinen für seine Hotelrechnung in einem Umschlag auf der Bank hinterlassen, doch Chucks Verletzungen, die ihm Morgan zugefügt hatte, waren noch nicht verheilt, und von den blauen Flekken und den Schnittwunden einmal ganz abgesehen, würde seine Nase nie mehr so perfekt wie vorher sein. Nein, Chuck hatte noch eine Rechnung mit Morgan zu begleichen. Er hatte mit beiden noch eine Rechnung zu begleichen.

Nachdem er das Büro verlassen hatte, stürmte er zu seinem Pferd. Der erste Mensch, mit dem er reden wollte, war Ada Lowery. Sie war Elainas engste Freundin und eine Frau, die so ziemlich alles wußte, was in Keyserville vorfiel.

Er stieg auf seinen Braunen und ritt zielstrebig in die Stadt zurück, und dabei galten seine Gedanken ganz der drallen Frau, die im Hotel arbeitete. Ada ließ ihn immer an seine Mutter denken, obwohl die beiden einander überhaupt nicht ähnlich sahen. Mabel Dawson war eine Frau mit Stil. Henry Dawson war zwar ein starker Mann, doch er konnte nie etwas gegen Mabel ausrichten. Sie gab ihm einfach nur das Gefühl, er hätte die Oberhand.

Sie hatte Chuck vom Tag seiner Geburt an unglaublich verhätschelt. »Du bist nicht wie die anderen«, hatte sie immer wieder zu ihm gesagt. »Du bist etwas Besonderes. Vergiß das nicht.« Und Chuck hatte es nie vergessen. Seine Mutter hatte ihm immer gesagt, er hätte die schönsten Augen auf der ganzen Welt, und seine Nase sei aristokratisch und nicht so gewöhnlich wie Henrys Nase.

Chuck dachte an Henry Dawson immer als an Henry, nicht als an seinen Vater, obwohl es dem alten Mann Freude machte, daß er ihn so nannte. In einem schwachen Augenblick hatte seine Mutter ihm die Wahrheit erzählt: Henry war nicht sein leiblicher Vater. Sie hatte Henry nie geliebt; das wußte Chuck. Aber Henry hatte einen Haufen Geld, wenn er auch ungehobelt und anmaßend war, und er hatte seiner Mutter Sicherheit geboten – und ein Zuhause für den Sohn, den sie anbetete.

Chuck lächelte zynisch. Die Wahrheit über seine Geburt war ein Geheimnis, das er ins Grab mitnehmen würde. Henry Dawson war einflußreich und wohlhabend, und wenngleich Chuck nach dem Verkauf des Bergwerks selbst ein reicher Mann sein würde, hatte er doch die erklärte Absicht, Henry Dawsons Erbe ebenfalls für sich zu beanspruchen.

Chucks Gedanken wandten sich wieder Elaina zu, und er dachte daran, wie er sie das letzte Mal gesehen hatte, am Abend der Verlobungsfeier. In jener Nacht hatte sie ihn begehrt. Er hatte es deutlich gespürt. Sie hatte nur ein Spiel mit ihm gespielt. Wenn Morgan sich nicht eingemischt hätte, hätte er das Spiel gewonnen, und sie hätten beide das bekommen, was sie wollten. Chuck legte eine Hand auf seine gebrochene Nase und verfluchte den Revolverhelden. Wahrscheinlich trieb sich Morgan gerade jetzt irgendwo mit Elaina rum, mit dieser kleinen Schlampe. Aber früher oder später würde er die beiden finden, es war nur eine Frage der Zeit.

13

Ren entdeckte seinen rothaarigen Bruder, der vor dem Bahnhof stand, noch ehe der Zug angehalten hatte.

Mehr als einen Monat lang hatte er sich nicht erinnern können, daß er einen Bruder hatte. Als er jetzt großgewachsen und stolz dastand und der Wind sein leuchtendes Haar zerzauste, war Tommy Daniels für ihn ein unglaublich erfreulicher Anblick.

Ren stand von seinem Sitz auf, als der Zug bremste und anhielt. Er holte seine Tasche, schlang sie sich über die Schultern und lief durch den Gang. Er stieg gerade die Stufen hinunter, als Tommy ihn entdeckte, strahlte und ihm zuwinkte.

»Schrecklich schön, dich zu sehen, kleiner Bruder«, sagte Ren und legte dem jüngeren Mann einen Arm um die Schultern.

Tommy grinste breit. »Freut mich auch, dich zu sehen. Du hast uns eine Zeitlang ziemlich große Sorgen gemacht. Es muß eine bemerkenswerte Reise gewesen sein.«

»Das, Tommy, ist eine glatte Untertreibung.« Sie bahnten sich einen Weg durch die Menge der ankommenden und abreisenden Fahrgäste, schritten durch die Glastüren des Bahnhofs und standen auf den belebten Straßen von San Francisco. »Das ist wirklich eine Geschichte, die du mir wohl nur schwer abnehmen wirst.«

Ren hielt eine vorbeifahrende Kutsche an, und die beiden

Männer stiegen ein. Sowie sie in der Kutsche saßen, brachte Ren den größten Teil der Fahrt damit zu, seinem Bruder von dem Unfall zu erzählen, von Keyserville, von Dawson und Redmond und der Blue Mountain Mine. Er berichtete Tommy alles, was sich auf seiner Reise zugetragen hatte – nur Elaina McAllister ließ er aus.

Schließlich ertrug Tommy die Spannung nicht mehr. »Was ist mit Elaina?« fragte er. »Hast du sie gesehen? Lebt sie noch in Keyserville?« Mit seinen siebzehn Jahren war er zu einem großen, schmalen Mann von beträchtlicher Intelligenz und Integrität herangewachsen, doch seine Geduld hatte kaum zugenommen.

Als ihre Kutsche gerade jetzt vor ihrem Stadthaus in Pacific Heights vorfuhr, gewann Ren einen Moment Aufschub. Sie stiegen aus der Kutsche aus und betraten ein kleines, aber stattliches Haus. Die Geschäftsinteressen der Brüder – vor allem Fracht, Handel und Immobilien – erforderten, daß sie viel Zeit in der Stadt verbrachten. Sie sahen zwar ihre Ranch im Napa Valley als ihr Zuhause an, doch zu Aufenthalten in der Stadt über Nacht kam es so häufig, daß die einzig praktische Lösung darin bestanden hatte, ein Haus zu kaufen.

»Also, was ist?« beharrte Tommy, als sie sich auf gemütliche Sessel mit dickem Polster sinken ließen. Das schmale Fachwerkhaus war drei Stockwerke hoch, hatte breite Erkerfenster und hatte einen wunderschönen Ausblick auf den blauen Pazifik. Es war mit Orientteppichen und antiken Mahagonimöbeln elegant eingerichtet.

»Was ist womit?«

»Du weißt ganz genau, was ich meine: Was ist mit Elaina?«

Allein schon beim Klang ihres Namens schnürte sich Rens Herz zusammen. »Ja, sie ist noch da, und ja, ich habe sie gesehen.«

»Wie hat sie ausgesehen? Hast du mit ihr gesprochen?«

Ren sah seinen Bruder fest an. Sie hatten zuviel gemeinsam durchgemacht, um Geheimnisse voreinander zu haben, aber seine Beziehung zu Elaina McAllister war ein so intimes Thema, daß er es noch nicht einmal mit Tommy besprochen hätte.

»Sie ist wunderschön«, sagte er und meinte es ernster als je zuvor in seinem ganzen Leben. »Sie hat dichtes rotbraunes Haar, und ihre Augen sind golden, fast wie die Augen einer Löwin. Sie hat Haut wie Seide und rosige Wangen. Sie errötet ständig, aber nur, wenn man ein heikles Thema anschneidet. Sie ist groß, aber nicht so schlaksig wie früher. Sie hat wunderbare volle Brüste und ...« Ren unterbrach sich abrupt. Er war schon zu weit gegangen, aber sowie er erst einmal anfing, über sie zu reden, schien er nicht mehr aufhören zu können. Er weigerte sich, in die fragenden Augen seines Bruders zu sehen.

»Jedenfalls ist sie mit Chuck Dawson verlobt, und dieser üble Mistkerl ...« Er biß die Zähne zusammen und fauchte die Worte. »Ich muß also zurückgehen, sobald ich hier die Lage geklärt habe. Ich hoffe nur, es ist bis dahin nicht zu spät.«

Tommy hatte seinen Bruder nie in einer solchen Verfassung gesehen. Es war alles in Ordnung gewesen, solange er über die Blue Mountain Mine geredet hatte, die Dawsons und sogar die beiden Schußverletzungen, die er sich zugezogen hatte. Aber seit das Thema auf Elaina McAllister gekommen war, sprach er in Rätseln, seine Sätze waren unzusammenhängend, und er wich dem Thema ganz entschieden aus. Irgend etwas stimmte hier nicht.

»Immer langsam, großer Bruder. Ich bin schon ganz durcheinander. Du fährst nach Keyserville zurück?«

»Ja.«

»Aber du bist doch gerade erst hier angekommen.«

»Ich muß zuerst mit Jacob sprechen und die Hochzeit verschieben. Ich muß nach Keyserville zurück, ehe Dawson Elaina wieder etwas antut.«

Tommy schnaubte vor Wut. »Was zum Teufel hat er ihr

angetan?« Tommy fluchte selten, aber Elaina McAllister war ein Mädchen, das beiden Brüdern sehr am Herzen lag. Sie hatte ihnen das Leben gerettet. Das würden ihr weder Tommy noch Ren je vergessen.

Ren berichtete ihm von der Verlobungsfeier und achtete sorgsam darauf, mit keinem Wort die heiße Liebesnacht zu erwähnen, die darauf gefolgt war. Tommy musterte ihn forschend, als ahnte er, daß hinter der ganzen Geschichte mehr steckte, als Ren zugeben wollte.

»Also wegen der Hochzeit brauchst du dir keine Sorgen mehr zu machen, wenigstens für den Moment nicht. Als Jacob nichts von dir gehört hat, hat er sich Sorgen gemacht. Er hatte gerade ein paar Männer zusammengetrommelt, um sie dir nachzuschicken, als ich dein Telegramm bekommen habe. Inzwischen hatte er die Hochzeit ohnehin schon verschoben. Melissa war wieder in schlechter Verfassung, und daher hat sich alles bestens ergeben.« Tommy grinste breit. »Dir ist eine Gnadenfrist eingeräumt worden, Ren, wenigstens für den Moment.«

Ren spürte bei Tommys Worten eine solche Erleichterung, daß ihm fast schwindlig wurde. Er würde Melissa Stanhope früher oder später heiraten. Das war er Jacob schuldig, und, was noch wichtiger war, sein lebenslänglicher Traum von Ansehen und Macht würde sich erfüllen, wenn er in die Familie Stanhope einheiratete.

Aber irgendwie erschien ihm der Traum jetzt ein wenig von seinem Glanz verloren zu haben.

Elaina war seit fünf Tagen mit Dutzenden von anderen erschöpften Passagieren in dem überfüllten Wagen zweiter Klasse des Pacific Express gereist, als der Zug in Cheyenne, Wyoming, einlief. Da sie beschlossen hatte, möglichst viel Fahrgeld zu sparen, hatte sie sich entschlossen, auf die billige Art zu reisen, aber der unbequeme Sitz hatte seinen Tribut gefordert. Den größten Teil der bisherigen Reise hatte sie mit dem Versuch zugebracht, Ren Daniels zu vergessen. Da sie ihn hassen wollte, beschwor sie Bilder von ihm in Melissa Stanhopes Armen herauf – obwohl sie keine Ahnung hatte, wie die kleine Stanhope wohl aussehen mochte.

Sie versuchte, sich einzureden, er hätte sie mit List und Tücke in sein Bett gelockt, und sie tat alles, um sich selbst davon zu überzeugen, daß er sie belogen und ihr die Jungfräulichkeit nur geraubt hatte, um seine Lust zu befriedigen. Aber sie wußte, daß dem nicht so war. Sie hatte sich ihm aus freiem Willen hingegeben, und wenn sie einen Zauberstab hätte schwingen können, wäre sie auch jetzt wieder in seinem Bett gelegen. Er fehlte ihr so furchtbar. Wo war er jetzt? Was tat er? Sie konnte seine hellblauen Augen so deutlich sehen, als säße er neben ihr auf dem unbequemen Sitz. Sie verzehrte sich danach, die Hand auszustrecken und die lange, dünne Narbe auf seinem Hals zu berühren, ihn zu trösten, ihn zu fragen, wie er sich die Verletzung zugezogen hatte, und dann seinen Schmerz zu lindern.

Nein, sie konnte ihn nicht hassen. Niemals, ganz gleich, wie sehr sie sich anstrengte. In ihrem Herzen wußte sie, daß er nur das getan hatte, was sie selbst zugelassen hatte, und in Wahrheit bereute sie nicht einen einzigen Moment, den sie zusammen verbracht hatten. Sie bedauerte nur, daß sie nicht den Rest ihres Lebens mit ihm verbringen konnte – wie Melissa Stanhope nach der Hochzeit in der kommenden Woche. Der Gedanke brach Elaina fast das Herz. Sie mußte ständig gegen die Tränen ankämpfen; sowie sie nicht auf der Hut war, fühlte sie sie heiß über ihre Wangen rinnen.

Eines Tages, sagte sie sich, würde sie ihn vergessen. Aber wann? Neun Jahre lang hatte sie von Ren Daniels geträumt. Jetzt sah es ganz so aus, als würde sie vielleicht für alle Zeiten von ihm träumen.

Der Aufenthalt in Cheyenne sollte zwanzig Minuten dauern, gerade lange genug, damit die Fahrgäste ein- und aussteigen, frisches Wasser geladen werden und die Fahrgäste, die nicht reich genug waren, um erster Klasse zu reisen, sich mit Proviant eindecken konnten. Elaina hatte festgestellt, daß die Verpflegung in den Bahnstationen auf der Strecke alles andere als gut war: Beefsteak, Spiegeleier, Pommes frites – meistens sogar noch schlimmer.

Nach Angaben des Schaffners sollte der Aufenthalt in Cheyenne jedoch um mindestens eine Stunde verlängert werden, möglicherweise sogar noch länger. Ein Gleisabschnitt in der Nähe von Fort Laramie war bei einer plötzlichen Überschwemmung weggespült worden. Elaina freute sich eigentlich über die Verzögerung. Sie hatte vor, sich die Beine zu vertreten und eine anständige Mahlzeit zu sich zu nehmen. Da sie zweiter Klasse fuhr, hatte sie im Sitzen geschlafen, und nun mußte sie sich ganz einfach bewegen.

Sie hielt ihre Handtasche fest, als sie versuchte, den feinkörnigen Ruß aus ihrem grauen Reisekostüm zu klopfen, während sie aus dem Zug stieg. Sie war froh, daß sie auf Ada gehört hatte, die darauf beharrt hatte, daß sie dieses Kostüm anzog. Sogar die dekorativen schwarzen Schnürverschlüsse ihrer Jacke und die schwere schwarze Borte, mit der die Jacke und der Rocksaum eingefaßt waren, waren jetzt grau. Sie hätte nie geglaubt, daß der Ruß sich auf jedem Zentimeter ihres Körpers absetzen könnte. Sie konnte ihn sogar im Mund schmecken.

Cheyenne war eine Stadt, die sich von allem unterschied, was Elaina je gesehen hatte. Es war wahrhaft der Wilde Westen, wie er im Bilderbuch stand. Wenn sie auch noch so müde und schmutzig war, dann stachelte die Vielfalt von interessanten Menschen auf den Straßen noch ihre Neugier an, und sie spürte die Aufregung durch ihre Adern strömen. Gebäude aus Teerpappe und alten Holzkisten säumten mit ihren künstlichen Fassaden die Lehmstraßen. Flachgeklopfte Konservendosen waren als Dachmaterial verwendet worden. Sie kam am Cheyenne *Leader* vorbei, anscheinend dem Sitz der Lokalzeitung, und an der First National Bank. Weiter vor ihr standen ein imposantes Gerichtsgebäude und ein schmuckes Rathaus.

Es schien, als sei in jedem dritten Haus ein Saloon untergebracht: McDaniel's Place, die Old Greenback Rooms, angeblich der größte Saloon im ganzen Westen. Auch Badehäuser gab es zuhauf. Als sie sich weiter vom Bahnhof entfernte, fielen ihr Männer in Lederhosen mit Fransen und Frauen in Kattunröcken und praktischen Sonnenhüten auf, die den größten Teil des Gesichts und des Kopfes bedeckten. Dunkelhäutige Indianer – Männer, Frauen und Kinder – liefen kunterbunt gekleidet durch die staubigen Straßen. Sie trugen alles, von blauen Militäruniformen bis hin zu weichen Lederkleidern mit weißen Fransen. Babys und kleine Kinder hatten überhaupt nichts an. Schweine und Kühe liefen frei auf den Straßen herum, und überall streunten Hunde umher.

Als Elaina mit forschen Schritten dicht an den Gebäuden entlang über den hölzernen Bürgersteig lief, stieß wenige Schritte vor ihr ein Indianer mit einem breiten Gesicht versehentlich mit einem hageren blonden Jungen und seinem pummeligen Freund zusammen.

»Mach mir bloß den Weg frei, du dreckige Rothaut!« Der blonde Junge schubste den Indianer grob beiseite.

Der Indianer war außer sich vor Wut, tat aber nichts, um sich zu verteidigen. Dann versetzte ihm der pausbäckige Junge mit den strähnigen fetten Haaren einen Stoß, und diesmal fiel der junge Indianer hin. Wieder unternahm er nichts. Elaina wünschte, sie könnte helfen, aber ganze Menschenscharen schauten so tatenlos zu wie sie, und niemand schien eingreifen zu wollen. Sie kannte die Bräuche des Westens nicht, aber wenn das ein Beispiel für die Gastfreundschaft des Westens war, dann war sie nicht beeindruckt.

Der Indianer stand auf, als sei nichts passiert, klopfte sich die Kleider ab und machte mit einem resignierten Murren einen weiten Bogen um die beiden jungen Männer. Die Jungen, die sich offensichtlich mit dem zufriedengaben, was sie angerichtet hatten, ließen den Indianer ungehindert gehen. Diese Szene hatte Elaina ein gewisses Unbehagen eingeflößt. Wie alle Oststaatler kannte sie die Geschichten der Indianerkriege und wußte, welche Feindseligkeiten diese Kriege zwischen dem Weißen und dem Roten Mann ausgelöst hatten. Es war wie mit allen anderen Vorurteilen auch, entschied sie, als sie weiterlief. Nur die Zeit konnte die Wunden heilen, denn noch trug man einander zu viel nach.

Sie lief noch ein paar Straßen weiter und hatte noch jede Menge Zeit, daher ging sie einem Schild nach und gelangte schließlich zum Delmonico House. Ein flüchtiger Blick durch das Fenster bestätigte ihr, daß das Restaurant sauber war, und als sie eintrat, versicherte ihre Nase ihr, daß das Essen gut sein würde. Sie setzte sich an einen kleinen Tisch und wünschte, sie hätte sich den Kohlenstaub gründlicher aus dem Gesicht und dem Haar waschen können, ehe sie aus dem Zug gestiegen war. Nun war sie froh um den Strohhut mit der schmalen Krempe, der den größten Teil ihres rotbraunen Haares bedeckte. Den Rest trug sie in einem engen Knoten im Nacken.

Eine dralle junge Frau nahm ihre Bestellung auf: Brathuhn, Kartoffelbrei und dazu Brot. Als der dampfende Teller gebracht wurde, atmete Elaina den köstlichen Duft tief ein und aß ihren Teller dann ratzeputz leer, wobei sie jeden einzelnen Bissen genoß. Noch immer trennten sie fast drei Tage von ihrem Reiseziel, und sie vermutete, es könnte bis zu ihrer Ankunft das letzte gute Essen sein.

Sie zahlte ihre Rechnung am Tresen und stieß die Tür auf. Eine Glocke über der Tür läutete und zeigte somit an, daß sie das Lokal verließ. Ein großer schlaksiger Jugendlicher und zwei kleinere Jungen in Begleitung eines breitschultrigen bärtigen Mannes stießen sie grob zur Seite. Ihr Hut flog auf den hölzernen Gehweg, als sie zwischen den vier Leuten herumgeschubst wurde.

»Tschuldigung, Ma'am«, sagte der bärtige Mann mit dem graumelierten Haar, als er ihr half, das Gleichgewicht wiederzufinden. Ohne eine Antwort abzuwarten, legte er die Finger an den Hut und folgte den anderen.

Elaina hob ihren eigenen Hut wieder auf und war ein wenig beunruhigt über den derben Zusammenstoß, als sie sich auf den Rückweg zum Zug machte.

Sie war schon eineinhalb Straßenzüge weit gelaufen, als plötzlich jegliche Farbe aus ihrem Gesicht wich. Jetzt erst merkte sie, daß sie ihre Handtasche nicht mehr bei sich hatte. Vollkommen panisch suchte sie die Straße ab. Sie richtete den Blick fest auf den Boden und sah sich jeden Zentimeter genau an, als sie ihre Schritte zurückverfolgte. Als sie das Restaurant erreicht hatte, stürzte sie hinein und sah an ihrem Tisch und am Tresen nach, doch in ihrem Innersten wußte sie, daß sie beraubt worden war. Die vier Männer hatten sie absichtlich angerempelt und ihr die Handtasche gestohlen.

Lieber Gott, was sollte sie jetzt tun? Ihr gesamtes Geld – Adas gesamtes Geld – war in ihrer Handtasche. Und ihre Zugfahrkarte! O Gott, ihre Zugfahrkarte! Jetzt konnte sie nicht einmal mehr nach Kalifornien weiterreisen. Sie ließ sich auf die Holzbank unter dem Fenster des Restaurants sinken. Ihr war übel. Ein solches Pech! Es schien, als sei ihr ganzes Leben nichts anderes als eine Pechsträhne gewesen. Erst hatte sie ihre Familie und das Bergwerk verloren, dann hatte sie Ren Daniels geglaubt, daß er Dan Morgan war, schließlich hatte Chuck Dawson sie dazu gezwungen, Keyserville zu verlassen – und jetzt auch noch das! Konnte bei ihr denn niemals etwas klappen?

Da sie sich weigerte, sich geschlagen zu geben und zu verzweifeln, stand Elaina auf und nahm die Schultern zurück. Es war albern, in Selbstmitleid zu verfallen. Sie war eine erwachsene Frau und konnte für sich selbst sorgen. Das tat sie schließlich schon seit Jahren.

»Entschuldigen Sie, bitte.« Sie sprach den ersten anständig gekleideten Menschen an, der ihr entgegenkam. »Können Sie mir sagen, wie ich zum Büro des Sheriffs komme?« Sie würde ganz einfach zum Sheriff gehen und ihm berichten, was passiert war. Er konnte ihr doch bestimmt helfen.

Der blonde Mann legte die Finger an seinen breitkrempigen rehbraunen Hut. »Mit dem größten Vergnügen, Ma'am«, sagte er mit dem weichen, gedehnten Akzent des Südens. »Aber wir haben hier einen Marshal, keinen Sheriff. Marshal Taylors Büro ist hier in der Straße, etwa zwei Kreuzungen weiter, auf der linken Seite. Fehlt Ihnen etwas, Ma'am? Sie sehen irgendwie blaß aus.«

»Ich ... ich fürchte, ich bin ausgeraubt worden.«

Der große Mann zog die Stirn in Falten. »Cheyenne ist ein hartes Pflaster für eine Frau, die alleine unterwegs ist. Sie sind doch alleine unterwegs, oder nicht?«

»Ich reise mit dem Zug nach Westen, nach Kalifornien. Oder zumindest war das so, ehe diese Männer mir die Handtasche gestohlen haben.«

»Wenn ich das so sagen darf, Ma'am, Sie könnten Probleme haben. Hat jemand die Männer dabei beobachtet? Haben Sie irgendwelche Beweise?«

Elaina schluckte schwer. Sie ließ sich wieder auf die Bank sinken und rang die Hände. Der Mann hatte recht. Welche Beweise konnte sie schon vorbringen? Vielleicht hatte sie ihre Handtasche einfach nur verloren. Es gab keine echten Indizien, die darauf hinwiesen, daß die Männer sie ihr gestohlen hatten. Tränen traten ihr in die Augen.

»Was soll ich nur tun?« flüsterte sie und richtete die Worte in erster Linie an sich selbst.

Ein Lächeln ließ die warmen haselnußbraunen Augen des Mannes schimmern. »Nichts ist so schlimm, wie es aussieht. Es gibt doch gewiß jemanden, dem Sie telegrafieren können, damit er Ihnen Geld schickt. Jemanden, den Sie um Hilfe bitten können.«

Elaina schüttelte den Kopf. Sie hatte jeden Cent von Ada angenommen, den sie besessen hatte, und sonst gab es niemanden, an den sie sich hätte wenden können. »Ich danke

Ihnen für Ihre Mühe. Ich bin sicher, daß mir etwas einfallen wird.« Sie stand auf und wollte an ihm vorbeigehen, doch er hielt sie am Arm fest.

»Hier, nehmen Sie das.« Er reichte ihr seine Karte. »Wenn etwas schiefgeht, dann suchen Sie mich auf. Vielleicht kann ich Ihnen helfen.«

Elaina nahm die Karte entgegen. »Ich danke Ihnen, Mr. . . .« Sie warf einen Blick auf die Karte in ihrer Hand. ». . . Cameron. Vielen herzlichen Dank.«

»Es war mir ein Vergnügen, Sie kennenzulernen, Miss . . .?« Seine Stimme, die wie warmer Honig triefte, schien der Freundlichkeit in seinen Augen zu entsprechen.

»McAllister, Elaina McAllister.«

»Es war mir ein Vergnügen, Miss McAllister.« Er legte wieder die Finger an den Hut und ging weiter.

Elaina setzte sich wieder und versuchte, sich zu sammeln, denn sie mußte entscheiden, was sie jetzt tun wollte. Wieder dachte sie an Ren und versuchte, ihm die Schuld an ihren Schwierigkeiten zuzuschieben. Wenn er nicht nach Keyserville gekommen wäre, dann hätte sie niemals die Leidenschaft kennengelernt, die er in ihr wachgerufen hatte, nie die Glut seiner Küsse gefühlt. Wie immer mußte sie zugeben, selbst in ihrer abscheulichen Lage, daß sie für nichts auf der Welt einen einzigen Augenblick der Zeit mit ihm hergegeben hätte.

Tränen traten ihr bei dem Gedanken in die Augen, und das Selbstmitleid drohte, sie zu überfluten. War das ihre Strafe dafür, daß sie sich verliebt hatte? Dieser Gedanke ernüchterte sie. Sie weigerte sich, das, was zwischen ihr und Ren war, »Liebe« zu nennen. Verlangen, ja. Leidenschaft, ja. Aber Liebe? Liebe war etwas, was zwei Menschen miteinander verband. Sie baute auf Ehrlichkeit und Vertrauen auf. Ihre Beziehung war auf Lügen begründet gewesen.

Elaina wischte sich die Tränen fort, zog die Nase hoch und riß sich zusammen. Sie würde sich eine Stellung suchen müssen. Sich das Geld für die restliche Wegstrecke nach San

Francisco verdienen müssen. Schon vielen Menschen war weit Schlimmeres zugestoßen. Sie hatte mehr als die halbe Wegstrecke hinter sich gebracht. Sie konnte froh sein, daß sie soweit gekommen war. Sie stand auf, zog die Schultern zurück und setzte sich entschlossen in Bewegung. Nur das Pfeifen der Lokomotive, als sie aus dem Bahnhof ausfuhr, versetzte ihr einen Dämpfer.

Als der Abend anbrach, war ihre Stimmung mehr als bedrückt. Der Zug hatte zwar Elaina zurückgelassen, aber leider nicht ihr Gepäck. Sie war so aufgeregt gewesen, so entnervt von dem ganzen üblen Durcheinander, daß sie nicht klar hatte denken können. Sie hatte vergessen, ihre Tasche zu holen, ehe der Zug abgefahren war. Jetzt hatte sie nicht nur kein Geld mehr, sondern auch nichts anderes mehr zum Anziehen als die Kleider, die sie am Leib trug, und die waren schmutzig, durchgeschwitzt und zerknittert. Ihre Füße taten furchtbar weh. Sie war bei jedem Kaufmann gewesen, bei jedem Ladenbesitzer, hatte alle und jeden aufgesucht, der ihr eine Arbeit hätte geben können. Es war immer wieder dieselbe Geschichte. In Cheyenne standen für jede Stelle zehn Leute Schlange.

Elaina kehrte zu der Bank vor dem Delmonico House zurück, setzte sich und kämpfte gegen die Tränen an. Es wurde jetzt schnell dunkel, und sie konnte nirgendwo hingehen, sich an niemanden wenden. Sie hatte noch nicht einmal das Geld für ein Zimmer. Ein köstlicher Duft wehte zur Tür heraus, als ein Kunde das Restaurant betrat. Ihr knurrte der Magen, obwohl sie ein reichhaltiges Mittagessen zu sich genommen hatte. Das stundenlange Laufen hatte ihr Appetit gemacht. Wenn sie doch nur das Geld für einen Teller Eintopf gehabt hätte!

Allmählich begann sie zu verzweifeln. Sie kramte in ihrer Jackentasche herum und zog Chase Camerons Karte heraus, denn sie wollte die Adresse des Mannes lesen, ehe es zu dunkel war. Außer seinem Namen war nur Cameron Enterprises und eine Adresse in der Main Street angegeben. Wahrscheinlich hätte sie gleich in Camerons Büro gehen sollen, aber sie war zu sehr außer sich gewesen, und er hatte ihr ohnehin schon so nett geholfen, daß sie seine Großzügigkeit nicht auch noch hatte ausnutzen wollen.

Jetzt blieb ihr keine andere Wahl mehr.

Sie holte tief Luft, strich sich ihr Kostüm glatt und steckte ein paar widerspenstige Strähnen wieder in den Knoten zurück. Entschlossen marschierte sie die Straße hinunter in Richtung Cameron Enterprises.

14

Chase Cameron blickte genau in dem Moment von seinem Kartenspiel auf, in dem Elaina McAllisters lohfarbene Augen über die Flügeltür des Saloons lugten.

Auf den zartgeschnittenen Zügen ihres ovalen Gesichts zeichneten sich Schock und Entsetzen ab. Er lächelte in sich hinein und stieß einen Stuhl zurück. Er hatte gewußt, daß sie früher oder später kommen würde. Der niedergeschlagene Ausdruck, der bei der Begegnung vor Stunden auf ihrem Gesicht gestanden hatte, sagte ihm, daß sie niemanden hatte, an den sie sich wenden konnte. Und in Cheyenne gab es keine Arbeitsplätze – oder wenigstens keine Jobs von der Sorte, die ein Mädchen wie Elaina McAllister in Betracht gezogen hätte. Chase hatte sie schon weit eher erwartet.

Als er auf die Tür des White Elephant zuging, sah er, wie ein Zögern über ihre Züge glitt. Sie konnte nicht glauben, daß dies Cameron Enterprises war. Sie wollte kehrtmachen und fortgehen, konnte es aber nicht. Sie war nicht die erste Frau, die in demselben Dilemma steckte. Da er Saloonbesitzer war, hatte Chase sie schon zu Dutzenden gesehen. Hübsche Mädchen, die dringend Geld brauchten und sich ihr Geld am Ende dann doch in der Horizontalen verdienten. Chase fragte sich, ob Elaina auch ein Opfer der Umstände werden würde.

»Hallo, Miss McAllister. Wollen Sie nicht in mein Büro kommen?«

Ihre Lippen bewegten sich, doch es kam kein Wort heraus. Schließlich schluckte sie und fand die Stimme wieder. »Das ist Ihr ... Büro?«

»Ja, Ma'am. Ich fürchte, so verhält es sich. Das hier ist mein Saloon. Cameron Enterprises betreibt Saloons im ganzen Westen ... sogar in Kalifornien«, sagte er verschmitzt.

»Ich ... ich verstehe.«

Aber in Wirklichkeit verstand sie gar nichts. Er war sicher, daß es keineswegs das war, was sie erwartet hatte. Seine elegante Kleidung hatte ihr den Eindruck vermittelt, er sei ein wohlhabender Mann, ein Gentleman – und beides war er auch. In gewissem Sinne.

Chase nahm das Mädchen am Arm und führte es durch das ausgelassene Gelächter und die anzüglichen Bemerkungen der Männer in sein Büro. Benommen und verwirrt ließ sie sich von ihm führen. Als er die Tür schloß, zuckte sie zusammen, als sei ein Schuß abgefeuert worden. Sie wirkte verwirrt und ziemlich aufgewühlt. Er war sicher, daß sie noch nie einen Saloon von innen gesehen hatte.

»Ich habe ge ... g-gehofft«, stotterte sie, »ich könnte auf Ihr Angebot zurückkommen. Ich dachte, vielleicht könnten Sie mir helfen und mir eine Stellung anbieten, aber ...«

»Aber genau das kann ich tun, Miss McAllister.«

Sie sah ihn unsicher an. »Wo?« fragte sie, und er sah den Hoffnungsschimmer in ihren Augen.

»Hier natürlich, wo sonst.«

Sie ließ sich auf den tiefen roten Ledersessel sinken, den er ihr anbot, und ihr Gesicht war blaß. »Aber ich kann unmöglich ...«

»Was bleibt Ihnen anderes übrig, Ma'am?«
Sie antwortete nicht.
»Ich weiß, wie rar Jobs in Cheyenne sind. Wenn es niemanden gibt, dem Sie telegrafieren können, damit er Ihnen Geld schickt, würde ich Ihnen vorschlagen, sich mein Angebot wenigstens anzuhören.«
»Aber was ... was müßte ich hier tun?«
»Stehen Sie auf.«
»Was?«
»Ich habe gesagt, Sie sollen aufstehen.«
Sie tat, was Cameron verlangte.
»Und jetzt heben Sie den Rock hoch und zeigen Sie mir Ihre Beine.«
»Das werde ich unter gar keinen Umständen tun! Wie können Sie es wagen! Ich dachte, Sie seien ein Gentleman!« Sie wollte an ihm vorbeilaufen, aber er hielt sie am Arm fest.
»Bitte, Miss McAllister, ich versichere Ihnen, daß es hier um rein geschäftliche Dinge geht. Ich versuche doch nur, Ihnen zu helfen. Falls Sie hier arbeiten, müssen Sie mir Ihre Beine zeigen. Ich will, daß meinen Kunden gefällt, was sie zu sehen bekommen.«
Sie setzte sich wieder hin. »Bitte, Mr. Cameron, gibt es denn nichts anderes, was ich tun könnte?«
Chase hörte das Beben in ihrer Stimme. Er maß sie mit seinen Blicken. Sie sah zwar schmutzig und müde aus, doch ihm entgingen ihre zarten Backenknochen nicht, die schmale, gerade Nase und die geschwungenen Augenbrauen. Sie war groß und anmutig. Er hegte kaum Zweifel daran, daß ihre Beine seinen anspruchsvollsten Kunden gefallen würden – er hatte einen Blick für Frauen.
Ihm gefiel die Art des Mädchens. Sie war verzweifelt, aber immer noch nicht bereit, ihre Unbescholtenheit loszulassen, wenigstens für den Moment noch nicht. Mit ihr würde er langsam vorgehen müssen.
»Können Sie singen?«

Elaina sah ihn argwöhnisch an. »Ein bißchen. Wieso?«

»Im Black Garter in Central City hätte ich einen Job für eine Sängerin zu vergeben. Sie müßten auch da Ihre Beine zeigen, aber Sie bräuchten sich nicht unter die Kunden zu mischen.«

»In Central City?«

»Ja. Das ist in Colorado, mit dem Zug etwa vier Stunden von hier. Eine Bergwerksstadt in den Rockies. Ich fahre selbst auch hin. Die Firma wird Ihnen die Fahrt bezahlen, und ich werde Sie persönlich begleiten. Heute nacht können Sie in einem der Zimmer im oberen Geschoß bleiben.«

Elaina fühlte sich elend. Wie konnte sie den Vorschlag dieses Mannes annehmen? Und eine Nacht in einem Saloon zu verbringen – das war schlichtweg undenkbar! Aber wohin konnte sie gehen, wenn sie seinen Vorschlag nicht annahm? Was hätte sie tun können? Sie konnte nicht die ganze Nacht durch die Straßen von Cheyenne laufen. Sie brauchte nur daran zu denken, was ihr bereits in der ersten Stunde zugestoßen war. Sie sackte resigniert auf dem Sessel zusammen.

»Sind Sie sicher, daß ich wirklich nur singen muß?«

»Sie brauchen lediglich zu singen. Ihre Tugend wird keinen Schaden nehmen, das versichere ich Ihnen.« Er grinste breit.

Elaina suchte nach der Wahrheit in seinen haselnußbraunen Augen. Er war ein gutaussehender Mann, ein Mann, der Vertrauen weckte, obwohl sie wahrhaft gelernt hatte, dem Wort eines Fremden nicht zu trauen.

Sie richtete sich auf dem Sessel auf. »Ich nehme Ihr großzügiges Angebot an, Mr. Cameron. Und ich danke Ihnen. Wenn Sie mir jetzt mein Zimmer zeigen würden . . .«

»Wollen Sie denn nicht wissen, wieviel bei dem Job herausspringt?«

»Wie Sie schon sagten, ich habe keine andere Wahl. Wenn Sie jetzt vielleicht so freundlich wären . . .«

»Der Abend ist noch jung, Miss McAllister. Ich finde, ich sollte Ihnen ein Bad in Ihr Zimmer bringen lassen. Dann können Sie sich frisch machen und mit mir gemeinsam zu Abend essen. Sie haben doch Hunger, oder nicht?«

Sie war ausgehungert. Es war ein verlockendes Angebot, allzu verlockend. »Danke, Mr. Cameron, das wäre sehr nett.«

»Chase. Darf ich Sie Elaina nennen?«

Sie hätte gern nein gesagt, um die Vereinbarung so geschäftsmäßig wie möglich zu halten, aber das wäre unhöflich gewesen. »Gewiß, Mr. – ich meine, Chase.«

Er führte sie aus seinem Büro und die Treppe zu ihrem Zimmer hinauf. Es war klein, aber gemütlich und mit einem breiten Bett ausgestattet sowie einem Nachttisch mit einer gelbgeblümten Waschschüssel und einer Wasserkanne und einer kleinen Kommode mit drei Schubladen. Kurz darauf wurde das Bad gebracht, und Elaina war selten ein erfreulicherer Anblick vor Augen gekommen. Dampf stieg in Schwaden aus der Kupferwanne, als sie sich auszog und ins Wasser stieg. Der cremige Schaum und die Wärme des Wassers entspannten ihre schmerzenden Muskeln. Sie seifte sich das Haar ein und schrubbte sich mit der nach Rosen duftenden Seife ab, die Chase zusammen mit Handtüchern und einem Schwamm hatte bringen lassen. Schon allein das Gefühl, zum ersten Mal seit fünf Tagen wieder durch und durch sauber zu sein, war wunderbar.

Nachdem sie lange und ausgiebig im Wasser gelegen hatte, stieg sie aus der Wanne und trocknete sich ab. Es wurde an der Tür geklopft, als sie ihre Toilette gerade beenden wollte, und eine Frau mit dunklem Teint trat ein. Über dem Arm trug sie ein elegantes blaues Seidenkleid.

»Das schickt Ihnen Mr. Chase«, sagte das Mädchen mit einem leichten spanischen Akzent zu ihr. »Ich nehme Ihre anderen Sachen mit zum Waschen.«

»Vielen Dank.« Elaina fragte die Frau nicht, warum Chase Cameron zufällig im Besitz eines Kleides war, das ihr paßte. Sie war zu froh darüber, daß sie ihr schmutziges graues

Reisekostüm nicht wieder anziehen mußte. Das Dekolleté war zwar kühn, aber Elaina fühlte sich in dem hellblauen Kleid wohl und schön.

Beim Abendessen im eleganten Inter-Ocean Hotel fragte sie ihn nach dem Kleid.

Er antwortete mit einem verschmitzten Lächeln. »Wenn man soviel durch die Gegend reist wie ich, Elaina, dann gewinnt man viele Freunde. Manche sind enge Freunde, andere nicht, aber alle sind einem zum einen oder anderen Zeitpunkt nützlich. Diese spezielle Freundin von mir besitzt hier in Cheyenne ein Geschäft für Damenmode.«

Elaina fing an, sich ein klareres Bild von Mr. Chase Cameron zu machen. Von den Blicken her, mit denen die Damen ihn den ganzen Abend bedacht hatten, war sie sicher, daß er unter den Frauen mehr als nur ein paar gute Freundinnen gewonnen hatte. Die dreiste Art, mit der er sie betrachtete, ließ sie sich fragen, ob seine Hilfsbereitschaft auch auf die Absicht zurückzuführen war, sie dieser Liste hinzuzufügen.

»Nun, Ihre Freundin hat wirklich einen guten Geschmack«, sagte sie mit einem Anflug von Sarkasmus. »Das Kleid ist sehr hübsch.«

»Es gehört Ihnen, Elaina. Wir sehen es als eine kleine Prämie an, die uns die Abmachung versüßt, die wir getroffen haben.«

»Nein, ich kann doch unmöglich ... es ist viel zu teuer, und ich ... ich ...«

»Bitte, ich bestehe darauf. Das Kleid würde einer anderen Frau nicht halb so gut stehen.« Chase gestattete es sich, die schlanke Frau zu mustern, die ihm gegenübersaß. Trotz seines Auges für Schönheit hatte das Mädchen ihn überrascht. Ihr Haar hatte die Farbe von starkem schwarzem Kaffee mit einem starken rubinroten Schimmer. Ihre Lippen waren voll, ihre Wangen rosig. Wenn sie auch sehr schlank war, dann hatte sie doch einen ausgesprochen üppigen Busen, und das Kleid trug wenig dazu bei, diese Tatsache zu verschleiern.

Ihre Brüste wirkten, als würden sie jeden Moment in Chases begierig wartende Hände quellen. Er verspürte einen Drang, sie zu besitzen, der so stark war wie schon lange nicht mehr.

Die meisten Frauen fielen in sein Bett, ohne ihm die geringste Anstrengung abzuverlangen. Diese hier schien unanfällig gegen seinen Charme zu sein. Sie war höflich, eine gute Gesprächspartnerin und wirklich angenehm anzusehen, aber er spürte, daß sie ihn nicht begehrte, und das stachelte sein Interesse an. Es gab nichts, was Chase lieber mochte als eine Herausforderung.

Unter dem Vorwand, sie hätte Kopfschmerzen, zog sich Elaina recht früh in ihr Zimmer zurück. Das Essen und Chase Camerons Gesellschaft hatten ihr Vergnügen bereitet, doch die Ereignisse des Tages hatten sie erschöpft. Als sie in einem frischen Baumwollnachthemd unter die Decke schlüpfte, auf der sie das Kleidungsstück vorgefunden hatte, begannen ihre Gedanken abzuschweifen.

Wenngleich ihr Begleiter an dem Abend ein wahrhaft gutaussehender Mann mit gutgeschnittenen Zügen, blondgelocktem Haar und lächelnden Augen gewesen war, dachte sie doch an einen Mann, dessen Augen hell waren und die Farbe des Himmels an einem zu heißen Tag hatten. Harte Augen, zurückhaltend und verschlossen, bis sie vor Glut und Leidenschaft strahlten. Wo Ren jetzt wohl war? Was er jetzt wohl tat? Hatte er sein Gedächtnis wiedergefunden? Lachte er sie aus und sagte sich, wie sehr sie sich zum Gespött gemacht hatte, oder vermißte er sie ebenso sehr wie sie ihn? Der Schmerz grub sich in ihr Herz, schnürte ihr die Kehle zu.

Wie sehr sie ihn vermißte. Und wie sehr sie ihn liebte. Es war dumm, es zu leugnen. Sie war schon in Ren Daniels verliebt, seit sie zehn Jahre alt war. Es mochte noch andere Männer in ihrem Leben geben – wer wußte, was das Leben für sie bereithielt? –, aber es würde nie mehr eine andere

Liebe geben. Nicht für sie. In jener Nacht, in dem sie ihm ihren Körper geschenkt hatte, hatte sie ihm auch ihr Herz geschenkt.

Heiße Tränen rannen über ihre Wangen. Sie mußte aufhören, jedesmal, wenn sie an ihn dachte, zu weinen. Sie mußte ihn vergessen. Aber wie? Ein Schluchzen entrang sich ihr, als sie an seine Heirat dachte, die in nur einer Woche stattfinden sollte. Wenn sie ihn wirklich geliebt hätte, hätte sie ihm Glück mit Melissa Stanhope gewünscht, aber das konnte sie nicht. Vielleicht liebte sie ihn doch nicht. Sie bemühte sich erfolglos, daran zu glauben, während sie unruhig einschlief.

Der Frühzug nach Denver und Central City fuhr fahrplanmäßig ab. Chase Cameron führte sie, charmant wie immer, zu einem Sitz in der ersten Klasse. Das war etwas vollkommen anderes als ihre Fahrt von Keyserville. Sitze mit Plüschsamt, Messinglampen, schwere Vorhänge vor den Fenstern und elegant gekleidete Männer und Frauen, die sich nett unterhielten, während sie Erfrischungsgetränke zu sich nahmen: Limonade, Obstsaft oder für die Herren etwas Kräftigeres. Sie trug wieder ihr jetzt sauberes und gebügeltes graues Reisekostüm, doch sie hatte ihr Haar nicht zu einem Knoten aufgesteckt, und es fiel wellig über ihren Rücken. Chase sagte ihr, daß es wie Rubine funkelte, wenn sie es so trug.

Die Bahnfahrt durch die Rockies war spektakulär. Steile Granitwände, die Hunderte von Metern hoch über einem tosenden Fluß aufragten, waren weggesprengt worden, und der entstandene Weg war gerade so breit, daß der Zug dort fahren konnte. Es gab Tunnels durch Felsgestein und Schneebrücken – überdachte Tunnels in Gegenden mit schweren Schneefällen. Chase hatte all ihre Fragen beantwortet und ihr einiges über die Stadt erzählt. in die sie fuhren.

Central City war eine Goldgräberstadt – wenn sie nur an Bergbau dachte, lief ihr ein Schauer über den Rücken. Aber

Central City, so versicherte er ihr, war mit jedem modernen Luxus ausgestattet. Es ging nur ein wenig flegelhaft dort zu, sagte er.

»Ich hoffe, Sie können wirklich singen«, neckte er sie, und bei der Vorstellung schnitt sie eine Grimasse. Sie war keine Sängerin, aber sie konnte besser als die meisten anderen einen Ton halten und treffen. Sie würde ihr Bestes tun – wenigstens bis sie genug Geld gespart hatte, um weiter nach Westen zu reisen. Sobald sie in Central City angekommen war, würde sie Ada Lowery telegrafieren und ihr mitteilen, wo sie war. Sie wußte, daß ihre Freundin sich Sorgen machen würde, wenn sie ihr Reiseziel nicht erreichte.

»So, Elaina, hier wären wir also.« Der Lärm aus dem Black Garter hallte durch die offenen Fenster auf die Straße. Auf dem Weg vom Bahnhof hatten sie nur einmal haltgemacht, um ein Telegramm an Ada zu schicken.

Chase stieß die Flügeltür auf, und das Scheppern eines billigen Klaviers übertönte das Stimmengetöse. Elainas Herz pochte heftig. Durch die Rauchwolken, die über den Tischen hingen, konnte sie die große Bühne mit den Vorhängen am hinteren Ende des Raums kaum erkennen. Frauen in grellen Kleidern – violett, rot, orange, kanariengelb –, die weit über ihren Knien endeten, lächelten betrunkenen Bergleuten zu. Ein Mann klatschte einer blonden Frau auf das Hinterteil, und sie kicherte fröhlich. Ein anderer grabschte nach der Brust eines dunkelhäutigen Mädchens mit rabenschwarzem Haar. Elainas Mut sank. Wie hatte sie sich bloß von Chase Cameron überreden lassen können? Das Lokal war sogar noch übler als das White Elephant! Da er ihre Nervosität wahrnahm, bot ihr Chase seinen Arm an.

»Sie brauchen sich nicht zu fürchten, Elaina. Ich bin schließlich bei Ihnen.«

Sie klammerte sich an ihn, als rette er ihr das Leben, als er sie durch den Saal führte.

Eine große, dralle rothaarige Frau in einem gelbschwarzen Spitzenkleid und einer langen schwarzen Feder im Haar drehte sich um, als sie näher kamen. Chase lächelte sie freundlich an. Elaina fragte sich, ob die Frau wohl auch eine von Chases Freundinnen war.

»Delsey«, setzte er an, »ich möchte dir gern eine Freundin von mir vorstellen.«

Elaina zuckte zusammen, als sie hörte, wie er das Wort »Freundin« benutzte. Aus dem Augenwinkel fiel ihr Blick auf ein Schild in Bühnennähe, auf dem stand: »Wir suchen einen Star. Bewerbungen an Delsey Stevens.«

»Das ist Miss . . .«

»Starr«, fiel ihm Elaina ins Wort und fragte sich, ob Chase Cameron ihr wohl widersprechen würde. »Lainey Starr.« Wenn sie schon die Rolle eines Barmädchens spielen mußte, dann konnte sie sich ebensogut auch einen entsprechenden Namen zulegen.

Er lächelte nachsichtig. »Das ist Miss Starr.«

»Freut mich sehr, Sie kennenzulernen, Miss Starr«, sagte Delsey.

»Warum zeigst du Miss Starr nicht ihr Zimmer?« Wieder lächelte er. »Delsey wird dafür sorgen, daß Sie zurechtkommen. Sie können hier im Saloon bleiben, bis Sie eine angemessene Unterkunft gefunden haben – es sei denn, Sie ziehen es vor, auf Dauer hier zu wohnen?«

»Nein! Nein, vielen Dank. Ich werde mir so schnell wie möglich ein Zimmer suchen.«

»Sie können heute nachmittag mit Mike, dem Klavierspieler, anfangen zu arbeiten. Morgen abend will ich Sie singen hören.«

»Morgen abend? Aber das ist zu kurz.« Sie sah ihn flehentlich an.

Er grinste anzüglich. »Ich setze großes Vertrauen in Sie, Miss Starr. Und außerdem kann ich es nicht erwarten, Ihre Beine zu sehen.«

Sie lachte wider Willen. »Also gut, Mr. Cameron, bis morgen abend werde ich wenigstens ein Lied einstudiert haben.«

Delsey führte sie nach oben und durch einen langen, schmalen Gang. Im Gegensatz zu White Elephant wurde im Black Garter nicht nur getrunken, sondern vieles mehr. Ein dicklicher Mann in mittleren Jahren, der nach Whiskey roch, stieß eine der schmalen Zimmertüren auf. Eine schlanke junge Frau, die nicht älter als fünfzehn war, rekelte sich nackt auf dem zerwühlten Bett.

»Tschüs, Howie«, rief sie dem fetten Mann nach. »Wir sehen uns dann nächste Woche.« Der Mann knöpfte sein Hemd zu und strich sich das Haar glatt, als er im Gang an Elaina vorbeikam. Er musterte ihre unangemessene Kleidung, und Elaina wäre am liebsten in einem Mauseloch verschwunden. Die Röte schoß ihr in die Wangen, und sie wollte Chase Cameron mit bloßen Händen erwürgen. Wie hatte er sie in ein derart übel beleumundetes Haus schicken können, um dort zu arbeiten?

Elainas Zimmer war weitaus geräumiger als die anderen, an denen sie im Gang vorbeigekommen war. Sie warf einen Blick auf das breite Bett und schluckte schwer. Delsey schien ihre Gedanken zu lesen.

»Woher kommen Sie, Miss Starr?«

»Ich ... ich bin aus Pennsylvania.«

»Haben Sie je in einem solchen Lokal gesungen?«

»Nein ... nein, nie. Jemand hat mir die Handtasche gestohlen, und ich habe meine Kleider im Zug gelassen und ... aber das ist eine lange Geschichte. Ich bin sicher, daß die Geschichte meiner langen Pechsträhne Sie nicht interessieren würde.«

Delsey versetzte sie in Erstaunen. »Machen Sie sich keine Sorgen, Miss Starr. Mr. Cameron würde Sie niemals zu etwas zwingen, was Sie nicht tun wollen. Er ist im Grunde genommen ein anständiger Mann. Ein bißchen liederlich, und auf hübsche Frauen hat er immer wieder ein Auge, aber er ist kein gemeiner Kerl. Für ihn ist das reines Geschäft. Solange er hier ist, passiert Ihnen nichts – wenigstens nichts, was Sie nicht selbst wollen. Ich kann nicht mit Sicherheit sagen, was geschieht, wenn er fort ist. Central City ist ein rauhes Pflaster. Die meisten Mädchen hier, die keine Nummern schieben, legen sich einen Beschützer zu. Big Willie Jenkins ist meiner, und darauf bin ich stolz. Sie täten gut daran, sich auch einen zuzulegen.«

Elaina lächelte unsicher. »Danke, Delsey. Ich hoffe, wir werden Freunde.« Sie wußte nicht, ob die Worte der Frau ein Trost oder eine Warnung waren, doch ihr gefiel die Offenheit.

Delsey lächelte jetzt auch. »Ich glaube, Sie werden gut zurechtkommen, Miss Starr.«

»Bitte, nennen Sie mich . . . Lainey.«

»Lainey. Das gefällt mir. Wenn Sie irgend etwas brauchen, rufen Sie einfach. Ich habe mein Zimmer auch hier auf dem Gang.«

Elaina nickte, als Delsey das Zimmer verließ. Sie fragte sich, was sie überkommen hatte. Wieso hatte sie sich einen anderen Namen zugelegt? Wahrscheinlich war es nur gut so. Sie hatte nicht die Absicht, lange hierzubleiben, aber es tat ihrem Ruf bestimmt nicht gut, wenn dieses kurze Zwischenspiel je ans Licht kam. Sie gestattete sich ein kleines Lächeln, als sie sich Ren Daniels Gesichtsausdruck ausmalte, falls er es je herausfinden sollte. Sie fragte sich, wie seine gute Melissa es aufgenommen hätte, wenn sie erfuhr, daß sie mit einem Mann zusammenlebte, der mit einem gewöhnlichen Barmädchen ins Bett gegangen war.

Bei dem Gedanken seufzte sie. Wem wollte sie hier etwas vormachen? Elaina McAllister war nicht das erste Mädchen, mit dem Ren Daniels geschlafen hatte. Er hatte jede Menge Erfahrung, soviel stand fest. Sie fragte sich, ob sie sich den Namen »Lainey« ausgesucht hatte, weil Ren sie so genannt hatte.

Ren Daniels war noch keine Woche in San Francisco, als er nach Keyserville telegrafierte. Er schickte das Telegramm an Ada Lowery, nur für den Fall, daß Chuck Dawson Elainas Post las. Es gab nur weniges, was er diesem Mann nicht zugetraut hätte. Ren bat Ada, Elaina mitzuteilen, er käme zurück, um mit ihr zu reden. In drei Wochen sei er dort.

Er hatte vor, ihr die Umstände seiner Verlobung zu erklären, und er wollte versuchen, sie für das, was passiert war, um Verzeihung zu bitten, aber in erster Linie fuhr er nach Keyserville zurück, um sie von dort fortzuholen – so oder so. Er hatte jede Menge Freunde in San Francisco, und er würde dafür sorgen, daß sie einen guten Job bekam, eine schöne Wohnung und die Chance für einen Neuanfang. Wenn sie wollte, konnte sie von ihm aus Ada Lowery mitnehmen. Er sagte sich, er würde ihr einfach dabei helfen, Fuß zu fassen; dann würde er sie in Ruhe lassen. Sowie er erst einmal verheiratet war, würde er sich von ihr fernhalten. Er würde nur gelegentlich den Kontakt wieder aufnehmen, auf freundschaftlicher Basis, und das auch nur, weil er sichergehen wollte, daß es ihr an nichts fehlte.

Das war der einzige Punkt, in dem er sich nicht sicher war.

Wenn es um Elaina McAllister ging, war er einfach nicht sicher, wieviel Willenskraft er besaß.

Am nächsten Tag erhielt er eine Antwort auf sein Telegramm. Er saß mit Jacob und Melissa Stanhope in seinem Wohnzimmer, als das Telegramm eintraf. Er gab dem Boten mit dem schmalen Gesicht ein Trinkgeld und riß den Umschlag auf: »Elaina ist nicht hier. Dawson hat versucht, eine Eheschließung zu erzwingen. Sie ist in Schwierigkeiten geraten. Arbeitet jetzt in Central City, Colorado. Viel Glück, Ada.«

Ren las das Telegramm und las es dann noch einmal, und er fragte sich, was die unheilverkündenden Worte »ist in Schwierigkeiten geraten« wohl bedeuten könnten – und was in Gottes Namen Elaina in Central City zu suchen hatte.

»Stimmt etwas nicht, mein Sohn?« Ganz gleich, wie alt Ren wurde, Jacob sah in ihm immer noch den Jungen.

»Ja, ich fürchte, es stimmt etwas nicht. Ich hatte schon vor, mit dir darüber zu reden, Jacob, aber irgendwie ist nie der richtige Zeitpunkt gekommen.« Er sah in Melissas blasses Gesicht und wußte, daß das jetzt auch nicht der richtige Zeitpunkt war, aber ihm blieb nichts anderes übrig.

»Eine Freundin von mir ist in Schwierigkeiten. Eine Frau, die mir einmal das Leben gerettet hat.« Er sah Tommy an, der ihn gebannt anstarrte. »Uns beiden das Leben gerettet hat«, verbesserte er sich. »Tommys einmal und meins zweimal.« Er sah Jacob in die grauen Augen, die ihn fest anblickten. Jacob war ein großer, kräftiger Mann mit muskulösen Schultern von jahrelanger Schwerarbeit. Nur ein kleiner Bauch und der zurückweichende Haaransatz verrieten sein fortgeschrittenes Alter.

»Wir haben diese Schuld nie beglichen«, berichtete ihm Ren. »Jetzt braucht sie Hilfe. Mir bleibt nichts anderes übrig, als alles zu tun, was ich kann.«

»Aber was ist mit unserer Hochzeit, Ren? Papa hat sie schon einmal verschoben. Wie lange wirst du diesmal fort sein?« fragte Melissa. Ihr goldenes Haar schimmerte, und ihre großen blauen Augen sahen ihn besorgt an.

Er wünschte, sie brächte sein Blut in Wallung, so wie Elaina. Ihre Worte drückten Sorge aus, doch der Ausdruck der Erleichterung auf ihrem Gesicht führte zu der Frage, was sie in Wirklichkeit dachte.

»Ich komme vor der Hochzeit zurück.« Er lächelte sie an und strich ihr über die Wange. »Ich verspreche dir, daß ich es diesmal nicht vergessen werde.«

Mit einem leisen Erschauern wich sie zurück. Wie immer, wenn sie zusammen waren, spürte er ihre Furcht vor ihm, und er fragte sich, ob diese Verbindung wirklich ratsam war. Was würde in der Hochzeitsnacht passieren? Wie konnte eine Frau von so zarter Konstitution seine ausufernden Gelüste überhaupt stillen? Er konnte Jacobs Wunsch nur zu gut verstehen, einen robusteren Menschenschlag in der Familie zu sehen.

»Können wir in irgendeiner Form behilflich sein?« wollte Jacob wissen. Ren hatte sowohl Jacob als auch Melissa von der Schießerei in Keyserville erzählt, doch sonst kaum etwas über seine Reise. Er hatte nicht einmal seinen Grund dafür genannt, in den Osten zu gehen, und Jacob hatte von sich aus keine Fragen gestellt. Auch Melissa interessierte sich nicht dafür.

»Nein, Jacob, aber ich danke dir«, sagte Ren. »Das ist etwas, was ich allein erledigen muß.«

»Moment mal«, mischte sich Tommy ein. »Ich gehe mit. Ich stehe schließlich auch in Elai ... in der Schuld dieses Menschen.«

»Tut mir leid, kleiner Bruder. Einer muß sich um die Geschäfte kümmern – und um die Ranch. Ich bin ohnehin schon viel zu lange fort gewesen.«

»Aber, Ren ...«

»Tommy, du weißt selbst, daß ich recht habe. Du mußt hierbleiben. Ich werde dir telegrafieren, sowie ich in ... wir werden ja sehen, wohin es mich verschlägt. Diesmal werde ich mich regelmäßig melden.«

»Und du bist ganz sicher, daß ich in keiner Form behilflich sein kann?« drängte Jacob.

Ren wußte, daß Jacob ihm jede Geldsumme und so viele Männer, wie er brauchte, zur Verfügung gestellt hätte. Jacob setzte uneingeschränktes Vertrauen in ihn, und das war einer der Gründe, warum Ren Daniels eine Ehe eingehen wollte, die weder er noch Melissa wirklich wünschten. »Danke, Jacob. Ich weiß das Angebot zu schätzen, aber trotzdem nein. Es gibt nichts, was du für mich tun könntest.«

Tommy Daniels musterte das verbissene Gesicht seines Bruders und die blauen Augen, die die unterdrückte Wut dunkel gefärbt hatte. Er nahm Ren das Telegramm aus der

Hand und las die Worte »ist in Schwierigkeiten geraten... Central City«. Er konnte sich absolut keinen Reim darauf machen.

Tommy beobachtete, wieviel Mühe es Ren kostete, sich zu beherrschen; sein Gesicht war eine angespannte Maske. Melissa Stanhope zuckte unter seiner Berührung zusammen, als er sie zur Tür begleitete.

Tommy wünschte, er hätte seinem Bruder diese unsinnige Heirat ausreden können. Ren hatte mehr als eine Frau verdient, die ihn in ihrem Bett bestenfalls aus Pflichtbewußtsein heraus dulden würde. Es war nicht etwa so, als hätte Melissa Ren nicht gemocht oder als sei sie kein reizendes Mädchen gewesen. Es war nur einfach so, daß sie scheu und furchtsam und zu zerbrechlich für einen so kraftvollen Mann wie Ren war. Melissa brauchte einen sanftmütigen Liebhaber, jemanden, der ihr die Hand hielt und ihr Schmeicheleien ins Ohr gurrte. Einen Mann, der tagelang neben ihr liegen würde, ehe er seine ehelichen Rechte einklagte.

Ren würde sie in der Hochzeitsnacht und in jeder darauffolgenden Nacht nehmen, bis er sicher war, daß er Jacob einen Erben geschenkt hatte. Dann würde sich Melissa, kränkelnd, wie sie war, wahrscheinlich in ihr Bett zurückziehen, damit die Schwangerschaft reibungslos verlief.

Tommy seufzte. Wenigstens würde es Carolina Williams glücklich machen. Ren würde wahrscheinlich schnell gezwungen sein, wieder in die bereitwilligen Arme der Frau zurückzukehren, die ihn sehnlichst erwartete. Sie war in den vergangenen zwei Jahren Rens Geliebte gewesen, bis Ren das Verhältnis um Jacobs willen gelöst hatte. Ren wollte den Stanhopes jeden Skandal ersparen. Carolina war wütend geworden. Sie war sicher gewesen, Ren würde sie früher oder später heiraten. Tommy wußte, daß diese Hoffnung vergeblich war. Das einzige, was Ren bei Carolina suchte, war Sex, und sie wußte ganz genau, wie sie das geben konnte, wenn sie auch sonst wenig zu bieten hatte. Ren würde in ihre Arme zurückkehren, soviel stand fest. Kein Mann mit den Gelüsten seines Bruders konnte mit den dürftigen Rationen auskommen, die Melissa mit Sicherheit zuteilen würde.

Tommy dankte Gott für Carrie Salzburg, die Schönheit, die seine Freundin war. Sie waren verlobt und wollten heiraten, und Tommy liebte sie mehr als sein Leben. Sie war blond, zart und zierlich, aber keineswegs so schwächlich wie Melissa. Mehr als alles andere auf Erden wünschte Tommy, sein Bruder könnte jemanden finden, eine Frau, die er so lieben konnte, wie er Carrie liebte. Verflucht noch mal! Warum war für Ren immer alles so schwer?

15

Elaina sang schon seit zehn Tagen im Black Garter.

Chase Cameron war wenige Tage nach ihrem Debüt abgereist, gestern jedoch wiedergekommen. Ihre Arbeit schien ihn zufriedenzustellen. Die Bergleute waren begeistert von ihr, wenngleich sie nicht übermäßig gut singen konnte, und sie mußte zugeben, daß sie bisher wenig Schwierigkeiten mit den Männern gehabt hatte. Sie fürchtete jedoch, es läge leider daran, daß die Bergleute sie für eine von Chase Camerons »Freundinnen« hielten.

»Gleich bist du dran mit deinem Auftritt.« Delsey streckte den Kopf zur Tür herein und lächelte. Sie und Delsey hatten sich schnell angefreundet.

»Danke, Delsey. Ich weiß nicht, was ich ohne dich und Willie täte.« Willie Jenkins, ein kräftiger und derber Bergmann, der Frauen die größte Hochachtung entgegenbrachte, hatte Elaina auf Delseys Drängen hin ebenso wie Delsey unter seine schützenden Fittiche genommen.

»Ich glaube, du kämst auch ohne uns gut zurecht.«

Elaina lächelte, und Delsey schloß die Tür. Elaina wohnte immer noch über dem Saloon – Chase hatte es unterlassen zu erwähnen, daß es in Central City nicht einen Quadratzentimeter gab, auf dem sich die Menschen nicht dicht drängten. Es hatte sie Tage gekostet, das winzige Zimmer über Hoffmans Gemischtwarenhandlung zu finden, in das sie morgen früh einziehen würde. Elaina konnte es kaum erwarten. Es war schwer, bei all dem Lärm und Tumult, der unten herrschte, einzuschlafen, ganz zu schweigen von dem peinlichen Grunzen, Stöhnen und Ächzen der Männer, die sich in den Zimmern neben ihrem mit den Frauen vergnügten.

Sie warf einen letzten raschen Blick in den Spiegel über der Kommode, und ein Lächeln verzog ihre Lippen. Wenn Constance McAllister ihre Tochter jetzt bloß hätte sehen können! Das Kleid, das sie trug, war skandalös – ein Kleid aus Satin mit roten und schwarzen Längsstreifen, eingefaßt mit schwarzer Spitze, und darunter schwarze Netzstrümpfe. Das Mieder war so tief ausgeschnitten, daß es ihre Brustwarzen kaum bedeckte, und wenn sie sich vorbeugte, versetzte ihre schwarze Rüschenunterwäsche, das einzige, was sie darunter trug, die Bergleute in tosende Begeisterung.

Ihre Mutter wäre glücklicher gewesen, wenn Elaina Chuck Dawson geheiratet hätte, ob sie ihn nun liebte oder nicht. Er hätte sie in Seide gekleidet und ihr ein schönes Haus gebaut; soviel stand für Elaina fest. Chuck liebte es, bei jeder sich bietenden Gelegenheit vor seinen Nachbarn mit seinem Reichtum zu prahlen. Wieder einmal fragte sie sich, warum er so versessen darauf gewesen war, sie zu heiraten. Sie vermutete, sie würde es wohl nie erfahren – und im Moment war es ihr eigentlich ziemlich egal. Sie war vollauf damit beschäftigt, allein zurechtzukommen.

Resigniert stieg Elaina die Treppe zur Bühne hinunter, ohne den Bergleuten, die auf dem unteren Treppenabsatz standen und sie dreist musterten, Beachtung zu schenken. Sie würde sich niemals an ihre lüsternen Blicke und anzüglichen Bemerkungen gewöhnen, aber wenigstens wurde sie als Sängerin gut bezahlt. Sie schätzte, in drei Monaten würde sie genug gespart haben, um zu Isabelle Chesterfield in San Francisco weiterreisen zu können, und sie war sicher, daß diese Stadt ihr nach dieser rauhen und derben Goldgräberstadt als das reinste Paradies erscheinen würde.

Selbst der Gedanke an Ren Daniels konnte sie nicht in ihrem Entschluß ins Wanken bringen. Er war inzwischen verheiratet, war nur noch ein Gespenst aus ihrer Vergangenheit. Sie würde die Erinnerungen an die gemeinsam verbrachte Nacht niemals missen wollen. Es war die wunderbarste Nacht ihres Lebens gewesen. Es stimmte, daß er ihr das Herz gebrochen hatte – Gedanken an ihn quälten ihre Seele, und so würde es auch immer bleiben –, aber sie wollte ihn nicht vergessen. Nicht ganz. Niemals.

Elaina schluckte schwer bei der Erinnerung und stieg die letzten Stufen hinunter. Es war voller als sonst im Saloon. Die Bergarbeiter waren im Tresen wie Klafterholz geschichtet, vierreihig. Ein Mann war seinem Partner auf den Rükken gesprungen, und die beiden wankten wie verrückt, weil sie versuchten, mehr zu sehen. Als sie hinter den schweren roten Samtvorhang trat, der den Bühnenbereich vom Rest des Saals abteilte, kam Chase Cameron auf sie zu.

»Schauen Sie nicht so ernst«, neckte er sie. »So schlimm ist es doch sicher nicht.«

»O doch, es ist so schlimm.« Sie war ganz entschieden nicht für diese Form von Arbeit geschaffen. Jedesmal, wenn sie vor den Männern singen mußte, pochte ihr Herz rasend, und ihr war flau im Magen, aber sie brauchte das Geld. Sie würde eben tun, was getan werden mußte. Sie holte tief Luft, um sich zu beruhigen, zwang sich ein Lächeln aufs Gesicht und stieg die wenigen Stufen hinter den Vorhang hinauf.

Chase folgte ihr und drückte ihre Hand, ehe er auf die Bühne trat. »Ladies und Gentlemen, der Black Garter Saloon ist stolz darauf, Ihnen seinen betörenden Star vorstellen zu dürfen – Miss Lainey Starr!«

Die Menge tobte.

Chase kam ihr entgegen, als sie die Bühne betrat. Die Bergleute brüllten und grölten und übertönten Mikes Klavierspiel vollkommen; sie fuchtelten mit den Armen und warfen ihre Hüte in die Luft. Es schien eine Ewigkeit zu dauern, bis sich der Lärm soweit legte, daß sie anfangen konnte. Schließlich griff sie Mikes vierten oder fünften Einsatz auf und begann zu singen.

Im allgemeinen sah sie über das Meer von Gesichtern hinweg, doch heute blickte sie in die Gesichter der Männer. Messingleuchter hingen von der hohen Decke des Raums, und ein geschnitzter Mahagonitresen zog sich fast über die gesamte Länge der Bar. Männer jeder Art und Größe, jeder Nationalität und jeder Religionszugehörigkeit waren da. Die Goldfelder kannten keine Vorurteile. Sie erkannte den matten und gehetzten Blick der Goldgräber. Sie hätten gearbeitet, bis sie umfielen, denn sie waren um keinen Preis bereit, eine Niederlage hinzunehmen, und doch würden die meisten scheitern. Die wahren Reichtümer flossen an Männer wie Chase Cameron, Männer, die wußten, was die Goldgräber wollten, und die ihren Bedürfnissen entgegenkamen.

Nachdem sie ihr erstes Lied unter Jubel, Beifall und dem Donnern stampfender Füße beendet hatte, lächelte sie anmutig und verbeugte sich. Als die Männer verstummten, wartete sie Mikes Einsatz ab und wollte gerade zu ihrem zweiten Lied ansetzen, als sie einen Blick ins hintere Ende des Raumes warf und eine große vertraute Gestalt entdeckte, die lässig an der Wand lehnte.

Elaina brachte keinen Ton heraus.

Mike vertuschte ihren Schnitzer und wiederholte die einleitenden Takte noch einmal. Seine jungen braunen Augen blickten lächelnd zu ihr auf, denn er versuchte, ihr Zuversicht zu geben, doch auch sein Lächeln half nichts. Sie fühlte sich benommen, und ihr Atem ging schwer und flach. Als sie Mike wieder ansah, machte sie einen besorgten Eindruck. So sehr sie sich auch bemühte, sich an den Text des Lieds zu erinnern, er fiel ihr nicht ein, denn der Mann am hinteren Ende des Saals hatte sie völlig aus der Fassung gebracht.

»Na los, Miss Lainey«, rief einer der Goldgräber. »Wir wollen noch ein Lied hören!«

Etliche andere fingen an, in den Chor einzufallen, und sie konnte sehen, daß Chase Cameron auf sie zukam. Mike hörte auf, die Ballade zu spielen, die sie als nächstes hätte singen sollen, und setzte zu einer munteren Melodie an, die die Goldgräber mitklatschten. Elaina holte ein zweites Mal tief Atem, streckte die Schultern durch und fing an zu singen. Gott sei Dank kamen ihre Worte ohne ein Stocken heraus.

Nachdem sie den ersten Schock überwunden und das Lied begonnen hatte, sah sie Ren Daniels lange und gründlich an. Er trug eine enganliegende Hose und ein Hemd wie in Keyserville, und er sah noch besser aus, als sie ihn in Erinnerung hatte. Er ragte über die meisten Männer im Saal auf, mit breiten Schultern und mit schmalen Hüften. Sie dachte wieder daran, wie seine strammen Muskeln sich unter ihren Händen angefühlt hatten.

Als ihr Blick an ihm hinaufglitt, erkannte sie verblüfft, daß er wütend war. Der Zorn spannte seine harten Gesichtszüge, und seine sonst so hellblauen Augen waren dunkel und blitzten. Ren Daniels war allem Anschein nach außer sich vor Wut – auf sie!

Elaina sang lauter. Wie konnte er es wagen! Ganz offensichtlich mißbilligte er das, was sie tat, und dieser Gedanke versetzte sie in Wut. Eine solche Dreistigkeit! Wenn er nicht gewesen wäre, wäre sie gar nicht in diese Klemme geraten. Und jetzt besaß er die Frechheit, wieder in ihr Leben zu treten. War so keck, sie zu kritisieren, wo er doch derjenige war, der gelogen hatte, der sie in jeder nur denkbaren Form ausgenutzt hatte. Und was noch schlimmer war, er war jetzt ein verheirateter Mann! Aber andererseits war ihm nicht klar, daß sie das wußte. Er würde ihr doch nicht etwa wieder vorspielen, er sei Dan Morgan? Als sie ihn jetzt ansah, war sie nicht sicher.

Sie sang mit mehr Inbrunst denn je und spornte Mike an, das Tempo zu beschleunigen. Zum Teufel mit ihm! Sollte ihn doch der Teufel holen, damit er in der Hölle schmorte. Der Mann mußte noch vor wenigen Tagen mit seiner Ehefrau im Bett gelegen haben, und jetzt war er dennoch in Central City. Woher hatte er gewußt, wo er sie finden konnte? Hatte Ada es ihm mitgeteilt? Vielleicht war es ein reiner Zufall. Aber vielleicht war er auch geschäftlich hier. Einen Moment lang durchzuckte sie ein Hoffnungsschimmer. Vielleicht hatte er die Heirat abgesagt und war hergekommen, weil er sie liebte und sie an seiner Seite haben wollte. Der Ausdruck kalter Wut auf seinem Gesicht sagte ihr, daß dem nicht so war. Sie beendete das Lied schwungvoll und verbeugte sich so tief, daß sie sicher war, der Busen würde ihr jeden Moment aus dem Kleid herausquellen. Die Goldgräber pfiffen, grölten und trampelten mit den Füßen. Sie würde ihm zeigen, was er ihr bedeutete. Nichts! Aber auch nicht das Geringste!

Harte, kalte Wut schoß durch Rens Adern. Er war nach Central City gekommen, um sie zu suchen – und sie war wirklich leicht zu finden gewesen.

Frauen waren eine Neuheit in den Goldgräberstädten. Sie wurden mit Ehrfurcht behandelt, und eine, die so hübsch war wie Elaina, prägte sich den Männern leicht ein. Schon der dritte Mann, den er gefragt hatte, hatte ihn ins Black Garter geschickt. Wenn es ihn auch verblüfft hatte, daß sie in einem Saloon arbeitete, dann hatten ihn doch seine kühnsten Vorstellungen nicht darauf vorbereitet, was ihn erwartete – Elaina McAllister, wie sie sich vor hundert rauhen, einsamen Goldgräbern, die die Bude für sie eingerissen hätten, halbnackt die Kehle aus dem Leib sang.

Das Allerschlimmste war, daß sie es rundherum zu genießen schien. Was zum Teufel hatte sie in einem von Chase Camerons Hurenhäusern zu suchen?

Ren biß die Zähne zusammen. Es brachte sein Blut in Wallung, sie in diesem knappen Kleid zu sehen. Er wußte ganz genau, was diese Goldgräber, die nach Frauen ausgehungert waren, sich dachten. Zum Teufel, sie hatten sie längst noch viel weiter ausgezogen – zumindest mit Blicken. Sie wollten sie diese Treppe hinaufzerren und mit ihr tun, was er bereits getan hatte. Was er bei ihrem Anblick wieder mit ihr tun wollte.

Ren beherrschte sich, wenn auch nur mit Mühe. Ihre anzügliche Aufmachung erboste ihn. Wie hatte sie so tief sinken können? Also er hatte jedenfalls die Absicht, Elaina McAllisters Karriere als Sängerin ein Ende zu setzen, ehe der Abend vorüber war.

Als das nächste Lied begann, ging Ren auf die Bühne zu.

»Na so was, na so was«, brachte Chase Cameron gedehnt hervor, als er ihn auf halber Strecke abfing. »Was bringt Sie in unser nettes Städtchen?«

Ren drängte sich an ihm vorbei. »Nicht jetzt, Chase. Ich bin beschäftigt.« Ren kannte Chase gut, kannte seinen Ruf als Frauenheld. Die eine Nacht, die Ren und Elaina miteinander verbracht hatten, konnte sie doch gewiß nicht gleich dazu getrieben haben? Aber ganz sicher war er nicht.

Chase zog neugierig eine Augenbraue hoch, doch sein Lächeln verblaßte, als Ren weiterhin in Elainas Richtung lief. Als sie ihn näher kommen sah, wurden Elainas lohfarbene Augen groß, und sie wich einen Schritt zurück, als wollte sie ihn von sich fernhalten. Ehe er mit ihr fertig war, gelobte sich Ren, würde sie sich wünschen, er wäre nie hier aufgetaucht.

Er bahnte sich mit den Ellbogen einen Weg durch die Menge und stieg die wenigen Stufen hinauf, um hinter der Bühne zu warten. Als sie noch ein Lied und dann noch ein weiteres sang, durchschaute er ihre Absicht. Als sie das fünfte Lied beendet hatte und den Mann am Klavier flehentlich ansah, damit er weiterspielte, reichte es ihm.

Er kochte vor Wut, riß sich aber zusammen, als er auf die Bühne trat. »Ich bin sicher, daß Sie uns entschuldigen werden, Gentlemen«, sagte er mit seinem aufrichtigsten Lächeln zu den Goldgräbern, »aber unser Sohn ist krank, und seine Mutter wird zu Hause gebraucht.«

»Was?« kreischte Elaina. Die Goldgräber lachten brüllend. Sie lächelte die Menge an, weigerte sich aber, sich vom Fleck zu rühren. »Laß mich in Ruhe«, sagte sie durch zusammengebissene Zähne.

»Mach keine Szene, Elaina«, warnte er sie leise und lächelte dabei unbeirrbar. »Diese Goldgräber können ziemlich grob werden.« Er packte ihren Arm und zog sie von der Bühne weg.

»Laß mich los«, sagte sie und riß sich von ihm los. »Geh weg, und laß mich in Frieden.« Die Männer im Publikum fingen an zu tuscheln. Es würde nicht mehr lange dauern, bis um sie herum der Teufel los war.

»Verdammt noch mal, Lainey.« Ren schob das Kinn vor. Sie hatte ihm keine Wahl gelassen. »Du gehst mit mir, so oder so.« Er beugte sich vor, umfaßte ihre Taille und warf sie sich über die Schulter.

»Ich schreie, Ren. Ich schwöre es dir. Stell mich hin!« forderte sie, während sie sich wand und zappelte und auf seinen breiten Rücken einschlug.

Er klatschte ihr mit der Handfläche fest auf den Hintern und hörte ihr erstauntes Keuchen, ehe sie wieder anfing, sich zu winden.

»Laß mich runter!«

Die Goldgräber brüllten vor Lachen und waren sicher, daß das zu ihrem Auftritt gehörte. Ren lächelte, winkte ihnen zu und trug Elaina von der Bühne.

Tränen der Wut traten in Elainas Augen. Wie konnte er das bloß tun! Sie trommelte auf seinen Rücken ein und trat mit den Beinen um sich, doch er lief einfach weiter. Mit langen, zielstrebigen Schritten trug er sie von der Bühne, die Stufen herunter und zur Hintertür hinaus.

Als sie draußen angekommen waren, stellte er sie ab. Seine hellen Augen hatten sich vor Wut verfinstert, und er konnte sich kaum noch zusammenreißen.

»Was soll das alles heißen?« schrie sie und reckte zornig das Kinn in die Luft. Das dunkle Haar fiel ihr über die Schultern. Wie konnte er es wagen, sie vor all diesen Männern von Central City zu blamieren!

»Dieselbe Frage wollte ich dir auch stellen.«

»Ich wüßte nicht, was Sie das anginge, Mr. Daniels. So heißen Sie doch, oder nicht? *Ren* Daniels.«

Chase Cameron kam zur Tür heraus und sah sie fragend an. »Ist alles in Ordnung mit Ihnen?«

Ren bedachte ihn mit einem Blick, der nichts Gutes verhieß. »Das kommt ganz darauf an, was Sie unter in Ordnung verstehen«, sagte er.

»Es ist alles in Ordnung«, sagte Elaina zu Chase, denn sie wollte nicht noch mehr Ärger, als sie ohnehin schon hatte. Nach einem Moment der Unsicherheit schloß Chase die Tür.

»Dann weißt du es also«, sagte Ren und ließ sie los, als er zurücktrat. Sein Ausdruck blieb ein Musterbeispiel angespannter Selbstbeherrschung. »Ich hatte gehofft, ich könnte es dir selbst erklären.«

Elaina spürte, wie ihr ein enormer Kloß die Kehle zuschnürte. Es war also wahr! Jedes Wort, bis in die grausigste Kleinigkeit. Da sie plötzlich fröstelte, schlang sie die Arme um sich und zwang eine Ruhe, die sie nicht fühlte, in ihren Tonfall. »Du brauchst dir nicht die Mühe zu machen, es mir zu erklären. Mir ist auch so klar, daß du mich belogen hast. Ich weiß alles.«

Er versuchte nicht, es zu leugnen. Allmächtiger, wie sehr sie doch wünschte, er hätte es getan.

»Ich wollte dir niemals weh tun, Elaina. Wenn ich gewußt

hätte, wer ich bin, wäre nichts von alledem passiert. Ich bin hergekommen, um es dir zu erklären, in der Hoffnung, daß du mich anschließend besser verstehst.«

»Verstehst?« wiederholte sie. »Was gibt es da zu verstehen? Du hast mir gesagt, dein Name sei Morgan. Das stimmt nicht. Tatsächlich habe ich mich in jeder Hinsicht in dir geirrt.« Ein besorgter Ausdruck trat auf seine Züge und brach ihr das Herz. Warum in Gottes Namen war er hergekommen?

»Ich wünschte, es ließe sich noch etwas ändern«, sagte er. »So kann ich nur sagen, daß ich, wenn ich alles noch einmal tun könnte, nichts täte, was dir weh tut.«

Elaina sank niedergeschlagen in sich zusammen. Wenn sie ihn auch noch so sehr hassen wollte, dann brachte sie es doch nicht fertig. »Ich vermute, tief in meinem Innern weiß ich, daß du die Wahrheit sagst. Und jetzt laß es uns bitte dabei belassen. Ich führe jetzt mein eigenes Leben und . . .«

Ren packte sie und zog sie näher. »Das nennst du ein Leben – in Chase Camerons Hurenhaus zu singen? Ich will, daß du nach San Francisco mitkommst. Ich habe dort Freunde. Ich werde eine anständige Stellung für dich finden, eine hübsche Wohnung, und ich werde dafür sorgen, daß du alles hast, was du brauchst. Du hast mir das Leben gerettet, Elaina. Das ist das mindeste, was ich für dich tun kann.«

Da war es wieder. Sein Pflichtbewußtsein. So wie damals, als er Keyserville verlassen hatte. Er wollte immer das tun, was das richtige für sie war – aber immer aus den falschen Gründen.

»Ich will dein Mitleid nicht, Ren. Bitte, geh einfach fort und laß mich in Ruhe.« Sie standen vor dem Saloon, und der Mondschein spiegelte sich im Silber seiner Schläfen. Dort, wo sich ihre Hände gegen den Stoff seines Hemds preßten, konnte sie die harten Muskeln spüren. Als er sie unbeweglich festhielt, erhitzte die Glut seiner Hände ihr Fleisch, und ein Schauer lief über ihren Rücken.

»Ich lasse dich nicht hier, Elaina. Diesmal nicht.«

»Ich gehe nicht mit dir. Und wenn du versuchst, mich zu zwingen, rufe ich Chase. Er wird dich daran hindern.«

Ren sträubten sich vor Wut die Haare. Dann steckte also Chase Cameron hinter alledem. Chase hatte schon immer einen Blick für schöne Frauen gehabt. Irgendwie hatte er Elaina kennengelernt, und wenn Ren Chase kannte, dann plante er gerade, wie er sie in sein Bett locken konnte – oder vielleicht war es ihm auch schon gelungen. Ren wurde schlecht bei der Vorstellung daran.

»Wenn ich beschließe, daß du mit mir gehst«, sagte er, »dann kann Chase Cameron mich mit keinem Mittel davon abhalten.« Er sah in Elainas lohfarbene Augen. Sie verrieten nichts. Ihr Busen hob und senkte sich unter dem tiefausgeschnittenen Kleid und beschwor Erinnerungen an rosenfarbene Brustwarzen und an Haut so weich wie Samt herauf. Das Blut rauschte in seinen Ohren, und sein Verlangen regte sich. Er mußte sich maßlos zusammenreißen, um sie nicht in seine Arme zu ziehen. Er fuhr sich mit der Zunge über die Lippen und kämpfte gegen den Drang an, sie zu küssen. Wenn Jacob Stanhope und die Versprechen nicht gewesen wären, die er abgegeben hatte ...

»Der Fall ist noch nicht abgeschlossen, Elaina. Noch nicht.« Er sah sie fest an. »Ich komme wieder.«

Elaina sah ihm nach, als er sich umdrehte und ging, bis seine breiten Schultern und seine schmalen Hüften in der Dunkelheit verschwanden. Heiße Tränen traten in ihre Augen, als sie zurück ins Haus und in ihr Zimmer rannte. Warum konnte er sie nicht einfach in Ruhe lassen? Nachdem sie ihn jetzt wiedergesehen hatte, fühlte sie sich elender denn je. Sie ließ sich auf ihr Bett sinken und gab sich ihrem Schmerz hin, bis ein Klopfen an der Tür sie aus ihren Gedanken riß. Nachdem sie sich mit dem Saum ihres Kleids die Augen getrocknet hatte, öffnete sie die Tür.

»Kann ich irgend etwas für Sie tun?« Chase Camerons

gedehnte Stimme und sein freundliches Lächeln trugen nur dazu bei, daß sie sich noch elender fühlte.

»Nein, Chase, aber es ist nett von Ihnen, daß Sie nachgefragt haben. Wenn Sie nichts dagegen haben, wäre ich gern eine Zeitlang allein.«

»Wie Sie wünschen, aber wenn Ihr Freund Daniels Ihnen irgendwelche Schwierigkeiten macht, dann geben Sie mir einfach Bescheid.«

Dann kannten die beiden Männer sich also. Sie nickte. »Danke, Chase. Das werde ich bestimmt tun.«

»Versprochen?«

Sie lächelte wider Willen. Chase hatte eine Art, sie dazu zu bringen. »Ich verspreche es Ihnen. Danke.«

Sie schloß die Tür hinter ihm und bemühte sich, nicht an Ren zu denken.

Ren nahm sich ein Zimmer im Central City Hotel und wußte, welches Glück er hatte, überhaupt ein Zimmer gefunden zu haben. Er zog sich die Stiefel und das Hemd aus und streckte sich auf dem schmalen Bett aus. Bisher hatte er alles verpatzt. Elaina haßte ihn geradezu, und jetzt war auch noch Chase Cameron mit seinem vornehmen Südstaatler-Getue und seiner gedehnten Sprechweise in die Sache verwickelt. Nicht etwa, daß Chase kein anständiger Mann gewesen wäre, wenn er auch irgendwie gerissen war. Ren konnte ihn eigentlich gut leiden – bis zu einem gewissen Punkt. Aber Chase war bestimmt nicht der richtige Mann für Elaina. Wenn es um Frauen ging, besaß Chase die Moral einer Gossenratte. Elaina war doch sicher klug genug, um nicht auf einen Kerl wie Chase reinzufallen?

Ren zog eine kleine goldene Taschenuhr aus seiner Hose und ließ den Deckel aufschnappen. Er hatte fast zwei Stunden auf seinem Bett gelegen und sich bemüht einzuschlafen. Er klappte den Deckel wieder zu, setzte sich auf und ließ die Uhr in seine Tasche gleiten. Warum zum Teufel dagegen ankämpfen? Wenn er ein paar Drinks zu sich nahm, würde ihn das vielleicht so müde machen, daß er schlafen konnte. Er zog sich die Stiefel an, schlüpfte in sein Hemd und steckte es in die Hose, ehe er sich in die Nacht hinausbegab.

Obwohl ihn eine warnende Stimme davon abriet, machte er sich auf den Weg zum Black Garter, stieß die Flügeltüren auf und verschmolz sogleich mit der wogenden Menge.

Von dort aus, wo er am hinteren Ende des Tresens stand, hatte Ren freie Sicht auf die Treppe, die zu den Zimmern über dem Saloon führte, und er konnte sogar ein paar Türen sehen. Eine Prozession von Goldgräbern und Cowboys trampelte auf dieser Treppe einen nie endenden Pfad, und Ren mußte sich enorm zusammenreißen, um dem Drang zu widerstehen, an jede Tür zu klopfen, bis er Elaina gefunden hatte. Die Vorstellung, ein anderer könnte sich im Moment in ihrem Zimmer aufhalten, führte dazu, daß sich sein Magen verkrampfte.

Elaina erwachte von einem leisen Pochen an ihrer Tür. Das Wirrwarr ihrer Gefühle hatte sie derart erschöpft, daß sie eingeschlafen war, ohne auch nur ihr schwarzrot gestreiftes Kleid auszuziehen.

»Einen Moment, bitte«, rief sie. Sie lief zu der Waschschüssel, schüttete ein wenig Wasser hinein und wusch sich das Gesicht. Mit einem rauhen Handtuch tupfte sie das Wasser ab, als sie zur Tür ging.

»Hallo, Miss Lainey.«

»Hallo, Willie. Was kann ich für Sie tun?«

Willie Jenkins stand mit dem Hut in der Hand und deutlich heruntergezogenen Mundwinkeln vor der Tür. »Könnt ich Sie einen ganz kleinen Moment sprechen? Es geht um Delsey.«

Es war zwar schon spät am Tag, doch Elaina war gewöhnlich noch viel später auf. Da sie wußte, daß er sie nicht gestört hätte, wenn es nicht wichtig gewesen wäre, und da sie zudem noch seinen hoffnungslosen Gesichtsausdruck sah, forderte sie ihn zum Eintreten auf. Schließlich sorgte sich hier wirklich niemand um Anstandsformen. »Was ist los, Willie?«

Er ragte über ihr auf und zog an einem seiner Ohrläppchen, die die Form von Tassenhenkeln hatten. »Es ist nur so, daß ... also, ich habe mich gefragt, ob Sie vielleicht einmal mit Delsey reden würden.«

»Selbstverständlich. Gern, Willie. Worum geht es?«

Willie räusperte sich. »Also, ich und Delsey, wir gehen jetzt seit fast zwei Jahren miteinander. Meine Goldmine wirft genug Geld ab, und ich will, daß Delsey mich heiratet.«

»Aber, Willie, das ist ja wunderbar! Und wozu brauchen Sie da mich? Fragen Sie sie doch einfach selbst.«

»So einfach ist das nicht, Miss Lainey. Wo Delsey herkommt, da unten in Tennessee, da tut eine Frau, die ... die, na ja, die nicht so hundertprozentig keusch ist, da tut die nicht heiraten. Delsey glaubt, sie ist nicht gut genug für mich. Ich habe ihr gesagt, daß das alles ein Haufen Blödsinn ist, aber sie will nicht auf mich hören. Ich möchte für sie sorgen, sie von hier fortholen. Bitte, reden Sie mit ihr, Miss Lainey. Auf Sie wird sie hören.«

Elaina umfaßte Willies Hand. »Aber selbstverständlich werde ich mit ihr reden. Delsey ist eine brave Frau. Sie steht zu Ihnen, und es gibt keinen Grund, warum ihr beide nicht heiraten solltet.«

Zum ersten Mal lächelte Willie. Er schlug sich mit dem Schlapphut auf den Schenkel, setzte ihn sich dann wieder auf den Kopf und zog ihn tief ins Gesicht. »Danke, Miss Lainey. Das ist wirklich ganz prima von Ihnen.« Er riß ihre Tür auf und trat in den Gang.

»Ach, noch etwas«, sagte er. »Delsey hat mir kürzlich Geld geliehen, als ich meine Brieftasche vergessen hatte. Ich wollte es ihr schon länger zurückgeben. Ed Drake und ein paar von seinen Jungen warten schon hinter dem Haus auf mich. Wir fahren rüber zu Ed und spielen ein bißchen Poker. Könnten Sie es ihr von mir geben?«

Er reichte Elaina einen Packen Scheine, und aus Gewohnheit steckte sie sie sich in den Ausschnitt. Die Männer warfen ihr oft Geld zu, wenn sie sang, und sie hatte schnell gelernt, daß das der einzige sichere Ort war, um es aufzubewahren.

»Wenn ich sie heute abend nicht mehr sehe, gebe ich es ihr morgen früh als erstes. Gute Nacht, Willie.«

»Gute Nacht, Miss Lainey, und vielen Dank für alles.«

Elaina lächelte ihn an und schloß die Tür. Nun, es sah ganz so aus, als böte sich ihrer Freundin Delsey eine Gelegenheit, glücklich zu werden. Sie wünschte, sie hätte dasselbe von sich auch sagen können.

Am hinteren Ende der Bar stand Ren Daniels, schaute zu Elainas Tür hinauf und umklammerte sein Whiskeyglas, bis seine Knöchel weiß wurden. So standen die Dinge also. Elaina war im Black Garter mehr als nur die Sängerin – sie war eine Hure.

Verflucht! Das konnte doch bestimmt nicht auch noch seine Schuld sein? Er beobachtete den stämmigen Goldgräber, der mit einem breiten Grinsen auf dem Gesicht die Treppe herunterkam. Elaina mußte ihre Sache gut gemacht haben. Das Bild ihres schlanken, vollbusigen Körpers, der sich unter dem kräftigen Goldgräber wand, brachte sein Blut in Wallung. Er war hin und her gerissen zwischen Traurigkeit darüber, daß sie sich dieses Los im Leben gewählt hatte, und Wut darüber, daß er nicht der Mann war, der soeben ihr Zimmer verlassen hatte. Typisch Frau – ihn abzuweisen und dann ohne eine zweite Überlegung einem Fremden in die Arme zu fallen!

Er hatte gesehen, wie der Goldgräber Elaina einen Packen Scheine in die Hand gedrückt hatte. Er hoffte nur, daß sie sich nicht zu billig verkauft hatte.

»He!« rief er dem grauhaarigen Barkeeper zu, der hinter

dem Tresen stand und Gläser polierte. »Bringen Sie mir noch einen Drink. Und zwar einen doppelten!« Er ballte die Hand zur Faust und biß die Zähne zusammen. Zum Teufel mit ihr! Der Teufel sollte sie holen, schon allein deshalb, weil er sich ihretwegen so miserabel fühlte.

Der dritte Whiskey machte ihm Mut und gab ihm eine Idee ein. Warum sollte er anders sein als andere? Sie war jetzt eine Hure. Sie verkaufte ihre Gunst an den Höchstbietenden, und Ren hatte weiß Gott genug Geld in der Tasche. Er war noch nicht verheiratet, und selbst wenn er es gewesen wäre, hätte Melissa keine Treue erwartet. Wahrscheinlich würde sie ihn sogar dazu ermutigen, sich eine Geliebte zu nehmen, damit sie ihre Ruhe hatte. Er kippte den Whiskey hinunter und bezahlte, dann ging er auf die Treppe zu. Niemand hatte Elainas Zimmer betreten, und daher wußte er, daß sie allein war. Allein und auf den nächsten Kunden aus. Tja, ihm sollte das nur recht sein.

Elaina schlüpfte aus ihrem Kleid und zog sich einen dünnen seidenen Morgenmantel an. Sie setzte sich vor den Spiegel und fing an, sich das Haar zu bürsten. Jeden Abend hundert Bürstenstriche. Das hatte ihre Mutter immer gesagt. Zum dritten Mal an diesem Abend hörte sie, wie an ihre Tür geklopft wurde. Vielleicht war Delsey gekommen, um ihr gute Nacht zu sagen, und dann konnten sie und Elaina jetzt miteinander reden, wenngleich das Thema Heirat nicht gerade zu den Dingen gehörte, über die sie besonders gern redete. Sie mußte dann immer an Ren denken.

Elaina seufzte niedergeschlagen. Ganz gleich, wie sehr sie sich auch anstrengte, sie konnte das Bild seines schönen Gesichts nicht verbannen. Als sie die Tür aufmachte, erschien es ihr, als hätte irgendein genialer Magier ihre Gedanken gelesen und ihn zu ihr geführt.

»Ren?« flüsterte sie, denn sie war nicht ganz sicher, ob er echt war.

Er hatte vorgehabt, sachlich, nüchtern und geschäftsmäßig zu bleiben. Mit ihr zu schlafen, zu bezahlen und zu gehen. Doch sie stand da und wirkte so hilflos, so verletzbar, so schön, daß er sie nur noch in seine Arme ziehen und sein Gesicht in ihrem Haar begraben konnte.

»Lainey, mein Gott, wie sehr ich dich vermißt habe.«

Er spürte, wie sie an ihn wankte und ihre Finger in sein Haar schlang. Nachdem er sie in ihr Zimmer gezogen hatte, schloß er die Tür hinter ihnen und nahm ihr Gesicht in seine Hände, denn er mußte sie berühren, mußte die Wärme ihres Körpers spüren, der sich an ihn schmiegte. Als er sie küßte, roch er den Duft von Jasmin, und sein Verlangen regte sich.

Elaina wollte sich ihm entziehen, ihn fortschicken, aber der gequälte Tonfall seiner Stimme, als er ihren Namen flüsterte, raubte ihr den letzten Rest ihrer Vorsätze. Sie küßte seine Lippen, seine Wangen, seine Augen. Sie spürte seine Hände unter ihren Knien, als er sie zum Bett trug, und sie klammerte sich an ihn, als würde sie ihn nie mehr loslassen. Es war falsch, was sie taten, falsch, aber es erschien ihr so richtig. Er küßte sie lang und leidenschaftlich, und seine Lippen suchten und erkundeten jeden Teil ihres Mundes. Sein Atem war heiß und feucht und süß vor Verlangen. Seine Zunge stieß in ihren Mund, brandmarkte sie und sagte ihr, daß sie ihm und nur ihm allein gehörte. Sein Mund verließ ihre Lippen, um die Stelle hinter ihrem Ohr zu liebkosen; dann bedeckte er ihren Hals mit einer glühenden Spur von Küssen. Sie rang nach Luft, und sie kämpfte gegen die Glut des Verlangens an, das sich in ihrem Körper ausbreitete.

»Ich will dich«, flüsterte er mit belegter Stimme. Er zog den seidenen Morgenmantel zwischen sich und ihr heraus und senkte seine Lippen auf ihre Brust. Seine Zunge umkreiste die aufgestellte Knospe, ehe er sie mit seinem Mund umfaßte. Sie war wie von Sinnen und stöhnte und drängte sich ihm entgegen.

Er ließ sie nur lange genug los, um seine Kleider auszuziehen und ihr den Morgenmantel von den Schultern zu ziehen, und schon war er wieder an ihrer Seite. Sie konnte die festen Muskeln seines Körpers spüren, die sehnigen Schenkel. Sie fuhr mit den Fingern durch das rauhe schwarze Haar, das sich auf seiner Brust kräuselte, und die Muskeln darunter bewegten sich unter ihrer Hand. Mit einem leisen Stöhnen rief er ihren Namen aus. Sein Mund bedeckte wieder ihre Lippen – glühend und leidenschaftlich. Lieber Gott, sie wollte ihn. Sie begehrte ihn so sehr, daß es weh tat.

Da er ihr Verlangen spürte, fing er an, ihre Schenkel zu streicheln, und seine Finger bewegten sich nach oben, bis er das zarte Fleisch zwischen ihren Beinen teilte und seine Finger hineingleiten ließ. Heiße Flammen züngelten auf ihrer Haut, als sie stöhnte und sich seiner Hand entgegenbog.

Da er ihre Bereitschaft spürte, legte er sich auf sie und spreizte mit dem Knie ihre Schenkel.

»Ich brauche dich, Lainey«, flüsterte er so leise, daß sie es kaum hörte. Die Worte erfüllten sie mit überschwenglicher Freude. Nichts zählte mehr, nur noch das eine – ihn zu spüren, seine Berührungen zu spüren. Nichts außer ihnen beiden zählte. Nichts anderes zählte – nur noch, ihn zu lieben.

Sie klammerte sich an ihn, als er in sie eindrang, sie ausfüllte und sie zu einem Ganzen machte. Wie zuvor fühlte sie sich als ein Ganzes, als hätte ihre Seele ihren Gefährten gefunden.

Er hielt sich einen Moment lang zurück und ließ sie die Kraft und die Stärke seines Körpers spüren. Dann begann er, sich rhythmisch in ihr zu bewegen, und jeder Stoß war kräftiger als der vorangegangene. Er tauchte in sie ein, und seine Muskeln spannten sich an, als er sich emporschwang und sie mit sich zu den Höhen trug, die er zu erreichen suchte. Sie ging auf jeden seiner Stöße ein, kam ihm entgegen, und schon bald waren ihre Körper mit einer dünnen Schweißschicht bedeckt.

Sie atmete seinen unglaublichen männlichen Geruch ein und spürte seine Haut unter ihren Händen. Dann spürte und fühlte sie nichts mehr außer der Lust – einer zeitlosen, endlosen, unbesonnenen Lust. Einer so lebhaften Lust, daß sie sie schmecken konnte. Erst als sie stöhnte und seinen Namen ausrief und die prickelnde Wonne des Höhepunkts nahen spürte, gestattete er sich selbst die Erlösung.

Nachdem sie gleichzeitig den Höhepunkt erreicht hatten, blieb er in ihr, weil er nicht wollte, daß das köstliche Gefühl endete. Sie spürte seine warmen Lippen auf ihrem Hals und dann einen federleichten Kuß auf ihrem Mund. Noch während er sich von ihr rollte, zog er sie an sich, als fürchtete er sich davor, sie loszulassen.

Zum ersten Mal, seit ihr Alptraum begonnen hatte, fühlte sich Elaina geborgen und beschützt. Sie fiel in einen erlösenden Halbschlaf, doch schon bald spürte sie, wie Rens warme Handfläche über ihre Haut glitt. Sie rührte sich, als er seine Hände auf ihren Hintern legte und sie sein hartes Glied spürte und wußte, daß er wieder bereit für sie war.

Sie wandte ihm ihr Gesicht zu und gab sich seinem Zauber hin.

16

Elaina lächelte zufrieden.

Sonnenstrahlen lugten durch die verschlissenen Musselinvorhänge vor ihrem Fenster. Sie unterdrückte ein Gähnen, rollte sich herum und tastete mit der Hand nach Rens warmem festen Körper neben sich. Statt dessen spürte sie nur das kalte, rauhe Laken. Sie setzte sich kerzengerade auf, sah sich suchend in dem leeren Zimmer um, und ihr Herz begann, heftig zu schlagen. Gütiger Himmel, er hatte sich doch nicht noch einmal davongestohlen.

Elaina holte tief Luft, um sich zu beruhigen. Vielleicht regte sie sich ja ganz umsonst auf. Vielleicht war er nur nach unten gegangen. Sie griff nach ihrem dünnen seidenen Morgenmantel, der achtlos zu Boden gefallen war, zog ihn über und warf einen Blick auf das Bett. Ihr stockte der Atem, als die Erinnerung an den verzweifelten Liebesakt sie wieder übermannte.

Verzweifelt. Es gab kein anderes Wort dafür. Beide hatten gewußt, daß es das letzte Mal sein würde. Jeder hatte sich verzweifelt nach dem anderen gesehnt. Gewiß würde Ren zurückkommen – wenigstens, um sich zu verabschieden. Tränen stiegen ihr in die Augen bei dem Gedanken an den Abschied. Diesmal würde es noch schwerer als beim letzten Mal werden.

Elaina machte das Bett, strich die Tagesdecke glatt und schüttelte Rens Kissen auf, und dabei atmete sie den männlichen Moschusgeruch ein, der dem rauhen Kissenbezug anhaftete. Was sie letzte Nacht miteinander erlebt hatten, war etwas ganz Besonderes. Ren würde zurückkommen. Als sie das zweite Kissen hochhob, fiel ihr ein Bündel Scheine ins Auge. Ihre Hand zitterte, als sie sie aufhob. Wer konnte sie dort liegen gelassen haben? Wer war in ihrem Zimmer gewesen?

Die Übelkeit traf sie wie ein Schlag. Nur Ren. Nur Ren konnte sie dort hingelegt haben, und das nur aus einem einzigen Grund. Sie hatte lange genug in einem übel beleumundeten Haus gearbeitet, um zu wissen, wie eine Hure bezahlt wurde. Sie ließ sich auf das Bett sinken. Das Herz tat ihr weh. *Lieber Gott, laß es nicht wahr sein!* Ihre Brust wurde bleischwer. Ren Daniels, ein verheirateter Mann, hatte mit ihr geschlafen, weil er glaubte, sie sei zur Hure geworden.

Sie rollte sich auf dem Bett zusammen und schluchzte unbeherrscht. Was hatte sie denn erwartet? Sie wußte, daß er verheiratet war, und doch hatte sie sich ihm hingegeben, sich von ihm lieben lassen, wie kein anderer sie lieben konnte.

Es dauerte mehr als eine Stunde, bis ihre Tränen verebbten und sie Wut verspürte. Zweimal hatte sie ihm vertraut. Zweimal hatte er sie zutiefst verletzt. Wie konnte er es wagen! Wie konnte er glauben, sie wäre so tief gesunken? In diesem Augenblick schwor Elaina McAllister Rache. Sie würde es ihm heimzahlen, komme was wolle.

Sie stolzierte zur Tür, und ihr neuentdeckter Haß verlieh ihr Kraft, als sie sich in den Gang hinausbeugte und nach Benny Thompson rief, dem Laufburschen, damit er ihr ein Bad brachte. Als die Wanne kam, badete sie, dann kleidete sie sich an, und dabei bemühte sie sich, gelassen und ruhig zu werden. Ren Daniels existierte nicht für sie, würde für sie nie mehr existieren. Diesmal würde sie die Erinnerungen an ihre gemeinsamen Nächte für alle Zeiten aus ihren Gedanken verbannen. Diesmal würde sie sein Bild aus ihrem Herzen und aus ihrer Seele reißen. Diesmal würde alles anders werden.

Sie schüttelte ihr dichtes Haar, das sie gelöst hatte und das ihr über den Rücken fiel, dann strich sie ihr derbes braunes Musselinkleid glatt und drückte das Kreuz durch. Sie hatte Besseres zu tun, als um Ren Daniels zu trauern. Heute war ihr Umzugstag.

Sie packte die wenige Habe, die sie besaß, in eine abgenutzte Ledertasche, die Chase ihr geliehen hatte, und lief die Treppe hinunter. Als sie unten ankam, stand Chase Cameron schon da und wartete. Er betrachtete ihr Gesicht genau, und sie fragte sich, welche Geheimnisse es wohl verraten mochte.

»Sie sehen ganz so aus, als könnten Sie einen Freund gebrauchen«, sagte er leise und fuhr ihr sachte über die Wange. »Hätten Sie vielleicht Lust, mit mir zu frühstücken?« Im Black Garter gab es wenig Privatsphäre. Sie war sicher, daß Chase inzwischen ganz genau wußte, mit wem sie die Nacht verbracht hatte. Die Schlußfolgerungen, die er ziehen würde, ließen ihre Wangen glühen – Schlußfolgerungen, die durchaus richtig waren.

»Danke, Chase. Sie haben recht, ich könnte tatsächlich

einen Freund gebrauchen.« Einerseits hätte sie sich gern entzogen und weiterhin ihr Selbstmitleid gepflegt, doch andererseits sagte sie sich, daß sie ihren Problemen ins Auge sehen mußte, sie lösen und Ren Daniels vergessen. Wie immer gewann ihr Optimismus.

»Sie sehen heute morgen ganz bezaubernd aus«, sagte Chase. »Vielleicht ein wenig übermüdet. Aber dennoch ganz reizend.« Elaina errötete, doch Chase lächelte nur und bot ihr seinen Arm an. Sie traten durch die Flügeltür auf den Bürgersteig, der die Lehmstraße säumte.

»Wie wäre es mit dem Central City Café?« schlug er vor. »Die besten Würste und der beste Toast in der ganzen Stadt.«

Sie nickte, aber ihr Magen drehte sich bei der bloßen Vorstellung schon um. Sie wußte, daß sie bleich und matt aussah, und ihre Hand zitterte ein wenig, als sie sich an seinem Arm festhielt.

»Wollen Sie mit mir darüber reden?« fragte er.

Sie wollte schon nein sagen. »Ren war einfach ein Fehler, den ich begangen habe«, sagte sie statt dessen zu ihm. »Leider habe ich denselben Fehler letzte Nacht noch einmal begangen.«

»Wo haben Sie ihn kennengelernt?«

Sie holte tief Luft. Da seine Sorge echt schien, erzählte sie ihm die Geschichte und ging dabei möglichst wenig ins Detail.

»Sind Sie in ihn verliebt?«

Sie dachte über die Frage nach und wußte in ihrem Innersten, daß die Antwort ja lautete. »Ändert das etwas?« erwiderte sie schließlich.

Er tätschelte ihre Hand, die auf seinem Arm lag. »Nein, vermutlich nicht. Nicht wirklich.« Sie gingen noch ein wenig weiter und blieben dann vor dem Café stehen.

»Elaina, Sie wissen, wie gern ich Sie mag.« Er hob ihr Kinn, damit sie ihm in die Augen sah. »Wenn es irgend etwas gibt, was ich für Sie tun kann, dann zögern Sie nicht, mich darum zu bitten.«

Sie lächelte ihn zaghaft an. »Danke, Chase. Ich bin Ihnen dankbar für alles, was Sie für mich getan haben. Doch, wirklich. Ich weiß nicht, wie ich das je wiedergutmachen kann.«

Als er ihr die Tür aufhielt, streiften ihre Röcke seine braune Hose. »Ich bin ganz sicher, daß mir etwas einfallen wird«, neckte er sie.

Wie immer entlockte er ihr ein Lächeln.

Ren stopfte sein zerknittertes Hemd in seine Tasche und knöpfte sich die Manschetten des sauberen weißen Hemds zu, das er gerade angezogen hatte. Sein Verstand schien verworren und benebelt. Immer wieder hatte er die Nacht vor seinen Augen vorbeiziehen lassen, die er mit Elaina durchlebt hatte, und jedesmal empfand er den gleichen Schmerz, den er schon am frühen Morgen verspürt hatte, als er die Tür ihres Zimmers hinter sich geschlossen hatte.

Zum ersten Mal seit Jahren wußte Ren nicht, wie er vorgehen sollte.

Sollte er Elaina bei Chase Cameron lassen, damit sie weiterhin ein Leben führte, das mehr als nur erniedrigend war? Oder sollte er sie gewaltsam nach San Francisco schleifen und sie zwingen, ein ehrbares Leben zu führen? Was war das beste für Elaina? Als Hure in Central City waren ihre Chancen, glücklich zu werden, bestimmt äußerst gering.

Ren stieß einen unsicheren Seufzer aus und steckte sich das Hemd in die Hose. Er bereute, und das nicht zum ersten Mal, das Geld unter ihr Kissen gelegt zu haben. Aber irgendein Dämon der Eifersucht hatte gewollt, daß sie ebenso litt wie er. Hatte gewollt, daß sie den Schmerz und das Leid verspürte, das er jedesmal fühlte, wenn er sie sich mit einem anderen Mann vorstellte.

Mit zielstrebigen Schritten lief er zur Tür, die Tasche über die Schulter geschlungen. Er entschloß sich, seinen Magen mit etwas Eßbarem zu füllen, während er sich die Zeit zum Nachdenken nahm, und daher lief er die Treppe hinunter und durch die Straße zum Central City Café.

Als er dort ankam, platzte das Lokal vor Goldgräbern, Kaufleuten und Cowboys fast aus den Nähten, die alle lärmten, mit den Blechtassen klapperten und Metallbesteck auf dickem Porzellan scharren ließen. Falls blühende Geschäfte etwas über die Qualität des Essens aussagten, hatte sich das Café seinen Ruf durchaus verdient.

Ren setzte sich an einen kleinen Tisch am hinteren Ende des Cafés, hing seinen schwarzen Hut an seine Stuhllehne und bestellte Kaffee und Toast bei einem mageren, flachbrüstigen Mädchen, das nicht älter als fünfzehn sein konnte. Sie lächelte strahlend, und er entschied, sie sei fast hübsch, wenn sie lächelte.

Während er den Kaffee trank, den sie ihm brachte, sah er sich im Raum um. Es dauerte nur einen Moment, bis er Chase Camerons blonden Schopf entdeckt hatte. Dann fiel sein Blick auf Elainas lohfarbene Augen, die vor Wut funkelten und seinen Blick nicht mehr losließen. Ihr Kinn war trotzig in die Luft gereckt, ihre Wangen vor Zorn gerötet. Unter ihrem schlichten, hochgeschlossenen Kleid hob und senkte sich ihr Busen wie ein Blasebalg, und er konnte an nichts anderes denken als daran, sie wieder zu küssen.

Ihr Teller war noch halbvoll, als sie ihren Stuhl zurückstieß und auf ihn zukam, die Schultern zurückgeworfen, stolz und mit Augen, die Feuer versprühten. Er fand, sie sei noch nie schöner gewesen. Aus dem Augenwinkel sah er, wie Chase Cameron sich auf seinem Stuhl zurücklehnte und den Mund zu einem lasziven, belustigten Lächeln verzog.

»Du!« würgte Elaina heraus, als sie vor ihm stand. »Du bist der abscheulichste und widerwärtigste . . .«

»Dir fällt doch sicher noch etwas Besseres ein«, sagte er.

»Verschwinde aus Central City.« Ihre schmalen Hände

waren in die Hüften gestemmt; ihr Kinn war trotzig vorgeschoben. »Laß mich in Ruhe. Komm mir nie mehr zu nah.«

Ren sprang auf. Er hatte gewußt, daß das Geld sie verärgern würde, aber er hatte Zerknirschung erwartet und nicht Wut.

»Das hier ist ein freies Land, Elaina. Ich gehe, wohin ich will, und zwar dann, wenn ich will. Das solltest du inzwischen wissen.« Seine Augen glitten über sie, von Kopf bis Fuß, und sie nahmen die Wölbung ihres Busens wahr, die schmale Taille, die er mit seinen Händen umfassen konnte.

Elaina spürte, wie ihre Wut unbändige Ausmaße annahm. Ihr Blickfeld verengte sich, schloß die verschwommenen Gesichter von Goldgräbern aus, von denen sie umgeben war, bis sie keinen anderen Menschen mehr im Raum wahrnahm. Ren betrachtete sie wie eine entfernte Bekannte und nicht wie die Frau, die er die ganze Nacht lang geliebt hatte.

Elaina biß die Zähne zusammen, holte mit der Hand aus und ohrfeigte ihn, und der laute Knall wurde durch das Getöse im Raum gedämpft. Doch der rosige Abdruck ihrer Handfläche bekundete deutlich ihre Tat.

Rens helle Augen zogen sich zu Schlitzen zusammen, und ein Muskel an seinem Kiefer zuckte. Er packte ihren Arm und zog sie an sich.

»Wahrscheinlich habe ich das verdient«, sagte er zu ihr. »Aber versuch das kein zweites Mal.«

Sie konnte die Kraft seiner Hand spüren, die ihr Handgelenk umfaßt hielt. »Du machst mir keine Angst. Du bist nichts weiter als ein billiger frauenvernaschender . . .«

»Geh nicht zu weit, Elaina.« Seine Hand schloß sich fester um ihr Handgelenk.

»Du Mistkerl!« beendete sie ihre Tirade. »Wenn ich nicht gewesen wäre, wärst du tot!« Augenblicklich bereute sie ihre Worte. Schon allein der Gedanke, er könnte sterben, sorgte dafür, daß ihr Magen sich zusammenschnürte. »Es tut mir leid«, flüsterte sie. »Das hätte ich nicht sagen dürfen.«

Ren ließ sie los, und seine Gesichtszüge wurden freundlicher. »Warum nicht? Es ist doch schließlich wahr, oder etwa nicht? Ich habe es nicht vergessen, Elaina, das kann ich dir versichern. Ich werde mit dem Nachmittagszug abfahren. Mein Angebot gilt noch, falls du in San Francisco ein neues Leben beginnen willst.« Er warf einen Blick auf Chase Cameron, der die beiden belustigt beobachtete und Elaina, wie es schien, nahezu beschützend ansah. »Aber wenn du das hier wirklich willst, werde ich dir keine weiteren Schwierigkeiten machen.«

Sie schluckte schwer und schämte sich der dunkelroten Strieme auf seiner Wange, die sie verursacht hatte. »Ich wünschte, die Dinge lägen anders«, sagte sie leise zu ihm, und dabei dachte sie an die Frau, die er zurückgelassen hatte, und sie spürte, wie die Tränen in ihren Augen brannten, »aber das sind sie nun einmal nicht.« Sie wappnete sich. »Auf Wiedersehen, Ren.«

Ren beobachtete das leichte Schlenkern ihrer Hüften, als sie wieder an ihren Tisch und zu Chase Cameron ging. Die spindeldürre Bedienung kam mit dem Toast, doch von dem Anblick wurde ihm nur übel. Er ließ eine Münze auf dem Tisch liegen, setzte seinen Hut wieder auf und lief zur Tür hinaus.

»Fühlen Sie sich jetzt besser?« Chase zog ihr den Stuhl vor und rückte ihn für sie zurecht.

Die Tränen drohten, doch sie hielt sie zurück. Als sie auf ihren halbvollen Teller heruntersah, spürte sie, wie ihr die Galle in die Kehle aufstieg.

»Kommen Sie«, sagte er, als er ihr bleiches Gesicht richtig deutete. »Ich glaube, für heute haben Sie genug Spaß gehabt.« Er stand auf, warf eine Münze auf den Tisch und war ihr beim Aufstehen behilflich.

»Ich möchte nur gern ein Weilchen allein sein.«

»Das kommt gar nicht in Frage. Heute ist Ihr Umzugstag. Wir werden Ihr kleines Zimmer zu einem Palast umbauen.«

Sie sah lächelnd zu ihm auf und schüttelte den Kopf. »Ich brauche keinen Palast, Chase. Nur ein kleines Zimmer, das ich wirklich ganz für mich allein habe. Aber Sie haben recht. Das Umziehen wird mich von . . . von anderen Dingen ablenken.«

»Braves Mädchen.« Er tätschelte ihre Hand. Sie liefen durch die Straßen von Central City, bahnten sich einen Weg zwischen den Scharen von Männern, Pferden und Wagen. Manche der Wagen waren mit Erz beladen, manche mit grellbunten Kleidern, Mehlsäcken, Kaffeedosen und wieder andere mit Baumaterial – Ziegeln und Mörtel und glatten, runden Steinen für Schornsteine.

Als sie die frische Höhenluft einatmete, fühlte sie sich schon besser. Der Tag war warm und schön. Nur wenige und dünne Wolkenfetzen bildeten Muster über den hohen Bergen, die um die Stadt herum aufragten. Da sie dankbar für die Ablenkung war, nahm Elaina das sachte Ziehen an ihrem Ärmel kaum wahr.

»Miss McAllister? Sind Sie das?« Ein schmuddeliger, bärtiger Goldgräber mit einem zerrissenen und schmutzigen Arbeitsanzug und schwieligen Händen sah sie unter seinem struppigen braunen Haar an. Sie schaute in die traurigen braunen Augen und fragte sich, woher der Mann ihren wahren Namen kannte.

»Was wollen Sie?«

Chase Cameron nahm eine steife Beschützerhaltung an. »Hier, nehmen Sie das.« Er reichte dem Goldgräber eine Münze. »Und lassen Sie die Dame in Ruhe.«

Der Mann gab ihm das Geld zurück, ignorierte Chase und wandte sich statt dessen an sie. »Ich will kein Almosen. Ich suche Arbeit, Miss McAllister. Ich bin Richard Marley. Ich habe früher für Ihren Vater gearbeitet.«

Elaina holte hörbar Luft. »Mr. Marley. Natürlich. Es tut mir leid, daß ich Sie nicht gleich erkannt habe.«

»Ich sehe ziemlich anders aus als früher, aber ich habe in

der letzten Zeit schlimme Dinge durchgemacht. Ich bin vor etwa einem Jahr aus Pennsylvania fortgegangen, weil ich entschlossen war, meine Frau und meine Söhne von dort fortzuschaffen, ehe der verdammte Kohlenstaub sie umbringt.« Er senkte den Blick auf die Lehmstraße.

»Elizabeth habe ich vor etwa sechs Monaten verloren. Durch eine Art Fieber. Die Jungen sind noch bei mir, Peter und Benjamin, aber uns ist das Geld ausgegangen. Als ich Sie gesehen habe, dachte ich, vielleicht seien meine Gebete erhört worden.« Er nahm eine aufrechtere Haltung ein, und ein Teil seines früheren Stolzes kehrte zurück, um sie an den Mann zu erinnern, der er einst gewesen war – stolz, voller Entschlossenheit und zuverlässig. Einer der klügsten und am härtesten arbeitenden Männer im Bergwerk, und mit weniger als fünfundzwanzig Jahren war er zum Vorarbeiter ernannt worden. Alle anderen Bergleute hatten ihn respektiert, aber er hatte sich immer gelobt, eines Tages in den Westen zu gehen und es dort zu etwas zu bringen.

»Mr. Marley, wenn ich irgend etwas für Sie tun könnte, dann täte ich es nur zu gern, aber, verstehen Sie . . .«

»Diesmal habe ich es gefunden, Miss McAllister. Ich bin so dicht daran, daß ich es riechen kann. Ich würde Sie nicht bitten, mich zu unterstützen, wenn ich nicht sicher wäre, daß ich Ihnen das Geld zurückzahlen kann. Wenn Sie mir sechs Monate lang unter die Arme greifen, sind wir Partner, und alles, was ich in der Mine finde, geht halbe-halbe.«

Elaina schloß die Augen, denn sie hätte einem alten Freund gern geholfen, aber sie kannte den Preis, den es sie kosten würde – noch mehr lange Nächte im Black Garter. Mehr anzügliche Bemerkungen, mehr blaue Flecken auf dem Hintern, weil die Männer sie dort derb kniffen, wenn sie durch den Saloon lief. Noch mehr Einsamkeit in einer Stadt, in der sie fast niemanden kannte. Und noch mehr Wochen, in denen Chase Cameron sich freundlich, aber zielstrebig an sie heranmachte.

»Es hat keinen Sinn, noch länger darüber zu reden, Mr. Marley«, sagte Chase. »Miss McAllister ist nicht in der Lage, Ihnen zu helfen. Ich bin es, aber wenn ich jedem Goldgräber helfen würde, der mich darum gebeten hat, ihn vorübergehend zu unterstützen, dann wäre ich längst pleite. Wir wünschen Ihnen viel Glück, Mr. Marley. Und wenn Sie uns jetzt bitte entschuldigen würden ...« Er zog an Elainas Arm, um sie weiterzuführen.

»Einen Moment mal«, hörte sie sich sagen. Sie wußte, daß es eine Dummheit war, aber irgendwie konnte sie sich nicht zurückhalten. Sie griff in ihre Handtasche und zog den Pakken Scheine heraus, den Ren liegen gelassen hatte, aber auch die kleine Summe, die sie bisher hatte zusammensparen können. Sie trug das Geld immer mit sich, weil sie nicht wußte, wo sie es gefahrlos hätte aufbewahren können. Aber in Cheyenne hatte sie eine Lektion gelernt, und jetzt achtete sie immer sorgsam auf ihre Handtasche. »Mr. Marley, wenn irgend jemand in diesen Bergen Gold finden kann, dann sind Sie es.«

»Elaina«, mischte sich Chase ein, »solche Dinge kommen hier täglich vor. Überlegen Sie sich genau, was Sie tun.«

Sie hielt ihm einen Finger auf die Lippen. »Ich weiß genau, was ich tue.« Sie wandte sich dem kleingewachsenen, ungepflegten Goldgräber wieder zu. »Nehmen Sie das, und viel Glück. Und umarmen Sie Peter und Benjamin von mir.«

»Das werden wir Ihnen nie vergessen, Miss McAllister, niemals.« Seine Augen verschleierten sich, und er wandte den Blick ab.

Sie drückte ihm den Arm und wandte sich ab, um mit Chase weiterzugehen.

»Moment!« rief er hinter ihr her. »Wo kann ich Sie finden, damit ich Ihnen Ihren Anteil ausbezahlen kann?«

Sie spürte, wie ein Lächeln ihre Mundwinkel hochzog. »Ich wohne über Hoffmans Gemischtwarenhandlung – aber Sie können mich auch sechsmal die Woche abends im Black

Garter singen hören. Viel Glück, Richard.« Sie sah, wie verblüfft er sie anschaute, als sie sich abwandte, um zu gehen.

Ren betrat den Golden Saddle Saloon und bestellte ein Bier. Vielleicht würde der Alkohol seine Sinne abstumpfen und seinen Magen beruhigen. Er trank es in großen Schlucken und stellte den Krug dann auf die Bar. Er mußte noch stundenlang warten, bis der Zug einlief.

Noch ein großer Schluck, und er sah den Mann neben sich an, einen großen Goldgräber mit gewölbter Brust und riesigen Ohren. Er trug saubere Arbeitskleidung, und seine breiten Hände waren von jahrelanger harter Arbeit schwielig.

Ren verfluchte sich für sein Pech. Das war der Mann, den er aus Elainas Zimmer hatte kommen sehen.

»Entschuldigen Sie bitte«, sagte der Mann, der sich bemühte, freundlich zu sein. »Habe ich Sie nicht gestern abend im Black Garter gesehen?«

»Ja, da haben Sie mich gesehen«, fauchte Ren. Die Vorstellung, der kräftig gebaute Mann könnte in Elainas warmen Armen gelegen haben, ließ ihn fast blind werden.

»Ich bin Willie Jenkins.« Der Mann hielt ihm eine fleischige Hand hin.

»Sehen Sie mal, Jenkins, ich habe nichts gegen Sie persönlich, aber es ist nun einmal so, daß Elaina McAll ... Miss Starr eine Freundin von mir ist, und es fällt mir verdammt schwer, mit einem Mann hier rumzustehen und zu trinken, der mit ihr im Bett gewesen ist.«

Die fleischige Hand packte Rens Hemdbrust, und die großen behaarten Knöchel wurden vor Wut weiß. »Was haben Sie gerade über Miss Starr gesagt?«

»Nehmen Sie die Finger von mir, Mister«, warnte Ren, der sich kaum noch beherrschen konnte.

Jenkins ließ ihn los, wich aber keinen Zentimeter zurück. Er war größer als Ren und wog fünfzehn oder zwanzig Kilo mehr als er, und jetzt sah er wütend auf ihn herunter.

»Miss Lainey ist eine der feinsten Damen, die ich kenne. Sie ist freundlich und anständig – und es gibt keinen Mann in Central City, der mit ihr im Bett war, und ich am allerwenigsten.«

Ren musterte den kräftigen Mann argwöhnisch. »Es gibt keinen Grund zu lügen, Mr. Jenkins. Ich habe Sie gestern abend aus ihrem Zimmer kommen sehen.«

Jenkins zuckte wieder zusammen und sah so aus, als könnte er einfach auf Ren einschlagen, um nicht aus der Übung zu kommen. »Ich lüge nicht, Mr. Werauchimmer, und wenn ich nicht den Verdacht hätte, daß es seine Gründe hat, wenn Sie auf Miss Lainey zu sprechen kommen, dann würde ich Sie durch diese Wand prügeln. Ich bin gestern abend zu Miss Starr gegangen, weil ich sie um einen Gefallen bitten wollte. Sie ist mit Delsey, meinem Mädchen, befreundet, und ich wußte einfach, daß Delsey auf Miss Lainey hören wird. Ich will, daß Delsey mich heiratet. Miss Lainey wollte bei ihr ein Wort für mich einlegen.«

»Aber das Geld . . .«

»Das war Delseys Geld. Miss Lainey wollte es ihr in meinem Namen zurückgeben.«

Ren sackte gegen den Tresen und stützte den Kopf auf seine Hände. Mit einem langen abgehackten Atemzug schloß er die Augen und sah die Szene im Café wieder vor sich, den verletzten und wütenden Ausdruck auf Elainas Gesicht. Dann richtete er sich auf. »Ich muß mich bei Ihnen entschuldigen, Mr. Jenkins. Ich hoffe, Sie nehmen meine Entschuldigung an.« Er hielt ihm die Hand hin.

Jenkins schüttelte sie und grinste breit. »Nennen Sie mich Willie, Mr. . . .«

»Daniels. Ren Daniels.«

Willie musterte den roten Handabdruck, der immer noch auf Rens Wange leuchtete. »Kann es sein, daß Sie dieses Mal auf Ihrem Gesicht zufällig unserer gemeinsamen Freundin verdanken?«

Ren wandte den Blick ab. »Ich wünschte, sie hätte fester zugeschlagen.« Er lächelte matt, als er an die Ohrfeige dachte, und dann legte er sich die Hand aufs Gesicht. »Aber der Schlag hat trotzdem teuflisch gut gesessen.«

Willie schüttelte den Kopf und trank dann einen großen Schluck von seinem Bier. »Miss Lainey hat heute frei. Sie zieht nämlich über dem Saloon aus und bezieht ihr eigenes Zimmer über Hoffmans Gemischtwarenhandlung. Wahrscheinlich sollte ich Ihnen das nicht erzählen, aber Sie haben etwas in den Augen, was sagt, daß Sie sich etwas aus ihr machen. Ich glaube, Sie wollen genauso wenig wie ich, daß ihr etwas Übles zustößt.« Er richtete sich zu seiner vollen Größe auf. »Und wenn Sie ihr doch Ärger machen sollten, dann werden Sie sich vor mir dafür verantworten. Habe ich mich deutlich ausgedrückt?«

Ren lächelte und war froh darüber, daß Elaina jemanden wie Willie hatte, der nach ihr sah. »Sehr deutlich, mein Freund. Sehr deutlich.« Er wandte sich wieder zum Tresen um. »He, bringen Sie meinem Freund hier und mir noch ein Bier.« Es sprach nichts dagegen, daß er es sich gemütlich machte. Er hatte jede Menge Zeit. Der Zug würde auch ohne ihn fahren.

17

»Tja, ich schätze, damit hätten wir es wohl geschafft.« Chase Cameron rollte sich die Hemdsärmel wieder herunter und schloß die Manschettenknöpfe.

»Es ist einfach wunderbar, Chase. Ich hätte nicht mehr Freude an der Präsidentensuite im Palace Hotel.« Sie lächelte ihn bewundernd an und sah sich erstaunt in den winzigen Räumen über dem Geschäft um, die Chase in einen gemütlichen Zufluchtsort verwandelt hatte.

Einer seiner Mundwinkel zog sich hoch. »Ich wußte nicht, wie zwei Zimmer, die mit schäbigen Vorlegern, alten Eichenmöbeln und zwei zu prall gepolsterten Sesseln eingerichtet sind, auch nur die leiseste Ähnlichkeit mit dem Palace haben könnten«, neckte er sie, »aber wenn es Ihnen gefällt, dann ist das alles, was zählt.«

Liebevoll ließ sie die Hand über die glatte Oberfläche des kleinen Eichentisches vor dem Sofa gleiten und betastete das zarte weiße Spitzendeckchen, das darauflag. Einige der Mädchen hatten ihr Geschenke gemacht, als sie den Saloon verlassen hatte, und alle hatten ihr viel Glück gewünscht. Ihre Sehnsucht nach der Ehrbarkeit, die sie verkörperte, war nicht zu übersehen, aber die Frauen hatten schon vor langer Zeit jede Hoffnung aufgegeben, ein anderes Leben zu führen.

Delsey hatte ihr das Deckchen geschenkt, das auf dem Tisch lag, aber auch mehrere bestickte Kissenbezüge und Bettzeug für das eiserne Bett im anderen Zimmer. Sie sagte, die Dinge seien für ihre Aussteuertruhe gedacht gewesen. Elaina hatte die Gelegenheit dazu benutzt, Willies Antrag zu erwähnen, und sie hatte Delsey behutsam versichert, Willies Liebe würde jedes Hindernis überwinden, das sich ihrem Glück in den Weg stellen könnte. Sie hatte Delsey zwar nicht gleich überreden können, Willie zu heiraten, doch sie hatte einen Ansatz in die richtige Richtung gewagt.

»Das hier ist mein allererstes eigenes Zuhause«, sagte Elaina mit einem Ausdruck der Dankbarkeit zu Chase. Der Blick, mit dem er sie ansah, drückte weit mehr als Freundschaft aus.

»Es wird Ihnen kaum gerecht.« Er trat näher und nahm ihr Gesicht in die Hand, um es zu sich umzudrehen. Ehe sie etwas dagegen tun konnte, legte sich sein Mund zu einem zarten Kuß auf ihre Lippen.

Elaina riß sich los. »Es tut mir leid, Chase. Ich glaube, damit kann ich im Moment nicht umgehen.«

»Das muß auch nicht sein«, sagte er. »Lassen Sie sich Zeit, Elaina. Ich werde da sein, wenn Sie soweit sind.«

Sie nickte und fragte sich, ob sie je soweit sein würde, sich mit Chase Cameron einzulassen – oder mit irgendeinem Mann.

»Danke, Chase. Und wenn Sie nichts dagegen hätten – ich bin furchtbar müde. Es ist ein langer Tag gewesen.«

»Selbstverständlich.« Er zog ihre Hand an seine Lippen. »Ich wünsche Ihnen einen schönen Abend.« Nachdem er seinen rehbraunen Hut genommen hatte, setzte er ihn sich auf das blondgelockte Haar und ging zur Tür, die er leise hinter sich schloß.

Elaina seufzte und ließ sich auf das Sofa sinken. Chase Cameron war ein gutaussehender Mann. Fesch, zuvorkommend und nicht arm. Wie kam es, daß sein Kuß nicht einen Bruchteil der Spannung auslöste, die Ren in ihr wachrufen konnte? Sie wußte, daß Chase sich zusammenriß und das Verlangen, das er verspürte, hinter einem freundschaftlichen Kuß verbarg.

In Wahrheit wollte Chase von ihr dasselbe wie Ren Daniels. Wenn sie sich Ren auch hingegeben hatte, dann verspürte sie doch kein Verlangen nach Chase und würde es wahrscheinlich auch nie verspüren. Schon allein, daß er ihr ein paar alte Möbelstücke geliehen hatte, bereitete ihr Unbehagen. Sie wußte nur zu gut, was es heißt, einem Mann verpflichtet zu sein, den sie nicht liebte.

In der Hoffnung, es würde sie erfrischen, schüttete Elaina Wasser aus dem Krug auf der Kommode im Schlafzimmer in die Waschschüssel und wusch sich das Gesicht. Zwei Jungs vom Saloon hatten das meiste für sie geschleppt, und doch fühlte sie sich erschöpft. Sie wußte, daß es teils davon herrührte, Ren in dem Café gesehen zu haben. Nachdem sie ihn geohrfeigt hatte, hatte sie es einen Moment lang bereut. Jetzt wünschte sie, sie könnte ihn noch einmal schlagen. Wie konnte sie sich derart in ihm getäuscht haben?

Das macht nichts, sagte sie sich entschieden. Er ist inzwischen fort, und du wirst ihn nie wiedersehen. Bei dem Gedanken schnürte sich ihr die Kehle zu, und sie spürte die heißen Tränen in ihren Augen brennen. Verdammt noch mal, warum brachte schon allein der Gedanke an ihn sie jedesmal zum Weinen?

Nachdem sie sich das Gesicht gewaschen und abgetrocknet hatte, begab sie sich wieder in ihr winziges Wohnzimmer. Es gab immer noch ein paar persönliche Dinge auszupacken, die sie in Schubladen räumen wollte. Nachdem sie Richard Marley jetzt ihre Ersparnisse gegeben hatte, würde sie doch noch länger hierbleiben, als sie erwartet hatte, und daher beschloß sie, sich gemütlich einzurichten.

Dabei wurde sie durch ein Klopfen an der Tür gestört. Sie fragte sich, wer das wohl sein mochte, ehe sie die Tür einen Spalt weit öffnete und Oscar Whittington vorfand, einen der Jungs, die ihr beim Umzug geholfen hatten. Oscar war ein kräftiger Bursche von siebzehn Jahren mit großem Mund und braunen Locken, ein Angeber, der andere piesackte, doch er war ein guter Arbeiter. Chase setzte ihn immer dann ein, wenn er jemanden mit guten Muskeln brauchte.

»Darf ich reinkommen, Miss Starr? Ich glaube, ich habe mein Taschenmesser hier liegen lassen.«

Elaina machte die Tür ganz auf. »Ich habe es nirgends gesehen, Oscar. Sind Sie ganz sicher?« Er drängte sich lächelnd an ihr vorbei und stieß dann die Tür von innen zu und lehnte seine kräftige Gestalt lässig dagegen.

»Das einzige, was ich hier vergessen habe, ist das hübscheste Mädchen westlich von Denver.«

O Gott, nicht noch einer, dachte Elaina verärgert. »Oscar, ich weiß nicht, was Sie vorhaben, aber ich finde, Sie sollten jetzt besser wieder gehen.« Sie griff nach der Tür, doch er vertrat ihr den Weg.

»Sie sind nicht besonders freundlich, Miss Starr.«

»Und Sie benehmen sich nicht gerade wie ein feiner Herr.

Sie benehmen sich sogar ganz so wie ein verzogener kleiner Junge.«

Oscar umfaßte ihr Handgelenk und zog sie an seine Brust. »Ich bin kein kleiner Junge, Miss Starr. Ich tauge genausoviel wie jeder andere Mann in dieser Stadt, vielleicht sogar noch mehr. Das würden Sie selbst sehen, wenn Sie mir eine Chance geben.«

Elaina, die wütend über seine Frechheit war, riß sich los. »Verschwinden Sie jetzt, Oscar. Verschwinden Sie von hier, ehe ich Chase etwas sage.«

»Bitte, Miss Starr, könnten wir nicht wenigstens darüber reden?« Er ließ seine dicken Finger über ihre Wange gleiten, und zum ersten Mal spürte Elaina einen Schauer über ihren Rücken laufen. Oscar mochte zwar ein Junge sein, aber er war ein sehr kräftiger Junge.

»Oscar...« Es wurde wieder angeklopft, und sie unterbrach sich mitten im Satz. Sie ignorierte Oscar, der das Gesicht zu einer grimmigen und besitzergreifenden Miene verzogen hatte, und sie streckte die Hand nach der Tür aus.

Sie spürte seine Hand auf ihrer Schulter. »Machen Sie schon auf, aber schicken Sie sie weg. Wir beide müssen miteinander reden.«

Sie verkniff sich eine wütende Bemerkung, drehte den Türknopf um und öffnete die schwere Holztür. Im Türrahmen stand der allerletzte Mensch, den sie erwartet hatte.

Für den Fall eines Wiedersehens hatte sie sich ein Dutzend Phrasen zurechtgelegt und einstudiert, aber jetzt fiel ihr nicht ein einziger Satz ein. Statt dessen sah sie ihn einfach nur an.

»Hallo, Elaina«, sagte er. »Wir müssen miteinander reden.«

»Einfach so? ›Hallo, Elaina. Wir müssen miteinander reden‹?«

»Ja. Genau so.« Er stieß die Tür auf, und obwohl sie seine Hilfe gebraucht hätte, um mit dem stämmigen Jugendlichen fertigzuwerden, knallte sie sie ihm vor der Nase zu. Ren stellte seinen Stiefel in die Tür und trat ein.

»Brauchen Sie Hilfe, Miss Starr?« fragte Oscar.

»Wie ich sehe, hast du schon Gesellschaft«, sagte Ren.

Da sie wußte, was er von ihr hielt, erschienen ihr die Worte unerträglich. Irgendwie würde sie schon mit Oscar Whittington fertigwerden – ohne Rens Hilfe! »Ja«, sagte sie zu ihm und warf dabei den Kopf frech in den Nacken. »Ich habe einen Kunden hier. Irgendwie muß man sich als Mädchen schließlich durchschlagen. Und jetzt wäre es mir lieb, wenn du gingest.«

Ren lächelte, doch das Lächeln fand nie den Weg bis zu seinen Augen. Er sah den stämmigen Jugendlichen an, der mit gespreizten Beinen mitten im Zimmer stand. Er wußte nicht, was Elaina mit ihm spielte, aber er würde mitspielen, und sei es auch nur für ein Weilchen.

»Wie Sie wünschen, Miss Starr.« Ren legte die Finger an die Hutkrempe und wich aus der Tür zurück, die er sodann leise hinter sich schloß.

Elaina hörte, wie seine Schritte leiser wurden, und ihre Wut drohte, sie zu verschlingen. *Wie wenig muß er von mir halten. Wie leicht es ihm doch fällt, das Schlimmste zu glauben.* Fast hätte sie Oscar Whittington schon vergessen, als sie spürte, wie seine Arme sich um ihre Taille schlangen und er sie wieder an seine Brust zog.

»Ich wußte doch gleich, daß Sie mich mögen, Miss Starr. Das habe ich Ihnen doch angemerkt, als Sie so nett zu mir waren und so.« Er knabberte an ihrem Hals, hielt ihr die Arme auf dem Rücken fest und drehte sie dann zu sich um.

All die Wut, die sie auf Ren empfand, all der Zorn, den sie den Männern im allgemeinen entgegenbrachte, richtete sich jetzt gegen Oscar Whittington, und Elaina trommelte mit ihren kleinen Fäusten auf seine Brust ein und trat ihm gegen die Schienbeine. Wenn sie eine Waffe zur Hand gehabt hätte, hätte sie wahrscheinlich auf ihn geschossen.

Von dort aus, wo er am unteren Treppenabsatz im Dunkeln stand, konnte Ren deutlich erkennen, wie Elaina sich gegen den stämmigen Jugendlichen wehrte. Er sah sie durch das Fenster und konnte klar beobachten, wie er ihr zusetzte und sie sich heftig gegen den jungen Mann wehrte. Was auch immer der Junge dort oben zu suchen hatte, für Ren war klar, daß er kein erwünschter Gast war. Er verfluchte Elaina für ihren Stolz, weil sie ihn nicht um Hilfe gebeten hatte. Es wäre ihr recht geschehen, wenn er zuließ, daß der Junge sie quälte, ehe er wieder zu ihr ging. Dann dachte er an die Hände des Jugendlichen auf Elainas vollen Brüsten, und er verabschiedete sich schnell von dem Gedanken. Er sprang zwei Stufen auf einmal hinauf, drehte den Türknopf um und trat die Tür auf.

Oscar hatte Elaina an seine Brust gepreßt und den Kopf in ihrem Haar begraben. Er hielt ihre beiden Handgelenke so mühelos fest, daß ihre Anstrengungen, sich gegen ihn zu wehren, nicht das geringste nützten. Oscar war benommen davon, sie so nah zu spüren, und als er aufblickte und den großen Mann sah, der schon einmal dagewesen war und dessen Gesicht eine Maske des Zorns war, ließ er Elaina so abrupt los, daß sie das Gleichgewicht verlor und beinah hingefallen wäre.

Während er beobachtete, wie Ren zielstrebig auf sie zukam, als sei er nicht ganz sicher, ob er wirklich und wahrhaftig vorhanden war, übersah Oscar die Faust, die auf seinem Kinn landete, und ebenso den linken Haken und den rechten Schwinger, er krümmte sich nur. Ren packte ihn am Genick und am Hosenboden und stieß ihn kopfüber zur Tür hinaus. Als sein massiger Körper die Treppe hinunterpolterte und dann ein Stöhnen auf seinen Aufprall folgte, trat Elaina in die Tür und fuhr sich mit zitternder Hand an die Kehle.

Ren trat neben sie. »Mach dir keine Sorgen. Er wird schon wieder. Er ist zu kräftig. Dem passiert so schnell nichts.«

Oscar saß mit ausgestreckten Beinen auf dem unteren Treppenabsatz und rieb sich das Kinn. Mit einem argwöhnischen Blick auf Ren schüttelte er den Kopf, stand auf und wankte ins Dunkel.

Elaina sank gegen den Türrahmen und spürte eine Woge der Erleichterung. Als sie sich umdrehte, sah sie, daß Ren sie beobachtete und daß Sorge in seinen hellen Augen stand. Warum in Gottes Namen sah er sie so an?

»Du hast doch nicht wirklich geglaubt, daß du mich so leicht loswerden würdest, oder?« fragte er leise.

Wenn sie auch noch so froh darüber war, Oscar Whittington los zu sein, dann ließ Rens verführerischer Tonfall ihren Zorn doch wieder entflammen. »Glaub bloß nicht, du könntest so wie letzte Nacht einfach hier auftauchen. Du bist nichts weiter als ein zahlender Kunde«, verhöhnte sie ihn. »Du kannst wie alle anderen warten, bis du an der Reihe bist.«

Einer seiner Mundwinkel zog sich zu einem nachsichtigen Lächeln hoch. »Dann muß ich also Schlange stehen, was? Und ich bekomme keine Sonderbehandlung, noch nicht einmal ich, der Mann, der dich zugeritten hat?«

Elainas Wut drohte überzukochen. Sie packte eine zierliche Blumenvase, weil sie seinem höhnischen Lächeln ein Ende bereiten wollte, und plötzlich fiel ihr der Blick wieder ein, der in Sadie Andersons Augen gestanden hatte, als sie ihr das hübsche Stück geschenkt hatte. Mit zitternder Hand stellte sie die Vase wieder auf den Tisch.

»Da du jetzt einen zahlenden Kunden vertrieben hast«, sagte sie, »wäre es mir lieb, wenn du gehen würdest.«

»Ich gehe nicht, solange wir nicht miteinander geredet haben.«

»Dann mach es dir bequem, denn ich rede weder jetzt noch sonst irgendwann mit dir. Ich finde dich abscheulich und widerwärtig. Du machst dir nichts aus mir. Du hältst mich für eine ... eine ...« Ihre Stimme überschlug sich.

»Hure«, flüsterte sie und zwinkerte die ungewollten Tränen fort.

Ren kam näher und zog sie an sich, obwohl sie versuchte, ihn sich vom Leib zu halten. »Elaina, bitte, hör mir zu.«

Sie riß sich von ihm los, und ihre Stimme kam stockend heraus. »Verschwinde. Sonst tust du mir ja doch nur weh. Du hättest gar nicht erst herkommen sollen. Du hättest die Dinge so belassen sollen, wie sie waren.«

Ren biß die Zähne zusammen, und seine Augen verfinsterten sich vor lauter Zorn. »Du wirst mir jetzt zuhören, und wenn ich dich ans Bett binden muß«, drohte er und verspürte ein vertrautes Gefühl in seinen Lenden, als er das Bild vor sich heraufbeschwor. »Vielleicht ist das die beste Idee, die ich je hatte.« Er ging drohend einen Schritt auf sie zu, und Elaina wich zurück.

»Also gut«, willigte sie nicht ohne eine Spur von Nervosität ein. »Ich werde mir anhören, was du zu sagen hast. Aber nur, weil du mir keine andere Wahl läßt.«

»Absolut keine andere Wahl«, bestätigte er, und sein Blick glitt von Kopf bis Fuß über sie. Bei ihrem Handgemenge mit dem Jugendlichen waren die Kämme aus ihrem Haar geglitten, das ihr jetzt wirr über die Schultern fiel. Ihre Wangen waren gerötet und ihre Lippen ein klein wenig zu einem Schmollmund vorgeschoben. Unter allen anderen Umständen hätte er sie in seine Arme gezogen, sie bewußtlos geküßt und sie gezwungen, ihn zu lieben, wie sie ihn in der Nacht geliebt hatte.

Statt dessen umfing er ihre steifen Finger mit seinen wärmeren und führte sie zu dem Sofa. »Setz dich«, befahl er. Sie reckte das Kinn in die Luft, tat aber, was er ihr sagte.

»Zunächst einmal weiß ich, daß du keine Hure bist.«

»Nein, das weißt du nicht. Das sagst du nur, damit du ... damit du mich ausnutzen kannst. Eine Nacht hat dir nicht genügt. Du willst ja doch nur ...«

»Verdammt noch mal, Lainey, wirst du jetzt wohl still

sein?« Er umklammerte ihre Finger fester. »Nichts wäre mir lieber, als wieder mit dir ins Bett zu gehen«, sagte er, »aber nicht, weil ich dich für eine Hure halte. Letzte Nacht habe ich gesehen, wie Willie Jenkins aus deinem Zimmer gekommen ist, und ich habe gesehen, wie er dir einen Packen Geldscheine in die Hand gedrückt hat. Ich weiß, was über Chase Camerons Lokal vorgeht.« Er unterbrach sich und schluckte, bevor er fortfuhr. »Ich vermute, meine Phantasie ist mit mir durchgegangen.« Und meine Eifersucht auch, fügte er im stillen hinzu. Sie sah ihn gebannt an und bemühte sich, in seinem Gesicht zu lesen. »Ich vermute, ich habe auch nach einem Vorwand gesucht, dich zu lieben. Ich wollte dich unbedingt haben.« Er räusperte sich und fügte ein wenig brummig hinzu: »Ich will es immer noch.«

Zum ersten Mal an diesem Abend schaute sie freundlicher.

»Heute habe ich Willie Jenkins getroffen«, fuhr er fort. »Er hat mir erzählt, was sich gestern abend in deinem Zimmer wirklich zugetragen hat. Es tut mir leid, Elaina. Es tut mir furchtbar leid. Ich hätte mehr Vertrauen in dich haben sollen. Ich hätte dir blind vertrauen müssen.«

Seine Worte machten ihren Widerstand zunichte. »O Ren«, flüsterte sie, und er hörte, wie ihre Stimme stockte.

Er begrub sein Gesicht in ihrem Haar, küßte ihren Hals und ihre Wangen und drückte seinen Mund dann auf ihre Lippen. Als seine Zunge in ihren Mund glitt, wankte sie, und ihre weichen Brüste preßten sich an seine Brust. Mit einem resignierten Stöhnen zwang er sich, sich loszureißen.

Elaina zuckte zusammen. »Es tut mir leid. Ich . . . wir hätten das nicht tun dürfen. Ich weiß, daß du ein verheirateter Mann bist, und ich . . .«

»Ich bin nicht verheiratet, Elaina.«

Ihr Herz flatterte. »Du bist nicht verheiratet? Aber ich dachte, die Hochzeit fände am dreiundzwanzigsten Mai statt.« Ein Datum, das sie niemals vergessen würde.

»Jacob Stanhope hat die Hochzeit verschoben, als ich nicht rechtzeitig aus Keyserville zurückgekommen bin.«

Tränen des Glücks traten in ihre Augen. Sie schlang ihm die Arme um den Hals, schmiegte ihre Wange an seine und hörte ihn stöhnen. Zarte Finger befreiten ihn aus ihrer Umarmung, als er sich von ihr löste.

»Die Hochzeit ist nur verschoben worden. Deshalb bin ich hergekommen. Ich wollte es dir sagen.« Hellblaue Augen flehten um Verständnis, doch Elaina brachte kein Mitgefühl auf.

»Du wirst es also tun?« fragte sie mit spröder Stimme, und ihr Verstand weigerte sich, die Bedeutung seiner Worte zu erfassen. Er war frei. Er hatte sie geliebt, war mit ihr so zusammengewesen, wie kein anderer Mann es jemals sein würde, und doch hatte er vor, eine andere zu heiraten. Lieber Gott, betete sie, laß es nicht wahr sein.

»Ich muß sie heiraten, Elaina. Mir bleibt nichts anderes übrig.«

Tränen strömten über ihre Wangen, doch ihre Wut, die sie jetzt nicht mehr beherrschen konnte, ließ keines der Worte, die er sagte, bei ihr ankommen.

Sie sprang auf und hatte die kleinen Hände an ihren Seiten zu Fäusten geballt. »Du... du verlogener Mistkerl! Wie kannst du es wagen, noch einmal herzukommen! Wie kannst du es wagen, mich wie eine Hure zu benutzen!« Sie wich vor ihm zurück. Diesmal sah sie nur die himmelblauen Augen und die harten Konturen seines Gesichts, als sie nach Sadie Andersons hübscher Vase griff. Sie wollte ihn zerstören. Mit Fingern, die auf der glatten Oberfläche des Glases zitterten, schleuderte sie die Vase mit aller Kraft in sein Gesicht. »Verschwinde von hier!«

Ren duckte sich, und die Vase zerschmetterte auf dem Boden und zersprang in tausend winzige Splitter.

»Verschwinde!« wiederholte sie. »Wenn du jemals wieder zurückkommst, erschieße ich dich!« Sie suchte das Zimmer nach einem weiteren Gegenstand ab, mit dem sie werfen konnte, doch er machte nur zwei große Schritte, packte ihre Handgelenke und riß sie an sich.

»Hör mir zu, Elaina. Ich bin nicht hergekommen, um dich auszunutzen. Ich bin gekommen, um dir zu helfen, aber als ich dich wiedergesehen habe, konnte ich . . .« Er wandte den Blick ab. »Anfangs habe ich eingewilligt, Melissa Stanhope zu heiraten, weil ich Macht und Ansehen haben wollte, was eine Verbindung mit den Stanhopes mit sich bringt. Ich wollte Ansehen, ich wollte gesellschaftlich akzeptiert werden. Seit damals habe ich selbst Erfolg gehabt, und ich habe festgestellt, daß alles übrige unwichtig ist.« Mit der Fingerspitze wischte er eine Träne von ihrem Gesicht. »Mir war nur einfach nicht klar, *wie* unwichtig es ist, bis ich dir begegnet bin.«

Lohfarbene Augen sahen in seine und wirkten keineswegs überzeugt. »Warum wirst du diese Ehe dann eingehen?«

»Ich fühle mich Jacob verpflichtet, ihm verbunden. Du solltest besser als jeder andere wissen, warum ich mein Wort halten muß.« Er sah sie fest an, und sein eigener Zorn staute sich wieder auf. Warum konnte sie das bloß nicht verstehen? Sie hatte genau dieselben Dinge über die Verlobung mit Chuck Dawson gesagt, und wenn Dawson sie nicht ganz so schlecht behandelt hätte, hätte sie ihre Pläne in die Tat umgesetzt, dessen war er sich sicher.

»Eine Verpflichtung?« wiederholte sie. »Gehört es auch zu deiner Verpflichtung gegenüber Melissa Stanhope, Stunden im Bett einer anderen Frau zu verbringen?« Elaina riß sich gewaltsam los. Schon allein der Name Stanhope, wenn er über Rens Lippen kam, ließ das Blut in ihren Ohren rauschen. Sie wollte ihn bestrafen, ihm weh tun, wie er ihr weh getan hatte. Sie biß die Zähne zusammen, zog die Hand zurück und holte mit aller Kraft aus. Ren fing ihr Handgelenk in der Luft ab.

»Ich habe dich gewarnt, Elaina, das nie wieder zu versuchen.« Er zog sie an sich, und ihr Körper schmiegte sich von ganz allein an den seinen. Sein Mund war ein dünner, grimmiger Strich, als er sie ansah, als hätte er sie am liebsten umgebracht.

»Du verdammter Kerl!« fluchte sie und wehrte sich vergeblich. »Der Teufel soll dich holen!« Sie konnte seine Wut spüren, als er sie mühelos festhielt. Seine Blicke glitten über sie und wandten sich der Wölbung ihres Busens zu, der sich unter ihrem hochgeschlossenen Kleid hob und senkte. Sogar durch die dicken Falten ihres Rocks konnte sie spüren, wie sein Geschlecht sich gegen sie preßte.

Er fuhr mit den Fingern in ihr Haar und zog ihren Kopf strafend zurück. Mit einem gequälten Stöhnen küßte er sie glühend und besitzergreifend, als wollte er sie niemals mehr loslassen.

Elainas Knie wurden weich. Sie sank an ihn, und nur seine Arme, die sie fest umschlangen, verhinderten, daß sie fiel. Sie spürte seine Hände unter ihren Knien; dann hob er sie hoch und trug sie mit langen Schritten zu dem eisernen Bettgestell im anderen Zimmer. Er machte sich an den Knöpfen ihres Kleids zu schaffen, gab es aber schließlich auf und zerriß das Rückenteil.

»Ich kaufe dir ein neues«, murmelte er ihr ins Ohr.

Die Glut seiner Hände versengte sie. Sie wollte sich zwar wehren, doch ihre Bemühungen waren kläglich, zwecklos. Er zog ihr das Kleid von den Schultern und entblößte ihren Körper. Die Baumwollträger ihres Hemdes fielen herab; dann lag das Kleid wie durch Zauberhand auf dem Boden. Sie spürte seine brennenden Lippen auf ihren Schultern, auf ihrem Hals, auf der Mulde unter ihrem Ohr. Er nahm sie vollständig in Besitz; es ließ sich so oder so nicht leugnen. Er machte sie sich zu eigen, ihren Körper und ihre Seele.

Seine Umarmung war berauschend und durchdrang all ihre Sinne. Als seine Hände ihre Brüste streichelten, stellten sich ihre Brustwarzen auf und baten ihn weiterzumachen.

Ein Schluchzen entrang sich ihrer Kehle, als er den Kopf senkte und sein Mund die pochende Spitze bedeckte. Dichte Strähnen seines welligen Haares streiften ihre Haut, und sie wand die Finger in die seidige Mähne.

Ren hatte sich zwar tausendmal gelobt, er würde nicht wieder schwach werden, sie nicht nehmen, auch wenn er es wollte, auch wenn sie beide es wollten, doch sein Verstand funktionierte nicht mehr. Er war ein Gefangener der wunderschönen Frau, deren Körper unter ihm bebte, und er streichelte ihre glühende Haut, kostete ihre Honiglippen und wollte sich nur noch für alle Zeiten in der Wärme ihres Körpers vergessen.

Sein Begehren wuchs, als er ihre Brüste mit seiner Zunge umspielte und ihre Oberschenkel streichelte, denn er wollte nichts anderes als die Lust für sie beide. Ganz gleich, wie sehr er sich auch wünschte, die Dinge stünden anders, würde diese Nacht ihre letzte gemeinsame sein.

Die Verzweiflung darüber war grenzenlos. Wie grausam das Leben doch sein konnte. Er bewegte sich auf ihr, und sein Schaft preßte sich fest gegen das dunkle Dreieck. Als er sich einen Weg zwischen ihre elfenbeinernen Schenkel bahnte, kämpfte er mit aller Gewalt gegen den Schmerz an. Er hatte nur Augen für die goldenen Augen, die straffen Brüste, die leicht nach oben gewölbt waren, die schmale Taille und Hüften, die seinen entgegendrängten, für die Frau, die er liebte und die er am Morgen verlassen würde.

Er fühlte den nächsten schmerzhaften Hieb, als die Erkenntnis ihn traf. *Liebe*. Er würde seine Liebe für alle Zeiten in dieser erbärmlichen Goldgräberstadt zurücklassen, in der Obhut eines Mannes wie Chase Cameron. Wie ein Tier stieß er in sie, nahm sie mit jedem Stoß mehr in Besitz und wollte, daß sie wußte, daß sie ihm und nur ihm gehörte. Und dabei wünschte er sich, alles wäre anders gewesen, er wünschte sich, er könnte sie für alle Zeiten für sich haben. Er klammerte sich an sie und wollte sie nie mehr loslassen.

Elaina konnte spüren, wie die Lust sich steigerte, wie der Schmerz in ihren Lenden nach Erlösung drängte. So hatte er sie noch nie geliebt, so hemmungslos, so wild, so verzweifelt. Ihre Sinne schwirrten. Sie fühlte sich gleichzeitig besessen, beherrscht, begehrt und geliebt. Ihr Körper brannte und schmerzte, pochte und vibrierte. Und sie war gewillt, sich von den Flammen verzehren zu lassen. Als ihre Leidenschaft zum Höhepunkt drängte, rief sie laut seinen Namen und hielt ihn fest, als wolle sie ihn nie mehr loslassen.

Die verzehrende Lust, die jedem Gedanken Einhalt geboten hatte, wich der Ruhe. Sie kuschelte sich ganz eng an ihn, in seine beschützende Umarmung. Es gab keine tröstlichen Worte. Nichts war mehr zu sagen. Sie betete, er würde nicht gehen; einer leeren Nacht ohne ihn war sie nicht gewachsen. Der Morgen würde viel zu bald kommen. Morgen, mit der Sonne im Rücken, konnte sie sich von ihm verabschieden.

Sie schlang die Finger in sein dichtes schwarzes Haar und zog seinen Kopf zu sich herunter, um ihn zu küssen. In dieser Nacht wollte sie sein Herz rauben, ihm nichts mehr lassen, was er noch mit seiner Braut hätte teilen können. Diese eine Nacht gehörte ihr und nur ihr allein. Heute nacht würde sie leben und lieben und beten, daß der morgige Tag niemals kommen würde. Sie fragte sich, welchen Preis ihr eigenes Herz zahlen würde, und sie fragte sich, wer in Wirklichkeit der Sieger sein würde. Als sie seine zarten Berührungen und seine Lippen auf den ihren spürte, wußte sie jedoch, daß sie nicht die Siegerin sein würde.

»Es ist Zeit, meine Hübsche.«

Die leise gesprochenen Worte brachen ihr fast das Herz.

»Jetzt schon?« Ihre Stimme klang hohl und leer, genauso, wie ihre Seele sich fühlte.

»Je länger ich bleibe, desto schwerer wird es für uns beide.«

Sie nickte. »Ich weiß.« Sie stand mit dem Rücken zu ihm im

Wohnzimmer. Sie hatten sich angezogen, sie trug ein schlichtes Kleid aus lavendelfarbenem Batist mit einem tiefen Ausschnitt, und das gelöste Haar fiel ihr fast bis auf die Taille. Sie konnte seine gedämpften Schritte auf dem Teppich hören, als er näher kam, doch sie besaß nicht die Kraft, ihn anzusehen.

»Ich werde nie mehr etwas Lavendelfarbenes sehen können, ohne an dich zu denken«, sagte er mit heiserer Stimme zu ihr. Sie spürte seine langen, festen Finger auf ihren Schultern; dann hob er ihr Haar und küßte sie auf den Nacken.

»Bitte«, flehte sie, denn ihre Selbstbeherrschung drohte zusammenzubrechen.

»Laß mich dir Geld geben. Du kannst es mir zurückzahlen, wenn du . . .«

»Nein, Ren, du weißt, daß ich das nicht will.«

»Letzte Nacht . . . dein Kleid. Laß mich wenigstens . . .«

»Das Kleid kann ich flicken lassen. Bitte, Ren, sag nichts mehr.«

»Wie kann ich dich hierlassen, Lainey? Weißt du, wie ich mich fühle, wenn ich mir dich hier allein vorstelle?«

»Ich bin nicht allein«, flüsterte sie. »Ich habe Freunde.«

Seine Hände bohrten sich in ihre Schultern. »Freunde wie Chase Cameron?«

Sie zuckte zusammen und riß sich los, wandte sich endlich doch noch zu ihm um. Jetzt war ihre Wut vonnöten, und sie brauchte sie, um nicht den Verstand zu verlieren. »Ja, Freunde wie Chase. Er ist gut zu mir gewesen – und er hat mich nie wie eine Hure behandelt.«

Die Worte trafen ihn wie ein Schlag ins Gesicht. Er griff nach dem schwarzen Hut, der an einem Haken neben der Tür hing, fuhr sich mit einer Hand durch das wellige Haar und zog sich den Hut dann tief in die Stirn. Vielleicht war es das beste, sich so von ihr zu verabschieden, solange ihre lohfarbenen Augen vor Wut funkelten und ihr Kopf stolz zurückgeworfen war. Wenn sie ihn auch nur einen Moment lang mit Liebe in den Augen angesehen und ihn gebeten hätte zu bleiben, wäre er geblieben. Er wäre geblieben, ganz gleich, wie sehr er sich später auch noch dafür gehaßt hätte. Ganz gleich, wie sehr er es bereut hätte, das Vertrauen zu mißbrauchen, das Jacob in ihn setzte.

»Auf Wiedersehen, Elaina.« Als er die Tür öffnete, warf er noch einen letzten Blick auf sie. Elaina stand nahezu majestätisch und mit hocherhobenem Kopf mitten im Raum. Ein paar dichte dunkle Locken fielen über ihre Schulter. Ihre Augen waren trocken, und in ihren goldenen Tiefen lag keine Spur von Traurigkeit. Ihr Busen hob und senkte sich, als kostete sie die Anstrengung, die Selbstbeherrschung zu bewahren, ihre letzte Kraft. Er spürte, wie seine Selbstbeherrschung von ihm abfiel. Seine Hand zitterte, als er die schwere Tür aufzog. Er konnte die frische Morgenluft und die Sonne auf seiner braungebrannten Haut spüren, aber auch das linderte die Verzweiflung nicht, die ihm die Kehle zuschnürte.

Dann hörte er ihre Schritte, vernahm das Schluchzen. Er drehte sich gerade noch rechtzeitig um, um sie an sich zu ziehen, seine Arme um sie zu schlingen und zu spüren, wie sie die Arme um seinen Hals schlang. Als sie ihr Gesicht an seins schmiegte, spürte er die Nässe ihrer Tränen auf seiner Wange, die sich mit seinen eigenen Tränen vermischten. Er küßte sie heftig und leidenschaftlich, ein letzter Kuß, mit dem er ihr alles gab, was er geben konnte. Dann lösten sie sich voneinander, als hätten sie sich vorher darauf geeinigt. Sie wandte sich mit zurückgezogenen Schultern ab und ging in ihr Schlafzimmer.

Und er machte die Tür hinter sich zu.

18

Chuck Dawson stieß die Tür zum Büro der Blue Mountain Mining Company auf.

»Also, wir haben sie gefunden.« Er lächelte Dolph Redmond an, der hinter seinem Mahagonischreibtisch saß und eine dünne Zigarre rauchte.

»Wo ist sie?« Redmond beugte sich vor. »Für meine Begriffe wird die Zeit allmählich etwas knapp.«

»Wir glauben, daß sie in San Francisco ist.«

»*Glauben?*« schrie er. »Mittlerweile solltest du es wahrhaft genau wissen!«

»Wir tun unser Bestes, Dolph. Die Frau ist schlicht und einfach vom Erdboden verschwunden.«

»Was ist mit Morgan? Hast du ihn nicht fassen können?«

»Genau darum geht es ja. Als wir Morgan engagiert haben, haben wir ihm an ein Postfach in San Francisco geschrieben. Ada Lowery hat dort eine Schwester, die Isabelle Chesterfield heißt, und der Bahnhofsvorsteher hier in Keyserville sagt, daß er ziemlich sicher ist, das sei das Reiseziel, das auf Elainas Fahrschein stand. Der verfluchte Dummkopf konnte sich nicht daran erinnern, als wir ihn das erste Mal danach gefragt haben.«

»Hast du noch einmal mit Ada geredet?« fragte Dolph.

»Ja, ich habe mit ihr geredet, bis ich fast geplatzt bin. Die alte Dame weigert sich, irgend etwas zu bestätigen oder abzustreiten. Sie sagt, sie hätte keine Ahnung von Elainas Plänen gehabt. Ich habe ihr damit gedroht, sie zu feuern – und mit noch Schlimmerem, aber sie weigert sich trotzdem zu reden.«

»Hüte dich bloß. Ada Lowery macht ihre Arbeit im Hotel verdammt gut. Wir wären ziemlich in der Patsche, wenn wir sie feuern würden. Die Frau bringt uns Geld. Wir werden die kleine McAllister auch ohne Adas Hilfe finden.«

Chuck lächelte. »Ich breche morgen früh nach San Francisco auf. Ich werde diese Chesterfield oder Morgan finden. Einer von beiden wird uns zu dem Mädchen führen.«

»Das will ich hoffen, oder wir werden die alte Dame zum Reden bringen müssen, ob sie uns Geld bringt oder nicht.«

Chuck nickte. »Ich telegrafiere, sowie ich an der Westküste angekommen bin. Ich nehme Andy Johnson und Bill Sharp mit. Wir werden Elaina finden und sie zurückbringen.«

»Ich setze volles Vertrauen in dich, Chuck.« Dolph lehnte sich in seinem Ledersessel zurück und legte die weichen Lederstiefel auf den Schreibtisch.

»Ich halte dich auf dem laufenden.« Chuck schloß die Tür leise hinter sich. Er ballte die Hände zu Fäusten, als er auf sein Pferd zuging. San Francisco. Er hätte wissen müssen, daß die kleine Schlampe sofort zu ihrem Liebhaber aufbrechen würde. Aber sie und Morgan begingen einen Fehler, ihn zu unterschätzen. Elaina McAllister hatte ihm versprochen, seine Frau zu werden, und sie würde ihr Wort auch halten. Die letzten Formalitäten zum Verkauf der Mine sollten am zehnten Juli abgewickeltet werden. Bis dahin hatte Chuck vor, glücklich verheiratet – und stolzer Besitzer der Hälfte der Blue Mountain Mine zu sein.

»Nun, mein Junge, konntest du die Probleme deiner Freundin zu deiner Zufriedenheit lösen?« Jacob Stanhope saß im Wohnzimmer von Rens Stadthaus mit Blick auf das blaue Wasser der Bucht von San Francisco.

Ren war schon seit mehr als einer Woche zurück, hatte aber jeden Kontakt mit Jacob vermieden. Selbst jetzt bereitete es ihm noch Schwierigkeiten, dem älteren Mann in die Augen zu sehen. »Ich fürchte, ich konnte ihr leider nur wenig helfen.«

»Es tut mir leid, das zu hören. Gibt es etwas, was ich tun kann?«

Ren lächelte. »Du bist wirklich immer für mich da, Jacob,

stimmt's? Weißt du, ich habe nicht vergessen, wie du mir zu einem Start verholfen hast.«

»Du hattest selbst Geld, mein Sohn. Ich habe dir nur dabei geholfen, es zu vermehren.« Er rieb sich das graumelierte Haar an den Schläfen.

»Du hast viel mehr als nur das getan. Wahrscheinlich hätte ich Geld verloren, wenn ich dir nicht begegnet wäre. Ich hatte nicht die leiseste Ahnung von Geldanlagen. Ich wäre auf so ziemlich jeden reingefallen und leicht zu übertölpeln gewesen.«

Jacob Stanhope lachte herzlich, und seine tiefe Stimme hallte durch den Raum. »Du, mein Junge, warst noch nie leicht zu übertölpeln. Du hättest dir selbst beigebracht, wie man Geld anlegt, wie du dir alles andere auch selbst angeeignet hast. Du hast mir einmal erzählt, du hättest kaum eine Schulbildung gehabt, bis du schon fast zwanzig warst. Nachdem du aus dem Osten fortgegangen bist, hast du jede freie Minute damit zugebracht dazuzulernen, und du hast nicht nur deinen Bruder unterrichtet, sondern auch selbst viel gelernt. Das ist es, was ich an dir bewundere, mein Sohn. Deine Entschlossenheit, etwas aus dir zu machen und immer besser zu werden. Du hast Charakter, Ren. Du bist ein Mann der Tat, und du bringst viel Kraft mit. Das sind die Eigenschaften, die in meiner Familie leider aussterben.

Melissa ist das reizendste Wesen, das man sich nur denken kann«, fuhr er fort, »aber sie hat keine Kraft. Ich brauche Enkel, die mich ablösen. Starke Männer. Männer von der Sorte, wie sie deinen Lenden entspringen könnten.«

Ren grinste breit über Jacobs untypisch lange Ansprache. »Irgendwie glaube ich nicht, daß Melissa es zu schätzen wüßte, wenn wir über sie wie eine Zuchtstute reden.«

Jacob runzelte die Stirn. »Nein, wohl kaum. Das ist das einzige, was mir an dieser Heirat Sorgen bereitet.«

Ren schlug die Beine auseinander und sah Jacob an. Eine

leise Hoffnung regte sich in ihm. »Was soll das heißen, Jacob?«

»Ihr beide seid so verschieden. Ich bete nur, daß es euch gelingen wird, einander glücklich zu machen. Mir wäre die Vorstellung verhaßt, daß ihr beide nur um meinetwillen heiratet.«

Rens Brust schnürte sich zusammen. Jetzt war seine Gelegenheit gekommen, der Moment, auf den er gewartet hatte. Er konnte Jacob sagen, was er in seinem Herzen fühlte: daß die Frau, die er liebte, kein reizendes hellhäutiges Kind, sondern eine Frau mit üppigem dunklem Haar und einer Leidenschaft war, die sich an seiner eigenen messen konnte.

»Aber wahrscheinlich ist das eine blödsinnige Überlegung«, sagte Jacob gerade. »Ein Mann nimmt sich ein Weib zur Frau, weil er die Beziehungen braucht, die sie mitbringt. Du und Melissa. Deine Energie und dein Ehrgeiz, meine Macht und mein Name. Zusammen werden wir unschlagbar sein.«

Ren stand auf und trat an die Anrichte, um sich einen Drink einzuschenken und um die richtigen Worte zu finden. »Einen Cognac?«

»Ja, das wäre vielleicht das beste«, antwortete Jacob. »Es gibt noch etwas anderes, was ich dir sagen muß.«

Ren schenkte von dem goldenen Napoleon in die beiden Schwenker aus Kristallglas und gab seinem Freund Gelegenheit zu sprechen, aber er wollte um jeden Preis das Thema seiner Heirat wieder aufgreifen. Seit seiner Rückkehr suchte er schon nach einer Möglichkeit, die Verlobung zu lösen. Er reichte Jacob einen der Schwenker, und der ältere Mann atmete den würzigen Duft ein, während er das Glas zwischen den Handflächen anwärmte.

»Setz dich, mein Sohn.«

Ren setzte sich wieder auf den prall gepolsterten dunkelgrünen Stuhl.

»Es läßt sich beim besten Willen nicht beschönigen, Ren,

und daher rücke ich am besten einfach mit der Sprache heraus. Ich fürchte, um mein Herz steht es schlechter, als ich dachte.«

Ren beugte sich vor. »Was soll das heißen? Wie schlimm steht es um dich, Jacob?«

»Der Arzt meint, wenn ich mich schone und mich nicht allzusehr anstrenge und wenn ich nicht zuviel von diesem Zeug hier trinke«, sagte er und hob das Glas, »dann könnte ich vielleicht noch ein oder zwei Jahre lang leben.«

»So schlimm kann es doch bestimmt nicht stehen. Du wirkst doch so gesund.«

»Ich fürchte, du irrst dich.« Er zog ein kleines Glasröhrchen mit winzigen Tabletten aus seiner Jackentasche. »Glyzerintabletten. Ich trage sie ständig bei mir, nur für den Fall . . .«

Ren bemühte sich erfolglos, seinen betroffenen Gesichtsausdruck zu verschleiern.

»Mach dir nichts daraus, mein Sohn«, sagte Jacob. »Ich habe mein Leben in vollen Zügen gelebt. Ich bedaure nichts.«

Ren fand nur mit Mühe seine Stimme wieder. Er schluckte den Kloß in seiner Kehle hinunter. »Ärzte können sich täuschen, Jacob. Wir werden eine zweite Meinung einholen. Wir werden . . .«

»Rede keinen Unsinn, Junge. Wir wissen beide, daß der Arzt recht hat. Meine Herzkrankheit verschlimmert sich seit Jahren immer mehr. Das ist einer der Gründe, warum mir die Hochzeit so wichtig ist. Ich möchte wissen, daß sich jemand um mein kleines Mädchen kümmert. Ich will wissen, daß ihr nichts zustößt und daß sie geborgen ist. Ich weiß, daß du gut für sie sorgen wirst.«

Ren wandte sich ab. Er schloß die Augen und umklammerte das Cognacglas so fest, daß er schon fürchtete, es könnte zerspringen. Dann öffnete er die Augen wieder und trank die Hälfte mit einem Schluck.

»Du weißt, daß ich mein Bestes für sie tun werde«, gelobte er und schob jeden Gedanken an sein eigenes Glück weit von sich.

»Ich weiß, daß du das tun wirst, mein Sohn. Und jetzt wollen wir nicht mehr von unerfreulichen Dingen reden. Ich muß jetzt gehen. Melissa und ich erwarten dich an meinem Geburtstag zum Abendessen. Ich habe noch einiges Geschäftliche außerhalb der Stadt zu erledigen. Ich werde erst kurz vor meinem Geburtstag wieder zurückkommen. Vergiß nicht, Tommy und Carrie noch einmal daran zu erinnern, daß sie ebenfalls eingeladen sind.«

»Das werde ich tun.« Ren rang darum, mit ruhiger Stimme zu sprechen.

»Das sollte ein interessanter Abend werden«, sagte Jacob. »Ich habe ein paar Freunde aus alten Zeiten eingeladen. Die sogenannte gute Gesellschaft von San Francisco habe ich verdammt satt. Gott sei Dank habe ich genug Geld, um den Leuten ab und zu sagen zu können, sie sollen sich zum Teufel scheren.«

Ren spürte, wie ein Lächeln seine Mundwinkel hochzog, und ihm wurde wieder einmal klar, warum er eine so hohe Meinung von Jacob Stanhope hatte. »Das klingt ganz so, als würde mir der Abend Spaß machen.«

»Hoffen wir nur, daß Melissa ihn ebenso amüsant findet wie wir.« Er zwinkerte Ren zu und gab ihm einen Klaps auf den Rücken. Sie gingen zur Tür.

»Spar dir die Mühe, mein Sohn, ich kenne den Weg. Ich freue mich schon darauf, dich auf der Party zu sehen.«

Jacob ging allein zur Tür, und Ren kippte den Rest Cognac hinunter, damit sich das leichte Zittern seiner Hand wieder legte. Nachdem er sich noch einmal nachgeschenkt hatte, trug er das Glas zum Sofa und versuchte erfolglos, jeden Gedanken an Jacobs Krankheit – und jedes Bild von Elaina McAllister – abzuwehren. Er hatte so dicht davorgestanden. Ganz dicht. Aber wenn er Jacobs Krankheit in Betracht zog, gab es jetzt keinen Ausweg mehr. Er fragte sich, wo Elaina wohl war. Was sie wohl tat. Versuchte sie vielleicht, ihn in den mehr als erwartungsvollen Armen Chase Camerons zu vergessen? Ren wußte, daß er auch nach seiner Heirat nicht in der Lage sein würde, sie zu vergessen.

Arbeit. Echte, ehrliche, schwere Arbeit. Genau das war es, was er brauchte. Er würde sich eine Zeitlang auf die Ranch zurückziehen. Mit grimmiger Entschlossenheit kippte er den zweiten Cognac hinunter und machte sich auf den Weg zur Treppe.

Elaina ließ die endlosen Abende über sich ergehen, an denen sie sang, die Horden von betrunkenen Goldgräbern und ihre derben, anzüglichen Sprüche, die Tage, die ihr noch endloser als die Nächte erschienen. So einsam war sie noch nie in ihrem ganzen Leben gewesen, und so elend hatte sie sich noch nie gefühlt. Seit Ren fort war, versuchte sie, sich in ihre Arbeit zu stürzen, und sie bemühte sich, ihre Ziele nicht ganz aus den Augen zu verlieren, und sie ließ sogar zu, daß Chase Cameron eine immer größere Rolle in ihrem Leben spielte.

Nichts klappte. Sie dachte an nichts anderes als an Ren. Wo war er? Was tat er? Dachte er überhaupt noch an sie? Ganz gleich, wie sehr sie auch dagegen ankämpfte, in Gedanken war er da.

Sie hatte die Beine hochgelegt und saß auf dem Sofa und schlug eine Ausgabe von *Harper's Bazaar* auf, die Delsey ihr gegeben hatte. Delsey hatte sich schließlich doch bereit erklärt, Willie Jenkins zu heiraten, und Elaina war begeistert. Sie hatte das Gefühl, wenn schon sonst nichts, dann doch wenigstens das erreicht zu haben, seit sie sich in Central City aufhielt. Zumindest war es ihr gelungen, zwei Menschen, die sie mochte, dabei zu helfen, ihr Glück zu finden. Sie wünschte, sie hätte selbst auch ein wenig Glück finden können.

Sie blätterte die Zeitschrift durch und war froh um die Ablenkung. Ihr blieben noch zwei Stunden Zeit, bis sie gezwungen war, auf die Bühne zu treten und ihren allabendlichen Auftritt hinter sich zu bringen. Sie fragte sich, warum die Goldgräber ihres Singens nicht überdrüssig wurden. Sie wußte, daß sie nicht besonders gut war. Doch sie applaudierten ihr bei jedem Auftritt lauter, und der Saal füllte sich immer mehr. Chase freute sich darüber grenzenlos. Er war mehr als eine Woche fort gewesen und hatte in anderen Saloons, die ihm in anderen Städten gehörten, nach dem Rechten gesehen. Aber heute oder morgen stand seine Rückkehr zu erwarten. Elaina ertappte sich dabei, daß sie sich auf seine Rückkehr freute, und sei es nur, damit sie aus der Monotonie ihres Alltags herausgerissen wurde.

Ein leises Klopfen an ihrer Tür unterbrach ihre Gedanken. Mit einem matten Seufzen öffnete sie, wenngleich jetzt auch eine dicke Kette vor der Tür hing, die es ihr gestattete, Besucher zu sehen, ehe sie sie einließ.

»Richard!« Sie erkannte Richard Marley im ersten Augenblick, obwohl er jetzt glattrasiert vor ihr stand, einen frischgebügelten braungestreiften Anzug trug und ein kleines Sträußchen Margeriten in der Hand hielt. Sie zog die Kette zurück. »Bitte kommen Sie rein.«

»Danke«, erwiderte er ein wenig schüchtern und drückte ihr die Blumen in die Hand.

»Sie sehen wieder aus wie früher, Richard. Klappt bei Ihnen wieder alles besser?« Sein Haar war frisch gewaschen und kurz geschnitten und ordentlich gekämmt, und er trug blitzblanke neue braune Schuhe.

»Bei *uns*, Miss McAllister. Bei *uns* klappt es besser.«

Elaina lächelte nachsichtig. »Bitte, Richard, nennen Sie mich doch Elaina.«

»Ich wäre stolz darauf, eine der reichsten Frauen im Staat Colorado mit ihrem Vornamen anzusprechen.« Er grinste, als er ihren verwirrten Gesichtsausdruck sah.

»Richard, was reden Sie da? Sind Sie ganz sicher, daß Ihnen nichts fehlt?«

»Ich versichere es Ihnen, Miss ... Elaina, ich habe mich in meinem ganzen Leben noch nicht wohler gefühlt. Strecken Sie die Hand aus.«

Sie tat, wie ihr geheißen wurde, aber Richard Marleys seltsames Benehmen befremdete sie immer noch. Er zog einen braunen Lederbeutel aus der Innentasche seines Jacketts und schüttete ihr einen Berg leuchtend gelben Goldstaub in die Hand. Ihre Hand zitterte ein wenig. »Richard?«

»Ja, Ma'am, wir haben reiche Ausbeute gemacht!«

»Gold?« fragte sie immer noch ungläubig.

»Jede Menge Gold. Mehr Gold, als Sie und ich je gebrauchen können.«

»Aber wie? Wann? Wo?«

»In der Golden Duchess Mine. So habe ich sie genannt – golden wegen all des Golds, das sie abwerfen wird, und Duchess nach Ihnen. So sind Sie mir nämlich erschienen, als Sie mir das Geld gegeben haben. Es ist genau die Mine, von der ich Ihnen erzählt habe, die, an der ich schon dauernd dran war – Partner.« Er schien ihre Bestürzung auszukosten.

»Partner? Aber ich kann doch nicht einfach ... ich meine, ich habe doch schließlich nicht selbst dafür gearbeitet.« Sie fuhr mit einem Finger durch das Gold auf ihrer Handfläche. Es fühlte sich schwer und kalt an, und doch glühte ihre Handfläche vor Aufregung.

»Wenn Sie nicht gewesen wären, Elaina, dann wäre ich nicht auf Gold gestoßen. Ich hätte keine zwei Tage mehr überstanden. Meine Jungs hatten Hunger, und meine Maulesel waren am Ende. Elaina, das Gold gehört zur Hälfte Ihnen, und ich werde dafür sorgen, daß Sie es annehmen.«

»O Richard!« Sie schlang ihm die Arme um den Hals, wobei sie darauf achtete, daß ihr das Gold nicht aus der Hand fiel, und drückte ihn fest an sich, Tränen des Glücks traten in ihre Augen. »Und was tun wir jetzt?«

»Tja, wir haben mehrere Möglichkeiten.«

Während er das sagte, schüttelte sie das Gold wieder in den Beutel und führte ihn zum Sofa.

»Wir können die Mine entweder augenblicklich verkaufen«, sagte er, »und das Geld nehmen und damit fortgehen, oder Sie können Ihren Anteil verkaufen, oder wir können die Mine weiterhin selbst ausschöpfen.«

»Das liegt ganz bei Ihnen, Richard. Ich bin nur ein Partner – ein stiller Teilhaber.«

Er grinste und freute sich über das Vertrauen, das sie in ihn setzte. »Wir verdienen am meisten daran, wenn wir die Mine selbst betreiben. Ich habe schon genug Gold geschürft, damit wir vielleicht ein Jahr lang im großen Stil leben können, und ich bin erst seit ein paar Wochen daran.«

Er sah, daß sie lächelte, und dann fiel ihm auf, daß sich winzige Falten auf ihrer Stirn zeigten. »Und warum runzeln Sie die Stirn?«

»Es ist nichts weiter«, log sie und zwang sich zu einem Lächeln.

»Wir sind Partner, Elaina. Partner sagen einander die Wahrheit.«

Sie fühlte sich ein wenig schuldbewußt. »Es ist nur so, daß . . . ich hatte gehofft, ich könnte aus Central City fortgehen, ich könnte nach San Francisco weiterreisen, wie ich es geplant hatte.« Auch wenn ich dafür leiden muß, fügte sie im stillen hinzu.

»Ist das alles?« Er schien erleichtert zu sein. »Ich habe nie erwartet, daß Sie hierbleiben und in der Mine mitarbeiten. Wir werden eine gerechte Regelung treffen, die die Jungen und mich für unsere Arbeit entschädigt, da wir die Hauptverantwortung tragen werden, aber es bleibt trotzdem noch mehr als genug für Sie übrig, damit Sie hingehen können, wo Sie wollen. Das Gold in diesem Säckchen gehört Ihnen.«

Er schaute streng auf sie herunter, und ein väterlicher Ausdruck trat auf sein Gesicht. »Ich habe Sie im Saloon singen hören. In diesem Beutel ist genug Gold. Sie brauchen nie mehr hinzugehen und dort aufzutreten. Und, wenn ich das noch dazu sagen darf, Ihr Daddy würde mich bei lebendigem Leib häuten, wenn ich zuließe, daß Sie noch einmal dorthin zurückkehren, wenn es nicht nötig ist.«

Elaina war ganz schwindlig vor lauter Glück. »Mit Saloons will ich nie mehr etwas zu tun haben!«

»Was sind das für Worte, aus dem Mund des Stars unserer Show?« Chase Cameron zog seinen rehbraunen Hut, als er den blonden Schopf zur Tür hereinstreckte.

»Chase!« Elaina sprang auf und eilte auf ihn zu, als er zur Tür hereinkam. Sie fiel ihm aufgeregt um den Hals. »Chase, es ist etwas ganz Wunderbares passiert. Richard und ich sind auf Gold gestoßen!«

Chase zog eine Augenbraue hoch, und sein Gesichtsausdruck war undurchschaubar. Er warf einen Blick auf Marley. »Stimmt das, Marley?«

»Ja, allerdings. Es ist verdammt wahr. Das Mädchen ist eine der reichsten Frauen im ganzen Staat.«

Chase lächelte gelassen. »Tja, ich schätze, das schreit nach einem Fest. Ich lade euch beide zu den besten Steaks von Central City ein. Und morgen werde ich Miss McAllister dann nach San Francisco begleiten. Dort wollten Sie doch hin, oder nicht, Elaina?«

Elaina war nicht sicher, aber sie glaubte, eine Spur von Sarkasmus aus seiner Stimme herauszuhören. »Ja, Chase, stimmt. Ich hatte nicht vor, schon so schnell aufzubrechen, aber wenn Sie bereit sind, mich zu begleiten, dann werde ich Ihr großzügiges Angebot selbstverständlich annehmen.«

»Ich habe geschäftlich an der Westküste zu tun, und es wäre mir auch dann ein Vergnügen, Sie zu begleiten. Ich werde im Washoe Club vorbeischauen und einen Tisch reservieren. In einer halben Stunde, oder ist das zu knapp?«

»Mir ist es recht«, sagte Richard Marley.

»Ganz ausgezeichnet«, stimmte Elaina zu, und ihre Begeisterung kannte keine Grenzen. Sie würde das Kleid mit dem verwegen tiefen Ausschnitt anziehen, das Chase ihr an jenem ersten Abend in Cheyenne geschenkt hatte. Es mochte sein, daß Richard es nicht ganz schicklich fand, doch sie besaß nichts anderes, was geeignet gewesen wäre. Und außerdem war sie jetzt eine wohlhabende Frau. Sie konnte tun, was ihr paßte.

»Wir sehen uns dann heute abend, Duchess«, scherzte Richard Marley.

Chase musterte den kleinen Mann seltsam, sagte aber nichts.

»Ich kann es kaum erwarten!« sagte Elaina zu den beiden. Nachdem sie die Tür hinter den Männern geschlossen hatte, stürzte sie in ihr winziges Schlafzimmer. In einer kleinen Eichentruhe waren die wenigen Kleider verstaut, die sie sich seit ihrer Ankunft hatte zulegen können. Wenn sie erst einmal in San Francisco war, würde sie eine Menge Kleider kaufen.

Falls die Goldmine wirklich so ergiebig war, wie Richard Marley behauptete, würde sie von der besseren Gesellschaft von San Francisco bedenkenlos aufgenommen werden. Sie würde Partys besuchen, zu Galaveranstaltungen gehen und all die Dinge tun, die sich jedes junge Mädchen erträumte. Zum ersten Mal dachte sie bewußt an Ren. Wenn sie ihn auch von ganzem Herzen liebte, hatte er sie doch nicht genug geliebt, um sie zu heiraten. Nein, ihn interessierte sein Ehrgeiz zu sehr, sein gesellschaftlicher Status – und Melissa Stanhopes Vermögen. Nun, jetzt besaß sie jedenfalls ein eigenes Vermögen. Sie konnte gar nicht erwarten, Rens Gesicht zu sehen, wenn er davon erfuhr.

19

San Francisco entsprach Elainas Erwartungen ganz und gar. Laue Brisen vom Meer, blaues Wasser und ein Himmel, der noch blauer war.

Sie waren vor fünf Tagen eingetroffen und von Zeitungsschlagzeilen und Reden willkommen geheißen worden. Eine Blaskapelle hatte auf dem Bahnhof gespielt, um San Franciscos neueste Berühmtheit in Empfang zu nehmen. Elaina war es wie ein Traum erschienen.

Auf Chases Beharren hin hatte sie sich eine elegante Suite im Palace Hotel genommen. Er war wie üblich eifrig um sie bemüht gewesen und hatte sie durch unzählige Läden begleitet, damit sie alles bestellen konnte, was der neuesten Mode entsprach. Offensichtlich kannte sich Chase in den guten Geschäften für Damenmode bestens aus.

Elaina gab ihr Geld mit beiden Händen aus, genoß ihren neuerworbenen Reichtum und den Luxus, der ihr immer versagt geblieben war, in vollen Zügen. Sie bemühte sich aber auch verzweifelt, nicht an Ren Daniels zu denken.

Aber diese Schlacht mußte sie einfach verlieren.

Von dem Moment an, in dem der Zug in den Bahnhof eingelaufen war, hatte sie kaum an etwas anderes denken können. Sogar während sie sich bei Chase einhängte und sich von ihm die Sehenswürdigkeiten zeigen ließ, dachte sie an Ren und fragte sich, ob sie die richtige Entscheidung getroffen hatte, nach San Francisco zu kommen.

Heute abend begleitete Chase sie zu ihrem ersten echten Ball. Sie hatte seit ihrer Ankunft zahllose Einladungen erhalten, denn ihr Ruf als reiche Frau und die Geschichte der berühmten Golden Duchess Mine waren ihr in die Stadt vorausgeeilt.

Durch einen leichten Nieselregen gelangte ihre Kutsche zu einem imposanten zweistöckigen Backsteinhaus. Als sie stehenblieb, sprang der Kutscher von seinem Sitz, um die Tür aufzuhalten. Chase stieg vor Elaina aus, umfaßte ihre Taille mit den Händen und hob sie auf den Boden. Sie betraten das Foyer des Lick House, eines renommierten Lokals, das für seine großartigen Partys berühmt war, und schon standen sie unter vergoldeten Leuchtern, die die Gäste in Kerzenschein tauchten. Eine Einladung zu einem Ball im Lick House war für jeden Einwohner von San Francisco etwas ganz Besonderes.

Chase drückte ihr ermunternd die Hand und entschuldigte sich für einen Moment, um ihre Mäntel an der Garderobe abzugeben.

Elaina zappelte vor Nervosität und bemerkte, wie mehrere Paare sie beobachteten. Sie fragte sich, welche Geheimnisse sie sich wohl hinter vorgehaltenen Händen zuflüsterten.

»Hallo, Duchess.« Die vertraute tiefe Stimme, die sie aus einer geringen Entfernung leise ansprach, ließ sie sofort herumwirbeln.

Bei seinem Anblick fuhr eine Hand ganz unwillkürlich zu ihrem Mund. Mit einem einzigen Blick nahm sie seine dunkle Haut wahr, seine breiten Schultern, die schmalen Hüften und die vertrauten Gesichtszüge, und ihr Herz begann, heftig zu pochen. Nie hatte sie ihn so fein herausgeputzt gesehen, der elegante Anblick, den er bot, brachte ihr Blut in Wallung.

»Ren«, sagte sie ein wenig atemlos. »Ich . . . ich hätte nicht erwartet, dich hier zu treffen.«

»Und warum nicht? Hast du Dan Morgan für zu hartherzig gehalten, um sich derart frivolen Zerstreuungen hinzugeben?«

Sie lächelte, nicht ohne eine Spur von Nervosität. »Ja, so ähnlich muß ich es mir wohl gedacht haben.«

»Ich bin hier, weil ich dich sehen wollte.« Seine hellen Augen liebkosten sie, und sein Blick sprach Bände.

Als er näher trat, mußte sie sich mit aller Gewalt zusammenreißen, um nicht in seine Arme zu fliegen.

»Du siehst sehr schön aus«, sagte er, und seine Stimme war ein wenig heiser, »aber das war ja schon immer so.« Er hob ihre Hand mit seinen langen braungebrannten Fingern an seine Lippen und streifte sie flüchtig. »Dein neuer Stand paßt perfekt zu dir. Du wirkst, als seist du adelig geboren.«

Sie spürte die Wärme seiner Lippen, und ihre Hand zuckte. »Danke«, flüsterte sie leise, denn es gelang ihr kaum, ein Wort herauszubringen.

»Wo ist . . . dein Begleiter?«

»Chase? Er gibt gerade unsere Mäntel an der Garderobe ab. Und deine Verlobte? Oder ist sie schon deine Ehefrau?«

»Meine Verlobte fühlt sich unpäßlich. Ich war gezwungen, den Ball ohne sie zu besuchen. Ich hatte gehört, daß du hier sein wirst, und da dachte ich, daß wir vielleicht Gelegenheit hätten, miteinander zu reden.«

Elaina sah ihm forschend ins Gesicht. Ihr Herz schlug allmählich wieder langsamer. Sie fühlte, wie ein winziges Rinnsal von kleinen Schweißperlen sich zwischen ihren Brüsten einen Weg bahnte. Ren war elegant gekleidet, trug eine schwarze Hose und einen schwarzen Frack. Nur die Spitzen seiner feinkörnigen schwarzen Lederschuhe, die wie Spiegel glänzten, schauten unter seiner maßgeschneiderten Hose heraus. Sie hatte ihn nie in Gesellschaftskleidung gesehen, und sie hätte nicht damit gerechnet, daß er sich darin anscheinend so wohl fühlte. Aber wie hätte es auch anders sein können? Ein Mann wie Jacob Stanhope würde sich für seine Tochter nur das Beste aussuchen.

»Worüber könnten wir noch miteinander reden? Ich bin hier, um ein neues Leben zu beginnen – genauso, wie du es mir einmal vorgeschlagen hast. Du hast dir hier bereits ein Leben aufgebaut, und ich komme nicht darin vor.«

»Soso«, brachte Chase Cameron gedehnt heraus. »Wie ich sehe, haben Sie die Duchess schon entdeckt.« Er schlenderte an ihre Seite und nahm besitzergreifend ihre Hand. »Es scheint, als läge ihr ganz San Francisco zu Füßen. Sie werden Schlange stehen müssen, Daniels.«

Ren nahm eine steife Haltung ein. »Wo stehen Sie, Chase? Mir ist nicht bekannt, daß Sie jemals längere Zeit auf eine Dame gewartet hätten.«

»Ich versichere Ihnen, unsere gemeinsame Freundin ist das Warten wert – aber andererseits wissen Sie das ja schon.«

»Bitte, Chase«, fiel Elaina ein.

»Das geht schon in Ordnung, Miss McAllister«, sagte Ren förmlich. »Ich bin an den mangelnden Charme Ihres Freundes gewöhnt. Ich hoffe, ihr beide werdet einen schönen Abend haben, daß es für mich ein schöner Abend wird, weiß ich bereits.« Er entschuldigte sich mit einem kurzen Nicken, wandte sich ab und ging.

Elaina, die kaum gegen das heftige Zittern ihrer Hände ankam, sah ihm nach, bis seine breitschultrige Gestalt durch die Tür in den Ballsaal verschwunden war. Sie hatte nicht damit gerechnet, ihn zu sehen. Er hatte mit seiner Einschätzung recht gehabt: Es bereitete ihr tatsächlich Schwierigkeiten, sich vorzustellen, daß der gutaussehende Revolverheld, den sie als Dan Morgan kennengelernt hatte, einen Ball besuchen könnte. Sie wünschte, sie wäre innerlich darauf vorbereitet gewesen, und sie gelobte sich, so etwas würde ihr kein zweites Mal passieren.

»Sollen wir jetzt gehen, Duchess?« Chase reichte ihr seinen Arm, der in einem schwarzen Frack steckte. Mit seinem blonden Haar, das sich über dem steifen weißen Kragen wellte, und mit seinen haselnußbraunen Augen, die schelmisch funkelten, sah er ganz besonders gut aus.

»Müssen Sie mich unbedingt so nennen, Chase? Ich komme mir einfach albern vor, wenn Sie das tun.«

»Warum denn nicht? Die ganze Stadt nennt Sie so, wenn es Ihnen auch nicht jeder ins Gesicht sagt.« Chase warf einen Blick auf die wunderschöne Frau, die sich bei ihm eingehängt hatte. In einem Abendkleid aus goldenem Satin, der mit Perlen bestickt war, und mit ihrem dichten kaffeebraunen Haar, das sie sich zu reizenden Ringellöckchen aufgesteckt hatte, war sie mit Abstand die schönste Frau im ganzen Saal. Das Kleid war tief ausgeschnitten und gab ihre schneeweißen Schultern und ihren schmalen, geschwungenen Hals frei. Sie war eine elegante Erscheinung und bot einen majestätischen Anblick.

Die Geschichte der berühmten Golden Duchess hatte sich wie ein Lauffeuer in der Stadt ausgebreitet. Schon vor ihrer Ankunft war sie als »die Duchess« gepriesen worden. Bisher hatte keine der Zeitungen ihre Karriere als Sängerin unter dem Namen Lainey Starr erwähnt oder auch nur auf den Black Garter Saloon angespielt, aber Chase war sicher, daß es früher oder später dazu kommen würde. Er glaubte eigentlich nicht, daß es ihr viel anhaben konnte. Ihr Reichtum sicherte ihr den gesellschaftlichen Stand, und Gerüchte über eine leicht anrüchige Vergangenheit würden nur noch zu ihrer Aura des Geheimnisvollen beitragen.

Sie wurden von allen Seiten bewundernd und neugierig angeschaut, als Chase sie in den Ballsaal führte. Ein zehnköpfiges Orchester hatte an einem Ende des Saals Platz genommen. Die Tanzfläche mit den schwarzen und den weißen Marmorfliesen war bereits mit Paaren angefüllt, die sich zu den Klängen eines Walzers drehten.

Ohne jedes Zögern führte Chase Elaina auf die Tanzfläche. Sie konnte seine Hand auf ihrer Taille spüren und bewunderte seine Sicherheit und Eleganz, als sie sich im Takt der Musik wiegten. Sie bemühte sich zwar, in den Rhythmus einzutauchen, doch ihr Blick schweifte immer wieder zu Ren. Mit einer Lässigkeit, die sie in Wut versetzte, lehnte er an der Wand, mit einer drallen Rothaarigen am Arm. Die glühenden Blicke, mit denen ihre unglaublich grünen Augen zu ihm aufschauten, ließen Elainas eigene Augen grün vor Eifersucht werden. Wie viele Frauen hatte dieser Mann eigentlich? Wimmelte es in der ganzen Stadt nur so von Frauen, mit denen er im Bett gewesen war? Diese da sah ihn wahrhaft so an, als sei sie gut mit ihm bekannt – oder genauer gesagt, intim mit ihm vertraut.

»Entdecke ich hier gerade das grünäugige Ungeheuer?« sagte Chase im Scherz, und sie zwang sich, ihm ins Gesicht zu sehen.

»Wie soll ich das jetzt bloß verstehen, Chase?« erwiderte sie darauf, und ihre Stimme triefte vor geheuchelter Aufrichtigkeit.

Er grinste breit. »Damit Sie nicht im Nachteil sind, sage ich Ihnen am besten, daß die Dame, die Ihre Augen immer wieder mit Dolchstößen durchbohren, Rens Mätresse Carolina Williams ist. Oder zumindest war sie es. Was den derzeitigen Status der Dame angeht, bin ich nicht ganz sicher.«

»Mätresse! Er hat eine Verlobte *und* eine Mätresse?« Die ganze Geschichte erschien ihr einfach unglaublich. Wie konnte er bloß! Und wie hatte sie so dumm sein können? Wie hatte sie glauben können, daß er mehr für sie empfand, mehr als nur Lust – und vielleicht kam auch noch sein Pflichtbewußtsein hinzu. Plötzlich hätte sie am liebsten geweint.

»Dutzende von Bewunderern warten nur darauf, mit Ihnen zu tanzen«, sagte Chase. »Sind Sie diesem Ansturm gewachsen?«

Sie warf den Kopf in den Nacken. »Ich bin doch die Duchess, oder nicht? Natürlich bin ich dem gewachsen.«

Chase wirbelte sie in seinen Armen an den Rand der Tanzfläche und küßte sie zart auf die Wange. »So erkenne ich mein Mädchen wieder!«

Sein Mädchen. Lieber Gott, wie sehr sie wünschte, sie wäre es gewesen! Chase, der außerordentlich rücksichtsvoll und zuvorkommend war, war immer für sie da, wenn sie einen Freund brauchte. Sie fragte sich, warum er sich mit ihr abgab, obwohl er wußte, was sie für Ren empfand, und auch wußte, was zwischen ihnen beiden vorgefallen war. Sie spürte, wie sich eine leichte Röte auf ihre Wangen schlich, und als sie aufblickte, sah sie gerade noch, wie Rens hellblaue Augen sie ansahen.

»Würden Sie mir die Ehre dieses Tanzes geben?«

»Ich fürchte, ich muß erst etwas Atem holen . . .«

Ehe sie den Satz beenden konnte, umschlang er ihre Taille, packte ihr Handgelenk und wirbelte sie auf die Tanzfläche. »Verdammt noch mal, Lainey. Ich will doch nur mit dir reden.«

»Mr. Daniels«, sagte sie und spürte, wie ihre Wut aufloderte. »Wir haben einander absolut nichts mehr zu sagen. In Ihrem Leben gibt es schon mehr als genug Frauen. Müssen Sie jede zweite Frau in dieser Stadt für sich haben, um Ihre unmäßigen Gelüste zu stillen?« In ihrer Wut geriet sie aus dem Takt, und unter dem Vorwand, ihr Halt zu geben, zog er sie enger an sich – enger, als es sich gehört hätte, und allemal für einen Mann, der kurz davorstand, sich zu verheiraten.

»Was genau soll das heißen?« sagte er.

»Sie haben natürlich keine Ahnung, wovon ich rede. Und jetzt bringen Sie mich bitte wieder zu meinem Begleiter.«

»Ich bringe dich erst dann zurück, wenn ich finde, daß es an der Zeit ist. Das solltest du inzwischen wissen, Elaina.«

Sie biß die Zähne zusammen. »Sie, Sir, sind definitiv *kein* Gentleman.«

Das entlockte ihm ein breites Grinsen. »Das habe ich auch nie behauptet.«

»Sie sind ein unausstehlicher . . .«

»Und du, meine gute Duchess, bist wunderschön, wenn du wütend bist.«

Seine Hand wärmte ihre Taille, während sein Blick auf die Wölbung ihrer Brüste unter dem tiefen Ausschnitt ihres Kleids glitt. Wider Willen begann sie, sich für seinen Charme zu erwärmen.

»Ich glaube, du hast mich schon gewarnt, du seist kein Gentleman«, gab sie schließlich zu und tat ihr Bestes, um wie ein Engel auszusehen. »Aber es hat Zeiten gegeben, in denen ich geschworen hätte, daß irgendwo in dir doch ein Gentleman lauert.«

Diesmal lachte er laut heraus, und das reiche Timbre seiner Stimme jagte ihr einen Schauer über den Rücken. Er wich geschickt aus, um nicht mit einem schlaksigen Jungen zusammenzustoßen, der mit einer grauhaarigen Matrone tanzte, und beide Tänzer sahen sich nach ihnen um.

»Wie fühlt man sich als Ballkönigin?«

»Ich bin nicht die Königin«, erwiderte sie. »Nur die Duchess.«

Wieder lächelte er. »Ja, eine Duchess. Die Duchess von Carbon County. Ich frage mich, was die Leute in Keyserville jetzt wohl über dich erzählen?«

»Das weiß nur Gott allein. Aber wenigstens werde ich jetzt in der Lage sein, meine Schulden zurückzuzahlen.«

»Ja. Du wirst es fertigbringen, den Namen McAllister wieder reinzuwaschen. War es nicht das, was du dir immer gewünscht hast?«

Seine Augen gruben sich in sie, und sie spürte, wie die Hitze im Raum enorme Ausmaße annahm. »Meine Mutter hat sich das immer gewünscht. Irgendwie kommt es mir inzwischen nicht mehr ganz so wichtig vor.«

Er wirbelte sie unbeirrt im Kreis herum, und als die Klänge des Walzers den prachtvollen Ballsaal erfüllten, fühlte sie sich wie berauscht. Sie wünschte, sie hätten ewig miteinander tanzen können. Als ihr Blick sich auf seine vollen Lippen heftete, biß sie sich auf die Unterlippe und wünschte, sie könnte diesen Mund spüren, nur noch ein einziges Mal. Dann schaute sie die dralle Rothaarige an, die schmollend am hinteren Ende des Ballsaals stand. Sie beobachtete Ren eifersüchtig, und Elainas Wut loderte auf.

»Ich glaube, Mr. Daniels«, sagte sie steif, als der Tanz zu Ende ging, »ich ermüde allmählich. Ich möchte Sie jetzt noch einmal bitten, mich zu meinem Begleiter zurückzubringen.«

Ren biß die Zähne zusammen. Was zum Teufel war los mit ihr? Als er sich in Central City von ihr verabschiedet hatte, hatte sie an seiner Brust geschluchzt und ihn umklammert, als würde sie ihn nie mehr loslassen. Was war in den wenigen Wochen geschehen, die seitdem vergangen waren? Als er mit ihr an den Rand der Tanzfläche wirbelte, wartete Chase Cameron bereits. Diesmal besagte der Blick, mit dem Elaina Chase verführerisch anlächelte, daß sie mehr als nur gute Freunde waren.

»Tut mir leid, daß ich euch zwei Turteltäubchen voneinander ferngehalten habe«, sagte er zu Chase. »Ich sehe selbst, daß jeder Augenblick, den ihr getrennt voneinander verbringt, euch wie eine Ewigkeit erscheint.« Mit einer spöttischen Verbeugung übergab er Chase Elaina und verzog sich.

»Dieser verdammte Kerl! Der Teufel soll ihn holen!«

»Ihre Untertanen beobachten Sie, Hoheit«, sagte Chase mit dem gewohnten amüsierten Lächeln, doch die Aussage war klar. Da soviel über sie geredet wurde, hatte sie die Aufmerksamkeit des gesamten Saals auf sich gezogen. Sie brauchte den scharfen Zungen wahrhaftig nicht noch mehr Stoff zu liefern.

Elaina rang um ihre Selbstbeherrschung. Sie nahm den Arm eines jungen Mannes mit kastanienbraunem Haar entgegen, der nicht älter als sie sein konnte, und ließ sich von ihm nach einem ganz eigenwilligen Rhythmus, der nichts mit dem Takt der Musik zu tun hatte, über die Tanzfläche führen. Als nächster kam ein älterer grauhaariger Herr, den Chase ihr als Asbury Harpending vorstellte, einen Mann mit starker Ausstrahlung und freundlichem Lächeln. Er war nicht nur ein guter Tänzer, sondern auch ein interessanter Gesprächspartner. Sie unterhielten sich über das Bankwesen, und Mr. Harpending empfahl ihr einen Mann, von dem er glaubte, er könnte ihr bei ihren finanziellen Entscheidungen helfen. Als er sie wieder zu Chase zurückbrachte, war sie nicht mehr ganz so durcheinander.

»Mr. Harpending«, erzählte ihr Chase, als der Mann mit einer pummeligen Frau mit ergrautem braunem Haar tanzte, »hat einmal Millionen von Dollar in ein Diamantfeld in Wyoming investiert. ›Die Diamanten liegen einfach rum, und man braucht sie sich nur zu nehmen‹, hat Harpending gesagt. Und da lagen sie auch wirklich. Sein Pech war nur, daß sie aus den Diamantminen von Südafrika stammten und nicht aus Wyoming. Der arme Mann hat sich zum Gespött gemacht. Kurz nachdem bekannt wurde, daß die Mine mit betrügerischer Absicht angereichert worden war, ist er nach London gegangen. Jetzt ist er zum ersten Mal seit Jahren wieder in San Francisco.«

Elaina lächelte und war Chase dankbar für die Geschichte, die ihre Spannung ein wenig löste. Sie begann gerade, den Abend zu genießen, als Carolina Williams auf sie zukam.

»Nun, Miss Williams«, sagte Chase in seiner melodischen Sprechweise des Südens. »Wie hübsch Sie heute abend aussehen.« Carolina, die ein blaugrünes Kleid aus Seidenchiffon trug, das verwegen tief ausgeschnitten war und ihre Augenfarbe noch betonte, nahm das Kompliment entgegen, als stünde es ihr ganz selbstverständlich zu, und Chase stellte die Damen einander vor.

Elaina lächelte ein wenig zu strahlend. »Welch eine Freude, Sie kennenzulernen.«

»Sie sind also die berühmte Duchess. Ich hatte gehofft, Ihre Bekanntschaft zu machen. Es scheint, als hätten wir einen gemeinsamen Freund.«

Ihre zuckersüße Stimme täuschte Elaina keinen Moment lang. Die Frau zeigte die Krallen, und Elaina wußte ganz genau, warum. Ihr war selbst danach zumute zu kratzen.

»Ach, wirklich? Wer mag das wohl sein?«

»Natürlich Ren. Chase, sei ein Schatz und entschuldige uns für einen Augenblick, ja?«

Chase lächelte, und seine haselnußbraunen Augen lachten.

»Aber gewiß.« Er verbeugte sich. »Meine Damen.« Er drehte sich um und ließ die beiden Frauen allein. Etliche junge Männer trieben sich in ihrer Nähe herum, und Elaina war sicher, daß sie sich bald auf sie und Carolina stürzen würden, als seien sie hilflose Beute, die sich nicht wehren konnte.

»Worüber möchten Sie mit mir reden?« fragte Elaina und lächelte zuckersüß.

»Ich wollte Ihnen lediglich mitteilen, daß Mr. Daniels bereits vergeben ist.«

»Ja. Ich habe schon von seiner Verlobung gehört. Mr. Daniels kann sich wahrhaft glücklich schätzen.« Dieses Spielchen brauchte sie nicht mit sich spielen zu lassen, wenn sie ebensogut auch mitspielen konnte. Elaina konnte sehen, daß die makellose Haut der Frau sich vor Wut rötete.

»Das meinte ich nicht. Alle Welt weiß, daß es sich nur um eine Zweckheirat handelt. Ich dagegen habe eher von Herzensangelegenheiten gesprochen. Verstehen Sie, Ren und ich . . ., nun, sagen wir doch einfach, wir machen uns viel auseinander. Es wäre unklug, wenn Sie versuchten, sich dieser Freundschaft in den Weg zu stellen.«

»Es liegt mir absolut fern, Miss Williams, mich irgendwie in den Weg zu stellen, was Mr. Daniels betrifft. Diese Vorstellung ist völlig absurd. Und wenn Sie mich jetzt entschuldigen würden – ich glaube nämlich, daß Chase mir eine Erfrischung besorgt hat.« Elaina ließ die Frau stehen, ohne sich auch nur noch einmal nach ihr umzusehen; sie hätte Ren Daniels am liebsten ermordet, und schon jetzt bereute sie ihren Entschluß, nach San Francisco gekommen zu sein.

Sie nahm ein Glas Punsch entgegen, das Chase ihr reichte, trank einen großen Schluck und wandte sich dann zu ihm um. »Chase, ich hoffe, ich verderbe Ihnen damit nicht den Abend, aber ich würde jetzt wirklich gern nach Hause gehen.«

»Ich habe Sie doch ohnehin viel lieber ganz für mich allein«, sagte Chase beschwichtigend. »Ich hole unsere Mäntel.«

Sie bahnten sich einen Weg durch die Menge von elegant gekleideten Damen und Herren, bis sie auf der Straße standen. Nebelschwaden hatten sich herangewälzt und verdeckten die Sterne, und der Nieselregen machte die Luft schwer und kalt. Chase hielt eine zweirädrige Kutsche an, und Elaina hüllte sich enger in ihren Mantel.

»Hilfe!« Der schrille Schrei einer Frau durchschnitt die nächtliche Stille.

»Jemand soll einen Arzt holen!« ertönte eine tiefe männliche Stimme.

»Bleiben Sie hier!« ordnete Chase an. »Ich schaue nach, was da passiert.« Er wandte sich ab und eilte in die Richtung, aus der der Schrei gekommen war. Elaina mißachtete seine Anordnung und folgte ihm dicht auf den Fersen. Als sie um die Ecke bog, sah sie, wie ein scheinbar noch sehr junger Mann, einer der Kutscher, neben den Pferden im Gras lag und die Hände auf eine blutende Wunde in seiner Seite preßte.

»Jemand hat versucht, mir die Brieftasche zu stehlen«, erklärte ein breitgebauter Gentleman. »Der Junge hat den Mann verfolgt, und für seine Mühe hat er ein Messer in den Bauch bekommen.« Er warf einen Blick auf Elaina, die neben dem Jungen kniete. »Entschuldigen Sie bitte, Miss.«

Chase kniete sich hin, um dem Jungen den Puls zu fühlen. »Holen Sie einen Arzt«, sagte er zu dem gutgekleideten Mann. »Vielleicht hält sich einer im Lick House auf. Ich bleibe bei dem Jungen, bis Sie zurückkommen.« Die Frau, die geschrien hatte, saß ein gutes Stück weit entfernt auf dem Boden, denn bei dem Anblick von soviel Blut war ihr anscheinend übel geworden.

Elaina zog ihren Umhang aus, und Chase tat dasselbe. Er breitete den seinen auf dem nassen Gras aus, legte den Jungen darauf und deckte ihn dann mit ihrem Mantel zu. Elaina fing an, Streifen aus dem Spitzenpetticoat zu reißen, den sie unter ihrem Satinrock trug.

»Weiß jemand, wer der Junge ist?« fragte sie.

Etliche andere Kutscher hatten sich um sie geschart und lauschten mitfühlend dem Stöhnen des Jungen. Tränen sammelten sich unter seinen dunklen Wimpern.

»Das ist Jimmy Lundstrom, Mr. Daniels Kutscher«, sagte ein junger Mann.

»Holen Sie Daniels, mein Sohn«, wies Chase ihn an, und der Junge raste auf das Hotel zu. »Und jemand soll Decken holen – und eine Plane, falls eine aufzutreiben ist.«

»Er verliert sehr viel Blut, Chase. Wir müssen die Blutung stoppen.« Elaina hatte aus ihren zerrissenen Petticoats ein dickes Verbandspolster angefertigt, und jetzt hob sie ihren Mantel und das blutige Hemd des Jungen hoch und drückte es fest auf die Wunde. »Pressen Sie es fest darauf, so fest Sie können.«

Chase kam ihrer Aufforderung nach und beobachtete sie mit Bewunderung in den Augen. Einer der Kutscher kam mit einer Wolldecke und einer kleinen Wagenplane angerannt. Wenigstens konnten sie den Jungen so warm halten und dafür sorgen, daß die Feuchtigkeit ihm nichts anhaben konnte.

»Muß ich sterben, Miss?« Der Junge schluckte schwer und feuchtete sich die trockenen Lippen an.

Sie war froh, daß er noch bei Bewußtsein war, obgleich er weniger Schmerzen gehabt hätte, wenn er das Bewußtsein verloren hätte. »Wir lassen Sie nicht sterben. Wer würde denn dann Mr. Daniels Kutsche für ihn lenken? Ohne Sie kommt er bestimmt nicht zurecht.« Jimmy Lundstrom umklammerte ihre Hand. Sie störte sich nicht an der durchnäßten Erde und dem Blut, das ihr schönes goldenes Abendkleid durchtränkte, sondern setzte sich zu dem Jungen ins Gras, nahm seinen Kopf auf ihren Schoß und strich ihm ein paar blonde Strähnen aus dem blassen Gesicht.

»Stimmt, Jimmy«, bestätigte Rens tiefe Stimme. »Es wird alles wieder gut werden. Ich kann dir aus Erfahrung sagen, daß Miss McAllister so ziemlich der beste Arzt ist, den du dir wünschen kannst.«

Jimmy versuchte zu lächeln und zitterte dann, als die nächste Woge von Schmerz ihn schüttelte. »Sie ist mit ... Sicherheit ... der hübscheste«, flüsterte er zwischen zwei Atemzügen.

Elaina lächelte ihn ermutigend an. Als sie zu Ren aufblickte, leuchteten seine hellen Augen vor Dankbarkeit, und es stand noch etwas darin, was Stolz hätte sein können. Sie genoß die Wärme seines Blicks, als Carolina Williams hinter ihm auftauchte. Sie umklammerte Rens Arm, sowie sie das Blut sah.

»O mein Gott! Bitte, Ren, bring mich wieder ins Haus. Ich glaube, ich werde ohnmächtig.«

»Charlie!« rief Ren einem anderen Kutscher zu. »Bring Miss Williams wieder ins Hotel zurück.«

»Aber, Ren«, sagte sie flehentlich, »er ist doch nur dein Kutscher. Damit kann sich doch gewiß ein anderer befassen?«

»Geh mit Charlie, Carolina.« Rens blaue Augen hatten sich verfinstert. »Und zwar sofort!«

Elaina beobachtete den Wortwechsel und stellte selbstzufrieden fest, daß die Frau genau das war, was sie zu sein schien – ein selbstsüchtiges, herzloses Stück. Sie fragte sich, was Ren bloß in der Frau sehen konnte, und diese Überlegung versetzte ihr einen schmerzhaften Stich.

Ren schenkte dem hochmütigen Rauschen von Carolinas Röcken keinerlei Beachtung, sondern kniete sich neben den Jungen. »Mach dir keine Sorgen, Jimmy. Du wirst wieder ganz gesund werden.« Er warf einen Blick auf Elaina. Dichte dunkle Haarsträhnen hatten sich aus den Haarnadeln gelöst, und der starke Nieselregen hatte alles durchnäßt. Ihr Kleid war von Blut getränkt, doch sie schien es nicht zur Kenntnis zu nehmen. Ihre Aufmerksamkeit galt ausschließlich dem Jungen, als könnte sie ihm einen Teil seiner Schmerzen abnehmen. Er wünschte, er hätte sie in seine Arme ziehen können, ihr sagen können, wie sehr er sie bewunderte, ihr sagen können, wieviel er sich aus ihr machte.

»Wie steht es um ihn?« fragte Ren statt dessen.

»Ich bin nicht sicher. Er hat viel Blut verloren.« Sie sah ihn nur kurz von der Seite an. »Ist denn kein Arzt auf dem Ball? Es gibt doch bestimmt einen Doktor dort.«

»Ich fürchte nein. Wir haben nicht gerade viele Mediziner hier, und die, die wir haben, arbeiten oft bis spät in die Nacht hinein. Ich habe jemanden zu Dr. Jameson geschickt. Er wohnt näher als die anderen. Bis dahin werden wir allein zurechtkommen müssen.«

»Dann sollte ich mir Jimmys Wunde lieber ansehen«, sagte sie. »Ich muß nachsehen, ob die Blutung nachgelassen hat.«

Chase hob die Plane hoch und nahm seine Hand von dem Verbandsmaterial. Der weiße Stoff des Petticoats war jetzt dunkelrot, ganz und gar von Blut durchtränkt. Elaina bettete den Kopf des Jungen behutsam auf das Gras, hob ihren Rock und fing an, weitere lange Stoffstreifen herauszureißen. Inzwischen war die Zuschauerzahl ganz beträchtlich, doch Elaina beschäftigte die Verletzung des Jungen viel zu sehr, und daher nahm sie es nicht wahr. Ren spürte, wie ein Lächeln seine Mundwinkel hochzog, als er beobachtete, wie sie den umstehenden Männern einen gehörigen Teil eines wohlgeformten Beins zeigte. Er hörte, wie eine der Damen nach Luft schnappte und mehrere Männer sich räusperten. Ihm fiel auf, daß niemand sich abwandte.

Er war heute abend hergekommen, weil er sie hatte sehen und versuchen wollen, etwas zwischen ihnen klarzustellen. Er war nicht ganz sicher, was er hatte klarstellen wollen, aber er wußte, daß sie sich früher oder später wieder begegnen würden, und er wollte, daß die Begegnung für beide Seiten so schmerzlos wie möglich verlief. Als er sie jetzt beobachtete, wurde ihm klar, daß er sie nie schmerzfrei würde sehen können. Weil es ihm niemals möglich sein würde, sich in ihrer Nähe aufzuhalten, ohne sie zu begehren, weil es ihm niemals möglich sein würde, sie nicht zu lieben.

Elaina brachte das frische Verbandsmaterial selbst an. Sie wollte die Wunde abtasten, um sich ein Bild davon zu machen, ob lebenswichtige Organe verletzt waren.

Der Nieselregen wurde stärker und trieb die Zuschauer wieder ins Haus. Sogar die anderen Kutscher suchten in ihren Wagen Schutz und Zuflucht vor dem Regen. Elainas Kleid war nicht mehr golden, sondern bräunlichgrau und schmutzig. Das nasse Haar klebte an ihrem Hals und ihren Schultern.

»Wenn das Messer nicht in einem ganz ungewöhnlichen Winkel eingedrungen ist, glaube ich nicht, daß lebenswichtige Organe verletzt worden sind. Lieber Gott, wo bleibt bloß dieser Arzt?«

»Vielleicht sollten wir versuchen, ihn ins Krankenhaus zu bringen«, schlug Chase vor.

»Nein, Chase, das glaube ich nicht«, erwiderte Elaina. »Wir haben die Blutung einigermaßen im Griff, aber wenn wir ihn transportieren, wird er bestimmt noch mehr Blut verlieren. Wir sollten warten, bis der Arzt kommt. Dann, wenn er richtig verbunden ist, können wir ihn relativ gefahrlos den Hügel hinunterbringen.«

Ren sah Elaina ganz genau an. Sie war mit Blut befleckt und naß bis auf die Haut, und doch hatte sie nie schöner ausgesehen. Sie war durch und durch eine Frau, und nie hatte er sie mehr begehrt. Er sah sich an, wie sie mit Chase umging, und er machte sich Gedanken über das Verhältnis zwischen den beiden. Da seine Wut sich inzwischen gelegt hatte, weigerte er sich zu glauben, daß Chase mit ihr geschlafen hatte. Und außerdem wollte Ren nicht glauben, daß Elaina ihn so schnell vergessen konnte.

Endlich kam der Arzt. Er untersuchte Jimmy sorgfältig,

verband seine Wunde und lud ihn in Rens Kutsche. Ren bedankte sich bei Elaina für alles, was sie getan hatte, obgleich er wußte, daß seine Worte bei weitem nicht ausreichten. Er bewunderte sie für das Mitgefühl, das sie für andere Menschen aufbrachte, und er wünschte, er hätte ihr zeigen können, wie dankbar er ihr wirklich war.

Er fragte sich, wie es ihm gelingen sollte, sich von ihr fernzuhalten, da sie jetzt in derselben Stadt lebten, und dann schalt er sich für seine egoistischen Überlegungen. Als er weit nach Mitternacht sein Stadthaus erreichte, nachdem er den Jungen und den Arzt im Krankenhaus abgesetzt hatte, hatte er sich eingeredet, daß Elaina niemals so geschmacklos sein würde, sich in seine Welt einzumischen, und daher konnte er sich auch nicht in ihr Leben drängen.

Am Morgen, nachdem er eine lange, kalte Nacht allein durchlitten hatte, war er sich nicht mehr so sicher.

20

»Finden Sie immer noch, daß Ihre Zimmer über Hoffmans Gemischtwarenhandlung sich daran messen können?« fragte Chase Cameron im Scherz.

»Ich muß zugeben, daß *dieses* Palace Hotel wirklich ein Palast ist.« Sie standen im Salon der elegant möblierten großen Suite, die Elaina bei ihrer Ankunft gemietet hatte – die Präsidentensuite, die edelsten Räume, die man in ganz San Francisco mieten konnte. Üppige korallrote Vorhänge hingen neben den deckenhohen Türen mit Blick auf die Bucht, und die weißen Möbel im Stil Ludwigs XIV. mit den goldenen Verzierungen waren äußerst elegant. Zarte Kristallglasvasen mit Rosen im passenden Korallrotton standen auf Marmortischchen.

»Wissen Sie, Chase, manchmal kommt es mir vor, als

träumte ich. Als würde ich mitten in einem Lied im Black Garter Saloon wieder aufwachen.«

»Sie träumen nicht, Elaina. Das kann ich Ihnen versichern. Und es freut mich für Sie, zumindest in mancher Hinsicht.«

Elaina drehte sich um und zog an einer rotbraunen Locke, die auf ihre Schulter fiel. Ihr Haar war wieder einmal zu dichten Ringellöckchen auf dem Kopf aufgesteckt, und ein paar sorgsam arrangierte Locken hingen seitlich herunter.

»Aber nicht in jeder Hinsicht?«

»Einem Teil von mir hat Ihre Abhängigkeit sehr behagt. Es hat mir Spaß gemacht, für Sie dazusein, Elaina, und sei es auch nur ein klein wenig. Mir wäre es lieb, wenn es weiterhin so bliebe.«

»Chase, das ist ganz reizend von Ihnen, aber . . .«

»Aber Sie sind in Ren Daniels verliebt.«

»Das wollte ich nicht sagen, und Sie wissen selbst, daß ich etwas ganz anderes sagen wollte!«

Er strich ihr über die Wange. »Habe ich Ihnen schon gesagt, wie hübsch Sie sind, wenn Sie schmollen?«

Sie blickte zu ihm auf und spürte, wie dieses zweifelhafte Kompliment ihre Mundwinkel nach oben zog. »Nein, das gehört zu den wenigen Dingen, die Sie mir bisher noch nicht gesagt haben.«

Er trat näher und nahm ihre Hand. »Es gibt viele Dinge, die ich Ihnen gern sagen würde, Elaina, wenn ich glaubte, Sie seien bereit, mir zuzuhören. Vielleicht sind Sie ab morgen dazu bereit.«

Elaina zuckte zusammen, als er auf die Einladung bei den Stanhopes anspielte. Sie waren erst seit kurzer Zeit in San Francisco, doch die Gerüchte über die Goldmine und ihren fünfzigprozentigen Anteil an diesem Vermögen hatten ihr in gesellschaftlicher Hinsicht Tür und Tor geöffnet – und ihr eine Einladung von Jacob Stanhope eingetragen. Jacob hatte Chase und »die faszinierende Dame, der die Mine gehört«, eingeladen, und Elaina hatte vor, der Einladung Folge zu leisten.

»Sie sehen wunderschön aus«, tröstete er sie. Seine haselnußbraunen Augen funkelten schelmisch, doch seine Hände fühlten sich warm an, und sie wußte, daß er das Kompliment ernst meinte. Das laubgrüne Seidenkleid, das schönste, das sie je besessen hatte, war mit Gold eingefaßt, damit die Besätze ihrer Augenfarbe entsprachen. Der eckige Ausschnitt zeigte kühn den Spalt zwischen ihren Brüsten, die Taille war auf Figur geschneidert, und der Rock, der auf Höhe der Hüften schmal geschnitten war, war hinten gerafft und fiel in weichen Falten bis auf den Fußboden. Blüten, die mit Goldfäden gestickt waren, schmiegten sich auf dem Oberteil direkt an ihre Haut und schimmerten als goldene Reihen auf dem Rock.

»Sie werden die Herzen aller Männer für sich einnehmen – sogar das Ihres Freundes Daniels, obgleich ich nicht bezweifle, daß Sie es ihm längst geraubt haben, wenn er es sich auch selbst nicht eingestehen will.«

»Chase, Sie sind unverbesserlich«, sagte sie im Scherz, doch ihr Lächeln war traurig. Sie wünschte, seine Worte wären wahr, wünschte, sie könnte sie aus Rens Mund hören. Dann dachte sie an Carolina Williams und fragte sich, ob die Worte überhaupt wahr wären, wenn sie aus seinem Mund kämen.

»Sind Sie ganz sicher, daß Sie wirklich hingehen wollen?« fragte Chase.

»Das will ich mir um keinen Preis entgehen lassen.« Sie reckte das Kinn überzeugend in die Luft, obwohl sie sich insgeheim keineswegs so sicher war.

Chase zog Elainas Fingerspitzen an seine Lippen und küßte sie zart. Er kannte Jacob Stanhope sehr gut, war schon seit Jahren mit ihm befreundet. Der ältere Mann hatte sich sein Vermögen hart erarbeitet – als Hafenarbeiter hatte er angefangen. Chase hatte ihn als jüngerer Mann an der Küste kennengelernt, als Jacob sich noch viel herumgetrieben und viele Stunden und Dollar in Chases Silver Ingot Saloon gelassen hatte. Chase ließ immer die hübschesten Frauen in der ganzen Stadt für sich arbeiten, und Jacob wußte das zu schätzen.

Beide Männer hatten es inzwischen zu großem Reichtum gebracht – Jacob war sogar steinreich. Aber er hatte nie seine frühen Jahre, nie seine alten Freunde vergessen. Der heutige Abend bildete keine Ausnahme. Jacob hatte Geburtstag. Er gab nur sechzig Jahre zu, doch Chase rechnete sich aus, daß er mindestens fünfundsechzig sein mußte. Als Jacob gehört hatte, daß Chase als Begleiter der reichen Frau, die jetzt schon das Stadtgespräch war, in San Francisco weilte, hatte er darauf bestanden, sie einzuladen. Chase kannte Elaina gut genug, um zu wissen, daß sie die Einladung nicht ablehnen würde.

Er bot ihr seinen Arm an, und ihre schmalen Finger schlossen sich um den Ärmel seines schwarzen Fracks.

»Wissen Sie, Chase, ich glaube, bisher habe ich Ihnen noch gar nicht gesagt, wie gut Sie heute abend aussehen.«

Er trug ein gestärktes weißes Hemd unter seinem schwarzen Frack. Daß der Anzug perfekt saß, wußte er, denn er ließ nur bei den besten Schneidern arbeiten. Die Jacke schmeichelte seinen breiten Schultern und seiner schmalen Taille, und er fragte sich, warum es Elaina McAllister so leicht fiel, seinem gewöhnlich unwiderstehlichen Charme zu widerstehen. Die meisten Frauen, die er kannte, darunter auch diejenigen, die sich seiner Bedürfnisse annahmen, nachdem er Elaina abends ins Hotel gebracht hatte, waren nur zu begierig darauf, mit ihm ins Bett zu gehen. Vielleicht war das, was ihn zu ihr hinzog, ihre Zurückhaltung.

»Besten Dank, Ma'am«, sagte er im Scherz zu ihr und nahm ihr Kompliment in der Hoffnung an, daß sie es ernst gemeint hatte. Er hatte die Absicht, sie früher oder später in sein Bett zu locken, doch er wollte, daß auch sie dies wollte.

Heute abend würde sie Daniels in Begleitung seiner Verlobten Melissa Stanhope sehen. Nach Elainas Zusammentreffen mit Carolina Williams sollte der Anblick von Ren mit Melissa an seiner Seite Elaina schrecklich wütend machen. Vielleicht war das genau das, was sie noch brauchte, um endlich die seine zu werden. Chase kostete diese Überlegung genüßlich aus.

Die Stanhope-Villa auf dem Nob Hill ragte wie eine große uneinnehmbare Festung über der Stadt auf. Die dreistöckige Fassade aus Ziegelsteinen und Mörtel wurde durch die weißen Holzsäulen gemildert, die das Dach der massiven Veranda trugen. Chases wendige schwarze offene Kutsche rollte den Kiesweg der Zufahrt hinauf, und die Hufe seines prachtvollen schwarzen Pferdegespanns knirschten auf den kleinen Steinen. Er brachte sie unter der überdachten Veranda zum Stehen, und ein junger Diener öffnete die Kutschentür. Elainas Hand zitterte ein wenig, als sie sich von dem jungen Mann beim Aussteigen helfen ließ.

Sie klammerte sich an Chases Arm, als sie die vier Stufen zu der riesigen weißen Eingangstür hinaufstiegen. Das facettierte Glasfenster funkelte in leuchtenden Farben, wie zum Zeichen der fröhlichen Stimmung, die im Hausinnern herrschte. Elaina freute sich über das leise Klirren der Prismen, als eine Brise ihr ins Haus folgte.

»Chase, mein Junge! Willkommen. Herzlich willkommen.« Jacob Stanhope kam zur Begrüßung auf sie zu.

»Alles Gute zum Geburtstag, Jacob«, erwiderte Chase und reichte Jacob eine Flasche guten alten Scotch.

Jacob nahm die Flasche entgegen, zwinkerte ihm zu und klatschte ihm auf den Rücken. »Und das muß die reizende Miss McAllister sein.« Er hielt den Scotch hoch, während sein Blick über Elaina glitt. »Chase, du warst schon immer ein Mann mit hervorragendem Geschmack.«

Er beugte sich vor, um ihre Hand einen flüchtigen Moment lang mit den Lippen zu berühren. Elaina konnte die Kraft seiner Hände spüren, und einen Moment lang war sie entgeistert. Sie hatte nicht erwartet, daß dieser Mann eine derart starke Ausstrahlung haben würde. Er trug einen schwarzen Abendanzug, und seine maskuline Gestalt ließ keinen Zweifel daran, daß er früher einmal eine magische Anziehungskraft besessen hatte. Sie spürte immer noch die Wirkung, obwohl er weit über Sechzig sein mußte.

»Es freut mich sehr, Sie kennenzulernen, Mr. Stanhope. Chase hat mir schon viel von Ihnen erzählt.«

»Nennen Sie mich Jacob, meine Liebe. Und wagen Sie es nicht, diesem Gauner auch nur ein Wort zu glauben.«

Sie lächelte ihn an und begann zu verstehen, warum sich Ren so verbunden mit ihm fühlte, dabei wünschte sie, sie hätte ihn nicht gemocht. Er hatte eine lockere und liebenswürdige Art, die ihre Aufmerksamkeit voll und ganz gefangennahm. Aber nach dem Gespräch mit ihm hatte sie Schwierigkeiten, sich zusammenzureißen und sich nicht allzu auffällig nach dem großen blauäugigen Mann umzusehen, der gewiß in der Nähe war.

In ebendiesem Augenblick kam ein schlaksiger rothaariger junger Mann mit einer kleinen Frau im Schlepptau, die strahlend lächelte, in die Eingangshalle gerannt.

»Chase Cameron, Elaina McAllister«, sagte Jacob, »darf ich euch Tommy Daniels und seine Verlobte Carrie Salzburg vorstellen.«

Elaina wußte, daß ihr verblüffter Gesichtsausdruck sich an Tommys entgeisterten Zügen messen konnte. Sie vergaß in ihrer Freude darüber, ihn nach all den Jahren wiederzusehen, alles andere um sich herum, ging einen Schritt auf ihn zu und spürte noch im selben Moment, wie er die Arme um sie schlang.

»Bist du es wirklich, Lainey?« flüsterte er und achtete nicht darauf, wie sie von allen Seiten angestarrt wurden.

Sie trat einen Schritt zurück, und Tränen schimmerten in ihren Augen. »O Tommy, du siehst ja wunderbar aus.«

»Und du, Lainey, du bist so schön, wie Ren gesagt hat.«

Sie errötete ein wenig, und ihr Herzschlag beschleunigte sich bei Tommys Worten – Rens Worten. »Und das ist deine Verlobte?« fragte sie, um das Thema zu wechseln. Sie fragte sich, wieviel Ren Tommy wohl erzählt haben mochte, und sie spürte, wie ihre Wangen glühten.

Tommy nahm Carrie stolz an der Hand. »Ja. Carrie und ich werden im Herbst heiraten.« Er lächelte das kleine Mädchen liebevoll an. Ihr kupferblondes Haar war von den Schultern zurückgekämmt und lies einen anmutigen schmalen Hals erkennen. Ihre runden grünen Augen sahen Tommy mit offenkundiger Bewunderung an.

»Elaina war meine beste Freundin, als wir klein waren«, erklärte er Jacob. »Sie hat mir das Leben gerettet. Und Ren auch. Sie hat uns aus einem Kohlebergwerk herausgeholt, in dem wir verschüttet waren, als sie erst zehn Jahre alt war.«

Jacob Stanhope sah sie seltsam an, sagte aber nichts.

»Tommy, bitte«, sagte Elaina, »das ist schon lange her. Ich bin sicher, daß Jacob und Carrie keinerlei Interesse an unseren Kindheitserinnerungen haben.«

»O nein, das ist nicht wahr«, sagte Carrie. »Tommy erzählt mir schon seit Jahren von Ihnen. Ich freue mich ja so sehr, daß ich Sie endlich persönlich kennenlerne.«

»Warum gehen wir nicht in den Salon und holen uns etwas zu trinken?« fragte Jacob und nahm damit die Dinge in die Hand, und das Grüppchen entfernte sich von der Tür.

Elaina war froh, daß sich ihr eine Gelegenheit bot, dem Gespräch eine andere Wendung zu geben und von jeder Andeutung abzulenken, sie könnte etwas mit Ren zu tun gehabt haben. Sie mochte Carrie Salzburg jetzt schon. Sie konnte sehen, wie sehr die beiden Menschen einander liebten, und sie freute sich für sie.

Im Salon war eine Bar für die Herren aufgebaut worden, und ein schwarzgekleideter Kellner reichte guten französischen Champagner herum.

»So weit, so gut«, sagte Chase mit einem vielsagenden Lächeln, »aber der Augenblick der Wahrheit steht noch bevor.«

»Müssen Sie immer so ekelhaft sein?« gab Elaina zurück, die wußte, daß Chase in seiner Einschätzung der Situation gar nicht weit danebenlag. Ihre Augen suchten ungehorsam den Raum ab, doch bisher waren weder Ren noch Melissa zu sehen. Jacob kehrte wieder in die Eingangshalle zurück, um weitere Gäste zu begrüßen.

Das Haus der Stanhopes war von innen genauso beeindruckend wie von außen. Eine große Buntglaskuppel erhob sich aus der Decke des Salons, der ohnehin schon vier bis fünf Meter hoch war. Die Wände waren mit blaßroter Seide tapeziert, und an den massiven Fenstern hingen Vorhänge aus burgunderrotem Samt. Dicke Perserteppiche lagen auf einem raffiniert gemusterten Hartholzparkett, das auf Hochglanz poliert war. Die dunklen Mahagonimöbel waren mit Seidenstoffen in hellem und dunklem Rosé gepolstert.

Kein Wunder, daß Ren Daniels mich nicht heiraten will, dachte Elaina und spürte, wie die Eifersucht ihr einen Stich versetzte. Der Reichtum und das gesellschaftliche Ansehen überstieg alles, was sie sich je erträumt hätte. Reichtum und Ansehen, an dem Ren bald teilhaben würde. Sie reckte das Kinn entschlossen in die Luft. Sie besaß jetzt ihr eigenes Geld und würde bald ihren eigenen Platz in der Gesellschaft gefunden haben.

»Sobald du dich hier eingelebt hast«, sagte Tommy gerade, »mußt du unbedingt einmal bei uns zu Abend essen.«

»Danke, Tommy. Das wäre schön.« Sie lächelte vor sich hin und malte sich aus, wie sehr sich Ren über diese Neuigkeit freuen würde. Natürlich würde sie einen Vorwand finden, um die Einladung abzulehnen, doch sie hätte zu gern Rens Gesicht gesehen, wenn Tommy ihm von seinen Plänen berichtete. Offensichtlich ahnte Tommy nichts von der Beziehung zwischen seinem Bruder und ihr, und sie war Ren für seine Diskretion dankbar.

Sie redeten nur noch ein paar Minuten miteinander, denn die Party entwickelte sich schnell zu einer größeren Affäre. Mindestens fünfzig Personen waren erschienen, und das verhalf ihr zu einer gewissen Anonymität. In dem Versuch, ihre Nerven zu beruhigen, nahm sie ein zweites Glas Champagner an, das Chase ihr brachte, und als sie sich wieder umdrehte, sah sie gerade noch, wie Ren sie anstarrte; seine blauen Augen waren vor Erstaunen weit aufgerissen. Einen Moment lang glaubte sie, Freude darin zu erkennen; dann verzog ein gepreßtes Lächeln einen seiner Mundwinkel. Eine winzige bleiche, zerbrechlich wirkende Blondine hielt sich an seinem Arm fest, doch sie hielt die Augen niedergeschlagen und war anscheinend nicht bereit, in Rens stechende Augen zu sehen.

»Was für ein Zufall, dich hier zu treffen«, sagte Chase Cameron gedehnt, und sein Lächeln wirkte belustigt. »Ich glaube, Miss McAllister kennst du schon.«

Ren nickte steif. »Darf ich meine Verlobte Melissa Stanhope vorstellen? Melissa, das ist Chase Cameron, ein alter Freund deines Vaters.«

Er sprach zwar mit seiner Verlobten, sah dabei aber weiterhin Elaina an. Die braungebrannte Haut über seinen Backenknochen wirkte angespannt, und Elaina konnte kalte Wut in seinen Augen sehen.

»Und das ist Miss McAllister«, fügte er hinzu, »eine alte Freundin von mir.«

»Es freut mich sehr, Sie kennenzulernen, Miss McAllister«, sagte Melissa liebenswürdig. »Alle reden über Ihre sagenhafte Goldmine, aber Ren hat mir nicht erzählt, daß Sie mit ihm befreundet sind.«

»Das stimmt, Miss Stanhope«, warf Chase ein. »Miss McAllister ist eine sehr, sehr alte Freundin. Es scheint, als hätte sie Ihrem Verlobten einmal das Leben gerettet. Sie hat ihn ausgegraben, als er in einem Kohlebergwerk verschüttet war.«

»Bitte, Chase, ich bin sicher, daß das Miss Stanhope überhaupt nicht interessiert.« Elaina kniff ihn in den Arm und spürte, wie er zusammenzuckte, doch sein Grinsen wurde nur noch breiter.

»O doch, natürlich«, sagte Melissa. »Ich wünschte, ich hätte den Mut, so etwas zu tun.« Ihre blauen Augen drückten eine solche Aufrichtigkeit aus, daß Elaina am liebsten geweint hätte. Sie hatte gehofft, sie würde das Mädchen hassen, hatte gehofft, sie sei so verzogen und egoistisch wie Carolina Williams. Sie hatte gehofft, Melissa würde Ren das Leben zur Qual machen. Statt dessen schien sie nichts anderes als ein unschuldiges Kind zu sein.

»Ich bin ganz sicher, daß Sie andere lobenswerte Eigenschaften besitzen, Miss Stanhope«, brachte sie erstickt heraus und wünschte sich, an einem anderen Ort weit weg zu sein. Ren war ganz offensichtlich wütend auf sie, und plötzlich war sie wütend auf sich selbst. Sie war hergekommen, um Ren in eine unangenehme Lage zu bringen. Jetzt würde sie den ganzen Abend ohne auch nur diesen kleinen Trost überstehen müssen. Warum hätte ihm unbehaglich zumute sein sollen? Seine Verlobte war reizend und süß, er hatte eine Mätresse, die ihn offensichtlich nur zu gern in ihrem Bett willkommen hieß, und er heiratete in eine steinreiche Familie ein. Für wie dumm er sie halten mußte! Wie hatte sie je glauben können, er könnte sie heiraten wollen?

Rens harter Blick wurde freundlicher, als hätte er ihre Gedanken gelesen. »Sie sehen gut aus, Miss McAllister. Ich kann wohl davon ausgehen, daß Sie den kleinen Zwischenfall neulich abend ohne weitere Schäden überstanden haben.« Er wandte sich an Melissa. »Miss McAllister ist auch eine sehr geschickte Krankenschwester. Wahrscheinlich hat sie Jimmy Lundstrom das Leben gerettet.«

Melissas Augen glänzten vor Bewunderung. »Sie sind wirklich ganz erstaunlich, Miss McAllister.«

»Danke.«

»Es wird Sie sicher freuen zu hören, daß es Jimmy gutgeht«, sagte Ren. »In ein paar Tagen wird er aus dem Krankenhaus entlassen, und das hat er allein Ihnen zu verdanken.« Rens Stimme, die vorher barsch gewesen war, enthielt jetzt eine Liebkosung. Elaina spürte, wie diese Stimme sie wärmte, und sie hielt sich an Chases Arm fest.

»Sie überschätzen den kleinen Beitrag, den ich geleistet habe«, sagte sie leise, »aber ich weiß, daß es nett gemeint ist, und ich danke Ihnen dafür.« Er sah ihr fest in die Augen, und es fiel ihr schwer, den Blick abzuwenden. Wie gelang es ihm bloß immer wieder, so aufrichtig zu wirken?

»Ihre Verlobte ist wirklich reizend«, fügte sie noch hinzu, um das Thema zu wechseln, weil sie ihn in die Defensive treiben wollte. »Ich bin sicher, daß Sie beide sehr glücklich miteinander werden.«

Melissa Stanhope wurde blaß. »Würdest du mich einen Moment entschuldigen?« fragte sie schüchtern. »Ich muß ein paar Worte mit Papa wechseln.«

»Natürlich.« Ren ließ ihren Arm los, und sie schwebte in winzigen Satinschühchen davon.

»Ich glaube, ich habe jemanden entdeckt, den ich kenne«, schloß sich Chase an. »Ihr beide entschuldigt mich doch, nicht wahr?«

»Bitte, Chase«, sagte Elaina flehentlich, doch er zwinkerte ihr nur zu und ging.

Sie wandte sich zu Ren um, dessen Gesicht eine eiserne Maske war, und sie schluckte schwer. »Ich... ich hätte nicht herkommen sollen«, sagte sie und spürte, daß ihre eigene Selbstbeherrschung viel zu wünschen übrig ließ. »Es war dumm von mir, aber...« Sie sah sich nach der zierlichen Blondine um, die neben Jacob Stanhope stand. Dann reckte sie das Kinn in die Luft. »Ist Miss Williams heute abend auch hier? Letzte Woche schien es ihr zu widerstreben, dich auch nur einen Moment lang aus den Augen zu lassen.«

Zum ersten Mal lächelte Ren wirklich. »Höre ich aus diesen Worten etwa Eifersucht heraus?«

»Sie bilden sich zuviel ein, Mr. Daniels.«

»Elaina, ich habe mein Verhältnis mit Carolina Williams vor Monaten beendet, lange, ehe ich dir begegnet bin. Zwischen uns ist nie etwas gewesen – nichts, was zählt. Sie war eine Frau, die dazu gedient hat, meine Bedürfnisse zu befriedigen, das ist alles. Ein Mann hat solche Bedürfnisse, Elaina.«

Sie musterte ihn argwöhnisch. »Sie ist nicht mehr deine Mätresse?«

»Nein.«

»Dann hast du mir in Central City die Wahrheit gesagt.«

»Die reine Wahrheit.«

Elaina spürte, wie eine Woge der Erleichterung sie erfaßte, und die Erleichterung war weit größer, als sie es sich gewünscht hätte. Sie lächelte mit bebenden Lippen, aber beim Anblick von Melissa verspürte sie einen stechenden Schmerz. »Du mußt mich für sehr dumm halten.«

Ren antwortete mit erzwungener Beherrschung. »Nein, Elaina, für dumm habe ich dich nie gehalten.« Sie sah wunderschön aus. Eine Verkörperung von Eleganz und Anmut. Ihre überdurchschnittliche Körpergröße, aber auch ihre lohfarbenen Augen und ihr üppiger Busen unterschieden sie von allen anderen Frauen im Saal. Er lechzte danach, sie in seine Arme zu ziehen, ihr tröstliche Worte zuzuflüstern, ihr Liebeserklärungen ins Ohr zu flüstern.

Statt dessen wandte er den Blick ab, denn er war nicht bereit, auch nur noch einen Moment länger in ihre goldenen Augen zu sehen. Er mußte sich von ihr losreißen und sich Melissa und Jacob anschließen, und doch konnte er sich nicht dazu durchringen, sich auch nur einen Schritt von ihr zu entfernen.

»Du siehst heute abend schön aus. Du bist die schönste Frau im ganzen Saal«, sagte er. »Aber in meinen Augen warst du in deinem schlichten lavendelfarbenen Kleid genauso schön.«

Er hatte es nicht vergessen. In ihrer Kehle formte sich ein Kloß. Sie mußte jetzt gehen und Chase suchen, ihn dazu überreden, daß er sie unter irgendeinem Vorwand nach Hause brachte, doch sie konnte sich nicht losreißen. Ren sah so gut aus, so überaus männlich. Der schwarze Anzug saß perfekt auf seinen breiten Schultern, und auch seine schmalen Hüften wurden stark betont. Elaina erinnerte sich nur zu gut daran, was für ein Gefühl es gewesen war zu spüren, wie sein starker männlicher Körper sich an sie preßte. Bei dem Gedanken stieg glühende Röte in ihre Wangen auf.

»Ich sollte jetzt doch lieber Chase suchen«, hörte sie sich sagen, und sie beobachtete, wie Ren sich anspannte. Seine ausgeprägten Gesichtszüge wurden zu einer teilnahmslosen Maske.

»Ja, wir sollten jetzt beide besser gehen.«

Sie nickte und wandte sich ab, um ihn stehenzulassen, doch Jacob Stanhope, der von hinten auf sie zukam, hielt sie am Arm fest.

»Wie ich sehe, habt ihr beide euch nach all den Jahren wiedergefunden.«

»Wir haben uns letzte Woche auf dem Ball im Lick House schon kurz gesehen«, teilte Ren ihm mit.

Sie lächelte mit bebenden Lippen. »Ja«, war alles, was sie herausbrachte, als ihr Jacobs seltsamer prüfender Blick auffiel.

»Sie ist wirklich etwas ganz Besonderes«, sagte Jacob. »Mich wundert es, daß du noch nie von ihr erzählt hast.«

»O doch, das habe ich getan«, berichtigte ihn Ren. »Ich habe dir einmal von dem kleinen Mädchen erzählt, das mich freigeschaufelt hat, als ich im Bergwerk verschüttet war.«

Jacob grinste verschlagen und zog an seinem engen weißen Kragen. »Das stimmt, mein Junge. Ich vermute, dich hat die Feststellung, daß sich das kleine Mädchen in eine außerordentlich schöne Frau verwandelt hat, ebenso überrascht wie mich?« Er schien Ren prüfend anzusehen, und Elaina glaubte, Spott in seinem Blick zu sehen.

»Ich war freudig überrascht, Jacob. Freudig überrascht. Und wenn ihr mich jetzt entschuldigt, würde ich gern Melissa suchen.«

Wie immer, wenn sie den Namen dieses Mädchens hörte, schnürte sich Elainas Herz zusammen.

»Natürlich«, stimmte Jacob ihm zu. »Du brauchst dir keine Sorgen zu machen. Ich werde mich schon um Miss McAllister kümmern. Und außerdem ist sie um so sicherer, je länger ich sie von Cameron fernhalte, diesem Gauner.«

Ren wirkte verärgert, als er nickte und ging.

Erleichterung überflutete sie, und direkt darauf folgte Verzweiflung. Erfolglos bemühte sie sich, Jacob zuzuhören, der ununterbrochen redete. Ihre Gedanken schweiften ab, und ihr Blick fiel immer wieder auf den gutaussehenden dunkelhaarigen Mann, der sich mit Ashbury Harpending und einigen anderen Damen und Herren unterhielt, die sie letzte Woche auf dem Ball gesehen hatte. Als ihre Augen sich trafen, war sie gezwungen, den Blick abzuwenden.

Der leise Klang einer Essensglocke ertönte, und Jacob bot ihr seinen Arm an. Chase kam von hinten auf sie zu, und zu dritt betraten sie das riesige Eßzimmer. Ein langer Tisch, der mit goldgerändertem Porzellan, vergoldetem Besteck und goldenen Weinkelchen gedeckt war, funkelte mitten im Raum. Ein riesiges Gesteck, das aus Hyazinthen, Gladiolen und langstieligen gelben Rosen gebunden war, stand mitten auf dem Tisch und strömte einen betörenden Duft aus.

Hohe, schmale Kerzen flackerten auf goldenen Kandelabern, als Chase ihr den Stuhl zurechtrückte, den Jacob ihr zugewiesen hatte. Während sie sich setzte, sah Elaina den großen Mann, der neben ihr saß, und sie fühlte, wie ihr Herz raste. Ren schien ebensosehr darüber erstaunt zu sein, sie an seiner Seite vorzufinden. Chase nahm seinen Platz am anderen Ende des Tischs ein, und sein Lächeln war, wie üblich, amüsiert.

»Wie ich sehe, hat Jacob sein Gespür fürs Dramatische nicht verloren«, sagte Ren, und sein Mund verzog sich zynisch. »Ich frage mich allmählich, was für ein Spiel er spielt.«

Elaina reckte das Kinn in die Luft. »Und was für ein Spiel könnte das sein, Mr. Daniels?«

»Ich bin nicht ganz sicher, Miss McAllister, aber ich beabsichtige, es herauszufinden.« Er zog die gestärkte Leinenserviette aus dem Serviettenring neben seinem Teller und breitete sie auf seinem Schoß aus.

»Welche Gründe Mr. Stanhope auch gehabt haben mag, als er diese Sitzordnung festgelegt hat«, sagte Elaina voller Überzeugung, »ich bin sicher, daß seine Motive nicht unlauter waren, und daher werden wir wohl das Beste daraus machen müssen. Jacob Stanhope scheint ein prachtvoller Mann zu sein.«

»Ein prachtvoller Mann, der auf seine gerissene Art alles herausfindet, was er wissen will. Aber ich beklage mich nicht, Miss McAllister. Es gibt niemanden, neben dem ich heute abend lieber sitzen würde.« Er senkte den Blick auf die Wölbung ihrer Brüste über den funkelnden goldenen Stickereiblumen. »Niemanden.«

»Dürfte ich mich vielleicht vorstellen?« erkundigte sich der Gentleman zu ihrer Rechten höflich, und sie war dankbar für die Einmischung. »Ich bin Joshua A. Norton, der Kaiser dieser Vereinigten Staaten und des Protektorats Mexiko.«

Elaina lächelte strahlend. Das war also der berühmte Kaiser Norton, San Franciscos selbsternannter Herrscher. Der Mann hatte sie schon den ganzen Abend über fasziniert. Er trug eine marineblaue Militäruniform mit nicht mehr ganz taufrischen Epauletten, und er schien auf der Party zu den beliebtesten Gästen zu zählen.

»Es freut mich ja so sehr, Sie kennenzulernen, Hoheit«, sagte sie mit einem Anflug von Humor. »Ich hätte Sie sofort erkennen müssen. Ich bitte ergebenst um Verzeihung.«

Der Kaiser lächelte nachsichtig. »Das ist schon in Ordnung, meine Liebe. Durchaus in Ordnung. Sie sind doch neu in der Stadt, oder nicht?«

»Ja, sicher.« Sie hatte sich bereits entschlossen, ihre Geschichte so kurz wie möglich zu halten und ihre Auftritte als die Sängerin Lainey Starr nicht zu erwähnen. »Ich komme ursprünglich aus Pennsylvania.«

»War das nicht etwas mit einer Goldmine?« erkundigte er sich.

»Die Golden Duchess Mine bei Central City, Colorado. Ich habe einem alten Freund weitergeholfen, und er ist auf große Reichtümer gestoßen. Wir sind jetzt Partner.«

Er tätschelte ihr nachsichtig die Hand. »Aber das ist ja wunderbar, meine Liebe, einfach wunderbar. Gar nicht so schlecht, dieses Colorado. Ich habe es als Staat einfach akzeptiert, verstehen Sie. Es mußte sich erst noch als würdig erweisen. Aber ich bin froh darüber, es zu meinem Reich zu zählen.«

Sie unterdrückte ein Grinsen über seine Offenherzigkeit, hatte aber Spaß an der Schlagfertigkeit des Kaisers. Er hatte sich vor fast zwanzig Jahren selbst zum Kaiser ernannt, und Chase hatte ihr erklärt, wie es gekommen war, daß die Stadt ihn ins Herz geschlossen hatte. Er hatte zwar kein Geld und lebte in einem Zimmer, das zwei auf drei Meter maß, doch Reporter hatten in allen Zeitungen im ganzen Land Berichte über ihn geschrieben, vom San Francisco *Bulletin* bis zum berühmten Virginia City *Territorial Enterprise*, in dem Mark Twain den alten Exzentriker gemeinsam mit Bummer, seinem Hund, unsterblich gemacht hatte.

Eine Frau mit rabenschwarzem Haar, die rechts neben dem Kaiser saß, schien sich über seine mangelnde Zuwendung zu ärgern. »Joshua, würdest du mir bitte noch einmal erklären, warum du den Obersten Gerichtshof aufgelöst hast?« Die Frau klammerte sich an den Arm des grauhaarigen Mannes und bemühte sich affektiert um ihn, und daher entschuldigte er sich und wandte sich in ihre Richtung.

Elaina trank einen Schluck von dem leichten Wein in ihrem Goldkelch und erlaubte sich, einen Blick auf Ren zu werfen. Seine hellblauen Augen sahen sie undurchdringlich an, und doch schien er den Blick nicht abwenden zu wollen. Elaina schluckte schwer.

Ein Kellner mit einem hageren Gesicht trug den ersten Gang auf, winzige Wachteleier in Aspik. Elaina heuchelte Interesse an dem Gericht, doch ihr war flau im Magen, und sie glaubte nicht, auch nur einen winzigen Bissen hinunterzubringen.

»Wie gefällt dir unser Kaiser?« fragte Ren mit erzwungener Leichtigkeit.

Ihr Gesicht hellte sich ein wenig auf, und sie genoß das heisere Timbre seiner Stimme. »Er scheint ein äußerst interessanter Mann zu sein.«

»Die Leute hier lieben ihn. Sie kleiden ihn ein; er geht ins Theater und ins Ballett, und er ißt, wo es ihm paßt – und zahlt nirgends. Er ist eine ganz bemerkenswerte Persönlichkeit.«

»Das scheint mir auch so.«

Der zweite Gang, eine legierte Brunnenkressesuppe, die mit Schalotten und Sherry verfeinert worden war, wurde aufgetragen. Wieder nahm Elaina nur ein paar Löffel zu sich. Sie konnte sehen, wie Melissa Stanhope, die am anderen Ende des Tischs saß, liebenswürdig mit einem hellblonden Mann plauderte, der etwa in ihrem Alter zu sein schien. Sie wirkte jetzt weniger angespannt als vorhin, als Elaina sie zum ersten Mal gesehen hatte. Sie war wirklich sehr hübsch, wenn sie auch etwas gar zu zierlich und zu blaß war. Als sie sie jetzt beobachtete, stellte Elaina fest, daß ihre Wangen ein wenig rosiger und ihre blauen Augen ein wenig leuchtender waren.

Ren brach das Gespräch mit der Frau zu seiner Linken ab. Als er sich wieder an Elaina wandte, klang seine Stimme gepreßt; seine Gesichtszüge wirkten angespannt.

»Machst du dir auch nur die geringste Vorstellung davon, wie schwierig es für mich ist«, flüsterte er durch zusammengebissene Zähne, »hier neben dir zu sitzen, dich zu begehren und dich nicht berühren zu dürfen?« In dem Getöse um sie herum, der Fröhlichkeit und dem Gelächter, gingen die Worte fast unter und wurden nur an Elainas Ohren getragen. Er war schon wieder wütend auf sie.

Diesmal loderte auch ihre Wut auf. »San Francisco ist meine neue Heimat. Du wirst dich an meine Anwesenheit gewöhnen müssen, da ich nicht im entferntesten die Absicht habe, zu Hause zu bleiben, während du mit deiner Verlobten ausgehst und dich amüsierst. Ich bin jetzt auf mich selbst gestellt. Deshalb werde ich tun und lassen, was ich will, und zwar wann und wo ich es will.«

»Verdammt noch mal, Lainey«, herrschte er sie mit barscher Stimme an. »Du machst es uns beiden nur noch schwerer.«

»Ach, wirklich?« Sie reckte das Kinn in die Luft. »Das ist mir noch gar nicht aufgefallen. Du scheinst doch blendend zurechtzukommen. Du hast eine reizende Verlobte; du wirst in eine der reichsten Familien Kaliforniens einheiraten – ich wüßte nicht, worüber du zu klagen hättest.« Sie lächelte ihn an und kostete sein Unbehagen genüßlich aus.

Ein Muskel an seinem Kiefer zuckte. Seine Augen waren schmal und finster geworden, und tiefe Falten zogen sich über seine Stirn. Er griff unter die schwere Spitzentischdecke, packte ihre Hand und zog sie reichlich unsanft auf seinen Schenkel. Ihre Augen weiteten sich vor Schreck, und ein winziges Keuchen entrang sich ihr, als sie sein hartes Geschlecht fühlte.

»Verstehst du jetzt?« stieß er unwillig hervor.

Sie riß ihre Hand zurück, als hätte sie sie sich verbrannt,

und dann schaute sie sich am Tisch um und hoffte nur, daß niemand etwas bemerkt hatte. Ihr Gesicht war flammendrot. Wie konnte er es wagen! Derart gedemütigt hatte sie sich in ihrem ganzen Leben noch nicht gefühlt!

»Du hast jede Menge Geld, Elaina«, sagte er mit einer leisen und gepreßten Stimme. »Tu uns beiden einen Gefallen. Zieh in eine andere Stadt – oder du wirst bei Gott so oder so flach auf dem Rücken unter mir landen!«

Sie stieß ihren Teller zurück, bis ins Mark getroffen. Tränen traten ihr in die Augen. »Ich fürchte, ich bin etwas unpäßlich. Würden die Herren mich bitte entschuldigen?«

Sowohl Ren als auch der Kaiser standen auf, als sie sich vom Tisch erhob. Ren bemerkte Chase Camerons belustigten Gesichtsausdruck, als er sich ebenfalls entschuldigte und Elaina aus dem Saal folgte.

Ren stieß einen tiefen Seufzer aus. Verdammt noch mal, warum fühlte er sich bloß so mies? Er hatte dem Mädchen einen Gefallen getan. Er hatte ihr die Wahrheit gesagt. Zwischen ihnen bestand eine Anziehungskraft, die sich einfach nicht leugnen ließ, und keiner von beiden war stark genug, ihr zu widerstehen. Wenn sie in San Francisco blieb, würde sie als seine Mätresse enden. Das wußte er, selbst wenn sie zu jung und zu blind war, um es zu erkennen.

Als er Chase Cameron beobachtete, wie er Elaina zur Tür hinausfolgte, kämpfte Ren gegen das Bild des durchtriebenen Südstaatlers in Elainas Bett an, das sich ihm plötzlich aufdrängte. Würde sie sich heute nacht ihm zuwenden, um Trost zu suchen, weil er sie so schlecht behandelt hatte? Bei dem Gedanken verkrampfte sich sein Magen. Als der Kellner einen Teller mit köstlichem Räucherlachs vor ihn hinstellte, glaubte er, ihm würde übel. Er stocherte in dem Essen herum und sah seine Verlobte an. Melissa war in ein lebhaftes Gespräch mit Stewart Pickman vertieft, dem Erben des Pickman-Vermögens, ein gescheiter und gebildeter junger Bursche, der nur wenige Jahre älter war als sie.

Ren hatte selten erlebt, daß Melissa so strahlend lächelte, und er hatte sie noch nie mit so rosigen Wangen gesehen. Er fragte sich, worüber die beiden wohl so angeregt reden mochten. Er und Melissa sprachen kaum miteinander. Jedesmal, wenn er versuchte, ein Gespräch in Gang zu bringen, wurde sie nur noch schweigsamer und schien sich zu fürchten. Jeder seiner Versuche, eine Nähe zwischen ihnen herzustellen, war gescheitert. Der heutige Abend bildete keine Ausnahme. Sie hatte ihn bei jeder Gelegenheit gemieden und sich hinter den schützenden Frackschößen ihres Vaters versteckt.

Er dachte an ihre Hochzeit, die in nur zwei kurzen Wochen stattfinden sollte. Sie würde ihn niemals freiwillig in ihrem Bett dulden. Er würde sich ihr aufdrängen müssen, und wenn auch manche Männer diese Form der Liebe erregend fanden, hatte er weitaus lieber eine bereitwillige Frau unter sich.

Er schob das Essen auf seinem Teller herum und betrieb krampfhaft Konversation mit der Frau zu seiner Linken. Er war froh, als das Mahl beendet war. Stühle scharrten auf dem Parkettboden, als die Frauen sich zum Sherry in den Salon begaben und die Männer sich in die Bibliothek zu Cognac und Zigarren zurückzogen.

Melissa war auch heute abend wieder vor ihm sicher. Ihm graute vor der Hochzeitsnacht, wenn sie gezwungen sein würde, seine Annäherungsversuche hinzunehmen, ob sie wollte oder nicht.

21

Die Fahrt durch die Straßen von San Francisco in der offenen Kutsche munterte sie wieder auf.

Der Himmel war klar, die Sterne funkelten, die Luft war

frisch, und vom Meer wehte eine salzige Brise. Chase hatte kaum etwas gesagt, seit sie die Villa verlassen hatten, doch er hatte seinen Kutscher gebeten, die Uferstraße zu nehmen. Elaina war froh über die Ablenkungen, die sich ihr an der Bucht boten. Fischerboote schwankten an den Anlegestegen, und etliche große Silberfische durchbrachen die Wasseroberfläche und hinterließen dort schimmernde Kreise, in denen sich der Mondschein spiegelte. Chinesische Straßenverkäufer liefen trotz der späten Stunde neben der Kutsche her und priesen ihre Waren an. Einer hielt einen wunderschönen seidenen Morgenmantel hoch, und Chase sagte dem Kutscher, er solle die Pferde anhalten.

»Gefällt er Ihnen?« fragte er.

»Er ist wunderschön. Und ganz ausgezeichnet verarbeitet. So etwas Schönes habe ich noch nicht gesehen.« Der blaßrote Morgenmantel war mit zahllosen kleinen Blüten bestickt, die in einem kräftigeren Rotton und in Silber gehalten waren. Chase reichte dem Mann eine Münze und gab Elaina den Morgenmantel.

»Er gehört Ihnen.«

Sie lächelte ihn an und nahm das Geschenk dankbar entgegen.

Sie fuhren noch eine Minute an der Bucht entlang, und das Klappern der Hufe auf dem Kopfsteinpflaster der Straßen beruhigte ihre angegriffenen Nerven. Dann wies Chase den Kutscher an, den Weg zum Hotel einzuschlagen. Das große Gebäude auf dem Nob Hill lag nicht weit vom Anwesen der Stanhopes entfernt. Die Vorstellung, daß Ren und Melissa auf ihre Kosten lachten, brachte Elainas Blut wieder zum Kochen. Sie fühlte sich angespannt und gereizt und war wütend, weil Ren so unverschämt gewesen war.

Chase half ihr beim Aussteigen und begleitete sie durch das elegante Foyer, das in rotem Samt und Gold gehalten war, zu ihrer Suite im obersten Stockwerk.

»Darf ich kurz reinkommen?« fragte er.

Elaina, der sein glühender Blick zum ersten Mal auffiel, wurde nachdenklich. »Warum nicht?« sagte sie schließlich. Es war höchste Zeit, daß sie diesem Wahnsinn ein Ende setzte, den Ren jedesmal in ihr wachrief, wenn er auch nur in ihrer Nähe war. Chase sah gut aus, er war reich, und er war charmant – und er wollte sie in seinem Bett haben. Es war wirklich höchste Zeit. Aber auch allerhöchste Zeit.

Der Champagner, den Chase öffnete, war das Beste, was man für Geld kaufen konnte, doch die kalte sprudelnde Flüssigkeit schmeckte sauer auf ihrer Zunge. Sie saßen auf dem kleinen Zweiersofa, und Elaina bemühte sich vergeblich, Chases Kuß und seine zarten Berührungen zu genießen.

Sein Mund glitt über ihren Hals in ihren Nacken, und seine Lippen waren warm und fest. Sie spürte, daß ein kleiner Schauer sie überlief, als er die Knöpfe auf ihrem Rücken öffnete, doch sie erkannte, daß es sich um Furcht handelte und keineswegs um Leidenschaft. Sie empfand nichts, als er ihr das Kleid bis zur Taille herunterzog, nichts, als seine Hände ihre Brüste durch den dünnen Stoff ihres Unterkleids liebkosten. Als er den Kopf senkte, um die üppige Rundung ihrer Brust zu küssen, hörte sie ihn leise und lustvoll stöhnen. Tränen traten in ihre Augen und rannen über ihre Wangen.

Er zog sie auf die Füße, ließ das Kleid über ihre Hüften gleiten, und dann stand sie nur noch im Hemd vor ihm. Als seine geschickten Finger ihr Korsett aufschnürten, rührte sie sich immer noch nicht. Wie eine Statue stand sie da und ließ sich vollständig von ihm entkleiden. Erst als sie ganz nackt vor ihm stand und das zobelfarbene Haar gelöst war und auf ihre Schultern fallen konnte, hob er den Blick zu ihrem Gesicht.

Seine Hand zitterte, und sein Mund war zu einem grimmigen Strich zusammengepreßt, als er ihr die Tränen von den Wangen wischte. Sie spürte, wie seine muskulösen Arme sie hochhoben. Sie ergab sich ihrem Schicksal, da sie nicht nein sagen wollte, nicht bereit war, ihn zu verletzen, wie Ren sie verletzt hatte, und daher ließ sie sich von ihm in ihr Schlafzimmer tragen.

Als er vor dem Bett stand, zog er die Steppdecke zurück, legte sie sachte hin und drückte ihr einen federleichten Kuß auf die Lippen. Dann zog er das Laken und die Decke über ihren nackten, zitternden Körper.

Dann sah er sie einen Moment lang stumm an. »So nicht, Elaina. So niemals.«

Sie glaubte, gehört zu haben, wie seine Stimme sich überschlug, als er sich von dem Bett entfernte. Eine Woge von Schuldbewußtsein erfaßte sie, als sie die Augen schloß, den Kopf auf das Kissen sinken ließ und lauschte, als er die Tür leise hinter sich schloß. Als sie seine schweren Schritte auf dem dicken Teppich hörte und dann die Tür der Suite ins Schloß fiel, brach sie in hemmungsloses Schluchzen aus.

Es war schon weit nach Mitternacht, als Ren sich endlich zurückziehen und das Haus verlassen konnte. Er brauchte Zeit für sich. Was er in Wirklichkeit brauchte, gestand er sich ein, war, sein Gewissen zu erleichtern, weil er Elaina so grausam behandelt hatte. Tommy hatte die Kutsche genommen, und daher fuhr er in einer Mietsdroschke durch die Stadt. Er bezahlte dem Kutscher eine hübsche Summe, damit er ihn ziellos durch die Straßen der Stadt fuhr, in denen es jetzt ruhiger wurde, doch seine Gedanken schweiften immer wieder zu der Frau, die heute abend wieder einmal seinen Verstand und sein Herz gefangengenommen hatte. Es schien, als sei es ihnen bestimmt, einander zu quälen, und auch jetzt wieder fühlte er sich gemartert.

Er wußte, wo sie wohnte. Die Zeitung hatte berichtet, daß sie im großen Stil in der Präsidentensuite im Palace Hotel abgestiegen war. Sie hatte es weit gebracht, wenn er an die winzigen Zimmer über Hoffmans Gemischtwarenhandlung dachte, und sie hatte es noch weiter gebracht, wenn man sich an ihre schäbige Unterkunft im zweiten Stock des Hotels Keyserville erinnerte.

Die Kutsche bog an einer Kreuzung ab und fuhr durch die California Street. Plötzlich ragte vor ihm das Hotel auf. Im obersten Stockwerk ruhte Elaina McAllister auf einer weichen Matratze. Lag Chase neben ihr? Der Gedanke durchbohrte ihn wie ein Messer. Er wollte es nicht glauben, gestattete sich nicht, es zu glauben.

Der Drang, zu ihr zu gehen, wurde immer heftiger. Elaina war nach San Francisco gekommen, weil sie ihn dort finden wollte, sagte er sich, und sie war in die Villa der Stanhopes gekommen, um ihn dort anzutreffen, nur ihn. Offensichtlich begehrte sie ihn ebensosehr wie er sie. Warum sollte er es sich versagen? Es ihr versagen? Noch war er nicht verheiratet, und selbst nach seiner Hochzeit würde er jemanden brauchen, der seine Bedürfnisse befriedigte. Mit Carolina Williams war er fertig, und zwar schon seit geraumer Zeit. Er konnte sich sogar kaum noch vorstellen, was er überhaupt je in dieser hohlköpfigen Frau gesehen hatte.

Die Pferdehufe trommelten ihren Rhythmus auf die Pflastersteine und trugen ihn immer näher zu dem Hotel. Heute abend hatte er Elaina mit unmißverständlichen Worten zu verstehen gegeben, was passieren würde, wenn sie in San Francisco blieb, aber vielleicht war es ja genau das, was sie in Wirklichkeit wollte. Bei der Vorstellung, sie als Mätresse zu haben und die Nächte in ihren warmen Armen zu verbringen, die ihn gern willkommen hießen, rauschte das Blut in seinen Adern.

»Fahren Sie mich zum Palace«, ordnete er an und wußte dabei, daß das, was er tat, falsch war, doch er konnte es beim besten Willen nicht lassen.

Er kannte den Angestellten, der nachts an der Rezeption arbeitete. Timothy O'Banyon war ihm einen Gefallen schuldig – genaugenommen sogar einige –, und heute nacht würde er seine Schulden einklagen. Es kostete ihn keine großen Überredungskünste, den Schlüssel zu der Suite an sich zu bringen und sich darüber zu informieren, daß die Dame sich dort aufhielt, anscheinend allein: Der Gentleman, der sie in ihre Suite gebracht hatte, war schon vor längerer Zeit gegangen.

Ren seufzte erleichtert auf. Er bedankte sich bei Timothy und versicherte ihm, er würde niemandem sagen, wie er an den Schlüssel gekommen war. Sein Herz raste, als er zielstrebig über den Teppich des breiten Korridors im obersten Stockwerk des Hotels zu der Mahagonitür am hinteren Ende ging. Einen Moment lang blieb er unschlüssig stehen, dann steckte er den Schlüssel in das Schloß, als hätte er gar keine andere Wahl.

Ein leises Klicken, eine Drehung des Türknopfs, und schon betrat er die elegante Suite. Seine Aufregung verstärkte sich, und im selben Maß nahm sein Verlangen zu, allein schon bei der Vorstellung, wie nah er ihr war. O Gott, wie konnte eine Frau nur eine derartige Macht über ihn haben? Er öffnete die Tür zu dem riesigen Schlafzimmer und sah Elainas schlanke Gestalt, die sich durch die Satindecke abzeichnete. Als er die Tür hinter sich zuzog, fiel ihm auf, daß der Mondschein, der durch das Fenster fiel, Elainas Haut einen silbernen Schimmer verlieh. Bei ihrem Anblick hielt er den Atem an. Ihre rubinroten Lippen waren im Schlaf ein wenig geöffnet.

Er knöpfte seinen Kragen auf und zog die Jacke und die Stiefel aus, ehe er sich aus dem Hemd wand.

Plötzlich schnappte Elaina kaum hörbar nach Luft und setzte sich kerzengerade in ihrem Bett auf. »Chase? Sind Sie das?«

Als Ren den Namen des Mannes hörte, übermannte ihn der Zorn. »Tut mir leid, daß ich dich enttäuschen muß. Hast du ihn erwartet?« Falls er vorher Zweifel gehegt hatte, dann hatten Elainas Worte sie ihm gänzlich genommen.

»Du!« rief sie aus, und ihre Augen gewöhnten sich langsam an das schwache Licht im Zimmer. »Wie bist du reingekommen? Verschwinde augenblicklich, oder ich schwöre dir, daß ich um Hilfe schreie.«

»Du wirst nichts dergleichen tun«, erklärte er. »Es sei denn, du willst in der Morgenausgabe von *Alta California* die Titelseite für dich beanspruchen.«

»Was willst du?« fragte Elaina, die sich jetzt schon ein wenig atemlos fühlte. Muskeln tanzten auf seinem festen Oberkörper, und dunkles Haar kräuselte sich auf seiner Brust. Sie kämpfte gegen das Verlangen an und fuhr sich mit der Zunge über die Lippen. Was in Gottes Namen war nur los mit ihr? Der Mann war ein ganz gemeiner Schurke und nichts anderes. Er hätte alles gesagt oder getan, um zu bekommen, was er wollte, das hatte er ihr immer wieder bewiesen. Und doch lechzte sie nach seinen Berührungen, und ihr Körper war vor Verlangen nach ihm entflammt. Als sie zusah, wie er lässig seine restlichen Kleidungsstücke ablegte, entrang sich ihr ein winziges Stöhnen, erwartungsvoll und voller Vorfreude, und sie verfluchte sich für ihre Schwäche.

»Verschwinde von hier«, flüsterte sie, doch er kam nur noch näher. Sie konnte das Gewicht seines Körpers spüren, als er sich zu ihr ins Bett legte.

»Ich will dich, Elaina, mehr, als ich je eine andere Frau begehrt habe. Ich kann einfach nicht genug von dir kriegen.« Er fuhr mit seinen Fingern durch ihre schimmernden Locken. »Ich kann an nichts anderes mehr denken und von nichts anderem mehr träumen, nur noch davon, dich in meinen Armen zu halten und dich zu lieben. Ich brauche dich, Elaina.«

Sie stöhnte bei seinen Worten, und sie wußte, daß sie bereits naß war und sich nach ihm verzehrte. »Bitte, Ren«, sagte sie flehentlich. »Du hast recht gehabt, und ich habe mich geirrt. Ich hätte nicht nach San Francisco kommen sollen. Ich werde fortgehen, in eine andere Stadt. Ich reise morgen ab.«

»Es ist zu spät, Elaina. Ich kann nicht mehr dagegen ankämpfen. Du gehörst mir. Du hast von Anfang an mir gehört. Und du wirst immer mir gehören.« Er streichelte zärtlich ihre Wange.

»Niemals«, flüsterte sie und riß sich los. »Ich lasse mich nicht noch einmal von dir mißbrauchen. Ich werde mich wehren.«

Er zog sie heftig an sich. »Es ist zwecklos, Elaina. Du willst mich ebensosehr, wie ich dich will. Dein Körper verrät dich.« Er streichelte die harte Knospe ihrer Brustwarze, die sich schon aufgestellt hatte und seine Berührung begierig erwartete. »Selbst dann, wenn dein Verstand nein dazu sagt.«

Da sie nicht bereit war, sich die Wahrheit seiner Worte einzugestehen, holte sie mit der Faust nach ihm aus, denn sie war wild entschlossen, ihm weh zu tun, wild entschlossen, ihm zu beweisen, daß er im Unrecht war. Er fing ihr Handgelenk mühelos ab, preßte sie auf die Matratze und legte sich auf sie.

»Nein«, flüsterte sie mit kaum vernehmbarer Stimme. Sie spürte seinen harten Schaft und wollte ihn in sich haben, obwohl das Gefühl der Erniedrigung sie verzehrte.

»Doch, Elaina. Du willst es, und ich will es auch.«

Sie schlug um sich, trat um sich, wehrte sich mit aller Kraft und versuchte, die schwere, heiße Last seines Körpers abzuschütteln. Diesmal würde sie nicht nachgeben. Sie riß ihre Hand los und krallte ihre Nägel in seine Brust, denn sie wollte ihm weh tun, wollte ihn für die Dinge bestrafen, die er sie fühlen ließ.

Wieder umfaßte er ihr Handgelenk und hielt ihr dann beide Hände sachte, aber unerbittlich über dem Kopf fest.

»Wehr dich nicht gegen mich, Elaina. Das ist eine Schlacht, die du nicht gewinnen kannst.« Als wollte er beweisen, wie recht er doch hatte, senkte er seinen Mund auf ihre Brustwarze, und sie stöhnte vor Lust.

Sie konnte seine Kraft spüren, die Macht, die er über sie

hatte, aber sie nahm auch seine Zärtlichkeit wahr. Du darfst nicht nachgeben, sagte sie sich. Er wird dich zwingen müssen. Doch schon während sie sich diese Worte sagte, wußte sie, daß es Lügen waren. Er küßte sie so leidenschaftlich, unterwarf sie mit seinen meisterlichen Händen, streichelte sie und neckte sie, bis ihre Abwehr mehr einer Liebkosung als dem Versuch glich, ihn von sich fernzuhalten.

Wie sehr sie ihn doch begehrte. Sie grub die Finger in sein dichtes schwarzes Haar und zog ihn näher an sich, preßte ihn an ihre Brust und bat ihn flehentlich, den glühenden Schmerz zwischen ihren Beinen zu lindern. Langsam und mit quälender Besonnenheit drang er in sie ein und bewies sein Geschick, wie es kein anderer je gekonnt hätte. Sie grub die Nägel in seinen Rücken und rief seinen Namen aus, als er ihre Hüften anhob und hart in sie hineinstieß. Sie kam jedem seiner kraftvollen Stöße entgegen. Die Glut ihres Verlangens loderte so hell auf, daß sie das Gefühl hatte, sie könnte zu Asche zerfallen. Die tobenden Flammen drohten sie zu verschlingen. Immer wieder rief sie seinen Namen aus, und dann sagte sie die Worte, die sie sogar sich selbst gegenüber geleugnet hatte: »Ich liebe dich. Ich liebe dich.«

Sie vergaß ihren Kummer, ihr Herzeleid, vergaß alles bis auf die Lust, die er ihr verschaffte. Der pulsierende, stampfende Rhythmus ihrer Vereinigung trug sie hinauf in schwindelnde Höhen. Sie verlor sich in dem köstlichen Gefühl, ließ sich von ihrer Seligkeit verschlingen. Ren erreichte erschauernd den Höhepunkt. Dann küßte er sie zart, knabberte an ihrem Hals und schmiegte sie an sich.

Eine Zeitlang lagen sie stumm da. Sie fragte sich, ob er die Worte gehört hatte, die sie in ihrer Leidenschaft geflüstert hatte, und sie wünschte, sie hätte die Worte zurücknehmen können. Sie konnte es sich nicht leisten, ihm zu zeigen, wie verletzbar sie war, und sie durfte ihm nicht noch mehr Macht über sich einräumen als die, die er ohnehin schon besaß. Sie spürte seine warmen Lippen in der Mulde unter ihrem Ohr.

»Ich liebe dich auch, Elaina. Ich habe dich fast von Anfang an geliebt. Manchmal glaube ich, ich werde noch aus Liebe zu dir sterben.«

Die Worte ließen sie von Kopf bis Fuß erbeben. O Gott, wie sehr sie sich danach verzehrt hatte, das zu hören. Sie wandte das Gesicht zu ihm und war nicht sicher, was sie sagen sollte. Tränen stiegen ihr in die Augen, und ihr Herz schmerzte noch mehr als zuvor. »Aber du liebst mich nicht genug, um mich zu heiraten.«

Er rollte sich von ihr, schwang die Beine über die Bettkante und setzte sich auf. »Jacob ist todkrank«, sagte er leise.

»O nein.«

»Sein einziger Wunsch ist zu wissen, daß gut für seine Tochter gesorgt wird. Ich kann es ihm nicht abschlagen.«

Sie konnte den Schmerz in seinen Augen sehen, obwohl seine Worte spröde klangen. Heute nacht noch hatte sie sich von ganzem Herzen gewünscht, sie würde doch noch aus seinem Mund hören, daß er sie liebte. Nachdem er die Worte jetzt gesagt hatte, klangen sie irgendwie hohl und leer. Was nutzte es schon, daß er sie liebte, wenn sie nicht zusammenkommen konnten?

»Bleib bei mir, Lainey. Ich werde uns ein Haus suchen ... irgendwo an der Küste. Ein Haus, in dem wir zusammensein können.«

»Und was ist mit deiner Ehe?« fragte sie in ihrem Bemühen, die Anspannung zu deuten, die auf seinen Zügen stand.

»Es wird lediglich nach außen hin eine Ehe sein. Eine reine Zweckehe.«

Sie erinnerte sich, dieselben Worte erst vor einer Woche aus dem Mund eines anderen Menschen gehört zu haben, und die Worte trafen sie ins Herz. »Dasselbe hat Carolina Williams auch gesagt.«

»Vergiß sie. Sie bedeutet mir nichts. Sie hat mir auch nie

etwas bedeutet. Du bedeutest mir alles.« Er ließ einen Finger zart über ihre Wange und ihr Kinn gleiten.

Die Worte brachten sie ins Wanken. Sie liebte ihn so sehr. »Aber Jacob muß doch Erben haben wollen? Jemanden, der den Namen Stanhope tragen wird?«

Er wandte den Blick ab, denn er war nicht mehr bereit, ihr in die Augen zu sehen. »Ja«, gab er zu. »Das habe ich ihm versprochen.«

»O Gott, Ren«, flüsterte sie, und ihre Stimme drückte unendlichen Schmerz und Verzweiflung aus. Ein Schluchzen entrang sich ihr, und sie begrub ihr Gesicht in ihrem Kissen. Er zog sie in seine Arme und hielt sie fest, als sie sich an seiner Brust ausweinte.

»Weine bitte nicht. Ich bin nicht hergekommen, um dich zum Weinen zu bringen.«

»Verstehst du es denn nicht? Es könnte nie etwas daraus werden. Es wäre nichts für dich, nichts für Melissa und nichts für mich. Ich kann nicht so leben, dich nicht mit einer anderen Frau teilen, schließlich sogar mit einer ganzen Familie. Und was würde aus den Kindern, die wir hätten? Sie wären... sie wären...«

»Elaina, laß das.«

Sie riß sich los. »Sie wären Bastarde, Ren. Unsere Kinder wären Bastarde. Davon will ich nichts wissen. Es wäre ihnen gegenüber ungerecht, verstehst du das denn nicht?« Er zog sie wieder in seine Arme und strich ihr über das Haar, als sie klagend schluchzte.

»Wenn du das sagst, klingt es so schmutzig, als sei es das Schlimmste auf Erden. Aber so stehen die Dinge nicht zwischen uns. So ist es zwischen uns nie gewesen.« Er hob ihr Kinn an und zwang sie, ihn anzusehen. »Viele Leute arrangieren sich. So könnten wir wenigstens zusammensein. Versprich mir, daß du darüber nachdenken wirst.«

Sie wußte, wie ihre Antwort lauten würde, aber im Moment war er bei ihr, und sie wollte ihn schon wieder in sich spüren. Sie wollte sich und ihm die kurze Zeit nicht verderben, die ihnen noch blieb.

»Ich werde morgen wegfahren«, sagte er zu ihr. »Ich habe einiges Geschäftliche zu erledigen. Am Mittwochnachmittag bin ich wieder in der Stadt. Dann können wir darüber reden.«

Sie nickte, da sie ihrer Stimme einfach nicht trauen konnte. Er küßte sie zart und tröstlich, als wollte er, daß sie seine Liebe spürte. Dann wurde der Kuß, wie es schon immer gewesen war, fordernd, und sie gab sich dem lodernden Feuer hin, das sie in die Nacht hinaustrug.

22

Dolph Redmond schnippte dem flachsblonden Jungen eine Münze zu und wartete darauf, daß er die Tür hinter sich schloß. Erst dann riß er das Telegramm auf und überflog es: »Mädchen gefunden. Von Morgan keine Spur. Die Zeit wird knapp. Abschluß hinauszögern. Werde sie schnellstmöglich nach Keyserville schaffen. Chuck.«

Verflucht! Der Abschluß über den Verkauf des Bergwerks mußte hinausgeschoben werden! Das war das allerletzte, was er gebrauchen konnte. Alles andere klappte wie geplant: Die Glanzkohlebergbau- und Kohlezechengesellschaft war nach wie vor am Erwerb des Bergwerks interessiert, und alles war in Ordnung. Das einzige, was ihnen noch fehlte, war, Elainas Anteile an sich zu bringen. Verflucht! Die Frau hatte ihnen immer nur Ärger gemacht. Er reichte Henry Dawson das Telegramm.

»Sieht aus, als hätte dein Sohn sie gefunden, soweit okay«, sagte er zu Henry, »aber er muß sie erst noch herbringen.« Sie saßen im Büro im Hotel Keyserville. Dolph Redmond saß hinter seinem Schreibtisch und hatte wie üblich die Füße auf der Tischplatte liegen. Die Sonne war gerade aufgegangen, und es sah aus, als würde es ein stark bewölkter Tag werden.

»Er wird sie schon herbringen. Auf Chuck kann man sich immer verlassen, wenn Not am Mann ist. In dem Punkt ist er genau wie seine Mama.«

»Das möchte ich auch hoffen. Dieser Verkauf macht uns alle zu reichen Männern. Wir können es uns nicht leisten, die Sache zu verpfuschen.« Er zog an seiner dünnen Zigarre. »In einem Punkt hat Chuck recht gehabt – wir hätten diese Heirat schon vor Jahren erzwingen sollen. Du und deine verdammte Sentimentalität, Henry. Wenn eine Frau ein hübsches Gesicht hat, warst du schon immer zu nachgiebig.«

Henry brummte nur vor sich hin. »Das Ganze verzögert sich nur um zwei Wochen. Wir haben jahrelang darauf gewartet. Noch zwei Wochen mehr, was macht das schon aus.«

»Wahrscheinlich wenig, aber ich werde mich wesentlich wohler in meiner Haut fühlen, wenn sie erst einmal mit Chuck verheiratet ist.«

»Da kann ich dir übrigens immer noch nicht folgen. Wenn sie vorher nicht bereit war, Chuck zu heiraten, wie willst du sie dann jetzt dazu bringen?«

»Laß das nur meine Sorge sein. Ich versichere dir, daß Elaina McAllister in allernächster Zukunft deine Schwiegertochter sein wird.«

Henry nickte nur und nahm Dolphs Worte hin, als sei die Heirat längst eine beschlossene Sache. Henry setzte Vertrauen in ihn, und in gewisser Weise ging es Dolph ähnlich. Henry hievte seine schwere Gestalt vom Stuhl, setzte seinen Strohhut mit der schmalen Krempe auf und ging zur Tür. Noch hatten sie ein Bergwerk zu leiten, und Henry nahm seine Arbeit ernst. Das gehörte zu den Dingen, die Dolph an ihm zu schätzen wußte. Sie waren schon seit fünfzehn Jahren Partner. Sie waren das abwegigste Zweiergespann, das man sich vorstellen konnte.

»Halt mich auf dem laufenden«, rief Henry ihm zu.

Dolph nickte nur. Ursprünglich hatte Dolph Henrys Geld gebraucht, und wenn ihm der gewöhnliche Mann damals auch als unter seinem Niveau erschienen war, dann hatte Dolph doch gelernt, Henrys gute Seiten zu erkennen und zu schätzen. Er war beständig und konnte zupacken. Da er außerdem zu fast allem bereit war, um seine Ziele zu erreichen – und gewöhnlich bestand sein höchstes Ziel darin, mehr Geld zu verdienen – waren Dolph und er gut miteinander ausgekommen.

Jetzt standen sie kurz davor, ein Vermögen zu machen, wie sie es ihr ganzes Leben lang angestrebt hatten. Und sie würden nicht zulassen, daß sich ihnen etwas in den Weg stellte. Dolph gefiel die Vorstellung nicht, das Geld mit Henry und Chuck zu teilen, aber sein Anteil würde sich immer noch auf ein Vermögen belaufen.

Er war froh, daß Chuck Bill Sharp nach Kalifornien mitgenommen hatte, um das Mädchen nach Hause zu holen. Sharp war ein fähiger Mann, und er war kräftig – und ein unglaublich guter Schütze. Ein Mann von der Sorte, die eine Aufgabe auf die eine oder andere Weise erledigte. Je schneller sich die Angelegenheit regeln ließ, desto besser war es für sie alle.

»Und du bist ganz sicher, daß sie allein da oben ist?« fragte Andy Johnson.

»Allerdings«, antwortete Chuck. Der Mann, von dem er herausgefunden hatte, daß er Chase Cameron hieß, hatte das Palace vor Mitternacht verlassen. »Ich habe selbst gesehen, wie er fortgegangen ist, ehe ich mich auf den Rückzug zu unserem Hotel gemacht habe.« Chuck, Andy Johnson und Bill Sharp hatten sich Zimmer im Geary House genommen, einem kleinen Hotel auf demselben Hügel wie das Palace, nur etwas weiter unten. Chuck hatte ein paar Stunden geschlafen, bis die ersten Sonnenstrahlen durch das Fenster neben seinem Bett gefallen waren. Dann hatte er Bill und Andy in sein Zimmer geholt.

Elaina war leichter zu finden gewesen, als er es sich vorgestellt hatte. Am Anfang hatte er zwar kein Glück gehabt – sogar Isabelle Chesterfield hatte keine Ahnung, wo Elaina sich aufhielt –, doch seine Beharrlichkeit hatte sich schließlich bezahlt gemacht. Schon lange vor ihrem Eintreffen in der Stadt hatte Elaina McAllister auf den Titelseiten der Zeitungen Schlagzeilen gemacht.

Chuck lächelte hämisch. Es würde sich alles noch besser entwickeln als in seinen kühnsten Träumen. Elaina war jetzt eine berühmte und reiche Frau, und sowie sie mit Chuck verheiratet war, würde er über ihr gesamtes Geld verfügen. Er mußte sie nur noch nach Keyserville zurückbringen, und er hatte die Absicht, diese Aufgabe augenblicklich zu erledigen.

»Seid ihr ganz sicher, daß ihr es allein schafft?« Seine rotblonden Augenbrauen zogen sich zu einem unsicheren Stirnrunzeln zusammen. »Ich fürchte, wenn sie mich sieht, macht das alles nur noch schlimmer.«

»Wir kriegen das schon hin«, versicherte ihm Bill Sharp. »Schließlich ist sie doch nur eine Frau.«

»Ich warne euch«, sagte Chuck, »unterschätzt diese Frau bloß nicht. Ich habe sie ein einziges Mal unterschätzt, und das hat es mir eingebracht.« Er deutete auf die zackige Narbe auf seiner Wange. Er freute sich jetzt schon darauf, den kleinen Wildfang zu zähmen. Ihr war schon eine viel zu lange Verlobungszeit zugestanden worden.

Sharp murrte nur und sah ihn an, als könnte er niemals so dumm sein, sich von einer Frau ausstechen zu lassen. Sie verließen das Hotel und stiegen den Hügel zum Palace hinauf. Es war ein schöner Tag, und das frühmorgendliche Licht ließ das Wasser der Bucht funkeln.

»Ich warte hier unten auf euch«, entschied Chuck, als sie ihr Ziel erreicht hatten. »Nehmt den hinteren Aufzug. Ich treffe euch dann am Hintereingang.«

»Mach dir keine Sorgen, Boß«, warf Andy Johnson ein. »Das ist ein Kinderspiel.«

Chuck dachte wieder daran, wie er das letzte Mal geglaubt hatte, es sei ein Kinderspiel, mit Elaina McAllister fertigzuwerden – in der Nacht, in der er versucht hatte, sie zu nehmen, doch es war ihm nur gelungen, die Hochzeit zu vereiteln und eine gebrochene Nase davonzutragen. Wenigstens war Morgan nicht mehr auf der Bildfläche. Chuck hatte in ganz San Francisco keine Spur des Mannes finden können. Falls er je in dieser Stadt gelebt hatte, mußte es schon lange her sein.

Andy Johnson ging mit dem kleinen Fläschchen Chloroform, das sie benutzen wollten, auf den Hintereingang des Hotels zu. Er war ein Genie im Knacken von Schlössern; weder diese schweren Türen noch die kleinere, die zu Elainas Suite führte, würden ihm Probleme machen. Andy war schlank und geschmeidig und arbeitete schon seit Jahren hin und wieder für das Gespann Redmond/ Dawson.

Bill Sharp war erst vor kurzem hinzugekommen. Sharp war groß und gut gebaut und hatte Augen, die dicht beieinanderstanden, und buschige Augenbrauen, er war als Ersatz für Dan Morgan eingestellt worden. Er hatte die Bergleute mühelos eingeschüchtert, bis sie spurten, ohne auch nur einen Schuß abzugeben. Chuck hatte einmal mit angesehen, wie er im Duell gezogen hatte – der Revolver des Mannes kam nie aus dem Halfter heraus. Sharp hätte den Mann problemlos töten können, und er hätte es auch getan, wenn Chuck ihn nicht daran gehindert hätte. Er war ein ausgezeichneter Schütze, der unglaublich schnell ziehen konnte, soviel stand fest. Schneller als alles, was Chuck je gesehen hatte – wahrscheinlich sogar schneller als Morgan. Zu schade, daß Morgan nirgends aufzufinden war, damit Chuck es herausfinden konnte. Nichts hätte ihn mehr gefreut, als mit anzusehen, wie der Revolverheld seine wohlverdiente Strafe bekam.

Ren hörte das leise Klicken des Schlosses und schlug die Augen auf. Seit etwa einer Stunde lag er im Halbschlaf auf der weichen Matratze und kostete den Luxus aus, Elaina im Schlaf beobachten zu können. Behutsam stand er aus dem Bett auf und zog sich die Hose an. Das leise Quietschen, mit dem die schwere Tür der Suite weit aufschwang, entging ihm nicht. Er ließ Elaina weiterschlafen und ging lautlos auf die Schlafzimmertür zu. Der Messingknopf drehte sich gerade, als er die Tür erreicht hatte. Da es ihm nicht gelang, den Derringer mit dem Perlmuttgriff aus seiner Jackentasche zu holen, trat er in dem Moment hinter die Tür, in dem sie geöffnet wurde.

»Sie ist eine Schönheit, stimmt's, Bill?« flüsterte eine männliche Stimme leise.

Ren warf einen Blick auf die schlafende Elaina. Die Decke war nach unten gerutscht, und eine ihrer vollen Brüste war vor den Blicken der Männer entblößt. Ren spürte, wie sich sein Magen zu einem Knoten zusammenzog. Er mußte sich schwer zusammenreißen. Von seinem Platz hinter der Tür hörte er gedämpfte Schritte auf dem Teppich, als die beiden Männer ins Zimmer traten.

»Eine solche Figur und dann auch noch Geld«, stimmte der zweite Mann ihm zu. Seine Stimme klang heiser, und Ren wußte, was der Mann sich dachte, als er sich am Anblick von Elainas perfekten Brüsten labte.

Ren verlor die Selbstbeherrschung. Er knallte die Tür gegen den großen, gutgebauten Mann und trat nach dem anderen, der kleiner war. Elaina schrie auf und setzte sich kerzengerade im Bett auf, und dabei hielt sie die Decke vor sich. Der kleinere Mann fluchte, als er gegen einen Stuhl stieß und ihn umwarf, und der große Mann versetzte Ren einen kräftigen Kinnhaken, der ihn auf das Bett fallen ließ. Fast wäre er auf Elaina gelandet. Ren kam schnell wieder auf die Füße, wich einem zweiten Schlag aus und versetzte dem großen Mann einen so kräftigen Schlag in die Magengrube, daß der Mann sich krümmte. Der kleinere Mann machte einen Bogen und rannte zur Tür.

»Komm schon, Bill!« schrie er mit seiner hohen Stimme. »Damit haben wir nicht gerechnet.«

Derjenige, der Bill hieß, versetzte Ren noch einen Schlag und rannte dann durch den Salon hinter seinem Freund her. Ren folgte rasch. Elaina hüllte sich in die Decke und rannte dann hinter den Männern her. Ehe der größere Mann die Tür erreicht hatte, stürzte sich Ren auf ihn, und die beiden fielen auf die Marmorfliesen, stießen das Sofa um und ließen eine Lampe mit einem seidenen Lampenschirm auf dem Fußboden zerschmettern. Ren sah Metall aufblitzen, als der große Mann seine Waffe zog, aber er konnte dem Lauf nicht ausweichen, der mit einem dumpfen Schlag auf seinen Schädel traf. Er sackte auf dem Teppich zusammen und kämpfte darum, das Bewußtsein nicht zu verlieren. Er zog sich wieder auf die Füße und machte noch zwei Schritte auf die Männer zu, als sie durch die Tür entflohen und im Korridor verschwanden. Dann wurde alles schwarz um ihn herum.

»Ren!« schrie Elaina und stürzte an seine Seite. Sie kniete sich neben ihn, und ihre Hände zitterten so heftig, daß sie kaum seinen Kopf heben und auf ihren Schoß legen konnte. »Ren, bitte, dir darf nichts fehlen.«

Er stöhnte, dann öffneten sich flatternd seine Lider, und er hob eine Hand an die Beule auf seiner Stirn. Er versuchte, sich aufzusetzen, doch sein Kopf sank nur wieder auf ihren Schoß.

»Mir kommt es ganz so vor, als hätten wir diese Szene schon einmal gespielt«, scherzte er, doch er konnte ein schmerzverzerrtes Grinsen nicht unterdrücken.

»Bleib du nur still liegen. Ich hole ein feuchtes Tuch.«

Sie kam eilig wieder, doch er saß bereits auf einem Stuhl und hatte den Kopf an die Lehne gelegt. Sie preßte ihm das Tuch auf die Stirn.

»Was ... was glaubst du, hinter was diese Männer wohl

her waren?« fragte sie mit einem nervösen Blick auf die Tür, die jetzt wieder geschlossen war.

»Ich weiß es nicht, aber ich habe die Absicht, es herauszufinden. Wahrscheinlich haben sie gehofft, du hättest Geld hier oben. Inzwischen hat die ganze Stadt von deiner Goldmine gehört. Irgend etwas ist mir an dem, der mir den Kinnhaken verpaßt hat, bekannt vorgekommen, und auch sein Umgang mit der Waffe erinnert mich an irgend etwas ... ich weiß es nicht, vielleicht bilde ich es mir auch nur ein, aber andererseits ... mir paßt die Vorstellung nicht, du könntest in Gefahr sein. Wenn ich es auch noch so sehr wünschte, kann ich doch nicht ständig hier sein. Du brauchst Dienstboten, einen Butler, eine Zofe, Leute, die da sind, damit sich Männer von der Sorte abgeschreckt fühlen.«

»Ich habe schon mit einer Agentur gesprochen«, sagte sie zu ihm, wenn sie auch nicht dazu sagte, daß sie nicht die Absicht hatte, jetzt jemanden in ihren Dienst zu nehmen. Sie würde San Francisco schon bald für immer verlassen. »Ich bin sicher, daß man mir nur vertrauenswürdige Leute schikken wird.«

»Wir werden sie gründlich überprüfen lassen«, sagte er. »Nur, um ganz sicherzugehen. Bis dahin werde ich dich wohl besser im Auge behalten müssen.« Er fuhr mit einem langen braunen Finger ihr Kinn nach, und sein Mund verzog sich zu einem zufriedenen Lächeln. Dann stellte er fest, daß die Decke aufgeschlagen war, und seine Augen richteten sich auf die wohlgeformte Hüfte und das schlanke Bein, das vor seinen Blicken entblößt war. Als seine Handfläche über ihren Schenkel glitt und sich auf ihren Hintern legte und er ihre warme Haut unter seiner Hand spürte, prickelte sein Fleisch, und Blut schoß in seine Lenden.

Scherzhaft schlug sie seine Hand zur Seite. »Wie ich sehe, wirst du es überleben«, sagte sie zu ihm. Aber die Erleichterung in ihren goldenen Augen entging ihm nicht.

»Das wird schon wieder«, versicherte er. »Leider muß ich

heute abend wichtige geschäftliche Angelegenheiten außerhalb der Stadt erledigen. Daher kann ich meine Aufgabe als Leibwächter erst morgen antreten.« Seine Hand legte sich wieder auf ihren Hintern, und seine langen Finger spreizten sich, um sie zu necken, was ihm auch gelang.

Elaina spürte das Verlangen, das, dessen war sie sicher, auch er verspürte, doch sie zwang sich, das Gefühl weit von sich zu weisen und lieber über seine Worte nachzudenken. Es gab nichts, was sie sich mehr wünschte – und nichts, was sie weniger wollte –, als daß Ren sich ihrer körperlich annahm.

»Heute wirst du absolut sicher sein«, vergewisserte er ihr. »So schnell werden sie nicht wieder zurückkommen, und wahrscheinlich versuchen sie es gar kein zweites Mal. Aber ich werde, sobald ich zu Hause bin, Herbert Thomas und seine Frau Flora zu dir schicken.«

Er grinste verschmitzt. »Herbert ist ein ausgezeichneter Schütze, und Flora kann Chase Cameron im Auge behalten – nur für den Fall, daß er versucht, sich mit mir zu messen.«

Elaina zog ihm das feuchte Tuch von der Stirn und warf es in gespielter Weise nach ihm. »Männer! Ihr seid alle unverbesserlich!«

Er zog sie auf seinen Schoß und küßte sie ausgiebig. »Hättest du es etwa gern anders?«

Zur Antwort küßte sie ihn, doch als sie den Kopf zurückzog, hatten sich seine hellblauen Augen verfinstert.

»Heute ist der dritte, stimmt's?« fragte er.

»Ja, weshalb?«

»Ich hatte das mit morgen ganz vergessen. Morgen ist der vierte Juli. Ich habe Jacob versprochen, ihn und Melissa zum Feuerwerk zu begleiten. Es wird ein Ochse gebraten und ein Picknick veranstaltet. Ich kann frühestens am Spätnachmittag wieder hier sein.«

Elaina wandte sich ab, sie weinte und schluckte schwer. Warum tat es bloß so weh, wenn sie doch von Anfang an gewußt hatte, was für ein Gefühl es sein würde, eine von zwei Frauen zu sein? Ren würde jeden Feiertag und jedes Wochenende mit seiner Familie verbringen. Sie würde ihn nur dann sehen, wenn es ihm in den Kram paßte. Und deshalb konnte sie auch niemals seinen tollkühnen Plänen zustimmen, wie sie zusammensein konnten. Und genau deshalb würde sie auch von hier fortgehen. So sehr sie ihn liebte, war sie doch nicht bereit, ihn zu teilen, und sie wollte sich auch nicht zwischen ihn und die Familie stellen, für die er bald die Verantwortung tragen würde. Sie wollte sich nicht auf das Niveau einer Person wie Carolina Williams herablassen.

»Ich wünschte, ich hätte Zeit, dich noch einmal zu lieben«, sagte er gerade, »aber ich will im Hotel Bescheid geben, was heute morgen hier passiert ist. Dann werde ich mit dem Wachtmeister sprechen.«

»Was? Ren, das kannst du nicht machen!« Sie riß sich von ihm los. »Verstehst du das denn nicht? Dann wissen alle, daß du hier warst. Dann wird bekannt, daß du die Nacht hier verbracht hast. Dann werden die Leute . . .«

»Elaina, hör mir zu.« Ren hob ihr Kinn hoch und wünschte sich von ganzem Herzen, sie würde ihn verstehen. »Ganz gleich, wie diskret wir auch sind, die Leute werden es erfahren. Das macht nichts. Viele Leute tun das.«

Es klang so beiläufig. Aber warum auch nicht? Er tat so etwas nicht zum ersten Mal. Sie konnte spüren, wie ihr die Tränen in die Augen stiegen und dann über ihre Wangen flossen. »Mir macht es aber etwas aus«, flüsterte sie, und er zog sie an seine harte Brust.

»Also gut«, beruhigte er sie. »Ich werde nicht zur Polizei gehen. Ich werde einen Privatdetektiv engagieren, der der Sache nachgeht. Bis dahin schicke ich dir das Ehepaar Thomas rüber. Entferne dich nicht zu weit von dem Hotel. Morgen bin ich wieder da, und wir können über alles reden und ein paar Dinge regeln.«

Morgen also würde Ren mit seiner Verlobten den Unabhängigkeitstag feiern. Er würde mit Jacob lachen und die Zukunft seiner Familie planen. Er würde über Enkel und über die Hochzeit reden. Melissa würde ihn aus ihren sanften blauen Augen ansehen und an die Flitterwochen denken, an die Nächte, die sie in seinen Armen zubringen würde. Elaina schloß die Augen und bemühte sich, die gräßlichen Bilder zu vertreiben, und versuchte, stark zu sein.

Morgen würde sie in einem Zug nach Osten sitzen und zu einem einsamen Ziel aufbrechen, das nur sie und Gott kannten. Diesmal würde sie niemandem sagen, wohin sie ging, noch nicht einmal Ada Lowery. Sie kämpfte gegen eine Woge von Verzweiflung an und setzte ein Lächeln auf. »Dann bis morgen.«

Mit einer Hand unter ihrem Kinn drückte er ihr einen leidenschaftlichen Kuß auf den Mund, der ausdrückte, daß sie ihm gehörte. Sie strengte sich gewaltig an, damit ihre Lippen unter seinen nicht zitterten, und sie kämpfte gegen ihre Tränen an.

»Morgen«, wiederholte er, als sei es nur eine Frage von Stunden, bis sie wieder zusammen waren, und nicht die Ewigkeit, die Elaina vor sich sah.

Sie folgte ihm zur Tür und schloß sie leise hinter ihm. Erst als seine Schritte durch den Korridor hallten und schließlich nicht mehr zu hören waren, ließ sie ihren Tränen, die sie bisher zurückgehalten hatte, freien Lauf.

»Verdammtes Pech!« Chuck Dawson lief in seinem Hotelzimmer auf und ab, während Bill Sharp und Andy Johnson ihm die Geschichte ihres Mißerfolgs berichteten. Bis jetzt waren sie nicht dazu gekommen, ihm zu erklären, was passiert war. Alle drei waren eilig zu ihrer Mietsdroschke gestürzt und eiligst in die Sicherheit ihrer Hotelzimmer zurückgekehrt.

»Wie hat der Mann ausgesehen?« fragte Chuck.

»Also, er war auffallend groß«, sagte Andy, der rasend übertrieb. »Mindestens fünfzehn Zentimeter größer als du, und er hatte enorm kräftige Arme und einen Stiernacken und . . .«

»Er war etwa so groß wie du«, unterbrach ihn Sharp. »Er hatte schwarzes Haar mit graumelierten Schläfen und die hellsten blauen Augen, die ich je gesehen habe.«

»Morgan! Du sagst im Ernst, daß der Mistkerl in ihrem Bett gelegen hat?«

»Als wir reingekommen sind, lag er nicht mit ihr im Bett, aber es hat so ausgesehen, als hätte er die Nacht dort verbracht.«

»Diese kleine Schlampe. Ich hätte wissen müssen, daß sie mit Morgan zusammen ist. Er war also doch die ganze Zeit über hier, direkt unter unseren Augen. Mich wundert nur, daß wir keine Spur von ihm finden konnten.«

»Sie ist wirklich sehr hübsch, Boß«, warf Andy ein. »Die zarteste weiße Haut, die ich je gesehen habe. Und diese Brüste, so voll und rund und . . .«

»Halt's Maul, du Narr!« Chuck ballte die Fäuste und löste sie wieder.

»Tut mir leid, Boß«, flüsterte Andy mit seiner hohen Stimme.

»Dann war das also Dan Morgan.« Bill Sharp wirkte belustigt. »Ich wünsche mir schon seit Jahren, ihm einmal über den Weg zu laufen. Er hat einen ganz beachtlichen Ruf. Der Mann, der Morgan tötet, kann sich mehr als nur eine weitere Kerbe auf dem Lauf seiner Waffe einhandeln. Nichts wäre mir lieber, als gegen ihn anzutreten.«

»Und mir wäre nichts lieber, als Morgan tot zu sehen«, sagte Chuck. »Du bekommst deine große Chance, Sharp. Du solltest nur hoffen, daß du schneller ziehst als er.«

»Klar bin ich schneller. Wenn Morgan sich mit mir anlegt, ist er hinterher ein toter Mann, das ist doch klar.« Sharp lehnte sich auf seinem schmalen Eichenstuhl zurück und hatte die Füße, die in Stiefeln steckten, sorglos vor sich ausgestreckt.

»Im Moment«, sagte Chuck, »ist es das Wichtigste, das Mädchen nach Keyserville zurückzubringen. Jetzt müssen wir vorsichtiger vorgehen. Morgan ist kein Dummkopf. Er wird uns schon erwarten.« Er hörte auf, unruhig durch das Zimmer zu laufen, statt dessen drehte er sich um und sah zum Fenster hinaus. Auf den Straßen herrschte der Lärm des frühmorgendlichen Verkehrs. Ein Zeitungsverkäufer pries *Alta California* an, und seine Stimme schwebte mühelos die drei Stockwerke zum offenen Fenster von Chucks Zimmer hinauf.

»Ich glaube, ich habe so eine Ahnung, wie wir sie fortlokken können, und dann hat sie keinen Morgan als Beschützer mehr«, fuhr er fort.

»Und wie sollen wir das anstellen, Boß?« fragte Andy.

»Alles zu seiner Zeit«, versicherte ihm Chuck. Er lächelte und ließ sich auf das schmale Eisenbett unter dem Fenster sinken. »Alles zu seiner Zeit.«

Elaina lief mit forschen Schritten über den Teppich mit den dicken Fransen zum Büro der renommierten Anwaltskanzlei Douglas, Wright, Wright und Jones. Der jüngere Mr. Wright vertrat sie und Richard Marley in allen Geschäften, die mit der Golden Duchess Mine zu tun hatten.

»Sie sehen bezaubernd aus, Miss McAllister«, sagte Louis Wright. »Aber das ist schließlich immer der Fall.«

»Danke.« Sie setzte sich auf den Stuhl, den er ihr zurechtrückte, und dann lehnte sie sich an das braune Leder mit den Quasten, das immer noch einen starken Eigengeruch verströmte, obwohl es alles andere als neu war.

Louis Wright setzte sich hinter seinen massiven Schreibtisch aus Rosenholz. »Ich möchte Ihnen gern als erstes eine weitere Gutschrift aushändigen. Es freut mich, Ihnen sagen zu können, daß sie noch höher ist als die letzte.«

Elaina nahm den elfenbeinfarbenen Umschlag entgegen und steckte die Zahlungsanweisung behutsam in ihre Handtasche. Die Tasche paßte farblich zu ihrem Kostüm aus brauner Ripsseide. Der Überrock, der in einem helleren Braun gehalten war, raschelte bei jeder ihrer Bewegungen. Seit ihrer Ankunft hielt sie ein Heer von Näherinnen in Trab, und dafür wurde sie mit einer eleganten Garderobe belohnt und besaß jetzt die schicksten Kleider, Hüte, Handschuhe und Sonnenschirme und eine Kollektion Spitzenunterwäsche.

»Ich bin nicht wegen des Geldes hergekommen. Ich bin gekommen, weil ich wissen wollte, was auf unser Angebot, die Blue Mountain Mine zu kaufen, bislang erfolgt ist. Ich weiß, daß wir das Angebot erst vor wenigen Tagen gemacht haben, aber ich hatte gehofft, Sie hätten schon eine Nachricht bekommen.«

»Ich fürchte, Miss McAllister, in dem Punkt stehen wir vor einem Problem.« Louis Wright pochte mit seinem Bleistift auf die grüne Filzunterlage auf seinem Schreibtisch. »Es sieht so aus, als hätte die Glanzkohlebergbau- und Kohlezechengesellschaft bereits ein Angebot gemacht, um das Bergwerk zu erwerben. Der Verkaufsabschluß steht in wenigen Tagen bevor.«

»Ich verstehe.«

»Also, wenn Sie daran interessiert sind, das Bergwerk den neuen Besitzern abzukaufen . . .«

»Nein, Mr. Wright. Oder zumindest nicht im Moment. Ich wollte das Bergwerk nur kaufen, um die Bedingungen für die Bergleute dort zu verbessern. Wissen Sie etwas über diese neue Firma?«

»Nicht viel.« Louis Wright kratzte sich den Kopf, der schon kahl wurde. Er war zwar noch ein junger Mann, doch das rotblonde Haar fiel ihm schnell aus; ein paar verräterische Haare lagen auf den Schultern seines marineblauen Anzugs. »Aber sie hat einen ganz ausgezeichneten Ruf.«

»Was ist mit den Arbeitern? Werden sie anständig behandelt?«

»Das kann ich nicht mit Sicherheit sagen, aber soweit ich weiß, hat man nirgends etwas von Unruhen unter den Bergleuten dieses Unternehmens gehört.«

»Das ist das, was mich am meisten interessiert. Vielleicht können wir die Dinge einfach im Auge behalten, und wenn es so aussieht, als würden sich die Bedingungen nicht verbessern, dann können wir ein Angebot machen, das Bergwerk zu kaufen.«

»Sehr gut«, stimmte Wright ihr zu.

Elaina reichte ihm ein Blatt Papier. »Ich will, daß Sie Henry Dawson eine Zahlungsanweisung über die Summe zuschikken, die auf diesem Zettel steht. Sie können ihn unter der Adresse, die ich ganz unten hingeschrieben habe, in Keyserville erreichen.«

Der Anwalt sah sie fragend an.

»Es handelt sich um alte Schulden«, sagte sie zu ihm. »Ich wollte Mr. Dawson das Geld schon seit langer Zeit zurückzahlen.«

»Ich werde mich persönlich darum kümmern.«

»Ich möchte, daß Sie sich außerdem um den Kauf des Hotels Keyserville kümmern. Zahlen Sie, was verlangt wird. Wenn Sie das Geschäft abgewickelt haben, möchte ich, daß die Urkunde auf den Namen Ada Lowery ausgestellt wird. Ich will, daß nicht nur das Anwesen an sie fällt, sondern auch genügend Geld, um das Hotel wieder in seinen ursprünglichen Zustand zu versetzen.«

»Diese Ada Lowery, ist sie eine gute Freundin?« fragte er.

»Mehr als nur eine Freundin, Mr. Wright. Weit mehr.«

»Sie brauchen sich keine Sorgen zu machen. Ich werde augenblicklich mit den Verhandlungen beginnen. Für den Schriftverkehr werde ich Ihre Unterschrift häufig brauchen. Kann ich Sie weiterhin im Palace erreichen?«

»Nein. Ich werde morgen früh dort ausziehen. Sobald ich

an meinem Reiseziel angelangt bin, werde ich Sie darüber informieren, wo Sie mich erreichen können.«

»Und das wäre . . .«

»Ich wünschte, ich wüßte es, Mr. Wright.« Sie lächelte matt. »Aber wohin ich auch gehe, ich werde mich bei Ihnen melden. Sie haben gut für mich gearbeitet, und ich möchte Sie gewiß nicht verlieren.«

»Danke, Miss McAllister.« Er wollte sich schon erheben.

»Es gibt noch etwas, worum Sie sich kümmern sollen.«

Louis Wright setzte sich wieder. Er begann, diese junge Frau zu bewundern. Sie wußte ganz genau, was sie wollte und wie sie es bekam. Er hatte wenige junge Leute kennengelernt – und noch weniger junge Frauen –, die so selbstsicher wie sie waren. Sie saß ihm stolz und zuversichtlich gegenüber, als hätte sie schon seit Jahren viel Geld zur Verfügung.

»Ich will ein Krankenhaus in Keyserville einrichten. Im Namen meines Vaters. Ich weiß, daß es kostspielig wird, aber ich glaube, daß ich es mir leisten kann. Ich werde es von den Einnahmen aus der Golden Duchess Mine nach und nach bezahlen. Werden Sie sich mit Leuten in Verbindung setzen, die dieses Projekt durchführen können?«

»Selbstverständlich.« Er sah sie nachdenklich an. »Sie sind eine ganz erstaunliche Frau, Miss McAllister. Es tut mir wirklich leid, daß Sie von hier fortgehen. Wir hatten alle gehofft, Sie würden in San Francisco bleiben.« Ehe sie den Blick abwandte, sah er Tränen in ihren Augen schimmern.

»Das hatte ich auch gehofft, Mr. Wright, aber manches soll eben einfach nicht sein.«

»Ja, ich denke, da haben Sie recht.« Er kam um seinen Schreibtisch herum, nahm ihre Hand kurz zum Abschied und spürte bei der Berührung ein leichtes Zittern. Zum ersten Mal wurde ihm klar, daß sie durch reine Willenskraft an ihrer Selbstbeherrschung festhielt. Sie hatte ihn also lange Zeit getäuscht. Jetzt fragte er sich, warum sie sich so plötzlich entschlossen hatte, die Stadt zu verlassen. Er hoffte, daß sie keine ernstlichen Schwierigkeiten hatte, aber als er ihren hoffnungslosen Gesichtsausdruck sah, war er sich nicht mehr so sicher.

»Ich danke Ihnen, Mr. Wright«, sagte sie mit einer Stimme, die wieder fester war, »für all Ihre Hilfe.«

»Es war mir ein Vergnügen, Miss McAllister.« Ihr bebendes Lächeln erstaunte ihn, und dann schritt sie durch die offene Tür in den Korridor. Er beobachtete den anmutigen Schwung ihrer Hüften, als sie mit grazilen Schritten aus seiner Sicht entschwand.

23

»Mr. Daniels würde das sicher nicht gefallen, Mum.« Flora Thomas machte viel Wirbel, als sie Elaina beim Packen half.

»Mr. Daniels geht es gar nichts an, wohin ich gehe«, sagte Elaina zu ihr.

Das Ehepaar Thomas hatte sich als ein nettes Paar mittleren Alters erwiesen, zwei Menschen, die einander offenbar sehr gern hatten, und seit ihrem Eintreffen im Palace war es zu keinen weiteren Vorfällen oder unerwünschten Störungen gekommen. Elaina hatte am Vorabend mit dem Packen begonnen, und heute morgen stand sie mit Floras Hilfe kurz davor, es zu schaffen.

»Mr. Daniels hat sich gestern fürchterliche Sorgen gemacht«, sagte Flora. »Er hat Herbert gesagt, er soll kein Risiko eingehen. Wenn diese Männer wieder zurückkommen, soll er erst schießen und hinterher Fragen stellen. Er hat Herbert klare Anweisungen und einen 45er Colt gegeben, und damit kann mein Mann wirklich sehr gut umgehen.« Flora war eine kleingewachsene grauhaarige Frau, die früher einmal blond gewesen war und mit einem Cockney-Akzent sprach, der ihre englische Abstammung verriet.

»Wie lange arbeiten Sie schon für Mr. Daniels?« fragte Elaina, während sie ein Spitzenhemd auf die Kleider in ihrem Reisekoffer legte.

»Seit er hier in der Stadt lebt. Drei Jahre, vielleicht auch vier. Er ist ein anständiger Kerl, Miss McAllister, und aus Ihnen macht er sich sehr viel, das steht fest. Ich habe noch nie erlebt, daß er wegen einer Frau einen solchen Aufwand veranstaltet, noch nicht einmal wegen Miss Stanhope.«

Elaina schlug den Kofferdeckel etwas fester als nötig zu. »Aber Miss Stanhope heiratet er, und daher sollte er sich besser daran gewöhnen, für sie und nicht für mich zu sorgen.«

»Ja, Mum.«

Herbert Thomas kam mit einem mageren schwarzhaarigen Pagen ins Zimmer. »Wenn Sie soweit sind, Miss, stehen wir jederzeit zur Verfügung. Aber Mr. Daniels wird mir wahrscheinlich bei lebendigem Leib die Haut abziehen, wenn ich Sie ohne jeden Abschied gehen lasse.«

»Ich habe wirklich nicht die Zeit, noch auf Mr. Daniels zu warten«, sagte Elaina. »Sie werden ihm Grüße von mir ausrichten müssen.« Sie bemühte sich, einen unbeschwerten Tonfall beizubehalten. »Und wenn die Herren jetzt bitte so freundlich wären, diese Koffer in die Kutsche zu laden. Dann könnte ich nämlich aufbrechen.«

»O Miss, fast hätte ich vergessen, Ihnen das zu geben.« Herbert reichte ihr einen Zettel. »Der Mann am Empfang hat gesagt, heute morgen sei ein Mann gekommen, um das abzugeben.«

Sie faltete das Blatt sorgsam auseinander. Sie fand eine Nachricht von Isabelle Chesterfield vor: Sie sei krank, und Elaina müßte dringend zu ihr kommen.

»Ist es etwas Wichtiges, Miss?« fragte Herbert.

»Ja, ich fürchte, es ist wichtig. Vielleicht muß ich meine Abreise noch etwas hinauszögern, aber was auch passiert, ich ziehe aus dem Hotel aus.«

Herbert nickte und lud weiterhin Koffer auf den Karren. Er war ein großer grauhaariger Mann, schmal gebaut, aber nicht hager, und seinen Augen entging selten auch nur eine Bewegung. Elaina lief voraus, zahlte ihre Rechnung an der Rezeption und folgte der Familie Thomas dann zu der Mietsdroschke. Als die Koffer aufgeladen waren, drehte sie sich zu dem Paar um und spürte plötzlich, wie Tränen in ihren Augen brannten.

»Ich danke Ihnen für all Ihre Hilfe. Sie sind beide sehr freundlich gewesen.«

»Wir befolgen nur Mr. Daniels' Anweisungen«, sagte Herbert.

»Es war uns ein Vergnügen, Mum«, sagte Flora. »Sollen wir Mr. Daniels vielleicht noch etwas von Ihnen ausrichten?«

Elaina spürte, wie sich ein Kloß in ihrer Kehle bildete. Gab es noch etwas, was sie Ren ausrichten lassen wollte? Nur, daß sie ihn liebte und ihn immer lieben würde. Daß sie ihn an jedem einzelnen Tag ihres Lebens vermissen würde, daß jeder wache Moment und jede einsame Nacht ohne ihn qualvoll sein würde. Daß sie trotz allem, was zwischen ihnen gewesen war, hoffte, daß er glücklich werden würde. Heiße Tränen drohten überzuquellen.

»Nein«, flüsterte sie. »Auf Wiedersehen.«

Sie stieg in die Kutsche und beschrieb dem Fahrer den Weg zu Isabelle Chesterfields Haus in der Maiden Lane. Sie hätte die Frau schon eher aufsuchen sollen, aber sie hatte so viel zu tun gehabt, daß sie ihr lediglich eine Nachricht geschickt hatte, in der sie die Gastfreundschaft der Frau ablehnte und ihr für ihr Angebot dankte. Sie hoffte nur, daß ihr nichts Ernstes fehlte.

Als die Kutsche fortrollte, saß sie mit dem Rücken zum Kutscher und beobachtete, wie das Hotel in der Ferne entschwand, und sie schaute noch ein letztes Mal zu ihrem Schlafzimmerfenster im obersten Stockwerk auf – zu dem

Zimmer, in dem sie noch vor kurzem mit Ren gelegen hatte. Sie bemühte sich, die Bilder von dem großen gutaussehenden Mann zu verdrängen, aber sie wurden nur noch deutlicher. Der zärtliche Ausdruck in seinen hellblauen Augen, das Gefühl seiner Hände auf ihrem Körper. Endlich verschwamm alles vor ihren Augen, doch sie blinzelte die Tränen zurück. Das Fenster verschwand aus ihrer Sicht, und die Kutsche mischte sich in den tosenden Stadtverkehr.

Es stimmte etwas nicht. Ren konnte es in den Knochen spüren. Etwas nagte die ganze Nacht an ihm, etwas, was Elaina gesagt hatte, aber vielleicht auch nur, wie sie es gesagt hatte. Er sah auf seine Armbanduhr. In einer halben Stunde sollte er Melissa und Jacob zu dem Picknick abholen, mit dem sie den Unabhängigkeitstag feiern wollten, doch die beiden würden warten müssen. Er würde seinen Kutscher mit einer Nachricht zu ihnen schicken, sowie er das Hotel erreicht hatte.

Die Kutsche rollte vor dem Palace vor. »Ich komme sofort wieder«, sagte er zu seinem Kutscher. Er wollte Elaina sehen und den nagenden Verdacht ausräumen, der ihn schon seit der Dämmerung verfolgte. Mit zielstrebigen Schritten lief er über den roten Plüschteppich im Foyer, ging am Empfang vorbei und auf die Treppe zu.

»Mr. Daniels?« ertönte Timothy O'Banyons kühle und etwas überhebliche Stimme.

Ren war überrascht, den Mann mit dem hageren Gesicht vorzufinden. Timothy arbeitete gewöhnlich die Nachtschicht. Ren machte kehrt und ging zur Rezeption.

»Suchen Sie Miss McAllister?« fragte Timothy mit einem Gesichtsausdruck, der etwas zu selbstgefällig wirkte. Ren schnitt eine Grimasse, als er sich vorstellte, wie Elaina in Zukunft mit diesem Gesichtsausdruck umgehen würde, wenn er erst einmal mit Melissa verheiratet war und sie seine Mätresse war. Sie würde diese anzüglichen Blicke hassen, das Grinsen hinter vorgehaltener Hand. Bei dieser Überlegung schnürte sich sein Herz zusammen.

»Ja«, antwortete er barsch. »Ist sie nicht oben?«

»Ich fürchte, sie ist ausgezogen, Sir.«

»Ausgezogen?«

»Ja, Sir. Vor weniger als einer Stunde.«

Ren fluchte lautlos vor sich hin. Er hätte wissen müssen, daß so etwas passieren würde. Er hatte es in ihrem Gesicht gesehen; er hatte es einfach nur nicht glauben wollen. »Wissen Sie, wohin sie wollte?«

»Nein, Sir, aber sie hat heute morgen eine Nachricht bekommen.«

Ren griff in sein hellbraunes Jackett und zog seine Brieftasche heraus. »Erinnern Sie sich zufällig noch daran, was in dieser Nachricht stand, Timothy?«

Timothy fuhr sich mit der Zunge über die Lippen. »Solche Informationen dürfen wir nicht weitergeben.«

Ren zog einen Schein aus der braunledernen Brieftasche.

Timothy sah das Geld gierig an. »Aber ich nehme an, in Ihrem Fall könnte ich eine Ausnahme machen.«

Ren drückte dem dünnen Mann den Geldschein in die Hand.

»Sie kam von einer Frau namens Isabelle Chesterfield. Darin stand, sie sei krank und Miss McAllister müsse augenblicklich zu ihr kommen. Es war eine Adresse in der Maiden Lane. Ich bin nicht mehr sicher, welche Hausnummer es war.«

Ren kannte die Straße. Sie war nicht lang. »Danke. Ach ja, da war noch etwas.«

»Ja?«

»Könnten Sie einen Mann zur Stanhope-Villa in der Jones Street schicken, damit er Jacob Stanhope ausrichtet, daß ich später komme?«

»Wird erledigt.«

»Sie haben mir wirklich sehr geholfen.«

»Es war mir ein Vergnügen, Mr. Daniels«, sagte Timothy unterwürfig. »Viel Glück.«

Ren lief wieder durch das hohe Foyer und trat durch die massive Tür ins Freie. Er stieg in seine Kutsche und gab seinem Fahrer Anweisung, ihn in die Maiden Lane zu bringen. Jetzt schon konnte man in der ganzen Stadt das Krachen von Feuerwerkskörpern und das Echo von Salven hören, obwohl es noch früh am Tag war.

San Francisco nahm die Feierlichkeiten ernst. Die Straßen waren mit roten, weißen und blauen Flaggen bespannt, und das Sternenbanner wehte von vielen Häusern. In den Straßen wimmelte es von ungebärdigen Patrioten, von denen viele schon angetrunken waren. All das paßte Ren überhaupt nicht.

Zum Teufel mit dieser Frau! Warum konnte sie nie tun, was man ihr sagte? Es war gefährlich für sie, sich allein hier draußen aufzuhalten. Der Detektiv, den er engagiert hatte, hatte noch keine Spur von den Männern gefunden, die in ihre Suite eingedrungen waren, und solange er sie nicht gefunden hatte, konnte Ren nicht sicher sein, ob Elaina nicht doch noch in Gefahr schwebte.

Er drängte seinen Kutscher, schneller zu fahren. Das Gespann von Füchsen trabte munter, doch die Menschenmengen auf den Straßen behinderten ihr Fortkommen. Er hoffte, daß Elaina ebenso langsam vorangekommen war wie er.

Elaina nahm die brodelnde, lärmende Menge kaum wahr, von der ihre Mietsdroschke umgeben war. Sie konnte nur noch daran denken, wie Ren in der letzten Nacht ausgesehen hatte. Daran, wie er sie in seinen Armen gehalten hatte, sie geküßt hatte, sie geliebt hatte. Er hatte ihr gesagt, daß er sie liebte, ihr gesagt, daß sie ihm alles bedeutete. Vielleicht war es so – aber vielleicht hatte er auch nur sein Gewissen erleichtert. So oder so, diesmal würde sie ihn für immer aus ihrem Leben verbannen.

Ein lauter Knall, auf den eine Reihe von ferneren Schüssen folgte, die krachend in die Luft gingen, ließ die Pferde scheuen, und sie wurde in der offenen Kutsche herumgerüttelt.

»Tut mir leid, Ma'am«, sagte der Fahrer. »Es feiern schon alle. Das waren nur Feuerwerkskörper. Kein Grund zur Sorge, aber wir kommen nur langsam voran.«

Elaina nickte und sank wieder auf das Lederpolster. Der vierte Juli. In der Eile des Aufbruchs hatte sie die Feierlichkeiten am heutigen Tage ganz vergessen. Als es ihr jetzt wieder einfiel, spürte sie, daß ihr Herz noch schwerer wurde als zuvor. Ren würde den Tag mit Melissa und Jacob verbringen. Die ganze Familie würde zusammensein, genauso, wie es sich gehörte.

Die Familie. Bei diesem Wort bildete sich ein Kloß in ihrer Kehle. Ob sie wohl jemals heiraten würde? Eine eigene Familie haben würde? Bei dem Gedanken wurde ihr fast übel. Ohne Ren war das Wort »Familie« für sie hohl und bedeutungslos. Sie zog ein weißes Spitzentaschentuch aus ihrer Handtasche und tupfte sich die Tränen ab.

Ein ohrenbetäubender Knall warf sie fast vom Sitz der Kutsche. Erst glaubte sie, daß es sich wieder um einen Feuerwerkskörper handelte, doch dann sah sie, wie der Kutscher auf seinem Kutschbock zusammenbrach. Sie schrie laut auf, als die Pferde, die nicht mehr im Zaum gehalten wurden, ausschlugen und sich auf die Hinterbeine stellten. Sie waren gerade über den Kamm eines Hügels gekommen, und daher raste die Kutsche mit unglaublichem Tempo weiter, als die Pferde durchgingen. Sie versuchte, auf den Kutschbock zu steigen, aber das Schlingern der Kutsche machte es unmöglich. Menschen, die die Straße säumten, schrien und sprangen aus dem Weg, um nicht überrollt zu werden. Dann raste ein Mann auf die verängstigten Tiere zu, ein Mann, dessen Gesicht ihr nur allzu vertraut war – der große Mann, der im Palace Hotel in ihre Suite eingedrungen war.

Sie hielt sich am Sitz fest, um nicht herunterzufallen, und schrie um Hilfe, als der Mann die Zügel der Pferde schnappte. Anfangs sah es so aus, als würde die Kutsche langsamer weiterfahren. Dann brachen die Pferde plötzlich aus, um dem dichten Gewimmel von Feiernden auszuweichen. Die Räder stellten sich quer, und sie spürte, wie ihre Welt sich zu drehen begann. Der Sitz neigte sich, und die Straße kam rasend schnell auf sie zu. Ihre letzten Gedanken galten Ren.

O Gott, wie sehr sie wünschte, sie hätte sich von ihm verabschiedet.

24

Das Zimmer war verschwommen und verschleiert, die Umrisse undeutlich. Ihr war übel, ihr Kopf pochte, als wolle er zerspringen, und ihre Rippen schmerzten so sehr, daß sie gezwungen war, kurz und ruckhaft zu atmen, um Luft zu bekommen.

Schließlich begannen ihre Augen, ihre Umgebung wahrzunehmen, die seltsam unvertraut aussah. Sie versuchte, sich aufzusetzen, doch die Stiche in ihrer Seite und eine feste Hand auf ihrer Stirn drückten sie wieder auf das Kissen. Sie hörte, wie irgendwo in der Nähe Wasser plätscherte, und ein feuchtes Tuch wurde ihr von der Stirn genommen, ausgespült, ausgerungen und wieder aufgelegt. Sie drehte den Kopf zur Seite, und ihr Blick fiel auf eine dunkle, enganliegende Hose, schmale Hüften und eine schlanke Taille.

Sie holte tief Luft, spürte den stechenden Schmerz, der darauf folgte, und sah Ren. In seinen blauen Augen stand Sorge, die schnell von Zorn abgelöst wurde. Seine angespannten Gesichtszüge drückten eine solche Wut aus, daß sie am liebsten im Boden versunken wäre.

»Was zum Teufel hattest du vor?« fragte Ren. »So idiotisch und so wahnsinnig ... Du hättest dein Leben dabei lassen können! Warum wolltest du in die Maiden Lane fahren? Hattest du vor, dich dort mit Chase Cameron zu treffen und bis ans Ende deiner Tage glücklich mit ihm zu werden? Fandest du nicht, ich hätte es wenigstens verdient, daß du dich von mir verabschiedest?«

Tränen traten ihr in die Augen, doch sie hielt sie zurück. Zu gern hätte sie ihm zu ihrer Verteidigung eine wütende Bemerkung an den Kopf geworfen, doch der Schmerz in ihren Rippen zwang sie zu schweigen. Wie konnte er es wagen, sich wie der Verletzte aufzuführen, wenn sie diejenige war, die gelitten hatte, der jedes Gelenk und jeder Muskel weh tat und die den Rest ihres Lebens mit dem Versuch zubringen würde, den Mann zu vergessen, der Melissa Stanhope heiratete?

»Wenn du nicht schon so bemitleidenswert aussähst«, sagte er, »dann würde ich dich selbst verprügeln, das schwöre ich dir.«

»Du hast nicht das ... Recht, so mit mir zu reden.« Sie hob den Kopf ein wenig, und Schweißperlen brachen auf ihrer Stirn aus. Ein kleines Wimmern entrang sich ihr.

Ren war augenblicklich an ihrer Seite, und sein Gesicht war angespannt, der zornige Ausdruck gewichen. Sorgenfalten standen auf seiner Stirn. »Nicht«, ordnete er leise an. »Das hätte ich nicht sagen sollen.« Er preßte sie sachte wieder auf die weiche Matratze. »Ich habe mir nur so verdammt große Sorgen gemacht ...« Er holte tief Luft, um sich zu beruhigen, dann wandte er den Blick ab. Als er weitersprach, war sein Tonfall ruhig. »Der Arzt sagt, du hast eine Gehirnerschütterung und ein paar gequetschte Rippen. Er glaubt Gott sei Dank nicht, daß du dir etwas gebrochen hast.« Ihr fiel auf, wie eine seiner dunklen Locken ihm in die Stirn fiel. Seine Hand zitterte dort, wo sie auf ihrer Schulter lag, ein wenig.

»Ich wollte nicht wütend werden«, sagte er zu ihr, und

seine belegte Stimme klang müde. »Ich fühle mich nur einfach für das verantwortlich, was passiert ist. Wenn ich dich von Anfang an in Ruhe gelassen hätte, wäre es nie dazu gekommen.«

»Es ist nicht deine Schuld«, sagte sie leise. »Ich hätte auf dich hören sollen. Ich wollte nur das, was für uns beide das Einfachste ist.«

»Ich weiß.« Er sah sie mit Augen an, die bedrückt und gehetzt waren, und sie ahnte, welche Mühe es ihn kostete, die Ruhe zu bewahren. »Du hast einen beachtlichen Sturz hinter dich gebracht«, sagte er etwas zu leichtfertig. »Ich kam gerade um die Kurve. Ich habe nicht gesehen, was passiert ist, nur die Menschenmenge, die sich um die Kutsche herum angesammelt hatte. Als ich dazukam, war ein Wachtmeister da.«

»Wie hast du mich gefunden?«

»Sagen wir doch einfach, daß ich Freunde in entscheidenden Positionen habe.«

Als sie lächelte, erschwerte ein stechender Schmerz ihr das Atmen, und er nahm ihre Finger in seine schmale braune Hand.

»Atme flach, meine Hübsche. Wenn die Schmerzen zu groß werden, habe ich ein wenig Laudanumpulver für dich.«

Seine Wut loderte wieder auf. »Verdammt noch mal, Lainey, weißt du denn nicht, wieviel Sorgen ich mir gemacht habe? Wir hätten miteinander reden, uns eine Lösung einfallen lassen können.«

»Nein, Ren«, sagte sie. »Ich bin gegangen, weil ich nicht so leben kann, wie du es von mir willst. Ich kann nicht als deine . . .«

Er preßte einen braungebrannten Finger auf ihre Lippen, um die verhaßten Worte zurückzuhalten. »Ich weiß.« Er sah so gut aus und so verzweifelt.

»Ich vermute, ich habe es von Anfang an gewußt«, sagte er. »Ich wollte es nur einfach nicht wahrhaben. Ich wollte, daß wir beide zusammen sind, ganz gleich, was sonst geschieht.«

Er atmete tief aus. »Wenn du wieder gesund bist, werde ich dir helfen, einen Ort zum Leben zu finden. Einen Ort, der weit von San Francisco entfernt ist. Einen Ort, an dem du einen neuen Anfang machen kannst.«

»Ich gehe fort, Ren, aber ich will deine Hilfe nicht. Du hast einmal gesagt, ich würde es uns beiden nur noch schwerer machen. Jetzt sage ich dir dasselbe. Bitte, Ren. Laß mich gehen.«

»Nicht, ehe ich weiß, daß du in Sicherheit bist.«

Sie streckte eine Hand nach seiner Wange aus, zog sie aber wieder zurück. Statt dessen wechselte sie das Thema. »Man hat auf den Kutscher geschossen. Ist er tot?«

»Nein. Er ist nur verwundet. Er wird wieder ganz gesund werden. Hast du jemanden sehen können?«

»Ja. Ich habe den großen Mann wiedererkannt, der in meine Suite im Hotel eingebrochen ist. Er hat versucht, die Pferde anzuhalten, ehe die Kutsche sich überschlagen hat. Das ist das letzte, woran ich mich erinnern kann.«

»Die Polizei ist fast augenblicklich am Tatort erschienen«, sagte Ren. »Der Mann hatte keine Zeit, seinen Plan auszuführen.«

»Dann glaubst du wirklich, daß dieselben Männer hinter mir her waren?«

»Ich bin sicher. Deshalb habe ich dich auch hierhergebracht.«

Sie sah sich ihre Umgebung an. Das vierpfostige Bett aus geschnitztem Eichenholz bot ihr einen Ausblick auf die Bucht, während eine flauschige Decke mit einem Bezug aus blauem Satin sie wärmte. Zum ersten Mal bemerkte sie, daß sie ausgezogen war und ein schlichtes Baumwollnachthemd trug, das sie als ihr eigenes wiedererkannte.

»Wer... wer hat mich ausgezogen?« fragte sie und kämpfte gegen eine aufsteigende Röte an. »Wo bin ich?«

»Du bist in meinem Stadthaus. Sobald es dir wieder gut genug geht, werde ich dich auf unsere Ranch im Napa Valley bringen. Wie du deine Kleider losgeworden bist, werde ich deiner lebhaften Phantasie überlassen, aber ich kann dir versichern, daß dein kostbarer Stolz nicht gelitten hat. Ich mag zwar ein Schuft sein, aber ich ziehe es vor, wenn die Frauen, wenn ich sie liebe, wach sind.«

Elaina errötete noch glühender, spürte jedoch, wie ein Lächeln ihre Mundwinkel verzog. Ein stechender Schmerz in der Seite erinnerte sie wieder an ihre Verletzungen. Sie schloß die Augen, atmete ruhiger und fühlte sich langsam ein wenig besser.

Im nächsten Moment hörte sie Stimmen im Flur, und Tommy Daniels stürzte ins Zimmer. Seine blauen Augen, die etwas dunkler als Rens waren, verrieten seine Sorge. Er kniete sich neben das Bett. »Wie fühlst du dich, Lainey?«

»Ich habe mich schon besser gefühlt, aber ich schätze, ich werde es überleben.« Sie nahm seine Hand. »Tommy, ich finde, ich sollte nicht hierbleiben. Was werden Jacob und Melissa dazu sagen? Und du mußt schließlich auch an Carrie denken.«

»Sei nicht albern. Carrie und Melissa werden es beide verstehen. Carrie ist im Moment gerade unten. Sie hat von sich aus schon angeboten, bei dir zu bleiben, wenn es nötig ist, und ich weiß, daß Jacob darauf bestehen würde, daß du hierbleibst. Ob es dir paßt oder nicht, du gehörst zur Familie.«

Familie. Da war es wieder. Ren und Tommy waren noch am ehesten ihre Familie, standen ihr näher als jeder andere, und doch konnte ihre Affäre mit Ren ihnen nur weh tun.

Drei Gesichter tauchten in der Tür auf, als sie unter Schmerzen Luft holte. Als sie Carrie, Jacob und Melissa sah, wurde sie von einer entsetzlichen Woge von Schuldbewußtsein erfaßt. Tapferkeit vortäuschend, lächelte sie.

Jacob Stanhope trat an ihr Bett und nahm ihre Hand in

seine dicken sanften Finger. Die zärtliche Geste war ihr nahezu unerträglich.

»Mein liebes Mädchen, ich hoffe wirklich, daß es Ihnen bald wieder bessergeht.«

»Ich will, daß sie hierbleibt, bis ich sie auf die Ranch bringen kann«, erklärte Ren.

»Richtig, mein Junge.« Er tätschelte Elainas Hand. »Sie tun genau das, was Ren Ihnen sagt. Er weiß immer, was das beste ist. Ein bißchen Landluft, und Sie werden bald wieder gesund.« Er rückte das weiße Halstuch zurecht, das aus seinem taubengrauen Anzug hervorschaute.

»Papa hat recht«, stimmte Melissa zu und trat an das Bett. Ihre goldenen Locken hüpften, und ihr zarter geschwungener Mund teilte sich zu einem netten Lächeln. »Rens Ranch ist wunderschön. Es wird Ihnen dort bestimmt gut gefallen.«

»Ich komme mit Ihnen«, verkündete Carrie Salzburg, die jetzt ebenfalls mit schwingendem rosafarbenem Kleid das Zimmer betrat. »Sie werden jemanden brauchen, der Ihnen Gesellschaft leistet.«

Tränen liefen über Elainas Wangen. »Ihr seid so rührend. Ich kann von Glück sagen, daß ihr mich als Freundin anseht.« Sie fühlte sich unglaublich elend.

Gerade eine Nacht war vergangen, seit sie Ren in ihrem Bett gehabt hatte, und hier stand jetzt seine Familie, sogar die Frau, die er in weniger als zwei Wochen heiraten würde, und alle waren nett und liebevoll. Am liebsten wäre sie tot gewesen. Es war wie ein Alptraum, aus dem sie nicht erwachen konnte.

Sie versuchte zu lächeln und biß sich auf die bebende Unterlippe. »Wenn niemand etwas dagegen hat«, sagte sie, und ihre Stimme war kaum hörbar, »bräuchte ich noch ein wenig Ruhe. Ich fürchte, ich habe ziemlich starke Schmerzen.«

»Aber selbstverständlich, meine Liebe«, sagte Jacob.

»Brauchen Sie noch irgend etwas?« fragte Melissa. Die

Sonne glitzerte auf ihren goldenen Locken, als sie neben dem Bett stand.

Elaina konnte nur mit Mühe den Kopf schütteln.

»Morgen früh wirst du dich besser fühlen«, versicherte ihr Tommy. Er und Carrie gingen.

»Ich komme gleich nach unten«, sagte Ren zu Jacob und Melissa, denn er konnte es kaum abwarten, bis sie alle gingen. Er warf einen Blick auf Elaina, die matt und blaß aussah. Ihr dichtes dunkles Haar, das sich auf dem Kissen ausgefächert hatte, umrahmte ihr ovales Gesicht. Ihre Wange wurde von einem blauen Flecken verunstaltet, der sich schon dunkler färbte, und ihre Lippe war geschwollen, aber in seinen Augen sah sie wunderschön aus – und er hatte sich in seinem ganzen Leben noch nicht so mies gefühlt. Wie hatte er bloß zulassen können, daß sich alles derart verfahren hatte? Und wie hatte er je glauben können, Elaina könnte als seine Mätresse glücklich werden? Sie war zu feinfühlig, und andere Menschen konnten sie zu leicht verletzen. Er hatte den Schmerz in ihren Augen gesehen, als sie mit Melissa gesprochen hatte. Jetzt lag sie im Bett und starrte wortlos die Wand an. Tränen funkelten auf ihren Wangen. Ren wußte, daß sie auf das Leid in ihrem Herzen und nicht auf die Schmerzen in ihren Rippen zurückzuführen waren.

Er kniete sich neben sie, drückte ihre Hand an seine Wange und küßte dann ihre kalten, steifen Finger. »Nicht, Elaina, bitte. Ich kann es nicht ertragen, dich so zu sehen.«

Sie drehte sich zu ihm um. »Ich kann nicht hierbleiben, Ren. Ich kann einfach nicht.«

»Der Arzt sagt, daß du mindestens eine Woche Ruhe brauchst, und wir dürfen diese Männer nicht vergessen. Jemand muß dich doch schließlich beschützen.«

»Ich will einfach nur fortgehen. Bitte, Ren, bitte, laß mich gehen.« Ihre leisen Worte und ihr gequälter Gesichtsausdruck brachen ihm fast das Herz.

»Ruh dich aus, Elaina«, sagte er leise. »Morgen früh wirst

du dich besser fühlen.« Er trat zur Tür und fragte sich, ob er sich je wieder besser fühlen würde.

Am Ecktisch in einer Nische des Cold Day Grill saß Chuck Dawson mit Bill Sharp und Andy Johnson.

»Ich kann einfach nicht glauben, daß sie uns wieder entkommen ist!« tobte Chuck. Sharp schnitt ein Stück von einem dicken blutigen Steak ab, und Chuck rümpfte angewidert die Nase, da er halbrohes Fleisch ekelhaft fand.

»Wir konnten nicht viel tun, weil dieser Wachtmeister gleich zur Stelle war«, sagte Sharp und kaute beim Reden. »Verdammtes Pech, wenn du mich fragst.«

»Das finde ich allerdings auch«, mischte sich Andy Johnson ein. Er schob einen kleinen Bissen von seinem gebratenen Fisch in den Mund. »Und wer hätte schon damit gerechnet, daß sich die Kutsche überschlägt?«

»Jedenfalls wird die Zeit knapp«, sagte Dawson. »Wir dürfen nicht noch einmal alles verpfuschen. Wir können von Glück sagen, daß wir das Mädchen nicht umgebracht haben. Dann säßen wir wirklich in der Patsche.«

»Wenigstens wissen wir, wo sie ist«, fügte Andy noch hinzu. »Wir werden diesen Morgan überprüfen und das Haus im Auge behalten. Sobald sich eine Gelegenheit bietet, schnappen wir sie uns.«

Dawson wischte sich mit einer Serviette den Mund ab und trank dann einen Schluck von seinem dunklen Bier. Es war ziemlich ruhig in dem Restaurant. Die meisten Stammkunden waren zu Hause und erholten sich vom gestrigen Fest. Er konnte sogar das Brutzeln des Grillfleisches hören, wenn die Kellner nicht lauthals Bestellungen weitergaben. Es roch nach deftigem Essen, und durch die offene Küche, aus der dicker Dampf quoll, war die Luft im Lokal etwas dick.

»Nächstes Mal sind wir besser vorbereitet«, sagte Chuck. »Und wenn es nötig ist, werden wir es auch gegen Morgan aufnehmen. Andy, du solltest jetzt besser aufessen und wieder rübergehen zu Morgans Haus. Von jetzt an werden wir uns ablösen. Wir werden das Mädchen rund um die Uhr im Auge behalten. Sobald der richtige Zeitpunkt gekommen ist, schlagen wir zu.«

Bill Sharp aß noch einen Bissen von dem blutigen Steak. »Und ich übernehme Morgan.«

Sowie Elaina sich ohne allzu große Schmerzen bewegen konnte, bestand Ren darauf, daß sie auf die Ranch gebracht wurde. Carrie und Tommy würden sie begleiten, und die Familie Thomas würde mitkommen, damit Flora die Rolle der Anstandsdame übernehmen konnte. Ren sagte ihr, er hätte geschäftlich in der Stadt zu tun, aber sie wußte, daß er nur fernblieb, um sich ihren Wünschen zu beugen.

Die Ranch hielt alles, was Melissa ihr versprochen hatte. Das Napa Valley war ein reizvolles Tal zwischen Hügeln mit fruchtbarem Boden und Weinbergen, deren Reben viele Trauben trugen. Ein Teil der Früchte hatte sich gerade rosig gefärbt. Tommy erzählte Elaina, daß die Trauben bald dunkler werden und den kräftigen Farbton des Weins annehmen würden, den man erwarten konnte.

Das weitläufige einstöckige Haus war aus Rotholz gebaut und hatte große Veranden an der Vorder- und der Rückseite. Hinter dem Haus erstreckten sich Hunderte von Morgen Land, und Tommy baute gerade auf dem nordwestlichen Ende des Grundstückes neben einem Wäldchen aus immergrünen Eichen ein Haus für Carrie und sich.

Elaina war auf Anhieb von dem anmutigen alten Haus begeistert, und die Vorstellung, daß Ren und Melissa hier gemeinsam wohnen würden, erfüllte sie erneut mit Verzweiflung. Sie wünschte, sie würde sich schnell von der Gehirnerschütterung erholen, damit sie Napa, San Francisco und vor allem die Erinnerungen an Ren Daniels ein für allemal hinter sich lassen konnte.

Ein Klopfen an der riesigen rohgezimmerten Haustür riß

sie aus ihren Gedanken. Sie lag zusammengerollt auf dem breiten Ledersofa vor einem Kamin, der so groß war, daß ein erwachsener Mann aufrecht darin hätte stehen können. Sie wünschte, sie hätte diesen Kamin im Winter sehen können, wenn das lodernde Feuer das Bärenfell erwärmte, das einen großen Teil des Eichenholzbodens bedeckte.

»Ich gehe schon hin«, sagte Carrie zu ihr, und sie lehnte sich wieder an das Kissen zurück.

Sie las die Morgenzeitung, als Chase Cameron lässig ins Zimmer geschlendert kam. Ihr Blick fiel auf sein schönes Gesicht, das lockige blonde Haar und das breite Lächeln. Sie richtete sich ein wenig auf und zog schamhaft den Morgenmantel enger um sich.

»Chase, schön, Sie zu sehen. Carrie, du erinnerst dich doch noch an Chase, oder nicht?«

»Natürlich erinnere ich mich noch an ihn. Es freut mich, Sie wiederzusehen, Mr. Cameron.« Sie lächelte. »Wenn ihr nichts dagegen habt, gehe ich jetzt Tommy suchen. Dann habt ihr beide Zeit, euch zu unterhalten.«

Elaina wünschte, das Mädchen wäre nicht fortgegangen. Die Erinnerungen daran, wie Chase Cameron sich ihr anzunähern versucht hatte und wie sie ihm gestattet hatte, sie zu berühren, drohten sie zu überwältigen.

»Wie fühlen Sie sich?« fragte er.

»Inzwischen schon wieder viel besser, danke. Der Arzt sagt, noch ein paar Tage, und ich darf wieder aufstehen.«

»Ich habe in der Zeitung von Ihrem Unfall gelesen. Ich wünschte, Sie hätten mich benachrichtigt.«

»Ich ... ich vermute, bei all der Aufregung hab ich einfach nicht daran gedacht.«

»Sie konnten noch nie gut lügen, Elaina. Es gibt keinen Grund dafür, jetzt damit anzufangen. Sie sind mir aus dem Weg gegangen.«

Sie wollte es schon abstreiten, überlegte es sich dann aber anders. »Ich habe mich furchtbar dumm benommen, Chase.

Hinterher wußte ich dann nicht so recht, was ich sagen sollte.«

»Darf ich?« Er wies auf das Sofa.

»Selbstverständlich.«

»Wissen Sie, Elaina, ich erinnere mich noch gut daran, wie wir einander zum ersten Mal begegnet sind. Sie haben dieses schmutzige graue Reisekostüm getragen, und ich habe Sie aufgefordert, mir Ihre Beine zu zeigen.«

Sie lachte laut. »Ja, ich erinnere mich noch daran.«

»Seitdem haben Sie sich wirklich nicht sehr verändert. Zumindest nicht, was Ihre Moralvorstellungen angeht.«

Sie wandte den Blick ab. »In dieser Nacht habe ich Ihnen weit mehr als nur meine Beine gezeigt.«

Er nahm ihre Hand und hielt sie mit beiden Händen. »Sie waren verletzt und verwirrt – und hoffnungslos verliebt. Daniels ist ein Dummkopf. Er ist bereit, Ihr Glück und auch sein eigenes Glück in den Wind zu schlagen, um ein unsinniges Bedürfnis nach gesellschaftlichem Ansehen zu befriedigen.«

»Es ist nicht nur das, Chase. Er hat das Gefühl, in Jacob Stanhopes Schuld zu stehen. Er hat Jacob sein Wort gegeben, und das will er halten, ganz gleich, um welchen Preis. Das verstehe ich, wahrscheinlich sogar besser als jeder andere auf Erden.«

Seine haselnußbraunen Augen drängten sie weiterzureden.

»Sehen Sie, das ist der Grund, aus dem ich überhaupt nach San Francisco gekommen bin. Ich bin vor einer Schuld davongelaufen, die ich nicht beglichen hatte. Der einzige Unterschied zwischen Ren und mir ist der, daß ich etwas gelernt habe und er nicht: Unser eigenes Glück muß an erster Stelle stehen. Darin liegt unsere einzige Hoffnung, andere glücklich zu machen. Verstehen Sie, Chase, ich habe mich verändert. Ich liebe Ren, aber ich kann ihn nicht glücklich machen, solange ich selbst nicht glücklich bin. Und ich könnte als seine Mätresse niemals glücklich werden. Deshalb muß ich aus San Francisco fortgehen – je eher, desto besser.«

»Wenn ich eine Frau so sehr lieben würde, wie er Sie liebt, dann würde ich dem Rest der Welt sagen, daß er sich zum Teufel scheren kann.«

»Wie kommen Sie auf den Gedanken, daß er mich liebt?«

»Soll das ein Witz sein? In dem Mann kann man lesen wie in einem aufgeschlagenen Buch. Man müßte schon ein sehr großer Dummkopf sein, um das nicht zu bemerken. Er liebt Sie sehr. Daran besteht kein Zweifel.«

Als sie Chase ansah, fiel Elaina plötzlich wieder ein, wie oft er sie getröstet und wie oft er ihr schon geholfen hatte. Sie fühlte sich schuldig, weil sie ihm nie das Vertrauen entgegengebracht hatte, das er verdient hätte. Ganz impulsiv umarmte sie ihn, und er schlang seine Arme um sie, wobei er darauf achtete, sie nicht zu fest zu drücken. »Ich habe oft an Sie gedacht«, sagte sie offen zu ihm. »Ich bin froh, daß Sie gekommen sind.«

Er hielt sie noch einen Moment lang fest. »Ich auch.« Dann ließ er sie los und stand auf. »Falls Sie je einen Freund brauchen – oder einen Job«, sagte er scherzhaft, »dann wissen Sie ja, wo Sie mich finden.«

Wie immer brachte er sie zum Lächeln. »Auf Wiedersehen, Elaina.«

»Auf Wiedersehen, Chase.« Sie sah ihm nach, als er zur Tür hinausging. Dann schloß sich die massive Eichentür fest hinter ihm.

Chase Cameron war wirklich ein guter Freund. Und sie würde sich niemals schämen, ihn als solchen zu bezeichnen.

Ein paar Tage später saß Elaina am Fenster und las, als sie von einem lauten Klopfen an der Tür gestört wurde. Sie erhob sich ein wenig steif und öffnete die Tür.

Vor ihr stand Jacob Stanhope. Ein marineblaues Jackett

über einer hellgrauen Hose betonte seine breiten Schultern und das Silber in seinem Haar.

»Darf ich reinkommen?«

»Sicher. Es ist schön, daß Sie gekommen sind, Jacob.«

Er setzte sich ihr gegenüber und lächelte freundlich. »Wie fühlen Sie sich, meine Liebe?«

»Viel besser, danke. Der Arzt sagt, daß ich morgen aus dem Haus gehen darf. Ich kann es kaum erwarten, die Sonne zu spüren und mich umzusehen.«

»Wie gefällt Ihnen das Tal bisher?«

»Es ist bezaubernd. Es ist einer der hübschesten Orte, die ich je gesehen habe. Und das Haus ist so einladend und freundlich. Trotz seiner Größe wirkt es nicht leer.« Sie sah von den massiven handbearbeiteten Balken zu den massiven Eichenmöbeln und dann auf die Navajodecke, die über der Rückenlehne des Sofas hing. »Das Haus hat soviel von Ren. Es paßt in allem perfekt zu ihm.«

»Ach ja, finden Sie?«

»Ja, sicher«, sagte sie etwas zu zärtlich und hoffte, daß sie damit nicht zuviel über ihr Verhältnis zu ihm enthüllt hatte.

»Und was glauben Sie, wie meine Tochter zu ihm passen wird?« fragte er gänzlich unerwartet.

»Melissa ist ein wunderbares Mädchen«, antwortete sie und wich der Frage aus. »Jeder Mann wäre stolz darauf, sie zur Frau zu haben.«

Jacob sah sie ernst an. »Ren hat hart daran gearbeitet, das zu erreichen, was er heute erreicht hat.«

»Ja.«

»Die Heirat mit meiner Tochter wird ihm den Platz in der Gesellschaft sichern, der ihm rechtmäßig zusteht. Ihm den Einfluß und das Ansehen verleihen, das er sich verdient hat.«

Sie hob das Kinn und fragte sich, worauf Jacob bloß hinauswollte. Wieviel ahnte er von ihrer Beziehung zu Ren? War er wütend auf sie? War er wütend auf Ren?

»Wenn ihn das glücklich macht, dann freut es mich für ihn.«

»Aber Sie glauben nicht, daß es ihn glücklich machen wird.«

»Das habe ich nicht gesagt.«

Jacob lächelte und tätschelte ihre Hand. »Nein, das haben Sie nicht gesagt. Und Sie haben mir auch nicht gesagt, ob er Ihrer Meinung nach glücklich wird, wenn er meine Tochter heiratet.«

Sie wandte den Blick ab, denn sie war nicht bereit, sich seinen forschenden Augen auszusetzen.

»Dann gefällt Ihnen das Tal also«, sagte er und wechselte das Thema. Er schaute aus dem Fenster.

»Es ist bezaubernd. Der Boden sieht so fruchtbar aus. Ich kann mir vorstellen, daß hier so ziemlich alles wachsen würde.«

»Macht es Ihnen Spaß, Dinge anzupflanzen?«

»Ja. Ich hatte früher in Pennsylvania einen Gemüsegarten. Ich habe auch Kräuter angepflanzt. Meine Großmutter hat mich in die Heilkunde eingeführt.« Sie lächelte. »Ich bin sogar recht gut darin.«

»Sie sind das Mädchen, das sich um Ren gekümmert hat, nachdem auf ihn geschossen worden ist.« Es war eine nüchterne Aussage, und sie strengte sich gar nicht erst an, sie abzustreiten.

»Ja. Ich dachte, er hätte niemandem etwas davon erzählt.«

»Das hat er auch nicht getan. Tommy hat etwas erwähnt, und ich habe einfach zwei und zwei zusammengezählt.«

»Ich wette, darin sind Sie gut, Jacob«, parierte sie.

»Sehr gut sogar, meine Liebe.« Er schien sie neugierig zu betrachten. »Wie sehen Ihre Zukunftspläne aus? Werden Sie in San Francisco bleiben?«

»Nein. Ich werde abreisen, sowie ich wieder halbwegs gesund bin. Ich wäre schon fort, wenn der Unfall nicht dazwischengekommen wäre.«

»Ach, wirklich?« Er schien überrascht zu sein. »Es tut mir leid, das zu hören. Ich hatte gehofft ... ich will nicht unfein sein, aber ich hatte gehofft, daß Sie und Ren vielleicht Ihre ... Freundschaft fortsetzen würden.«

Sie nahm eine steife Haltung ein. »Und was für eine Freundschaft stellen Sie sich darunter vor?« Da war er wieder, dieser vielsagende Blick.

Er sah sie genau an, und dann seufzte er und lehnte sich auf seinem Stuhl zurück. »Sie müssen einem alten Narren verzeihen, meine Liebe. Verstehen Sie, ich bin dazu erzogen worden zu glauben, daß ein Mann seiner Frau sehr wenig Loyalität schuldig ist. Daß es völlig in Ordnung ist, wenn er in jeder ihm genehmen Form ein eigenes Leben führt.« Er zog nervös an seinem Kragen.

»Was ich sagen wollte, ist, wie sehr ich mir wünsche, daß Ren glücklich wird. Ich dachte, vielleicht könnte er dieses Glück bei Ihnen finden, sogar noch nach seiner Hochzeit. Ich habe mich getäuscht. Ich wollte Sie nicht beleidigen. Verzeihen Sie mir, bitte.«

»Und was ist mit Melissa? Zählt ihr Glück denn gar nicht?«

»Aber gewiß doch, meine Liebe. Bei Ren ist sie in guten Händen. Er wird für sie sorgen und sie verwöhnen, so wie ich sie immer verwöhnt habe. Er wird dafür sorgen, daß sie Kinder bekommt, und er wird ein guter Vater sein.«

»Ja«, flüsterte sie. »Das denke ich auch.« Und wie konnte es sein, daß Melissa ihn nicht liebte? Sie konnte die Zärtlichkeit in seinen Augen vor sich sehen, sich daran erinnern, seinen Körper zu spüren, die Berührung seiner Lippen zu fühlen. Ihre Hand zitterte ein wenig auf ihren Rockfalten.

Jacob stand auf, strich sein marineblaues Jackett glatt und überprüfte den Fall seiner Hosenbeine. »Es ist warm heute. Zu warm für meine Begriffe. Mir ist die kühle Meerluft in der Stadt lieber. Ren kann sein Tal von mir aus haben.«

Sie konnte es nicht lassen. »Ren und Melissa«, ergänzte sie seinen Satz.

»Ja. Ren und Melissa.« Er ging an die Tür, und sie begleitete ihn langsam, denn die Schmerzen waren immer noch nicht ganz vergangen.

»Sie sind ein braves Mädchen, Elaina. Der Mann, der Sie einmal bekommt, kann sich wirklich glücklich schätzen.«

Sie lächelte. Das Kompliment bedeutete ihr viel, obgleich sie keine Ahnung hatte, warum. Jacob Stanhope verursachte ihr grenzenlosen Kummer, und doch konnte sie ihm keine Schuld zuweisen. Auf seine Art wollte er das, was er für das Beste für seine Familie hielt. Vielleicht war es das, was er ihr zu sagen versucht hatte.

»Passen Sie auf sich auf, meine Liebe.«

»Wird gemacht, Jacob. Und danke für Ihren Besuch.«

Er strich ihr über die Wange und schloß die Tür hinter sich.

25

Aufgeblähte Wolken, die auf einen Sommerregen hinwiesen, erlösten Mensch und Tier von der Hitze. Tommy arbeitete im Stall. Carrie war nach Hause gefahren, denn sie wohnte nicht weit von hier.

Elaina zog ein leuchtend lavendelfarbenes Batistkleid an, das weich und schlicht war und ein wenig an die Kleider erinnerte, die sie früher in Keyserville getragen hatte. Sie konnte sich zwar jetzt jeden Luxus leisten, den eine Frau sich nur wünschen konnte, aber es war doch ein gutes Gefühl, das Korsett los zu sein und wieder einmal etwas Bequemes zu tragen.

Zum vierten Mal in dieser Woche blieb sie vor der Tür zu dem Zimmer stehen, von dem sie wußte, daß es Rens Zimmer war. Diesmal ließ ihre Neugier sich einfach nicht bändigen. Sie hob den schweren Eisenriegel hoch, stieß die Tür auf und lugte hinein.

Ein riesiges vierpfostiges Himmelbett im spanischen Design mit einer bunten Decke stand mitten im Raum. Große Fenster boten einen Ausblick auf die Weinberge, und ein Kamin hätte jederzeit für Wärme gesorgt. Ledergebundene Bücher säumten eine Wand, und ein massiver Eichenschrank stand ein Stück weit offen. Durch die Tür war eine Unmenge von teurer Kleidung zu sehen.

Elaina stieß die Kleiderschranktür weiter auf. Gemusterte Baumwollhemden und Arbeitshosen, ein langer Regenmantel und mehrere Strohhüte – die Garderobe eines Arbeiters. Das war eine Seite, die sie noch nicht an ihm kannte. Als sie durch das Zimmer lief, fiel ihr ein Sonnenstrahl in die Augen und lenkte ihren Blick auf einen Haken neben dem Kamin. Der breitkrempige schwarze Filzhut mit der auffallenden Silberverzierung hing über einem ledernen Pistolenhalfter an dem Haken. Der 45er Colt mit dem Horngriff, den Ren an jenem ersten Tag in Keyserville getragen hatte, schaute bedrohlich aus dem Halfter.

Erinnerungen an ihre erste Begegnung mit ihm, an die Tage auf dem Lande, an den Zirkusbesuch, an die Zärtlichkeit, die er an den Tag gelegt hatte, als er sie im Geräteschuppen ihres Gemüsegartens gefunden hatte, all das stürzte auf sie ein, bis sie sich kaum aufrecht halten konnte. Sie nahm den Hut in die Hand, er faßte sich warm und rauh an. Das Silber funkelte so hell, wie ihr Leben immer dann gestrahlt hatte, wenn sie mit Ren zusammengewesen war. Sie sah sich noch ein letztes Mal im Zimmer um. Wie es wohl gewesen wäre, das breite Bett mit dem großen Mann zu teilen, der hier schlief?

Es widerstrebte ihr regelrecht, den Hut wieder aus der Hand zu legen, doch schließlich hing sie ihn wieder an den Haken, verließ das Zimmer und machte sich auf den Weg zu den hinteren Räumen des Hauses, denn sie war entschlossen, ihre Gedanken in eine andere Richtung zu leiten.

Als sie die wenigen Stufen von der Veranda zu dem Gelände hinter dem Haus hinunterstieg, sah sie ein Grüppchen von dunkelhäutigen Männern, das rechts von ihr zwischen den Reihen von Rebstöcken arbeitete. Ein Pferdekarren folgte ihnen. Er war mit Werkzeugen und einem Krug Trinkwasser beladen. Elaina schlenderte zu den Pferden hinter dem Stall, denn ein Apfelschimmel mit einem schmalen Hals, der ganz anders als jedes andere Pferd aussah, das sie je gesehen hatte, zog ihre Aufmerksamkeit auf sich.

Sie bog um die Ecke des Stalls und stieß mit einem braunhäutigen, schweißbedeckten Mann zusammen, dessen breitkrempiger Strohhut sein Gesicht weitgehend verbarg. Er hielt eine Schaufel in der Hand und war von der Taille aufwärts entblößt.

»Entschuldigen Sie bitte, ich wollte nur . . .« Elaina unterbrach sich und starrte den Mann sprachlos an, als seine braune Hand den Hut zurückstieß und sie in die hellsten blauen Augen schaute, die sie je gesehen hatte.

Ren Daniels grinste breit. »Wie ich sehe, geht es dir wieder besser.« Seine Augen, die schelmisch funkelten, in denen aber auch Bewunderung stand, musterten sie von Kopf bis Fuß.

»Ich dachte, du wärst in der Stadt«, sagte sie und wünschte sich, sie hätte sich dazu durchringen können, den Blick von ihm abzuwenden.

»Ich habe gesagt, ich hätte geschäftlich noch in der Stadt zu tun. Das stimmte. Aber ich habe dir auch gesagt, daß ich dich in Sicherheit wissen will. Ich bin die ganze Woche hier gewesen. Draußen in der Schlafbaracke. Ich hatte nicht vor, dich wissen zu lassen, daß ich hier bin . . . aber ich könnte auch nicht behaupten, es täte mir leid, daß du mir auf die Schliche gekommen bist.«

Elaina kämpfte darum, ihre aufgewühlten Gefühle zu beruhigen. Sie hatte ihn nicht sehen wollen, aber da sie ihn jetzt schon gesehen hatte, dachte sie gar nicht daran, sich die Freude seiner Gesellschaft zu versagen – obwohl der Anblick seines halbnackten Körpers ihr Blut sofort in Wallung brachte.

»Was hältst du bisher von der Ranch?« Er lehnte die Schaufel an den Stall, zog ein rotkariertes Taschentuch aus seiner Hosentasche und wischte sich den Schweiß von der Stirn.

Sie bemühte sich, nicht wahrzunehmen, wie seine Arm- und Schultermuskeln sich bewegten. Von der wochenlangen Arbeit in der Sonne war seine Haut noch dunkler geworden, und die Bronzefarbe seines Gesichts ließ seine blauen Augen nur noch heller erscheinen.

»Ich bin begeistert, Ren. Ich will mich schon seit einer Woche genauer umsehen, aber heute ist der erste Tag, an dem der Arzt es mir erlaubt hat, aus dem Haus zu gehen. Ich war gerade auf dem Weg zu dem wunderschönen Pferd auf der Koppel. Ein solches Tier habe ich noch nie gesehen.«

»Das ist Sultan«, erzählte er ihr, als sie gemeinsam auf das Pferd zugingen. Das Tier schnaubte und wieherte, als sie näher kamen, und tänzelte majestätisch. »Es ist ein Araberhengst, ein Vollblut.«

»Er ist einfach prächtig. Ein so edler Kopf und fast zierliche Füße.«

»Laß dich davon nicht täuschen. Die Araber sind zäher als jede andere Rasse. Ihre Ausdauer in unwegsamen Gegenden ist bemerkenswert, und ihre Zähigkeit ist beispiellos. Ich habe ihn per Schiff herbringen lassen. Nächste Woche erwarte ich eine Stute. Ich will mit der Zucht beginnen. Sultan wird der Zuchthengst sein, mit dem ich einen ganzen Stammbaum beginne.«

»Er ist wunderschön, Ren.«

Er sah sie an, als wollte er etwas sagen, doch dann wandte er den Blick ab. Als er sich wieder zu ihr umdrehte, lächelte er freundlich, doch sie konnte spüren, daß er sich zusammenriß. Auch sie rang um Selbstbeherrschung.

»Wenn du lange genug Zeit hast und ich mich vorher ein wenig frisch machen kann, führe ich dich herum«, sagte er.

Sie hätte ihm gern gesagt, die Mühe könne er sich sparen, da sie jeden schweißbedeckten Quadratzentimeter seines Körpers liebte, doch statt dessen nickte sie nur, und er schlug den Weg zur Schlafbaracke ein.

Eine Zeitlang beobachtete sie Sultan, dann schlenderte sie zu dem großen Gemüsegarten, der sich an einer Seite des Stalls entlangzog. Der Mais war schon hochgewachsen, und mehrere Kürbisarten hingen an dicken Stengeln, die sich flach über den Boden zogen. Als sie auf dem festgetretenen Lehm das Knirschen von Füßen hörte, die in Stiefeln steckten, drehte sie sich um und sah Ren auf sich zukommen. Er hatte sich das Gesicht gewaschen, und sein schwarzes Haar, das jetzt feucht war, wellte sich direkt über seinem Kragen.

»Lavendel hat dir schon immer sehr gut gestanden«, sagte er leise, als er an ihrer Seite angelangt war. Sein Ausdruck zeugte von der Vergangenheit, und sie wandte den Blick ab.

»Komm schon.« Er nahm sie an der Hand und zog sie hinter sich her. Dann blieb er abrupt stehen. »Bist du auch ganz sicher, daß du in Ordnung bist?«

»Mir geht es gut. Mir geht es wirklich wieder gut.« Sie wollte schon hinzufügen: »Gut genug, um die Ranch zu verlassen«, aber sie wollte die Stimmung nicht verderben. »Und außerdem hat der Arzt gesagt, ich bräuchte ein bißchen Bewegung.«

Er grinste wieder, und seine schönen weißen Zähne blitzten in dem braungebrannten Gesicht auf. »Wenn das so ist, dann kriegst du eben Bewegung.« Einen Moment lang war sein Gesichtsausdruck voller Begierde, dann fand er die Beherrschung wieder. »Wir steigen rauf zu diesen Eichen. Von dort aus kannst du über das ganze Tal schauen.«

Es war offenkundig, daß er die Ranch liebte, und ihr machte es Spaß, diese neue Seite an ihm zu entdecken. Sie wünschte nur, sie hätte für immer an seiner Seite sein und seine Pläne und Träume mit ihm teilen können.

Als sie sich dem Eichenwäldchen näherten, sah Ren Elaina

an, daß sie müde wurde. Er blieb einen Moment lang stehen, damit sie Atem holen konnte. »Ich hätte nicht so weit mit dir laufen sollen.«

»Es ist in Ordnung. Und außerdem will ich den Ausblick sehen. Weit ist es ja nicht mehr.« Ihre rubinroten Lippen verzogen sich zu einem Schmollmund, der ihm so gut an ihr gefiel. »Bitte.« Der schelmische Tonfall ihrer Stimme brachte ihn zum Lächeln.

»Also gut. Ich habe gesagt, daß wir zu den Eichen raufsteigen, und genau das werden wir auch tun.« Mühelos hob er sie auf seine Arme. Sie schlang ihm einen Arm um den Hals, um sich festzuhalten, und ihr Gesicht war so nah an seinem, daß er ihren warmen Atem auf der Wange spürte. Sie roch so frisch und sauber, und er hätte sie am liebsten für immer so festgehalten. Er spürte ein vertrautes Regen in den Lenden, den Drang, sie zu nehmen, sich in ihr zu vergraben und alles um sie herum zu vergessen.

An einer Stelle, auf der weiches, trockenes Gras wuchs, setzte er sie ab und ließ sich dann neben ihr nieder. Eine Zeitlang sagte sie nichts, und er fragte sich, ob der Körperkontakt ihr so nahegegangen war wie ihm.

»Das war den weiten Weg wert«, sagte sie schließlich. »Du kannst stolz auf all das sein, was du dir aufgebaut hast.«

»Das bin ich auch.« Er legte seine Hände auf einen großen Granitbrocken, da er entschlossen war, sie nicht wieder zu berühren. Er wußte, daß seine mühsam aufrechterhaltene Selbstbeherrschung dahin gewesen wäre, wenn er es getan hätte. Er hätte ihr nicht unter die Augen kommen dürfen, unsichtbar im Hintergrund bleiben und nur das Haus im Auge behalten sollen, wie er es geplant hatte. Jetzt stellte er sie beide auf die Probe. Dennoch konnte er nicht behaupten, es täte ihm leid. Schon allein, sie an seiner Seite zu haben, schien ein grundlegendes Bedürfnis zu stillen.

Sie musterte ihn neugierig. »Du hast mir nie erzählt, woher du diese Narbe hast.«

Gehemmt rieb er die tiefe Kerbe, die sich über seinen Hals zog. »Diese Narbe hat sich Dan Morgan zugezogen. Bei einer Messerstecherei in den Brazos.«

»Wegen einer Frau?« fragte sie mit einem fast katzenhaften Lächeln.

Er sah sie mit einem verschmitzten Lächeln an. »Eine hübsche kleine mexikanische Señorita«, zog er sie auf. »Johnny Langton und ich haben beide Ansprüche auf sie erhoben. Johnny hat seine ernster genommen als ich.«

»Dann hast du um sie gekämpft?«

»Nicht direkt. Johnny hat sich entschlossen, der Dame einen unerwarteten Besuch in ihrem Zimmer abzustatten. Leider hatte sie bereits Gesellschaft.«

»Du warst da?«

»Ich war damals noch jünger und ausdauernder. Wie der Araber. Er braucht immer noch eine ganze Herde von Stuten für sein Glück.« Er warf einen Blick auf die Wölbung ihrer Brust. Die vollkommenen Rundungen hoben und senkten sich bei jedem ihrer Atemzüge. »Aber jetzt brauche ich nichts weiter als ein einziges feuriges kleines Füllen.«

Sie lachte, hob einen Stein auf und warf ihn verspielt nach ihm. Es war das erste Mal seit Wochen, daß er sie lachen hörte. Vielleicht gestattete ihnen gerade die Trauer, die sie beide fühlten, diese letzten Momente gemeinsamen Glücks. Keiner von beiden hatte von der Zukunft gesprochen und auch nicht von der Hochzeit, die in nur zwei Tagen stattfinden sollte. Beide schienen diese allerletzten Stunden auszukosten und sich zu wünschen, daß die kostbare Erinnerung durch nichts verdorben wurde.

»Erzähl mir von Dan Morgan«, sagte sie.

Ren schaute auf das Tal hinaus. Elaina sah sein kantiges, scharfgeschnittenes Profil, obgleich ein großer Teil seines Gesichts von dem Strohhut verborgen wurde, den er immer noch trug. Sie bewunderte den Schwung seines Mundes, die hohen Wangenknochen und das stolze Kinn.

»Dan Morgan hätte nie so lange existieren dürfen«, sagte er zu ihr. »Ich hatte immer vor, Ren Daniels zu sein. Ich wollte nur, daß Morgan Ren das Leben etwas leichter macht.«

»Und hat er das getan?«

»Eine Zeitlang. Dann ist die ganze Maskerade zu einem Alptraum geworden. Revolverhelden fingen an, Morgan grundlos herauszufordern, denn sie wollten Black Dan töten, um sich einen großen Namen zu machen.«

»Und daher hast du aufgehört?«

»Nachdem ich genug Geld gespart habe, habe ich Morgan untertauchen lassen. Das war ein paar Jahre nachdem ich Jacob kennengelernt hatte. Er hat mich engagiert, damit ich ihm mit ein paar unehrlichen Hafenarbeitern weiterhelfe. Als der Job erledigt war, hatten wir uns miteinander angefreundet. Er hat mich noch eine Zeitlang beschäftigt, aber ich habe ihm gesagt, früher oder später würde Dan Morgan abgeschafft. Ich wollte mir mit dem Geld, das ich verdient hatte, ein anständiges Leben aufbauen. Auch Tommy wurde älter, und ich wollte, daß er ein ordentliches Leben führt.«

Sie schaute ihn genau an. Er schien verzweifelt bemüht, ihr verständlich zu machen, warum er so hoch in Jacobs Schuld stand.

»Jacob hat das verstanden«, sagte Ren. »Er hat mir gesagt, er sei in derselben Lage gewesen. Als er in dieses Land gekommen ist, haben ihn die Leute anfangs schlecht behandelt, ihn als Ausländer beschimpft. Er hat für jeden Penny hart geschuftet. Er hat als Hafenarbeiter angefangen, und irgendwann hat die Firma ihm gehört – sowie auch einige andere. Erst nachdem er ein reicher Mann war, hat man ihm den Respekt entgegengebracht, den er verdient hat.

Aus irgendwelchen Gründen hat Jacob sich entschlossen, mir zu helfen. Er hat mich einflußreichen Leuten vorgestellt und mich wie einen Sohn behandelt. Mit Jacobs Verbindungen ist mir der Erfolg leichtgemacht worden. Er hat sogar sein eigenes Geld in einige meiner Geschäfte gesteckt, um sie finanziell abzusichern.«

»Dann glaubst du also, daß du Jacob deinen Erfolg zu verdanken hast.«

»Zum großen Teil ja. Ich kann ihm seine Güte niemals wirklich zurückzahlen. Ich kann ihm nur den einzigen Gefallen tun, um den er mich bittet.«

»Seine Tochter zu heiraten.«

»Ja.«

Sie fragte sich, ob sie sich das Beben in seiner Stimme nur eingebildet hatte. »Ich finde, wir sollten uns jetzt lieber auf den Rückweg machen«, sagte sie. »Ich fühle mich ein wenig müde.«

»Natürlich.« Er half ihr beim Aufstehen, und ihr fiel auf, daß seine Hand zitterte.

Als sie sich der Veranda näherten, blieb er stehen. »Du weißt, wie sehr ich wünschte, die Dinge stünden anders.«

»Ich weiß es«, flüsterte sie.

Er ließ ihre Hand los. »Tommy und ich werden morgen früh beim ersten Tageslicht aufbrechen. Er wird am Sonntag wieder da sein.«

Nach der Hochzeit, dachte sie. Du wirst dann mit deiner Frau in die Flitterwochen gefahren sein und mit ihr in einem weichen Bett liegen.

»Er wird dir helfen, bis du abreist, und wohin du auch willst, er wird dich hinbringen. Es sieht so aus, als hätten wir die Männer abgeschüttelt, die hinter dir her waren. Ich glaube nicht, daß du dir ihretwegen jetzt noch Sorgen machen mußt.«

»Danke für alles, was du für mich getan hast.« Sie hoffte, ihre Stimme klänge in seinen Ohren nicht so brüchig wie in ihren.

Er zog sich den Hut vom Kopf, fuhr sich mit der Hand durch das dichte dunkle Haar und drehte den Hut nervös in den Händen. Seine hellen Augen hefteten sich auf die Hutkrempe. Als er aufblickte, verrieten seine Augen tiefe innere

Zerrissenheit. »Für dich getan? Was habe ich denn je für dich getan, außer Leid über dich zu bringen?«

Bei seinen Worten wurden ihre Knie weich. Sie konnte sehen, welchen Kampf er mit sich selbst führte, denn die Anspannung zeigte sich in seinem Gesicht.

»Du wärst besser dran, wenn du mich niemals aus diesem Kohlebergwerk rausgeholt hättest.«

Es kostete sie alle Kraft, sich nicht in seine Arme zu werfen. Er wirkte so niedergeschlagen, so verletzbar. Wie konnte es nur sein, daß es so aussah, als sei er derjenige, der Trost brauchte, derjenige, der mehr litt als sie? Sie legte einen Finger auf seine Lippen. »Sag das nie . . . niemals.«

»Ich hätte nie geglaubt, ich könnte mir je soviel aus einer Frau machen, wie ich mir aus dir mache. Ich hätte nie geglaubt, ich könnte jemals lieben.« Seine Stimme klang gebrochen. »Mir war nicht klar, wieviel zwei Menschen einander bedeuten können. Du bedeutest mir alles, Elaina.« Seine hellen Augen forschten in ihrem Gesicht. Er nahm ihre Hand und küßte ihre Handfläche. Dann starrte er sie an, als tobe in seinem Innern ein Kampf. Er stöhnte leise, als er sie in seine Arme zog. Einen Moment lang schmiegte er sie an sich, hielt sie in seinen Armen, umklammerte sie, dann nahm er ihr Gesicht zwischen seine Hände und küßte sie, teilte ihren Schmerz und ihren Kummer mit ihr. Sie kämpfte gegen die Tränen an und klammerte sich hilflos an ihn, während er sein Gesicht in ihrem Haar begrub.

Dann lösten sie sich voneinander.

»Werde glücklich, Lainey.«

Sie nickte und wußte dabei, daß sie in ihrer kurzen gemeinsamen Zeit mehr Glück erlebt hatte als die meisten Menschen in ihrem ganzen Leben. Vielleicht war es selbstsüchtig von ihr gewesen, sich mehr zu erhoffen. Sie spürte ihre ganze Einsamkeit, zog die Schultern hoch, wandte sich ab und stieg langsam die Stufen hinauf.

26

Die Saint Jude's Church hallte vom Gewirr gedämpfter Stimmen wider, dem Rauschen von Petticoats und den Schritten der Gäste, die sich im Mittelschiff der Kirche drängten.

Die enorme Orgel tönte leise, als die Gäste von jungen Männern in eleganten schwarzen Röcken mit Schwalbenschwänzen zu ihren Kirchenstühlen geführt wurden. Durch die Buntglasfenster fiel ein Kaleidoskop von farbigem Licht.

Tommy Daniels sah sich ein letztes Mal in der Kirche um und schloß die breite Eichentür zu den Räumen, die rechts vom Altar abgingen. Gemeinsam mit Ren und sechs engen Freunden verbrachte Tommy dort diese letzten entscheidenden Minuten, um sich auf das Trauungszeremoniell vorzubereiten.

Er stellte seinen Fuß auf eine Bank, um ein Staubkörnchen von seinen blitzblanken schwarzen Schuhen zu wischen, und dabei beobachtete er verstohlen seinen Bruder. Ren schien in den letzten zwei Monaten um zehn Jahre gealtert zu sein. Sein ganzes Gesicht war angespannt, neue Falten hatten sich auf seiner Stirn gebildet, und seine Augen waren leer. Er ging im Raum umher, überprüfte den Sitz seines Anzugs, half seinen Freunden, die sich gerade fertig ankleideten, und benahm sich, als ginge er in die Oper und keineswegs so, als ginge er eine Bindung ein, die den weiteren Lauf seines Lebens ändern würde.

Ren war die Ruhe selbst, das konnte man wohl sagen – er war zu ruhig. Sein Benehmen war derart seltsam, daß Tommy beinah übel davon wurde. Wo blieben die Freude und das Glück, das dieser Tag hätte mit sich bringen sollen? Wo blieb die überschwengliche Fröhlichkeit, von der Tommy wußte, daß er sie auf seiner eigenen Hochzeit in drei Monaten verspüren würde? Aber Ren war keine Spur von Freude anzusehen, denn er freute sich nicht.

Ren hätte Elaina heiraten sollen. Es war offensichtlich, daß er in sie verliebt war. Und sie in ihn. Sie hatte Tommy und Carrie gesagt, sie fühle sich noch nicht gesund genug, um die Fahrt in die Stadt zu machen und an der Hochzeit teilzunehmen, und sie hatten so getan, als glaubten sie diesen Vorwand, doch beide kannten die Wahrheit; man brauchte schließlich nur mit anzusehen, wie Elaina eine Fotografie von Ren ansah oder etwas berührte, was ihm gehörte. So fühlte Tommy für Carrie. Er konnte kaum an etwas anderes denken als an sie. So hätte Ren für Melissa empfinden sollen. Aber er tat es nicht.

Tommy hatte nicht mit Ren über die Hochzeit geredet oder zumindest nicht in der letzten Zeit. Er kannte seinen Bruder zu gut. Wenn Ren erst einmal einen Entschluß gefaßt hatte, dann war dieser Entschluß unumstößlich. Er hatte das Gefühl, Jacob etwas schuldig zu sein – und vielleicht war das auch der Fall –, und deshalb würde er keinen Rückzieher machen, sondern Melissa heiraten, ungeachtet der Konsequenzen für sich selbst und für die Frau, die er liebte.

Tommy ging zu seinem Bruder, der sich gerade die schwarze Schleife zurechtrückte. »Ist alles in Ordnung mit dir?«

»Wieso? Mache ich nicht den Eindruck?«

»Doch, sogar zu sehr, und gerade das macht mir Sorgen.«

Ren lächelte, doch das Lächeln kam nie in seinen Augen an. »Mir geht es gut, kleiner Bruder. Ich danke dir trotzdem für deine Sorge.« Ren rückte die Manschetten seines gestärkten weißen Hemds zurecht und zupfte dann einen Fussel von seinem Frack. Er konnte die Klänge der Orgel sogar durch die dicken Wände hören. Er zog die Uhr aus seiner Westentasche und las die Zeit ab. »Jetzt dauert es nicht mehr lange«, sagte er.

»Nein, wohl kaum«, stimmte ihm Tommy zu.

»Hast du an den Ring gedacht?«

Tommy zog das Samtschächtelchen aus seiner Tasche und

ließ den Deckel aufklappen. Ein riesiger Diamant, der dem Status der Frau angemessen war, die Ren heiratete, funkelte auf dem Polster aus marineblauem Satin.

Ren legte seinem Bruder eine Hand auf die Schulter. »Sieht so aus, als seien wir alle soweit.« Er betrachtete den funkelnden Edelstein auf dem winzigen Platinring. Wenn ihm Elaina vor dem Altar angetraut worden wäre, hätte er einen schlichten goldenen Ring ausgesucht. Er hätte sie mit Diamanten überschüttet – nichts hätte ihm mehr Spaß gemacht, als ihr alles zu kaufen, wovon sie träumte –, aber dieser Ring wäre seine Form gewesen, ihr seine Liebe zu zeigen. Es wäre ein schlichtes Pfand gewesen – aber bedeutsam. Er wußte, daß sie sich dafür begeistert hätte wie für alles andere auch, was er ihr geschenkt hätte. Der äußere Schein interessierte sie nicht. Er hatte sie auch nie interessiert. Selbst jetzt, als vermögende Frau, schien sie ein schlichtes Dasein vorzuziehen. Das gehörte auch zu den Dingen, die er an ihr liebte.

Liebe. Er hatte niemals geglaubt, daß er sich verlieben würde. Hatte sich immer gesagt, die Liebe sei etwas für Dummköpfe. Ehen seien Abkommen zwischen Familien zum Nutzen aller Beteiligten. Aber er hatte sich in Elaina verliebt, obwohl er von Anfang an dagegen angekämpft hatte. Jetzt bezahlte er dafür, und der Preis war hoch.

Er fragte sich, was sie wohl machte. Wie es ihr ging. Weinte sie jetzt leise wie an jenem Tag in Central City? Oder war sie stoisch und zwang sich, nicht zu weinen, obwohl ihr das Herz brach, so wie seines jetzt brach? Er wünschte, er hätte sie sehen können, sie ein letztes Mal in seinen Armen halten können, aber er wußte, daß er sie nie wiedersehen würde. Er durfte es einfach nicht riskieren, sie wiederzusehen, durfte es nicht riskieren, ihr noch einmal weh zu tun. Er würde sich an ihr Lächeln erinnern und sich vorstellen, daß sie so lachte, wie sie an jenem Tag unter den Eichen gelacht hatte. Er würde sich daran erinnern, wie die Sonne ihrem Haar den Rubinschimmer gab, der so gut zu ihren Lippen paßte. Er würde sich an ihre goldenen Augen erinnern und daran, wie ihr Mund immer ein wenig vorgeschoben war, als schmollte sie, als wollte sie von ihm geküßt werden und würde sich nicht mit weniger begnügen. Er würde alles in Erinnerung behalten. Und dafür sorgen, daß diese Erinnerungen bis an sein Lebensende reichten. Elaina McAllister war ein Teil seiner Vergangenheit. Ebenso, wie er Dan Morgan hatte verschwinden lassen, würde er auch sie verschwinden lassen. Hätte er sie doch bloß aus seinem Herzen verbannen können!

Er zwang sich, seinen Gedanken eine andere Richtung zu geben. Bisher war es ihm gelungen, seine Gedanken an sie im Zaum zu halten. Es war unbedingt erforderlich, daß er es auch weiterhin tat.

Jacob Stanhope steckte den Kopf zur Tür herein. »Ist hier alles klar?« Er sah in seinem schwarzen Anzug umwerfend aus. Wie immer war seine Haltung aufrecht, doch seine Schultern hingen jetzt herunter, und das war bisher nie der Fall gewesen. Das stärkte Ren in seiner Entschlossenheit.

»Wenn ihr soweit seid – wir sind bereit«, erwiderte er und bemühte sich, einen ungezwungenen Tonfall anzuschlagen. Er wartete, während Tommy ihm eine zarte rosa Rose ins Knopfloch steckte.

Jacob sah ihn noch einen Moment lang an, und in seinen Augen stand ein etwas seltsamer Ausdruck; dann schloß er die Tür. Die Orgelmusik wurde lauter, und das besagte, daß es Zeit war, sich in die Kirche zu begeben.

»Also, jetzt oder nie«, sagte Tommy und bemühte sich zu lächeln.

Ren nickte ernst. Die Männer betraten hintereinander die Kirche und warteten rechts neben dem Altar. Die Menge verstummte. Die erwartungsvolle Stille zehrte an Rens Nerven, als alle Blicke sich umwandten und die Orgelmusik anschwoll.

Die Brautjungfern begannen ihre langsame Prozession

durch das lange Mittelschiff zu den Klängen des Hochzeitsmarschs. Sie waren in zarten rosa Seidenchiffon gekleidet. Jede trug in der Hand einen Strauß aus rosa Rosen mit eingewobener Spitze und auf dem Kopf einen breitkrempigen rosa Satinhut mit Rosen darauf. Rosa Satinschühchen schauten unter ihren blütenzarten Kleidern hervor.

Ren stand still da und bemühte sich, angestrengt an gar nichts zu denken. Die Musik lullte ihn ein und ermöglichte es ihm, in einen tranceähnlichen Zustand zu versinken. Er sah zu, wie die letzte Brautjungfer gefolgt von Elizabeth Pickman, Melissas erster Brautjungfer, durch den Gang schritt. Elizabeths Kleid war in einem dunkleren Roséton gehalten, und ihr Strauß war größer und mit Rosen in einem dunkleren Roséton durchsetzt. Auf ihrem Gesicht stand ein Lächeln, doch es schien etwas weniger echt als das Lächeln der anderen zu sein. Ren fragte sich, ob es wohl daran lag, daß sie die Wahrheit über Melissas Eheschließung ahnte.

Die Orgelmusik wurde immer lauter, bis der Hochzeitsmarsch von den Wänden der Kirche widerhallte. Jetzt war der Zeitpunkt gekommen, zu dem die Braut erschien. Melissa trat am Arm ihres Vaters in die Tür. Sie trug ein hochgeschlossenes Kleid, das aus unzähligen Metern weißer Spitze geschneidert worden war. Das zarte Material bauschte sich unter ihrer winzigen Taille, und der Rock war so voll, daß er, als sie auf den Altar zukam, beidseits des Gangs die Kirchenstühle streifte. Über dem Mieder und an beiden Ärmeln bedeckte nur Spitze ihre zarte, durchscheinende Haut. Ihr blondes Haar, das in winzigen Ringellöckchen über ihre Ohren fiel, funkelte im Kerzenschein.

Sie sieht aus wie ein Porzellanpüppchen, dachte Ren. Sie ist wunderschön. Süß und zart und schön. Und jeder Mann wäre glücklich, sie zur Frau zu bekommen. Jeder Mann außer mir.

Jacob führte sie im Takt des Hochzeitsmarsches nach vorne. Er war der Inbegriff des stolzen Vaters, als er aufrecht und erhobenen Hauptes zum Altar schritt. Als er vor dem Altar angelangt war, wo Ren stand, gab er ihm die Hand seiner Tochter und trat dann zurück, um seinen Platz auf dem Kirchengestühl einzunehmen.

Ren hielt ihre zerbrechlichen Finger in seinen und wunderte sich darüber, wie winzig Melissas Hand war. Sie fühlte sich so kalt an wie Marmor. Ehe er sich zum Altar umwandte, sah er ihr ins Gesicht. Der Spitzenschleier konnte weder die Trostlosigkeit in ihren Augen verbergen noch die Steifheit des Lächelns, das sie mühsam aufgesetzt hatte. Ihre blauen Augen waren starr geradeaus auf den Geistlichen gerichtet, der sie zu lebenslänglicher Gefangenschaft mit einem Mann verurteilen würde, den sie nicht liebte.

Der Geistliche begann, mit fester und klarer Stimme zu sprechen. »Liebe Gemeinde. Wir haben uns heute vor Gott und in Gegenwart dieser Zeugen versammelt, um Melissa und Reynold im heiligen Bunde der Ehe zusammenzuführen.

Die Ehe ist ein heiliger Stand, von Gott begründet und durch die Gegenwart Christi bei der Hochzeit von Kana in Galiläa geheiligt und vom heiligen Paulus mit der mystischen Verbindung gleichgesetzt, die zwischen Christus und seiner Kirche besteht.«

Der Geistliche redete weiter. Ren konnte seinen Worten nicht mehr folgen. Er versuchte, sich daran zu erinnern, wo er diesen gemarterten Ausdruck schon einmal gesehen hatte. Wer hatte diesen Ausdruck im Gesicht gehabt? Welche Bedeutung war ihm beizumessen? Plötzlich traf ihn die Erkenntnis wie ein Schlag. Es war derselbe Ausdruck, den er in Elainas Augen gesehen hatte, wenn sie Chuck Dawson ansah. Der Blick eines verängstigten Rehs.

»Daher sollte man eine Ehe nicht leichtfertig eingehen«, sagte der Geistliche gerade, »und auch nicht gedankenlos, sondern ehrfürchtig und aus ganzem Herzen, im Angesicht Gottes.«

Ren konnte sich kaum auf die Worte konzentrieren. Die

entsetzliche Angst, die er in Melissas Augen gesehen hatte, erschütterte ihn. Die Bilder vor seinen Augen verschwammen, und seine Handflächen waren plötzlich feucht und klamm. Wenn sie ihn hier so ansah, umgeben von ihrer Familie und ihren Freunden, wie würde sie ihn dann erst heute abend ansehen, wenn er ihr Schlafzimmer betrat, um die Ehe zu vollziehen? Wie konnte er ihr seinen Willen aufzwingen? Was gab ihm dieses Recht? Was gab irgendeinem Mann dieses Recht? Die Antwort war ihm plötzlich klar: Er hatte nicht das Recht. Jacob hatte nicht das Recht. Nur Gott hatte dieses Recht.

»Diese beiden Menschen wollen nun in diesen heiligen Stand eintreten. Sollte jemand Gründe vorzubringen haben, warum sie nicht rechtmäßig miteinander vereint werden sollten, dann möge er jetzt sprechen oder für immer schweigen.«

Die Stille in der Kirche hallte in seinen Ohren. Er räusperte sich. »Ich fürchte, ich kann einen Grund nennen«, sagte er mit volltönender Stimme. Der Geistliche wirkte betroffen. Die Gäste fingen an, leise miteinander zu tuscheln.

»Ich auch«, ertönte Jacob Stanhopes dröhnende Stimme. Er stand von seinem Stuhl auf, und die flackernden Kerzen ließen die Tränen in seinen Augen glitzern.

»Ich auch.« Stewart Pickman stand von seinem Sitz neben dem Gang auf und umklammerte seinen Hut mit den Händen.

Ren schaute auf die winzige blonde Frau herunter, die neben ihm stand. Tränen glitzerten in ihren Augen und rannen über ihre Wangen. Sie lächelte ihn so dankbar an, daß er am liebsten auch geweint hätte.

»Stewart?« fragte er.

»Ja«, flüsterte sie.

»Warum hast du mir nichts davon gesagt?«

»Vater liebt dich so sehr.«

»Ich weiß.« Er küßte sie durch den Schleier auf die Wange.

Dann holte er tief Luft und kämpfte gegen das Beben in seiner Stimme an. »Er liebt dich auch.«

Sie nickte.

Unter den Gästen war plötzlich der Teufel los. Schock und Entrüstung äußerten sich in lautem Flüstern. Der Organist begann, leise zu spielen, um das Getuschel zu übertönen.

»Du bleibst hier«, sagte Ren zu Melissa. »Ich bin gleich wieder da.« Mit langen Schritten lief er durch das Mittelschiff zu Stewart Pickman, der nervös, aber stolz in seiner Bank stand.

»Falls ich der Grund für all das bin«, sagte Stewart, »entschuldige ich mich nicht. Es steht dir jederzeit frei, Genugtuung zu verlangen und mich zum Duell aufzufordern.«

Ren grinste nur. »Liebst du sie?«

»Abgrundtief.«

»Dann ist die einzige Genugtuung, die ich verlange, daß ich erleben darf, wie ihr beide heiratet. Folge mir.«

Stewart folgte ihm feierlich vor den Altar. Als Ren Melissas Seite erreicht hatte, nahm er ihre Hand und legte sie in Stewarts. Er sah, wie die Spannung aus Pickmans Gesicht wich und von einem liebevollen Ausdruck abgelöst wurde, als er in die Augen der Frau sah, die seine Frau werden würde.

Wie dicht sie davorgestanden hatten, dachte Ren. Wie dicht sie doch alle davorgestanden hatten, jeder das Glück des anderen zu zerstören. Und wozu? Aus mißverstandener Loyalität heraus. Gott sei Dank waren sie endlich zur Vernunft gekommen.

»Gedulden Sie sich bitte noch einen Moment«, sagte Ren zu dem Geistlichen. »Sie können die Trauung gleich vollziehen.« Er lief zu Jacob Stanhope, der über das ganze Gesicht strahlte.

»Verzeihst du einem alten Dummkopf?« fragte Jacob.

»Stewart ist ein guter Mann.«

Jacob nickte. »Lauf zu Elaina, mein Sohn. Sie liebt dich.

Sag ihr ... sag ihr, daß wir alle stolz darauf sein werden, sie zu unserer Familie zu zählen.«

Ren drückte Jacob die Hand und beugte sich dann vor, um den Mann zu umarmen, dem er soviel zu verdanken hatte.

»Ich danke dir, Jacob. Für alles.«

»Ich danke dir, mein Junge.« Jacob ging auf den Geistlichen zu, der mit weit aufgerissenen Augen alles verfolgte, um ihn zu beruhigen und dafür zu sorgen, daß seine Tochter mit dem Mann glücklich wurde, den sie liebte.

Ren winkte über die Schulter und lief durch den Mittelgang. Er hörte, wie der Geistliche die Zeremonie erneut anstimmte, diesmal mit anderen Namen. Sein Herz wäre vor Glück fast zersprungen. Als er durch die massiven Kirchentüren in den Sonnenschein hinaustrat, begann er, die Worte einzustudieren, die er zu Elaina sagen wollte. Sie reichten von: »Bitte, verzeih mir!« zu einem schlichten: »Willst du meine Frau werden?« Eigentlich spielte es gar keine Rolle, was er sagte, denn feststand, daß er Elaina McAllister heiraten und dafür sorgen würde, daß sie nie mehr von seiner Seite wich.

27

Elaina McAllister knöpfte die Ärmel ihres hellgrauen Reisekostüms zu und strich den schmalen burgunderfarbenen Rock glatt, ehe sie noch einen letzten Blick in den Spiegel warf.

Sie hatte sich entschlossen, etwas Tristes zu tragen, etwas, was ihrer Stimmung entsprach. Letzte Nacht hatte sie sich in den Schlaf geweint, obwohl sie sich tausendmal gelobt hatte, keine Tränen mehr zu vergießen. Sie wußte, daß ihr Gesicht gerötet und verhärmt aussah, ihr Haar glanzlos und matt, aber das war ihr egal. Das einzige, was jetzt noch zählte, war, daß sie die Ranch und das Tal verließ und ihre Erinnerungen hinter sich zurückließ.

»Sind Sie soweit, Mum?« Flora Thomas kam geschäftig auf sie zu, doch ihr Ausdruck war mißbilligend. Sie hatte ihre Meinung zu Elainas unplanmäßiger Abreise bereits bekundet.

»Ich bin soweit. Hat Herbert den Wagen beladen?«

»Er ist schon vorgefahren.«

Elaina nickte, streifte frische weiße Handschuhe über und ging zur Tür.

»Sind Sie auch ganz sicher, daß Sie nicht auf Mr. Tommy warten wollen? Er kommt morgen zurück.«

»So wird es für alle einfacher sein.«

»Mr. Simpson wird mit Ihnen bis zum Bahnhof kommen. Mr. Daniels bezahlt ihn dafür, daß er Sie im Auge behält, und genau die Absicht hat er auch.« Sie liefen über die Veranda und die Stufen hinunter zur Auffahrt, wo der Wagen wartete. Simpson, ein stämmiger früherer Leibwächter, den Ren zu ihrem Schutz engagiert hatte, bis sie abreiste, saß hinten auf dem Wagen und hatte sich den Revolver an den Schenkel geschnallt und sein Gewehr auf den Schoß gelegt.

»Ich rechne nicht mit Schwierigkeiten, Miss McAllister, aber man kann gar nicht vorsichtig genug sein.« Der kräftige Mann legte das Gewehr zur Seite und sprang vom Wagen, um Elaina beim Aufsteigen behilflich zu sein. Herbert Thomas saß auf dem Kutschbock und hielt die Zügel der Pferde in der Hand.

Elaina wollte gerade aufsteigen, und Simpsons Hände lagen auf ihrer Taille, als sie abrupt innehielt. »Warten Sie noch einen Moment. Ich habe mein Buch vergessen. Ich bin sofort wieder da.« Sie raffte ihre Röcke und lief von einer schnatternden Flora Thomas gefolgt über die Veranda ins Haus.

»Ich habe ein ganz schlechtes Gefühl, Mum, ein ganz schlechtes Gefühl.«

Der laute Knall des Schusses und das Klirren von zersplitterndem Glas ließen sie ganz schnell Deckung suchen.

»Runter, Flora!« befahl sie, als zwei weitere Kugeln durch die Luft schwirrten. Die grauhaarige Haushälterin schien zu zögern, bis durch den nächsten Schuß die Vase neben ihr in tausend Stücke zersprang. Erst jetzt warf sich Flora auf das dicke Bärenfell und fing an, mit bebenden Lippen zu beten.

Elaina kroch über den Fußboden zum Fenster und zog sich gerade so weit hoch, daß sie hinausschauen konnte. Der Leibwächter lag regungslos neben dem Wagen. Herbert Thomas kauerte neben dem Kutschbock und konnte das Gewehr nicht erreichen, das hinten auf dem Wagen lag. Elaina zog den Kopf ein, ihr Herz pochte rasend.

»Herbert«, schluchzte Flora. »Sie werden meinen Herbert töten.«

Elaina sah noch einmal aus dem Fenster. Zwei weitere Schüsse trafen das Holz des Kutschbocks direkt über Herberts Kopf. Wenn nicht gleich etwas geschah, würde Floras Mann das nächste Opfer sein. Da die da draußen es offensichtlich auf sie und nicht auf Herbert und Flora abgesehen hatten, durfte sie es dazu nicht kommen lassen.

»Stellen Sie das Feuer ein!« rief sie durch die zerbrochene Fensterscheibe. »Wenn ich diejenige bin, die Sie haben wollen, dann lassen Sie die anderen in Ruhe.«

»Heben Sie die Hände über den Kopf und kommen Sie auf die Veranda. Und bringen Sie die Haushälterin mit.«

Dann wußten sie also von Flora. Sie mußten das Haus schon seit geraumer Zeit beobachten.

»Nein, Mum«, flehte Flora, die von dem Fell aufstand. »Wenn Sie jetzt rausgehen, werden sie Sie töten.«

»Das glaube ich nicht, Flora. Sie sind hinter etwas her, ich weiß bloß nicht genau, was. Aber was es auch sein mag, ich habe die Absicht, es ihnen zu geben.« Elaina stand auf und ging zur Tür. Flora rang die Hände, folgte ihr aber nichtsdestotrotz. Elaina trat auf die Veranda hinaus.

»Hallo, Elaina. Du siehst gut aus.« Chuck Dawsons schrille Stimme war unverwechselbar.

»Mein Gott, Chuck. Du steckst hinter alledem?«

»Du weißt doch, was man über Liebhaber sagt, die den Laufpaß bekommen haben.« Er lächelte bitter, und seine Nase, die jetzt etwas krumm war, ließ sein Gesicht entstellt wirken. Er kam auf sie zu und richtete, als er sie erreicht hatte, den Revolver drohend auf sie. »Geh wieder ins Haus.«

Während Elaina durch die Haustür ins Wohnzimmer zurückwich, tauchten zwei weitere Männer, die ebenfalls bewaffnet waren, hinter der Hecke auf. Der eine war großgebaut, der andere schmächtig und blaß. Sie befahlen Herbert Thomas, vom Kutschbock zu steigen, und dann trieben sie ihn und Flora ins Haus. Simpson lag in einer Blutlache auf dem Boden, die immer größer wurde. Elaina befürchtete das Schlimmste.

»Ihr beide geht da rüber, weg von der Tür«, ordnete Chuck an und wies auf Flora und Herbert, während er durch das Zimmer lief und auf Elaina zuging. »Fessele sie, Andy.« Der kleinere der beiden Männer tat, was ihm befohlen worden war. Der andere Revolverheld verschwand in der Küche, und kurz darauf hörte Elaina das Geräusch von Wasser, das eingegossen wurde, und darauf folgte das Klirren eines Löffels an Kristallglas.

Elaina stand mitten im Wohnzimmer und fragte sich, hinter was Chuck wohl her sein mochte. »Wenn du Geld willst, Chuck, davon habe ich mehr als genug. Laß uns laufen, und ich mache dich zu einem reichen Mann.«

»O ja, du wirst mich reich machen, darauf kannst du dich verlassen. In der Hinsicht besteht kein Grund zur Sorge. Aber wir werden es auf meine Art tun und nicht auf deine. Diesmal bestimme ich die Spielregeln, und du solltest dich besser gleich mit der Vorstellung anfreunden.« Er unterbrach sich, um sie mit dumpf brütenden Augen anzusehen.

»Chuck, bitte . . .«

»Halt den Mund!« Er trat vor sie hin und preßte die Lippen zusammen. Dann besann er sich und trat wieder zurück. »Du warst noch nie besonders gut darin, Anordnungen zu befolgen, Elaina.« Er wandte sich an seine Gefährten. »Bill, bist du soweit?«

Der größere Mann trat aus der Küche und ging auf Elaina zu. Er hielt ein kleines Glas mit einer undurchsichtigen Flüssigkeit in der Hand. »Trinken Sie das«, befahl er.

»Was soll das heißen?« fragte sie, und Angst stieg in ihr auf.

»Wir wollen Ihnen die anstrengende Reise nur etwas bequemer machen, Ma'am.«

»Ich rate dir, vorsichtig zu sein, Chuck. Du hast es hier nicht mehr mit dem naiven kleinen Mädchen zu tun, das aus Keyserville fortgegangen ist. Ich bin eine reiche Frau. Man wird mich suchen.«

»Sollen sie doch alle nach dir suchen, Duchess. Es wird nicht schwer sein, dich zu finden. Du wirst mit mir in Keyserville sein, genauso, wie wir es geplant hatten.«

Elaina machte einen Schritt in Richtung Tür.

»Das wollen wir doch gar nicht erst versuchen«, sagte der große Mann, »es sei denn, Sie wollen, daß es Ihren beiden Freunden genauso ergeht wie dem Mann, der draußen liegt.«

Dawson faßte sie brutal am Kinn. »Ich würde dir nicht raten, mehr Schwierigkeiten zu machen als unbedingt nötig. Du hast mir ohnehin schon mehr Mühe gemacht, als du wert bist.«

Elaina unterdrückte die immer stärker werdende Angst. Der, den sie Bill nannten, drückte ihr das Glas in die Hand, und sie nahm es mit zitternden Fingern entgegen.

»Trinken Sie es ganz leer«, sagte der Mann mit dem Revolver an der Hüfte. Er zog die buschigen Augenbrauen hoch, als er ihr beim Trinken zusah.

Sie schluckte den letzten Rest der bitteren Flüssigkeit –

Wasser, in das etwas eingerührt worden war – und reichte ihm das leere Glas. Fast im selben Augenblick wurde ihr schwindlig, und dann begann sich das Zimmer zu drehen. Sie wankte gegen den kleinen Mann, der neben sie getreten war, und dann blinzelte sie und bemühte sich, auf den Füßen zu bleiben, aber sie wankte nur noch mehr, und ihre Umgebung war bald nur noch ein kleiner Punkt. Sie klammerte sich an den Arm des kleinen Mannes, als eine schwarze Finsternis sie umfing.

»Packt sie in unseren Wagen«, wies Chuck Dawson ihn an, »und vergeßt nicht, auch ihr Gepäck aufzuladen. Sie braucht etwas zum Anziehen.« Die beiden Männer hoben die bewußtlose Frau hoch und trugen sie zur Tür. Chuck ging auf das Haushälterehepaar zu, das gefesselt und geknebelt auf dem Fußboden kauerte.

»Ich will, daß Sie Morgan etwas ausrichten – oder Daniels oder wie immer er in Wirklichkeit auch heißen mag. Sagen Sie ihm, daß Elaina den Mann heiratet, den sie von Anfang an hätte heiraten sollen. Sagen Sie ihm, er braucht sich keine Sorgen um sie zu machen; sie ist gut versorgt. Ich bezweifle ohnehin, daß es ihn noch interessiert. Inzwischen ist er mit der kleinen Stanhope verheiratet. Ich löse nur ein kleines Problem für ihn.«

Er trat grob gegen den Fuß des Hausmeisters. »Haben Sie mir zugehört? Sagen Sie ihm, wenn er dumm genug ist, das Mädchen zu verfolgen, dann bekommt er es mit Bill Sharp zu tun und nicht mit mir. Wenn er klug ist, wird er uns nicht in die Quere kommen. In diese Angelegenheit hat er sich nicht einzumischen. Er hätte es damals nicht tun sollen – und heute rate ich ihm erst recht davon ab.« Er sah den Mann an, der gefesselt neben seiner Frau lag. »Merken Sie sich gut, daß der Mann, der draußen liegt, in einem fairen Kampf getötet worden ist. Er hat als erster gezogen und wollte auf Sharp schießen.«

Der gefesselte Mann nickte.

Dawson ging zur Tür hinaus, stieg die Verandastufen hinunter, zerrte die Leiche ins Gebüsch neben dem Haus und ging dann zu den beiden anderen Männern, die in der gemieteten Kutsche warteten. Wenn sie sich beeilten, konnten sie den Zug um ein Uhr in den Osten noch erwischen und nach Keyserville zurückfahren, um dort die Hochzeit zu feiern, die ihn zu einem reichen Mann machen würde. Chuck sah sich bereits Cognac Napoleon trinken und Havannas rauchen.

Die eineinhalbstündige Fahrt von der Stadt war ihm wie eine Ewigkeit erschienen. Ren stieg aus dem Zug und lief über den Bahnsteig zu den Wagen, die zu mieten waren. Herbert Thomas holte ihn gewöhnlich ab und kutschierte ihn zur Ranch, aber heute hatte er keine Zeit gehabt, um solche Vorkehrungen zu treffen; Ren hatte es viel zu eilig, zu Elaina zu kommen.

Er konnte es einfach nicht erwarten, sie wieder in seinen Armen zu halten. Hundertmal hatte er seine Rede einstudiert, aber es war nicht zweimal dasselbe dabei herausgekommen. Er würde improvisieren, wenn der Zeitpunkt gekommen war. Schon seit seinem Aufbruch war er nervös und zappelig. Schon ehe der Wagen auf die lange Zufahrt einbog, wußte Ren, daß etwas nicht stimmte. Was Schwierigkeiten anging, hatte er einen sechsten Sinn, der ihn selten im Stich ließ – und jetzt roch er wahrhaft Ärger. Sein Herzschlag beschleunigte sich, als er sich dem Wagen näherte, der einsam vor dem Haus wartete. Die Pferde schnaubten und wieherten und hatten mit den Hufen Löcher in die weiche Erde unter ihren Füßen gescharrt. Sie mußten schon eine ganze Zeitlang so dastehen.

»Halten Sie hier an«, wies Ren den Kutscher an, als sie noch ein gutes Stück vom Haus entfernt waren. »Warten Sie auf mich. Aber fahren Sie nicht mit dem Wagen näher an das Haus heran. Es könnte Schwierigkeiten geben.«

Der Mann, der die Zügel hielt, nickte, wartete, bis Ren ausgestiegen war, kehrte dann um und fuhr zu einem schattigen Plätzchen unter einer Eiche, die ein Stück vom Haus entfernt war. Ren näherte sich vorsichtig dem Haus. Alles war still – zu still. Er preßte sich flach an die Hauswand, nahm dann eine kauernde Haltung ein und schlich sich leise die Stufen hinauf zum Wohnzimmerfenster. Eine Scheibe war zersplittert, eine andere wurde von einem glatten, runden Einschußloch geziert. Sein Instinkt hatte ihn nicht getrogen.

Er zog sich gerade so weit hoch, daß er durch das Fenster schauen konnte. Herbert und Flora Thomas lagen gefesselt in einer Ecke, und von Elaina keine Spur. Sein Herz hämmerte heftiger.

Vorsichtig schlich er sich um das Haus herum und sah durch mehrere Fenster. Als er zu der Überzeugung gelangt war, daß die Männer und Elaina schon verschwunden waren, betrat er das Haus durch die Hintertür. Ihm war elend zumute. Er durchsuchte sorgsam alle Zimmer und hielt dabei sein Gewehr in der Hand; dann betrat er das Wohnzimmer. Er kniete sich neben Herbert Thomas und lockerte seinen Knebel.

»Sie haben sie mitgenommen, Mr. Daniels. Sie haben gesagt, ich soll Ihnen sagen, daß Miss Elaina den Mann heiraten wird, den sie von Anfang an hätte heiraten sollen.«

»Dawson!« Ren löste Herberts Fesseln, damit der ältere Mann seine Frau losbinden konnte. Herbert übermittelte Dawsons Nachricht und ließ auch Bill Sharp nicht aus; dann gingen die beiden Männer ins Freie, um nach dem Leibwächter zu sehen.

Sie fanden Simpsons Leiche im Gebüsch.

»Was sollen wir jetzt tun, Mr. Daniels? Miss McAllister wollte nicht mit diesen Männern fortgehen. Sie haben ihr etwas eingeflößt und sie dann bewußtlos fortgetragen.«

Ren biß die Zähne zusammen. »Sie fahren mit dem Wagen

in die Stadt und holen den Sheriff. Erzählen Sie ihm genau das, was Sie mir erzählt haben. Und sonst nichts. Um Miss McAllister werde ich mich kümmern.«

Herbert sah ihn plötzlich an. »Wo ist Miss Stanhope?«

»Wahrscheinlich macht sie sich gerade fertig, um in die Flitterwochen zu fahren«, sagte Ren zu ihm, als sie die Stufen wieder hinaufstiegen und das Haus betraten.

»Ohne Sie?«

Ren spürte, wie ein Lächeln seine Mundwinkel verzog. »Mit ihrem frisch angetrauten Ehemann, Stewart Pickman. Ich, mein Freund, werde meine zukünftige Frau jetzt holen – Miss McAllister.«

Herbert Thomas grinste so breit, daß sich Grübchen in seinen Wangen bildeten. »Bravo, Mr. Daniels. Bravo!«

Herbert rannte eilig aus dem Haus, während Ren in sein Schlafzimmer eilte. Er zog seinen Hochzeitsanzug aus, der jetzt staubig war, holte ein frisches weißes Hemd aus seinem riesigen Kleiderschrank und eine enganliegende Hose. Dazu blitzblanke schwarze Stiefel. Als er vollständig angekleidet war, ging er auf den Haken neben dem Kamin zu. Er setzte sich den breitkrempigen Hut auf und zog ihn tief in die Stirn, dann holte er den 45er Colt aus dem Halfter und drehte die Trommel, um zu überprüfen, ob er geladen war.

Kalte, harte Wut ließ einen Muskel an seinem Kiefer zukken. Was würde Dawson Elaina antun? Würde er sie gegen ihren Willen nehmen, wie er es schon einmal versucht hatte? Wenn er seine Rechnung mit den Dawsons und Dolph Redmond beglichen hätte, wie er es ursprünglich vorgehabt hatte, dann wäre nichts von alledem passiert, und Elaina wäre jetzt bei ihm und außer Gefahr. Er verfluchte Chuck Dawson und schwor sich, daß er den Mann diesmal tatsächlich umbringen würde, sollte er Elaina auch nur anrühren.

Er schnallte sich den Gürtel um und zog dann den Colt aus seinem Halfter. Er wollte die vertraute Waffe in der Hand spüren. Es waren zwar Wochen vergangen, seit er den Colt benutzt hatte, doch er glitt ihm mit derselben Geschmeidigkeit wie immer in die Hand. Das machte die Übung. Zum dritten Mal in seinem Leben brach er das Versprechen, das er sich selbst gegeben hatte. Er war nicht mehr der Unternehmer und vornehme Farmer Ren Daniels. In den entscheidenden nächsten Tagen würde er Dan Morgan sein – Black Dan.

Wieder glitt ihm der Colt mit Lichtgeschwindigkeit in die Hand. Wenn er gegen Sharp antreten mußte, war er bereit. Er kannte den Ruf des Mannes. Sharp war gut. Einer der besten. Die Vorstellung bereitete Ren zwar kein Vergnügen, doch er wußte, daß er ohne weiteres in die Lage kommen konnte, zu beweisen, daß er besser war als Sharp.

Ren zog seine Tasche aus dem Schrank und fing an zu packen. Die Bahnfahrt nach Keyserville würde länger als eine Woche dauern. Alles sprach dafür, daß Elaina wenigstens bis dahin außer Gefahr war. Nach Angaben von Herbert und Flora hatte Dawson keinen großen Vorsprung. Wenn die Männer in Keyserville ankamen, wollte er ihnen dicht auf den Fersen sein.

Elaina erwachte und nahm eintönige, schaukelnde Bewegungen wahr. Sie war benommen. Vor dem Fenster zogen Bilder vorbei, doch sie konnte nur unscharfe Umrisse erkennen. Sie hörte Männerstimmen neben sich, aber sie konnte sich nicht erinnern, wer die Männer waren. Wie lange hatte sie geschlafen? Hatten ihre Rippen wieder weh getan? Hatte der Arzt ihr etwas gegen die Schmerzen gegeben? Sie fühlte sich, als schwebte sie über dem Boden. Der Sitz unter ihr schien zu schwanken und zu vibrieren, doch das Schaukeln lullte sie ein und löste den Wunsch in ihr aus, noch länger zu schlafen.

»Wach auf!« Eine grobe Hand schüttelte sie. »Hier, iß das.«

»Ich habe keinen Hunger«, murmelte sie.

»Mir ist egal, ob du Hunger hast oder nicht. Ich habe gesagt, du sollst das essen.«

Sie nahm das Brot und das Fleisch, kaute und zwang sich zu schlucken. Dann trank sie einen Schluck Wasser aus einem Becher, den ihr jemand an die Lippen hielt.

»Führ sie zur Toilette«, befahl die Stimme. »Warte auf sie, bis sie fertig ist, und dann bring sie wieder zurück.«

»Okay, Boß«, antwortete eine hohe Stimme.

Sie spürte, wie jemand sie am Arm hochzog. Sie stand auf und folgte dem Mann ans vordere Ende des Waggons. Sie saß in einem Zug, das konnte sie jetzt erkennen. Reihen von Sitzen, die meisten leer, erstreckten sich beidseits des Ganges vor ihr. Sie ließ sich von dem kleinen Mann, der hinter ihr herlief, dabei helfen, den Weg nach vorn zu bewältigen, und er lieferte sie in einem kleinen Waschraum hinter einer schmalen Tür ab. Sie ließ sich Wasser über die Hände laufen und spritzte sich Wasser ins Gesicht. Sie benutzte die Toilette, wusch sich wieder die Hände und öffnete die schmale Tür. Der kleine Mann wartete auf sie. Wortlos half er ihr zu ihrem Platz zurück. Eine Zeitlang saß sie stumm da und versuchte, die vorbeiziehende Landschaft zu erkennen, und nach einer Weile begriff sie, daß der Mann neben ihr Chuck Dawson war. Dann schlief sie wieder ein.

Dasselbe wiederholte sich immer wieder von neuem, bis sie sich an keine andere Zeit und keinen anderen Ort mehr erinnern konnte. Der Tagesablauf wurde nur davon durchbrochen, daß sie ihre Medizin bekam. Chuck brachte ihr dann einen Becher mit bitterer Flüssigkeit. Wenn sie sie getrunken hatte, entschwebte sie in ihre angenehme sorgenfreie Welt.

Sie nahm an, daß Chuck sie nach Hause brachte. Zurück nach Keyserville. Warum war sie überhaupt von dort fortgegangen? Sie konnte sich nicht so recht daran erinnern. Es hatte etwas mit einem Revolverhelden zu tun. Morgan – so hieß er. Komisch. Immer, wenn sie an den Revolverhelden dachte, spürte sie einen schmerzhaften Stich. Das war das einzige, was sie noch wirklich fühlen konnte. Sie fragte sich, wann sie würde aufhören können, ihre Medizin zu nehmen. Aber darum kümmerte sich Chuck bestimmt. Er würde sich um alles kümmern, sowie sie erst einmal verheiratet waren. Das hatte er ihr gesagt. Und so wie er bisher für sie gesorgt hatte, gab es keinen Grund, ihm nicht zu glauben. Sie hoffte, sie würden bald zu Hause ankommen. Sie war müde. Sie war ja so müde. Sie wollte nur noch schlafen.

»Wo liegt das Problem?« fragte Ren den Schaffner, als der Zug langsamer fuhr und das Stoßen und Schleifen der Bremsen in seinen Ohren schrillte, während er zum offenen Fenster hinausschaute. Die Lokomotive ließ Dampf ab und blieb dann abrupt stehen.

»Die Gleise stehen unter Wasser«, teilte ihm der Schaffner mit. Der rundliche Mann nahm seine steife schwarze Kappe ab und wischte sich mit dem Ellbogen den Schweiß von der Stirn. »Wir werden hier mindestens drei bis vier Stunden aufgehalten. Sie können es sich also ebensogut gleich bequem machen, wenn ich auch nicht wüßte, wie das bei dieser verdammten Hitze gehen sollte.«

Ren lehnte sich auf seinem Sitz zurück. Sie befanden sich irgendwo in der Nähe von Salt Lake City. Die Gegend, durch die sie fuhren, war weitgehend eine flache Steppenlandschaft, trocken und dürr und heiß. Die bislang dreitägige Reise war für ihn die reinste Qual, denn vor lauter Sorgen um Elaina war er wie von Sinnen. Er konnte an nichts anderes denken als an Elaina. Jetzt würde Dawson mindestens einen ganzen Tag vor ihm in Keyserville eintreffen.

Dawson reiste mit dem Atlantic Express, das hatte Ren sich mühelos zusammenreimen können. Er dagegen fuhr mit dem billigeren Zug, dem Flyer, dem ersten Anschlußzug, den er nach seinem Aufbruch von Napa hatte bekommen können. Dieser Zug führte keinen Speisewagen, und daher wurde unterwegs immer wieder angehalten, damit die hungrigen Fahrgäste sich verpflegen konnten. Aus diesem

Grund war Dawson entschieden im Vorteil. Ren hoffte nur, daß er nicht zu spät kam, um die Pläne des Mannes zu vereiteln.

Bilder von Dawson mit Elaina trübten seinen klaren Verstand. Er erinnerte sich wieder daran, wie Dawson sie geschlagen hatte und sah noch den blauen Flecken, der sich neben ihrem Auge gebildet hatte, und ihre blutige und geschwollene Lippe. Zum Teufel mit dem Kerl! Er war ein solcher Lump, daß ihn der Teufel holen sollte. Er hoffte nur, daß Dawson beim ersten Mal seine Lektion gelernt hatte. Wenn nicht, dann war er bald ein toter Mann.

28

»Sie sehen ein wenig kränklich aus, Elaina. Vielleicht sollten Sie sich lieber setzen.« Dolph Redmond führte sie in dem kleinen Arbeitszimmer von Henry Dawsons Villa, das voller Bücher war, zu einem Sessel. Früher hatte das Haus den McAllisters gehört.

Beulah Knudsen, Henrys Haushälterin, war so freundlich gewesen, ihr beim Baden und Anziehen zu helfen, denn schließlich mußte sie sich für die Hochzeit angemessen kleiden. Jetzt trug sie ein leichtes Seidenkleid in einem besonders schönen Lavendelton.

»Wir haben nur noch ein paar Kleinigkeiten zu regeln«, sagte Dolph, wenn seine Stimme auch nur undeutlich zu vernehmen war. »Dann werden wir zur Trauung schreiten.«

Sie nickte, um ihm zu bekunden, daß sie verstanden hatte.

Chuck, der neben ihrem Stuhl wartete, tauchte einen Federhalter in das Tintenfaß auf dem Eichenschreibtisch seines Vaters und reichte ihn ihr. »Du brauchst die Papiere nur hier zu unterschreiben.« Er deutete auf eine gepunktete Linie, die Wellen zu schlagen schien, als sie sich vorbeugte.

Es bereitete ihr Schwierigkeiten, ihre Hand dazu zu bringen, daß sie ihren Befehlen gehorchte. Das Zimmer schien ein wenig verschwommen, und die Stimmen der Männer drangen wie aus weiter Ferne an ihr Ohr. Sie vermutete, daß sie von der langen Zugfahrt und ihrer langwierigen Krankheit noch etwas mitgenommen war. Sie ließ den Federhalter über das Papier gleiten, so gut es eben ging, und dann reichte sie ihn Chuck.

»Braves Mädchen. Und jetzt laß uns in den Salon gehen. Der Pfarrer wartet schon.«

Sie nickte, nahm Chucks Hand, die er ihr reichte, und lehnte sich an ihn, um sich zu stützen, als sie mit ihm in den Salon ging.

Henry Dawson redete leise mit Reverend Dickerson und wandte sich dann an Elaina. »Nun, meine Tochter«, sagte er, »dann wollen wir die Dinge doch mal ins Rollen bringen. Du hast meinen Jungen jetzt schon viel zu lange warten lassen.«

Sie lächelte albern und umklammerte Chucks Hand. Die Haushälterin und die beiden Männer, die dabei geholfen hatten, sie nach Keyserville zurückzubringen, standen als Zeugen bereit, und Henry und Dolph waren ebenfalls anwesend.

Der Geistliche begann, die vertrauten Ehegelübde herunterzuleiern, die sie schon seit ihrer Kindheit im Ohr hatte, und ein Bild von Dan Morgan zog vor ihren Augen vorbei. Wie kam es, daß sie zu einem solchen Zeitpunkt an Morgan dachte? Chuck war der Mann, den sie heiratete. Sie sah Chuck ins Gesicht, sah sein rotblondes Haar, die leicht gebogene Nase und die dunklen Augen. Sie malte sich blaue Augen aus, die so hell waren, daß sich ihre Farbe kaum bestimmen ließ, und schwarzes Haar mit graumelierten Schläfen. Ren. Wo war Ren?

»Sag: ›Ich will‹«, befahl Henry.

»Ich will«, flüsterte sie.

Die Stimme des Geistlichen leierte die Schlußformel herunter. Sie spürte ein Schwindelgefühl aufsteigen und lehnte sich an Chuck, um nicht umzufallen.

»Sie dürfen die Braut jetzt küssen«, sagte der Geistliche.

Chuck hob ihr Gesicht an und küßte sie auf den Mund. Sie konnte seinen Kuß kaum spüren. Ihre eigenen Lippen kamen ihr kalt und taub vor.

»Ich gratuliere dir, meine Tochter«, sagte Henry.

»Vielleicht sollte ich mich besser einen Moment hinsetzen«, flüsterte sie. »Ich fühle mich nicht besonders gut.«

»Selbstverständlich, meine Liebe.« Chuck half ihr zum Sofa.

Sie beobachtete, wie Henry und Dolph dem Geistlichen einen Cognac einschenkten. Er lächelte dankbar und nippte an der bernsteinfarbenen Flüssigkeit. Sie war nicht ganz sicher, wieviel Zeit vergangen war, als er und Dolph Redmond gingen.

»Nun, mein Sohn«, sagte Henry, »du und deine neuvermählte Frau, ihr wollt euch doch sicher ein Weilchen nach oben zurückziehen?« Er zwinkerte Chuck zu und grinste breit.

Chuck sah ihn nur an, und seine dunklen Augen waren undurchschaubar. »Sie hat es mit Morgan getrieben. In meinen Augen ist sie nichts weiter als eine Hure. Ich will nur diese Farce so schnell wie möglich hinter mich bringen.«

In Elainas Kopf pochte es. Ihre Augen schmerzten und ihr Magen rebellierte. Was hatte Chuck da über Morgan gesagt? Was hatte Morgan mit ihrer Hochzeit zu tun?

»Chuck? Was geht hier vor?«

Chuck ging nicht auf ihre Frage ein. »Mrs. Knudsen.« Er bedeutete der breitschultrigen stämmigen Frau, näher zu treten. »Bringen Sie Elaina nach oben, damit sie ein Weilchen schlafen kann. Lassen Sie sie schlafen, solange sie will. Die Reise ist sehr anstrengend gewesen.«

Beulah Knudsen nickte nur und führte Elaina zur Treppe.

Als Chuck Dawson sah, wie seine frischangetraute Ehefrau den Salon verließ, zog sich einer seiner Mundwinkel zu einem zufriedenen Lächeln hoch. Alles hatte geklappt wie geplant. Sie hatten Elaina dazu gebracht, ihm ihre Anteile zu überschreiben – und ihr Testament und ihren letzten Willen aufzusetzen und ihn darin zu ihrem Alleinerben zu bestimmen. Alles nur eine Sicherheitsvorkehrung, da er ohnehin ihr Alleinerbe war.

»Wie lange willst du ihr dieses Zeug noch verabreichen?« fragte sein Vater gerade.

»Heute morgen hat sie nur eine geringe Dosis bekommen. Ich wollte nicht, daß der Pfarrer Verdacht schöpft. Wenn sie wach wird, verabreiche ich ihr die nächste. Die Leute müssen sich erst an den Gedanken gewöhnen, daß wir miteinander verheiratet sind. Wenn sie erst einmal überzeugt davon sind, daß es wahr ist, wird Mrs. Dawson einen beklagenswerten Unfall haben. Dann bin ich wieder ein freier Mann – und um vieles reicher.«

»Ein verdammter Jammer. Wenn das Mädchen doch bloß getan hätte, was von ihr verlangt wurde, dann wäre nichts von alledem passiert.«

»Ja, aber sie hat es nun einmal nicht getan.«

Henry Dawson seufzte und schüttelte den Kopf. »Ein verdammter Jammer.«

Ren Daniels stieg aus dem Zug und streckte sich nach allen Seiten. Neun lange Tage in heißer, stickiger Enge und dazu das anstrengende Rumpeln des Zuges, das einem durch Mark und Bein ging. Und neun schlaflose Nächte, in denen er sich um Elaina gesorgt hatte.

Ren schnürte das schwarze Lederhalfter fester um seinen Oberschenkel und nahm den Colt in die Hand. Die Macht der Gewohnheit veranlaßte ihn, die Trommel zu überprüfen, ehe er ihn wieder in das Halfter gleiten ließ. Er nahm seinen breitkrempigen Hut ab, wischte sich die Stirn mit dem Unterarm ab und setzte sich den Hut wieder auf. Ein kurzer Blick auf die Umgebung bestätigte ihm, daß Dawson und seine Männer ihn nicht erwarteten.

Die Nachricht, die Chuck ihm durch Herbert Thomas hatte übermitteln lassen, besagte deutlich, daß Chuck dahintergekommen war, daß Dan Morgan Ren Daniels war, wenn Ren auch nicht glaubte, daß Dawson die Verbindung zu dem Jugendlichen herstellte, den Henry und Dolph im Bergwerk hatten sterben lassen wollen. Er hatte gewußt, daß Daniels vorhatte, Melissa Stanhope zu heiraten. Chuck hatte sogar Elainas Entführung so geplant, daß sie während Rens Hochzeit stattfand. Dawson setzte auf den Umstand, daß Ren in eine der reichsten Familien Kaliforniens einheiratete. Er war der festen Überzeugung, Ren würde kein weiteres Interesse mehr an Elaina haben – und das war genau der Punkt, in dem Chuck Dawson sich irrte.

Ren warf sich die Tasche über die Schulter und machte sich auf den Weg zum Hotel Keyserville. Er wollte zuallererst mit Ada Lowery sprechen.

»Na so was, Mr. Morgan«, begrüßte sie ihn freundlich und hielt ihm eine fleischige Hand hin. »Schön, Sie zu sehen.«

»Hallo, Ada.« Er nahm die Hand, beugte sich vor und küßte sie auf die Pausbacken.

»Was ist passiert?« fragte sie, denn sie entnahm seinem Tonfall, daß etwas nicht stimmte. »Es geht um Elaina, nicht wahr? Allmächtiger Gott, was ist ihr denn jetzt schon wieder zugestoßen?«

»Dawson hat sie entführt, Ada. Ich glaube, daß er sie hierher zurückgebracht hat. Ich hatte gehofft, Sie könnten mir sagen, wo er sie versteckt hat.« Er stellte seine Tasche auf dem Empfangstisch ab.

»Chuck ist heute am frühen Morgen eingetroffen«, berichtete ihm Ada. »Er ist noch nicht in der Stadt gewesen, aber man hat ihn gesehen, als er aus dem Frühzug ausgestiegen ist. Mehr weiß ich nicht.«

»Wo würde er sie am ehesten unterbringen?«

»Ich würde vermuten, im Haus seines Vaters. In der alten McAllister-Villa. Dort ist viel Platz, und das Haus liegt weit genug außerhalb der Stadt. Es ist daher unwahrscheinlich, daß dort jemand vorbeikommt.«

»Danke, Ada. Würden Sie für mich auf meine Tasche aufpassen?«

»Ich bringe sie nach oben. Ich werde auch ein hübsches Zimmer für Sie fertigmachen lassen. Geben Sie mir Bescheid, wenn ich irgend etwas tun kann.«

Ren lächelte, doch seine Augen blieben grimmig. »Wird gemacht.« Er zog die frischfurnierte Mahagonitür des Hotels auf und trat auf die Straße.

»Seien Sie vorsichtig«, rief Ada ihm nach.

Er nickte und machte sich auf den Weg zum Mietstall. Das frühere Haus der McAllisters kannte er gut. Es lag außerhalb, nahe der Bergmannssiedlung und nicht weit vom Bergwerk. Falls Elaina dort war, mußte er sie irgendwie zurückbringen. Daher mietete er einen leichten einspännigen Wagen und schlug die Richtung zum Haus ein. Auf der Straße begegneten ihm nur wenige Leute, und als er aus der Stadt hinausfuhr, wurden es noch weniger. Ein Pluspunkt für ihn. Er konnte es jetzt nicht gebrauchen, von irgend jemandem erkannt zu werden, der glaubte, daß er immer noch für Dawson arbeitete, und deshalb auf ihn schoß. Falls es diesmal überhaupt zu einer Schießerei kam, dann hatte er die Absicht, auf der richtigen Seite des Laufs zu stehen, nämlich dahinter.

Elaina saß still, während Mrs. Knudsen ihr das Haar bürstete. Nach ihrem Schläfchen fühlte sie sich etwas besser. Sie hatte das Gefühl, sich etwas mehr in der Hand zu haben. Ihr Verstand war immer noch benebelt, aber hier in ihrem Zimmer fühlte sie sich wohl, obwohl sie ihre alte Schmetterlingstapete lieber gemocht hatte als die roten Magnolien, die jetzt die Wände ihres Zimmers überzogen. Sie fragte sich, warum ihre Mutter sie nicht wie bisher die Tapete hatte aussuchen lassen.

Die Tür ging auf. Als sie sich umschaute, trat Chuck mit einem Glas Wasser in der Hand ein. Zeit für ihre Medizin. Allmählich fing sie an, die bitter schmeckende Flüssigkeit zu hassen, obwohl sie sich danach besser fühlte – irgendwie frei und unbeschwert.

Sie stand auf, als Chuck auf sie zukam.

»Hier«, befahl er ihr. »Trink das.«

»Ich brauche die Medizin nicht mehr, Chuck, wirklich nicht. Ich fühle mich schon viel besser.«

Er packte sie am Nacken und hielt ihr den Becher gewaltsam an die Lippen. Die plötzliche Bewegung brachte sie aus dem Gleichgewicht. Sie taumelte und schwankte und prallte mit Chuck zusammen, und das Glas fiel auf den Fußboden und zerbrach.

»Du Idiotin! Sieh nur, was du angerichtet hast.« Sein marineblauer Anzug war vorn durchnäßt, und Glasscherben glitzerten auf dem Schlafzimmerboden.

»Machen Sie sich keine Sorgen, Mr. Dawson«, sagte Mrs. Knudsen. »Ich wische das schon auf.« Sie ging hinaus, um Lappen und Besen zu holen.

»Es tut mir leid, Chuck. Das hab ich nicht gewollt. Es kommt nur daher, daß mir ständig so schwindlig ist.«

»Macht nichts. Ich hole dir neue Medizin.« Chuck ging zur Tür, doch das Geräusch von Schritten, die schnell die Stufen heraufkamen, ließ ihn abrupt stehenbleiben. Andy Johnson keuchte vor Erschöpfung, als er rennend den Treppenabsatz erreichte.

»Morgan ist in der Stadt!«

»Was! Das kann nicht sein.«

»Jimmy Stevens, der auf dem Bahnhof arbeitet, hat ihn gesehen, als er aus dem Zug ausgestiegen ist. Jimmy ist so schnell er konnte hergekommen, wie du es ihm gesagt hast.«

»Verdammt noch mal! Weshalb zum Teufel sollte der Mann seine Flitterwochen abbrechen und den weiten Weg zurücklegen? Soviel kann ihm diese verfluchte Frau doch ganz gewiß nicht bedeuten.«

»Ich weiß es nicht, Boß. Jimmy hat gesagt, daß er schwer bewaffnet ist. Wir sollten Bill Sharp am besten gleich wieder herholen. Er ist noch in der Bergmannssiedlung. Drüben im Saloon. Ich gehe ihn holen.«

»Warte noch. Vorher sollten wir besser das Mädchen wegschaffen. Wir können es uns nicht leisten, daß er sie in dieser Verfassung vorfindet.« Er hielt einen Moment inne. »Bring sie raus zum Bergwerk. Heute treibt sich dort niemand rum. Bring sie in den Hauptschacht, den alten Tunnel ganz rechts. Geh gerade so weit hinein, daß niemand dich sieht. Ich schicke jemanden hin, damit er dich holt, wenn Sharp mit Morgan fertig ist.«

»Ihr bringt mich ins Bergwerk?« fragte Elaina. »Wozu denn das? Ich will nicht ins Bergwerk, Chuck.«

Chuck holte tief Luft, und sein Mund zog sich zu einem dünnen Strich zusammen. Er wünschte, sie hätte das Laudanum getrunken – jetzt blieb ihm keine Zeit mehr, um noch eine neue Portion anzurühren. Er ballte die Hand zur Faust und versetzte ihr einen Kinnhaken. Sie sackte auf dem Fußboden zusammen.

»Gib mir die Decke da.« Andy tat, was ihm befohlen wurde. Chuck wickelte Elaina ein. »Nimm meinen Wagen. Er steht vor dem Haus. Paß auf, daß dich niemand sieht. Und verhalt dich still. Wir wissen nicht, wann Morgan auftaucht. Wann immer es dazu kommen mag – ich kann Sharp nur raten, bestens vorbereitet zu sein.«

Chuck trug Elaina die Treppe zur Haustür hinunter. Johnson legte sie im Wagen flach auf den Boden. Dann kehrte Chuck ins Haus zurück, um der Haushälterin freizugeben und seinen Vater zu suchen. Er mußte Dolph warnen und Sharp holen lassen. Er hoffte nur, daß der Revolverheld hielt, was er versprach. Chuck wußte verdammt gut, daß *er* es nicht gegen Morgan aufnehmen konnte.

Ren ließ die Bergmannssiedlung neben sich liegen und fuhr direkt zur Villa. Je eher er Dawson fand, desto besser standen seine Chancen. Als er den Schornstein des Hauses hinter dem nächsten Hügel aufragen sah, hielt er den Wagen an. Er band das Pferd im Schatten einer Platane an und schlug eine Abkürzung durch ein Feld ein. Minuten später hatte er den Zaun hinter dem Haus der Dawsons erreicht.

Alles war still – zu still. Er schlich sich näher, stieg die Stufen zur hinteren Veranda hinauf und betrat das Haus so geräuschlos wie möglich. Dann preßte er sich flach gegen eine Wand in der Küche. Er konnte Chucks schrille Stimme hören, die aus dem Salon drang, aber auch die krächzende, ungehobelte Stimme seines Vaters.

Ren schlich mit dem Revolver in der Hand ins Eßzimmer. Er war auf jede plötzliche Bewegung vorbereitet.

»Warum setzen Sie sich nicht zu uns, Mr. Morgan?« sagte Chuck, als wollte er ihn zum Tee einladen. »Deshalb sind Sie doch hier, oder nicht?« Er stand in der Tür und kündigte seelenruhig Morgans Eintreffen an.

Ren richtete die Waffe auf Dawsons Brust und betrat den Salon. »Stellen Sie sich da drüben hin, neben Ihren Vater.« Er wies auf Henry. Chuck kam seiner Aufforderung nach.

»So wichtig ist sie Ihnen?«

»So wichtig ist sie mir. Also, wo steckt sie?« Ren blieb auf der Hut. Irgendwo hier steckte Sharp, aber wo? Sein Blick wanderte immer wieder zur Treppe.

»Ich glaube nicht, daß es Sie etwas angeht, wo meine Frau sich aufhält, Mr. Morgan.«

Ren ging einen Schritt auf Dawson zu. Er konnte sich kaum beherrschen. »Ich schwöre es Ihnen, Dawson, wenn Sie Elaina auch nur angerührt haben, bringe ich Sie mit bloßen Händen um.«

»Ganz ruhig, Morgan – oder heißen Sie doch Daniels?«

»Daniels?« Henry meldete sich zum ersten Mal zu Wort. »Er heißt Daniels?«

»Ich nehme es an«, sagte Chuck. »Sagt dir der Name etwas?«

»Nur, wenn er Ed Daniels Sohn ist. Aber das kann ja wohl nicht sein, oder, mein Junge?«

»Genau der bin ich«, antwortete Ren und fand einen Teil seiner Selbstbeherrschung wieder. Henrys rotes Gesicht wurde schlagartig blaß. »Ich glaube, wir beide haben noch ein Hühnchen zu rupfen«, sagte Ren zu ihm. »Und Dolph Redmond habe ich auch nicht vergessen.« Sein Mund zog sich zu einem grimmigen schmalen Strich zusammen. »Also, wo steckt Elaina?«

»Wie ich schon sagte, meine Frau . . .«

Mit zwei großen Schritten stand Ren vor Dawson, packte ihn am Revers und zog ihn auf die Füße. Mit grimmiger Entschlossenheit zwängte er den Revolverlauf zwischen Dawsons Zähne. Der lange Lauf drohte, ihn zu ersticken. Henry Dawson wollte sich erheben.

»Das täte ich nicht, wenn ich Sie wäre«, warnte ihn Ren. »Und jetzt habe ich die Fragerei satt. Wo steckt sie?« Als Dawson nicht antwortete, spannte Ren den Hahn, und das bedrohliche Klicken trieb Schweißperlen auf Chucks Stirn.

»Sie ist . . . sie ist . . .«

»Wo ist sie?« Ren rammte ihm den Revolver noch tiefer in den Hals.

»Im Bergwerk«, würgte Chuck heraus, und mit dem Lauf in der Kehle waren die Worte kaum zu verstehen.

Ren zog den Lauf zwischen Chucks Zähnen hervor. »Und wo im Bergwerk?«

»Nahe am Eingang. Auf der ersten Sohle. In dem alten Tunnel rechts.«

»Das ist alles, was ich wissen wollte.« Er sicherte die Waffe, richtete sie aber weiterhin auf Chucks Herz. Er knöpfte Chucks Jackett auf und zog den Revolver heraus, den er sich in den Hosenbund gesteckt hatte, und mit Henry verfuhr er genauso. Nachdem er die Waffen durch ein offenes Fenster geworfen hatte, steckte er seinen Revolver wieder in das Halfter. Ein Schatten in der Tür lenkte seine Aufmerksamkeit auf sich.

»Hallo, Morgan. Ich habe Sie schon erwartet.« Bill Sharp stand auf der Schwelle. Er war groß und gutgebaut und grinste selbstgefällig. »Ich hatte gehofft, Sie würden früher oder später auftauchen.« Er stand Ren mit weitgespreizten Beinen gegenüber und hielt eine Hand nur wenige Zentimeter über dem Kolben seines Revolvers, einer 45er Smith and Wesson Schofield.

Ren richtete sich auf. »Wollen Sie es gleich hier austragen?«

»Warum bringen wir es nicht gleich hinter uns? Ich traue Ihnen nicht, Morgan. Sie könnten ein hinterhältiger Schütze sein. So etwas weiß man schließlich nie.«

Sharps Augen hatten sich keinen Moment lang von Rens Gesicht gelöst. Das war ein alter Trick – man sah dem Gegner in die Augen und wartete auf das verräterische Blinzeln –, aber diesmal würde nichts daraus werden. Ren zwang sich, ruhig zu bleiben. Hier im Salon war er entschieden im Nachteil. Sharps Rücken war der Sonne zugekehrt, und seine Augen waren im Schatten.

»Ziehen Sie schon, Sharp«, köderte ihn Ren in der Hoffnung, den Revolverhelden zum Handeln zwingen zu können.

Sharp blieb gelassen. »Kommt nicht in Frage. Sie sind dran, Morgan. Wenn ich Sie töte, will ich wissen, daß ich Ihnen eine Chance gegeben habe, schneller zu ziehen.«

Ren zwang sich mit aller Willenskraft, ruhig zu bleiben. Denk nicht an Lainey, sagte er sich. Denk nur daran, wie sich der Revolver in deiner Hand anfühlt. An deinen Finger, wenn er den Abzug betätigt. Wie in alten Zeiten – wie immer.

In derselben Sekunde funkelte blaues Metall in der Sonne. Das Dröhnen von Schüssen hallte durch den Raum, und der beißende Geruch des Schießpulvers hing in der Luft. Einen Moment lang standen sich beide Männer stocksteif gegenüber und starrten einander an, als hätte es die allerletzten Sekunden nicht gegeben. Dann brach Bill Sharp blutüberströmt auf dem Fußboden zusammen.

»Chuck!« Henry Dawsons krächzende Stimme klang brüchig.

Ren drehte sich gerade noch rechtzeitig um, um zu sehen, wie Chuck Dawson mit einem roten Fleck auf dem Revers, der immer dunkler wurde, auf den Teppich kippte.

Henry stürzte zu ihm und kniete sich hin, um Chucks Kopf auf seinen Schoß zu heben. »Er ist tot«, murmelte Henry. In seinen Augen standen Tränen. »Sharps Kugel ist ein Irrläufer gewesen. Er hat statt Ihnen Chuck erschossen.«

Ausgleichende Gerechtigkeit, dachte Ren, als er den Revolver wieder in seinen Halfter gleiten ließ.

»Ich wünschte, ich könnte sagen, daß es mir leid tut.« Die Worte, die Chuck gesagt hatte, brannten wie ein weißglühendes Eisen in seinem Kopf: *meine Frau*. Ren zweifelte nicht an Dawsons Worten, aber wenn sie seine Frau war, dann war sie jetzt seine Witwe. Ren betete nur, daß er rechtzeitig gekommen war, um Dawson am Vollzug der Ehe zu hindern – wenn nicht an noch Schlimmerem. Aber den Gedanken verscheuchte er sofort. Er mußte Elaina finden – und zwar schnell.

»Wie lange sind wir jetzt schon hier?« Elaina richtete den Blick starr auf die Kerosinlampe, die neben Andy Johnsons Füßen stand. Von der Lampe ging nur ein matter Schein aus, der ständig zuckte, doch dieses bißchen Licht hielt die Dämonen in Schach. Sie saß auf einer Decke auf dem Boden des Schachts, und ihr Rücken lehnte an einem dicken rohen Balken. Sie schienen sich in einem der älteren Teile des

Bergwerks zu befinden. Das Holz sah trocken und halb verfault aus. Plötzlich erschauerte sie bei dem Gedanken, daß die Bergleute unter so unsicheren Bedingungen arbeiteten.

»Ein paar Stunden. Ich schätze, Chuck hat Ihnen einen gewaltigen Hieb verpaßt.«

Sie tastete die Schwellung an ihrem Kinn ab. Sie wußte, daß es schon dick und verfärbt sein mußte. Chuck konnte immer noch gut zuschlagen. Ihr Kopf pochte unerträglich, aber wenigstens waren die Schwindelgefühle endlich vergangen, und ihr Verstand war kristallklar.

Andy Johnson hielt seinen Revolver unablässig in ihre Richtung, aber selbst wenn er unbewaffnet gewesen wäre, zweifelte sie daran, daß sie die Kraft gehabt hätte, einfach fortzulaufen. Sie hatte seit ihrer Abreise in Kalifornien abgenommen, und das Laudanum – sie nahm an, daß es das war, was Chuck ihr verabreicht hatte – hatte sie dazu noch furchtbar geschwächt.

Sie fragte sich, ob Ren wußte, daß sie entführt worden war. Wahrscheinlich nicht. Er war in die Flitterwochen gefahren. Sie bezweifelte, daß er eine Adresse hinterlassen hatte, unter der man ihn erreichen konnte. Selbst wenn er etwas davon gewußt hätte, war es nicht sicher, ob er gekommen wäre. Er hatte jetzt Verantwortung zu tragen, denn er war ein verheirateter Mann.

Zum ersten Mal seit Tagen fühlte sie etwas anderes als Abgestumpftheit. Gräßliche Einsamkeit und Sehnsucht nach Ren. Selbst ihre erzwungene Eheschließung mit Chuck setzte ihr weniger zu als die Vorstellung, daß Ren jetzt mit Melissa zusammen war.

»Warum müssen wir hier bleiben?« fragte sie, denn sie wünschte, er würde sie wieder ins Haus zurückbringen. »Warum in Gottes Namen sind wir überhaupt hier?« Bisher war es ihr gelungen, sich von ihren Ängsten abzulenken, und sie hatte es geschafft, die Wände daran zu hindern, sich immer enger um sie zu schließen. Sie hatte sich zusammenreißen können, weil sie jemanden bei sich hatte und wußte, daß kein Hindernis im Weg stand, wenn sie aus dem Schacht hinaussteigen wollte. Außerdem half es ihr, daß sie etwas sehen konnte, wenngleich es auch nur wenig war. Möge Gott ihr beistehen. Wenn Chuck je ihre Furcht vor Dunkelheit in Verbindung mit Platzangst entdeckte, brauchte er nicht einmal mehr das Laudanum.

»Sehen Sie mal, Mrs. Dawson, ich führe nur Befehle aus.«

»Nennen Sie mich nicht so!« fauchte sie ihn an.

Andy Johnson lächelte zum ersten Mal. »Wissen Sie, ich glaube, Sie und Ihr Mann, Sie empfinden beide dasselbe füreinander. Was Sie brauchen, das ist ein richtiger Mann.«

Sie verdrehte die Augen bei der abstoßenden Vorstellung.

Andy sah sie an, als sei sie eine Leckerei zum Nachtisch. »Ich habe Ihre Brüste gesehen«, sagte er zu ihr, und sie spürte das Prickeln einer neuen Form von Angst.

»Sie sind wunderschön, ganz weiß und weich. Und so rund. Genau die Sorte Brüste, die ein Mann gern anfaßt.« Er verließ seinen Standort und rückte näher zu ihr, richtete den Revolver aber immer noch auf sie.

»Sie sollten sich lieber von mir fernhalten«, warnte sie ihn. »Ich bin Chucks Frau, oder haben Sie das vergessen?«

»Sie haben mir gerade noch gesagt, ich soll Sie nicht so nennen. Und außerdem sagt Chuck, Sie hätten es mit Morgan getrieben. Er hält Sie für eine Hure, ich aber nicht.« Er fuhr mit einer schmalen Hand durch ihr Haar. »Ich finde, Sie sind wunderschön.«

Elaina spürte, wie sich ihr Magen verkrampfte. Sie richtete die Augen auf das Licht, als seine Finger ihre Wange berührten. Ihr geschwächter Zustand, ihre Furcht vor der Dunkelheit und ihr Ekel vor dem schmächtigen kleinen Mann verbanden sich zu etwas Übermächtigem.

»Lassen Sie die Finger von mir«, drohte sie.

»Ich wette, zu Morgan haben Sie das nicht gesagt.«

Der Klang seines Namens versetzte Elaina einen Stich.

Dan Morgan, der Revolverheld. Ren Daniels, der Gentleman der gehobenen Gesellschaft von San Francisco. Sie liebte beide Seiten dieses Mannes, und so würde es auch immer bleiben. Sie spürte, wie Andys Finger sich um ihren Nacken schlangen, spürte, wie seine viel zu nassen Lippen plötzlich auf ihren lagen. Sie kämpfte und trommelte mit den Fäusten auf seine Brust ein. Er legte den Revolver zur Seite, als er sie auf die Decke stieß und sich auf sie wälzte.

Sie tastete nach dem Revolver, doch ihre Finger krallten sich nur immer wieder in die Erde. Die Waffe war zu weit weg. Sie mußte ganz ruhig bleiben. Als seine Hand an ihrem Bein hinaufglitt und seine forschende Zunge in ihren Mund drang, biß sie zu, biß, so fest sie konnte.

Andy schrie laut auf und wälzte sich von ihr. Als sie sich aufsetzte, sah er sie mit haßerfüllten Augen an. »Sie hätten doch einfach sagen können, daß Sie nicht wollen.«

»Ich hatte nicht den Eindruck, daß Sie mir geglaubt hätten.« Entschlossen zog sie sich auf die Füße. Sie spürte, wie ihre Kraft nachließ, doch sie wollte nicht das Risiko eingehen, daß er ihr noch einmal zu nahe kam. Sie behielt ihn gut im Auge und wartete genau den richtigen Moment ab.

»Das war nicht sehr nett von Ihnen«, sagte er und wischte sich mit dem Handrücken das Blut von der Zunge. »Ich dachte, Sie seien ein nettes Mädchen.« Seine Augen suchten den Boden des Stollens nach dem Revolver ab. »Vielleicht hat Chuck doch recht gehabt, was Sie angeht, Duchess.« Er entdeckte den Revolver und beugte sich vor, um ihn aufzuheben. Darauf hatte Elaina gewartet. In dem Moment stürzte sie sich auf ihn, beide Körper landeten auf der Erde und prallten laut gegen die faulenden Balken. Elainas Rippen schmerzten entsetzlich, als das Splittern des Holzes von den Tunnelwänden widerhallte.

Andy Johnson griff nach dem Revolver, doch sie schlug ihn ihm aus der Hand. Als der Revolver auf den Boden fiel, löste sich mit donnerndem Getöse ein Schuß.

Elaina schluckte schwer. Sie wußte, welches Geräusch als nächstes folgen würde. Sie würde es niemals aus ihrer Erinnerung löschen können. Ein langsames tiefes Rumpeln, das hallte und dann immer lauter wurde.

»Das Bergwerk stürzt ein! Wir müssen hier verschwinden! In welche Richtung müssen wir laufen?«

Andy Johnson schenkte ihr keine weitere Beachtung. Der Ausdruck des Grauens auf seinem Gesicht wurde durch den matten Schein der Kerosinlampe, die er hochhob, nur noch verstärkt, als er auf den Eingang des Bergwerks zurannte. Elaina raffte ihre Röcke und rannte hinter ihm her und wich dabei herabstürzenden Felsbrocken und berstendem Holz aus.

»Beeilen Sie sich!« Als sie um eine Ecke des Tunnels bogen, konnte Elaina die Sonne sehen. Sie konnten es gerade noch schaffen. Doch da hörte sie Andys verängstigten Schrei und sah, wie Lehm und Schutt von der Decke fiel und ihn unter sich begrub. Sie warf sich flach auf die bebende Erde und hielt sich die Arme über den Kopf, um die Felsen und die Trümmer abzuwehren, die wie riesengroße Hagelkörner von der Decke des Stollens auf sie herunterprasselten. Dabei mußte sie sich zwingen, die dicke, staubige Luft einzuatmen, die sie fast erstickte.

Einen Moment lang lag sie regungslos da und versuchte, das schaurige Bild zu verdrängen, das ihr vor Augen stand – Andys schmächtiger Körper, begraben unter Schutt und Geröll. Dann zwang sie sich, sich aufzusetzen.

Schwärze. Nichts anderes als grauenerregende Schwärze, die sie fast um den Verstand brachte, tiefe Dunkelheit, so daß sie nicht einmal mehr ihre eigene Hand erkennen konnte. Sie erschauerte und bebte von Kopf bis Fuß. Ihr Herz hämmerte, und ihre Brust schnürte sich zusammen, weil die Luft voller Staub und Schmutz war. Wieviel Zeit blieb ihr noch, ehe der Sauerstoff verbraucht war? Konnte sie durchhalten, bis man sie fand? Würde man sich überhaupt die Mühe machen, nach ihr zu suchen? Vielleicht war es das, was Chuck von Anfang an geplant hatte. Sie klammerte sich an die Wand des Tunnels, spürte das bröselnde feuchte Gestein und hatte Mühe, auch nur auf dem Boden des Stollens stehenzubleiben.

Sie konnte spüren, wie sie kam – die Angst, die so groß war, daß ihr fast das Herz stehenblieb und sie nahe am Verrücktwerden war. Bald würde sie gelähmt sein, erstarrt im Grauen vor der Dunkelheit, den Grubenratten, der Fäulnis, dem Gestank des Todes. Nur war ihr Alptraum diesmal wahr.

29

Mit einer entsetzlichen Klarheit, die ihm die Eingeweide zusammenzog, begriff Ren, daß das Poltern, das immer lauter wurde, vom Bergwerk kam. Er rannte auf den Eingang zu und betete, Elaina möge vor der Mauer von Schutt, die gerade herunterging, aus dem Stollen gerannt kommen, doch er wußte, daß es dazu bereits zu spät war.

Als er den Hauptschacht erreicht hatte, stand er vor einer undurchdringlichen Mauer. Er wurde von einer Verzweiflung gepackt, die größer war als alles, was er sich in seinen schlimmsten Träumen ausgemalt hatte. Er erstickte den Schrei, der in seiner Kehle aufstieg. Zu spät! Wie konnte er bloß zu spät kommen? Das war ausgeschlossen. Undenkbar. Es durfte ihnen einfach nicht schon wieder passieren!

Er zwang sich zur Ruhe, zwang sich, klar zu denken. Er wußte, daß sie dort drinnen war. Chuck hatte es gesagt, und selbst wenn er es nicht gesagt hätte, konnte Ren es in den Knochen spüren. Entweder Dawson hatte diesen Einsturz geplant, oder irgend jemand hatte den Einsturz versehentlich ausgelöst. Was immer auch die Ursache gewesen sein mochte, würde es einer gewaltigen Anstrengung bedürfen, die versiegelte Mine zu öffnen. Er mußte Hilfe holen.

Ein paar lange Schritte brachten ihn zur Alarmglocke. Er zog an der baumelnden Schnur, und aus der breiten Glokkenöffnung drang ein lautes Läuten. Das gespenstische Geräusch, das Tod und Zerstörung verhieß, ließ Schauer über seinen Rücken laufen. Man konnte die Glocke bis zur Bergmannssiedlung hören. Dort würde eine ähnliche Glocke vor der Gemischtwarenhandlung das Läuten aufgreifen, damit jeder Bergmann im Umkreis von Meilen über den Einsturz Bescheid wußte.

Minuten später trafen die ersten Männer von der Blue Mountain Mine ein. Jeder einzelne warf nur einen Blick auf den Schutt, der noch rauchte, und wußte, was passiert war. Manche der Männer sahen ihn mißtrauisch an, doch er wich nicht zurück. Er wartete, bis sich zwanzig Bergleute versammelt hatten; dann stieg er auf einen Kohlenwagen und bat sie um ihre Aufmerksamkeit.

»Ich möchte mich bei euch dafür bedanken, daß ihr gekommen seid. Wie ihr selbst sehen könnt, ist ein Unglück geschehen.« Er konnte das leichte Beben seiner Stimme hören und zwang sich mit aller Willenskraft, es zu unterdrükken.

»Was haben Sie hier zu suchen, Morgan?« wollte ein stämmiger Bergmann wissen.

»Genau! Warum sollten wir Ihnen helfen? Wer sitzt da drin überhaupt fest? Heute hat keiner von uns gearbeitet.«

Ren kämpfte gegen seine Wut an, kämpfte darum, die Selbstbeherrschung zu bewahren. Jede Sekunde zählte, und jede Minute konnte über Leben und Tod entscheiden. Aber ohne die Hilfe der Bergleute bedeuteten die Sekunden schlichtweg gar nichts.

»Zuallererst einmal: Ich heiße nicht Morgan. Ich heiße Daniels. Reynold Daniels. Mein Vater war Ed Daniels. Manche von euch erinnern sich vielleicht noch an ihn – oder an mich.« Ren zog den Hut ab und hoffte nur, jemand würde ihn wiedererkennen.

»Ich erinnere mich noch an Ed.« Das war Josh Colson. »Aber Ren ist umgekommen. Er und sein Bruder sind schon vor neun Jahren gestorben.«

»Sehen Sie mich genau an, Josh. Elaina McAllister hat Tommy und mich vor neun Jahren aus dem Bergwerk freigeschaufelt. Jetzt ist sie unter diesen Trümmern begraben. Sie braucht unsere Hilfe.«

»Wollen Sie mir etwa einreden, daß unsere Duchess dort drinnen ist?« wollte ein deutscher Bergmann wissen.

Ren wußte, daß ganz Carbon County von der Duchess gelesen haben mußte, aber ihn überraschte der Stolz in der Stimme des Bergmanns, als er sie für sich und die anderen beanspruchte.

»Was zum Teufel sollte sie da drin zu suchen haben?« fragte jemand.

»Chuck Dawson hat sie dort hingebracht«, sagte Ren. »Das ist eine lange Geschichte. Im Moment ist es das wichtigste, sie rauszuholen.«

Colson sah Ren seltsam an. »Bei Gott, du bist es wirklich, Ren. Ich will verdammt sein! Also, Männer, worauf warten wir noch? Laßt uns die Duchess rausholen!«

Beifälliger Jubel brach aus, und Füße schlurften in Stiefeln über die Erde, als die Männer zum Geräteschuppen liefen. Minuten später schaufelten sie und stellten Kohlewagen bereit, um sie mit Schutt und Erde zu beladen. Immer mehr Männer kamen hinzu. Es sprach sich schnell herum, was passiert war, und auch der kleine Junge, der jetzt die Glocke läutete, trug dazu bei, daß sich die Nachricht von dem Grubenunglück schnell verbreitete.

Ren arbeitete in der allerersten Reihe mit.

Er hatte auf der Ranch schwer gearbeitet, Löcher für Pfosten gegraben und Heu aufgeladen. Seine Muskeln waren gestählt und sein Körper zäh, aber trotzdem war er nicht im entferntesten auf die mörderische Aufgabe vorbereitet gewesen, den Eingang zum Stollen frei zu räumen. Er hatte die

Blasen vergessen, die aufbegehrenden Muskeln, die Hitze und die stickige Luft. Schaufel für Schaufel wurde das schwere Gemisch aus Erde und Kohle über Schultern geworfen, die von der Arbeit kräftig und gestählt waren. Wenn einer der bereitstehenden Wagen randvoll war, wurde er fortgebracht und durch einen anderen ersetzt. Wenn die Männer erst einmal in den Stollen vorgestoßen waren, würden sie Maulesel vor die Wagen spannen. Zum Glück war der Stall dicht am Eingang verschont geblieben.

Ren legte sich unglaublich ins Zeug und verbot sich jedes Nachdenken. Nur wenige Worte wurden gewechselt. Jeder Funken Kraft floß an die Bewältigung der einen Aufgabe, den Eingang zum Bergwerk frei zu schaufeln.

Rens Gedanken galten nur Elaina. Er betete, daß sie nicht verletzt war. Betete, daß es ihr gelungen war, den Felsbrokken auszuweichen, mit denen der Stollen angefüllt war. Er wußte, wie es war, in einem Stollen eingeschlossen zu sein; er erinnerte sich an die entsetzliche Angst davor, lebendig begraben zu werden – falls sie überhaupt noch am Leben war. Er weigerte sich, die Möglichkeit, sie könnte tot sein, überhaupt in Betracht zu ziehen. Er hätte es gewußt, wenn sie tot gewesen wäre, er hätte es irgendwie gewußt.

Er schaufelte schneller und schneller, bis an den Rand seiner Kräfte. Weitere Kohlenwagen wurden beladen und fortgeschoben. Männer zerrten Balken zum Eingang, um die Öffnung abzustützen. Bergmänner lösten einander bei der Arbeit ab. Frauen kamen und brachten Wasser und Essen für die Männer, damit sie bei Kräften blieben.

»Mach lieber mal Pause«, warnte Josh Colson Ren. »Du tust ihr nichts Gutes damit, wenn du schuftest, bis du umfällst.«

Ren wischte sich mit dem Handrücken den Schweiß von der Stirn. Nach der ersten Stunde legte er sein Hemd ab und arbeitete in Hose und Stiefeln weiter. »Noch nicht, Josh. Aber ich werde aufpassen. Danke.«

Eine Erinnerung, die ihn einfach nicht losließ, ließ ihn unermüdlich weiterarbeiten: der Anblick, wie Elaina McAllister auf dem Boden des Geräteschuppens in ihrem Gemüsegarten gekauert hatte, mit toten Augen und einem Körper, der vor Entsetzen zitterte, gemartert von ihrer furchtbaren Angst vor der Dunkelheit, ihrer Angst davor, im Dunkeln eingesperrt zu sein. Jetzt war ihr schlimmster Alptraum wahr geworden. Was würde ihr das antun? Würde sie die langen Stunden allein im Bergwerk verkraften, ohne den Verstand zu verlieren? Oder würde die entsetzliche Angst sie um den Verstand bringen? Ren schluckte den Kloß in seiner Kehle und warf sich die nächste Schaufelladung über die Schulter. Bitte, lieber Gott, laß sie es schaffen.

Zwölf Stunden mörderischer, kräfteverzehrender Arbeit. Zwölf Stunden, in denen er nicht wußte, ob Elaina tot oder lebendig war, ob sie genug Luft zum Atmen hatte, ob sie verletzt war oder blutete, ob sie noch bei Verstand war.

»Wir haben etwas gefunden, Ren«, rief Erik Winston, ein Bergmann von Rens früherem Trupp, ihm zu.

Rens Herzschlag beschleunigte sich. Er bahnte sich einen Weg durch die Masse von schmutzigen, schwitzenden Leibern, bis er die Stelle erreicht hatte, an der Erik stand und auf ihn wartete. Der Bergmann hielt eine Lampe dicht über den Boden und deutete auf etwas. Zwei Stiefel schauten unter der Erde und dem Kohlenstaub heraus. Der Rest des Körpers war unter unzähligen Tonnen Schutt begraben.

»Hast du zufällig eine Ahnung, wer das sein könnte?« fragte Erik.

Ren schüttelte nur den Kopf. Seine Kehle war so trocken, daß er kein Wort herausbrachte. Wenn das der Mann war, der Elaina ins Bergwerk gebracht hatte, wäre sie dann nicht in seiner Nähe gewesen? Wenn sie sich wirklich in der Nähe des Mannes aufgehalten hatte, dann würde man ihre Leiche gewiß als nächste entdecken.

»Warum setzt du dich nicht einen Moment hin?« meinte Erik. »Du bist ein wenig blaß.«

»Mir fehlt nichts«, antwortete Ren mit belegter Stimme. »Ich mache mich jetzt besser wieder an die Arbeit.«

Erik nickte, denn er verstand Rens Bedürfnis, etwas zu tun und nicht tatenlos dazusitzen. Jeder Bergmann hatte dann und wann dieselben Qualen durchgemacht, während er eine Ewigkeit auf Nachricht über einen geliebten Freund wartete oder hinter einem Haufen Trümmer kauerte und hoffte und betete, man würde ihn finden, ehe es zu spät war.

Das Graben schien kein Ende zu nehmen, und eine qualvolle Stunde nach der anderen schlepppte sich dahin. Jede einzelne zog sich länger hin als die vorangegangene, und doch klagte niemand. Jeder einzelne der Männer richtete sein gesamtes Bestreben darauf, das unüberwindliche Hindernis zu durchdringen, das vor ihm lag. Draußen war es dunkel, obwohl es im Stollen weder Tag noch Nacht gab. Wenigstens milderte die kühle Nachtluft die Hitze ein wenig.

Ren nahm sich Josh Colsons Warnung zu Herzen und verlangsamte sein Tempo. Er war sicher, daß der große rothaarige Mann mehr über den Bergbau wußte als jeder andere in der Blue Mountain Mine. Er war froh, Josh an seiner Seite zu haben, um die Bergungsarbeiten zu leiten.

Weitere Stunden vergingen. Rens Hände waren blutig, und sein Gesicht und sein Oberkörper von dem Staub und der Kohle geschwärzt. Sein Verstand hatte längst die Qualen seines schmerzenden Körpers ausgeblendet; er weigerte sich, die Existenz dieser Schmerzen anzuerkennen, und er leugnete sie ebenso wie die Möglichkeit, Elaina könnte tot sein.

Sie gruben noch zwei Stunden. Inzwischen waren einige Bergleute aus Hazleton eingetroffen, um diejenigen abzulösen, die die langen Nachtstunden ohne jede Pause durchgearbeitet hatten. Ren weigerte sich aufzugeben. Solange er noch stehen konnte, würde er weiterarbeiten.

»Wir sind durchgekommen! Wir haben den Durchbruch geschafft!« Bei diesem Aufschrei durchfuhr ihn eine grenzenlose Erleichterung – aber auch Panik. Er eilte zur rechten Stollenwand, an der etliche Bergleute wie die Wahnsinnigen schaufelten, und mit jeder Schaufel Schutt, die sie entfernten, wurde das winzige Loch sichtlich größer.

»Lainey!« schrie er durch die Öffnung, und seine Stimme klang belegt und unnatürlich. »Ich bin es, Ren.« Er wußte nicht, ob sie ihn hören konnte, wußte noch nicht einmal, ob sie am Leben war. Aber er wollte ihr zu verstehen geben, daß er da war. »Halte durch, meine Hübsche. In ein paar Minuten sind wir bei dir.«

Als das Loch groß genug war, zwängte er sich durch die schmale Öffnung und spürte die Erde kalt auf seiner nackten Haut. Jemand reichte ihm eine Grubenlampe, und er lief in das Dunkel.

Elaina hielt den Atem an und versuchte, die Geräusche zu identifizieren. War das wieder die Angst? Bisher hatte sie sie bezwungen – oder zumindest glaubte sie das. Vielleicht ließen die langen, qualvollen Stunden in der Dunkelheit sie langsam verrückt werden. Sie glaubte, Rens Stimme zu hören, aber sie wußte, daß das nicht sein konnte.

»Lainey? Lainey, wo steckst du?«

Sie schluckte und versuchte verzweifelt, einen Laut herauszubringen, doch es ging nicht. Falls sie phantasierte, wollte sie nicht erwachen. Wollte nicht, daß der Klang seiner Stimme verhallte.

»Lainey, wenn du mich hören kannst, dann mach irgendein Geräusch. Ich werde dich finden.«

Sie feuchtete sich die ausgedörrten Lippen an. »Ren?« rief sie matt und traute ihren Ohren nicht. »Hier bin ich.« Wenn dies eine Illusion war, dann konnte sie vielleicht sein Bild heraufbeschwören und sich vorstellen, seine Arme um sich zu spüren. Vielleicht konnte sie in der Überzeugung sterben, ein letztes Mal mit ihm zusammenzusein.

Sie spürte, wie starke Arme sie umschlangen und wie ihr Körper gegen festes, muskulöses Fleisch gedrückt wurde. Sie spürte seine Tränen auf ihrer Wange. »Ren?« flüsterte sie.

»Bist du verletzt?« fragte er, und seine Stimme war tief und heiser, und zum ersten Mal wagte sie zu glauben, daß er wirklich da war.

»Ren?«

»Ich bin da, Lainey. Ich bin bei dir. Sag mir, wo es dir weh tut.«

»O Gott.« Sie klammerte sich so fest an seinen Hals, daß ihre Arme schmerzten. Er küßte sie auf die Wange, auf den Hals, auf die Lippen.

»Sag mir, daß dir nichts fehlt«, sagte er.

»Bitte . . . bring mich hier raus.«

»Sobald die Öffnung groß genug ist.«

»Du bist wirklich hier?«

»Bei dir, Elaina. Genau da, wo ich von Anfang an hätte sein sollen.«

Zum ersten Mal hörte sie das Scharren von Schaufeln und die freudigen Schreie der Bergleute. Sie klammerte sich immer noch an Ren, als die schweren Schritte näher kamen und mit ihnen mehr Licht und eine Tragbahre.

Sie erkannte das rote Haar und das wohltuende breite Grinsen von Josh Colson. »Sind Sie in Ordnung, Miss McAllister?«

Ren wollte sie loslassen.

»Laß mich nicht allein!« schrie sie. »Bitte!«

»Ich werde dich nie mehr allein lassen, Lainey. Wir werden heiraten.«

»Heiraten?«

»Ja. Du wirst mich ganz für dich allein haben, bis du meine Gesellschaft nicht eine Minute länger erträgst.« Sie hörte, wie brüchig seine Stimme war. »Aber im Moment müssen wir uns vergewissern, daß du dir nichts gebrochen hast.«

Sie klammerte sich noch einen Moment länger an ihn, und

dann ließ sie sich von ihm auf die Bahre legen. Als er neben ihr herlief und ihre Hand ganz fest hielt, konnte sie die Kraft spüren, die er ihr zu geben versuchte. Als sie am Ende des Stollens angelangt waren, atmete sie die frische Luft tief ein und dankte Gott dafür, daß er ihr Leben verschont hatte.

Schmutzbedeckte Bergleute drängten sich um sie und wünschten ihr alles Gute. Sie freuten sich ganz offenkundig darüber, daß sie den gierigen Stollen wieder einmal ein Opfer entrissen hatten. Sie luden sie auf einen Wagen, und einer der Bergleute stieg auf den Kutschbock. Ren setzte sich zu ihr und wiegte sanft ihren Kopf auf seinem Schoß.

»Wie fühlst du dich?« fragte er.

»Jetzt geht es mir gut, weil du da bist.«

Sie lächelte mit bebenden Lippen und legte eine Hand auf seinen Schenkel. »Ich fühle mich ein wenig schwach, und meine Rippen tun wieder weh, aber ich glaube nicht, daß ich mir etwas gebrochen habe.« Sie waren beide von Kopf bis Fuß mit Kohlenstaub überzogen. Das einzige, was sie in seinem Gesicht klar erkennen konnte, waren seine hellblauen Augen und die leuchtend weißen Zähne.

»Woher wußtest du, daß ich dort drin war?«

»Das ist eine lange Geschichte. Ich werde sie dir später erzählen.« Er küßte ihr Haar. »Ich hatte mir solche Sorgen wegen deiner Angst vor der Dunkelheit gemacht. Wie hast du es geschafft, sie zu bezwingen?«

Elaina schluckte schwer. »Am Anfang war sie übermächtig, aber irgendwo tief im Innern wußte ich, daß ich keine Überlebenschance habe, wenn ich sie nicht bezwinge.«

»Ich bin so stolz auf dich. Ich hatte schon gefürchtet . . .« Seine Stimme verklang, und er wandte den Blick ab.

»Jetzt bin ich in Sicherheit«, sagte sie zu ihm. »Und ich liebe dich.«

Darüber lächelte er, ein zartes Lächeln, das ihr Herz anrührte. »Wir haben so dicht davorgestanden, einander zu verlieren. Ich liebe dich so sehr.«

»Hast du das ernst gemeint, was du im Bergwerk gesagt hast?«

Er küßte sie auf die Stirn. »Jedes einzelne Wort. Wir werden heiraten – falls du mich noch haben willst«, scherzte er.

»Aber was ist mit Melissa – und Jacob?«

»Melissa ist glücklich mit Stewart Pickman verheiratet, mit dem Mann, den sie liebt. Jacob sagt, ich soll dir ausrichten, daß er stolz darauf wäre, dich in der Familie zu haben.«

Tränen traten ihr in die Augen. Das war mehr, als sie sich je zu wünschen gewagt hätte. Dann fiel ihr urplötzlich und mit absoluter Klarheit wieder ein, daß sie Mrs. Chuck Dawson war. O Gott, was würde Ren sagen, wenn er das herausfand? Was würde Chuck tun? Als sie sich die Folgen ausmalte, umklammerte sie seine Hand fester.

»Was ist, Lainey? Was ist los mit dir?«

Wie konnte sie es ihm bloß sagen? Wie konnte sie die Illusion des gemeinsamen Glücks zerstören? »Ich ... ich bin schon verheiratet ... mit Chuck. Er hat mir Laudanum eingeflößt, Ren. Ich wußte nicht, was ich tat ... o Gott, was soll ich bloß tun?«

»Ganz ruhig, Lainey«, sagte er und strich ihr über die Wange. »Chuck Dawson ist tot. Selbst wenn die Ehe rechtskräftig gewesen wäre – was ich bezweifle –, dann bist du jetzt Witwe.«

Einen Moment lang war sie verwirrt. »Witwe?«

»Ja. Bill Sharp hat mich schon in Henry Dawsons Haus erwartet. Er hat mich herausgefordert, und ich habe ihn getötet. Dawson wurde durch den Schuß getötet, den Sharp abgegeben hat.«

Elaina spürte brennende Tränen, nicht etwa, daß sie Chuck nachgeweint hätte – nein, niemals –, sondern weil eine solche Last von ihrem Herzen genommen worden war. Dann bemerkte sie Rens unsicheren Blick.

»Du fragst dich, ob Chuck ... die Situation ausgenutzt hat.«

»Das ist jetzt nicht mehr wichtig. Jetzt sind wir zusammen, und das ist alles, was zählt.«

»Er hat es nicht getan«, sagte sie. »Er wußte, daß ich mit dir zusammengewesen bin. Er wollte mich nicht anrühren.«

Sie sah seine weißen Zähne aufblitzen, als er grinste. »Dann habe ich es schließlich doch noch richtig gemacht.« Selbst unter der Schicht aus Schmutz und Kohlenstaub sah er gut aus.

Sie hob eine Hand zu seinem Gesicht und spürte seine kantigen Backenknochen unter ihren Fingern. »Nicht nur das, mein Liebling. Du hast sehr viel richtig gemacht.«

Er küßte ihre Hand. Der Wagen fuhr durch ein Schlagloch, und sie zuckte zusammen, weil ihre Rippen bei der Erschütterung schmerzten.

»Ist alles in Ordnung?«

»Sobald ich mir diesen Kohlenstaub abgewaschen habe, wird alles gleich viel besser sein.«

»Nichts würde mir größeren Spaß machen, meine Hübsche, als dir dabei behilflich zu sein.« Sogar in der Dunkelheit sah sie die Glut in seinen Augen, und sie hörte sein leises Stöhnen, als sie sich enger an seinen Schenkel schmiegte.

»Wie ich sehe, bist du nicht so müde, wie du wirkst«, neckte sie ihn.

Der Wagen bog in die Hauptstraße von Keyserville ein und fuhr zum Hotel. Gaslaternen strahlten die Fassade an, und Elaina erkannte das frischgestrichene Haus und das neue handgemalte Schild über der Tür kaum wieder.

Ren sprang vom Wagen, als Elaina sich aufsetzte.

»Ich fühle mich schon viel besser«, sagte sie zu ihm. »Ich schaffe es schon allein.«

»Das kommt gar nicht in Frage«, sagte er, und sein kohleverschmiertes Gesicht verzog sich zu einem Grinsen. »Ich habe dich schon seit Tagen nicht mehr im Arm gehalten. Von dir lasse ich mir diese Gelegenheit nicht nehmen.« Er hob ihren geschundenen Körper behutsam hoch und winkte dem

Bergmann, der sie in die Stadt gefahren hatte, zum Dank zu. Mit langen Schritten trug er sie zum Hotel.

Elaina klammerte sich an seinen Hals, als würde sie ihn nie mehr loslassen. Sie war schon auf Rens Armen eingeschlafen, ehe er noch durch die Tür getreten war.

Epilog

Elaina raffte ihre Röcke aus Seidenchiffon und stieg die letzte Treppe zu ihrer Suite hinauf.

Ren war im Foyer geblieben, um mit dem Untersuchungsbeamten zu reden, der die Partnerschaft Redmond/Dawson und den Schwindel der Blue Mountain Bergwerksgesellschaft untersucht und aufgedeckt hatte – und als genau das hatte es sich erwiesen, als ein Schwindel von Anbeginn an, schon seit zehn Jahren. Lowell McAllister hatte man bewußt in dem Glauben gewiegt, das Bergwerk ginge pleite, während es in Wirklichkeit immer stete Gewinne abgeworfen hatte. Dawson und Redmond hatten hinter der Serie von Grubenunglücken gestanden, die ihn gezwungen hatten, überhaupt Partner in die Gesellschaft aufzunehmen.

Langfristig gesehen hatte der Schwindel, der Lowell McAllister das Leben gekostet hatte, aber nichts gebracht. Chuck Dawson war tot, und Dolph Redmond und Henry Dawson würden den Rest ihres Lebens hinter Gittern verbringen. Es war dem Untersuchungsbeamten zwar nicht geglückt, die beiden Partner mit Edward Daniels Tod in Verbindung zu bringen, doch das Ergebnis war dasselbe – es stand zu bezweifeln, daß einer der beiden Männer die Freiheit je wiedersehen würde.

Elaina lief über den Treppenabsatz und stand vor der breiten frischgestrichenen Tür zu der Suite im zweiten Stock. Sie steckte den Schlüssel in das blinkende Messingschloß, drehte den Türknopf und trat ein. Fliederfarbene Seidenvorhänge hingen an den breiten Fenstern hinter dem Sofa, und elegante Walnußholztischchen standen davor bereit.

Sie lief anmutig durch das Zimmer, und außer dem Rauschen ihrer Petticoats und dem Ticken einer schönen alten Standuhr war kein Laut zu vernehmen. Sie staunte immer noch darüber, was Ada alles fertiggebracht hatte.

»Diese Suite habe ich eigens für dich reserviert«, hatte Ada zu ihr gesagt und voller Stolz auf alles, was sie erreicht hatte, gestrahlt. »An den anderen Zimmern arbeiten wir noch, aber es wird nicht mehr lange dauern, bis der alte Kasten wieder tadellos in Ordnung ist.«

»Papa würde sich darüber sehr freuen«, sagte Elaina.

Ada strahlte übers ganze Gesicht. »Mehr als ich könnte er sich gar nicht freuen, Elaina.«

Elaina hatte sie umarmt und wußte, wie glücklich sie sich schätzen konnte, eine Freundin wie Ada zu haben.

Sie blieb in der Schlafzimmertür stehen, und wie immer gingen ihr Gedanken an Ren durch den Kopf, während sie sich an die Frisierkommode aus Walnußholz setzte, um sich auf sein Kommen vorzubereiten. Sie faßte die hübsche Kette mit Diamanten und Topas an, die sie am Hals trug – sein Hochzeitsgeschenk. Es paßte zu ihren goldenen Augen, hatte er zu ihr gesagt.

Sie hatten den Abend auf einem Fest verbracht, das ihr zu Ehren gegeben worden war. Die Stadtbevölkerung hatte ihr dafür danken wollen, daß sie das Krankenhaus gestiftet hatte. Eine Delegation von Bergleuten hatte schüchtern das Lob für ihren Mut und ihre harte Arbeit nach dem Einsturz entgegengenommen, und Ren hatte verkündet, daß die Blue Mountain Mine von einer Firma aufgekauft worden war, die ihm und Jacob Stanhope unterstand – der Glanzkohlebergbau- und Kohlezechengesellschaft, genau von der Firma, die von Anfang an mit der Blue Mountain Mine in Verhandlungen gestanden hatte. Mit den Anteilen, die Elaina noch gehörten – das hatte sich bei der Untersuchung herausgestellt –, würden sie und Ren Partner sein. Sie hatten vor, große Veränderungen vorzunehmen.

Das vertraute Geräusch seiner Schritte auf der Treppe ließ ihr Herz heftiger schlagen. Der Blick, mit dem er sie den ganzen Abend über angesehen hatte, hatte sein Verlangen ausgedrückt. Er hatte durchtrieben gelächelt und nur einen Mundwinkel hochgezogen, während seine Finger zart ein Muster auf ihrem Arm beschrieben hatten, daß ihr Schauer über den Rücken liefen. Sie wußte, daß er sie begehrte, es kaum erwarten konnte, daß der Abend ihnen allein gehörte. Ihr selbst war schon ganz schwindlig vor lauter Vorfreude.

Sie vergaß ihr Versprechen, für ihn bereit zu sein. Sie saß regungslos auf dem Hocker, und das Geräusch des Schlüssels im Schloß scheuchte ihr ohnehin schon flatterndes Herz wie ein Vögelchen auf. Als die durch den Teppich gedämpften Schritte seiner Stiefel näher kamen und dann wieder auf dem gebohnerten Parkett hallten, stieg eine lodernde Glut in ihre Wangen, während ein anhaltendes Feuer ihr Blut zu wärmen begann.

Als er zur Tür hereinkam, drehte sie sich abrupt auf dem Hocker um und verspürte dasselbe süße Sehnen wie immer. Auf seine rauhe Art sah er so gut aus, so groß und maskulin, und sein schwarzes Haar und die dunklen Augenbrauen betonten die Helligkeit seiner Augen und seine prägnanten Backenknochen nur noch mehr. Sie liebte den zärtlichen Blick, den er ihr allein vorbehielt, die Art, wie sich sein Mund vor Freude verzog, wenn sein Blick über ihren Körper glitt. Wortlos senkte er den Kopf, um ihren Nacken zu liebkosen, und dann küßte er die Mulde hinter ihrem Ohr.

»Du hast mir gefehlt«, sagte er. »Ich hätte darauf bestehen sollen, daß du dableibst.«

»Ich hatte vor, mich für dich fertigzumachen«, erklärte sie, »aber mir war nicht klar, wie schwer es sein würde, dieses Kleid aufzuknöpfen – und auch nicht, wie schnell du mir folgen wirst.«

Er grinste, und schöne Zähne blitzten auf und setzten sich gegen dunkle Haut ab. »Dann kann ich mich doch wirklich glücklich schätzen. Du machst mir eines meiner liebsten Geschenke. Nichts macht mir mehr Spaß, als ein schönes Päckchen auszupacken.«

Er drehte sie mit dem Rücken zu sich, damit er den Diamantverschluß ihrer Kette öffnen konnte.

»Wie fühlt man sich, Mrs. Daniels, wenn man nicht mehr die Duchess, sondern nur noch die Frau eines Geschäftsmanns ist?« Er ließ die Edelsteine von ihrem Hals gleiten und legte sie in ihr satingefüttertes Schächtelchen. Die warme Berührung seiner Finger auf ihrer Haut ließ sie atemlos zurück.

Sie befeuchtete sich die Lippen. »Wunderbarer als alles, was ich mir je hätte vorstellen können.« Sie stand von dem Hocker auf und drehte sich zu ihm um, legte ihm die Hände auf die Schultern und schlang die Arme um seinen Hals. »Ich bin die glücklichste Frau auf Erden.«

Er senkte seinen Mund auf ihre Lippen und küßte sie zärtlich, doch bald schon wurde der Kuß heftig und leidenschaftlich. Er gebrauchte seine Zunge gar köstlich, um das Innere ihres Mundes zu erkunden. Sie kostete den leichten Cognacgeschmack seines Atems genüßlich aus. Als sie leise stöhnte und sich an ihn drängte, löste er sich von ihr.

»Ich tu lieber, was ich mir vorgenommen habe, sonst wird dein schönes Kleid in Fetzen enden.« Er küßte sie wieder, diesmal jedoch nur flüchtig, und dann drehte er sie um und machte sich daran, die Knöpfe auf ihrem Rücken zu öffnen. Sie zappelte, weil sie es nicht erwarten konnte, aus den lästigen Kleidungsstücken befreit zu werden, die ihren Körper sittsam verbargen, wo sie sich doch nach seiner Berührung verzehrte.

»Halt still!« befahl er ihr. »Wenn du weiterhin derart zappelst, Mrs. Daniels, wird sich dein Mann noch gezwungen sehen, dich vollständig angekleidet zu begatten.«

Sie zog eine geschwungene dunkle Augenbraue hoch und lächelte verführerisch, denn plötzlich fand sie diese Vorstellung faszinierend. Seit ihrer Hochzeit vor sechs Tagen hatten sie sich unzählige Male geliebt, denn ihre Freude, zusammenzusein und ihr Verlangen nacheinander schien unendlich. Sowie ihre Verbindung sowohl von der Welt wie vor Gott gesegnet war, waren sie nicht in der Lage gewesen, sich länger als ein paar Stunden am Stück voneinander loszureißen. Anfangs hatte er sie sachte genommen, denn ihm war bewußt gewesen, wie verletzt und geschunden ihr Körper war. Er hatte sie in den Armen gehalten, sie geliebt und ihr die Worte ins Ohr geflüstert, nach denen sie sich so sehr gesehnt hatte. Jetzt waren beide, wie verspielte Kinder, begierig auf mehr.

Ren knöpfte Elainas ockerfarbenes Seidenkleid auf und zog das geschmeidige Material von ihren Schultern. Dabei zwang er sich, nicht auf das Zittern seiner Hände zu achten. Diese Wirkung hatte sie immer auf ihn, als sei jeder Blick, den er auf ihre makellose Haut warf, der allererste. Als er ihr die Nadeln aus dem Haar zog, fielen die dichten schimmernden Locken über ihren Rücken. Er liebte es, ihr seidiges Haar zu berühren, und er hatte sich schon so oft gewünscht, sich soviel Zeit zu lassen, wie er es jetzt tat. Nachdem er das schwere Haar angehoben hatte, küßte er ihren Nacken und zog sie dann wieder an seine Brust, schlang seine Arme um sie und preßte seine Wange an ihr Gesicht.

»Ich liebe dich«, flüsterte er. Er konnte das Lächeln spüren, das ihren Mund umspielte.

»Ich liebe dich auch.«

Seine Hand glitt über ihren Körper und legte sich auf ihre üppige Brust, die noch unter ihrem Hemd verborgen war. Durch das Spitzengewebe preßte sich eine Brustwarze hart an seine Handfläche. Ihr lustvolles Wimmern erregte ihn noch mehr, und seine Finger schoben den Stoff zur Seite, um die nackte Haut zu streicheln, während seine Lippen auf ihre Schultern glitten. Sie wollte sich schon zu ihm umdrehen, doch er schlang einen Arm fest um ihre Taille und hielt sie so fest.

»Wir haben die ganze Nacht Zeit. Ich habe diese schnellen Umarmungen satt. Bisher habe ich dich immer so heftig begehrt, daß ich immer zu schnell vorgegangen bin. Du bleibst jetzt genau da, wo du bist, bis ich dir sage, daß du dich rühren darfst. Heute nacht«, scherzte er und ließ einen Finger über ihr Kinn gleiten, »habe ich die Absicht, dir soviel Lust zu verschaffen, bis du um Gnade flehst.«

Sie lachte leise, und ihm wurde wieder bewußt, wie sehr er den Klang ihrer Stimme liebte. Aber andererseits liebte er schließlich alles an ihr, vom Schwung ihres Halses über ihre Kniekehlen bis zu der Form ihrer schmalen Fesseln.

Er schnürte ihr Korsett auf, schob ihr das Kleid und die bauschigen Petticoats über die Hüften und bat sie, aus den einengenden Kleidungsstücken zu steigen. Als sie sich zu ihm umdrehte, trug sie nur mehr ein hauchdünnes Höschen, ein zartes Spitzenhemd und milchweiße Strümpfe. Ihr Anblick entflammte sein Blut.

»Ich finde, es ist an der Zeit, daß dein Mann seinen Besitz genauer unter die Lupe nimmt.« Er hob ihre Finger an seine Lippen und richtete den Blick auf ihre Brüste, die sich schnell hoben und senkten. Dann ließ er eine braungebrannte Hand zuerst über ihre Schulter gleiten, dann tiefer, bis unter die Spitze zu der harten Knospe ihrer Brustwarze. Sein hartes Geschlecht drohte einen Moment lang, das Spiel doch wieder zu beschleunigen, doch er zwang sich, langsam voranzugehen. Ein winziger Schauer, der sie überlief, und ihr stockender Atem sagten ihm, daß seine Berührungen die starke Wirkung bei ihr auslösten, die er beabsichtigt hatte. Mit langsamen, kreisenden Bewegungen streichelte er ihren flachen Bauch über dem Nabel. In ihren goldenen Augen spiegelte sich die Glut seines eigenen Blickes wieder, als sie sich mit der hellroten Zunge ihre vollen roten Lippen anfeuchtete.

»Ich finde, du hast mich lange genug gemartert, Mann«, hauchte sie atemlos. »Du hast doch gewiß nicht vor, dich mir noch viel länger zu versagen.«

»Die Nacht ist noch jung, Frau«, erwiderte er und setzte sein Spiel fort. »Laß mich den Rest von dir genießen.«

Elaina schluckte schwer, denn sie wollte ihn berühren, wie er sie berührte, wollte seine Lippen auf ihrem Mund spüren und die Glut seiner Zunge kosten.

Er begutachtete sie herablassend, drehte sie nach allen Richtungen, als sei sie eine seiner edelsten Zuchtstuten. Da erinnerte sie sich wieder an die Geschichte, die er ihr an jenem Tag auf der Ranch erzählt hatte, die Geschichte von dem einen einzigen feurigen Fohlen, das ihm fürs Leben genügen könnte.

Er trat näher an sie heran, um an ihrem Ohr zu knabbern, und seine Zunge fühlte sich warm und feucht an auf ihrer Haut. Er ließ eine Hand von ihrer Kniekehle über ihren Oberschenkel auf ihr Hinterteil gleiten, dessen üppige Rundung er durch das hauchdünne Material ihres Höschens liebkoste. Sie stöhnte und streckte die Arme nach ihm aus.

Ren schüttelte nur den Kopf und kostete diese wenigen Momente aus, in denen er sie ganz in seiner Gewalt hatte. Jetzt gehörte sie ihm. Ihm und nur ihm allein. Er würde sie unter Einsatz seines Lebens beschützen, sie für alle Zeiten lieben und ihr mit seiner Leidenschaft Lust bereiten. Nacheinander löste er ihre Strümpfe und schob sie an ihren wohlgeformten Waden hinunter. Das Spiel wurde allmählich immer anstrengender, doch er hatte vor, es so lange fortzusetzen, wie sein Körper die Folter ertragen konnte. Das Verlangen nach ihr überschritt schon die Schmerzgrenze, doch das Vergnügen, das folgen würde, war jede Marter wert.

Als er ihr Hemd aufknöpfte, sah er, daß ihr Gesicht gerötet war und ihre Augen nahezu geschlossen. Er senkte seinen Mund auf die harte Spitze ihrer Brustwarze. Als sie erschauerte und wankte, hätte sie das Spiel damit beinahe beendet.

»Ren, bitte«, flehte sie, und das heisere Begehren, das er aus ihrer sonst so lieblichen Stimme heraushörte, bestärkte ihn erneut in seiner Entschlossenheit.

»Bald, meine Hübsche. Bald wird das Spiel vorbei sein, und wir werden beide als Sieger daraus hervorgehen.« Er ließ seine Hand in ihr hauchdünnes Höschen gleiten, zu dem seidigen Dreieck über ihrem Geschlecht. Sie stöhnte und drängte sich ihm entgegen. Seine geübten Hände glitten tiefer zwischen ihre Schenkel, streichelten sie, erregten sie noch mehr. Dann glitten seine Finger in sie hinein, in die feuchte, warme Grotte. Als er das letzte Kleidungsstück an den schlanken Beinen hinunterschob, liebkoste er mit der anderen Hand die erregte Knospe, bis sie sich wand und stöhnte.

Mit einem letzten langen Kuß kniete er sich vor sie hin. Seine Hände schlossen sich um die Pobacken und hielten sie regungslos fest.

»Ren?« flüsterte sie zitternd.

»Ich möchte dich lieben, Elaina.« Zuerst berührte seine Zunge ihren Nabel, dann beschrieb sie eine feurige Spur über ihren Körper bis zu dem Dreieck aus seidigen schwarzen Löckchen und der bebenden Knospe.

»O Gott, Ren«, flüsterte sie und vergrub ihre Finger in seinem Haar. Sein Mund folgte seiner Zunge, und ehe Elaina Einwände erheben konnte, konnte sie schon keinen klaren Gedanken mehr fassen, weil sie die ersten Wellen des Höhepunktes spürte, der sie über die Grenzen dieser Welt hinaus in ungeahnte Höhen trug.

Ren war schon aufgesprungen, noch ehe sich die köstlichen Empfindungen gelegt hatten. Sie zitterte und bebte, als er sie auf seine Arme hob, sie durchs Zimmer trug und sie auf das Himmelbett legte. Er ließ sie nur so lange allein, wie er brauchte, um seine eigenen Kleider abzulegen, dann kam er zu ihr zurück und legte sich zu ihr.

Er knabberte an ihrem geschwungenen Hals, küßte sie lang und zärtlich und dann mit größer werdender Leidenschaft, um ihr Verlangen zu entfachen. Schon nach Sekunden entflammte die Glut von neuem, und das Feuer brannte bald lichterloh. Voller Verlangen streckte sie die Hand nach ihm aus und suchte sein hartes, pulsierendes Geschlecht. Er bemächtigte sich ihres Mundes immer mehr, zuerst sanft und dann mit zügellosem Verlangen. Sie spürte die Spannung seines Körpers und wußte, daß das Spiel beendet war. Er war nicht mehr ihr Herr und Gebieter und hatte sich nicht mehr in der Gewalt. Jetzt war sie diejenige, die das Spiel spielen würde.

Sie küßte ihn leidenschaftlich, denn sie wollte dasselbe Feuer in ihm wecken, das er in ihr entfacht hatte. Als seine Hände ihre Schenkel streichelten, ließ sie die Hände über seinen Rumpf gleiten, knabberte an seinem Ohrläppchen und biß ihn zart in die Schulter. Ein Schauer durchlief ihn, als ihre Hände weiter nach unten glitten, bis ihre Finger seinen pulsierenden Schaft umfaßten. Sie genoß sein tiefes drängendes Stöhnen. Sie senkte ihren Mund auf seine Brustwarze und umspielte sie mit der Zunge und schlang ihre Beine um seinen Körper. Die Haare auf seinen sehnigen Oberschenkeln kitzelten auf ihrer Haut.

Als sie ihn wieder auf den Mund küßte, waren ihre Lippen von den vielen Küssen geschwollen, und seine heiße Zunge suchte die ihre. Sie zitterte und stöhnte und konnte nur noch stammelnde Worte der Liebe flüstern, mit denen sie ihn sehnlichst anflehte, sie doch endlich zu nehmen. Er war ihre Welt. Ihre Liebe. Ihr Leben. Flammen der Leidenschaft versengten ihre Seele. Sie mußte ihn haben. Sie konnte das Spiel nicht weiterspielen.

Ren rollte sich auf sie, drückte sie auf das Bett, wie er es immer tat, denn er wußte genau, wie er ihr die größte Lust verschaffen konnte. Mit bebenden Fingern führte sie seinen Schaft in ihre heiße Grotte. Sie lechzte nach ihm und flehte ihn an, sie damit zu einem vollständigen Ganzen zu machen. Er drang vollkommen in sie ein, und seine kraftvollen Stöße, erst gemäßigt und beherrscht, wurden bald hemmungsloser. Er stieß immer heftiger in sie hinein, und jeder Stoß war tiefer als der vorangegangene. Sie drängte sich jedem seiner Stöße hingebungsvoll entgegen. Er war ihr Mann. Er war ihre große Liebe.

Die Wogen der Lust, die sie bei jeder Bewegung verspürte, waren neu und verhießen noch größere Wonnen als bisher. Als sie die Nägel in seinen Rücken krallte und seinen Namen rief, hob er sie sich entgegen, um noch tiefer in sie einzudringen. Heiße Flammen breiteten sich in ihr aus und ließen sie schmelzen, bis sie nur noch flüssige silberne Strudel der Erfüllung waren. Sie schrie seinen Namen, wölbte sich ihm entgegen und spürte dann, wie sich die warme Nässe seines Samens in sie ergoß.

Seine Küsse wurden sanfter, als sein Mund ihre Lider liebkoste, ihre Nase, ihre Lippen. Es war eine Verheißung auf Bevorstehendes, das ihr Liebe und Leidenschaft versprach, Geben und Nehmen, Glück und Geborgenheit. Sie wußte, daß eine solche Liebe selten war, daß nur wenige Menschen sie in ihrem Leben erfahren durften. Aber auch sie hatten sie nicht geschenkt bekommen. Sie hatten die Hände danach ausstrecken und sie sich nehmen müssen. Beide hatten sie gewaltige Hindernisse überwinden müssen, ehe ihnen diese Liebe gewährt worden war, und sie würden nie zulassen, daß sie ihnen wieder genommen wurde. Ren drehte sich auf die Seite und zog sie an sich.

»Ich liebe dich«, flüsterte er. »Ich habe dich immer geliebt, und ich werde dich immer lieben.«

Sie blinzelte durch die Tränen des Glücks, die sie nicht zurückhalten konnte, und dann küßte sie ihn zart auf die Lippen.

»Ich bin ja so glücklich. Ich bin die glücklichste Frau auf der ganzen Welt.«